Andreas Föhr

Der
Prinzessinnenmörder

———

Sven Koch

Dünengrab

Zwei Romane in einem Band

Über die Autoren:

Andreas Föhr, Jahrgang 1958, gelernter Jurist, arbeitete einige Jahre bei der Rundfunkaufsicht und als Anwalt. Seit 1991 verfasst er erfolgreich Drehbücher für das Fernsehen, mit Schwerpunkt im Bereich Krimi. Zusammen mit Thomas Letocha schrieb er u. a. für »SOKO 5113«, »Ein Fall für zwei« und »Der Bulle von Tölz«. Für seinen Debütroman »Der Prinzessinnenmörder« ist Andreas Föhr mit dem begehrten Friedrich-Glauser-Preis ausgezeichnet worden. Mit »Schwarze Piste« stand Föhr monatelang unter den Top 10 der Spiegel-Bestsellerliste. Andreas Föhr lebt bei Wasserburg. Mehr Infos über Andreas Föhr unter www.facebook.com/andreas. foehr.

Sven Koch, geboren 1969, arbeitet als Redakteur bei einer Tageszeitung. Auch als Fotograf und Rockmusiker hat er sich einen Namen gemacht. Sven Koch lebt mit seiner Familie in Detmold. Mehr Infos über Sven Koch unter www.sven-koch.com

Andreas Föhr

Der Prinzessinnenmörder

———————

Sven Koch

Dünengrab

Zwei Romane in einem Band

Jede vermeintliche Ähnlichkeit der Figuren des Buches
mit lebenden oder verstorbenen Menschen wäre rein zufällig
und nicht beabsichtigt.

Besuchen Sie uns im Internet:
www.knaur.de

Einmalige Sonderausgabe April 2016

Der Prinzessinnenmörder
Vollständige Taschenbuchausgabe September 2011
Knaur Taschenbuch
© 2008 Knaur Verlag
Ein Imprint der Verlagsgruppe
Droemer Knaur GmbH & Co. KG, München.

Dünengrab
Originalausgabe August 2013
Knaur Taschenbuch
© 2013 Knaur Taschenbuch
Ein Imprint der Verlagsgruppe
Droemer Knaur GmbH & Co. KG, München

Umschlaggestaltung: Daniela Meyer, München
Umschlagabbildung oben: Gettyimages / Land and Light
Umschlagabbildung unten: Gettyimages / Michael Breiting Photography
Satz: Wilhelm Vornehm, München
Druck und Bindung: CPI books GmbH, Leck
ISBN 978-3-426-52044-4

2 4 5 3 1

Andreas Föhr

Der Prinzessinnenmörder

I

Es war heiß im Wagen. Die Heizung lief auf Maximum. Vor dem Wagen lag ein Stück verschneite Straße im Scheinwerferlicht. Links und rechts der Fahrbahn Wände aus Schnee, glitzernd, mit Eiskristallen darauf. Hinter den Schneewänden – schwächer angeleuchtet – Fichten, deren Äste sich unter der weißen Last bogen. Es war kalt draußen. Minus achtzehn Grad. Polizeiobermeister Leonhardt Kreuthner gähnte und fingerte eine Zigarette aus einer zwei Tage alten Schachtel auf der Mittelkonsole des Wagens. Beim Anzünden der Zigarette musste er sich einen Moment auf die Feuerzeugflamme konzentrieren. In diesem Augenblick stieß der Wagen mit etwas auf der Straße zusammen. Der dumpfe Aufprall brachte Kreuthner zu Bewusstsein, dass er ziemlich erschöpft war. Im Rückspiegel sah er einen großen Eisbrocken auf der vom Rücklicht rötlich gefärbten Piste entlangkullern. Er nahm einen tiefen Zug aus der Zigarette, schüttelte sich wach und blickte wieder nach vorne.

Kreuthner hatte eine anstrengende Nacht hinter sich. Seit neun Uhr war er im Mautner gesessen und hatte mit Freunden Bier getrunken. Es war ein kurzweiliger Abend gewesen. Sie hatten über den Ausflug nach Südtirol im Oktober vor drei Jahren geredet. Kurz nach zehn war ein Streit darüber entbrannt, ob der Wiebek Toni, der damals noch dabei war, sich seinen legendären Rausch entgegen seiner sonstigen Art mit dem Lagreiner beigebracht hatte oder ob er nicht auch beim Törggelen dem Bier treu geblieben war. Der Sennleitner behauptete, der Wiebek könne sich mit Bier gar nicht so zusaufen wie damals geschehen. Das sei bei dem biologisch unmöglich. Doch Kreuthner konterte mit dem Argument, der Wiebek sei ein Mann von Prinzipien. Der habe seit seinem elften Lebensjahr keine andere Flüssigkeit als Bier zu sich genommen. Ein Anruf beim Wiebek hätte Klarheit gebracht. Aber der Wiebek hatte vor einem Jahr geheiratet und ging jetzt jeden Abend um zehn ins Bett, weil die Kleine ab fünf wach war und er dann aufstehen musste. Bloße Rücksichtnahme hätte Kreuthner und seine Kumpane nicht davon abgehalten, beim Wiebek anzurufen. Aber es war bekannt, dass die Wiebeks die Angewohnheit hatten, abends um acht den Telefonstecker aus der Dose zu ziehen. Angeblich wegen der Kleinen. Wahrscheinlich wollten sie einfach ihre Ruhe haben. Ja – so kann ein Mensch vor die Hunde gehen, musste sich Kreuthner denken. Vor drei Jahren noch Jahrhunderträusche, jetzt um zehn ins Bett.

Gegen vier war das Thema Wiebek immer noch nicht geklärt. Aber die drei Freunde wurden von der Bedienung gebeten, ihre Ärsche an die frische Luft zu bewegen. Und so stand Kreuthner auf dem Parkplatz des Mautner neben seinem vereisten Wagen und befand, er habe eindeutig zu viel getrunken, um ins Bett zu gehen. Da könne es nicht schaden, zum Ausnüchtern ein bisschen in der Gegend herumzufahren. Zwischen Tegernsee und Schliersee überkam ihn ein nützlicher Gedanke. In zwei Wochen würde das jährliche Eisstockschießen der Oberlandpolizisten stattfinden. Kreuthner saß im Organisationskomitee, denn dieses Jahr waren die Miesbacher mit der Veranstaltung dran. Als Austragungsort hatte man den Spitzingsee gewählt. Das war ein kleiner See hoch oben in den Bergen gelegen, auf über tausend Metern, und damit eissicher. Der Tegernsee war schon seit Jahren nicht mehr zugefroren. Und selbst bei dem kleineren und nicht so tiefen Schliersee war das eher Glückssache. Der Spitzingsee hingegen war eine Bank. Zwischen Tegernsee und Schliersee kam Kreuthner also der Gedanke, eine Ortsbesichtigung durchzuführen.

Als sich Kreuthner dem Spitzingsee näherte, begann sich der Himmel im Osten schon blass zu färben. Er stellte den Wagen auf einem geräumten Parkplatz ab, der tagsüber von Skitouristen benutzt wurde. Als Kreuthner ausstieg, schnitt ihm die Morgenluft fast den Atem ab, so kalt war es da draußen. Er setzte sich eine Mütze auf, zog Handschuhe an und holte eine Schaufel vom Rücksitz seines Wagens. Im Winter hatte er immer eine Schaufel dabei. Die konnte vielfach von Nutzen sein. Sei es beim Ausschaufeln verschneiter Autos oder auch beim Bau einer Schneebar. Oft war er schon verlacht worden wegen seiner Schaufel. Aber das war ihm egal. Wer zu dumm war, den Sinn einer Schaufel zu erkennen, der sollte halt lachen.

Mit trotzigen Gedanken im Kopf und der Schaufel in der Hand stapfte Kreuthner durch knirschenden Schnee zum Seeufer hinab. Sein Atem kondensierte und fror am Kragen fest. Kreuthner spürte förmlich, wie der Alkohol aus seinem Körper in die Morgenluft verdunstete. Eine unglaubliche Frische machte sich in Lungen und Kopf breit, und er sah hinauf zum Himmel. Dort verblassten gerade die letzten Sterne. Es würde ein klarer, wolkenlos blauer Januartag werden. Kreuthner betrat den zugefrorenen See. Er war etwa dreißig Zentimeter hoch mit Schnee bedeckt. Kreuthner stieß die Schaufel in den Schnee und stellte fest, dass er pulverig war und leicht. Hier oben waren die Temperaturen seit drei Wochen nicht über minus fünf Grad gestiegen. Der Schnee lag locker auf der Eisschicht. Kein Tauwetter hatte ihn mit dem Eis verklebt. Er musste nur noch weggeschaufelt werden.

Kreuthner ging hinaus auf den See. Etwa fünfzig Meter weit. Es knirschte. Kreuthner konnte nicht ergründen, ob es der Schnee war, der knirschte, oder das Eis darunter. Ein weiteres Mal steckte er seine Schaufel in den Schnee und hob den Schnee vorsichtig vom Eis. Dann arbeitete er sich zwei Meter in die Länge vor. Von dem freien Streifen aus trug er zur Linken zwei weitere Meter Schnee ab, bis er eine vier Quadratmeter große Fläche blanken Eises hatte. Erschöpft ließ sich Kreuthner in der Mitte seines Miniatur-Eisstadions niedersinken. Es war inzwischen hell geworden. Mit den Händen wischte er die letzten Schneebrösel zur Seite und betrachtete fasziniert das Eis. Wenn man genau hinsah, dann war es nicht vollkommen eben. Winzige Erhebungen waren zu erkennen, kleine Hochebenen und Tafelberge, platt gedrückt wie Kaugummi auf der Straße. Im Eis selbst sah Kreuthner kleinste Luftblasen und jenseits davon Dunkelheit. Die Eisschicht mochte hier vielleicht dreißig Zentimeter messen. Darunter waren es zwanzig Meter bis zum Seegrund.

Kreuthner starrte auf das dunkle Eis. Die Kälte biss sich durch die Hose, die bereits am Eis festgefroren war, in seine Knie. Doch das kümmerte Kreuthner in diesem Moment nicht. Etwas anderes fesselte seine Aufmerksamkeit: Er meinte mit einem Mal zu sehen, wie sich die Dunkelheit unter dem Eis aufhellte. Ein goldfarbener Fleck mit unscharfen Konturen bildete sich dort in der Tiefe. Der Fleck wurde langsam heller und größer, fast hatte es den Anschein, als komme er auf ihn zu. Kreuthner hatte auf einmal das beklemmende Gefühl, dieses Etwas könne in wenigen Sekunden durch den Eispanzer brechen und sich auf ihn stürzen, ihn packen und mit sich in die Tiefe zerren. Ein Fluchtreflex stieg in ihm hoch. Doch Kreuthner widerstand der Versuchung, aufzustehen und zum Ufer zu rennen. Zum einen klebten die Knie am Eis. Zum anderen sagte er sich, das Eis sei bestimmt dick genug, um das, was da auf ihn zukam – was immer es auch war –, aufzuhalten. Aber was war es? Ein Fisch? Dafür war es zu groß. Eine Luftblase? Wo sollte die herkommen? Und auch für eine Luftblase war es zu groß, wie man jetzt erkennen konnte, da das Ding immer näher kam. Ein Teil davon hatte eine käsig bleiche Farbe, die Kreuthner an die Gesichtsfarbe vom Wiebek Toni bei seinem Jahrhundertrausch erinnerte. Je näher das weiße Etwas kam, desto mehr Einzelheiten waren zu erkennen.

Es waren Punkte auf dem Weiß, das wiederum umgeben war von einer Art goldener Aura. Die Punkte im Weiß erinnerten an ein menschliches Gesicht. Und wie er diesen Gedanken dachte, da schoss Kreuthner das Adrenalin bis in die Haarspitzen. Denn das, was da näher kam, war ein menschliches Gesicht! Immer deutlicher war es zu erkennen. Lautlos schwebte es auf Kreuthner zu. Langsam und schwerelos, wie im Weltall. Bis es schließlich mit einem Ruck unterhalb des Eises zur Ruhe kam. Es war das Gesicht eines jungen Mädchens. Es hatte die Augen geöffnet und starrte Kreuthner an. Und um das Mädchengesicht herum die goldene Aura, die Kreuthner sehr verwirrte.

2

Wallner kam mit seinem Wagen nicht allzu nah an den Tatort heran. Er musste ihn etwa zweihundert Meter vom See entfernt am Straßenrand abstellen. Die meisten Kollegen waren schon eingetroffen. Ebenso die Feuerwehr, die in der Zwischenzeit das Eis aufgesägt und die Leiche geborgen hatte. Die Feuerwehrleute räumten gerade ihre Sachen zusammen und hinterließen einen spurensicherungstechnischen Trümmerhaufen. Wallner betrachtete das Treiben. Er hatte keine Eile.

Wallner war achtunddreißig Jahre alt, groß und halbwegs schlank – was im Augenblick nicht zu erkennen war. Denn Wallner trug eine voluminöse Daunenjacke. Die trug er den ganzen Winter. Das heißt von Ende September bis Anfang Mai. Wallner litt an einem Leiden, das sonst zumeist den Frauen nachgesagt wird: Wallner fror. Ständig. Im Winter sowieso. Aber auch im Sommer. Wenn andere Männer nachts im Biergarten ihre Unverfrorenheit zur Schau stellten, wenn sie, als sei man in der Karibik, in T-Shirt oder dünnem Baumwollhemd unterm freien Sternenhimmel saßen, trug Wallner schon Strickjacke oder einen Wollpullover, von denen er eine große Auswahl besaß. Wallners größter Feind aber war der Luftzug. Nicht dass sich Wallner Sorgen um seine Gesundheit machte. Er fror einfach, wenn es zog. Andere Menschen waren oft erstaunlich unsensibel in der Hinsicht. Wallner hingegen hatte die empfindlichsten Antennen für Luft, die nicht stillstehen wollte. Hier am See war die Luft still. Bei minus dreizehn Grad.

Auf einer Wiese am See stand ein Campingtisch im Schnee. Auf dem Tisch Pappbecher und Thermoskannen. Wallner kannte den Tisch. Die Kollegen vom K 3, der Abteilung für Spurensicherung, führten den mit. Eine Insel der Kaffee-und-Kuchen-Gemütlichkeit an traurigen Orten. Sogar ein Teller mit Plätzchen stand darauf. Wallner ging zum Tisch und zapfte sich einen Becher dampfenden Kaffee. Während er sich umsah, trank er in kleinen Schlucken. Der Becher wärmte die Finger. Wallner griff gerade nach einem Zimtstern, als ihm der Gedanke kam, dass der Zimtstern wahrscheinlich steinhart gefroren war. Aber da hatte er ihn bereits in der Hand. Er drückte den Stern ein bisschen zwischen den Fingern. Man hätte damit eine Windschutzscheibe einschmeißen können. Wallner überlegte, ob er den Zimtstern zurücklegen sollte, entschied dann aber, ihn in die Tasche seiner Daunenjacke zu stecken.

In einiger Entfernung sah er Tina und Lutz, die an der nackten Leiche einer jungen Frau arbeiteten. Die Leiche lag auf dem Eis. Daneben hatte man in einer großen durchsichtigen Plastiktüte etwas Goldenes verstaut. Wallner konnte nicht erkennen, was es war. Nur, dass es groß war. Eigenartig groß. Was sollte eine Wasserleiche so viel Gold bei sich haben? In diesem Augenblick fiel ein erster Sonnenstrahl auf das goldene Ding. Und es war, als ginge es in Flammen auf, so leuchtete es. Als habe einer ein Lagerfeuer auf dem gefrorenen See entfacht.

»Als Letzter kommen, nix arbeiten und den anderen an Kaffee wegsaufen. San doch immer die Gleichen.«

Wallner blickte in Mike Hankes übernächtigtes Gesicht, das gleichwohl spitzbübische Laune verstrahlte. Mike gluckste und freute sich wie ein Kind über den Spruch, den er schon Dutzende Male angebracht hatte. Wallner goss Mike einen Kaffee ein und reichte ihm den Becher.

»Hier. Tu was für dein Gesicht. Was sind denn das für Ringe um die Augen?«

»War gestern noch mit dem Kreuthner unterwegs.«

Wallner war um die frühe Zeit noch nicht auf der Höhe seiner geistigen Beweglichkeit. Aber »Kreuthner« sagte ihm etwas.

»Hat der nicht die Leiche gefunden?«

»Hat er«, sagte Mike und nickte dabei, als mische dieser Umstand dem Fall besondere Tragik bei.

Mike berichtete, was vorgefallen war. Wie der Kreuthner vom Mautner in den Morgenstunden noch an den Spitzingsee gefahren war und dort unterm Eis die Leiche gesehen hatte. Er habe nicht lange gefackelt und die Kripo verständigt, weil ihm sofort klar gewesen sei, dass da Fremdverschulden im Spiel war. Er habe sogar gewusst, dass Tina in dieser Nacht Bereitschaft hatte, und sie direkt zu Hause angerufen. Tina habe zunächst an eine Wichtigtuerei des Kreuthner geglaubt und dieser Vermutung mit ein paar derben Sätzen – man kenne Tina ja – bei ihrer Ankunft am Tatort Ausdruck verliehen, sich dann aber bei der Untersuchung der Leiche selber von der Angemessenheit der vom Kreuthner ergriffenen Maßnahmen überzeugen können. Soweit Mike mitbekommen hatte, war unter dem linken Rippenbogen eine große Einstichwunde – mitten ins Herz. Kreuthner habe nach der

Entdeckung der Wunde Tina auf die bösen Verdächtigungen bei ihrer Ankunft angesprochen und gemeint, ob da nicht eine kleine Entschuldigung angebracht sei. Tina habe dem Kreuthner entgegnet, er solle sich lieber von ihrem Tatort verpissen, was der Stimmung nicht eben zuträglich gewesen sei. Das mit dem Tatort sei auch ungerecht gewesen, da Kreuthner tadellose Vorkehrungen zu dessen Sicherung getroffen, vor allem für die Einrichtung eines Trampelpfades Sorge getragen habe. Aber die »Sackgesichter von der Feuerwehr«, wie Kreuthner sie genannt habe, hätten da überhaupt keinen Sinn dafür gehabt und alles kaputt getreten und Zigarettenkippen fallen lassen. Der Schaden halte sich freilich in Grenzen, weil für die Spurensicherung bei dem vielen Schnee ohnehin nicht viel zu holen sei.

»Was ist da passiert?«, fragte Wallner mit Blick auf die Leiche.

»Ich hab net die geringste Ahnung. Das Mädel ist etwa fünfzehn. Tina meint, sie hätt sie mal gesehen. Vielleicht an der Schule.«

Das rief Wallner in Erinnerung, dass Tina eine fünfzehnjährige Tochter hatte. Er sah Tina neben dem Gesicht des toten Mädchens knien. Sie hatte eine Hand der Toten in der ihren und suchte unter den Fingernägeln nach Hautpartikeln und anderen Fremdkörpern.

»Ist das gut, dass Tina die Leiche …«

»Sie hat gesagt, es wär okay«, sagte Mike. Aber auch er hatte offenbar Zweifel, ob ausgerechnet Tina die Leiche untersuchen sollte.

Wallner verzichtete darauf, zu Tina zu gehen. In diesem Stadium hatte er unmittelbar am Tatort nichts verloren. Das war jetzt das Reich der Spurensicherung. Lutz kam auf sie beide zu. Er hatte den Plastikbeutel dabei, aus dem es so golden schimmerte, und ließ ihn jetzt neben den Tisch plumpsen. Wallner versuchte zu erkennen, was darin war. Es sah aus wie Brokat.

»Schöne Scheiße«, begann Lutz das Gespräch.

»Ja, ziemlich jung, das Mädel«, meinte Wallner.

»Und schau dir mal den Tatort an. Das sind ja Vandalen.« Lutz meinte die Feuerwehr.

»Ist nicht so wild, wie's ausschaut. Die Leiche ist da ja nur aufgetaucht. Weiß jemand, wo sie in den See geworfen wurde?«

»Vom Ufer aus kann sie kaum dort hingetrieben worden sein. Wir haben mal das Bodenprofil vom See unter die Lupe genommen.« Mike zog eine gefaxte Karte des Spitzingsees hervor, auf der akribisch die Höhenlinien eingetragen waren. Er deutete auf ein Kreuz, das den Fundort der Leiche markierte. »Da hätte die irgendwann bergauf treiben müssen.«

Wallner warf einen flüchtigen Blick auf die Karte, nahm einen Schluck von dem Kaffee, der inzwischen nur noch handwarm war, und wandte sich an Lutz. »Wie lange ist sie da unten gelegen?«

»Schwer zu sagen. Bei dem kalten Wasser ist die Verwesung erheblich verlangsamt. Das müssen die in der Gerichtsmedizin klären. Ich sag mal so: Sie schaut ziemlich frisch aus.«

»Wie lange ist der See schon zugefroren?«

Mike zuckte die Schultern. »Genau hat das hier keiner gewusst. Die vom Hotel sagen, dass sie schon Silvester auf dem Eis gewesen sind.«

Wallner ließ seinen Blick über den See schweifen. »Das heißt, die Leiche wurde vor Silvester in den See geworfen oder jemand hat ein Loch ins Eis gehackt, um sie zu versenken. Gibt's eine Vermisstenanzeige?«

Mike schüttelte den Kopf. »Nicht hier, nicht in Bayern. Die anderen Bundesländer checken wir gerade. Aber wahrscheinlich ist sie eh aus dem Landkreis. Tina hat gesagt ...«

»Ja, hast du erzählt.« Wallner blinzelte in die aufgehende Sonne. »Irgendwas stimmt hier doch nicht. Eine Fünfzehnjährige, die Tage oder Wochen abgängig ist – das muss doch mal einer gemeldet haben.«

»Mei – es passieren die seltsamsten Sachen.«

Mit dieser Erklärung war Wallner nicht wirklich zufrieden. Aber im Augenblick fiel ihm auch nichts Besseres ein. Er nahm den Plastiksack und betrachtete den Inhalt.

»Goldbrokat?«

»Ein goldenes Kleid. So eine Art Prinzessinnenkleid für den Fasching.«

»Das hatte die Tote an?«

»Ja.«

»Das kann nicht sein, dass sie nach einem Faschingsfest erstochen und in den See geworfen wurde? Mal ganz blöd gefragt.«

»Kaum«, meinte Lutz. »Unter so einem Kleid trägt man normalerweise Unterwäsche.«

»Du meinst, sie hatte nur das Kleid an?«

»Ja. Und sie ist in dem Kleid auch nicht erstochen worden. Es gibt keine Einstichstelle im Kleid.«

»Das heißt, der Mörder ...«

»... hat ihr das Kleid hinterher angezogen.«

Wallners Blick wanderte zu der Leiche des Mädchens. Er hatte schon den einen oder anderen Mord erlebt. Der Landkreis Miesbach war nicht die Bronx. Aber ein bisschen gemordet wurde immer. Wallner hatte auch brutalere Morde als diesen gesehen. Blutbäder mit verstümmelten Leichen. Aber die Gründe waren immer die gleichen: Eifersucht. Drogen. Habgier. In neun von zehn Fällen stand der Täter innerhalb einer Stunde fest, man musste ihn nur finden und festnehmen. Der Rest war irgendwie kalkulierbar. Das hier war anders. Der Mörder dieses Mädchens hatte keines der üblichen Motive. Er wollte durch die Machart des Verbrechens etwas mitteilen. Die Frage war: Was und wem?

3

Wallner stellte den Becher mit dem mittlerweile kalten Kaffee neben den Plätzchenteller, sog die eisige Morgenluft bis in die Bronchien und ging ein paar Schritte in Richtung See. Bis zur Absperrung. Tina wurde auf Wallner aufmerksam und winkte ihm zu. Er winkte zurück. Dann begann Wallner den Ort des Geschehens in sich aufzunehmen. Nicht wie die Kollegen von der Spurensicherung. Die suchten nach Details, um sie zu sammeln und aus den Puzzlestücken ein Ganzes zu bauen. Darin waren sie besser, als Wallner es je werden konnte. Lutz und Tina hatten im Lauf der Jahre einen sicheren Instinkt entwickelt, welche der zigtausend Einzelteile an einem Tatort Hinweise auf den Täter geben konnten. Wallner suchte etwas anderes. Wallner spürte der Aura des Tatorts nach. Jeder Ort, an dem ein Verbrechen begangen oder ein Opfer gefunden wurde, hatte nach Wallners Meinung diese Aura. Ein Mord störte den ruhigen Fluss der Dinge. Als ob ein Stein auf die glatte Wasseroberfläche eines Teichs geworfen wurde. Das Wasser wurde unruhig, warf Wellen. Und diese Wellen waren noch einige Zeit, nachdem der Stein untergegangen war, sichtbar. Ebenso hallte für Wallner das Echo eines Mordes am Tatort nach. Er erinnerte sich an seinen letzten Tatort. Ein Haus in der Miesbacher Innenstadt. Eine Frau war von ihrem eifersüchtigen Freund mit vierundzwanzig Messerstichen getötet worden. Das war kein Stein im Teich gewesen. Es war, als hätte jemand mit einer Schrotflinte auf die Wasseroberfläche gefeuert. Die Wellen waren chaotisch und heftig gewesen, aber von kurzer Dauer. Das hier war anders. Das hier waren große Wellen, die von weit her kamen. Stark und geordnet.

Wallner betrachtete den See. Die Januarsonne hatte die Schneefläche in ein flaches, aber helles Licht getaucht. Er sah das Loch, aus dem man die Leiche geholt hatte, er sah Tina, zu der sich gerade der Gerichtsmediziner aus München gesellte. Er sah die Spuren der Feuerwehrleute im Schnee. Sein Blick glitt über die unberührten Teile des Sees. Eine weiße, blitzende, fast konturlose Fläche. Wallners Blick blieb hängen. Er spürte es mehr, als dass er es sah. Es war am anderen Ende des Sees. Die Sonnenstrahlen brachen sich an einer Stelle geringfügig anders als auf dem restlichen See. Irgendetwas war dort. Wallner ging zurück zu Mike, zeigte ihm die Stelle und bat ihn, ein paar Leute dorthin zu schicken. Aber sie sollten vorsichtig sein. Das Eis sei an dieser Stelle wahrscheinlich dünner. Ohne weitere Erklärungen entfernte sich Wallner. Er war bereits wieder in seine Gedanken versunken. Mike hatte mit der Zeit gelernt, kryptische Anweisungen seines Chefs in praktische Maßnahmen umzusetzen. Also nahm er sich ein paar Leute und begab sich zu der von Wallner angegebenen Stelle.

Was man denn da suche, wollte ein junger Kollege wissen, während sie über den verschneiten See stapften. Mike wusste auch nicht, was sie suchten. So ermahnte er den jungen Kollegen, keine Volksreden zu halten und stattdessen lieber hurtig die Schneeschaufel zu schwingen. Und wer als Erster ins Eis einbreche, zahle eine Runde Glühwein. Das sei eh klar. Der junge Kollege machte sich sogleich an vorderster Front ans Schaufeln, war aber nicht gewillt, sich mit dummen Sprüchen abspeisen zu lassen. Ob das hier eine Arbeitsbeschaffungsmaßnahme sei, und was das Ganze eigentlich solle. Denn für heute Abend sei wieder Schnee angesagt. Dann könne man morgen gleich noch mal ausrücken. Oder glaube Mike vielleicht, dass der Täter hier das Messer auf dem Eis habe liegen lassen? Im Übrigen habe der Täter die Leiche ja logischerweise in den See geworfen, bevor der zugefroren sei. Und zwar dreißig Zentimeter dick. Da könnten sie lange auf einen Glühwein warten. Praktisch mit diesen Worten hatte der junge Kollege die Runde Glühwein auch schon verwirkt. Denn plötzlich knarzte und krachte es, und eh der Mann begriff, was geschah, steckte er bis zum Bauch im Eis.

Wallner war unterdessen um den See herumgegangen. Etwas hatte ihn beunruhigt. Und es war nicht die Stelle gewesen, an der der junge Kollege jetzt im Eis steckte. Als Wallner die kleine Unregelmäßigkeit auf dem Schnee entdeckt hatte, da war ihm, als sei dahinter noch etwas anderes. Im Wald. Aber der Schnee hatte in der Morgensonne geglitzert und geblendet. Und das hatte den Wald hinter dem See ganz schwarz aussehen lassen. Es war ein kleines Licht gewesen. Rot und einsam flackerte und tanzte es im dunklen Wald. Eine Täuschung, hätte er sich unter anderen Umständen gesagt. Nichts, weswegen er an einem kalten Januarmorgen um den ganzen Spitzingsee gelaufen wäre. Doch das kleine, rote Irrlicht war Wallner erschienen wie … nun, Wallner war nicht sehr gläubig, aber ihm war, als flackere dort eine einsame Seele. Und es war ihm weiter, als sei es die Seele des toten Mädchens, die da einen elfenhaften, traurigen Tanz vollführte. Wallner hatte sich die Augen gerieben und heftig den Kopf geschüttelt.

Dann hatte er sich zwei Hände voll Schnee ins Gesicht gepackt und abermals zum Wald hinübergeschaut. Das Licht war jetzt verschwunden, und Wallner sagte sich, dass er sich in Acht nehmen müsse, dass ihm seine Müdigkeit keine Streiche spiele. Ihm ruhelose Seelen vorgaukele, wo in Wirklichkeit nichts war. Nur ein ungeklärter Mord. Wallner betrachtete Mike und seine Männer, die über den See zogen. Und da war es wieder aufgetaucht, das rote Seelenlichtlein.

Wallner kämpfte sich durch den verschneiten Wald und versank bald knöcheltief, bald bis übers Knie im lockeren Schnee. Von fern hörte er Männerstimmen, aufgeregt durcheinanderschreiend, dazwischen Mikes Anweisungen, wie man den jungen Kollegen aus dem Eis zu befreien habe; mit scharfem Ton verlangte er nach einer Wärmedecke, und nach dem Gerichtsmedizinfritzen solle man schicken, dass er sich das Schlamassel mal ansehe, nicht dass sich der junge Kollege noch wichtige Teile abfriere, bevor er seinen Glühwein auszutun die Gelegenheit habe. Wallner wandte sich vom Ufer ab, und die Stimmen wurden leiser. Immer mühsamer wurde der Weg durch den tiefen Schnee. Aber Wallner war sich seines Weges sicher. Hier hatte er das rote Lichtlein tanzen sehen. Es konnte nicht weit sein. Wallner war außer Atem geraten, halb vor Anstrengung, halb in erregter Erwartung dessen, was er antreffen würde. An einer umgestürzten Fichte blieb er stehen, blickte um sich. Es war dunkler geworden. Bleigraue Wolken hatten die Sonne verdeckt. Obwohl noch früh am Tag, herrschte mit einem Mal Dämmerstimmung. Die Kondenswolken aus dem eigenen Mund vernebelten Wallner den Blick. Als sie sich verzogen, sah Wallner hinter einer schneebedeckten Bodenwelle etwas Dreieckiges hervorragen. Wallner ging näher heran. Es war ein Holzdach, sehr klein. Von Traufseite zu Traufseite vielleicht einen Meter messend. Und recht viel mehr erhob es sich auch nicht über den Boden. Wallner beschleunigte seinen Schritt, rannte die letzten Meter. Schließlich stand er vor dem kleinen Dach, das ihm bei näherem Ansehen ein durchaus vertrauter Anblick war. Jetzt konnte er erkennen, was es war – das rote Licht. Nichts Ungewöhnliches. Doch was er über dem roten Lichtlein sah, raubte Wallner den Atem.

4

Die Sonne stand schon tief. Es war gegen halb fünf. Peter sah im Westen Wolken aufziehen. Aber der Westen ist weit, wenn man auf einem Zweitausender sitzt. Den ganzen Tag über hatte der Föhn den Alpenhauptkamm in Sonne und laue Winde gehüllt. Selbst jetzt war es noch warm. Peter blickte auf seine Skischuhe, an denen der Schnee sich zum größten Teil in Wasser verwandelt hatte, das in kleinen Bächen zwischen den Schnallen abfloss. Er nahm einen Schluck aus der Thermoskanne und reichte sie an das Mädchen weiter. Lisa saß zwei Meter weiter auf einem Stein. Sie war blond und hatte die Haare zu zwei Zöpfen geflochten und die Zöpfe um den Kopf gewunden. Die Strahlen der Nachmittagssonne verzauberten ihr Gesicht, brachten ihre blauen Augen mit dem dunkelblauen Ring um die Iris zum Leuchten und machten jede einzelne Sommersprosse auf ihrer Nase sichtbar. Sie war fünfzehn und lächelte. Sie lächelte erschöpft und jung, und das Herz wurde ihm schwer vor Glück.

»Schade, dass Mama nicht Ski fährt«, sagte Lisa und nahm einen Schluck aus der Thermoskanne.

»Ja, schade«, sagte Peter.

»Wir erzählen's ihr besser nicht, wie?« In Lisas Blick lag Sorge.

»Na, wir erzählen's ihr schon. Also im Wesentlichen.« Lisa

sah ihn an, und ein schelmisches Lächeln spielte um ihre Lippen. Ein paar Sommersprossen auf der Nase verschwanden in kleinen Falten.

»Wir waren Skifahren. Das reicht ja.«

»Warum will Mama eigentlich nicht, dass ich Touren gehe?«

»Sie fährt nicht Ski. Deswegen weiß sie nicht, wie das ist, wenn man Touren geht. Und weil sie's nicht kennt, macht es ihr Angst. In den Nachrichten bringen sie ja nur, wenn Tourengeher von Lawinen verschüttet werden. Sie denkt, das passiert ständig, verstehst du?«

»Klar. Wenn ich das nur aus den Nachrichten wüsste …« Lisa schraubte die Thermosflasche zu. Sie war ganz konzentriert auf diesen Vorgang, wie auf alles, was sie tat. Er sog die kleinste Bewegung von ihr ein. Sie gab ihm die Flasche zurück, und die abendlichen Sonnenstrahlen brachen sich in ihren Augen.

Gestern Nacht waren sie in das irische Pub gegangen. Lisa hatte auf der Schule davon gehört. Unter Leuten ihres Alters war es legendär. Die Gäste waren meist Engländer, Australier, Holländer und Schweden, kaum einer über zwanzig. Das Personal kam aus England und seinen ehemaligen Kolonien. Nur Claudia, die dunkelhaarige, leicht verlebte Schönheit hinter der Bar, war eine Einheimische aus dem Spertental. Ab 22 Uhr war der Boden des Lokals mit Glasscherben und Zigarettenkippen übersät und die Kellner betrunkener als die Gäste. Aus den Lautsprechern kam ein Musikmix aus Nirvana, Guns 'n' Roses, Green Day und wieder Nirvana. Lisa hatte fünf Minuten, nachdem sie gekommen waren, einen holländischen Verehrer von siebzehn Jahren, der aber auf dem Weg zur Tanzfläche gegen einen schwedischen Tisch torkelte und anschließend in längere Verhandlungen über die

Bezahlung der zu Boden gerissenen Getränke verwickelt wurde. Zwei junge Männer aus Wolverhampton sprangen für den Holländer ein. Peter behielt Lisa im Auge. Er setzte sich an die Bar und begann ein bisschen mit Claudia zu flirten. Claudia hatte gesehen, dass Peter mit Lisa gekommen war. Sie fragte, wer denn die Kleine sei. Peter sagte, das sei seine Tochter. Claudia schien einen Augenblick irritiert. Dann sagte sie: »Die hosch guat hinkriagt.«

Lisa stand mit den zwei Jungs auf der Tanzfläche. Blond, schlank, hochgewachsen. Sie trug die Haare offen und Jeans mit Löchern und Tennisschuhe aus Segeltuch. Peter bemerkte, wie die Männer im Raum seine Tochter anstarrten. Die zwei Engländer spielten Luftgitarre und versuchten, Lisa mit allerlei Albernheiten zu unterhalten. Lisa benahm sich höflich distanziert, lächelte, lachte auch. So wie eine Prinzessin, die halb amüsiert, halb in geübter Gewohnheit Huldigungen entgegennahm. Schließlich ließ sie ihre Verehrer stehen und ging zu Peter an die Theke.

»Was ist? Sind die Jungs nicht nett?«

»Ja, ganz süß.« Sie zuckte mit den Schultern. Er schob ihr einen Maracujasaft hin, den er bei Claudia bestellt hatte. Sie nahm den Strohhalm zwischen die Lippen und sog die Flüssigkeit ein. Für einen Augenblick verschmolz sie ganz mit dem Maracujasaft. Es schien nichts anderes zu geben als das Glas, den Saft, den Strohhalm und sie. In solchen Momenten hatte sie die Augen fast geschlossen. Er fragte sich, was sie zwischen ihren langen Wimpern sehen mochte. Vielleicht nichts. Vielleicht war ihr Blick auch nach innen gerichtet, und sie träumte von irgendetwas, das sie für sich behielt. Sie setzte das Glas mit Grazie auf dem Tresen ab.

»Tanzt du mit mir?«

»Bist du sicher? Ich meine, ich bin froh, dass mir hier noch niemand seinen Platz angeboten hat.«

Lisa lächelte ihn an. »So ein Quatsch«, sagte sie, als wäre sie fünfunddreißig. Dann zog sie ihn am Hemd und deutete mit dem Kopf zur Tanzfläche. In dieser Nacht hatten sie getanzt, Spaß gehabt, Lisa hatte zwei Gläser Sekt getrunken und eine Zigarette geraucht. Sie waren um halb drei in die Pension zurückgekehrt.

»Komm, Prinzessin, es wird Zeit, dass wir abfahren.« Lisa nickte und gab ihm die Thermoskanne zurück. Dann begann sie andächtig, die Schnallen ihrer Skischuhe zu schließen.

Die Idee mit der Skitour war Peter heute Morgen gekommen. Sie hatten spät gefrühstückt nach der anstrengenden Nacht. Es war ein schöner Tag. Die Luft war mild und der Frühling schon zu erahnen. Die Pisten würden brechend voll sein. Die meisten Leute hatten heute frei.

»Komm«, hatte Peter gesagt, »wir machen eine Skitour. Da sind wir allein auf der Piste.«

»Einfach so?«, hatte Lisa gefragt. »Wir haben doch gar nichts dabei.«

»Wir leihen uns Skier und Felle. Was meinst du?«

Sie waren zum nächsten Skiverleih gefahren, hatten sich die Ausrüstung ausgeliehen und gefragt, wo man in der Gegend am besten eine einsame Skitour machen könne. Peter war früher oft Skitouren gegangen. Er kannte sich einigermaßen aus. Drei Stunden später standen sie auf dem Gipfel in zweieinhalbtausend Metern Höhe. Die Sonne schien. Das Zillertal lag zu ihren Füßen.

Peter betrachtete Lisa, wie sie in sich versunken den Reißverschluss ihres Anoraks hochzog. Er fragte sich, wie oft sie noch eine Skiwoche miteinander verbringen würden. In ein oder zwei Jahren würde Lisa einen festen Freund haben oder lieber mit ihrer Clique verreisen. Noch ein paar Jahre später würde sie heiraten. Peter hoffte, dass Lisa einen Mann fände, den er mochte. Einer, mit dem man Ski fahren und ein paar vernünftige Sätze wechseln könnte. Auf ihrer Hochzeit würde Peter den Brautwalzer mit Lisa tanzen. Ganz altmodisch. Aber sie würde das so wollen.

»Was ist los? Du siehst mich so komisch an.« Lisa lächelte unsicher.

»Nichts. Ich war in Gedanken.«

Peter genoss noch einmal den Panoramablick. Im Südwesten konnten sie bis zum Ortler sehen, der schon in Südtirol war. Im Osten leuchteten rosa Großglockner und Großvenediger, im Norden begrenzten die schroffen Felsformationen des Karwendel den Horizont. Sie hatten eineinhalb Stunden Zeit, bevor es dunkel wurde. Das war mehr als genug, um ins Tal abzufahren. Lawinen waren nicht zu befürchten. Es hatte seit über einer Woche nicht geschneit. Was Peter etwas Sorge bereitete, war der feste Schnee. Lisa war keine erfahrene Tiefschneefahrerin. Aber sie war sportlich und hatte Kraft.

Peter packte die Felle in den Tourenrucksack und verstaute die Thermosflasche. Schließlich stieg er in seine Bindung und kontrollierte noch einmal, ob auch Lisa richtig in der Bindung stand.

»Und? Bist du fit?«

»Klar«, sagte Lisa und fuhr ein paar Meter ab, bis sie den Einstieg in den ersten Hang erreichte. Er war relativ steil, wurde aber nach unten zu flacher.

»Du brauchst ein bisschen Geschwindigkeit, sonst kriegst du die Skier nicht rum. Der Schnee ist ziemlich schwer.«

Lisa betrachtete mit ernstem Gesicht den unter ihr liegenden Hang und nickte.

»Also fahr schräg rein. Aber nicht zu schräg. Ich fahr vor. Versuch, ungefähr meiner Spur zu folgen.«

»Okay.«

Peter merkte, dass Lisa Respekt hatte vor dem Hang. Vielleicht auch Angst. Sie waren bislang erst zweimal auf einer Skitour gewesen. Aber das war in flacherem Gelände gewesen, in leichtem Pulver. Das hier war anspruchsvoller.

»Wenn's nicht geht, dann einfach traversieren, anhalten, umdrehen und weiterfahren. Unten wird's dann leichter.«

»Das geht schon«, sagte Lisa und biss sich auf die Oberlippe. Peter überlegte, ob er noch etwas zu ihrer Beruhigung sagen sollte, entschied sich dann aber loszufahren. Wenn Lisa tatsächlich Probleme haben würde beim Abfahren, dann könnte die Zeit, entgegen seiner ursprünglichen Berechnung, knapp werden.

Peter fuhr vorsichtig in den Hang, wobei er gründlich überlegte, welchen Einfahrtswinkel er Lisa zumuten konnte. Schon auf den ersten Metern spürte Peter, dass der Schnee fester war, als er angenommen hatte. Er zog ein paar weite Bögen. Doch das fiel selbst ihm nicht leicht. Auf halber Höhe des Hangs blieb er stehen.

»Sei vorsichtig! Der Schnee ist ziemlich fest!«, rief er zu Lisa hoch. Lisa zögerte, studierte den Hang, rutschte ein paar Meter ab, bevor sie sich entschloss loszufahren. Sie begann sehr flach, doch nach einer kleinen Kuppe wurde ihre Bahn steiler. Sie legte das Gewicht nach hinten. Dadurch gewann sie an Fahrt. Das erlaubte es ihr, einen großen Bogen zu fahren. Aber Peter sah, dass sie die Skier kaum noch unter Kontrolle hatte.

»Nicht so schnell, Lisa! Gewicht nach vorne!«

Doch Lisa hörte ihn nicht mehr. Oder sie hörte ihn, konnte seinen Rat aber nicht mehr befolgen, weil jetzt Skier und Schwerkraft das Kommando übernommen hatten. Kurz darauf flog sie an Peter vorbei. Er sah die Angst in ihrem Gesicht.

»Halt an! Lass dich fallen!«, schrie er ihr hinterher. Aber Lisa schoss jetzt fast senkrecht Richtung Tal. Es gelang ihr noch mit großer Kraftanstrengung, ihren Skiern eine Linkskurve aufzuzwingen. Doch dadurch raste sie jetzt auf eine Felskante zu. Peter stand paralysiert im Hang und starrte auf das kleiner werdende Mädchen, das sich mit unverminderter Geschwindigkeit der Kante näherte. Nur noch wenige Meter trennten Lisa vom Abgrund. Endlich ließ sie sich fallen. Nasser Schnee wirbelte auf. Die Skier wurden ihr von den Füßen gerissen und flogen durch die Luft. Lisa wurde – wenn auch abgebremst – weiter auf den Abgrund zugeschleudert. Peter betete, dass sie rechtzeitig anhalten möge. Doch ihre Geschwindigkeit war zu groß. Plötzlich war sie hinter der Felskante verschwunden. Peter blickte fassungslos nach unten. Kurz darauf hörte er zeitversetzt Lisas Schrei. Dann Stille.

5

Die Flamme flackerte in einem durchsichtigen roten Plastikbecher, der die Kerze vor Wind schützte. Ein Totenlicht wie zu Allerheiligen. Das Licht war an einem kleinen, überdachten Kruzifix angebracht – einem Marterl. Diese Holzkreuze wurden gewöhnlich im Gedenken an einen geliebten Menschen aufgestellt, der den Tod im Straßenverkehr gefunden hatte. Am Berg auch manchmal für einen, der nicht wiedergekommen war. Abgestürzt, vom Blitz erschlagen. Auch der ein oder andere Holzfäller war darunter, denn die Holzfällerei war kein ungefährliches Gewerbe.

Das Kreuz, vor dem Wallner stand, war für ein junges Mädchen aufgestellt worden. Sein Name war Pia Eltwanger. Das Mädchen hatte ausweislich der Inschrift vom 4. November 1990 bis zum 14. Januar 2007 gelebt. Wallner konnte nicht beurteilen, ob das am Marterl angebrachte Foto das Mädchen zeigte, das da drüben tot auf dem Eis lag. Aber der angegebene Todeszeitpunkt lag erst einen Tag zurück. Und dort über der Kerze stand wörtlich: »Ermordet am 14. Januar 2007.«

»Was ist das?« Wallner drehte sich um. Hinter ihm stand eine Frau von etwa fünfundvierzig Jahren. Nicht unattraktiv, wenngleich sie eine gewisse Mütterlichkeit ausstrahlte. Wallner, aus seinen Gedanken gerissen, sah sie überrascht an. Dann erkannte er, wen er vor sich hatte. Die Frau hieß Lea Kesselbach. Sie war die Staatsanwältin und musste den Fußspuren nach direkt über den See gelaufen sein. Wallner hatte das eine oder andere Mal mit ihr zu tun gehabt. Nicht oft. Denn Kapitalverbrechen – und für die war Lea Kesselbach zuständig – passierten selten im Landkreis.

Die Staatsanwältin deutete auf das Kreuz.

»Hat das was mit unserem Fall zu tun?«

Wallner wandte sich, statt eine Antwort zu geben, wieder dem Kruzifix zu. Auch Lea Kesselbach nahm jetzt die Inschrift mit dem Wort »ermordet« wahr. Sie starrte entsetzt auf das Kreuz und murmelte: »Wie krank ist das denn?«

Die Staatsanwältin kam – ebenso wie der Gerichtsmediziner – aus München. Der Landkreis Miesbach hatte in Ermangelung eines Landgerichts keine eigene Staatsanwaltschaft. Der letzte Fall, der Lea Kesselbach und Wallner zusammengeführt hatte, lag vier Jahre zurück. Damals waren die beiden aneinandergeraten, weil die Staatsanwältin unablässig geraucht hatte. Wallner fühlte sich weniger durch den Rauch gestört als durch den Umstand, dass Lea Kesselbach ständig das Büro lüften wollte. Es war auch damals Winter gewesen.

»Ich hab mir inzwischen das Rauchen abgewöhnt«, sagte die Staatsanwältin.

»Freut mich zu hören. Ich mir das Frieren leider noch nicht.«

»Das kann ja heiter werden.«

Wallner lächelte Lea Kesselbach so gewinnend an, wie ihm das bei der Aussicht auf offene Fenster möglich war.

Bereits zum jetzigen Zeitpunkt war klar, dass man es nicht mit einem Routinemord zu tun hatte. Der Fall würde einiges an Ermittlungsaufwand erfordern. Man richtete sich auf arbeitsame Wochen ein. Praktisch die gesamte Belegschaft der Kripo Miesbach – das waren circa zwanzig Mitarbeiter –

würde zunächst für den Mordfall arbeiten. Dazu kam Verstärkung von der Polizeidirektion Rosenheim. Wallner ordnete noch am Tatort an, alle Vorbereitungen für die Einrichtung einer Sonderkommission zu treffen und die Kollegen in Rosenheim zu verständigen.

Der Konferenzraum war mit fast dreißig Personen gut gefüllt, die Atmosphäre angespannt und erwartungsvoll. Die meisten Anwesenden waren nicht am Tatort gewesen und wussten nur von Kollegen, worum es ging. Diese Kollegen wiederum kannten das meiste ebenfalls nur vom Hörensagen. Gerüchte schossen ins Kraut. Ein ganz abgedrehter Mord sei das. Von Satanisten oder Sekten ging die Rede, andere hatten angeblich gehört, es sei noch eine zweite Leiche gefunden worden, und ein ganz schlecht informierter Spurensicherer aus Rosenheim verbreitete die Geschichte, der Kreuthner habe nachts im Suff ein Mädchen in den Tegernsee geworfen.

Das hitzige Getuschel ebbte ab. Wallner hatte zusammen mit der Staatsanwältin den Raum betreten. Die beiden nahmen am Kopfende eines großen Tisches Platz. Wallner hatte Papiere dabei, die er vor sich auf den Tisch legte. Er wechselte noch zwei Sätze mit Lea Kesselbach und schenkte ihr dabei Kaffee aus einer Thermoskanne ein. Dann wandte er sein Gesicht dem Saal zu. Das letzte Gezischel verstummte.

Wallner bat zunächst, das Fenster zu schließen, und stellte die Staatsanwältin vor. Dann begrüßte er die Kollegen aus Rosenheim, dankte ihnen für ihr Kommen und verlieh der Hoffnung Ausdruck, dass man sie nicht allzu lange benötigen würde. Allerdings verlasse niemand diese Polizeiinspektion, bevor nicht sämtliche Plätzchen aufgegessen seien, die sein Großvater zu Weihnachten für die Kripo Miesbach gebacken habe und die in teils versteinerter Form in der Teeküche lagerten. Es dürfte sich um etwa zwanzig Kilo handeln.

Damit war der humorige Teil der Veranstaltung beendet. Wallner machte eine Pause und blickte kurz in seine Papiere.

»Heute Morgen wurde im Spitzingsee unter dem Eis die Leiche eines sechzehnjährigen Mädchens gefunden. Das Mädchen hieß Pia Eltwanger und wohnte in Rottach-Egern. Die Kollegen aus Wiessee verständigen gerade die Eltern.«

Ein Kollege meldete sich zu Wort, der ganz am Anfang am Tatort gewesen, dann aber mit Organisationsaufgaben zurückgeschickt worden war.

»Woher wissen wir das? Irgendwer hat doch gesagt, sie hätt keine Papiere dabeigehabt.«

»Das ist richtig. Und gekannt hat sie auch keiner. Der Mörder hat eine Art Hinweistafel am Tatort aufgestellt.«

Ein Raunen ging durch den Saal. Da! Habe man es nicht gesagt? Eine vollkommen schräge Kiste sei das. Und man könne gespannt sein, was noch komme.

Wallner berichtete von dem Prinzessinnenkostüm, das die Leiche anhatte, von der Stichverletzung und von dem eigenartigen Marterl, das der Mörder – jemand anderer kam dafür kaum in Frage – ein paar Meter vom Ufer entfernt im Wald aufgestellt hatte.

»Der Mörder«, setzte Wallner seinen Vortrag fort, »der Mörder ist sehr umsichtig vorgegangen, hat aber einige Dinge getan, die nur schwer zu begreifen sind. Allerdings hat er uns damit auch Hinweise über den Tathergang an die Hand gegeben. Wie es im Augenblick aussieht, hat sich Folgendes abgespielt: Der Täter hat das Mädchen auf irgendeine Weise in seine Gewalt gebracht. Vermutlich kampflos, also durch einen Trick. Die Leiche wies nirgendwo Kampfspuren auf. Im Übrigen auch keine Hinweise auf sexuellen Missbrauch.

Dann hat er das Mädchen betäubt und durch einen sehr gezielten Stich ins Herz getötet. Der Einstichwunde nach mit einem Stilett. Das mit der Betäubung vermuten wir nur. Nach der Obduktion wissen wir mehr. Aber der Stich ist so präzise, den kann man eigentlich nicht setzen, wenn sich das Opfer wehrt. Zum Zeitpunkt der Tat war das Opfer vermutlich schon entkleidet. Es haben sich jedenfalls an der Einstichstelle keine Hinweise auf Textilien gefunden. Als das Mädchen tot war, hat der Täter ihm dieses goldene Kleid angezogen.« Wallner hielt ein Foto der bekleideten Leiche hoch, so wie sie aus dem See gezogen worden war. »Die meisten, die das gesehen haben, sagen, sie schaut aus wie eine Prinzessin. Vielleicht hat das ja irgendwas zu bedeuten. Okay. Dann hat er sie mit einem Polaroidapparat fotografiert und ist mit der Leiche zum Spitzingsee gefahren. Also wahrscheinlich. Wir vermuten mal, dass der Mord nicht da passiert ist. Ist aber momentan nur so ein Gefühl. Zum Schluss hat er ein Loch ins Eis gehackt und die Leiche im See versenkt. Wir haben eine Stelle im Eis gefunden, die dünner war. Offenbar noch nicht lange zugefroren. Leider ist der Bichl Toni da eingebrochen. Ich hoffe, es geht ihm wieder einigermaßen.«

»Dem geht's erst schlecht, wenn er wieder fit is«, meldete sich Mike. »Ich hab so a G'fühl, wie wenn der sich vor dem Glühwein drücken will. Deswegen wär's mir ganz recht, wenn mir des im Protokoll festhalten könnten: Bichl Anton – eine Runde Glühwein schuldig.«

Interessierte Fragen nach dem Grund für die Runde Glühwein und vor allem nach dem Kreis der Begünstigten prasselten auf Mike ein.

»Mei«, fasste Mike die Ereignisse zusammen, »ich hab g'sagt, gebt's Obacht. Wer z'erscht einbricht, zahlt a Rund'n

Glühwein. Und er? Nix wie blöd daherreden. Und zack – war er weg.«

Heiterkeit machte sich breit. Wallner blätterte inzwischen in seinen Papieren, um zu sehen, was er noch vortragen musste. Unversehens hatte sich der Saal in eine scherzende Schwatzrunde verwandelt.

»Hallo, Kollegen! Können wir weitermachen?«

Es wurde wieder still.

»Also: Der Täter hat die Leiche im See versenkt. Die letzte Nacht war ziemlich kalt da oben am Spitzingsee. Das Loch ist daher schnell wieder zugefroren. Und dann hat es die ganze Nacht draufgeschneit. Deswegen hat man am Anfang auch nichts gesehen von dem Loch. Dann gibt es noch dieses Holzkreuz, das etwa dreißig Meter vom Ufer entfernt im Wald gestanden ist.« Er hielt ein Foto hoch. »Auf dem Kreuz steht unter anderem: Pia Eltwanger. Ermordet am 14. Januar 2007. Also gestern. Es ist nicht zu vermuten, dass der Mörder uns damit in die Irre führen will. Wenn er das gewollt hätte, hätte er gar nichts gemacht. Dann wäre die Leiche vielleicht erst im Frühjahr aufgetaucht, und wir hätten so gut wie nichts über den Todeszeitpunkt sagen können. Also noch mal: Der Mord wurde höchstwahrscheinlich gestern begangen. Dafür spricht auch was anderes: Es gibt keine Vermisstenanzeige. Dass das Mädchen schon länger verschwunden war, ist also kaum vorstellbar. Was es jetzt mit diesem Holzkreuz noch auf sich hat, kann uns der Lutz erzählen.«

Lutz sah bedächtig in seine Akten, dann stellte er sich kurz den auswärtigen Kollegen vor und begann in einer leicht unbeholfen und verwirrt wirkenden Art zu referieren, wobei er ein großes Farbfoto des Kreuzes in die Luft hielt und es dann herumgehen ließ.

»Des is des Kreuz, also a Marterl praktisch, wo sich am Tatort, das heißt Tatort wiss' ma ja net, aber praktisch am Fundort der Leiche, äh, aufgefunden wurde. Ich lass des jetzt amal rumgehen. So – wo hammas denn …«, er kramte in seinen Papieren, fand endlich das Blatt, das er suchte, und studierte es dann, als bekomme er es zum ersten Mal zu Gesicht. Es kam schon Ungeduld auf, als Lutz endlich mit seinem Vortrag fortfuhr. »Äh, genau«, sagte er und tippte dabei auf das Papier. »Des Holz von dem Kreuz is Fichte. A schlichte Ausführung, könnt ma sagen. Trotzdem keine Massenware. Des hat, vermuten mir jetzt amal, a Schreiner g'macht. Deswegen hamma vielleicht a Chance, dass mir rauskriegen, wo des genau her is, und wenn ma Glück ham – ich glaub's ja net –, aber wie g'sagt, vielleicht kommt ma ja doch auf'n Käufer. Äh, Fingerabdrücke waren jetzt keine drauf, also am Kreuz selber. Auch net auf der Kerze, und auf dem Windschutz war auch nix. Des war wirklich, wie wenn mei Schwiegermutter des putzt hätt.«

Höfliches Gelächter. Lutz freute sich, dass ihm ein Scherz gelungen war.

»Nur auf dem Foto, da war a einzelner Fingerabdruck. A Daumenabdruck. Inzwischen wiss' ma auch, dass der vom Opfer stammt. Und, äh, mir vermuten auch, weil hinten, da war jetzt nix drauf, also kein Abdruck von am anderen Finger. Deswegen glauben mir nicht, dass das Opfer quasi des Foto in die Hand genommen hat.«

»Is eh unwahrscheinlich, dass die a Foto von sich als Leich in die Hand nimmt. Des kann ich dir auch so sagen.«

Das anschließende Gelächter brachte Lutz etwas aus dem Konzept. Mike gluckste und schaute mit blitzenden Augen in die heitere Runde. Wallner sah Mike genervt an. Er hatte ihn schon mehrfach gebeten, Lutz nicht bloßzustellen. Aber Mike hätte sich eher den kleinen Finger abgehackt, als die Steilvorlage von eben nicht zu verwerten.

»Ja logisch«, nahm Lutz verlegen lächelnd den Faden wieder auf. »So g'sehen. Des is natürlich auch richtig. Jedenfalls – und des is jetzt des Interessante – hat der Täter selber den Fingerabdruck da draufgemacht auf das Foto. Also natürlich net in dem Sinn, dass er selber, also net seinen Fingerabdruck … er hat halt den Daumen von dem Opfer genommen und den praktisch auf das Foto druckt. Ich hoff, ich hab mich da …« Er blickte unsicher in die Runde. Mike klopfte ihm auf die Schulter.

»Ich glaub, jetzt hat's jeder kapiert. Was ich net versteh, is: Wieso hat er's g'macht?«

»Na ja, eine Erklärung wäre …«, Wallner unterbrach sich selbst. »Danke, Lutz. Ich denk, das war's auch so im Groben.« Lutz gab durch eine Geste sein Einverständnis, dass Wallner wieder das Wort ergriff. Dann wandte sich Wallner Mike zu. »Ich vermute Folgendes: Der Täter konnte ja nicht damit rechnen, dass der Kollege Kreuthner schon am nächsten Morgen die Leiche entdeckt.«

»He, Kreuthner, wie hast'n des g'schafft mit dem Rausch im G'sicht?!« Der Zwischenrufer war Polizeimeister Sennleitner, einer der Männer, mit denen Kreuthner vor der Entdeckung der Leiche im Mautner gezecht hatte.

»Ich geh mal davon aus, dass der Kollege Kreuthner nüchtern war, sonst hätte er ja nicht mehr mit dem Auto zum Spitzingsee fahren können«, sagte Wallner. »So. Spaß beiseite. Meine Hypothese: Der Täter hat das Kreuz aufgestellt, damit man die Leiche möglichst bald findet. Ich schätze, der Fingerabdruck auf dem Foto sollte lediglich untermauern, dass es sich nicht um einen makabren Scherz handelt.«

»Und was hat er davon, wenn die Leiche schnell gefunden wird?«

»Gar nichts. Die Motive des Täters sind nicht rational

nachvollziehbar. Aus irgendeinem Grund ist ihm daran gelegen, dass das Opfer und die Tat ans Licht der Öffentlichkeit kommen.«

»Aber dann schmeiß ich die Leiche doch net in 'n Spitzingsee. Dann tu ich die irgendwohin, wo man sie leicht findet.«

»Im Prinzip richtig. Nur – wenn ich mir das Ganze ansehe, dann scheint das eine einzige perverse Inszenierung zu sein. Wer immer das getan hat, hat Gründe, die werden wir in einer Million Jahren nicht verstehen.«

Wallner nutzte die Gelegenheit, um ein paar Worte über das Täterprofil zu verlieren. Er war kein Fachmann. Aber ein paar Grundkenntnisse hatte er sich erworben, und er konnte eine grobe Einschätzung abgeben. Für eine konkretere Aussage musste man das Ergebnis der Operativen Fallanalyse abwarten, besser bekannt unter der Bezeichnung Profiling. Die Fallanalytiker waren eine eigenständige Abteilung der Polizei und bei einer Mordermittlung nicht Teil der Sonderkommission. Sie lieferten ihre Erkenntnisse dazu wie die Gerichtsmedizin oder die Labors. Es konnte allerdings Wochen dauern, bis ein Täterprofil erstellt war.

Im vorliegenden Fall musste man davon ausgehen, dass der Täter nicht mehr ganz jung war, über dreißig, wahrscheinlich über fünfunddreißig. Dafür sprach das äußerst planvolle Vorgehen. Das Fehlen von Kampfspuren und der Umstand, dass der Täter das Mädchen vermutlich irgendwo an einem nichtöffentlichen Ort betäuben konnte, waren Hinweise darauf, dass Täter und Opfer sich kannten. Das wiederum mochte bedeuten, dass der Täter entweder in der Umgebung des Opfers zu suchen war – Verwandte und Bekannte der Eltern oder auch der Bäcker um die Ecke oder ein Lehrer. Die andere Variante: Das Opfer kannte den Täter ursprünglich nicht. Der Täter hatte sich aber das Vertrauen des Mädchens erworben.

»Glauben Sie, er hat sein Opfer zufällig ausgewählt?«, fragte die Staatsanwältin.

»Er muss das Mädchen lange beobachtet haben, er hat alle Vorbereitungen getroffen, um genau dieses Mädchen zu töten. Er kannte ihren Namen und hat ihn auf einem Holzkreuz eingraviert. Und auch die Konfektionsgröße des goldenen Kleides stimmt. Insofern kann man kaum von Zufall sprechen. Eine andere Frage ist: Kam es ihm wirklich darauf an, Pia Eltwanger umzubringen? Oder war es einfach ihr Aussehen? Hat sie zufällig in sein Opferschema gepasst? Hat sie ihn zufällig an jemanden erinnert? Ich weiß es nicht.«

In diesem Moment klingelte Wallners Handy. Er sah am Display, dass es Tina war, entschuldigte sich und verließ den Raum.

Tina klang aufgeregt. Sie rief aus der Gerichtsmedizin an. Tina war bei der Obduktion der Leiche dabei gewesen und hatte weitere Spuren vom Körper des Opfers gesammelt. Der Tod des Mädchens war vor etwa achtzehn Stunden eingetreten, so das Obduktionsergebnis. Eine Vergewaltigung hatte nicht stattgefunden. Im Blut der Leiche war Flunitranzepam nachgewiesen worden, ein Wirkstoff aus der Gruppe der Benzodiazepine – besser bekannt als K.-o.-Tropfen. Damit war Pia Eltwanger betäubt worden, wie Wallner vermutet hatte. Aber sie hatten noch etwas anderes gefunden, und das kam Tina so seltsam vor, dass sie Wallner gleich angerufen hatte.

»Was ist es denn?«, fragte Wallner.

»Ich weiß offen gesagt nicht, was es ist«, sagte Tina. »Es könnte eine Botschaft des Mörders sein.«

6

Wallner beugte sich über die kleine Blechplakette, die auf seinem Schreibtisch lag. Draußen waren Wolken aufgezogen. Es herrschte kaum mehr Licht als in der Abenddämmerung, obwohl es erst Mittag war. Wallner musste die Schreibtischlampe einschalten und das Metallstück mit einer Pinzette näher ans Auge führen. Es war etwas länger und etwas schmaler als ein Fingernagel. Der größte Teil der Fläche war hellblau, nur die rechte untere Ecke war grau-braun und hatte im Gegensatz zum Rest eine gewisse Struktur, die aber kaum zu erkennen war. Denn das Bild – oder was immer es sein mochte – war sehr grobkörnig, wie eine stark vergrößerte Fotografie. Außerdem war auf der Plakette eine Zahl aufgedruckt, die das Erkennen des Bildmotivs erschwerte: »1« stand am unteren Bildrand.

Wallner legte die Plakette auf den Tisch zurück.

»Wo genau habt ihr die gefunden?«

»In ihrem Mund«, sagte Tina. »Ich hatte sie bei der ersten Untersuchung am See übersehen. Sie war unter der Zunge.«

»Na gut. Mal sehen, was die KTU dazu sagt.« Wallner betrachtete die Ziffer, die ihm aber nicht verriet, warum sie existierte. Wallner wusste, dass es bei Serienmördern oft Rituale gab, Symbole oder Inszenierungen, die mit den traumatischen Ereignissen zu tun hatten, die dem Täter in seiner Kindheit widerfahren waren, in denen ersatzweise Rache an den Opfern geübt wurde. Rache, die meist der eigenen Mutter galt. Wallner war kein Profiler. Er war nur Landpolizist bei der Kripo. Aber er hatte in fast zwanzig Jahren bei der Polizei Instinkt entwickelt. Der sagte ihm, dass sich bei diesem Mord etliches vollkommen anders verhielt als bei allem, was ihm bisher in seinem Polizistenleben begegnet war. Die Inszenierung hatte gewiss mit der Vita des Täters zu tun. Aber etwas sagte Wallner, dass der Adressat dieser Botschaften nicht die lieblose Mutter des Täters war, sondern jemand anderer: er. Wallner.

Während Wallner seinen Gedanken nachhing, hatte Tina ein Gespräch auf ihrem Handy entgegengenommen, das sie jetzt beendete.

»Aha … also nichts, was euch irgendwie bekannt vorkommt. Okay. Danke. Ich schick euch das Ding dann rüber.«

Sie wandte sich wieder an Wallner.

»Das Labor. Ich hatte ihnen schon mal Fotos von dem Teil geschickt. Ich dachte, vielleicht ist das ja irgendwas Gebräuchliches. Ausweisplakette, Abzeichen – keine Ahnung. Aber so was hat keiner von den Laborleuten je gesehen. Ich schick's mal rüber. Ich denke, wir sollten vorläufig davon ausgehen, dass der Täter das selber gemacht hat.«

Wallner nickte. »Hm … eins … Was heißt das? Opfer Nummer eins?«

Tina zuckte mit den Schultern. »Warum hat er es ihr in den Mund gelegt?«

»Hat vielleicht symbolische Bedeutung: Der Täter will uns mit der Plakette etwas sagen.«

»Aber was will er uns sagen? Keine Vermutung?«

»Na ja«, sagte Wallner und sah in den Januartag hinaus. Der Wind zerrte an den blattlosen Ästen der Bäume. »Ich hab in der Tat eine Theorie …«

Tina sah ihn erwartungsvoll an. »Nämlich?«

»Dass dies nur das erste Teil eines Puzzles ist. Und dass wir in nächster Zeit noch mehr Teile bekommen werden.«

Sie näherten sich dem schmiedeeisernen Tor, das den Zugang zum Eltwangerschen Anwesen versperrte. Es waren jetzt knapp über null Grad. Ein föhniger Wind blies von Süden. Er brachte aber keine Sonne. Nur unruhige, graue Wolken. Das Tor wurde ohne Nachfrage von jemandem geöffnet, den sie nicht sehen konnten. Man hatte ihr Kommen angekündigt. Der Schnee auf der gekiesten Auffahrt zum Haus knirschte. Genauer gesagt machte er das Geräusch, das Schnee macht, wenn er schon weich wird, aber die Reifen noch einen saube- ren Abdruck hinterlassen, der beim Weiterfahren in dünnen Platten herausgelöst wird. Das Haus war im oberbayerischen Landhausstil errichtet worden und sehr, sehr groß. Wallner war angespannt. Bisher hatte er nur von fern ein totes Mäd- chen gesehen. Jetzt würde er die Welt des Opfers betreten. In dieser Welt, so viel konnte man schon sagen, herrschte kein Mangel. Ein reiches Mädchen war ermordet worden. Vor dem Haus standen ein 6er BMW und ein Audi Q7. Welche Schätze die großzügig dimensionierte Garage noch barg, war nur zu erahnen.

»Geiles Teil, der Q7. Ich krieg 'n bloß net in meine Garage. Der is zu breit«, sagte Mike.

»Ärgerlich, was? Da ist endlich mal 'n geiler Wagen auf dem Markt, und dann passt er nicht in die Garage von deiner Sozialwohnung.«

»Is natürlich auch a Faktor. Die Nachbarn, die würden des gar net verstehn. Da is ja ein Sozialneid bei mir in der Sied- lung, des kannst dir net vorstellen.«

Sie klingelten und warfen beim Warten noch einmal einen

Blick auf die Fahrzeuge. Die Tür wurde von Lothar Eltwanger geöffnet. Eltwanger war Ende vierzig und trug einen dunklen Anzug mit passender Krawatte. Irgendetwas Italienisches, mutmaßte Wallner. Mit Anzügen kannte er sich nicht so gut aus wie mit Autos. Aber dass der Anzug teuer war, konnte man sehen. Eltwanger hatte ein ebenmäßiges Gesicht mit großem Kinn. Nur die Nase war auf eigenartige Weise schief und eingedrückt, als sei sie einmal gebrochen worden. Der Mann, Pias Vater, war mit den Nerven am Ende. Aber er wahrte Contenance und begrüßte Wallner und Mike mit ernsten, aber höflichen Worten. Wallner fragte sich, wann ein Mann wie Eltwanger seine Arbeit als Vorstandsmitglied einer großen Münchner Versicherung wieder aufnehmen würde. Morgen wohl noch nicht. Das mochten einem Mitarbeiter und Kollegen als herzlos auslegen. Eine ganze Woche auszusetzen war vermutlich zu viel. Da könnte die für den freien Markt erforderliche Härte angezweifelt werden. Wallner entschied, dass sich Eltwanger drei Tage geben würde. Am Donnerstag würde er wieder im Büro sein. Vielleicht nur kurz, um die dringendsten Dinge zu erledigen. Aber er würde hingehen.

Britta Eltwanger war etwa im Alter ihres Mannes. Den Recherchen der Kollegen zufolge arbeitete sie für Filmfonds, die deutsche Gelder in Hollywood investierten. Frau Eltwangers Job war es, möglichst viele ihrer Bekannten, die allesamt den Spitzensteuersatz bezahlten, dazu zu überreden, in die Fonds zu investieren. Das Geschäft war Frau Eltwanger erst kürzlich durch den Gesetzgeber verdorben worden. Aber Wallner war sicher, die Steuerexperten würden Ersatz finden. Frau Eltwanger war wie ihr Mann um Fassung bemüht. Man konnte sehen, dass sie geweint hatte.

Wallner bekundete sein Mitgefühl, wenngleich ihm klar war, dass das nichts besser machte.

»Wann haben Sie Ihre Tochter das letzte Mal gesehen?«

»Letzten Donnerstag«, sagte Herr Eltwanger. »Ich musste geschäftlich nach Mailand und bin erst heute früh wieder in München gelandet.« Herr Eltwanger sah auffordernd zu seiner Frau.

»Freitagmittag. Ich hatte nachmittags einen Termin.«

Wallner war leicht irritiert. »Heißt das, Sie haben Ihre Tochter seit drei Tagen nicht mehr gesehen?«

»Sie wollte übers Wochenende zum Skifahren. Mit einer Freundin.«

»Wie heißt diese Freundin?«

Herr Eltwanger blickte wieder zu seiner Frau. Die schien angestrengt nachzudenken.

»Ich kann mich jetzt gerade nicht erinnern«, sagte sie. Ihr Mann schaltete sich ein. »Soweit ich das mitbekommen habe, hatte sie nur diese eine Freundin. Pia war wohl … na ja, nicht sehr kontaktfreudig. Der Name der Freundin lässt sich bestimmt leicht ermitteln.«

Mike konnte seine Fassungslosigkeit nicht verbergen.

»Ihre Tochter hat nur eine Freundin. Und Sie wissen den Namen nicht?«

»Entschuldigung – wollen Sie mit der Frage irgendetwas andeuten?« Herr Eltwanger klang mit einem Mal gereizt. Wallner musste die Gemüter besänftigen. Sonst würde diese Vernehmung den Bach runtergehen.

»Das kann ja mal vorkommen, dass man den Namen nicht gleich parat hat«, sagte er mit Blick zu Mike, der den Kopf schüttelte und ein wenig beleidigt aus dem Fenster sah. »Also, Pia ist am Freitag zum Skifahren aufgebrochen. Haben Sie sie irgendwo hingefahren?«

»Nein«, sagte Frau Eltwanger. »Die Mutter ihrer Freundin wollte sie abholen. Ich war zu der Zeit noch bei meinem Termin.«

»Haben Sie am Wochenende mit Pia telefoniert?«

Die Eltwangers schüttelten den Kopf.

»Okay. Aber sie hatte heute wieder Schule. Da hätte sie doch gestern Abend zurück sein müssen.«

Frau Eltwanger war den Tränen nahe. »Ich … ich konnte mich nicht mehr erinnern, wie lange sie wegbleiben wollte. Ich hatte es in der Hektik vergessen.«

Jetzt sah Herr Eltwanger seine Frau fassungslos an. »Du hattest es vergessen?!«

»Rede du nicht in diesem Ton mit mir«, brach es aus Frau Eltwanger heraus. »Dir wär das doch in vier Wochen nicht aufgefallen, dass sie weg ist!« Sie fing an zu weinen. Er versuchte, ihre Hand zu nehmen; sie zog sie zurück.

»Ich hab das nicht so gemeint. Britta …«

Aber Britta Eltwanger konnte nicht aufhören zu weinen. Es brach alles auf einmal aus ihr heraus, und sie verließ schluchzend und zuckend den Raum. Eltwanger machte keine Anstalten, seiner Frau nachzugehen.

»Es ist, glaube ich, besser, wenn sie erst mal für sich alleine ist. Kann ich Ihnen noch irgendwie weiterhelfen?«

Wallner bezweifelte das. Die Putzfrau der Eltwangers wusste wahrscheinlich mehr über das Mädchen als die Eltern.

»Also, der Freundeskreis Ihrer Tochter war relativ klein.«

»Soweit ich das mitbekommen habe. Ich bin wie gesagt viel unterwegs.«

»Wann haben Sie mit Ihrer Tochter das letzte Mal länger gesprochen?«

Schweigen. Eltwanger versuchte, sich zu erinnern. Wallner sah, dass es sinnlos war.

»Oder wir machen Folgendes: Stellen Sie uns doch bitte bis morgen eine Liste der Freunde Ihrer Tochter zusammen, soweit Sie sie ermitteln können. Sowie eine Liste aller männlichen Personen über dreißig, mit denen Ihre Tochter näher zu tun hatte. Tennislehrer, Gärtner, Verwandte, Bekannte.«

Eltwanger nickte beflissen. »Hören Sie, Sie haben jetzt vielleicht den Eindruck, dass wir uns nicht um unser Kind gekümmert haben. Typisch reiche Leute. Teure Autos fahren und keine Zeit für die Kinder. Diese ganzen Klischees. Aber Sie sollten nicht voreilig urteilen. Es war nämlich nicht immer so. Es war nur so, dass sich Pia irgendwann, wie soll ich sagen ... verschlossen hat. Sie war immer schon schwierig. Aber deswegen haben wir sie trotzdem geliebt ... verstehen Sie?«

»Natürlich, Herr Eltwanger.«

Wallner kannte das Gerede. Es sprudelte meist dann aus Elternmündern, wenn ihre Kinder straffällig geworden waren. Oft konnte man auch nicht allein die Familie verantwortlich machen. Auch auf dem Land gab es Einflüsse, die Eltern kaum kontrollieren konnten. Andererseits – im Fall Eltwanger war die Sache klar. Die hatten ihre Tochter schon vor langer Zeit abgeschrieben.

»Wir würden uns jetzt gerne das Zimmer von Pia ansehen. Sie sollten da auch nichts verändern, bis die Kollegen von der Spurensicherung kommen.«

»Natürlich. Es ist im ersten Stock. Ich zeig's Ihnen.«

Pias Zimmer war eine eigene Welt. In das übrige Haus hatte man Antiquitäten und Designerstücke in einer Weise gestellt, die kaum die Vermutung aufkommen ließ, dass hier Menschen lebten. Das Zimmer, in dem Wallner und Mike jetzt standen, war eine Märchenhöhle. Jeder Quadratzentimeter Wand war mit mystischen Bildern und Postern von Fantasy-

Filmen behängt. Replikate von altägyptischen Büsten und Statuetten standen auf dem Schreibtisch und in den Regalen. Es roch nach kaltem Räucherstäbchenrauch. Wallner und Mike sahen sich behutsam um. Lutz und Tina hatten es nicht gern, wenn jemand vor ihnen einen Raum betrat, den sie noch nicht untersucht hatten. Wallner betrachtete das große Bücherregal. Pia hatte offenbar viel gelesen. Und das meiste hatte mit Mystik und Sagen und Esoterik zu tun. Darunter auffallend viele Titel über die Rosenkreuzer.

»Was ist eigentlich A. M. O. R. C.?«, meldete sich Mike. Er hatte auf dem Schreibtisch Internetausdrucke mit dieser Aufschrift gefunden. Wallner betrachtete den Schriftzug. Er wusste auch nicht, was er bedeutete, hatte aber die vage Erinnerung, ihn vor weniger als einer Minute schon einmal gesehen zu haben. Er ging zurück zum Bücherregal, nahm ein Buch über die Rosenkreuzer heraus und schlug es auf. Gleich auf der ersten Seite begegnete ihm das Kürzel wieder. Es bedeutete »Alter mystischer Orden Rosae Crucis«.

»Klingt nach Sekte.« Mike blätterte in dem Buch. »Initiation. Heilige Scheiße. Hört sich nicht gut an.«

»Ist, glaub ich, relativ harmlos. Aber wir fragen mal die Sektenexperten«, meinte Wallner. »Allerdings ist der Witz bei Sekten ja der, dass man das nicht alleine betreibt. Vielleicht kriegen wir hier einen Anhaltspunkt.«

Die Eltwangers wussten nichts über die Vorliebe ihrer Tochter für die Rosenkreuzer. Dass sie sich für Mystik interessierte, das hätten sie mitbekommen. Aber das sei ja normal für ein Mädchen in dem Alter.

Wallner und Mike wollten schon gehen, da fiel Wallner noch etwas ins Auge. Es war an sich nicht weiter von Bedeutung. Nur ein Foto, das über einem Jugendstil-Sideboard hing. Es zeigte Herrn Eltwanger in jüngeren Jahren mit

Freunden im Winter vor einer schlichten Berghütte. Seine Haare waren wirr, er war ungewaschen, sonnenverbrannt, unrasiert – und die Nase war unversehrt. Wallner fiel das Bild auf, weil es so wenig in das sterile Ambiente des Hauses passte. Der Versicherungsvorstand im Designeranzug hatte vor diesem hier ein anderes Leben gelebt. Wallner betrachtete das Gesicht des jungen Eltwanger auf dem Foto. Er lächelte. Er hatte die Augen eines jungen Mannes, der das Leben vor sich hat. Wie alt mochte das Foto sein? Zwanzig Jahre? Die Augen! Welcher Unterschied zu den Augen, die Wallner vor einer halben Stunde an der Haustür angesehen hatten. Augen eines Mannes, der gerade sein Kind verloren hatte.

7

Das Gymnasium von Tegernsee war in einem ehemaligen Kloster untergebracht. Das Gebäude wurde allgemein das »Schloss« genannt, da es nach der Säkularisation im Jahre 1803 zunächst in die Hände eines Baron von Drechsel gefallen war, der es dann an König Max I. Joseph verkaufte. Der wiederum machte das geräumige Gebäude zu seiner Sommerresidenz. Dieser Akt begründete auch den Anfang des Fremdenverkehrs im Tegernseer Tal, welcher seither viel zum Wohlstand der Gegend beigetragen hatte.

Nach dem Zweiten Weltkrieg wurde in einem Teil des Klosters ein Gymnasium eingerichtet. Nachdem in den siebziger Jahren der Putz von den Decken der Klassenzimmer bröselte, entschied man sich für einen Umbau, bei dem der Architekt weder an Marmor noch an Messing sparte und auch nicht an Glas. Eine komplette Innenhoffassade verschwand hinter einer Art Gewächshaus und machte den Gymnasiasten schon im Kindesalter die Schrecken des Treibhauseffekts begreiflich.

Herr Bröckl, der Klassenlehrer, beschrieb Pia Eltwanger als fleißige und unauffällige Schülerin. Die habe nie gefehlt, sei in Deutsch wie auch in Mathematik gut gewesen, was nicht häufig vorkomme, und sie habe keinen Ärger gemacht, was heute noch seltener vorkomme. Um solche Schüler kümmere man sich als Lehrer naturgemäß wenig. Das sei leider so. Deswegen konnte Herr Bröckl auch nicht sagen, wie groß Pias Freundeskreis war. Bröckls Eindruck nach war der eher klein. Und er habe auch nicht mitbekommen, dass Pia einen Freund hatte. Aber das eben alles ohne Gewähr.

Auch Pias Klassenkameraden wussten erstaunlich wenig über ihre Mitschülerin. Wallner und Mike hatten die Klasse zunächst gemeinsam befragt. Hauptsächlich darüber, wann wer Pia das letzte Mal gesehen hatte, welchen Weg sie von der Schule nach Hause nahm, ob es Faschingsfeste gegeben hatte, zu denen Pia gegangen sein könnte (was nicht der Fall war; Pia ging nicht auf Faschingsfeste). Auch andere Dinge wurden abgefragt, wie ihre Lieblingsplätze, Bekanntschaften und Ähnliches mehr. Das Ergebnis war mager. Niemand redete schlecht über das Mädchen. Aber das lag nicht so sehr daran, dass sie gerade gestorben war. Man kannte sie einfach zu wenig. Wie die Kommissare dann in Einzelgesprächen herausfanden, kursierten mehrere Gerüchte über Pia. Das eine lautete, sie sei lesbisch und habe eine Beziehung mit Conny Polcke aus der 10 b. Conny Polcke war Pias beste (und offenbar einzige) Freundin. Ein weiteres Gerücht besagte, Pia habe einen Freund. Über den Freund wiederum gab es divergierende Angaben. Die einen sagten, den habe, wenn es ihn überhaupt gebe, niemand jemals gesehen. Die anderen wussten von wieder anderen, die Pia in Begleitung eines jungen Türken oder Afrikaners gesehen hatten. Die Angaben schwankten. Einen direkten Augenzeugen gab es nicht in der Klasse.

Conny Polcke war nicht mehr in der Schule. Bei der Nachricht vom Tod ihrer Freundin hatte das Mädchen einen Nervenzusammenbruch erlitten und war ins Krankenhaus geschickt worden. Das war jetzt über eine Stunde her. Wallner und Mike mussten mit Joseph Kohlweit vorliebnehmen, dem Vertrauenslehrer für Pias Jahrgangsstufe. Er empfing sie im völlig überheizten Lehrerzimmer. Offenbar hatte niemand mitbekommen, dass die Außentemperatur seit dem Morgen um zwanzig Grad gestiegen war. Wallner war es recht. Kohlweit hatte Halbglatze und Bauchansatz. Ende vierzig. Lehrer für Deutsch und Geschichte. Ein bisschen hässlich, aber von einnehmendem Wesen, wenn auch etwas selbstgefällig, wie es Wallner schien. Kohlweits Sprache war bayerisch gefärbt. Nicht jene grobe Färbung, mit der ungeschlachte Menschen ein für sie fremdes und feindliches Hochdeutsch zu bezwingen versuchen. Es war die feine Färbung des Gebildeten, der nicht mit der Hochsprache kämpft, sondern ihr mit seiner heimatlichen Aussprache Geschmeidigkeit und Charakter verleiht. Kohlweit hatte immer den Ansatz eines Lächelns im Gesicht. Doch seine Augen verrieten Wallner, dass der Lehrer schockiert war.

»Ja, sie war zwei- oder dreimal bei mir.«

»Was wollte sie von Ihnen?«

»Ich denke, das unterliegt meiner Schweigepflicht.«

»Pia kann Sie davon nicht mehr entbinden. Sie müssen selbst entscheiden, was Pia gewollt hätte. Es geht immerhin um die Ergreifung ihres Mörders.«

Kohlweit überlegte.

»Der Kerl wird wahrscheinlich weitermorden«, sagte Mike.

Kohlweit nickte. Sein Atem ging schwer.

»Pia war ein bisschen einsam. Nicht, dass man sie nicht mochte in der Klasse. Aber … sie hatte keinen Draht zu ihren Mitschülern. Was die bewegt, das hat Pia nicht interessiert. Partys, die neuesten Handys, Klingeltöne. Sie hat Tiefe gesucht, wenn Sie verstehen, was ich meine.«

»Was haben Sie ihr geraten?«

»Ich habe ihr gesagt, sie soll ein bisschen mehr auf ihre Mitschüler zugehen.«

»Warum kam sie damit ausgerechnet zu Ihnen?«

»Sie hatte sonst niemanden, mit dem sie reden konnte.«

»Was ist mit Conny Polcke?«

»Die beiden waren sehr eng miteinander. Aber das war wohl das Problem.«

»Was meinen Sie?«

»Conny Polcke ist der gleiche Typ. Die kann schlecht Ratschläge geben, wie man mit anderen klarkommt.«

»Sie wissen auch nicht, ob Pia Eltwanger einen Freund hatte?«

»Ich bin mir sicher, dass sie keinen hatte. Dieses Gerede über den geheimnisvollen Afrikaner, das entbehrt jeder Grundlage. Meiner Erfahrung nach kommt so was auf, wenn die Leute zu wenig über jemanden wissen.«

»Hat Pia über spiritistische Neigungen gesprochen? Etwa über die Rosenkreuzer?«

Kohlweit überlegte kurz, dann verzerrte wieder das vorgefertigte Lächeln sein Gesicht.

»Es gibt viele junge Leute, die sich für solche Dinge interessieren. Das ist harmlos. Manchmal sogar nützlich. Es gibt ihnen Halt. Vermuten Sie einen Zusammenhang mit dem Mord?«

Wallner zuckte mit den Schultern.

»Hat sie je was von den Rosenkreuzern erwähnt?«

»Ich denke nicht.«

Der Arzt im Krankenhaus sagte, Connys Zustand sei nicht bedrohlich. Dennoch. Sie sollten das Mädchen heute in Ruhe lassen. Wallner hatte zwar das Gefühl, dass zügiges Vorgehen geboten sei. Andererseits – er konnte nur erahnen, wie es war, die beste Freundin durch einen Mord zu verlieren.

Vor dem Krankenzimmer traf Wallner – Mike hatte sich nach dem Befund des Arztes zum nächsten Metzger nach Hausham verabschiedet, um Leberkässemmeln zu besorgen – auf Melanie Polcke, die Mutter des Mädchens. Wallner stellte sich vor und erkundigte sich nach dem Befinden von Conny. Melanie Polcke sagte, sie weine und habe Angst. Die Frau, die vor Wallner stand, war Ende dreißig und nicht unattraktiv. Sie hatte blonde, kurze Haare und dunkle Augen. Die Sorge um ihr Kind ließen die Fältchen um ihre Augen wohl etwas mehr hervortreten als sonst.

»Es tut mir leid für Ihre Tochter«, sagte Wallner.

»Ist Pia wirklich ermordet worden?«

Wallner sagte, davon müsse man ausgehen. Melanie Polcke blickte Wallner besorgt an.

Sie standen sich einen Augenblick wortlos gegenüber. Wallner sah ihre vollen Lippen, die jetzt aufeinandergepresst waren. Ein warmer Duft von Parfüm drang zu ihm herüber. Wallner merkte, dass er nervös wurde.

»Pia und Ihre Tochter wollten letztes Wochenende zum Skifahren?«

Melanie Polcke war offensichtlich irritiert von der Frage.

»Nein, wieso?«

»Pias Eltern haben das gesagt.«

»Conny war zu Hause. Sie hat Samstag und Sonntag bis Mittag geschlafen. Conny fährt nicht gerne Ski. Also – nein. Sie hat nichts davon gesagt, dass sie zum Skifahren will.«

»War Ihre Tochter am Wochenende mit Pia zusammen?«

»Ich habe Pia das ganze Wochenende nicht gesehen. Sonst ist sie ständig da. Sie gehen dann auf Connys Zimmer und … keine Ahnung, was sie da machen. Was Mädchen in dem Alter halt machen.«

Wallners Atem ging schneller. Pia hatte ihre Eltern angelogen. Warum? Wenn sie nicht beim Skifahren war, was hatte sie stattdessen getan?

»Tut mir leid«, sagte Melanie Polcke. »Mehr kann ich Ihnen nicht sagen.«

»Das war schon sehr viel. Wo kann ich Sie erreichen, wenn es noch Fragen gibt?«

»Ich arbeite im Kakadu. In Schliersee.«

»Ah ja. Kenne ich. Da sind Sie dann abends oder wie?«

Melanie Polcke nickte. Dabei öffnete sie ihre Lippen leicht, und Wallner beschloss, heute Abend ins Kakadu zu gehen.

8

Peter starrte auf die Felskante tief unter ihm. Lisas Schrei hallte noch in den Felswänden. Zwanzig Meter vor der Kante lag ein Ski. Dann Schnee, der sich in der Abendsonne rötlich zu färben begann. Dann ein paar Meter Felsgestein. Dann nichts mehr. Peters Herz raste. Auf seiner Brust lastete ein Druck, dass er kaum atmen konnte. Seine Knie zitterten. Tausend Gedanken gingen ihm gleichzeitig durch den Kopf. Wie lange würde es noch hell sein? Hatte Lisa den Sturz überlebt? Wo war das nächste Telefon? Hatte er seinen letzten Alpenvereinsbeitrag bezahlt, wenn sie einen Hubschrauber brauchten? Warum hatte er in der Pension nicht hinterlassen, dass sie eine Skitour machen wollten?

Schließlich stemmte er seine Stöcke in den Schnee und fuhr nach unten. Der Schnee war schwer. Sehr schwer. Wieso hatte er Lisa das zugemutet? Er selbst hatte Probleme und konnte nur mit großem Krafteinsatz schwingen. Er widerstand der Versuchung, überstürzt zur Felskante zu fahren. Wenn auch ihm etwas passierte, dann waren sie beide verloren. Peter kam zu der Stelle, an der Lisas Ski lag. Ein paar Meter weiter Richtung Felsen steckte ihre Sonnenbrille im Schnee.

»Lisa!« Peter lauschte seinem verhallenden Schrei nach. Doch der blieb ohne Antwort. Schließlich schnallte er die Skier ab und stapfte durch den nassen Schnee zur Kante. Da hörte er schwach Lisas Stimme. Er rief noch einmal nach ihr, und wieder antwortete sie. Tränen schossen ihm in die Augen, und er stolperte zweimal vor Aufregung.

Lisa war etwa zehn Meter in die Tiefe auf ein kleines Schneefeld zwischen den Felsen gestürzt. Das Schneefeld fiel steil ab. Lisa hatte Mühe, sich zu halten. Peter fragte, ob sie verletzt sei. Lisa verneinte. Er rief ihr zu, sie solle die Skischuhe in den Schnee rammen, um sicheren Halt zu bekommen. Dann machte er sich daran, zu ihr hinunterzuklettern. Wenn er Glück hatte, könnte er ihre Hand greifen und sie hochziehen oder ihr einfach Sicherheit geben, damit sie sich selbst befreite. Lisa hatte offensichtlich Angst, sich zu bewegen. Sie sah immer wieder nach unten und war starr vor Entsetzen. Das Ende des Schneefeldes war nur wenige Meter entfernt. Danach ging es hundert Meter in die Tiefe. Peter war kein erfahrener Kletterer, und Skistiefel waren nicht das geeignete Schuhwerk, um sich im Fels zu bewegen. Aber zumindest bot die starre Sohle einen gewissen Halt.

»Bleib so, wie du bist! Beweg dich nicht und sieh nicht nach unten! Ich bin gleich bei dir!«

Lisa nickte. Peter konnte die Todesangst in ihren Augen sehen. Er kletterte vorsichtig weiter, rutschte ab und fing sich wieder. Er merkte, dass es selbst für ihn allein gefährlich war. Plötzlich hörte er einen erstickten Schrei. Er sah nach unten. Der Schnee unter Lisas Füßen hatte nachgegeben, und sie war etwa zwei Meter nach unten gerutscht. Nur noch wenig Schnee trennte sie vom Abgrund. Peter wusste nicht, wie es unter dem Schnee aussah. War da Fels, oder befand sich Lisa schon auf einem Schneeüberhang, darunter nur Luft? Die Zeit lief ab. Der Schnee konnte jede Sekunde wegbrechen.

Als Peter an dem Schneefeld angelangt war, bemerkte er, dass es viel steiler war, als es von oben ausgesehen hatte. Er prüfte den Schnee, indem er mit einem Bein darauftrat. Die

Konsistenz war sulzig. Der Schnee würde ihm keinen Halt bieten. Peter kletterte am Rand des Schneefeldes entlang nach unten, bis er auf Lisas Höhe war.

»Lisa! Sieh mir in die Augen.« Lisa sah zu ihm hin und biss sich auf die Lippen. Jetzt konnte er erkennen, dass sie mehr auf dem Schneehang lag, als dass sie stand. Ihr Atem ging stockend. Sie zitterte.

»Kannst du seitlich gehen? Komm rüber zu mir. Ganz vorsichtig.« Lisa wusste offenbar nicht, wie sie es anstellen sollte.

»Zieh den rechten Fuß aus dem Schnee und schlag ihn rechts von dir ein. Schau, dass du einen sicheren Tritt hast.« Lisa zog vorsichtig den Skistiefel aus dem Schnee und suchte sich rechts einen Tritt.

»Jetzt die Hände. Erst die rechte, dann die linke.« Während sie das tat, rieselte unter ihrem linken Fuß Schnee weg. Peter sah, wie sich ein Riss auftat. Er versuchte, ruhig zu bleiben.

»Jetzt den linken Fuß. Aber vorsichtig. Du darfst ihn nicht belasten.« Lisa zog, so vorsichtig sie konnte, den Fuß aus dem Schnee. In diesem Moment brach der Schnee darunter weg. Lisa stieß einen Schrei aus.

»Sieh nicht hin. Du hast es geschafft. Du stehst sicher.« Lisa stand alles andere als sicher. Peter riss sich seine Skijacke vom Leib, dann seinen Skipullover und verknotete die Ärmel der beiden. Lisa machte noch drei vorsichtige Schritte in seine Richtung und war jetzt so nah, dass Peter ihr die verknoteten Kleidungsstücke als Rettungsseil zuwerfen konnte. Im selben Augenblick sah er, wie der Schnee unter Lisa in Bewegung geriet. Der Ärmel landete vor Lisas Augen.

»Greif den Ärmel«, sagte Peter, so ruhig er konnte, aber seine Stimme zitterte. »Schnell! Mach schon!« Er hörte sich schreien. Lisa starrte ihn aus aufgerissenen Augen an. Sie schien völlig paralysiert. Lisa spürte, wie der Schnee unter ihr nachgab. »Greif den Scheißärmel«, schrie er sie an. In diesem Augenblick sackten ihre Füße weg. Auf einer Breite von mehreren Metern tat sich ein Spalt auf, dann brach das Schneebrett ab. In einem letzten Reflex griff Lisa nach dem Ärmel der Skijacke. Sie klammerte sich an das Kleidungsstück. Ihre Beine hingen bereits über dem Abgrund. Peter hatte den Ärmel des Pullovers in den Händen. Der Pullover dehnte sich unter Lisas Gewicht.

»Beweg dich nicht. Ich zieh dich hoch.« Peter stemmte sich gegen einen Felsen und zog, so stark er konnte, an dem Pulloverärmel. Lisa war schlank. Aber mit Skikleidung und Stiefeln mochte sie fünfzig Kilogramm wiegen. Zentimeter um Zentimeter zog er sie zu sich hoch. Lisa konnte jetzt mit der Spitze ihres rechten Skistiefels Halt im Schnee finden. Noch ein paar Sekunden, und er würde den Ärmel der Skijacke greifen können. Mit einem Mal sah er, dass sich der Knoten zwischen den beiden Ärmeln zu lösen begann. Das glatte Material der Skijacke bot nicht genügend Widerstand. Immer schneller glitten Pullover und Jacke auseinander, wie zwei verknäulte Schlangen, die sich einander entwanden. Lisas Füße waren inzwischen wieder beide auf festem Schneeuntergrund.

»Stütz dich mit den Füßen ab!«, schrie er. Lisa stemmte die Skischuhe in den Schnee. In diesem Moment lösten sich Pullover und Jacke endgültig voneinander. Peter kippte rückwärts in den Fels. Lisa stand in dem steilen Schneehang. Sie starrte verwundert auf die Jacke in ihrer Hand. Dann zu Peter, der nur wenige Armlängen von ihr entfernt war. Ganz langsam stürzte sie nach hinten. Es schien, als begreife sie nicht, was mit ihr geschah. Ihre Lippen formten lautlos ein Wort, das Peter nicht verstand – bevor sie still in der Tiefe versank.

Als er die Felskante erreicht hatte, wagte er lange nicht, nach unten zu sehen. Schließlich beugte er sich vornüber. Hundert Meter unter ihm war ein weiteres Schneefeld. Darauf lag sehr klein ein menschliches Wesen – Lisa. Ihre Glieder schienen seltsam verrenkt. Peter starrte lange in die Tiefe.

Ihn überkam das Verlangen, sich selbst hinunterzustürzen. Selbst wenn er es schaffte, lebend von diesem Berg herunterzukommen – was sollte er Laura sagen? Peters Leben war vor wenigen Sekunden zu Ende gegangen. Nur ein Schritt trennte ihn von Lisa. Peter sah noch einmal auf. Im Westen näherte sich die Sonne den Bergspitzen. Ein warmer Windhauch streifte sein Gesicht. Peter hatte den Pullover in der Hand. Einen langen Augenblick betrachtete er das Norwegermuster. Es war rot und weiß auf schwarzem Grund, und wenn man genauer hinsah, lösten sich die verwirrenden Formen in einfache geometrische Strukturen auf. Peter betrachtete das Muster mit einer Andacht, als hoffe er, in dieser kleinen Zauberwelt zu versinken und damit allem Leid zu entfliehen, das im wirklichen Leben auf ihn wartete.

Er ließ den Pullover sinken und sah in die Tiefe. Sah ein totes Mädchen wie auf einem weißen Laken. Der Anblick brannte sich in sein Gehirn. Er konnte seinen Blick nicht abwenden. Doch mit einem Mal wurde er gewahr, dass etwas nicht stimmte. Blut schoss ihm in den Kopf. Er schloss die Augen. Dann sah er noch einmal hin, versuchte, sich zu erinnern, rief sich das Bild vor Augen. Nein, er irrte sich nicht. Noch vor einer Minute hatte Lisa anders dagelegen. Die Beine waren gespreizt gewesen. Jetzt berührten sich die Knie. Lisa hatte sich bewegt!

9

Gegen 17 Uhr hielt Wallner eine Besprechung ab, in der die bisherigen Erkenntnisse gesichtet und bewertet wurden. Lutz und Tina hatten Pias Zimmer untersucht. Dabei war nicht viel herausgekommen. In Tinas Computer konnte man den Besuch einiger Websites nachvollziehen, die sich mit Mystik, vor allem den Rosenkreuzern, befassten. Außerdem hatten sie den Abdruck eines Liebesbriefes gefunden. Wallner wollte wissen, was sie unter »Abdruck« verstünden. Ganz altmodisch, sagte Tina. Auf einem Schreibblock. Auf dem obersten leeren Blatt habe sich die Schrift der ursprünglich darüberliegenden Seite abgedrückt. Und so könne man den Brief lesen.

Ob das hieße, dass man einen Brief an den geheimnisvollen Liebhaber besitze?

Das sei richtig, meinte Tina. Die entscheidenden Erkenntnisse bringe der Brief aber nicht. Sie gab Wallner eine Abschrift des Briefes. Der Adressat wurde mit »Mein Liebster« angesprochen. Es folgten Ausführungen darüber, wie die Welt in ein seidenes Licht getaucht sei, seit Pia und der Liebste zueinandergefunden hätten. Ein weiterer Absatz war dem morgendlichen Gesang der Vögel gewidmet, für den Pia jetzt derart tief empfinde, dass sie manchmal nicht umhinkönne zu weinen. Der letzte Absatz behandelte auf spirituelle Weise den Schnee auf den Zweigen des Apfelbaumes vor Pias Haus. Wallner gab Tina die Abschrift zurück.

Gut. Was hätten sie noch?

Ein junger Kollege aus Rosenheim hatte mit Engagement und Findigkeit dem Ursprung des Marterls nachgeforscht. Es stammte von einem Schreiner namens Siegertspfand aus Fischbachau, der das Kruzifix für eine Frau aus Bayrischzell angefertigt hatte, deren Tante bei einem nächtlichen Verkehrsunfall ums Leben gekommen war. Nach dem Erwerb des Marterls hatte sich jene Frau aber mit ihrer Cousine, der Tochter der Toten, wegen der Verteilung des Erbes entzweit und keine Lust mehr gehabt, der Tante ein ewiges Gedenken am Straßenrand zu errichten. Da traf es sich, dass der Sohn des Nachbarn der Marterlkäuferin kurz darauf ebenfalls Opfer des mörderischen Landverkehrs wurde. Das Kreuz wechselte für den Anschaffungspreis den Besitzer und wurde in einer schwer einsehbaren Kurve der B 318 aufgestellt, wo es bis vor ein paar Tagen auskünftlich des neuen Besitzers auch stand. Wer es von dort entwendet hatte, konnte noch nicht ermittelt werden. Es befänden sich im weiteren Umkreis des ursprünglichen Marterlstandorts keine Häuser. Und dass ein Autofahrer den Diebstahl beobachtet habe, sei unwahrscheinlich, da man es im vorliegenden Fall – wie die bisherigen Ermittlungen ja zeigten – mit einem umsichtigen Täter zu tun habe. Nichtsdestoweniger habe man veranlasst, nach etwaigen Zeugen zu suchen.

Eine andere Gruppe von Beamten war der Frage nachgegangen, wann und wo das Opfer zuletzt gesehen worden war. Pia Eltwanger hatte nach bisherigen Erkenntnissen am Freitagnachmittag das Haus ihrer Eltern zu Fuß verlassen und anschließend in Rottach-Egern eingekauft. Unter anderem hatte sie zwei Bienenwachskerzen in einer Drogerie erstanden. Die Verkäuferin kannte Pia, weil sie zusammen auf die Grundschule gegangen waren. Die Zeugin habe Pia Eltwanger gefragt, wofür sie denn jetzt, da Weihnachten lange vorbei sei, echte Bienenwachskerzen benötige. Die Zeugin komme aus bescheidenen Verhältnissen und könne sich nicht vorstellen, dass man Kerzen überhaupt außerhalb der Weihnachtszeit verwende, schon gar nicht teure Bienenwachskerzen. Wie dem auch sei, jedenfalls habe das spätere Mordopfer geantwortet, die Kerzen »wegen der Atmosphäre« zu benötigen. Was Pia Eltwanger damit genau gemeint habe, konnte die Zeugin nicht sagen. Denn sie habe angesichts wartender Kunden das Gespräch nicht weiter vertieft.

Danach habe Pia Eltwanger in einer Konditorei Plätzchen gekauft. Fünf sogenannte »Brownies« – sehr große Plätzchen amerikanischer Machart, wie vermutlich allgemein bekannt sei. Dem Konditor, der Pia seit Kindesbeinen kenne, sei aufgefallen, dass die Vorliebe für Brownies sich erst in den letzten Monaten entwickelt habe. Davor habe Pia Eltwanger Obstkuchen und kandierte Früchte bevorzugt.

Zwei Kollegen hatten einen Zeugen gefunden, der Pia Eltwanger in einen Bus hatte steigen sehen. Das war gegen 16 Uhr. Die Haltestelle war in der Nähe der Konditorei in Rottach-Egern. Die Kollegen hatten außerdem den Busfahrer ausfindig gemacht. Der Mann konnte sich an ein Mädchen erinnern, das in Rottach in der Südlichen Hauptstraße in seinen Bus gestiegen war und einen Rucksack dabei hatte. Die junge Frau war in Hausham ausgestiegen, hatte aber eine Fahrkarte bis zum Spitzingsee gelöst. Während der von Rottach/Tegernsee kommende Bus in Hausham nach Norden Richtung Miesbach fährt, kommt der Bus zum Spitzingsee aus Miesbach und fährt über Hausham und Schliersee in südlicher Richtung weiter. Auch der Fahrer des Anschlussbusses zum Spitzingsee war vernommen worden. Er konnte sich aber nicht an Pia Eltwanger erinnern. Es seien an dem Tag etliche junge Leute im Bus gewesen. Es war Freitagnachmittag, und viele verbrachten das Wochenende am Spitzingsee. Es konnte also nur vermutet werden, dass Pia Eltwanger gegen 17 Uhr 45 am Spitzingsee angekommen war.

»Aber was hat sie da gemacht?«, fragte Mike. »Sie hat keine Skier dabei und anscheinend auch sonst kein Wintersportgerät. Was hat's dabei? Fünf Brownies und a paar Kerzen. Was mach ich mit fünf Brownies und a paar Kerzen a ganzes Wochenende lang am Spitzingsee?«

»Jemanden besuchen«, sagte Tina. »Ihren geheimnisvollen Freund. Oder sonst wen.«

Wallner ging im Geiste die Gespräche in der Schule durch. »Aus der Schule war's jedenfalls niemand. Oder gibt's einen Grund, der Polizei zu verschweigen, dass man das Wochenende mit dem Mädchen verbracht hat?«

»Wennst der Mörder bist«, warf Lutz ein.

»Wer wohnt eigentlich am Spitzingsee?«, wollte Wallner wissen.

»Fast niemand«, sagte Mike. Das meiste sei Hotel und Gastronomie. Und etliche Ferienhütten.

»Gut. Dann checken wir alle Hotelgäste und alle Hüttenbuchungen für das Wochenende. Und natürlich die Hüttenbesitzer selbst.«

»Willst du jeden einzelnen Gast oder Mieter danach abklopfen, ob er bei sich zu Hause blutige Klamotten hat?« Tina klang allein bei dem Gedanken daran gereizt.

»Natürlich nicht. Wir ermitteln zunächst mal alle Namen. Gleichzeitig werden wir bei den Internet-Buchhändlern und in den Buchläden des Landkreises checken, wer Literatur über die Rosenkreuzer gekauft hat. Dann machen wir einen Datenabgleich. Wenn ein Name auf beiden Listen auftaucht, wird die Sache interessant.«

Tina sah skeptisch drein.

»Ist 'ne Chance. Wenn's nicht funktioniert, nehmen wir uns zunächst die Leute von den Hotel- und Hüttenbuchungen vor, die aus der Gegend sind. Aber das Ganze hat bis morgen Zeit. Wenn wir Glück haben, weiß ich bis dahin, wer Pia Eltwangers geheimnisvoller Freund ist.«

Als Wallner das Polizeigebäude verließ, war es bereits dunkel. Der Föhn zerrte immer noch an Ästen und Straßenlaternen und zerzauste Wallner das Haar. Der Wind kam von Süden über die Alpen. Von da, wo jetzt der Orion über den Bergen stand. Die Nacht war sternenklar. Direkt unter dem Gürtel des Orion musste der Spitzingsee liegen. Wallner stand auf dem nächtlichen Parkplatz und betrachtete seinen Wagen, dessen Schatten sich mit dem Licht einer schwankenden Laterne bewegte. Es war immer noch warm. Sicher zwölf Grad. Der seit Wochen festgebackene Schnee auf dem Asphalt begann zu tauen. Doch unter dem wässrigen Matsch lauerte blankes Eis, und Wallner tastete sich vorsichtig über den Parkplatz. Er hatte wenig Lust, nach Hause zu fahren. Wallner sah noch einmal zum Orion hinauf. Schließlich stieg er in seinen Wagen und nahm die Straße Richtung Hausham.

Nach zwei Kilometern bog er links ab zum Krankenhaus Agatharied. Er fragte an der Rezeption, ob Conny Polcke noch im gleichen Zimmer liege. Das wurde bestätigt. Doch auf dem Zimmer war nur eine sehr gebrechliche Dame, der man die Mandeln herausgenommen hatte und die von ihrer Tochter mit Eis gefüttert wurde. Das Mädchen sei irgendwo im Krankenhaus unterwegs, sagte die Tochter.

Er fand Conny Polcke im Aufenthaltsraum. Sie stand im Bademantel am Fenster und starrte in die Nacht hinaus. Als Wallner ins Zimmer kam, drehte sie sich um. Das Mädchen war blond mit kurzen, etwas strähnigen Haaren. Unverkennbar die Tochter ihrer Mutter. Sie hatte helle Haut mit ein paar Sommersprossen, die auch um diese Jahreszeit nicht verschwanden, volle Lippen, hellbraune Augen und etwas Burschikoses an sich. Wallner stellte sich vor. Das Mädchen nahm seinen Dienstausweis stumm zur Kenntnis.

»Wie geht es Ihnen?«, fragte Wallner.

»Nicht so gut.«

»Kann ich Ihnen Fragen stellen?«

Sie nickte.

»Pia Eltwanger hatte ihren Eltern gesagt, sie sei mit Ihnen übers Wochenende beim Skifahren. Wussten Sie davon?«

Conny Polcke überlegte eine Weile und bejahte schließlich die Frage.

»Warum haben Sie Ihre Mutter nicht eingeweiht? Es hätte doch sein können, dass Pias Eltern bei ihr anrufen.«

»Die haben nie angerufen.«

»Wo war Pia Eltwanger in Wirklichkeit?«

»Ich weiß es nicht.«

»Sie waren Pias beste Freundin. Sie haben sie doch bestimmt gefragt, was sie macht.«

»Ja, hab ich.«

»Und?«

»Sie wollte das Wochenende mit ihrem Freund verbringen.«

»Wer ist das?«

»Das weiß ich nicht. Das wusste niemand.«

»Nicht einmal Sie als ihre beste Freundin?«

»Nein. Sie wollte einfach nicht sagen, wer es ist. Ich hab sie immer wieder gefragt. Aber sie wäre eher gestorben, als es mir zu verraten.«

»Warum sollte niemand davon wissen?«

Conny Polcke hielt ihr Gesicht ganz dicht ans Fenster und versuchte, draußen in der Dunkelheit etwas zu erkennen. Vor ihrem Mund bildete sich ein Fleck mit Kondenswasser auf der Scheibe. Schließlich wandte sie sich wieder Wallner zu.

»Pia hat gesagt, das wäre das Ende ihrer Liebe.«

»Warum sollte es das sein?«

»Das wollte sie nicht sagen.«

»Was vermuten Sie?«

Conny Polcke setzte sich auf eine der Plastikbänke und blickte ins Leere. Sie rang sichtlich mit den Tränen. Wallner sah, dass es besser war, ihr Zeit zu lassen.

»Soll ich Ihnen einen Kaffee holen? Oder einen Kakao oder Tee?«

»Einen Kakao bitte.«

Während Wallner zum Automaten ging, warf er immer wieder einen Blick zu Conny Polcke, die auf der Plastikbank saß, das Gesicht auf den Händen abgestützt, und ihren Gedanken nachhing. Wallner zapfte einen Kakao und brachte Conny Polcke den Becher. Sie wärmte sich die Hände daran, nahm einen kleinen Schluck und steckte den Becher zwischen ihre Beine.

»Ich hätte das alles nicht mitmachen sollen. Ich hatte immer ein komisches Gefühl.«

»Bei Pias Freund?«

Conny blies auf ihren Kakao. »Ich glaube, er war in irgendeiner Sekte. Und deswegen durfte sie nichts sagen.«

»Hatten Sie den Eindruck, Pia war ihrem Freund … hörig? Dass er sie ausnutzte?«

»Was meinen Sie?«

»Dass er Dinge von ihr verlangte, die nicht richtig waren. Sexuelle Dinge. Oder Geld. Oder dass sie Dinge für ihn tun musste, die sie normalerweise nicht getan hätte.«

»Nein. Den Eindruck machte sie nicht. Sie hat auch nie von so was erzählt.«

»Was hat sie denn erzählt?«

»Sie war …«, Conny Polcke stockte, schien noch einmal über das nachzudenken, was sie sagen wollte, als traue sie ihren eigenen Worten nicht. »Sie war unglaublich glücklich mit ihm. Sie haben zusammen Liebesgedichte geschrieben. Sie hat gesagt, sie wären sich in einem früheren Leben schon einmal begegnet. Er sei der Sohn eines Maharadschas gewesen und sie die Tochter eines Bauern. Sie hätten sich aber trotzdem ineinander verliebt. Aber da wäre dann der Maharadscha dahintergekommen, und der hätte seinen Sohn in den Krieg geschickt. Und da ist er dann umgekommen.«

»Hat sie das ernsthaft geglaubt?«

»Ja, da war sie absolut überzeugt von. Wenn ich gesagt hab: Hey, denk doch mal nach, das ist doch alles Quatsch, was der dir erzählt. Da ist sie richtig wütend geworden.«

Conny Polcke trank den Rest ihres Kakaos, zerknüllte den Becher und warf ihn in den Papierkorb, der neben ihr stand. Sie sah Wallner an und kaute auf ihrer Unterlippe.

»Ich hab Pia oft beneidet. Die Sache mit ihrem Freund, das … das war ein total romantisches Abenteuer. Ich hätte das auch gern gehabt. Manchmal. Einfach nur einen Mann toll finden und mit ihm eins sein.« Sie schluckte. »Hat er sie umgebracht?«

»Was glauben Sie?«

Conny Polcke zuckte mit den Schultern. »Diese ganze Heimlichtuerei … mit so einem Typen stimmt doch was nicht.« Sie sah in den Papierkorb, in den sie gerade den Pappbecher befördert hatte. »Ich hätte den ganzen Quatsch nie mitmachen dürfen. Dann wäre sie vielleicht noch am Leben.«

»Sie hätten nichts ändern können. Bleiben Sie die Nacht noch im Krankenhaus?«

»Meine Mutter muss arbeiten. Wenn sie fertig ist, ist es zu spät, um mich abzuholen.«

10

Das Kakadu war eine Kneipe mit holzbetonter Einrichtung, Musik aus den siebziger Jahren bis in die Gegenwart und einem Publikum, das von jung bis über fünfzig mit Ohrring und selbstgedrehten Zigaretten reichte. Kurgäste und Arztkinder in Kaschmirpullovern sah man hier hingegen nicht.

Wallner parkte den Wagen auf der gegenüberliegenden Straßenseite. Der Wind hatte mittlerweile auf West gedreht, und es hatte angefangen zu regnen. Wallner starrte in die Nacht hinaus. Auf den Scheibenwischer, der in halber Höhe stehen geblieben war. Auf die Scheibe, die von tausend kleinen Wassertropfen besprenkelt wurde. Heute Morgen noch hatte die Sonne den nackten Leichnam des Mädchens auf dem zugefrorenen See beschienen. Wallner fiel das Seelenlichtlein ein, das ihn vermeintlich genarrt hatte, aber doch wirklich gewesen war. Eine Windbö warf einen Wasserschwall auf die Windschutzscheibe. Es wurde schnell feucht und klamm, wenn die Wagenheizung aus war. Doch wenn er jetzt ausstieg, würde er noch mehr frieren. Wallner wusste nicht, woher diese Kälte in seinem Körper kam. Aber sie war da. Immer schon. Fast immer schon. Hin und wieder hatte Wallner das Gefühl, die Kälte habe mit dem Tod seiner Mutter zu tun, verwarf diesen Gedanken aber jedes Mal wieder, weil er ihm gar zu einfältig vorkam. Wallner sah zum Kakadu hinüber. Er verspürte Lust auf ein Bier.

Als Wallner vor der Eingangstür der Kneipe stand, war seine Brille nass. Er nahm sie ab und ging hinein. Im Inneren empfing ihn feuchtwarmer Dunst, vermischt mit Zigarettenrauch. Normalerweise wäre seine Brille jetzt beschlagen. Aber es war zu warm draußen. Wallner zog ein Papiertaschentuch aus seiner Daunenjacke und trocknete die regennassen Gläser. Dann sah er sich um und entdeckte ein Fenster, das gekippt war. Die Nähe dieses Fensters galt es unter allen Umständen zu meiden. Es war Montag, das Lokal nur mäßig besucht. Hinter der Bar sah er Conny Polckes Mutter Melanie. Sie unterhielt sich mit einem grauhaarigen Mann mit Ohrring und Lederjacke, Pferdeschwanz und selbstgedrehter Zigarette. Melanie bemerkte Wallner zunächst nicht. An der Bar saßen zwei junge Frauen von vielleicht dreißig Jahren, die ihrer Gestik und Mimik nach ein delikates Thema besprachen. Die eine hatte einen Nasenring, die andere ein schwarzes Halsband und darunter eine großzügige Oberweite. Wallner bekam mit halbem Ohr mit, dass der Nasenring die Oberweite aufforderte, ihrem (Nasenrings) Ehemann keine SMS-Nachrichten mehr zu schicken. Neben den Frauen war eine Lücke an der Theke. Auf der anderen Seite der Lücke saß ein etwa fünfzig Jahre alter Mann mit Sakko.

Jemand rief: »He, Sherlock Holmes, hock dich her!« Wallner wandte den Blick zu einem dichtbesetzten Tisch, an dem Kreuthner Hof hielt. Kreuthner hatte sich als Entdecker der Leiche von heute Morgen zu erkennen gegeben und sofort Kultstatus erlangt. Die halbe Kundschaft des Kakadu saß um ihn herum und lauschte seinen Schauerberichten. Kreuthner wusste Dinge zu erzählen, die Wallner und allen anderen ermittelnden Beamten offenbar entgangen waren. Etwa, dass die Leiche auf das Abscheulichste verstümmelt war und sich bereits Würmer in ihren Augenhöhlen eingenistet hatten. Es war im Übrigen nicht Kreuthner gewesen, der Wallner aufgefordert hatte, sich dazuzusetzen, sondern ein Gast namens Seidlitz, der Wallner eher flüchtig als Angestellter der örtlichen Sparkasse bekannt war. Offenbar sah er sich jetzt, nach Wallners Prominentwerdung, berechtigt, den Kommissar zu duzen. Kreuthner hatte keine Lust auf Konkurrenz und kommentierte Seidlitzens Einladung an Wallner mit den Worten: »Der woaß doch nix. G'funden hab's ich. Hier …«, Kreuthner deutete auf sich, »hier is erschte Hand!« Wallner gab Kreuthner recht und ging an die Bar.

Er setzte sich neben den Mann mit dem Sakko und versuchte, das erregte Gespräch der beiden jungen Frauen nicht mitanzuhören. Als Melanie Polcke Wallner sah, lächelte sie ihn an. Sie hatte einen schwarzen, dünnen Kaschmirpullover mit V-Ausschnitt an und rotlackierte Fingernägel, die – vermutlich mit Rücksicht auf die Arbeit – nicht zu lang waren.

»Sie haben Conny nach Hause gebracht?«

»Hat sich das rumgesprochen?«

»Sie hat mich angerufen. Vielen Dank. Das war sehr nett von Ihnen.«

»Keine Ursache. Ich bin immer nett.«

Melanie stützte sich mit beiden Händen auf dem Tresen auf und sah Wallner interessiert an.

»Immer? Zu jedem?«

»Nur zu den Guten. Die bösen Jungs, die … die müssen sich schon warm anziehen, wenn sie es mit mir … ach was, ich bin auch zu denen nett.«

Sie lachte. Das erleichterte Wallner sehr. Er war um Lockerheit bemüht und hatte Angst zu verkrampfen. Da war es doppelt schwer, locker zu bleiben.

»Was wollen Sie trinken?«

»Ein Helles wär schön.«

»Mach ich Ihnen«, sagte Melanie mit einem kurzen, aber tiefen Lächeln. Sie ging zum Zapfhahn. Wallner sah ihr nach und spielte mit dem Bierdeckel. Er blickte kurz nach rechts zu dem Mann mit Sakko. Der lächelte Wallner freundlich an und widmete sich dann dem Glas Wein, das vor ihm stand. Melanie kam mit dem Bier zurück und stellte es vor Wallner.

»Und? Wissen Sie schon, wer es war?«

»Nein. Aber wir sind dran.« Er ließ dem nichts folgen und bemühte sich, bedeutsam zu schweigen. Der Cop, der sein düsteres Dienstgeheimnis mit sich trägt, eine Last, die er mit niemandem teilen darf. Melanie nickte verständnisvoll. Er lächelte kurz und unverbindlich, mit einem Schuss Bedauern, dass er nicht mehr sagen durfte. Allerdings musste er jetzt irgendetwas anderes sagen. Sonst war das Gespräch beendet.

»Ihre Tochter und Sie sehen sich sehr ähnlich. Man ... man könnte Sie fast für Schwestern halten.« In dem Moment, in dem er es sagte, wurde ihm das Klischee bewusst. Standardanmache ohne jeden Anflug von Kreativität. Er würde schnell austrinken und verschwinden.

»Das ist echt nett von Ihnen, dass Sie das sagen«, sagte Melanie Polcke. Sie strahlte dabei. Er gewann wieder Selbstvertrauen. Das hatte schon sein Großvater Manfred gesagt, dass man bei Komplimenten gar nicht übertreiben konnte.

»Nein, wirklich. Wie ich Sie beim Reinkommen gesehen habe, dachte ich mir: He, die hast du doch gerade nach Hause gefahren.«

Melanie lachte. Auch Wallner lachte. »Ich könnte Ihnen stundenlang zuhören. Aber ich muss mich um die anderen Gäste kümmern.«

»Was machen Sie nach Dienstschluss?«

Ihre Züge verdunkelten sich ein wenig. Sie lachte nicht mehr.

»Ich fahr nach Hause zu Conny.«

Wallner hätte sich jetzt gerne in einer Rauchwolke aufgelöst.

»Oh, Shit. Entschuldigen Sie. Das hatte ich völlig … okay, das war eine ziemlich bescheuerte Frage. Ist ja klar, dass Sie …«

Als er sich wieder traute, in Melanies Richtung zu sehen, lächelte sie.

»Kein Problem. Fragen Sie bei Gelegenheit einfach noch mal.«

»Mach ich.«

Sie drehte sich mit einem letzten Lächeln um und kümmerte sich wieder um ihren Ausschank. Wallner nahm einen Schluck von seinem Bier. Er sah Melanie beim Arbeiten zu, sah sie mit rotlackierten Nägeln an kräftigen, aber nicht dicken Fingern ein Pilsglas an den Zapfhahn führen und mit der anderen Hand den Hahn öffnen, um die schaumige Flüssigkeit ins Glas laufen zu lassen, alles ohne Hast und mit eleganter Selbstverständlichkeit, sah sie das Glas abstellen, die Hände mit den rotlackierten Nägeln schnell an einem Handtuch trocknen, sich mit roten Fingernägeln flüchtig durchs Haar fahren, so dass der Kaschmirpullover einen Augenblick lang ein wenig von der Haut ihrer Hüften freigab. Als sie sich zu ihm drehte, sah er weg. Er wollte nicht den Eindruck erwecken, er würde sie anstarren.

Wallner hatte das Gefühl, dass ihn jemand beobachtete. Er versuchte das Gefühl zu ignorieren und trank einen Schluck Bier. Doch dann blickte er unwillkürlich nach rechts. Der Mann im Sakko sah ihn an und nickte ihm zu.

»Alles klar?«, fragte Wallner.

»Alles bestens. Bei Ihnen?«

»Wunderbar.« Wallner steckte seine Nase ins Bierglas und sog den hopfigen Duft ein. Auch der Mann im Sakko sah jetzt wieder sein Weinglas an. So saßen sie eine Weile und sahen Gläser an. Melanie war mit anderen Aufgaben beschäftigt. Wallner studierte eingehend den Aufdruck des Bierdeckels.

»Elende Geschichte, was?«, sagte neben ihm der Mann im Sakko. Wallner wurde aus seinen Gedanken gerissen und sah den Mann fragend an.

»Mit dem toten Mädchen.«

»Oh, das? Jaja.«

»Entschuldigen Sie. Ich habe mitbekommen, dass Sie bei der Polizei arbeiten.«

Wallner wollte nicht unhöflich sein und entschied, ein bisschen Konversation zu machen. Dann müsste er sich auch nicht ständig zwingen, nicht in Melanies Richtung zu glotzen.

»Das Mädchen war sechzehn«, sagte Wallner und ließ die ganze Tragik dieser Bemerkung wirken. Der Mann im Sakko bewegte langsam und betroffen den Kopf auf und nieder.

»Stellen Sie sich vor«, sagte der Mann im Sakko, »Ihr Kind wurde ermordet. Und Sie denken die ganze Zeit darüber nach, was mit ihm passiert ist. Was es erlitten hat. Welche Angst es hatte und wie es sich gewünscht hat, Sie wären da und würden es befreien. Und dann fangen Sie an, sich Vorwürfe zu machen.« Er machte eine Pause, um zu verdauen, was er selbst gesagt hatte. »Denken Sie an diese Dinge, wenn Sie … arbeiten?«

»Ich versuche, nicht dran zu denken.« Wallner wischte mit Akribie den Rand seines Bierglases mit dem Daumen sauber. Er dachte ständig an diese Dinge. »In meinem Job muss man mehr daran denken, wie sich der Täter fühlt und welche Ängste er hat.«

Der Mann im Sakko nickte.

»Haben Sie Kinder?«, fragte Wallner.

»Nein, aber ich kannte mal einen, der hatte seine Tochter verloren. Auch sehr tragisch.«

»Ist immer tragisch. Ein Freund von Ihnen?«

»Nein. Nein. Er war … schwer zu sagen. Er kam eines Tages zu mir, weil er nicht mehr weiterwusste. Er wollte reden.«

»Sind Sie Therapeut oder so was?«

»Pfarrer. Mein Name ist übrigens Körting.«

»Wallner.« Sie gaben sich die Hand.

Wallner musterte den Mann, der auf den ersten Blick nichts Pfarrerhaftes an sich hatte.

»Katholisch?«

»Evangelisch. Ich komme aus dem Ruhrgebiet.«

Evangelische Pastoren waren für Wallner eigentlich keine richtigen Pfarrer. Die trugen Sakko und Jeans oder waren Frauen. Echte Pfarrer – das hatte sich in Wallners oberbayerischer Kindheit verfestigt – waren fremde Wesen in schwarzer Soutane, die seltsame Hüte aufhatten und Weihrauchfässer und Klobürsten mit Weihwasser schwenkten.

»Warum kam der Mann zu Ihnen? Weil er jemanden zum Reden brauchte?«

»Er wollte beichten.«

»Gibt's das bei den Protestanten?«

»Im Prinzip ja. Aber nicht die Ohrenbeichte. Wir beichten so mehr innerlich. Im Zwiegespräch mit Gott.«

»Und wer vergibt einem dann?«

»Gott.«

»Okay.« Wallner ließ das auf sich wirken. »Wie weiß ich, dass er mir vergeben hat?«

Der Pfarrer zuckte mit den Schultern. »Wenn ich aufrichtig bereue, vergibt er mir«, sagte er und schien selbst nicht so recht überzeugt zu sein.

»Vielleicht bin ich zu sehr Polizist. Oder zu sehr Katholik. Aber woher weiß ich, dass ich aufrichtig bereut habe?«

»Woher wissen Sie es als Katholik?«

»Muss ich nicht wissen. Der Priester vergibt mir, ich spul meine Rosenkränze runter und fertig. Gut – wenn man sehr viel Pech hat, gerät man an einen falschen Priester. Da nützt dann die ganze Bußfertigkeit nichts. Aber sonst – weiß auch nicht. Ich finde das bei uns irgendwie klarer.«

»Soll ich Ihnen was verraten? Ich auch. Ich glaube, die evangelische Beichte überfordert den Menschen. Oder zumindest erleichtert sie ihn nicht. Wenn man einem anderen Menschen seine Sünden erzählen muss – das ist fast so, als würde man sie ihm in die Hand drücken und weggeben. Stell ich mir zumindest vor.«

Er sah Wallner, der unversehens zum Experten in geistlichen Fragen aufgerückt war, interessiert an.

»Ja schon. Man fühlt sich besser danach. Also soweit ich mich erinnern kann. Ist zugegebenermaßen schon eine Weile her. Beim letzten Mal war ich zwölf.«

Melanie kam wieder vorbei. Der Sakko-Mann bestellte noch einen Wein und Wallner noch ein Bier.

»Wieso wollte der Mann dann bei Ihnen beichten?«

»Er war katholisch. Aber er mochte den Priester seiner Gemeinde nicht.«

»Was haben Sie ihm gesagt?«

»Ich hab ihm gesagt, ich kann ihm gern die Ohrenbeichte abnehmen, wenn's ihm nichts ausmacht, dass ich kein katholischer Pfarrer bin. Aber Bußen könnte ich ihm nicht auferlegen. Und mit der Absolution – na ja, ego te absolvo, das krieg ich noch hin. Ob's denn auch was nützt, das müsse er selber wissen. Aber letztlich ging's ihm nicht um Vergebung.«

»Sondern?«

»Er hat während dieser sogenannten Beichte die ganze Zeit Gott beschimpft. Also eigentlich mich, in Stellvertretung. Und ich musste mich rechtfertigen, warum ich ihm seine Tochter genommen hatte. Es war der Alptraum seines Lebens.«

»Er hatte wahrscheinlich Schuldgefühle.«

»Ja. Er war mit seiner Tochter auf eine Skitour gegangen. Obwohl er seiner Frau versprochen hatte, es nicht zu tun.«

»Und dann kommt er mit dem toten Mädchen nach Hause?«

»Ja.«

»Scheiße.« Wallner besann sich, wer vor ihm saß. »Entschuldigung.«

»Schon okay. Wie wollen Sie's anders nennen?«

Beide schwiegen eine Weile.

»Was ist passiert? Sind sie in eine Lawine geraten?«

»Nein. Das Mädchen ist abgestürzt.« Der Mann im Sakko dachte nach. »Jetzt, wo Sie's sagen – er hat nie genau erzählt, was eigentlich passiert ist.«

»Hat es Ihnen nichts ausgemacht, dass er Sie beschimpft hat?«

»Ich hab ihn gewähren lassen. Das war alles, was ihn noch aufrecht hielt. Dass er jemanden hatte, dem er die Schuld geben konnte.«

»Was ist aus dem Mann geworden?«

»Ach – das ist eine eigene Geschichte. Vielleicht ein andermal.«

I I

Wallner parkte den Wagen auf der Straße vor dem Haus. Es werde in der Nacht regnen, meldete der Wetterbericht. Schnee wurde erst für die frühen Morgenstunden erwartet.

Wallner lebte im Haus seines Großvaters Manfred. Der hatte das Haus Anfang der fünfziger Jahre mit eigenen Händen gebaut. Darauf war er stolz, auch wenn Wallner die eine oder andere Unzulänglichkeit bemängelte, die seiner Ansicht nach nur einem Amateur unterlaufen konnte. So hatten die Türstöcke Maße, wie man sie ansonsten nur in Kleinwüchsigensiedlungen fand: einen Meter fünfundsiebzig. Manfred erklärte diese Besonderheit damit, dass es dem Menschen gut anstehe, ab und an das Haupt zu beugen, um nicht hochmütig zu werden. Da Manfred mit seinen achtundsiebzig Jahren nur noch einen Meter zweiundsechzig groß war, konnte er selbst allerdings erhobenen Hauptes durch sein Haus gehen. Wallner hingegen, seit seinem fünfzehnten Lebensjahr jenseits der eins achtzig, hatte sich in Momenten der Unachtsamkeit schon Beulen zugezogen und auf dem Höhepunkt eines Besäufnisses anlässlich seines achtzehnten Geburtstags eine Gehirnerschütterung.

Der Ortsteil von Miesbach, in dem Wallner wohnte, war geprägt von kleinbürgerlichen Häuschen, wie sie bis in die sechziger Jahre hinein gebaut wurden. Einige davon besaßen noch Eternitfassaden, die in den siebziger Jahren wieder aus der Mode gekommen waren. Zugestandenermaßen hielten die Fassaden immer noch und machten dem Namen des Materials, aus dem sie gefertigt waren, alle Ehre.

Wallner wurde 1969 geboren. Zwei Jahre später ertrank seine Mutter im Tegernsee, als sie von einem Segelboot am Kopf gerammt wurde und ohnmächtig in die dunkelgrüne Tiefe sank. Ihre Leiche wurde nie gefunden. Wallners Vater gab den Jungen in die Obhut der Großeltern. Eines Tages im Jahr 1977 verkündete Wallners Vater, er gehe für einige Monate auf Montage nach Venezuela. Er schrieb zwei Ansichtskarten. Eine aus Caracas, die andere aus Antigua. Danach schrieb er nie wieder. Und er kehrte auch nicht nach Miesbach zurück. Erst als Wallner in die Pubertät kam und seine Gefühle auf andere Dinge gelenkt wurden, hörte er auf, mehrmals am Tag aus dem Fenster seines Kinderzimmers zu sehen, in der Hoffnung, sein Vater würde zufällig in diesem Moment nach Hause kommen. Zehn Jahre nach dem Verschwinden des Vaters berichtete ein Weltenbummler aus Weyarn, er habe am Orinoco einen Mann getroffen, der komme aus Miesbach und habe sich vor acht Jahren im venezolanischen Urwald niedergelassen. Der Mann führe Touristen durch den Dschungel und habe eine Einheimische mit schwarzen Haaren und dem Namen Milagros geheiratet. Und wenn er, der Weltenbummler, an die schwarzhaarige Milagros zurückdenke, dann wundere er sich nicht, dass der Mann sich daheim nicht mehr blicken lasse. Nach dem Abitur unternahm Wallner eine mehrmonatige Reise, die ihn nicht ganz zufällig nach Südamerika führte. Er suchte den Mann, der die schwarzhaarige Milagros geheiratet hatte. Tatsächlich fand er ihn in einem heißen, moskitoverseuchten Städtchen am oberen Orinoco, unweit der Grenze zu Kolumbien. Wallner hatte seinen Vater dreizehn Jahre nicht gesehen. Das letzte Mal war Wallner sieben gewesen. Der Mann am Orinoco war grauhaarig und hatte einen Vollbart und gar keine Ähnlichkeit mit Wallners Vater. Aber er freute sich, einen aus der Heimat zu treffen. Indes war er nicht aus Miesbach, sondern aus Reichenhall. Und er lebte schon seit zwanzig Jahren in Südamerika. Milagros war immer noch schwarzhaarig, hatte mittlerweile aber drei Kinder und vierzig Kilo zugenommen. Der grauhaarige Mann der schwarzhaarigen Milagros sagte, das Leben in Venezuela sei leicht und die Menschen freundlich. Doch langweile er sich zu Tode und habe Sehnsucht nach einem bayerischen Wirtshaus und einer Wanderung im Schnee. Vor zwei Jahren sei er wieder mal in Reichenhall gewesen. Da habe es zwei Wochen nur geregnet. Jetzt sei er hin- und hergerissen. Lange habe er nachgedacht und das Für und Wider von Heimat und Fremde abgewogen. Wenn er ehrlich sei, ziehe er es vor, in angenehmem Klima und unter freundlichen Menschen an Langeweile zu sterben.

Wallner hatte die Suche nach seinem Vater aufgegeben. Sein Vater interessierte ihn nicht mehr. Nur das Gefühl, dass etwas Wichtiges in seinem Leben unaufgeräumt war, ließ ihn in stillen Minuten an Venezuela denken.

Das Gartentor war zu. Das war ungewöhnlich. Das Gartentor war nie zu. Manfred neigte nervenbedingt zum Zittern und hatte schon Schwierigkeiten, den Schlüsselbund aus dem Hosensack zu ziehen. Nicht zu reden davon, den Schlüssel in den engen Schlitz eines Trommelschlosses einzuführen. Es reichte Manfred, wenn ihm dieses Kunststück an der Haustür abverlangt wurde – die deswegen immer noch ein altmodisches Schloss mit großem Loch hatte. Das Gartentor blieb immer angelehnt, so dass man es bei flüchtigem Hinsehen für geschlossen halten musste, es sich aber ohne Schlüssel aufdrücken ließ. Vielleicht hatte Manfred Besuch gehabt. Aber wer immer ins Haus kam, dem wurde beim Hinausgehen eingeschärft, das Gartentor nicht zuzuziehen, sondern nur anzulehnen. Es war unwahrscheinlich, dass ein Besucher Manfreds Ermahnung vergessen hatte. Denn Manfred untermalte seine Bitte mit ausführlichen Schilderungen seines Zitterleidens und der Geschichte, wie ihn einmal beim Leichenschmaus für einen Schulkameraden genau in dem Augenblick das Zittern ankam, als auf das Andenken des Verstorbenen angestoßen wurde. Fünf Weißbiergläser seien dabei zertrümmert worden, und den schwarzen Anzug habe er sich so eingesaut, dass der nach zwanzig Jahren das erste Mal in die Reinigung musste.

Der Regen hatte aufgehört. Dennoch tropfte unaufhörlich von überall Wasser herunter. Tauwasser. Wallner ging über den glitschigen, halb aufgetauten Boden zur Haustür und blickte zu den Fenstern hoch. Alles war dunkel. Etwas Schwarzes flatterte am Dach. Wallner schloss die Haustür auf. Erneut hörte er ein Flügelschlagen. Er blickte nach oben. Regen fiel ihm ins Gesicht. Es war viel Geflatter in der Nacht. Mehrere Krähen mussten dort oben sein. Die Vögel waren unruhig. Ein Nachzügler kam angeflogen, stieß einen einzelnen Krah-Laut aus und verschwand auf dem Hausdach, wo Wallner ihn nicht sehen konnte. Er ließ die Krähen ihren Geschäften nachgehen und ging ins Haus.

Das Haus war klein und eng. Das betraf nicht nur die Türstöcke. Nach dem Krieg hatte man genügsam gebaut. Wallner ging in die Küche und holte sich ein Bier aus dem Kühlschrank. Er machte kein Licht und bemühte sich, leise zu sein, um Manfred nicht zu wecken. Wallner wollte alleine ein Bier trinken und über ein paar Dinge nachdenken. Vielleicht ein bisschen fernsehen. Was er nicht wollte, war, dass Manfred herunterkam, ihm im Bademantel Gesellschaft leistete und ein Gespräch anfing.

Wallner machte den Kühlschrank zu. Es war wieder dunkel in der Küche. Er fingerte blind nach dem Flaschenöffner, der an der Seite des Kühlschranks hing, öffnete die Flasche und trat ans Fenster, durch das man in den Hof hinaussah. Er nahm einen Schluck Bier und blickte auf die nasse Welt dort draußen. Ein glänzender Wasserfilm lag über teils milchigem, teils schwarzem Eis. Wallner nahm sich vor, morgen früh als Erstes zu streuen. Gegenüber war ein kleiner Geräteschuppen. Vor dem Schuppen schmolzen die Reste einer Dachlawine zu Matsch. Wallner dachte an Melanie Polcke, an den engen schwarzen Wollpullover und wie sie »Fragen Sie bei Gelegenheit einfach noch mal« zu ihm gesagt hatte. Ein Auto fuhr vorbei. Das Scheinwerferlicht streifte den Geräteschuppen. Wallner sah im Scheinwerferlicht eine Aluminiumleiter aufblitzen, die ihm in der Dunkelheit nicht aufgefallen war. Die Leiter lehnte an der Schuppenwand, wo sie eigentlich nichts zu schaffen hatte. Sie gehörte in den Schuppen, wo Wallner eigens zwei Haken montiert hatte, um sie längs daran aufzuhängen. Der Wagen fuhr weiter, nahm sein Licht mit, und die Leiter versank wieder in der Finsternis. Das Motorengeräusch, vermischt mit dem Zischen der nassen Straße, verebbte langsam. Es wurde still. Nur die Krähen hörte Wallner. Sie waren immer noch unruhig. Ein mehrstimmiges Krahen setzte ein, aggressiv und böse. Irgendwo über Wallners Kopf zankten sich die Vögel. Einer kam vom Dach heruntergeflogen, tauchte bei seiner Flucht in den Hof ein und huschte am Küchenfenster vorbei, bevor er in die regnerische Finsternis hinaufstieg. Wallner war, als habe er etwas leuchten sehen in den Krallen des Vogels. Etwas Goldenes. Wallner beugte sich vor und sah dem Vogel durch das Küchenfenster nach. Die Krähe flog in diesem Augenblick über eine Straßenlaterne. Für einen Moment blitzte es wieder golden an ihren Krallen. Dann wurde der Vogel eins mit der Nacht.

»Kannst ruhig Licht machen«, sagte Manfred in die dunkle Küche hinein. Wallner drehte sich vom Fenster weg und sah die schemenhafte Gestalt seines Großvaters in der Küchentür. Immerhin war zu erkennen, dass Manfred den weißen Bademantel anhatte, den er bei einem Paris-Wochenende aus dem Hotel geklaut hatte. Manfred war der Ansicht, dass Hotels einem ohnehin viel zu viel Geld aus der Tasche zogen, und betrachtete das Auslegen von Bademänteln in Hotelzimmern als eine Art Rabattangebot an den findigen Gast.

»Brauch kein Licht«, sagte Wallner.

Manfred schlurfte zum Kühlschrank und holte sich mit leicht zitternden Fingern ein Bier heraus. Einen Moment lang wurde Manfreds Gesicht vom Inneren des Kühlschranks erleuchtet. Wallner war in diesem Augenblick, als stünde da ein Kind. Nicht nur, dass sein Großvater mit dem Alter kleiner geworden war – und er war in jungen Jahren schon nicht groß. Hinzu kam, dass jede Aufgabe Manfreds ganze Konzentration erforderte, wie man es sonst nur bei Kindern sah. Manfred ließ die Kühlschranktür zufallen, und es wurde wieder dunkel in der Küche. Er tastete nach dem Öffner an der Kühlschrankseite. Als er ihn zu fassen bekam, versuchte er mehrfach vergeblich, den Kronkorken abzuheben. Wallner nahm ihm schließlich die Flasche aus der Hand und machte sie auf. Manfred hatte eine Flasche mit Bügelverschluss erwischt. Wallner gab sie seinem Großvater zurück.

»Des war jetzt net eine mit Bügelverschluss, oder?«, sagte Manfred heiser lachend.

»Schaut so aus.« Wallner hoffte, dass sich das Intermezzo mit Manfred nicht allzu lange hinziehen würde. »Die kann man wenigstens wieder zumachen.«

»Was willst mir damit sagen?«

»Vielleicht überlegst es dir noch mal mit dem Bier. Sonst musst wieder fünfmal raus heut Nacht.«

»Kann eh net schlafen. Wo treibst'n dich rum, ha?« Manfred führte die Flasche mit beiden Händen zum Mund und nahm einen Schluck. Dann setzte er die Flasche vorsichtig auf der Küchenplatte ab und wischte sich den Mund ab. »Hast was am Laufen?« Neugier blitzte aus Manfreds Augen. Wallner überlegte, ob er überhaupt auf die Frage eingehen sollte. Er entschied, es sei das Beste, eine Erklärung abzugeben, anstatt sich gegen die feixende Unterstellung zu wehren, er wolle seinem Großvater mal wieder nichts von seinen Weibergeschichten erzählen.

»Hab noch eine Zeugin befragt.«

»Wegen dem toten Mädel?«

»Ja.«

»Furchtbare G'schicht. Furchtbar.« Pause. »A Zeugin, so-so.« Manfred nickte wie einer, der mehr ahnte, als anzusprechen schicklich wäre.

Wallner sah zum Fenster hinaus und nahm einen Schluck Bier. Vor dem Fenster auf dem wasserglitschigen Eis lag etwas. Etwas, das vorher noch nicht dagelegen hatte. Schwer zu sagen, was es war. Es war dunkel im Hof. Ein Lastwagen näherte sich und bog in die Straße ein, die am Haus vorbeiführte. Ein unten abgeschnittener Lichtkegel wischte über den Hof und wurde von einem Teil der Aluminiumleiter reflektiert. Für einen Moment leuchtete das Ding auf dem Boden auf. Es war golden und so groß wie eine Postkarte. Allerdings von unregelmäßiger Form. Dann verschwand es wieder in der Nacht.

»Nimm's nur g'scheit her, deine Zeugin.« Manfred zwinkerte Wallner verschwörerisch zu. »Ich, wie ich so alt war wie du – ich hab's fei krachen lassen. Haha! Mein lieber Herr Gesangsverein.«

»Ah ja? Was hat die Oma dazu g'sagt?«

»Geh, Schmarrn, ich mein ja, wie ich noch nicht verheiratet war. Musst mir net immer 's Wort im Mund umdrehen. Tät dir auch net schaden, wennst a bissl mehr auf d' Jagd gehen tätst. Hasen-Jagd. Verstehst?«

»Ich komm schon klar. Mach dir keine Sorgen.«

»Des is auch besser für die Hormone, wennst verstehst, was ich mein. Das hebt die Laune. Öfter mal einen wegstecken.« Manfred hob keckernd seine Bügelverschlussflasche und prostete Wallner zu. »Oder? Hab ich recht oder wie, ha?«

Wallner nahm einen sehr kräftigen Zug. Er klammerte sich an die Hoffnung, dass Manfred am Fuße seiner Flasche ins Bett gehen würde.

»Deswegen war ma doch so gut drauf. Nix hamma g'habt nach'm Krieg. Grad's Hemd aufm Leib. Aber immer gut drauf. Wegen die Hormone. Verstehst, was ich mein?«

»Ich glaube, ich ahne, was du meinst. Wie war dein Tag?«

»Ach hör mir auf. Dieses Sauwetter. Ich hab versucht, dass ich zum Einkaufen geh. Kaum, dass ich aus der Tür bin, hat's mich auch schon g'waffelt. Da schau.« Manfred schlug seinen weißen Bademantel zurück. Darunter kam ein mit grünorangenen Blumen besprenkelter Frotteepyjama aus den siebziger Jahren zum Vorschein, mit enganliegenden Hosen um die dürren Beine. Das Oberteil war tief in die Hose gesteckt. Manfred zog es seitlich aus der Hose, dann schob er die Frotteehose bis auf halbe Schenkelhöhe nach unten. Es kam ein blauer Fleck zum Vorschein, der Form und Größe einer halben Pizza hatte. Soweit man das in der Dunkelheit erkennen konnte.

»Mein lieber Scholli. Tut's arg weh?«

»Kannst aber laut sagen.« Zum Beweis tippte Manfred mit zwei Fingern auf den blauen Fleck und verzog das Gesicht.

»Wer war denn heute da?«

»Wegen der Antenne war einer da.«

»Der hat die Leiter genommen?«

»Ja freilich. Der hat ja aufs Dach müssen.«

»Hattest du den bestellt?«

Manfred sah Wallner irritiert an.

»Na. Ich hab denkt, du hättst'n bestellt.«

Wallner wurde stutzig. Wieso kam jemand für die Antenne, den keiner bestellt hatte? Es gab auch keine Probleme mit der Antenne. Weder mit der terrestrischen noch mit der Satellitenschüssel. Aber vielleicht hatte Manfred ja …

»Du bist sicher, dass der wegen der Antenne da war?«

»Ich hab doch koan Alzheimer. Für was geht'n sonst einer aufs Dach, wenn's koa Kaminkehrer net is?«

Diese Frage ging auch Wallner durch den Sinn.

Als Wallner aus der Haustür trat, regnete es immer noch. Es war kälter geworden. Bald würde der Regen in Schnee übergehen. Wallner achtete auf seine Schritte, als er zum Schuppen ging. Es war glatter denn je. Er zog die Leiter auseinander und lehnte sie an die Dachrinne. Wenn man ein paar Schritte vom Haus wegging, konnte man erkennen, dass etwas auf dem Dach war. Ganz oben am First. Was immer es war, es bot den Anlass für den Tumult, den die Krähen unvermindert veranstalteten. Wallner zog die Taschenlampe, die er beim Hinausgehen eingesteckt hatte, aus dem Gürtel und leuchtete in Richtung der Krähenversammlung. Zwischen dem schwarzen Geflatter war wenig zu erkennen, zumal der jetzt einsetzende Schneeregen die Sicht zusätzlich behinderte. Wallner blickte auf den Boden. Neben seinem Fuß lag ein goldenes Stück Brokat, das irgendwo abgerissen worden war. Wallner ging zur Leiter und kletterte nach oben. Als er knapp unter der Dachrinne angelangt war, hörte er, wie die Krähen, durch sein Kommen aufgescheucht, alle gleichzeitig aufflatterten. Unmittelbar darauf flogen zwei der Vögel an seinem Gesicht vorbei. Dann begann sich der Schnee auf dem Dach in Bewegung zu setzen und flutete mit einem Mal über die Dachkante. Wallner hielt sich im Kampf mit den andrängenden Schneemassen nur mit Mühe auf der Leiter. Der Schnee war nass und schwer und schlug ihm ins Gesicht und gegen die Brust. Wallner sagte sich, die Lawine werde in wenigen Sekunden mangels Nachschub verebben. Doch dann traf ihn etwas Schweres am Kopf. Es landete zwischen Wallners Brust und der Leiter auf Wallners Armen und zog die Leiter zur Seite. Sie kippte, erst langsam, dann schneller. Wallner musste schließlich loslassen und stürzte zu Boden. Zu seinem Glück hatte sich das gesamte Dach seiner Schneelast bereits entledigt, so dass Wallner in einem Haufen Nassschnee aufschlug. Die Leiter fiel neben ihm auf den Boden.

Das Erste, was Wallner sah, als er seinen Kopf aus dem Schneehaufen hob, war Manfred, der mit der Bierflasche in der Haustür stand. Wallner sagte, ihm sei nichts passiert. Doch Manfred schaute nicht zu Wallner, sondern auf etwas neben ihm. Mit weit aufgerissenen Augen starrte er in die Nacht. Die Bierflasche entglitt seiner zitternden Hand und fiel zu Boden. Dann musste er sich am Türstock festhalten. Langsam drehte sich Wallner zur Seite. Er sah einen goldenen Schimmer im Augenwinkel. Seine rechte Hand hielt immer noch die Taschenlampe umklammert. Keinen Meter entfernt blickten Wallner, vom Lichtkegel der Taschenlampe bestrahlt, zwei Mädchenaugen an.

12

Es hatte kurz nach Mitternacht angefangen zu schneien.
Der Regen hatte sich in nasse Flocken verwandelt, die
dicht und schnell fielen. Auf der Straße vor dem Haus parkte
ein halbes Dutzend Polizeifahrzeuge, Uniformierte und Beamte in Zivil liefen zwischen den Fahrzeugen hin und her und
von den Fahrzeugen in den Hof des Hauses oder aus dem
Hof zurück zu den Fahrzeugen, immer in zuckendes Blaulicht getaucht. Stimmen knarzten aus Funksprechgeräten.

Man hatte das Mädchen, nachdem Fotos und Videoaufnah-
men gemacht worden waren, zur weiteren Untersuchung in
den Schuppen gebracht. Der Schneefall machte jede Arbeit
am Fundort unmöglich. Lutz war aus dem Bett geholt worden und untersuchte die Leiche. Mit dem Gerichtsmediziner
aus München war in nächster Zeit nicht zu rechnen. Der stand
im Stau auf der verschneiten Autobahn, weil sich ein Lastwagen quer gestellt hatte. Die Staatsanwältin befand sich vermutlich ein paar Autos hinter dem Gerichtsmediziner.

Sämtliche SoKo-Mitarbeiter, die nützlich sein konnten, waren zum Tatort bestellt worden. Tina hatte angeordnet, dass
Kaffee gekocht wurde, und in der Küche Baldriantee gefunden, von dem man für Manfred eine Kanne voll zuberei-
tete. Wallner hatte verfügt, dass zum Kaffee für alle Mitarbeiter
Plätzchen gereicht wurden. Es waren die guten, selbst-
gebackenen von Manfred. Da Manfred sie mit seinen wacke-

ligen Zähnen nicht mehr essen konnte und Wallner sie nicht essen wollte, hätte man sie Ostern ohnehin heimlich entsorgen müssen. Die Plätzchen fanden nur zögernden Absatz. Aber der eine oder andere echte Kerl mit guten Zähnen fand sich immer in einer Truppe von zwanzig Polizisten.

Wallner stand mit Mike in der Küche. Der Hof vor dem Fenster war mit Hilfe starker Lampen in taghelles Licht getaucht. Tina suchte zusammen mit anderen Kollegen nach Spuren. Inzwischen war alles von drei Zentimetern Nassschnee bedeckt.

Es gebe eine Vermisstenanzeige von heute Abend, 19 Uhr 30. Ein Ehepaar Dichl, Bauern aus Valley, hätten das Ausbleiben ihrer Tochter gemeldet. Sie sei dreizehn. Das Mädchen, sie heiße Gertraud, sei bereits von der Realschule in Miesbach nicht nach Hause gekommen. Die Dichls hätten den ganzen Nachmittag telefoniert, um herauszufinden, wo ihre Tochter abgeblieben war. Es sei noch nie vorgekommen, dass das Kind nicht von der Schule nach Hause gekommen sei. Am Abend schließlich seien sie so verzweifelt gewesen, dass sie bei der Polizei angerufen und Gertraud als vermisst gemeldet hätten. Es gab nicht den geringsten Zweifel, dass es sich bei der Toten um Gertraud Dichl handelte.

Mike schlug vor, bis zum Morgen zu warten. Man müsse die Eltern ja nicht mitten in der Nacht aus dem Bett klingeln, um ihnen zu sagen, dass man die Leiche ihres Kindes gefunden hatte. Wallner entschied, sofort anzurufen. Es lag auf der Hand, dass die Eltern ohnehin nicht schliefen. Einen Moment lang erwog er, den Anruf zu delegieren. Aber es war sein Job, und er wollte auch niemanden hinschicken, ohne vorher angerufen zu haben. Das konnte er um die Uhrzeit nicht machen.

Bereits nach dem ersten Läuten wurde abgenommen. Bernhard Dichl, der Vater, war am Apparat. Dichl nahm die Nachricht vom Tod seiner Tochter schweigend entgegen. Wallner musste sich durch Rückfrage versichern, dass Dichl noch dran war. Im Hintergrund hörte er eine tränenerstickte Frauenstimme, die fragte, ob das die Polizei sei. Dann wollte die Stimme wissen, was die Polizei gesagt habe. Aber Bernhard Dichl bekam keinen Ton heraus. Die Frau wiederholte ihre Frage – jetzt mit Nachdruck. Schließlich schrie sie ihren Mann mit überkippender Stimme an, er solle ihr endlich sagen, was los sei. Es kam zu einem kurzen Tumult, in dessen Verlauf der Telefonhörer offenbar zu Boden fiel. Dann war die Frau dran. Es war zu hören, dass sie heftig weinte, aber versuchte, sich, so gut es ihr noch möglich war, zusammenzureißen. Sie sprach sehr leise und sagte, sie sei die Mutter. Wallner solle ihr bitte sagen, was passiert sei. Wallner sagte es ihr.

Wallner gab Mike den Auftrag, eine Psychologin zu den Dichls zu schicken. Er musste an die frische Luft. Als er versuchte, einen Schluck Kaffee zu trinken, merkte er, dass ihm die Hände zitterten. Er dachte an Manfred und sah auf dem Weg nach draußen kurz ins Wohnzimmer, wo eine junge Kollegin namens Janette seinem Großvater Baldriantee einflößte. Das Zittern wurde stärker, wenn Manfred sich aufregte. In seinem jetzigen Zustand hätte er ohne fremde Hilfe keinen Schluck trinken können. Janettes Fürsorge schien ihm nicht unangenehm zu sein.

Vor der Tür atmete Wallner tief durch, bis die feuchtkalte Luft seine Lungen erfrischt und seinen Kopf klarer gemacht hatte. Er sah nach oben und ließ sich den Schnee aufs Gesicht fallen. Dann ging er zu Lutz in den Schuppen. Der arbeitete immer noch an der Leiche, die man mit einer Plastikplane als Unterlage auf die Werkbank gelegt hatte. Lutz hatte dem Mädchen das goldene Kleid ausgezogen. Es lagerte in einem Plastiksack der Spurensicherung neben der Werkbank und würde später untersucht werden. Wallner sah die kleine Einstichwunde unterhalb des linken Rippenbogens. Die Augen, die Wallner aus dem Schneehaufen heraus angestarrt hatten, waren jetzt geschlossen. Das Gesicht des Mädchens war blass, aber friedlich. Der Körper zeigte erste Ansätze weiblicher Rundungen.

»Das Gleiche wie heute Morgen?«

»Ja, exakt das Gleiche«, sagte Lutz. »Wiss' ma schon, wer sie is?«

»Sie heißt Gertraud Dichl und kommt von einem Bauernhof bei Mitterdarching. Sie ist dreizehn.«

Lutz betrachtete den leblosen Körper. Ein trauriger Gedanke schien ihm durch den Sinn zu gehen. »Hast schon die Eltern …?«

Wallner nickte. Lutz wusste, dass das kein leichtes Telefonat gewesen war, auch wenn er als Spurensicherer praktisch nie in die Situation kam, solche Gespräche führen zu müssen.

»Da waren doch Krähen an der Leiche. Wieso sieht man nichts?«

Lutz hob eine Schulter der Leiche hoch und drehte den Körper ein Stück zur Wand. Der Rücken wurde sichtbar. Vom Haaransatz bis zu den Schulterblättern hatten die Vögel den Rücken des Mädchens zerfleischt. Allerdings nur in einem Halbkreis um den untersten Halswirbel. Lutz deutete darauf.

»Da war der Rückenausschnitt von dem Kleid. Sie is mit dem Gesicht nach unten g'legen. Wenn s' am Rücken gelegen wär, tät's Gesicht anders ausschauen.«

»Wird die Eltern nicht trösten. Hast du ihren Mund untersucht?«

Lutz ging zu einem Werkzeugregal. Dort lag eine kleine durchsichtige Plastiktüte. Er gab sie Wallner. In der Tüte war eine Blechplakette, etwas länger und etwas schmaler als ein

Fingernagel. Auf der Plakette stand »72«. Ansonsten sah sie ähnlich aus wie jene, die Tina in Pia Eltwangers Mund gefunden hatte. Wallner betrachtete die Plakette. Lutz stellte sich neben ihn.

»Was soll das?«

»Keine Ahnung. Ich lass dir einen Kaffee bringen.«

Lutz nickte und bedankte sich. Dann wandte er sich wieder der Leiche zu.

Manfred war immer noch bleich und aufgeregt. Denn die beruhigende Wirkung des Baldriantees wurde durch die Anwesenheit der hübschen Janette neutralisiert. Wallner fragte Manfred, ob er sich in der Lage sehe, Fragen zu beantworten. Manfred zögerte. Er hatte offenbar Angst, dass Janette dann weggehen würde. Wallner bat Janette zu bleiben und wies Manfred darauf hin, dass er der wichtigste Zeuge in dem Fall sei.

»Gekommen is er so um fünf. Da war's schon dunkel. Hab mich gleich gewundert. Die Burschen machen ja sonst pünktlich Schluss. Da wennst amal anrufst um halb fünf, was glaubst, was die einem erzählen! Ein faules Volk ...«

»Also, der Mann kam um fünf.« Wallner hatte mit seinem Großvater weniger Geduld als mit anderen Zeugen.

Manfred nickte und griff mit betont zitternden Händen nach der Teetasse, was sofort Janette auf den Plan rief. Sie nahm ihm die Tasse aus der Hand und hob sie ihm an den Mund, damit er zwei Schlucke trinken konnte. Etwas schwächlicher als unbedingt nötig und mit leidendem Tremolo sagte Manfred: »Vergelt's Gott. Dank Eahna recht schön.«

Wallner entfernte die Tasse genervt aus Manfreds Reichweite und stellte sie neben sich auf den Wohnzimmertisch.

»Kannst du beschreiben, wie er ausgesehen hat?«

»Mei, so mittelgroß. Eins achtundsiebzig ungefähr.«

»Was heißt ›ungefähr‹ eins achtundsiebzig?«

»Ja, nachgemessen hab ich nicht!«

»Das mein ich nicht. Was ich sagen will, ist: Man kann sagen ›ungefähr‹ eins achtzig oder ›ungefähr‹ eins siebzig. Aber ›ungefähr‹ eins achtundsiebzig …?«

»Is doch wurscht«, mischte sich Mike ein. »Was bist'n so beckmesserisch?«

»Gell! So richtig rechthaberisch! Da hörst es mal von andere Leut. Wenn ich so was sag, dann bild ich mir des ja bloß ein. Beckmesserisch!« Manfred deutete anerkennend auf Mike. »Sehr gut!«

Wallner warf Mike einen Blick zu, bei dem sich zartere Gemüter bekreuzigt hätten. Mike glotzte auf das Mobiltelefon in seiner Hand und murmelte: »Ihr kommt's ja allein klar. Ich muss dann mal …« Er deutete wichtig auf das Handy und verließ den Raum. Unklar blieb, wen er mitten in der Nacht anrufen wollte. Auch Janette dachte, es sei Zeit zu gehen. Aber Wallner bedeutete ihr mit einer knappen Geste, dass sie noch gebraucht würde.

»Wie hat er sonst ausgesehen?«

»So a Baseballkapp'n hat er aufgehabt. Tief ins Gesicht gezogen. Und a Brille. Auch recht groß und a bissl getönt.«

»Also mit andern Worten: Vom Gesicht konnte man nichts erkennen.«

Manfred gab mit einem Schulterzucken zu verstehen, dass man das so sagen könne.

»Der Mann muss die Leiche ja irgendwie auf das Dach geschafft haben. Hast du gar nichts gemerkt?«

»Glaubst, des hätt ich net g'sagt?«

»Jetzt leg halt nicht jedes Wort auf die Goldwaage. Was ich wissen will, ist: Wie erklärst du dir, dass du nichts gemerkt hast? Oder fragen wir anders: Wo warst du, als der Mann aufs Dach gestiegen ist?«

»Hier, am Fernseher. Ich hab doch schauen müssen, ob sich am Bild was ändert.«

»Das heißt, du hast die ganze Zeit auf den Fernseher gestarrt?«

»Genau. Des hat er mir ang'schafft.«

»Und? Hat sich was getan am Fernseher?«

»Na. War alles wunderbar.«

»Ist dir das nicht komisch vorgekommen?«

»Wieso? Willst mir irgendwas vorwerfen?«

»Nein. Vergiss es. Wo war der Wagen von dem Mann?«

»Hier im Hof. Er hat 'n reing'fahren.«

»Und vermutlich das Tor zugemacht.«

»Ja genau. Und des is mir komisch vorkemma. Weil des is ja a Schmarrn. Ich mach doch net 's Tor zu, wenn ich eh gleich wieder rausfahren muss.«

»Was war das für ein Wagen?«

»A Transporter. Weiß mit am Aufdruck. Irgend a Mietwagenfirma.«

»Du weißt nicht zufällig …?«

»Nein, ich weiß es net. Ich tät's ja sagen, wenn ich's wissat.« Manfred wurde zusehends ungeduldig.

»Ist ja okay. Also, der Antennenmann ist mit dem Transporter einer Mietwagenfirma hier in den Hof gefahren und hat das Tor zugemacht.«

Manfred blickte nachdenklich ins Nichts. Dann geriet die Tasse mit dem Baldriantee in sein Blickfeld. Er sandte einen Leidensblick zu Janette. Die machte sich umgehend ans Werk und verabreichte Manfred den letzten Rest Tee aus der Tasse. Dann wischte sie ihm mit einem Papiertaschentuch den Mund ab. Manfred ergriff die Gelegenheit, um ihren Arm zu tätscheln und ihr dankbar und gütig zuzunicken. Janette stellte die Tasse ab und ging hinaus. Manfred sah ihr wehmütig nach. Dann wandte er sich seinem Enkel zu.

»Ja, des is alles a bissl komisch, wenn man's so im Nachhinein bedenkt. Aber wennst mittendrin bist, dann denkst dir ja nix dabei.«

»Du hast gar nichts falsch gemacht. Ich hätt an deiner Stelle auch nicht mehr mitgekriegt. Das ist ganz normal.«

Manfred nickte. Wallner goss ihm noch etwas Baldriantee ein. Manfred nahm die Tasse, ohne zu zittern, und blies auf den heißen Tee. Wallner setzte sich zu ihm.

Manfred nahm sehr langsam einen Schluck Tee und sah zum Fenster. Aber dahinter war nur das Blaulicht eines Einsatzwagens zu sehen. »Was meinst, warum hat der Kerl das Mädel umgebracht?«

»Ich weiß es nicht. Ich schätze, es gibt auch keinen Grund, den wir verstehen können.«

Manfred schüttelte fassungslos den Kopf. »Was is des für a Welt geworden.«

Wallner legte seinen Arm um Manfred. »Die Welt war in deiner Jugend auch nicht besser. Und es gibt immer a paar Dinge, für die es sich zu leben lohnt.« Er sah seinen Großvater fast liebevoll an. »Soll ich dir die Janette wieder reinschicken?«

Er zwinkerte Manfred zu. Manfred lächelte und legte seine Hand auf Wallners Arm. In diesem Moment erschien Mike in der Tür. Er fixierte Wallner mit jener Mischung aus Spott, Wohlwollen und Heiterkeit, die ihn überkam, wenn er mehr wusste als sein Chef.

»Schwing deinen Arsch nach draußen. Ich glaub, der Bursche hat an Fehler g'macht.«

13

Sie standen im dichten Schneetreiben auf der Straße vor Wallners Haus und betrachteten den kaputten Scheinwerfer des Renault. Zusammen mit Wallner und Mike stand ein junger Bursche in Bomberjacke und Jeans und mit langen Haaren neben dem Wagen. Er hieß Hubert Mangolt und wohnte drei Häuser weiter. Wallner kannte ihn seit zwanzig Jahren. Mangolt berichtete, dass ihm kurz nach fünf einer draufgefahren sei. Er habe dem Kerl noch nachgerufen, er solle anhalten, und ihm gedroht, ihn aus dem Wagen zu ziehen, und sei dem Wagen nachgerannt. Doch dann sei er auf dem eisigen Untergrund ausgeglitten und habe sich die Hüfte geprellt. Halb ohnmächtig vor Schmerz sei er auf der Straße gelegen. Das habe ihn aber nicht davon abgehalten, sich das Kennzeichen des flüchtigen Fahrzeugs genauestens einzuprägen. Es sei im Übrigen der Wagen einer Autovermietung namens SchreiberRent gewesen. Auch habe er, Mangolt, die Sache bereits telefonisch zur Anzeige gebracht. Aber bei der Polizei habe man ihm gesagt, alle verfügbaren Kräfte seien mit dem Mord an dem Mädchen beschäftigt. Die Bearbeitung könne daher dauern.

Mike sagte, man habe gleich versucht, die Autovermietung SchreiberRent zu erreichen. Aber da sei um die Uhrzeit keiner mehr. Man müsse also bis morgen früh warten. Dann allerdings dürfte die Sache ziemlich schnell geklärt sein.

Um halb vier waren die letzten Beamten gegangen. Wallner hatte Manfred noch einen Baldriantee gemacht und ihm zur Sicherheit eine halbe Schlaftablette gegeben. Manfred schlief, wenn auch unruhig. Wallner konnte nicht schlafen. Zu viele Dinge gingen ihm im Kopf um. Der Mörder hatte sein Opfer auf Wallners Dach gelegt. Warum? Wallner suchte nach einer Erklärung, fand aber keine. Außer, dass der Mörder ihn provozieren wollte. Kurz vor fünf ging Wallner in die Küche und machte sich einen Kaffee. Er stand mit der dampfenden Kaffeetasse am Fenster und sah in den Hof hinaus. Es hatte inzwischen gut zwanzig Zentimeter geschneit. Wallner öffnete das Fenster. Der Nachtwind wehte dicke Flocken in sein Gesicht. Ausnahmsweise genoss Wallner die Kälte.

Als Wallner am Morgen um Viertel nach sechs zur Arbeit kam, warteten Reporter vor dem Gebäude und wollten eine Stellungnahme. Wallner bedauerte und verwies auf die Pressestelle des Polizeipräsidiums.

Lutz war schon im Büro und hatte Kaffee gemacht. Die beiden Männer saßen auf ihren Bürosesseln und tranken still aus ihren Kaffeebechern. Vor den Fenstern war es noch dunkel. Von draußen hörte man das metallische Schrappen eines Schneepfluges. Lutz war seit einem Jahr geschieden. Seine Frau lebte eine Straße weiter mit einem Bauabteilungsleiter aus dem Landratsamt, der sich für Musik und Theater interessierte. Lutz hatte das nie getan. Jetzt wohnte Lutz allein in einem Haus, in das er Küche, Sauna und Fußbodenheizung eingebaut hatte. Seinen achtjährigen Sohn sah er nur jedes zweite Wochenende. Und dann verbrachten sie ihre Zeit nicht zu Hause, sondern beim Angeln oder beim Skifahren. Lutz war einsam in seinem Haus, an dem er immer noch bastelte. Aber das Basteln bereitete ihm keine Freude mehr. Deshalb war er lieber im Büro. Wenn er nachts nicht schlafen konnte, kam ihm das Haus noch verlassener vor als sonst.

Um halb sieben gesellte sich Mike zu ihnen. Mike hatte selten schlaflose Nächte. Heute Morgen aber sah er mitgenommen aus. Tina würde nicht vor acht erscheinen. Sie musste für ihre Tochter Frühstück machen.

Die drei Männer tranken starken Kaffee und warteten darauf, dass beim Autoverleih SchreiberRent jemand seinen Dienst antrat. Jeder hing seinen Gedanken nach. Mike merkte an, dass der Wetterbericht erst für heute Morgen Schnee angesagt habe. Aber jetzt schneie es schon die ganze verdammte Nacht.

»Warum macht er das?«, sagte Lutz auf einmal.

»Was? Dass er mir die Leiche aufs Dach legt?«

»Ja. Das ist doch wahnsinnig riskant. Und dann die G'schicht mit dem Unfall. Der Mann plant absolut alles durch. Und dann passiert ihm so a Blödsinn. Das passt doch net z'samm.«

Mike ließ bedächtig drei Stück Zucker in seine Tasse gleiten. »Irgendeinen Fehler machst immer. Der is größenwahnsinnig, verstehst? Der denkt, er is schlauer wie wir, und will schauen, wie weit er gehen kann.«

Mike gähnte und versenkte noch zwei Stücke Zucker.

»Jetzt sind's fünf«, sagte Wallner.

Mike fluchte kurz und fischte zwei halb aufgelöste Stücke aus der Tasse.

Wallner starrte aus dem Fenster. »Lutz hat schon recht. Das passt nicht zusammen. Mit der Leiche – okay. Er will größtmögliche Aufmerksamkeit. Das muss alles spektakulär sein. Da nimmt er vielleicht jedes Risiko in Kauf. Aber der Unfall … kann vielleicht daher kommen, dass er seinen Plan ändern musste. Das heißt, er konnte nicht mehr alles so genau kalkulieren. Da passieren Fehler.«

»Woher weißt'n du, dass der seinen Plan geändert hat?«

»Dass wir die erste Leiche so schnell gefunden haben, war reiner Zufall. Der hat sie im See versenkt und gewusst, dass es draufschneit. Normalerweise hätten die Eltern erst Vermisstenanzeige erstattet. Niemand hätte gewusst, wo man suchen soll. Und vielleicht nach ein paar Tagen – wenn überhaupt – hätte jemand das Marterl entdeckt. Erst dann hätten wir im See gesucht. Dass sie gleich am nächsten Morgen entdeckt wird, damit hat er bestimmt nicht gerechnet.«

»Trotzdem«, widersprach Lutz. »Der Unfall stimmt irgendwie net. Der Renault is fünf Meter von der Toreinfahrt weg gestanden. Wieso fährt der dem überhaupt drauf?«

Um sieben erreichte Mike eine Frau Jelinek beim Autoverleih. Er gab das Kennzeichen durch und bat darum, den Namen des gestrigen Mieters herauszusuchen. Während Mike telefonierte, standen Lutz und Wallner neben ihm und warteten. Der Name würde ihnen vermutlich nichts sagen. Aber es würde der Name des Mörders sein. Es gab zunächst ein Problem mit dem Computer des Autoverleihs. Das Programm hatte sich aufgehängt, und der Rechner musste neu gestartet werden. Mike blieb am Apparat und verlangte nach einer frischen Tasse Kaffee. Wallner ging nach nebenan zur Kaffeemaschine. Noch während er drei Stück Zucker in den Kaffee warf, hörte er Mike im Nachbarzimmer Frau Jelinek fragen, ob sie ganz sicher sei. Er frage, weil er einen Irrtum vermute, und sie solle bitte noch einmal den Computer checken. Dann wurde der Ton gereizter. Mike sagte, er habe keinesfalls andeuten wollen, dass Frau Jelinek zu dumm sei, im Computer nachzusehen, wann jemand einen Wagen gefahren habe. Aber wenn sie frech werden wolle, da könne sie ihn, Mike, gerne kennenlernen. Wallner stellte den Kaffee auf den Schreibtisch und nahm Mike den Hörer aus der Hand.

»Hier Wallner«, sagte er ins Telefon. »Entschuldigen Sie, aber bei uns liegen im Augenblick die Nerven blank. Es sind zwei junge Mädchen umgebracht worden. Sagen Sie mir doch bitte noch einmal, wer den Wagen gefahren hat.«

Frau Jelinek erwiderte, es habe eben niemand den Wagen gefahren. Das habe sie dem Kollegen schon gesagt.

»Der Wagen mit diesem Kennzeichen wurde aber gestern Abend gegen siebzehn Uhr in Miesbach gesehen. Vielleicht ist er ja doch ausgeliehen worden, und es wurde versehentlich nicht im Computer registriert.«

Die Frau sagte, das sei nicht möglich, weil ja bei der Abholung des Wagens alles im Computer vermerkt werde. Wallner sagte, das sei bestimmt richtig. Aber manchmal – gewiss ganz selten – komme es eben doch vor, dass irgendetwas nicht oder auch falsch eingegeben werde. Und daher bitte er sie höflichst, nachzuforschen, ob der Wagen gestern nicht doch vermietet wurde. Er werde auch jemanden vorbeischicken, der ihr bei dieser Nachforschung behilflich sei. Nein, nicht den gereizten Kollegen von gerade eben, sondern einen anderen, von ausgeglichenem, freundlichem Wesen.

Wallner legte auf und wies Mike an, nachher zu der Autovermietung nach München zu fahren. Mike schlug vor, die Münchner Kollegen um Amtshilfe zu bitten. Aber Wallner hatte Sorge, dass die sich von der resoluten Telefonistin damit abspeisen ließen, es sei keiner mit dem Wagen gefahren. Sie hier in Miesbach wussten, dass jemand mit dem Wagen gefahren war. Und der hatte vermutlich zwei Morde begangen.

»Ich hab's geahnt. Irgendwas stimmt mit dem Wagen net.

Der Kerl verarscht uns.« Lutz war für seine Verhältnisse ziemlich aufgebracht.

»Jetzt wart halt erst mal ab. Vielleicht hat der Bomberjacken-Schorsch ja irgendwas falsch gelesen. Hat mich eh g'wundert, dass der überhaupt lesen kann«, sagte Mike.

»Mike hat recht. Vielleicht hat der Zeuge einen Zahlendreher reingebracht oder einen Buchstaben verwechselt. Kommt ja vor.«

Um halb neun hielt Wallner eine Tagesbesprechung mit allen ab, die an dem Fall arbeiteten. Es waren etliche Aufgaben zu koordinieren. Ein Kollege aus Rosenheim hatte ausschließlich damit zu tun, die Herkunft der Goldbrokatkleider zu ermitteln. Bis jetzt war noch nicht einmal klar, ob sie beide im gleichen Laden gekauft worden waren. Es musste recherchiert werden, wer um den Spitzingsee herum eine Hütte hatte und wer am vergangenen Wochenende darin gewohnt hatte – der Eigentümer, Freunde, Verwandte oder ein Mieter. Sämtliche Angaben mussten verifiziert und aus allen gewonnenen Personendaten die unverdächtigen eliminiert werden. Das waren dem vorgegebenen Raster zufolge alle Personen unter fünfundzwanzig und über siebzig sowie alle Frauen. Der Rest wurde auf einschlägige Vorstrafen und andere Verdachtsmomente hin überprüft – etwa, ob jemand allein auf der Hütte gewesen war. Zwei Mitarbeiter waren damit beschäftigt, die Kundendaten von Internet-Buchhändlern, die Literatur zum Thema »Rosenkreuzer« vertrieben hatten, aufzuarbeiten und mit den Daten über die Hütten abzugleichen. Außerdem musste man vom Mobilfunkprovider die Liste mit den Telefonaten besorgen, die Pia Eltwanger im letzten halben Jahr von ihrem Handy aus geführt hatte. Die Kollegen, die in München ein Täterprofil erstellen sollten, mussten mit

Informationen über beide Morde versorgt werden. Wallner beorderte zwei Kollegen, sich in der Schule umzuhören, die Gertraud Dichl besucht hatte. Er bezweifelte, dass Brauchbares herauskommen würde. Die Tat hatte mit großer Wahrscheinlichkeit nichts mit dem Privatleben des Mädchens zu tun. Und zwischen den beiden Mordopfern gab es vermutlich keinen Zusammenhang. Sie stammten aus zwei verschiedenen Welten.

Es schneite seit Mitternacht ohne Unterbrechung. Die Luft war kälter geworden, und die Schneeflocken schwebten mit einschläfernder Gleichförmigkeit auf die weiße Landschaft nieder. Es war still. Der Schnee schluckte jeden Laut. Einen halben Kilometer nach der Abzweigung von der Bundesstraße waren sie stecken geblieben, als der Weg zum Gehöft eine Steigung nahm. Wallner und Tina mussten den Wagen stehen lassen und den Rest des Weges zu Fuß gehen. Selbst Wallner war warm vom Anstieg.

»Warum hast mich mitgenommen?«

»Mike musste nach München.«

»Dann hättst ja irgendwen anders mitnehmen können.«

»Ich wollte aber dich dabeihaben. Was ist daran so schlimm?«

»Du willst mich doch sonst net dabeihaben.«

»Weil dein Job Spurensicherung ist. Hier … ich hab gedacht, es wär nicht schlecht, wenn eine Frau dabei ist.«

Wallner hauchte eine Kondenswolke aus. Eine Schneeflocke landete auf seinem Kinn und zerschmolz im gleichen Augenblick. Sie stapften eine Weile schweigend weiter durch den Schnee.

»Hast du Angst wegen Valerie?«, fragte Wallner schließlich.

»Ja.« Tina blieb stehen. Sie presste die Lippen aufeinander

und atmete tief ein. Tina war hart im Nehmen. Aber sie hatte eine fünfzehnjährige Tochter. »Ehrlich gesagt – ich hab a Scheißangst.«

Wallner nickte nur. Tina wusste, wo sie mit den Ermittlungen standen. Wallner hatte keine Möglichkeit, ihr die Angst zu nehmen. Er hätte es gern getan. Hätte ihr gern gesagt, sie seien dem Täter auf der Spur. Aber Tina wusste, dass sie es nicht waren. Sie gab sich einen Ruck und ging weiter.

Wenig später erreichten sie eine Hügelkuppe. Dahinter kam der Hof in Sicht. In zehn Minuten würden sie dort sein. Wallner bahnte sich langsam seinen Weg durch das konturlose Weiß. Er hatte es nicht eilig. Die Psychologin hatte gesagt, die Eltern hätten scheinbar gefasst auf den Tod ihrer Tochter reagiert. Allerdings sei die Beziehung zu dem Mädchen außergewöhnlich eng gewesen. Das Ehepaar Dichl war lange kinderlos geblieben, hatte es vergeblich mit In-vitro-Fertilisationen versucht, bis die Krankenkasse das nicht mehr bezahlte, hatte anschließend vier weitere künstliche Befruchtungen aus eigener Tasche bezahlt, bis schließlich ein anderer Arzt, den sie aufsuchten, festgestellt hatte, dass es wohl an Herrn Dichl lag. Die Eheleute hätten sich dann um die Adoption eines Kindes bemüht und nach zwei Jahren endlich einen Säugling zugewiesen bekommen – eben Gertraud. Nach dem jahrelangen, verzweifelten Kampf um die Schwangerschaft sei das Bedürfnis, das adoptierte Kind zu schützen, noch ausgeprägter gewesen als üblich. Gertraud Dichl habe in für bäuerliche Verhältnisse außergewöhnlicher Überbehütung gelebt. Die Eltern seien andererseits kaum in der Lage, ihren Gefühlen Ausdruck zu verleihen oder normale Trauer zuzulassen. Da sei eine Therapie angebracht. Aber das sei wohl noch ein langer Weg.

Als sie auf den Hof kamen, war niemand zu sehen. Auch

Geräusche fehlten. Bis auf das Klirren einer Kette. Im Stall hatte sich ein Tier bewegt. Trotz der Kälte lag ein warmer Geruch von Kuhstall in der Luft. Der vordere Wohnteil des Hofes war weiß verputzt, im ersten Stock lief ein mit Zierschnitzereien durchbrochenes, dunkel eingelassenes Geländer um den Balkon. Der Stalltrakt war im Erdgeschoss mit Wackersteinen gemauert, darüber war eine Holzkonstruktion. Die Stirnseite des Hofes zeigte nach Osten. Das ließ darauf schließen, dass der Hof alt war, vielleicht zweihundert Jahre. Damals lag den Bewohnern daran, das Haus vor dem Wetter zu schützen, das von Westen kommt. Später hatte man begonnen, die Höfe nach Süden auszurichten, der Sonne entgegen, allerdings um den Preis einer Flanke auf der Wetterseite.

Der Schnee fiel immer noch langsam und beständig. Auf dem Hof mochten an die dreißig Zentimeter liegen. Hier war die letzten Stunden nicht mehr geräumt worden. Tina ging zur Stalltür und öffnete sie. Die Luft war warm und feucht. Fünfundzwanzig Kuhleiber wärmten den Raum. Der Stall machte den Eindruck, als sei er ausgemistet worden. Tina warf einen Blick auf die Kuheuter. Die Kühe waren gemolken worden. Ketten klirrten, Kühe schnaubten, etwas bewegte sich in der Ecke. Eine Katze verschwand hinter einer Boxenverschalung.

»Hier ist keiner«, sagte Tina, als sie zu Wallner zurückkam. Wallner stand unter der Rampe, die zum Heustadel führte, der, wie in dieser Gegend üblich, über den Stall gebaut war. Wallner betrachtete den Boden zu seinen Füßen. In einer geschützten Ecke breitete sich ein roter Fleck bis dorthin aus, wo der Schnee anfing.

»Blut?«, fragte Tina.

Wallner nickte. Sie gingen nach vorne zum Eingang des

Wohntrakts und kamen am Küchenfenster vorbei. Auch die Küche war leer. Neben der Eingangstür an der Stirnseite des Hauses war eine tibetische Gebetsmühle angebracht. Wallner betrachtete sie eine Weile. Dann drehte er sie vorsichtig.

»Das bringt nichts mehr«, sagte Tina und klopfte an die Tür. Niemand antwortete. Die Tür war nicht abgeschlossen. Sie gingen hinein. Im Haus erwartete sie ein Flur, von dem mehrere Zimmer abgingen. Links die Wohnstube, rechts war ein Büro, die nächste Tür links führte in die Küche. Alle Zimmer waren verwaist. In einem alten Hüttenofen brannte ein Holzfeuer und erwärmte die Küche auf gute dreißig Grad. Dass hier niemand anzutreffen war, nahm Wallner mit Bedauern zur Kenntnis. Wallner betätigte eine Kuhglocke, die an der Wand gleich neben der Tür angebracht war und eintretenden Gästen dazu diente, sich bemerkbar zu machen. Auch die Kuhglocke vermochte niemanden herbeizurufen. Reglos standen sie im Flur und lauschten den nachlassenden Schwingungen der Kuhglocke. Leise Musik war zu hören. Sie kam vom Ende des Ganges. Dort befand sich die Kellertür, die Tina jetzt vorsichtig öffnete. Modergeruch schlug ihr entgegen. Die Musik kam von unten. Es war Chris de Burgh.

Im Keller stand eine große Tiefkühltruhe, auf der Truhe ein Kassettenrekorder. Aus dessen Lautsprechern sang Chris de Burgh »Don't pay the ferryman«. Neben der Tiefkühltruhe, vor einem großen Arbeitstisch und mit dem Rücken zu Wallner und Tina stand Frau Dichl in Jeans und Schürze und arbeitete an etwas Fleischfarbenem. An der Kühltruhe lehnte ein blauer Plastiksack, der mit Federn gefüllt war.

»Frau Dichl …?«

Frau Dichl drehte sich um. Sie sah Wallner fragend an.

»Wallner, Kripo Miesbach. Das ist meine Kollegin Frau Klein.«

»Ich bin grad am Einfrieren«, sagte Frau Dichl und wischte sich die Hände an der Schürze ab. Wallner erkannte jetzt, dass auf dem Arbeitstisch etwa ein Dutzend tote, gerupfte Enten lagen. Eine Ente war gerade in Arbeit. Frau Dichl wickelte sie in Plastikfolie ein. Fünf weitere Enten schienen in weiße Servietten aus teurem Leinen eingewickelt zu sein.

Wallner war froh, das Gespräch nicht mit der toten Tochter beginnen zu müssen. »Verstehe«, sagte Wallner. »Sie wickeln die Enten in Servietten ein?«

»Die sind von meiner Aussteuer.« Frau Dichl blickte die in die Servietten eingewickelten Enten liebevoll an.

»Is das üblich? Ich mein, ich versteh nichts vom Einfrieren.«

»Weiß auch net. Ich mag's net, wenn sie so nackert daliegen. In der Kälte. Wer möcht des schon?«

Wallner und Tina konnten ihren Blick nicht von den fünf in edles Leinen gehüllten Bündeln losreißen, die dazu bestimmt waren, im ewigen Eis der Kühltruhe zu verschwinden. Aus dem Radio riet Chris de Burgh dazu, nicht einmal den Preis zu vereinbaren, bevor der Fährmann einen auf die andere Seite gebracht habe.

»Wir kommen wegen Ihrer Tochter«, sagte Tina.

»Die is net da«, sagte Frau Dichl. »Die hat am Vormittag Schule.«

Wallner ging ein paar Schritte auf Frau Dichl zu. »Frau Dichl ...«, er sah die gerupften Enten auf dem Arbeitstisch und konnte nicht verhindern, an Lutz und den leblosen Mädchenkörper gestern Abend in seinem Schuppen zu denken. »Frau Dichl – Ihre Tochter ist tot.«

Frau Dichl zögerte kurz, dann wandte sie sich wieder ihren Enten zu. »Tut mir leid, ich hab zu tun.«

»Wir würden Ihnen gerne einige Fragen stellen. Ich weiß, es ist schwer für Sie …«

»Ich hab zu tun. Reden S' mit meinem Mann. Ich muss die Enten einfrieren. Des is jed's Jahr der gleiche Stress.«

Frau Dichl wickelte die Ente in sinnlos dicke Schichten von Klarsichtfolie. Als die Rolle zu Ende war, griff sie hektisch nach einer Serviette. Wallner berührte sie vorsichtig am Oberarm.

»Frau Dichl …« Im gleichen Moment schoss Frau Dichl herum, funkelte Wallner an und schrie: »Ich hab zu tun, Herrgott! Sehen S' net, was hier los is! Ich muss des doch alles einfrieren!« Mit den letzten Worten nahm sie eine noch unverpackte Ente und warf sie in Wallners Richtung. Die Ente prallte an der Kellerwand ab und platschte auf den Boden – vor zwei Füße in Holzpantinen. Herr Dichl hatte den Kellerraum betreten. Er ging zu seiner Frau und nahm sie in den Arm. Sie redete noch eine Weile Unverständliches in seine Brust. Dann verstummte sie, hob die Ente vom Boden auf und reinigte sie vom Kellerbodendreck, der an ihr klebte. Sie riss eine neue Packung Klarsichtfolie auf, wischte mit dem Handrücken den Rotz von der Nase und machte sich wieder ans Werk.

Die Stube war mit einem Kachelofen ausgestattet, der behagliche Wärme abstrahlte. Zugluft war nicht zu befürchten. Schon weil vor den eigentlichen Fenstern altmodische Winterfenster angebracht waren, die sich nicht öffnen ließen. Die Einrichtung der Stube war bäuerlich und bodenständig. Bis auf einige buddhistische Wandbehänge und Gebetsfahnen, die belegten, dass zumindest einer der Bewohner ein gutes Stück in die Welt gekommen war. Herr Dichl saß mit Wallner und Tina am Tisch. Der Schmerz war ihm ins Gesicht gegraben.

»Der Täter muss Ihre Tochter lange beobachtet haben. Wahrscheinlich hat sie ihn gekannt und ihm vertraut. Hat sie in letzter Zeit von irgendjemandem erzählt, den Sie nicht kannten?«

Herr Dichl dachte nach und bewegte dann langsam den Kopf hin und her.

»Hat sich Ihre Tochter anders benommen als sonst?«, wollte Tina wissen.

»Wüsst ich jetzt net ... mei, sie war sehr gut gelaunt in letzter Zeit. Aufgekratzt, wie man so sagt.«

»Aber Sie wissen nicht, warum?«

Herr Dichl schüttelte den Kopf. Unversehens verzog sich seine Miene. Er fing an zu weinen und schlug die Hände vors Gesicht.

Als Herr Dichl seine Fassung wiedererlangt hatte, bat ihn Wallner darum, Gertrauds Zimmer sehen zu dürfen. Dessen Wände waren mit Filmplakaten bedeckt. Herr Dichl bestätigte, dass Gertraud die großen amerikanischen Filme geliebt habe. Das eine oder andere Mal habe er sie in das Kino nach Hausham gefahren. Der Weg dorthin aber sei, wenn man nicht mit dem Auto hinfahre, weit für ein Mädchen von dreizehn Jahren, weshalb Gertraud sich zumeist mit DVDs habe bescheiden müssen. Neben dem Bett fand sich eine umfangreiche Sammlung davon.

Tina sah aus dem Fenster hinaus in die vom Schneetreiben milchige Landschaft. »Ist Ihnen irgendwer aufgefallen, hier in der Nähe vom Hof. Jemand, der da net hergehört?«

Herr Dichl versank in Gedanken, ging zum Fenster, stützte sich auf das Fensterbrett und stierte in den Schnee. »Im Herbst war da mal einer. Ich hab 'n net selber g'sehen. Die Nachbarn ham g'sagt, da wär a fremder Wagen g'standen. Stundenlang. Und da wär einer dring'sessen. Drei Tage lang.

Dann war er wieder weg. A Woch später war er noch amal da.«

»Haben Sie versucht, herauszubekommen, wer das war?«

»Na, der war ja dann wieder weg. Und da denkst dir auch nix mehr dabei.«

Sie standen vor der Eingangstür. Herr Dichl strich mit einem Finger über die Gebetsmühle.

»Waren Sie mal in Asien?«, fragte Wallner.

»In Nepal. Is lang her. Ich war viel am Berg damals. Aber dann hab ich 'n Hof übernommen. Da kommst nimmer weg.«

Im Keller sang Chris de Burgh.

14

Gegen 16 Uhr versammelten sich alle im SoKo-Raum und trugen die Ermittlungsergebnisse des Tages vor. Mike war in München beim Autoverleih SchreiberRent gewesen, um mit der vorlauten Dame zu verhandeln, die ihn schon am Telefon genervt hatte. Die Dame habe sich als dickliche Enddreißigerin herausgestellt, allerdings sei ihr eine gewisse erotische Ausstrahlung nicht abzusprechen. Mike habe sich als Wallner vorgestellt und sich sogleich für den unfreundlichen Kollegen heute Morgen entschuldigt. Das habe ihm einige Türen bei der Dame geöffnet. So habe man eine Viertelstunde lang über unfreundliche Kollegen geredet, von denen die Dame viele habe. Er, Mike, habe der Dame sein Mitgefühl ausgesprochen, leide er doch selbst unter solchen Mitarbeitern. Wallner bat Mike, zur Sache zu kommen. Mike sagte, er habe nur erklären wollen, wie es gekommen sei, dass er letztlich ohne weiteres Zugang zum Computer der Dame respektive des Mietwagenverleihs bekommen habe. Er sei mit der Dame alle Daten des betreffenden Wagens noch einmal sorgfältig durchgegangen, habe Ausdrucke davon machen lassen und gefragt, wer Zugang zum Computer habe. Das seien nicht viele. Allerdings sei nicht auszuschließen, dass sich ein Unbefugter Zugang zum Computersystem von Schreiber-Rent verschafft habe. Dazu müsse er nicht in die Räume. Das sei auch via Internet zu bewerkstelligen. Die Computerdaten bestätigten jedenfalls das, was die Dame schon am Morgen am Telefon gesagt hatte. Der Wagen war gestern nicht vermietet worden. Anschließend habe sich Mike selbst zu dem betreffenden Fahrzeug begeben und sich vom Stand des Kilometerzählers überzeugt, der dem elektronisch gespeicherten Kilometerstand entsprochen habe. Der Wagen sei demzufolge seit vorgestern keinen Meter bewegt worden. Er, Mike, habe veranlasst, dass die Computerspezialisten aus München überprüfen, ob sich irgendwelches Hackervolk in letzter Zeit im Schreiberschen Computersystem getummelt habe. Da solle man nichts von vornherein ausschließen. Auch er halte das natürlich für unwahrscheinlich, aber irgendeine Erklärung müsse sich ja finden. Möglichkeit zwei sei folgende: Der Nachbarsjunge von Wallner habe das Nummernschild falsch gelesen. Deswegen habe er, Mike, die Dame gebeten, ihm die Kennzeichen aller im fraglichen Zeitraum vermieteten Fahrzeuge der Firma zu senden, was aktuell noch nicht geschehen sei. Spätestens morgen würden die Daten vorliegen. Und damit komme man dem wahren Fahrer des Wagens hoffentlich ein gutes Stück näher. Wallner gab zu bedenken, dass es noch eine dritte Möglichkeit gab – etwas abseitig, aber denkbar: Der Täter könnte das Kennzeichen von dem zugehörigen Wagen abgeschraubt und auf ein anderes Fahrzeug von SchreiberRent montiert haben. Mike musste zugeben, dass ihm der Gedanke noch nicht gekommen war. Und er hoffe inständig, dass sich die Sache so nicht zugetragen habe. Denn in dem Fall werde die Geschichte uferlos.

Die Herkunft des Brokatkleids von Pia Eltwanger konnte geklärt werden. Das Kleid war am 14. November des vergangenen Jahres in einem Brautmodengeschäft in Düsseldorf gekauft worden. Die Verkäuferin konnte sich an den Verkauf erinnern, weil an jenem Montag nicht viel Betrieb gewesen war und der Kunde bar gezahlt hatte. Bei einem Preis von über fünfhundert Euro war das ungewöhnlich. Eine brauchbare Beschreibung des Käufers konnte die Frau, nachdem zwei Monate verstrichen waren, nicht abgeben. Er sei männlich gewesen, mittelgroß und zwischen fünfunddreißig und fünfzig Jahre alt.

Die Ermittlungen in Sachen Hüttenbesitzer am Spitzingsee beanspruchten mehr Zeit als erwartet, da einige nicht erreichbar waren. Immerhin konnte die Belegung von etwa fünfundachtzig Prozent der Hütten und Ferienhäuser geklärt werden. Man sei bereits dabei, diejenigen zu überprüfen, die ins Täterraster passten. Das werde aber möglicherweise Wochen in Anspruch nehmen.

Ein großer Online-Buchhändler hatte seinen Justitiar eingeschaltet, der klären sollte, ob die Polizei berechtigt sei, aufbereitete Daten, wie etwa die aller Käufer von Literatur über die Rosenkreuzer, zu verlangen. Man habe die Staatsanwältin informiert. Die habe mit dem Firmenjuristen telefoniert. Morgen würden die Daten übermittelt.

Interessant sei die Liste der Telefongespräche, die in letzter Zeit vom Handy des ersten Mordopfers Pia Eltwanger aus geführt worden waren. Oder genauer gesagt, sei die Liste seltsam uninteressant, sagte der Kollege, der mit ihrer Beschaffung betraut worden war. Pia Eltwanger habe fast nur mit ihrer Freundin Conny Polcke telefoniert. Gelegentlich tauchten Verbindungen zum Festnetzanschluss zu Hause auf, vermutlich Gespräche mit den Eltern, von denen aber keines länger als zwei Minuten gedauert hatte. Gelegentlich ein Anruf in der Schule oder – sehr selten – bei einer anderen Mitschülerin als Conny Polcke. Ansonsten – nichts. Bis auf eine Ausnahme. Letzten Sonntag empfing Pia Eltwanger einen Anruf aus einer Telefonzelle in Schliersee. Das war gegen 14 Uhr 45. Das Gespräch hatte vier Minuten gedauert. Es sei also auszuschließen, dass der Anrufer sich verwählt hatte. Danach wurde mit Pia Eltwangers Handy nicht mehr telefoniert. Dieser Anruf war das letzte Telefonat des Mädchens. Sechzehn Stunden später wurde ihre Leiche gefunden. Das Handy war nach diesem letzten Gespräch abgeschaltet worden und bis jetzt auch nicht aufgetaucht.

Janette hatte zusammen mit einem Rosenheimer Kollegen die Lehrer und Mitschüler von Gertraud Dichl befragt. Das Mädchen war nach deren Angaben eher unauffällig. Ihre Leistungen lagen etwas über dem Klassenschnitt. Mitschüler sagten aus, Gertraud Dichl sei in letzter Zeit auffallend guter Stimmung gewesen, habe aber den Grund dafür nicht nennen wollen und ein Geheimnis daraus gemacht. Zur Schule sei Gertraud Dichl in der Regel mit dem Zug gefahren. Der halte am Bahnhof in Mitterdarching. Zum Bahnhof fuhr sie mit dem Fahrrad. Auch im Winter. Falls die Straße zum Hof geräumt war. Sonst wurde sie von den Eltern zum Bahnhof gebracht. Gestern sei sie nach der Schule nicht mit dem Zug nach Hause gefahren. Das werde von mehreren Mitschülern bestätigt. Gertraud Dichl habe angegeben, sie habe noch eine Verabredung. Mit wem, habe sie nicht sagen wollen. Das Mädchen sei aber in Erwartung des Treffens sehr euphorisch gewesen. Zuletzt hatten sie zwei Mitschülerinnen gegen 13 Uhr 20 in einem Café in der Miesbacher Innenstadt gesehen.

Nach der Besprechung in großer Runde zog sich Wallner mit Mike in sein Büro zurück und setzte frischen Kaffee auf. Kurz darauf kam Lutz. Er hatte keine Lust auf sein leeres Haus. Wallner stellte einen Weihnachtsteller mit Manfreds fossilen Plätzchen auf den Tisch und schenkte Kaffee in die Becher. Mikes Tasse trug die Aufschrift »Guten Morgen, liebe Sorgen« und zeigte ein knollennasiges, unrasiertes Cartoongesicht, das mit blutunterlaufenen Augen und grimmem Zähnefletschen die Vermutung bekräftigte, dass der Satz ironisch gemeint war. Mike rollte auf einem Bürosessel über den Teppichboden und verschränkte die Hände hinter dem Kopf, während Wallner auf der Kante seines Schreibtisches saß und versuchte, von einem Zimtstern abzubeißen.

»Was haben wir bis jetzt?«, fragte Wallner.

Mike hatte mit dem rollenden Bürostuhl an seiner Kaffeetasse angehalten und versenkte vier Stück Zucker darin. »Völlig Schizo, der Typ. Der hat alles minutiös geplant. Kauft das Kleid zwei Monate vorher in Düsseldorf und zahlt bar. Fünfhundert Euro! Ruft nur von Telefonzellen aus an. Klaut a Marterl am Straßenrand. Hinterlässt keinen einzigen Fingerabdruck oder irgend a DNA-Molekül. Alles perfekt. Aber dann schießt er so an Bock wie mit dem Unfall.«

»Der hat keinen Bock g'schossen. Der verarscht uns. Oder is da was rausgekommen?« Lutz machte den Eindruck, als würde er gleich seinen Kaffeebecher zerquetschen.

»Des war a Zahlendreher. Morgen hamma den Burschen.«

»Ja freilich.«

Es arbeitete sichtlich in Lutz. Er war wütend auf den Mörder. Nicht nur weil er mordete, sondern nicht minder, weil er sie alle verhöhnte.

»Die einzigen Spuren, die der hinterlässt, die hinterlässt er, weil er will. Da ist gar nix zufällig. Der hat bis jetzt noch keinen einzigen Fehler g'macht. Da!«

Lutz warf zwei kleine Plastikbeutel der Spurensicherung auf den Tisch. Darin befanden sich die beiden Plaketten, die man in den Mündern der Mädchen gefunden hatte.

»Des is a Spur! Der Mörder schreibt uns: eins und zweiundsiebzig. Musst es nur noch entziffern.«

»Jetzt komm wieder runter. Ich find des auch net witzig.«

»Was sagt das Labor zu dem Hintergrund auf den Plaketten?«, mischte sich Wallner in das Gespräch.

»Die meinen, wenn man die beiden Teile nebeneinanderlegt, dann könnt des a grobkörniges Bild von am Berg sein. Felsiges Hochgebirge mit Schnee.«

Lutz legte die Plaketten nebeneinander, und sie betrachteten das zusammengesetzte Bild von weitem. Mit etwas Phantasie fügte es sich zu einem Bergbild zusammen.

»Wo dieser Berg steht, das können die nicht sagen, oder?«

»Die wissen ja net amal, ob's wirklich a Berg is. Und wenn, dann muss es den net geben.«

Wallner fixierte noch einmal die Plaketten. »Ich bin mir sicher, es gibt den Berg. Die sollen mal Experten dransetzen. Irgendeinen Spezialisten für Alpinismus. Oder frag mal hier bei der Bergwacht nach. Da gibt's ja Leut, die ham schon so ziemlich alles gesehen.«

»Vielleicht keine schlechte Idee.« Lutz packte die Plaketten wieder ein.

»Was haben die Opfer gemeinsam?«

»Fast gleiches Alter. Aber sonst …?« Mike vollführte mit seinen Händen eine Geste profunder Ratlosigkeit.

»Und ihren Mörder. Aber du hast recht. Sonst gibt's wenig Gemeinsamkeiten. Die Mädchen sind schon äußerlich ganz unterschiedlich. Die eine kurzhaarig, ein bissl derb und bäuerlich, die andere eine zarte Prinzessin aus reichem Haus. Nur – der Täter hat sich genau die beiden Mädchen ausgesucht. Hat sie monatelang beobachtet, hat ihr Vertrauen gewonnen. Und er weiß seit langem, wie er die Tat inszeniert. So jemand nimmt nicht zwei Opfer, die so grad mal etwa gleich alt sind, und dann passt das. Wenn's ihm auf einen bestimmten Mädchentyp angekommen wär, dann wären sich die Opfer sehr ähnlich. Der Mann ist Perfektionist.«

»Das heißt, die haben irgendwas anderes gemeinsam, das wir noch nicht wissen.«

»Ja. Und damit scheidet vermutlich auch eine sexuelle Motivation aus. Solche Täter gehen nach Äußerlichkeiten. Oder sie töten Prostituierte oder überwältigen ihre Opfer immer am gleichen Ort.«

»Was ist mit dem goldenen Kleid? Das is doch a typisches Ritual von am Sexualtäter.«

»Im Prinzip ja. Trotzdem – ich glaube, das hat einen anderen Grund.« Wallner trank den letzten Schluck Kaffee aus seiner Tasse und betrachtete den braunen Rückstand am Tassenboden. »Wisst ihr, was mich irritiert?«

Lutz nickte. »Der Anruf aus der Telefonzelle?«

»Ja.« Wallner stellte die Tasse bedächtig auf seinen Schreibtisch und tastete mit den Fingern an ihrem Rand entlang. »Pia Eltwanger fährt am Freitagnachmittag zum Spitzingsee, und am Sonntagmittag ruft sie jemand aus einer Telefonzelle in Schliersee an. Das heißt, sie war fast zwei Tage mit ihrem Mörder zusammen, bevor er sie umbringt? Und dann ruft er sie von irgendwo anders her an?«

»Wir wissen ja gar net, ob sie da überhaupt noch am Spitzingsee war. Oder vielleicht is sie auf die Hütte gefahren, aber der Typ war net da. Erst Sonntagmittag hat er sich gemeldet und sie irgendwohin gelockt, wo er sie ungestört umbringen konnte«, meinte Mike.

»Ungestörter wie in einer eing'schneiten Hütte am Spitzingsee?« Lutz schüttelte den Kopf.

»Ach, was weiß ich. Scheiße, wir brauchen einfach mehr

Informationen.« Mike stand auf. »Morgen wiss' ma mehr. Wenn die endlich mal mit den Daten von der Autovermietung rüberkommen, is er fällig.«

Das Telefon klingelte. Es war schon fast acht. Am anderen Ende meldete sich eine Kollegin aus dem Labor.

»Servus. Hier is die Margit. Seid's noch im Büro?«

»Schaut so aus, oder? Was gibt's denn?«

»Mir ham was, des könnt euch weiterbringen ...«

15

Er stapfte mit Skischuhen durch Bruchharsch. Als die Sonne hinter einem Nachbarberg verschwand und die Schatten kamen, fiel die Temperatur merklich. Zwischen minus fünf und minus zehn Grad waren es jetzt. Noch war der Himmel klar. Die untergehende Sonne tauchte die Spitzen der Berge in Pastellfarben. Unten lag das Tal im Abenddämmer.

Peter hatte ihren Namen gerufen. Aber sie war stumm geblieben. Auch bewegt hatte sie sich nicht mehr. Der erste Gedanke war gewesen, zu Lisa hinunterzuklettern. Er hatte sich auf den Schnee gelegt und sich bis zum Rand einer Wechte gezogen. Als er, die Spitzen der Skischuhe in den Schnee gerammt, über den Rand der Wechte blickte, war dort nichts. Das Schneebrett hing über einem Abgrund. Erst ganz unten kam die Wand in Sicht. Glatter Fels ohne Griffe und Tritte. Er war umgekehrt und zu seinen Skiern geklettert, die er weiter oben hatte liegen lassen, und hatte den Pullover angezogen. Er musste jetzt darauf achten, sich warm zu halten. Seine Skijacke hatte Lisa mit in die Tiefe gerissen.

Im Nordwesten zog eine Wolkenwand auf. Im Osten wurde es Nacht. Das Licht erlosch auf den letzten Bergspitzen, und die ersten Sterne zeigten sich. Panik überkam ihn. Bald würde der Schnee einsetzen. Die Temperaturen würden auf minus fünfzehn Grad sinken oder darunter. Lisa lag bewusstlos im Abgrund. Die Kälte würde sie nicht lange überleben. Als Peter seine Skier erreichte, war er durchnässt. Die Anstrengung und die Angst hatten ihm den Schweiß aus den Poren getrieben. Sein Herz schlug bis zum Hals. Aber er versuchte, ruhig zu bleiben und sich einzuprägen, wo er war, damit er später die Absturzstelle beschreiben konnte. Eine Stunde würde er für die Abfahrt brauchen. Vielleicht weniger. Vorausgesetzt, er verirrte sich nicht. Wenn er in die Nacht geriet und in den Schneesturm, konnte es gut sein, dass er gar nicht mehr ins Tal fand. Denn er kannte den Berg nicht, und seine Karte war im Schneetreiben nutzlos. Peter stieg in seine Skibindungen, griff schnell die Stöcke und wollte losfahren. Dann besann er sich und steckte die Hände durch die Schlaufen der Stöcke. Auch der Verlust eines Stocks konnte Folgen haben. Denn der Schnee war schwer und schon mit Stöcken nur mit Mühe zu bewältigen. Vermutlich müsste er die eine oder andere Passage bergauf gehen. Peter sah sich um und widerstand dem Drang, möglichst hastig irgendwie nach unten zu fahren. Hundert Meter weiter lag Lisa. Ihr Körper entließ jede Minute Wärme in die Bergluft. Jede Minute würde ihre Körpertemperatur weiter fallen. Die Zeit lief ab. Er hatte in seinem Leben viele Fehler gemacht. Jetzt durfte er sich keinen Fehler erlauben.

Er ging einige Meter, bis er an einer sanft abfallenden Kante angelangt war. Von hier aus konnte man weit nach unten blicken. Der Weg war frei. Das Licht noch ausreichend. Er musste sich beruhigen, sich klarmachen, dass er in einer Stunde im Tal sein würde. Dort gab es irgendwo ein Telefon, er würde die Bergwacht verständigen, und man würde Lisa vom Berg holen. Wenn alles gutging, noch bevor das Wetter kam. Lisa würde unterkühlt sein. Wahrscheinlich hatte sie sich Knochen gebrochen. Aber sie würde leben. Peter spürte, wie bei diesen Gedanken seine Aufregung zunahm. Er stieß sich mit kräftigen Stockeinsätzen ab und nahm Fahrt auf. Der Schnee war schwer, aber beherrschbar. Er fasste neuen Mut. Da sackte mit einem Mal der linke Ski nach unten weg. Seine Spitze bohrte sich in den Schnee und zog das linke Bein mit nach unten. Peter überschlug sich, rollte zwanzig Meter den Hang hinunter. Er grub sich aus dem Schnee und brauchte Zeit, bis er begriff, was passiert war. Die Spitze des linken Skis war abgebrochen. Vermutlich war er schon bei der Fahrt zu Lisas Absturzstelle zu heftig gegen einen Felsen gefahren. Der rechte Ski war nicht mehr am Fuß. Die Sicherheitsbindung hatte sich beim Sturz gelöst. Nur mit äußerster Anstrengung konnte er das Bein mit dem linken Ski aus dem Tiefschnee ziehen. Er löste die Bindung und betrachtete die Spitze, die noch an einer der Stahlkanten hing.

Auf einem Ski konnte er nicht ins Tal abfahren. Vielleicht auf gewalzter Piste, vielleicht, wenn er weniger erschöpft war. Aber nicht in diesem Zustand, nicht in schwerem Tiefschnee. Er sah sich um. Einige Meter weiter oben lag seine Skimütze. Ein Stück weiter ragte die Spitze des verlorengegangenen rechten Skis aus dem Schnee. Die Stöcke waren an den Handgelenken geblieben. Geschmolzener Schnee rann Peter in den Kragen. Das Licht wurde schwächer. Bis hinauf zum Berggrat war alles weiß verschneit mit ein paar Felsen dazwischen. Darüber der Abendhimmel. Noch war es klar. Aber die Wolkenfront rückte schnell heran, schneller, als es noch vor einer Stunde den Anschein gehabt hatte.

Plötzlich nahm Peter ein Licht wahr. Zuerst nur aus dem Augenwinkel. Es sah aus wie ein Stern. Nur stärker. Auf dem Grat dort oben. Er schnallte seinen Rucksack ab, ohne die Skistöcke von den Handgelenken zu nehmen, und wühlte verzweifelt, bis er die Wanderkarte fand. Als er sich auf der

Karte orientiert hatte, suchte er mit den Augen den einge-
zeichneten Bergrücken ab und gelangte zu dem Symbol einer
Berghütte. Für den Abstieg ohne Skier würde er wahrscheinlich drei Stunden brauchen. Wenn er sich in der Dunkelheit
zurechtfand. Wenn er sich nicht im Schneetreiben verirrte.
Der Aufstieg zur Hütte würde vielleicht eine Stunde dauern.
Dort oben musste es ein Funkgerät geben, mit dem man die
Bergwacht verständigen konnte. Die Frage war nur: Würde er
einen Weg zur Hütte finden? Von hier unten sah es einfach
aus. Aber er wusste, dass der Berg einen unangenehm überraschen konnte. Andererseits war es im Winter oft einfacher,
einen Weg zu finden, weil der Schnee die Unebenheiten im
Fels nivellierte.

Eine Stunde später war es fast dunkel und das Licht der
Hütte immer noch ein gutes Stück entfernt. Jetzt konnte er
nicht mehr zurück. Das Gehen im Schnee mit den Skischuhen
kostete mehr Kraft, als er gedacht hatte. Die Route zur Hütte
war nicht mehr als eine konturlose dunkle Fläche, gelegentlich durchbrochen von den noch dunkleren Flecken der Felsen. Er musste in direkter Linie auf die Hütte zugehen und
hoffen, dass das Gelände passierbar blieb. Doch der Hang
wurde immer steiler, die Schritte immer mühsamer. Er sah
nach oben. Die Sterne waren verschwunden. Er spürte eine
erste Schneeflocke auf seiner Wange.

Fünfzehn Minuten später kämpfte er sich durch dichtes
Schneetreiben. Wind war aufgekommen. Vor seinen Augen
tanzten eine Million weißer Punkte, stoben mal seitwärts, mal
in Wirbeln um ihn herum, nahmen ihm die Sicht. Im Umkreis
von zehn Metern sah er nur das Chaos. Dahinter lag Finsternis. Er musste sich auf seinen Gleichgewichtssinn verlassen.
Da, wo es ihn hinzog, war unten, da, wo der Widerstand war,
war oben, dort ging es zur Hütte, so hoffte er zumindest.

Genauso gut war es möglich, dass er von der Linie zur Hütte längst abgekommen war. Doch blieb ihm wenig übrig. Er musste weiter. Irgendwo würde er ankommen. Er betete, es möge die Hütte sein. Es war kein stilles Gebet. Er betete laut, so laut, dass er sein Gebet hörte im Sturm, der an seinen Kleidern zerrte, der in seinen Pullover eindrang, bis auf die Haut, der ihm die Wärme aus dem Leib riss und von Minute zu Minute wütender wurde.

Er ging weiter bergauf. Schritt für Schritt, versuchte den Sturm um sich herum nicht zu beachten, starrte nur auf den kaum sichtbaren Boden direkt vor seinen Füßen. Es wurde immer steiler. Er stemmte beide Stöcke vor sich in den Schnee, die Arme hoch erhoben, zog einen Skischuh aus dem Schnee, rammte ihn wenige Zentimeter weiter oben wieder in den Hang. Dann tat er das Gleiche mit dem anderen Fuß. Er spürte, wie die Kraft aus seinen Oberschenkeln schwand. Er schaffte es nicht mehr, das Bein hochzuziehen. Es war, als trage er Zementblöcke an den Füßen. Er musste rasten, gegen den Hang gelehnt, die Arme über dem Kopf auf die Stöcke gestützt. Keuchend und zitternd und schwach. Nichts mehr war in seinem Körper – außer dem Verlangen, sich in den Schnee zu legen und einzuschlafen. Er sah Lisa vor sich. Ihr Mädchengesicht wurde langsam vom Neuschnee bedeckt. Adrenalin schoss ihm wie Feuer in den Kopf. Er raffte sich auf zu einer letzten Anstrengung. Aber die Beine gehorchten nicht mehr.

Mit einem Mal war Stille. Der Wind hatte sich gelegt, der Schnee hatte aufgehört zu tanzen, hatte sich zurückgezogen, die Wolkendecke tat sich einen Spalt auf und ließ Sternenlicht hindurch. Vor Peter lagen fünfzig Meter Schneefeld. Es schien nahezu senkrecht anzusteigen und ging dann in eine Felswand über, die um ein Vielfaches höher war, als sie von unten ausgesehen hatte. Peters Weg war hier zu Ende. Weiter hinauf konnte er nicht. Als ihm das klarwurde, spürte er, wie sich eine große Kälte in seinem Inneren ausbreitete. Einen Moment dachte er daran, jetzt, da das Wetter unverhofft besser geworden war, ins Tal zu steigen und Hilfe zu holen. Er mochte zwei oder drei Stunden verloren haben, seitdem er Lisa verlassen hatte. Vielleicht war das noch nicht zu viel. Vielleicht hielt Lisas unterkühlter Körper zwei, drei Stunden länger durch. Aber dann trieb ein Windstoß wieder den Geruch von Schnee herbei, und Peters Illusionen erstarben. Das Wetter war nicht besser geworden. Der Schneesturm hatte nur Atem geholt. Er würde in wenigen Minuten weitertoben und nicht zulassen, dass Peter jemals das Tal erreichte. Er selbst mochte diese Nacht erfrieren oder überleben – Lisa würde morgen tot sein. Peter blickte nach unten und überlegte, ob ein Sturz den Abhang hinunter sein Leiden beenden könnte. Da drang mit einem Mal Musik durch die Bergnacht. Ganz kurz, dann war da wieder nur der Wind. Peter lauschte in die Dunkelheit. Eine Minute blieb er reglos stehen. Abermals drehte der Wind, und es kam wieder. Dünn und zart und von weit her, aber doch ganz klar: Es war Musik, die der Wind mit sich trug.

16

Margit hatte interessante Neuigkeiten für Wallner. Die Laborleute hatten die Plaketten, die man in den Mündern der beiden Opfer gefunden hatte, nebeneinandergelegt, fotografiert und das Foto im Computer bearbeitet. So hatte man etwa die Zahlen eliminiert, um freien Blick auf das eigentliche Bild zu bekommen. Dann hatten sie Unschärfe und Körnigkeit korrigiert und waren zu einem Bild gelangt, das an ein Gebirge erinnerte – so weit hatte man das allerdings auch vorher schon vermutet. Das Foto wurde sodann im Haus herumgereicht, in der Hoffnung, dass vielleicht einer sagen könne, es sei dieser oder jener Berg oder die Aussicht von diesem oder jenem Punkt im Gebirge. Und tatsächlich meldeten sich Mitarbeiter, doch ihre Vermutungen waren widersprüchlich. Etwa, das sei der Ortler oder das Zuckerhütl in den Stubaier Alpen, oder es handele sich ohne jeden Zweifel um ein Foto, das vom Großglockner aus aufgenommen worden war. Vergleiche mit Fotos der angegebenen Berge und mit Kartenmaterial hatten aber in keinem der Fälle zur Übereinstimmung geführt. Bis dann der Laborhausmeister Martin Schlohbichel das Labor betreten und gesagt hatte, das sei der Rastkogel und kein anderer Berg.

Archivbilder konnten diese Behauptung nicht bestätigen. Das freilich lag, so Schlohbichel, daran, dass die zur Verfügung stehenden Fotografien alle von Süden aus aufgenommen

125

worden seien, vermutlich von den Hauptbergen der Tuxer Alpen. Von Norden hingegen sehe der Rastkogel so aus wie auf dem Foto. Der abgebildete Berg habe zwar, das musste auch Schlohbichel zugeben, wenig Charakteristisches, sei ein Durchschnittsberg, wie er in den Alpen an jeder Ecke stehe. Doch Schlohbichel, so stellte sich heraus, war aufgrund besonderer Umstände einer der wenigen, wenn nicht der einzige Experte für die Nordansicht des Rastkogels.

Im Jahr 1979 war der jetzige Hausmeister ein sehr aktiver Bergsteiger gewesen. Er hatte ein Jahr zuvor sogar einen Achttausender bestiegen und träumte davon, sein Leben in der Art eines Reinhold Messner auf Expeditionen in die entlegensten Teile der Erde zuzubringen, dann und wann heimzukehren, Diavorträge in großen Sälen zu halten und Bücher mit beeindruckenden Fotos zu publizieren. Im Winter 78/79 endete Schlohbichels Lebenstraum. Schlohbichel bestieg einen unbedeutenden Berg der Tuxer Voralpen. Schlohbichel hätte es nicht einmal als Expeditionsvorbereitung bezeichnet. Es war im Grunde nur ein Warm-up. Doch Schlohbichel geriet in eine Lawine. Eigentlich hätte es den Lawinenwarnern zufolge gar keine Lawinen geben dürfen. Und eine Lawine, die diesen Namen verdient hätte, war es auch nicht. Nichts als ein paar Kubikmeter nasser Schnee, die ins Rutschen gerieten. Die Schlohbichel mit sich rissen, unter sich begruben, wenn auch nicht ganz. Der Kopf schaute noch heraus. Der Rest von Schlohbichel war im Schnee einzementiert. Ein paar Kubikmeter – das sagt sich wie nichts, sind aber mehrere Tonnen. Schlohbichel versuchte, irgendeine seiner Gliedmaßen zu bewegen. Aber es gelang nicht. Beide Beine, beide Arme wurden vom nassen Schnee umklammert wie von einer Schraubzwinge. Nach zwei Stunden war Schlohbichel am Ende seiner Kräfte. Das wenige, was

126

ihm davon übrig blieb, beschloss er beim Warten auf Hilfe einzusetzen. Und er tat gut daran. Denn Hilfe kam erst zwei Tage später, als Schlohbichel dem Erfrierungstod nahe war, als ihm schon ganz warm geworden war und er sich am liebsten aller Kleidungsstücke entledigt hätte. Das konnte er infolge seiner eingeschränkten Bewegungsfreiheit freilich nicht. Und so hatte ihm der Schnee wiederum das Leben gerettet. Nur den rechten Fuß des Schlohbichel, den konnten sie nicht mehr retten. Der war endgültig erfroren. Während der zwei Tage aber, während derer Schlohbichel bis zum Hals im Schnee steckte, war sein Blick fest auf den Berg vor ihm gerichtet gewesen, auf den Rastkogel. Um sich wach zu halten, studierte Schlohbichel den Berg eingehend, prägte sich jeden Zacken, jedes Felstürmchen und jedes Kar ein, beobachtete die unterschiedlichen Lichtverhältnisse und ihre Wirkung auf das Erscheinungsbild des Berges während des Tages wie auch während der Nacht. Schlohbichel hasste fortan den Berg, der tatenlos zugesehen hatte, wie sein rechter Fuß abgefroren war. Was natürlich ungerecht war. Denn der Berg konnte nichts für Schlohbichels rechten Fuß. Aber das sei auch nicht der Punkt, beendete Margit ihre Ausführungen. Der Punkt sei, dass es sich bei dem Bild auf den Plaketten mit an Sicherheit grenzender Wahrscheinlichkeit um den Rastkogel in den Tuxer Voralpen handele. Was der Mörder damit sagen wolle, wisse sie auch nicht. Aber vielleicht bringe es Wallner ja weiter. Wallner notierte sich den Namen des Berges und dankte ihr.

Weder Lutz noch Mike hatten je vom Rastkogel gehört. Dass der Berg willkürlich für das Puzzle auf den beiden Plaketten ausgewählt worden war, konnte sich aber auch keiner vorstellen. Vermutlich werde man klarer sehen, wenn man ein weiteres Teil des Puzzles habe, sagte Mike. Alle drei Männer schwiegen einen Augenblick, machten sich ihre Gedanken, was dieses nächste Teil mit sich bringen würde.

»Ja, wahrscheinlich«, sagte Wallner. »Wir sollten noch mal durchlüften.« Wallner öffnete das Fenster, um die stickige, von schlechten Gedanken erfüllte Luft nach draußen zu lassen, und verabschiedete sich auf die Toilette. Es reichte, wenn Lutz und Mike froren.

Es hatte aufgehört zu schneien. Die Luft war klar und kalt. Der Orion stand im Süden über den Bergen. Wallner konnte nicht sofort nach Hause fahren. Auch wenn ihm bewusst war, dass er sich um Manfred kümmern musste. Wallner hatte seinen Großvater im Verlauf des Tages mehrfach angerufen. Manfred hatte sich jedes Mal beschwert, dass die Spurensicherung immer noch da sei und dass ein Dutzend Reporter das Haus belagerten. Schließlich hatte Wallner mit Lutz gesprochen, und der hatte der Spurensucherei ein Ende bereitet. Der Täter hatte das Haus nach Angaben von Manfred ja gar nicht betreten. Und draußen war alles zugeschneit worden. Es war unwahrscheinlich, mehr Spuren zu finden, als der Täter hatte zurücklassen wollen. Außerdem hatte Wallner gebeten, dass ein uniformierter Kollege das Haus bewachte und die Reporter auf Distanz hielt. Manfred war nörgelig. Gewiss. Bei aller Nörgeligkeit schien aber Manfreds Angst durch. Für ihn war unfassbar, was passiert war. Der Anblick des toten Mädchens, das mit einer Dachlawine vor seine Füße gefallen war, hatte ihn traumatisiert. Wallner hatte das bei jedem Telefonat gespürt. Dennoch konnte er jetzt nicht einfach nach Hause fahren.

Im Kakadu erwartete Wallner ein ähnliches Bild wie am Vorabend. Allerdings war die Stimmung verändert. Hatte der erste Mord noch Schaudern, Betroffenheit und vor allem auch Sensationslust geweckt, so überwog jetzt etwas anderes: Angst.

Kreuthner hielt abermals Hof. War er gestern aufgekratzt und prahlerisch gewesen, so referierte er heute mit staatsmännischer Betroffenheit und der Sorge desjenigen, in dessen Händen die Sicherheit der Bevölkerung lag. Er beteiligte sich nicht an den Vorschlägen, was man mit dem Mörder anstellen sollte, wenn man seiner habhaft würde. Nein, Kreuthner enthielt sich als Vertreter des Gesetzes jeglicher Lynchjustizgelüste und wahrte kühlen Kopf. Denn nur mit eiskaltem Verstand würde es Kreuthners Ausführungen zufolge möglich sein, den ungemein raffiniert vorgehenden Täter dingfest zu machen. Selbstredend konnte Kreuthner seinen Zuhörern keine Details über den Stand der Ermittlungen geben, auch wenn er den Eindruck vermittelte, dass ihn der Polizeipräsident persönlich bis in entfernte Einzelheiten über alle Untersuchungsergebnisse unterrichtete. Aber immerhin – so viel konnte Kreuthner nach draußen geben: Wenn überhaupt, dann sei dies die letzte Nacht, die die »Bestie vom Spitzingsee« (so die Schlagzeile einer Boulevardzeitung) in Freiheit verbringen werde. Ein oder zwei Informationen würden noch benötigt, um das Mosaik zusammenzusetzen, dann werde man mit aller Härte zuschlagen. Der Bursche halte sich zwar für schlau. Offenbar für unglaublich schlau sogar. In Wirklichkeit aber habe der nicht die geringste Ahnung, was sich über seinem Kopf zusammenbraue. Sie – die Polizeikräfte – hätten heutzutage technische Möglichkeiten, da habe so einer auch nicht die geringste Chance. Das sei in der Öffentlichkeit gar nicht bekannt, zu was sie bei der Polizei alles in der Lage seien. Er könne, das verstehe sich, aus Gründen der Dienstgeheimhaltung nicht deutlicher werden. Nur so viel: CSI sei Kinderkram dagegen.

Wallner setzte sich an den Tresen. Melanie Polcke war nicht da. Ein Mädchen von etwa fünfundzwanzig Jahren mit bestickten, kunstvoll zerrissenen Jeans in Stiletto-Stiefeletten lächelte Wallner an und fragte nach seinen Wünschen. Wallner bestellte einen Glühwein. Ihm war wieder einmal kalt. Er behielt seine Daunenjacke an. Aber ihm war trotzdem kalt. Seitdem das tote Mädchen von seinem Dach auf ihn herabgestürzt war, war eine schreckliche Kälte in sein Innerstes gekrochen. Es war nicht nur sein übliches Frösteln. Es war eine Kälte, die das Mark seiner Knochen durchdrang. Zum ersten Mal, seit er Polizist war, hatte er Angst, dem, was auf ihn zukam, nicht gewachsen zu sein. Morgen, übermorgen oder in zwei Wochen würde er wieder vor einer Leiche stehen und wissen, dass er den Tod des Mädchens hätte verhindern können. Er würde keine ruhige Nacht mehr verbringen, bis der Täter zur Strecke gebracht war. Das konnte Tage dauern – oder Jahre. Oder Wallner würde ins Grab steigen, ohne den Mörder gefunden zu haben.

Wallner versuchte, seine Gedanken zu sortieren. Versuchte, die Furcht in eine versteckte Ecke seiner Eingeweide abzuschieben. Der Rastkogel kam ihm in den Sinn. Der musste etwas bedeuten. Was, das konnte zum jetzigen Zeitpunkt noch niemand erschließen. Vielleicht hatten die Morde irgendeinen Bezug zu den Bergen. Die Berge … Der Vater von Pia Eltwanger war früher offenbar auf Berge gestiegen. Ebenso wie Herr Dichl, der Vater des zweiten Opfers. Aber das traf auf achtzig Prozent der Bevölkerung des Landkreises zu. Wallner legte sein PDA auf den Tresen und suchte die Nummer der Eltwangers heraus. Frau Eltwanger ging ans Telefon. Sie verneinte Wallners Frage, ob sie Bergsteigerin sei. Sie sei aus Münster gebürtig und habe der Leidenschaft ihres

Mannes nie wirklich etwas abgewinnen können. Ihr Mann sei nicht im Haus. Er habe dienstlich nach Mailand fliegen müssen. Sie gab Wallner die Handynummer ihres Mannes. Doch Herrn Eltwangers Handy war ausgeschaltet. Wallner hinterließ, dass er zurückgerufen werden wollte. Der nächste Anruf ging an die Dichls. Bernhard Dichl meldete sich, seine Stimme war schleppend, jeder Satz war ihm hörbar eine Last. Dichl war der Rastkogel nicht geläufig, wenngleich er in früheren Jahren die eine oder andere Bergtour in den Tuxer Alpen unternommen hatte. Auf einem Rastkogel war er, soweit er sich erinnern konnte, nie gewesen. Vielleicht in der Nähe. Wahrscheinlich sogar. Aber wann und wo genau, das entzog sich seiner Erinnerung. Nach seiner Frau gefragt, sagte Dichl, sie sei nicht ansprechbar. Es sei schlimmer geworden mit ihr. Er habe den Notarzt holen müssen, der seiner Frau starke Beruhigungsmittel verabreicht habe. Seine Frau sei wohl früher auch das eine ums andere Mal in die Berge gegangen. Doch mehr hier im Bayerischen, nichts Hochalpines. Berge, die man in einer Tageswanderung besteigen könne. Wallner dankte und beendete das Gespräch. Dann fragte er sich, ob er das richtig verstanden hatte: Herr Eltwanger war einen Tag nach der Ermordung seines Kindes auf einem dienstlichen Termin in Mailand? Wallner nahm einen Schluck Glühwein. Ihm war noch kälter geworden.

»Ihnen geht's heute nicht so gut?«, sagte jemand. Neben Wallner stand der Pfarrer vom Abend zuvor. Wallner brauchte ein paar Sekunden, bis er sich von seinen Gedanken losreißen konnte.

»Geht so.« Er rückte ein wenig mit seinem Barhocker und bedeutete dem Pfarrer, sich zu ihm zu setzen.

»Ist heute wieder was passiert? Ich habe da nur was im Vorbeigehen aufgeschnappt.«

»Gestern Abend. Es wurde eine zweite Mädchenleiche gefunden.«

Der Pfarrer nickte nur. Dann bestellte er einen Wein bei dem Mädchen mit den zerrissenen Jeans. Eine Weile saßen die beiden Männer am Tresen, sagten nichts und ordneten Bierdeckel. Dann wandte sich der Pfarrer langsam, als habe er die ganze Zeit an dieser einen Frage gearbeitet, an Wallner.

»Hassen Sie den Mörder?«

Wallner musste überlegen. »Weiß nicht«, sagte er. »Glaube schon. Ich versuche, es nicht zu tun.«

»Warum? Weil Sie Christ sind?«

»Weil ich Polizist bin. Gefühle machen blind. Man muss es als Sport betrachten. Klingt zynisch. Ist aber so.«

»Und wenn der Gegner sich unsportlich verhält?«

»Sie meinen, wenn man sich ohnmächtig fühlt? Weil man den nächsten Mord nicht verhindern kann?«

»Zum Beispiel.«

»Ich würde dem Kerl gerne die Eingeweide rausreißen. Aber das darf nicht die Oberhand gewinnen. Warum fragen Sie?«

»Ich hatte in der Seelsorge oft mit Inhaftierten zu tun. Manchmal denkt man sich, es ist besser, man weiß nicht, was sie getan haben. Dann wieder denkt man ... egal. Ich hab mich vorher immer erkundigt. Ich will wissen, wer mir gegenübersitzt.«

»Warum? Menschen ändern sich.«

»Ja. Aber sie haben auch eine Geschichte. Wer mir heute sagt, das damals, das war ich nicht. Das war ein anderer Mensch, der mir heute so fremd ist wie Ihnen – kann sein. Aber der Mensch hat nun mal eine Vergangenheit. Er besteht nicht nur aus dem netten Kerl, der er vielleicht heute ist. Er besteht genauso aus dem Kindermörder, der er mal war. Das muss man sich halt vorher überlegen.«

»Interessante Ansichten für einen Menschen, dessen Beruf die Vergebung ist.«

»Im Gegensatz zu den katholischen Kollegen muss ich ja nicht vergeben. Und, bei aller Sympathie für den Katholizismus und die Ohrenbeichte: Ich schlage drei Kreuze, dass ich mir den ganzen Dreck nicht anhören muss. Für Vergebung bin ich im Übrigen auch. Dass wir uns nicht missverstehen. Aber das kann nicht bedeuten, dass dem Sünder hinterher Erleichterung zuteilwird, als wäre nie etwas geschehen.«

»Interessant.« Wallner suchte im Gesicht des Pfarrers nach einer Antwort auf noch ungestellte Fragen, fand sie aber nicht. »Also sagen wir, da sitzt ein Kinderschänder vor Ihnen. Und der bereut von ganzem Herzen. Und er sagt Ihnen, wie er unter seinen Verbrechen leidet. Was erzählen Sie dem?«

»Dass er weiter leiden soll, weil er es verdient hat.«

»Sie sind, mir scheint's, ein sehr unorthodoxer Pfarrer.«

»Ehrlich gesagt, bin ich ein ganz beschissener Pfarrer. Cheers!«

Er hob sein Weinglas und nahm einen Schluck. Wallner nickte dem Pfarrer mit dem Glühwein in der Hand zu, eine männliche Geste von unbestimmter Bedeutung, irgendwo im Graubereich von »Verstehe« und »Ja, Mann, die Welt ist echt hart«. Nachdem man eine weitere Minute männlich geschwiegen hatte, nahm Wallner die Konversation wieder auf.

»Was ist eigentlich aus dem Skifahrer geworden?«

Der Pfarrer sah Wallner irritiert an. Offenbar konnte er mit der Frage nichts anfangen.

»Der Mann, der seine Tochter bei einem Skiunfall verloren hatte. Sie wollten mir bei Gelegenheit erzählen, wie das mit dem weitergegangen ist.«

»Ach der ...«, sagte der Pfarrer und nickte gedankenversunken vor sich hin. »Ja, der war zu mir gekommen und wollte beichten. Eigentlich mehr jemanden beschimpfen. Hatte ich, glaub ich, schon erzählt.«

»Ja. Und dass Sie das nicht so gestört hat. Weil Sie konnten das irgendwie verstehen. So weit waren wir gekommen.«

»Er ... er hat dann sehr abgebaut. Mental, verstehen Sie.«

»Inwiefern?«

»Der Mann hatte eine Versicherungsagentur. Nennen wir ihn Müller, damit er einen Namen hat. Na, jedenfalls hatte er eine Versicherungsagentur. Und da sollte man zuhören können. Die Leute erzählen einem ja ihr halbes Leben, bevor sie eine Hausratversicherung abschließen. Es fing mit einem Zimmerbrand bei der Exfrau von Steuerberater Eves an. Dabei kam auch ein Teppich zu Schaden. Der Teppich war mehr als zur Hälfte verkohlt. Und er war nicht nur antik, sondern auch eine Erinnerung an den Vater von Frau Eves, der den Teppich Mitte der sechziger Jahre aus Afghanistan mitgebracht hatte. Das hat sie wohl auch Müller erzählt und dabei ein bisschen geweint. Also über den Verlust des Teppichs und wegen der Erinnerung an ihren verstorbenen Vater. Daraufhin soll Müller die Frau unflätig beschimpft haben. Außerdem hat er wohl ein Foto ihres Vaters von der Wand genommen und ihr über den Kopf gehauen. Glas und Rahmen sind dabei kaputtgegangen, und Frau Eves hat einen Glassplitter ins Ohr gekriegt, der dann irgendwie Richtung Trommelfell gewandert ist. Wie sie das genau gemacht hat, ist bis heute ein Rätsel. Aber der Glassplitter bereitet ihr immer noch Probleme.«

»Weswegen hat Müller Frau Eves beschimpft?«

»Offensichtlich fand er ihr larmoyantes Verhalten wegen des Teppichs übertrieben. Tatsache ist jedenfalls, dass der

Mann immer aggressiver wurde. Es kam nicht selten vor, dass er seine Kunden anschrie oder Dinge kaputtmachte. Das eine oder andere Mal hat er auch jemanden physisch angegriffen. Die Leute hatten bald Angst vor ihm und gingen zu anderen Versicherungsagenten, wo man sie nicht beschimpft und verprügelt hat.«

»Das heißt, er musste seine Agentur schließen?«

»Ja. Nach zwei Jahren war er pleite. Er hat dann immer wieder neue Jobs angefangen, Anzeigen verkauft oder als Lagerverwalter gearbeitet. Aber jedes Mal, wenn es schien, als habe er sich gefangen, ist es wieder mit ihm durchgegangen.«

»Was war mit Müllers Frau?«

»Sie war Lehrerin am Gymnasium. Durch den Tod ihrer Tochter hatte sie ihre Stimme verloren. Sie konnte nur noch flüstern. Man hat sie deswegen frühpensioniert. Die beiden haben in den folgenden Jahren kaum noch ihr Haus verlassen. Außer zum Einkaufen, und wenn Müller eine seiner Aktionen durchgeführt hat.«

»Aktionen?«

»Oft harmlose Sachen. Was weiß ich – er hat dann als Seeräuber verkleidet Mahnwache vor der Polizeiinspektion gehalten.«

»Als Seeräuber? Hatte das irgendeine Bedeutung?«

»Das wusste kein Mensch. Und ich weiß nicht, ob er es selber wusste. Aber er ist öfter als Seeräuber unterwegs gewesen. Vielleicht sollte es einfach das Rebellische seiner Aktionen unterstreichen. Vielleicht war er auch so verwirrt, dass es gar keine nachvollziehbare Bedeutung hatte.«

»Was hat er noch angestellt?«

»Einmal stand er auf dem Kirchendach und hat nach dem Gottesdienst auf die Gläubigen gepinkelt, die gerade aus der Kirche kamen. Ein anderes Mal hat er vor der Wache einen

Einsatzwagen der Polizei aufgebockt. Es hat einige Zeit gedauert, bis die Beamten merkten, dass ihr Wagen auf Ziegelsteinen stand. Da hatte Müller das erste Mal die Polizei im Haus. Das nächste Mal war, als er die Weihwasserbecken in der katholischen Kirche mit Salzsäure füllte. Das war dann kein Spaß mehr. Da haben sich einige Leute schlimme Verätzungen zugezogen. Es gab Gerichtsverfahren gegen Müller. Aber er weigerte sich, zu den Terminen zu erscheinen. Also hat man ihn von der Polizei abholen lassen. Das hat er überhaupt nicht eingesehen und ist rabiat geworden. Einem der Polizisten hat er einen Zahn ausgeschlagen, dem anderen in den Magen getreten. Die konnten Müller erst bändigen, als Verstärkung kam. Das hat sich noch ein paarmal wiederholt, bis sie Müller schließlich in die Psychiatrie gesteckt haben. Ich weiß nicht, was der genaue Befund war. Aber er kam in die geschlossene Abteilung.«

»Und da sitzt er heute noch?«

»Sie haben ihn vor einem Jahr entlassen.«

»Haben Sie ihn wiedergesehen, seit er draußen ist?«

»Ja. Ich bin, glaube ich, einer der wenigen Menschen, zu denen er Kontakt hat. Anderen Menschen geht er aus dem Weg.«

»Und von was lebt er?«

»Seine Frau hatte vor ein paar Jahren relativ viel Geld geerbt. Und das hat sie Müller vermacht.«

»Sie ist tot?«

»Selbstmord. Vor drei Monaten gestorben.«

Wallners Glühwein war leer. Er drehte das Glas zwischen seinen Fingern, dann bedeutete er dem lächelnden Mädchen, dass er zahlen wollte.

»Ich hoffe, ich habe Sie mit meiner Geschichte nicht vertrieben.«

»Nein. Ich muss mich nur um meinen Großvater kümmern. Die Sache heute Nacht hat ihn ziemlich mitgenommen. Er ... er hat die Leiche sozusagen entdeckt.«

»Oh! Verstehe.«

Wallner legte Geld auf den Tresen. »War nett, Sie kennenzulernen. Vielleicht sieht man sich mal wieder.«

»Wohl eher nicht. Ich reise morgen ab.«

»Dann schönen Abend noch.«

Als Wallner zur Tür kam, betrat Melanie Polcke das Lokal. Sie sah Wallner sofort.

»Hallo! Sie gehen doch nicht schon?«, sagte sie.

Wallner überlegte, ob er nicht lieber bleiben sollte. Aber er musste wirklich zu Manfred zurück.

»Geht leider nicht anders.«

»Noch im Dienst?« Sie nahm ihre Mütze ab und strich sich das Haar mit den Händen zurecht.

»Nein. Ist aber trotzdem wichtig.«

Sie verharrten einen Augenblick und sahen sich in die Augen. Wallner lächelte, um sein Bedauern auszudrücken. Melanie Polcke sagte: »Schade.« Wallner sagte: »Ja.«

Die Wagentür war festgefroren, und Wallner hatte Mühe, sie zu öffnen. Denn die Kälte biss sich an Wallners Beinen hoch, und er bekam Schüttelfrost. Zu Hause begrüßte Wallner kurz den uniformierten Kollegen, der vor dem Haus Wache schob, und lud ihn auf einen Tee ins Haus ein. Der Uniformierte lehnte dankend ab. Er habe seinen Dienst gerade erst begonnen. Manfred saß allein in der Küche und versuchte, ein Sudoku zu lösen. Sein Arzt hatte ihm gesagt, das würde ihn geistig fit halten.

Manfred hatte Gulasch gekocht, Wallner allerdings früher erwartet. Das Gulasch war nur noch lauwarm. Unverständliches murmelnd, stellte Manfred die Herdplatte wieder an. Wallner sagte, es sei nicht so schlimm, dass das Gulasch nicht mehr heiß sei. Es schmecke bestimmt auch lauwarm. Er hatte jetzt Hunger und wollte essen. Aber Manfred ließ nicht mit sich reden. Wieso Wallner nicht anrufe, wenn er losfahre. Andere Leute würden das auch machen. Dazu seien Handys ja da. Wallner versprach, künftig anzurufen, damit das Essen warm sei, wenn er nach Hause komme.

Das Gulasch war nicht schlecht. Allerdings ließ bei Manfred der Geschmackssinn altersbedingt nach. In das Essen war ihm etwas zu viel gekörnte Brühe geraten. Wallner aß trotzdem und lobte das Gulasch. Manfred sah seinem Enkel beim Essen zu.

»Oft denk ich mir, wer macht dem Buben a Gulasch, wenn s' mich amal eing'scharrt ham?« Er sah Wallner an, sehr wehmütig und mit viel Liebe, als säße er bereits auf einer Wolke im Paradies und schaute auf den Buben herab, der allein in seiner Küche essen musste. Und das war kein Gulasch vom Großvater, das er aß, sondern irgendwas, was gar nicht schmeckte, weil es ohne Liebe gemacht war.

»Das ist noch lang hin«, sagte Wallner. Ihm war klar, dass er log. Manfred wurde immer schwächlicher, das Zittern nahm zu. Die Zeit war nah, da Manfred nicht mehr allein im Haus bleiben konnte.

»Nein, nein. Irgendwann schaut er vorbei, der Boandlkramer. Und dann muss ich mit. Da hilft nix.« Manfred war nicht larmoyant. Eher nachdenklich und traurig über den Lauf der Welt. Er trank einen Schluck Bier aus seinem Krug, zitternd, aber mit der Routine dessen, der sich mit seinem Leiden arrangiert hat.

»Das Mädel heut Nacht – wieso holt er die, und mich lasst er da, der Depp?«

»Der Boandlkramer macht auch nur seinen Job. Der kriegt seine Liste. Und die tut er abarbeiten. Ich find, da kannst ihm keinen Vorwurf machen. Und ich glaub, du stehst da die nächste Zeit nicht drauf, auf der Liste.«

Wallner hatte seinen Teller leer gegessen.

»Magst noch was«, fragte Manfred und schob seine Hand mit unsteten Bewegungen in Richtung Wallners Teller. Wallner stand auf.

»Ja. Aber ich hol's mir selber. Is wirklich super heute.«

Im Vorbeigehen legte Wallner kurz seine Hand auf Manfreds Schulter. Der griff flüchtig nach der entschwindenden Hand. Nicht zu lange. Das war nicht üblich hier im Haus, dass sich die Familienmitglieder lange berührten. Schon gar nicht die Männer. Wallner füllte sich den Teller mit großen, saftigen Fleischstücken in rotem, sämigem Sud, der anheimelnd nach Paprika und ein wenig zu stark nach gekörnter Brühe roch.

Die Autobahn war leer und kalt. Er überholte einen Straßendienstwagen, der Salz streute. Das Salz knisterte beim Überholen unter den Kotflügeln. Weiter im Norden hatten sie mildere Temperaturen angesagt. Schon bei Frankfurt war die Außentemperaturanzeige über null Grad gestiegen. Aber gestreut wurde trotzdem, weil die Bodentemperaturen sich noch im Minusbereich bewegten. Er saß in angenehmer Höhe am Steuer des Transporters und dachte darüber nach, dass er zwei Menschen umgebracht hatte. Das Echo war überwältigend gewesen. Nach dem zweiten Mord hatten sich die Medien in ganz Europa des Themas angenommen. Vor allem die goldenen Kleider waren ein Detail, das der Presse gefiel. Das erste Boulevardblatt hatte noch etwas hölzern »Die Bestie vom Spitzingsee« getitelt. Mittlerweile hatte sich aber die

Bezeichnung »Prinzessinnenmörder« durchgesetzt. Das Medienecho bereitete ihm nicht eigentlich Freude. Er nahm es mit einer Mischung aus Verbitterung und Genugtuung zur Kenntnis. Es reichte offenbar nicht, in Not zu sein, um gehört zu werden. Es reichte nicht, am Boden zu liegen. Es musste Blut fließen, damit sie einen beachteten. Nun – er hatte seinen Teil gelernt. Alte Fehler würden nicht mehr vorkommen. Und es sollten ihm auch keine neuen Fehler unterlaufen. Nichts sollte die Erfolge, wenn man zwei Morde so bezeichnen wollte, korrumpieren. Sie machten unvorsichtig, weil man sich der Illusion hingab, unfehlbar zu sein. Was man selbstverständlich nicht war. Nur intelligenter als ein paar Polizisten. Natürlich hatte man der Polizei voraus, dass man die Zusammenhänge und die Vorgehensweise des Hauptakteurs kannte, weil man der selbst war. Aber er spielte nicht unfair. Er hatte Hinweise hinterlassen. Ein Foto, ein paar Zahlen. Kryptisch, zugegeben. Aber das sollte ein trainiertes Gehirn in passabler Zeit zu lösen imstande sein. Die Sache mit dem Mietwagen würde seinen Verfolgern wohl noch gut zu beißen geben. Offenbar war in der Richtung noch nichts Brauchbares ermittelt worden. Dennoch – es sprach viel dafür, dass sie ihn in nicht allzu ferner Zukunft enttarnen und verhaften würden. Fraglich war nur, wie viel Zeit ihm blieb. Wenn er sich nicht irrte, dann war es genug, um sein Vorhaben zu Ende zu bringen. Das Einzige, was ihn beunruhigte, war der Umstand, dass er seine Kappe irgendwo verloren hatte. Wo, wusste er nicht. Bei allem Nachdenken – er kam nicht drauf. Das störte ihn. Es war nicht im Plan.

Die Verkehrsnachrichten warnten vor winterlichen Verhältnissen im Siegerland. Im Augenblick waren es noch dreiundzwanzig Kilometer bis Gießen. Dann konnte es interessant werden. Er betätigte den elektrischen Fensterheber, und das Seitenfenster fuhr nach unten. Frische Luft strömte in den Wagen und kühlte ihm Stirn und Nasenhöhlen. Es war ein großes Gefühl, wieder Herr über seinen eigenen Kopf zu sein. Ohne sedierende Medikamente, ohne Narkotika. Es war ein großes Gefühl, klaren Kopfes auf der nächtlichen Autobahn unterwegs zu sein, unvermeidlich wie das Schicksal dem Bestimmungsort entgegenzufliegen, um zu tun, was getan werden musste. Die kalte Luft berauschte ihn. Er beschloss, das Seitenfenster noch ein wenig offen zu lassen.

17

Wallner war dem Mann auf den Fersen. Es ging durch tiefen Schnee. Der andere vor ihm musste auch durch den tiefen Schnee. Doch der andere war schneller. Es ging bergauf. Wallner schwitzte, schnaubte, taumelte und hielt dennoch nicht Schritt mit dem da vorne, der ruhig seine Spur in den Schnee zog. Es war der Rastkogel, den sie hinaufstiegen. Schwer zu erkennen. Helle Wolken und diffuses Licht versperrten den Blick auf die umliegenden Berge. Wallner wusste, dass es der Rastkogel war. Der andere musste die Tour schon einmal gemacht haben. Daher sein hohes Tempo. Der kannte den Weg. Der wusste, wie man ihn gehen musste, um sich nicht zu verausgaben. Er spürte, dass Wallner zurückfiel. Jetzt gönnte er sich sogar einen Augenblick, um zu rasten, sich umzusehen. Zurück zu Wallner. Wallner sah, dass der Mann eine Baseballkappe trug, darunter eine Sonnenbrille. Er blickte zu Wallner und stöhnte. Es war das Stöhnen eines alten Mannes. Das Stöhnen schwoll an und wurde ein animalisches Stöhnen. Gepresst, archaisch hallend wie der Tyrannosaurus Rex in Jurassic Park. Der andere ging mit einem letzten Saurierstöhnen weiter und verschwand hinter einer Schneeverwehung. Wallner nahm all seine Kraft zusammen und stapfte weiter hinauf. Er hörte einen Wasserfall. Der musste hinter der Schneeverwehung liegen. Wallner ging schneller, rannte schließlich, und als er die Schneeverwehung erreicht hatte, sank er erschöpft auf die Knie. Vor ihm öffnete sich ein Tal voll Eis. Und in das Tal stürzte ein goldener Wasserfall. Und der Wasserfall war nicht aus Wasser, sondern aus lauter Mädchenleibern, die in goldenen Kleidern steckten. Die Mädchenleiber fielen in einen See, wo Millionen Krähen darauf warteten, auf sie einzuhacken. Wallner hörte wieder das markerschütternde Stöhnen des Tyrannosaurus Rex. Er sah zur Seite. Dort, zwanzig Meter weiter auf dem verschneiten Gipfelgrat, stand der andere und schnaubte. In der Sonnenbrille unter dem Schild der Baseballkappe spiegelte sich der goldene Wasserfall.

Wallner öffnete die Augen. Sein Herz schlug bis zum Hals. Er schwitzte am ganzen Körper. Durch den Spalt an der Zimmertür sah er Manfred in der Dunkelheit in seinem Zimmer verschwinden, stöhnend vor Anstrengung. Von der Toilette hörte Wallner das Geräusch des volllaufenden Spülkastens. Manfred musste zwei- bis dreimal in der Nacht auf die Toilette. Seine Blase war nicht mehr die beste. Wallner ließ seine Zimmertür immer einen Spaltbreit offen stehen. Falls etwas passierte mit Manfred, wollte er es mitbekommen. Wallner spürte einen Druck auf dem Magen. Das Atmen fiel ihm schwer. Er hatte Angst vor dem Morgen. Angst vor der nächsten Leiche, Angst, dass all die Spuren, die sie verfolgten, sie nicht weiterführten. Wallner versuchte, trotzdem zu schlafen. Er musste morgen bei Kräften sein. Aber der Schlaf kam nicht. Stattdessen immer wieder die gleichen Gedanken. Als er nach drei Stunden endlich in leichten Dämmerschlaf sank, läutete der Wecker.

Um halb acht war so gut wie jeder Mitarbeiter der SoKo im Büro. In der Nacht war keine weitere Leiche gefunden worden. Was nicht hieß, dass es keine gab. Aber immerhin. Es war keine Leiche gemeldet worden.

Im ganzen Polizeigebäude brannte noch Licht. Es wurde erst langsam hell. Die Gänge rochen nach Kaffee. Überall wurde telefoniert, auf Computern geschrieben und ausgedruckt. Es waren reichlich Daten eingetroffen. Spannung lag in der Luft. Jeder wusste, dass dieser Tag einen Durchbruch bei den Ermittlungen bringen konnte. Von den Internetbuchhändlern waren Kundendaten gekommen, die mehrere tausend Namen umfassten – alles Menschen, die Bücher zum Thema Rosenkreuzer bestellt hatten. Auch die Liste der Leute, die das Wochenende in Hütten und Hotels am Spitzingsee verbracht hatten, war mittlerweile fast vollständig. Die noch fehlenden Personen konnten notfalls nachträglich überprüft werden. Die beiden Listen mussten auf Übereinstimmungen hin verglichen werden. Da die Angaben nicht in verwertbaren Dateiformaten vorlagen, konnte man sie nicht einfach über ein Computerprogramm durchchecken. Es musste tatsächlich jeder Name einzeln verglichen werden. Einer las die Namen der Rosenkreuzerliebhaber vor, der Kollege mit der Liste der Spitzingseeleute sagte, ob sich der Name auch in seinen Unterlagen befand. Das ging relativ schnell. Aber bei über dreißigtausend Namen würde es trotzdem drei Tage dauern – es sei denn, man stieß vorher auf eine Übereinstimmung.

Mike hatte die Liste der Kennzeichen aller Kraftfahrzeuge bekommen, die auf die Firma SchreiberRent zugelassen waren. Bevor er sich an die Auswertung machen konnte, musste Mike zweimal grob fluchen. Das erste Mal, als er die an die E-Mail angehängte Datei nicht öffnen konnte, das zweite Mal – Lutz hatte ihm die Datei inzwischen aufgemacht –, als er ihren Inhalt las. Es waren tatsächlich nur die Kennzeichen der Fahrzeuge aufgelistet. Sonst nichts. Weder, um welchen Fahrzeugtyp es sich handelte, noch, wer den verdammten Wagen vorgestern gefahren hatte. Mike musste erneut mit Frau Jelinek telefonieren. Während sie organisierte, dass die verlangten Daten nachgeliefert wurden, verglich Mike die schon gelieferte Liste mit dem Kennzeichen, das der junge Mann angegeben hatte. Die ersten drei Buchstaben der Kennzeichen waren gleich, weil die Fahrzeuge alle im gleichen Landkreis angemeldet waren. Die restlichen Kombinationen von Buchstaben und Ziffern waren allerdings nicht so, dass sich eine Verwechslung aufgedrängt hätte.

»Gut. Was machen wir jetzt?«, fragte Wallner.

»Keine Ahnung. Scheiße, ich war mir absolut sicher.«

»Wir wissen nicht, welchen Wagen von SchreiberRent der Täter gefahren hat. Aber wir wissen, dass er einen gefahren hat. Und wir wissen, in welchem Zeitraum das war. Es sei denn, er hat auch die EDV von SchreiberRent manipuliert.«

»Hat er nicht«, sagte Mike. »Ich hab vorhin mit den Computerleuten in München gesprochen. Da war keiner im System von SchreiberRent.«

»Tut mir leid. Aber dann bleibt nur noch Möglichkeit drei.«

Mike sah Wallner fragend an.

»Wie schaffe ich es, mit dem Kennzeichen eines Fahrzeugs gesehen zu werden, das keinen Meter gefahren wurde? Die Betonung liegt auf Kennzeichen.«

»Verdammt, du hast wahrscheinlich recht.« Mike zerknüllte die Liste mit den Kennzeichen und warf sie in den Papierkorb. »Der hat einfach die Nummernschilder ausgetauscht.«

Wallner holte die Liste wieder aus dem Papierkorb, glättete die Blätter und reichte sie Mike.

»Wir wissen auf alle Fälle, dass er einen Wagen von SchreiberRent gefahren hat. Und wir kennen den Wagentyp.«

»Das heißt …?«

»Wir müssen jeden überprüfen, der zum fraglichen Zeitpunkt einen entsprechenden Wagen gemietet hat.«

»Das können über hundert Leute sein.«

»Ich weiß.«

»Schon klar. Ich mach's. Aber ich fürchte, wir müssen uns was Schnelleres einfallen lassen.«

Wallner wusste, dass Mike recht hatte, sagte aber nichts. Plötzlich sprach ihn Tina von der Seite an.

»Kommst du mal?«

Tina wollte nicht sagen, was sie entdeckt hatte. Nur so viel, dass es etwas mit den Käufern der Rosenkreuzer-Literatur zu tun hatte. Sie ging mit Wallner auch nicht in den SoKo-Raum, wo die Listen ausgewertet wurden, sondern in ihr eigenes Büro im K 3. Als sie im Büro waren, machte sie die Tür zu.

»Ich hab gedacht, du solltest das wissen«, sagte Tina.

»Ich hab gedacht, ich sollte alles wissen, was mit diesen Ermittlungen zu tun hat.«

Tina zog aus ihrem Jackett ein zusammengefaltetes Blatt Papier und reichte es Wallner. Wallner faltete das Blatt auf. Es war die Kopie einer Bestellung bei einem Esoterik-Versand.

Bestellt wurde Literatur zu der Frage, wie man mit esoterischen Mitteln seine Manneskraft steigern könne. Der Kunde war ein Manfred Wallner aus Miesbach, die Adresse unzweifelhaft Wallners eigene Adresse. Wallner blickte Tina etwas blöde an.

»Du hast Zugang zu allen Ermittlungsergebnissen«, sagte Tina. »Ich wollt net, dass du irgendwann draufstößt, und dann heißt's, warum habt's mir des net g'sagt?«

»Ja. Danke.« Wallner grübelte, was das zu bedeuten habe und wie viele Leute inzwischen davon wussten.

»Ich hab's vorsichtshalber mal gelöscht. Net, dass wer Falscher draufschaut. Ermittlungswichtige Daten in dem Sinn sind's ja nicht.«

»Ja, vielen Dank. Andererseits … ganz korrekt ist es natürlich nicht, dass du da Daten rauslöschst.«

»Ich kann's auch wieder reinsetzen.«

»Lass es erst mal. Ich denk drüber nach.« Er schaute auf den Zettel und schüttelte den Kopf. »Mein Opa, ha? Du glaubst es ja nicht.«

»Ich hab noch a bissl nachgehakt. Die Firma verkauft net nur Bücher, sondern auch Heilmittel per Versand.« Sie zog einen weiteren Zettel hervor und reichte ihn Wallner. »Das hat er auch noch bestellt.«

Wallner studierte den Zettel. Manfred hatte für achtundsiebzig Euro ein altes indianisches Potenzmittel bestellt, von dem angeblich eine derart libidinöse Wirkung ausging, dass man den Krieger nach Einnahme des Mittels einen Tag an den Marterpfahl fesseln musste. Erst dann hatte die Wirkung so weit nachgelassen, dass man ihn in die Nähe von Squaws und Stuten lassen konnte.

»Ah geh«, sagte Wallner hilflos. Eigentlich ärgerte er sich über Tinas Neugier. Er gab ihr das Papier zurück. »Das geht jetzt ein bissl weit, oder?«

»Mei, wenn er's braucht.«

»Nein, ich mein, dass du das auch noch recherchiert hast. Das ist ja doch eher privat.«

»Ich hab gedacht, es interessiert dich. Also mich tät's interessieren, wenn's mein Opa wär.«

Wallner betrachtete interessiert den Fußboden. »Tja, ist immer wieder erstaunlich, wie wenig man voneinander weiß.«

»Hat er a Freundin? Ich denk, er geht nimmer aus'm Haus?«

»Keine Ahnung.« Wallner wollte schon gehen, überlegte es sich dann aber anders und sprach Tina noch einmal an.

»Das hat der alles im Internet bestellt?«

»Das kannst auch per Post bestellen.«

Wallner nickte. »Sei so lieb und tu's in 'n Reißwolf.«

Wallner fuhr auf der Straße, die von Agatharied zur Verbindungsstraße zwischen Hausham und Tegernsee führte. Manfreds Potenzmittelbestellung ging ihm immer noch durch den Kopf. Sein Großvater hatte seit Jahren nichts mehr mit einer Frau gehabt. Die Letzte hatte er vor zehn Jahren fast ins Bett bekommen. Sie hieß Karla und war sehr nett, als Manfred sie mit nach Hause brachte. Allerdings vierzig Jahre jünger. Wie dann der Abend vorrückte, meinte Karla, man müsse mal über Geld reden. Nicht dass es Missverständnisse gebe. Manfred hatte Karla missverstanden. Er war ehrlich entsetzt, wie sie ihn zum Narren gehalten hatte, regte sich auf, dass er zitterte (damals eine noch ungewöhnliche Reaktion), und warf sie hinaus. Bis Karla am Gartentor war, hatte sich Manfred etwas beruhigt und war Karlas Vorschlag gedanklich nähergetreten. Er riss die Haustür auf und schrie Karla hinterher, dass er es nicht so gemeint habe und was es denn kosten würde. Aber Karla hatte ihren Stolz und zeigte Manfred den in Drachenblut lackierten Nagel ihres rechten Mittelfingers.

Wallner machte sich nichts vor. Das Potenzmittel war für ihn bestimmt. Manfred war in steter Sorge, dass Wallners Geschlechtsleben zu kurz kam. Kürzer jedenfalls, als das von Manfred damals in seinen goldenen Jahren krachlederner Manneskraft. Wo er sich die Hörner abgestoßen hatte, der Großvater. Und wie er gestoßen hatte. So einen Hörnerabstoßer konnte es davor wie danach zwischen Wendelstein und

Irschenberg unmöglich gegeben haben – wenn man Manfreds Erzählungen glauben wollte. Was keiner tat. Am wenigsten Wallner selbst.

Wallner verscheuchte die Gedanken an Marterpfähle aus seinem Kopf. Er war auf dem Weg nach Rottach, um Herrn Eltwanger, der aus Mailand zurückgekehrt war, zu seinen Erlebnissen als Bergsteiger zu befragen. Vielleicht tat sich ja doch irgendein Zusammenhang mit dem zweiten Opfer auf. Das Handy klingelte. Tina war am Apparat. Sie sagte, man habe unter den vielen Rosenkreuzer-Bestellern einen gefunden, der sich die Sachen nach Hausham an ein Postfach schicken lasse. Er sei auf der Liste der Einzige im Landkreis mit einem Postfach. Der Mieter des Postfachs heiße Robert Blandl und habe eine Buchhaltungsfirma betrieben. Als Privatmann bekomme man in der Regel kein Postfach. Man habe nachgeforscht. Die Firma sei schon vor Jahren liquidiert worden. Das Postfach werde aber immer noch genutzt und bezahlt, obwohl Herr Blandl in einem Pflegeheim lebe und kaum in der Lage sei, selbst zum Postamt zu gehen. Jedenfalls sei das Ganze äußerst suspekt. Tina fragte, wo sich Wallner im Augenblick befinde. Wallner sagte, er komme jetzt zu der Straße, die nach Tegernsee führe. Warum? Na ja, bei der Post hätten sie gesagt, das Fach werde meist um die Mittagszeit geleert. Wallner sah auf die Uhr im Wagen. Es war kurz nach zwölf.

Wallner parkte den Wagen gegenüber des Haushamer Postamtes und wartete. Er hatte nicht vor, hier länger als eine halbe Stunde zu verbringen. Das war schließlich kein Job für den Leiter einer Sonderkommission. Aber eine gewisse Spannung erfasste ihn doch. Warum lässt sich jemand esoterische Literatur an ein Postfach schicken, das er unter einem falschen Namen gemietet hat? Sein Handy klingelte. Es war wieder Tina.

»Wir haben mal gecheckt, was Herr Blandl sonst noch bestellt hat.«

»Lass hören.«

»Da hätten wir zum Beispiel: die satanische Bibel, das Buch Henoch, Greetings from Hell – Bekenntnisse eines Satanisten, Lucifer Rising und so weiter und so weiter. Nach was klingt das?«

»Vielleicht interessiert er sich … rein wissenschaftlich dafür.«

»Bestimmt. Hast du schon irgendwas?«

»Nein. Nichts Verdächtiges. Wann schickt ihr jemanden her?«

»Wir stellen gerade ein Observierungsteam zusammen. Halbe Stunde, dann kannst du weg.«

»Okay. Ich meld mich, wenn's was gibt.«

Wallner legte auf und starrte auf den Eingang der Post. Eine alte Frau in Jogginghosen ging darauf zu. Sie war darauf bedacht, nicht auszurutschen, denn der Gehsteig war vereist, wenngleich man gestreut hatte. Dann passierte drei Minuten lang überhaupt nichts. Wallner begann, sich zu langweilen. Er suchte die Gegend ab. Sein Blick blieb an zwei Teenagern haften, die an einer Hausmauer standen und etwas in ihre Handys tippten. Es waren zwei Mädchen. Wallner dachte, in dem Alter könne man Besseres miteinander anfangen, als stumm nebeneinanderzustehen und SMS zu schreiben. Doch dann lehnte sich das eine Mädchen zu dem anderen hinüber und zeigte, was es geschrieben hatte. Darauf brach heiteres Gekicher aus. Wallner war beruhigt. Die Welt hatte sich nicht wirklich verändert. Fast wäre ihm übers Nachgrübeln und Teenagerbeobachten entgangen, dass jemand die Post betrat. Ein Mann, dem Gang und der Größe nach. Er trug eine schwarze Baseballkappe und eine große Sonnenbrille.

18

Der Unbekannte war bereits im Postgebäude verschwunden. Wallner überlegte, ob er im Wagen auf den Mann warten sollte. Schließlich griff er nach dem Türhebel und merkte, dass er feuchte Hände hatte. Er musste vernünftig bleiben. Es war nicht gesagt, dass dieser Mann überhaupt zu einem Postfach ging, und falls doch, zu welchem. Und selbst dann – dann hätte Wallner jemanden vor sich, der unter falschem Namen satanische Literatur bestellte, mehr nicht.

Wallner zog sich die Mütze tief in die Stirn und schlug den Kragen seiner Daunenjacke hoch, als er von der Straße aus durch die Glastür in den kleinen Postraum hineinsah. Die Postfächer waren gleich links neben der Eingangstür. Vor einem der Schließfächer – Wallner konnte nicht erkennen, welches es war, aber es war im Bereich des gesuchten Fachs – stand der Mann mit der schwarzen Kappe. Er beugte sich nach vorne. Das Schließfach befand sich in einer der unteren Reihen. Plötzlich drehte er den Kopf zur Seite und nach hinten, als ob er sich vergewissern müsse, dass ihn niemand beobachtete. Wallner wandte sich sofort ab. Es war immerhin möglich, dass der Mann ihn kannte. Und er würde in wenigen Augenblicken das Postfach wieder schließen und an Wallner vorbeikommen. Wallner trat vom Posteingang weg und wartete hinter einem Lieferwagen verborgen auf den Mann mit der schwarzen Kappe. Eine halbe Minute später erschien er in der Eingangstür. Auch hier ein gehetzter, prüfender Blick in die Umgebung. Dann verließ er das Gebäude, ging die Straße hinunter und verschwand um eine Ecke. Wallner folgte ihm. Als er an die Ecke kam, konnte er noch sehen, wie der Mann in der Seitenstraße einen blauen Toyota Corolla bestieg. Wallner rannte zu seinem eigenen Wagen zurück und nahm die Verfolgung auf. Als er in die Seitenstraße einbog, war der Wagen bereits weg. Aufs Geratewohl fuhr Wallner an der nächsten Ampel nach rechts – und hatte Glück. Der Wagen des Verdächtigen war vor ihm.

Wallner rief Tina an und sagte, er verfolge einen Verdächtigen, der vermutlich das angegebene Postfach geleert habe. Der Mann sei recht beweglich und lebe sicher nicht im Pflegeheim. Tina wollte das Kennzeichen des verfolgten Wagens wissen. Wallner konnte es nicht erkennen. Er musste einigen Abstand halten, und die Wintersonne blendete ihn. Der Wagen fuhr aus Hausham hinaus in Richtung Tegernseer Tal. Auf einem schattigen Straßenstück konnte Wallner das Nummernschild lesen. Er gab Tina die Daten durch. Kurz darauf rief Tina wieder an. Der Wagen sei auf einen Joseph Kohlweit aus Bad Wiessee zugelassen. Der Mann sei ein Neffe des Postfachinhabers Blandl. Der Name Kohlweit kam Wallner bekannt vor. Aber er konnte ihn im Augenblick nicht zuordnen.

Tina hatte noch mehr Neuigkeiten. Ein Joseph Kohlweit hatte letztes Wochenende eine Hütte in der Nähe des Spitzingsees gemietet. In Seeglas, wo die Haushamer Straße in die Ringstraße um den Tegernsee mündet, bog Kohlweit rechts nach Gmund ab. Das deutete darauf hin, dass er nach Bad Wiessee wollte. Wallner teilte Tina das mit. Tina sagte, sie werde einen Streifenwagen zu Kohlweits Wohnung schicken.

In diesem Moment fiel Wallner auch ein, wo er schon einmal auf den Namen Kohlweit gestoßen war: Joseph Kohlweit war Pia Eltwangers Vertrauenslehrer am Gymnasium Tegernsee. Wallner bemühte sich, den unansehnlichen Mann mit dem gepflegten Akzent vor sein geistiges Auge zu rufen. Kohlweit hatte bei dem Gespräch unruhig gewirkt. Das hatte Wallner zwar bemerkt, es aber der besonderen emotionalen Belastung nach dem Mord an Pia Eltwanger zugeschrieben. Sollte Kohlweits Unruhe einen ganz anderen Grund gehabt haben? Wallner bat Tina zu prüfen, ob es wirklich derselbe Kohlweit war. Falls ja, solle sie ein paar Erkundigungen einziehen. Vor allem solle sie im Gymnasium fragen, wann genau Kohlweit die letzten Tage in der Schule war. An der Kreuzung im Zentrum von Gmund fuhr Kohlweit nach links in Richtung Bad Wiessee. Er fuhr also vermutlich zu sich nach Hause. Tina sagte, es befinde sich gerade ein Streifenwagen in Wiessee. Die schlechte Nachricht: In dem Streifenwagen saß Kreuthner.

Kreuthner fuhr zunächst an der angegebenen Adresse in der Freihausstraße vorbei und machte sich ein Bild von den Örtlichkeiten. Parkmöglichkeiten gab es nur wenige. An den Straßenrändern lagen überall Schneehaufen. Das Haus war in den sechziger Jahren in einem nüchtern-alpenländischen Stil gebaut worden und hatte zwei Stockwerke mit insgesamt sechs Parteien. Um das Haus herum war Wiese, die jetzt unter einem halben Meter Schnee lag. Sollte der Verdächtige zu fliehen versuchen, würde er nur langsam vorwärtskommen. Sollte er es trotzdem bis zu seinem Wagen schaffen, wäre ein Entkommen nicht möglich. Denn die Fahrbahn war schneebedeckt und glatt. Der Mann hatte keine Chance. Kreuthner war mit der Besichtigung zufrieden. Er lenkte den Streifenwagen in die nächste Querstraße und hielt an. Neben Kreuthner saß ein junger Polizist, den sie Beni nannten, mit vollständigem Namen Benedikt Schartauer. Schartauer war sehr jung und noch in Ausbildung. Kreuthner sah Schartauer prüfend an.

»Jetzt erlebst amal an Zugriff. Hast schon mal an Zugriff g'macht?«

Beni schüttelte den Kopf.

»Bist nervös? Is koa Schand net. Beim ersten Mal samma alle nervös g'wesen.«

»Na, na. Es geht schon«, sagte Schartauer.

»Des is net einer von dene Eierdiebe, wo mir vorm Mautner abgreifen. Der hat zwei Menschen ermordet. Dem kommt's auf an dritten auch net an, verstehst?«

Schartauer nickte, schluckte und wurde blass. Er tastete nach der Dienstpistole im Halfter. Sie stiegen aus, gingen die wenigen Meter zu der Kreuzung, von der sie gekommen waren, und sahen die Straße hinunter.

»Blauer Toyota Corolla«, sagte Kreuthner. Das hatte er auf der Herfahrt allerdings schon dreimal gesagt.

»Was mach' ma, wenn er kommt?«

»Schauen, wo er hinfährt.«

»Was is, wenn er uns sieht?«

»Deswegen samma ja hier in die Seitenstraße rein. Des is ja klar, dass der uns net sehen darf. Beim Zugriff brauchst an Überraschungsmoment.«

In diesem Moment näherte sich von der anderen Seite ein Auto. Es war ein blauer Toyota Corolla. Kreuthner und Schartauer starrten auf den Wagen. Kreuthner sagte »Scheiße!« und versuchte, unauffällig zum Streifenwagen zurückzugehen. Schartauer ging ihm eilig hinterher. Als der blaue Toyota Corolla an ihnen vorbeifuhr, war Kreuthner derart um ein harmloses Schlendern bemüht, dass er auf dem Schnee-belag der Straße ausrutschte. Schartauer konnte ihn noch an der Jacke packen und hochziehen. Kreuthner machte sich von Schartauers Griff frei und blickte verärgert zurück.

»War er des?«, fragte Beni.

Kreuthner sah Beni sehr angestrengt an und sagte nichts.

»Ich hab mich eh gewundert, wieso der von da hinten kommen soll, wenn er von Gmund kommt.«

»Ah geh! Ham mir uns g'wundert, ja?« Kreuthner war auf hundertachtzig.

In diesem Moment fuhr Wallner mit seinem Wagen an der Seitenstraße vorbei und verschwand hinter der schnee-bedeckten Hecke. Kurz darauf kam der Wagen im Rück-wärtsgang zurück und bog in die Seitenstraße ein. Wallner hielt neben den beiden Polizisten und ließ das Fenster her-unter.

»Das glaub ich jetzt nicht, oder?«, sagte Wallner.

»Mir ham dacht, der fährt auf der Hauptstraße vor bis zur Ampel und dann rechts. War a Fifty-fifty-Chance.«

Wallner nickte und bemühte sich, seine Fassungslosigkeit zu verbergen.

»Also – wie is der Plan?«, fragte Kreuthner.

»Wenn er zu Hause ist, geh ich rein und red mit ihm. Ihr haltet euch vor dem Haus bereit, falls was is. In ein paar Minuten kommt eh Verstärkung.«

»Sollten mir net warten, bis die da is?«

»Nachdem er inzwischen weiß, dass die Polizei da ist, möcht ich ihm nicht allzu viel Zeit lassen, sich irgendwelche Geschichten zu überlegen.«

Wallner schloss das Fenster und fuhr los. Kreuthner atmete tief durch und sah vorsichtig nach Schartauer. Der wich Kreuthners Blick aus und ging zum Wagen zurück.

Kohlweit hatte den Wagen auf den letzten freien Parkplatz gestellt. Links und rechts der Fahrbahn hatte der Schneepflug jeweils einen Meter Schnee aufgehäuft. Wallner stellte den Wagen auf der Straße ab und machte die Warnblinkanlage an. Es dauerte eine Weile, nachdem er geklingelt hatte, bis sich jemand über die Gegensprechanlage meldete. Wallner sagte, er sei Kommissar Wallner von der Kripo Miesbach und wolle mit Herrn Kohlweit sprechen. Darauf war Stille. Zwei, drei, vier Sekunden. Dann summte der Türöffner. In dem Moment, in dem Wallner die Haustür aufdrückte, hielt ein Wagen vor dem Haus. Es war Mike. Er musste wie üblich einiges zu schnell gefahren sein. Wallner war froh, dass er da war. Mike schob sich die Sonnenbrille in die Haare, als er zu Wallner trat.

»Willst da allein rein?«

»Wenn du ewig nicht kommst.«

Sie gingen ins Haus. Mike spähte durch die Aussparung zwischen den Treppen nach oben, um zu erkennen, ob da jemand stand und zuhörte. Es war niemand zu sehen. Mike sprach sehr leise.

»Was glaubst? Is er's?«

Wallner zuckte mit den Schultern. Er wusste es genauso wenig wie Mike. »Wir sollten vorsichtig sein. Für den Fall, dass er's is.«

Mike fasste an seine Dienstwaffe. Das Treppenhaus war makellos sauber und mit ockerfarbenem Marmor ausgelegt, der vom vielen Putzen stumpf und ausgewaschen war. Kohlweits Wohnung lag im ersten Stock. Wallner und Mike gingen langsam hinauf, den Blick immer nach oben gerichtet.

Die zwei Türen im ersten Stock waren geschlossen. Neben der linken Tür war ein Schild mit dem Schriftzug »J. Kohlweit« angebracht. Wallner klopfte. Mike stand leicht seitlich zur Tür und hatte die Hand an der Pistole unter seiner Jacke. Drei Sekunden war nichts zu hören, dann drückte jemand innen die Türklinke, und die Tür ging einen Spaltbreit auf. Ein Auge sah Wallner an.

»Herr Kohlweit?« Das Auge blinzelte, sagte aber nichts. »Wir kennen uns. Wallner von der Kripo Miesbach.«

Die Tür ging etwas weiter auf.

»Stimmt«, sagte eine Stimme mit feinem, bayerischem Akzent. »Sie hatten mich wegen dieses Mädchens befragt … Pia Eltwanger.«

»Wir hätten noch weitere Fragen.«

»Wollen Sie hereinkommen?«

»Das wäre nett.«

Die Tür wurde jetzt ganz geöffnet. Kohlweit trat einen Schritt zurück. Wallner und Mike waren angespannt, als sie Kohlweits Wohnung betraten. Er führte sie in ein Wohnzimmer. Der Raum war überfüllt mit Büchern, die an jedem freien Platz der Wand in Regalen standen und in ungeordneten Stapeln auf dem Tisch und auf dem Sofa lagen. Das intellektuelle Chaos wurde durch herumliegende Kunstzeitschriften ergänzt sowie durch mehrere Jahrgänge der »Zeit«. Kohlweit bot den Kommissaren Plätze auf dem Sofa und auf einem indisch anmutenden Sessel an. Die Bücher auf dem Sofa räumte er zur Seite, damit Wallner sich setzen konnte. Kohlweit selbst nahm auf einem antiken bayerischen Wirtshausstuhl mit geschnitzter Rückenlehne Platz, der stimmigerweise als Ablage für einige Ausgaben der Tegernseer Lokalzeitung diente.

»Sie lassen sich Sachen an ein Postfach in Hausham schicken, das Ihrem Onkel gehört?«

Kohlweit nickte, als bestätige die Frage seine Vermutung über den Grund des Besuchs.

»Ja. Und …?«

»Warum nach Hausham? Sie wohnen in Wiessee. Und warum unter dem Namen Ihres Onkels, der vermutlich nicht einmal was davon weiß?«

»Es geht niemanden hier was an, wer mir was schickt. Als Lehrer stehen Sie immer unter Beobachtung. Außerhalb des Tegernseer Tals kennt mich keiner.«

»Wer schickt Ihnen denn Post?«, mischte sich Mike ein.

»Das meiste sind Bücher, die ich bestelle.« Er deutete auf die übervollen Regale um sich herum. Wallner bezweifelte, dass das alles über das kleine Postfach gelaufen war.

»Was geht denn hier im Tal keinen was an?«

»Ich versteh nicht …«

»Gibt es ganz bestimmte Sachen, die Sie sich schicken lassen, von denen keiner wissen soll?«

»Tut mir leid. Die Frage ist mir zu allgemein.«

»Wäre es Ihnen unangenehm, wenn die Leute wüssten, dass Sie satanistische Literatur bestellen?«

Kohlweit schwieg, überlegte. Sah zur Seite aus dem Fenster, dann neben sich auf den Boden. Dort konnte er das Ende seiner Cordhosen, schwarze Haferlschuhe an seinen Füßen und die gestrige Ausgabe des »Seegeist« betrachten. Er sah Wallner kurz, sehr kurz an, dann heftete er den Blick wieder auf den Boden.

»Zum Beispiel«, sagte er mit brüchiger Stimme.

»Bücher über die Rosenkreuzer?«

»Zum Beispiel.«

»Pia Eltwanger hat sich auch für diese Themen interessiert.«

»Ah ja? Hat sie nie erwähnt.«

»Satanistische Kulte!« Mike stand auf und ging an den Regalen vorbei. »Komisches Hobby für an Lehrer.«

»Es ist nicht so abwegig, wie Sie vermuten. Satanismus ist ein Thema, das junge Menschen beschäftigt. Als Vertrauenslehrer sollte man sich damit auskennen. Sonst kann man nicht mitreden, wenn … na ja, wenn mal jemand Schwierigkeiten damit hat.«

»Hatte mal jemand Schwierigkeiten damit?«

Kohlweit stockte unmerklich.

»Gelegentlich. Keine schlimmen Auswüchse, aber … ja, es kommt vor. Nicht sehr oft.«

»Halten Sie es für möglich, dass Pia Eltwanger das Opfer von Satanisten wurde?«

»Nein. Nein, das glaube ich nicht. Sie war … sie interessierte sich für übernatürliche Dinge. Wie viele junge Leute. Vielleicht mehr als andere. Aber sie verkehrte nicht in Satanistenkreisen.«

»Woher wissen Sie das so genau?«

»Das spürt man, wenn man Erfahrung hat mit diesen Dingen.«

»Ich denke, satanistische Auswüchse waren nicht sehr häufig hier. Woher dann Ihre Erfahrung?«

»Was weiß ich. Vielleicht hat sie auch irgendein kranker Satanist …« Kohlweit biss sich auf die Lippen, atmete schwer. Das letzte Wort wollte ihm nicht über die Lippen.

»Pia Eltwanger hatte angeblich einen Freund. Den hat aber nie jemand zu Gesicht bekommen. Was glauben Sie, warum hat sie ihn niemandem vorgestellt?«

»Dieser Freund hat doch nie existiert.«

»Wir denken schon. Wir vermuten sogar, dass er mit Pia Eltwanger das letzte Wochenende verbracht hat. Am Spitzingsee.«

Kohlweit sagte nichts dazu und sah wieder auf seine Schuhe. Seine Stirn war feucht geworden.

»Wo waren Sie letztes Wochenende?«

»Wozu müssen Sie das wissen?«

»Um festzustellen, ob Sie uns anlügen.« Mike hatte ein Buch halb aus dem Regal gezogen, dessen Cover eine Teufelsfratze zeigte. Es handelte sich aber nur um ein Werk über spätgotische Baukunst. Er schob es wieder zurück.

»Herr Kohlweit – Sie waren letztes Wochenende am Spitzingsee. Sie hatten dort eine Hütte gemietet.«

»Ja und? Ich brauch auch mal Erholung. Das ist ja nicht verboten. Ich kann mir Hütten mieten, wo ich will. Was unterstellen Sie mir?«

»Gar nichts. Wir haben bis jetzt auf jede Mutmaßung verzichtet. Es wäre allerdings besser, wenn Sie uns sagen, wer noch auf der Hütte war und was dort passiert ist.«

Kohlweit schüttelte heftig den Kopf. »Außer mir war niemand da. Und was, bitte, soll passiert sein?! Ich … ich lass mir doch nicht einen Strick drehen, nur weil ich Bücher über aktuelle Themen lese. Sagen Sie doch endlich, was Sie vermuten. Und dann beweisen Sie's mir!«

»In diesem Augenblick ist die Spurensicherung auf dem Weg in die Hütte, die Sie gemietet hatten. Wenn Sie mit Pia Eltwanger dort waren, dann werden wir Spuren von dem Mädchen finden. So gut können Sie gar nicht putzen.«

Kohlweit schwieg. Schwitzte auf der Stirn und schwieg. Aber seine Lippen bewegten sich, formulierten Antworten, die sein Verstand sofort wieder verwarf. Untaugliche Antworten, die nichts erklärten oder rasch als Lüge zu enttarnen waren. Worte, die zu wenig Sinn machten, als dass es sich lohnte, sie auszusprechen.

»Wie haben Sie Gertraud Dichl kennengelernt?«, fragte Mike. Er hatte immer noch nichts in dem Bücherregal entdeckt und wurde langsam ungeduldig.

»Wer ist das?«

»Ja, wie blöd von mir!« Mike ging zu Kohlweit und stellte sich vor ihn. »Jetzt hab ich einfach vorausgesetzt, dass Sie die Mädchen, die Sie umbringen, alle mit Namen kennen.«

Kohlweit schwitzte weiter, hörte aber auf, die Lippen zu bewegen. Stattdessen schüttelte er mit ruckartigen Bewegungen den Kopf und blickte ins Nichts. Es war zu sehen, dass er kurz davor war, eine Formulierung zu finden.

»Ich habe niemanden umgebracht. Ich verbitte mir jegliche Unterstellung. Verlassen Sie jetzt bitte meine Wohnung. Sie haben kein Recht, hier zu sein.«

»Doch, haben wir«, sagte Wallner.

»Haben Sie etwas Schriftliches?«

»Gefahr im Verzug. Das gilt auch mündlich.«

Kohlweit stand auf und ging ans Fenster. Die Kommissare ließen ihn eine Weile nach draußen starren. Der Anblick von Kreuthner, der vor dem Fenster Posten bezogen hatte, würde Kohlweit vielleicht die Aussichtslosigkeit seiner Lage verdeutlichen und ihn zu einem raschen Geständnis bewegen.

»Der Moment, kurz bevor's endgültig vorbei ist, der ist der schlimmste. Sagen alle«, sagte Wallner.

Kohlweit verschränkte die Hände vor der Brust und glotzte zu Kreuthner hinunter.

»Sie sind intelligent. Sie wissen, wenn's vorbei ist. Eine Frage der Zeit. So lange, wie ein DNA-Test dauert.«

»Sie glauben, Sie können mir einen Mord beweisen? Glauben Sie das? Ja?« Kohlweit stand immer noch mit dem Rücken zu Wallner und Mike.

»Zwei Morde.«

»Sie haben nicht die geringste Ahnung.« Kohlweit drehte sich um.

»Befreien Sie uns von unserer Ahnungslosigkeit. Reden Sie.«

Kohlweit betrachtete nachdenklich die vielen Bücher an der Wand. Dann sagte er: »Ich muss kurz austreten.«

Kohlweit setzte sich in Bewegung, doch Wallner hielt ihn auf.

»Wir hätten gern, dass die Tür offen bleibt.«

Wallner gab Mike ein Zeichen. Mike ging hinaus zur Toilette und inspizierte sie kurz. Sie war nicht im Bad, sondern ein separater Raum. Mike nahm den innen steckenden Schlüssel an sich. Dann kam er ins Wohnzimmer zurück und sagte »bitte«. Kohlweit ging hinaus in Richtung Toilette, Mikes Blick begleitete ihn. Doch Kohlweit ging an der Toilette vorbei, zwei Meter weiter zu einer Stahltür. Noch bevor Mike reagieren konnte, hatte Kohlweit die Stahltür geöffnet und war dahinter verschwunden. Als sich Mike auf die Klinke der Tür stürzte, vernahm er gerade noch das knirschende Geräusch des sich drehenden Schlüssels. Mike schlug gegen die Tür und schrie, dass Kohlweit die Scheißtür aufmachen solle und ob er denke, dass sie ihn da drin nicht kriegen würden. Mike tobte noch ein paar Sekunden, bis er merkte, dass Wallner neben ihm stand. Wallner hatte die Hände in den Hosentaschen und sagte: »Ich glaub nicht, dass ihn das überzeugt.«

19

Kreuthner war ein guter Polizist. Einer, der aus der Gegend kam, der jeden kannte. Und die Leute kannten Kreuthner. Kreuthner war volksnah. Und das Volk war nah bei Kreuthner. Manchmal zu nah. Etwa im Bräustüberl, wo Kreuthner seinen Bierdeckel umdrehen musste, damit nicht jeder, der vorbeiging, sah, was er getrunken hatte. Nicht dass es übermäßig viel gewesen wäre. Sechs oder sieben Halbe. Da konnte Kreuthner schon noch Auto fahren. Bis acht Halbe hatte er keine Ausfallerscheinungen, die man beim polizeilichen Standardtest feststellen hätte können – hatte Kreuthner bei einem Selbsttest festgestellt. Als Polizist muss man wissen, wo man steht.

Schon manchen Streit hatte Kreuthner durch Menschenkenntnis und Erfahrung geschlichtet, bevor Schlimmeres passiert war. Legendär etwa die Geschichte mit dem Zimbeck Peter. Der Zimbeck war einer, der dem Streit nicht aus dem Weg ging. Wenn dem nach einer Schlägerei ein Zahn fehlte und man fragte ihn, ob er nicht zum Zahnarzt gehen wolle, dann sagte er: Geh, Schmarrn, da lass ma schon a bissl was z'sammkemma. In der Regel kam auch was zusammen. Denn der Zimbeck war jedes Wochenende auf Tour, und irgendeinen fand er schon, dem auch eine Zahnlücke fehlte. An einem föhnigen Oktoberabend fanden sich auf dem Parkplatz vom »Heidi & Bärbel« gleich ein Dutzend Zahnlückenfreunde zusammen und diskutierten über das Anrecht auf den letzten freien Parkplatz. Dabei war man unversehens ins Schlägern geraten, weshalb die Polizei gerufen werden musste. Im weiteren Verlauf hatte sich die Lage insofern dramatisch zugespitzt, als einige der Beteiligten Messer in der Hand hatten und davon auch eifrig Gebrauch machten, ohne dass es freilich zu Schlimmerem als leichten Schnittwunden gekommen war. Wie der Kreuthner und sein Kollege am Tatort eintrafen, verschwanden fast alle Messer in Hosentaschen. Nur einer hatte in der Hitze des Einstechens auf den Dorninger Hansi nicht mitbekommen, dass die Sache vorbei war – der Zimbeck Peter. Und so standen da der Zimbeck, in der einen Hand das blutverschmierte Messer, in der anderen Hand den Kragen vom Dorninger Hansi. Und dem Zimbeck gegenüber: Kreuthner. Nun war der Zimbeck keiner, der sich von einer Uniform ins Bockshorn jagen ließ. Denn er hatte gewaltige Kräfte und schiss sich nie auch nur das Geringste. Auf eine physische Konfrontation mit dem Zimbeck hätte sich kein Polizist am Tegernsee eingelassen. Zu zweit nicht und selbst zu sechst nur ungern. Kurz und gut: In dieser heiklen Situation waren die richtigen Worte gefragt. Kreuthner musterte den Zimbeck von oben bis hinunter zu den Cowboystiefeln. Sodann ließ er den Blick langsam wieder nach oben schweifen, bis das Messer erneut ins Bild kam. Kreuthner zog anerkennend die Brauen hoch und sah dem Zimbeck fest in die Augen. In die nur von einer Föhnbö durchbrochene Stille sagte Kreuthner den Satz: »Zimbeck – lass 's Messer fallen, dann g'hörts dir nimmer.«

Zimbeck dachte kurz über die Logik dieser Aufforderung nach. Dann fiel ein Messer zu Boden. Kreuthner hob es auf und ließ es ganz inoffiziell in seiner Uniform verschwinden. Die Beteiligten gingen auseinander, und Kreuthners Ruf als

Hund war für alle Zeiten gefestigt. Die Begebenheit selbst wurde Tegernseer Folklore, und der Satz wird heute noch zitiert: Zimbeck, lass 's Messer fallen …

Jedenfalls galt Kreuthner als Bank, wenn volksnahe Lösungen gefragt waren. Zumindest kultivierte er diesen Ruf. Deshalb stand Kreuthner jetzt vor der Stahltür. Auf der anderen Seite Herr Kohlweit, von dem man nicht wusste, was er hinter der Tür gerade trieb.

»Herr Kohlweit! Hören S' auf mit dem Schmarrn! Des hat doch koan Taug nimmer!« Kreuthner wartete eine Weile, damit seine Worte Wirkung entfalten konnten. »Das Spiel ist aus!«, schickte er in seinem besten Hochdeutsch hinterher.

»Vielleicht erzählst ihm mal was Neues. Oder was glaubst, ham mir ihm g'sagt?«, raunzte Mike.

»Es kommt halt drauf an, wie was g'sagt wird.« Kreuthner betrachtete die Stahltür. »Kann der uns überhaupts hören, durch die Stahltür?«

»Frag ihn.«

»Herr Kohlweit!«, schrie Kreuthner auf die Tür ein. »Hören Sie mich?!«

Es blieb stumm hinter der Tür.

»Scheiße, was macht der da?«

»Wahrscheinlich Beweismittel vernichten«, spekulierte Wallner.

»Ja, des geht ja net. Da müss' ma rein.« Kreuthner sah die Chance gekommen, sein Missgeschick von vorhin auszuwetzen, und entfaltete sprühende Energie.

Ein Jens Sührstein wohnte im zweiten Stock über Kohlweit. Sührstein lebte im Haus seit dessen Erbauung im Jahr 1968. In den achtziger Jahren hätten sie der Wohnung unter ihm – wo jetzt Herr Kohlweit wohnte – das Apartment nebenan zugeschlagen. Das Apartment befand sich im angrenzenden Bau, der mit dem Nachbarhaus zwar grundbuch-rechtlich eine Einheit bildete, von diesem jedoch durch eine Brandmauer getrennt war. Das Durchbrechen der Brand-mauer hatte das Landratsamt nur mit der Auflage gestattet, dass das neu entstandene Zimmer jenseits der Brandmauer mit einer Brandschutztür versehen werde. Er, Sührstein, habe schon damals seine Bedenken vorgetragen. Natürlich habe er nicht ahnen können, dass die Brandschutztür einmal der Polizei die Arbeit erschweren würde. Aber das sei ja auch ein ästhetisches Problem. Wer will denn eine Brand-schutztür in der Wohnung haben? Das sehe ja aus, als gehe es in den Keller. Auf Wallners Frage hin gab Sührstein an, die Tür zum ehemaligen Apartment existiere nicht mehr. Die habe man damals zugemauert. In das Zimmer – Wall-ner vermutete, dass es sich um das Schlafzimmer handelte, da es sonst in der Wohnung kein Bett gab – führe nur eben-diese Brandschutztür. Und natürlich das Fenster zum Garten.

Inzwischen war Verstärkung gekommen. An ein Aufbre-chen der Stahltür war nicht zu denken. Ein Schlosser war bereits unterwegs. Es blieb noch der Weg durchs Fenster. Aber Wallner wollte nicht riskieren, dass jemand verletzt wurde. Es war nicht klar, was sich hinter dem Fenster, dessen Vorhänge fest zugezogen waren, befand, noch wusste man, ob Kohlweit Schuss- oder Stichwaffen hatte und was er in seiner Verzweiflung tun würde, wenn jemand versuchte ein-zudringen. Die Tür war der sicherste Weg.

Als Wallner sein Telefonat mit der Einsatzzentrale in Mies-bach beendet hatte, kam der junge Polizist Schartauer auf ihn zu und sagte, er habe den Eindruck, der Kollege Kreuthner wolle das Zimmer stürmen. Auf die Frage, wie er zu dieser Vermutung komme, sagte Schartauer, Kreuthner habe bei

Herrn Sührstein um eine Leiter gebeten. Wallner und Mike rannten nach draußen. Als sie aus der Haustür kamen, hörten sie Glas splittern. Kreuthner stand auf einer Aluminiumleiter und hatte mit dem Griff seiner Pistole das Fenster im ersten Stock eingeschlagen. Wallner rief ihm zu, er solle mit dem Schmarrn aufhören, der Schlosser sei gleich da. Aber Kreuthner war nicht mehr zu bremsen. Er lasse sich von dem Deppen doch nicht zum Narren halten. Wenn der Bursche nicht mit ihm reden wolle – bitte. Dann werde er ihn eben von einer anderen Seite kennenlernen. Kreuthner griff durch das Fenster und riss die Vorhänge auseinander. In jesusartiger Haltung, die Arme ausgebreitet, stand Kreuthner auf der Leiter und erstarrte. Dann entfuhren ihm die Worte: »Heilige Scheiße!«

Kohlweit saß in einem schwarzen Ohrensessel. Die ganze Einrichtung des Zimmers war schwarz. Auch das Bettzeug. In einer Ecke war eine Art Altar aufgebaut mit einem Kruzifix. Aber an dem Kruzifix hing nicht der Sohn Gottes, sondern der Leibhaftige. Die schwarz gestrichenen Wände waren mit Kunstdrucken behängt, die allesamt düstere Motive zeigten. Von Hieronymus Bosch über Piranesi und Goya bis Francis Bacon. Der satanistische Comic-Kitsch aus dem Internet war Kohlweit dann doch zu billig gewesen.

Der Kopf war Kohlweit auf die Brust gesunken, seine Arme hingen links und rechts über die Lehnen des Sessels. Unter den Händen glänzten auf dem schwarzen Teppichboden zwei dunkelrote Pfützen. Kohlweit hatte sich mit einem Messer die Pulsadern geöffnet. Lege artis mit zwei Schnitten parallel zu den Handgelenkssehnen. Das Blut floss schnell aus ihm heraus.

Kreuthner hatte Kohlweit das Leben gerettet. Wenige Minuten später hätte man nichts mehr für ihn tun können. Man brachte Kohlweit in die psychiatrische Abteilung des Kreiskrankenhauses Agatharied. Wallner saß in dem cremefarben gestrichenen Raum des Stationsarztes. Vor dem Fenster ein weißes Gitter. An der Decke eine Neonlampe. Mike wartete vor der Tür, wo er ein Gespräch mit einer Pflegerin angefangen hatte.

»Er hat sehr viel Blut verloren. Wir haben ihm sedierende Medikamente gegeben. Auf einen Tag wird es ja nicht ankommen«, sagte der Stationsarzt, ein ausgezehrter Mann von vierzig Jahren mit tiefliegenden Augen und dunklem Bartschatten auf Wangen, Kinn und um den Mund. Seine Augen blinzelten nervös. Wahrscheinlich ist er überarbeitet, dachte sich Wallner. Eigentlich sah der Arzt so aus, wie sich Wallner den Mörder der beiden Mädchen vorstellte.

»Es kommt auf jede Stunde an.«

»Das müssten Sie mir erklären.« Der Arzt kniff ruckartig die Augen zusammen.

»Wenn Herr Kohlweit der von uns gesuchte Mörder ist und er gesteht, dann ist alles in Ordnung, und wir lassen die Dinge ihren normalen Gang gehen. Ist er es aber nicht, dann befindet sich der Mörder weiter auf freiem Fuß. Wahrscheinlich hat er sein nächstes Opfer schon ins Auge gefasst. Wir brauchen Gewissheit, sonst ermitteln wir in die falsche Richtung. Und das kann weitere Menschenleben kosten.«

»Zehn Minuten«, sagte der Stationsarzt und kniff die Augen zusammen. »Nur einer.«

Mike hatte nichts dagegen, weiter mit der Pflegerin zu plaudern. Er berichtete freilich derart detailliert über den Gang der Ermittlungen, dass sich Wallner Sorgen um die Wahrung des Dienstgeheimnisses machte. Er nahm Mike zur Seite und bat ihn, sich auf das zu beschränken, was in den Zeitungen stand. Das würde das Mädchen ausreichend beeindrucken.

Kohlweits Handgelenke waren weiß bandagiert. Das Kopfteil des Bettes war leicht hochgestellt. Kohlweit sah Wallner nicht an, als er ins Zimmer kam. Sein Blick war starr auf das Fußende des Bettes gerichtet. Kohlweit konnte noch klar denken. Aber alles an ihm war verlangsamt. Hinter seinen Augen schien eine trübe, zähe Flüssigkeit hin und her zu schwappen, durch die hindurch er die Welt wahrnahm.

»Herr Kohlweit – wie geht es Ihnen?«

»Geht so«, sagte Kohlweit, ohne die Lippen zu bewegen.

»Erzählen Sie mir, was passiert ist?«

Kohlweit schwieg.

»Warum haben Sie die Mädchen umgebracht? War das eine … Kulthandlung?«

»Ich habe niemanden umgebracht.«

»Warum wollten Sie sich selbst umbringen?«

Kohlweit schwieg und schwieg, blinzelte unendlich langsam, öffnete den Mund, um ihn dann wieder zu schließen.

»Es kann nicht wegen dem bisschen Teufelsliteratur sein. Das ist nicht strafbar. Und außerhalb der Polizei hätte niemand davon erfahren.«

Kohlweit nickte unmerklich.

»Also warum? Warum sind Sie derart verzweifelt? Sagen Sie's mir.«

»Was, glauben Sie, passiert am Tegernsee mit einem Lehrer, der etwas mit einer minderjährigen Schülerin anfängt?« Er versuchte, sarkastisch zu lachen, kam aber nicht weit. Selbstmitleid schnürte ihm die Kehle zu. »Vertrauenslehrer!«

»Sie reden von Pia Eltwanger.«

»Ja.«

»Haben Sie sie getötet?«

Kohlweit dachte lange über die Antwort nach. »In gewisser Weise ja«, sagte Kohlweit schließlich mit großer Anstrengung. »Ich habe das Mädchen auf dem Gewissen.«

»Was haben Sie getan?«

»Ich habe geschwiegen.«

Wallner sah Kohlweit fragend an. Aber sein Blick wurde nicht erwidert. Kohlweit starrte weiter auf das Fußende des Bettes.

»Ich war zu feige«, sagte er mehr zu sich selbst.

»Was meinen Sie damit?«

Aber Kohlweit hatte sich wieder hinter seine verschleierten Augen verkrochen.

»Sie hatten ein Verhältnis mit Pia Eltwanger?«

Kohlweit bewegte den Kopf in einer Weise, die man vage als Zustimmung deuten konnte.

»Wann hat das angefangen?«

»Vor einem Jahr. Wir haben uns heimlich getroffen. Wir haben nicht telefoniert, keine E-Mails geschrieben. Nur Briefe, mit der Hand. Und wenn wir sie gelesen hatten, haben wir sie verbrannt. Pia fand das romantisch. Aber ich habe in ständiger Angst gelebt. Verstehen Sie das? Meine Existenz stand jeden Tag auf dem Spiel.«

»Und? War es das wert?«

»Jede Sekunde.«

Wallner betrachtete den Mann mit den bandagierten Unterarmen, seine glasigen, dunkel umrandeten Augen, die von Sedativen verschleiert waren. Wie viele Frauen mochte Kohlweit gehabt haben in seinem Leben? Vielleicht war die Liebe zu einem sechzehnjährigen Mädchen das einzig tiefe Liebesgefühl, das er je erfahren hatte. Eine verbotene Liebe. Aber das war Kohlweit egal gewesen. Wenn er nichts als dieses kurze, quälende, jederzeit gefährdete Glück haben konnte, dann nahm er auch damit vorlieb. Kohlweit war intelligent. Ihm war zweifelsohne klar, dass er eines Tages bezahlen musste. Wenn Pia merkte, dass sie auch andere Männer haben konnte, attraktivere, jüngere. Wenn ihr klarwurde, dass Kohlweit eine tragische Figur war. Wenn sich Pias Liebe in Mitleid verwandelte. Es würde ihn hundertmal einsamer zurücklassen, als er es vorher gewesen war. Kohlweit war bereit, all das auf sich zu nehmen, für ein oder zwei Jahre mit einem jungen Mädchen, das sich einen Mann im Alter ihres Vaters zum Märchenprinzen machte, weil ihr Vater nie für sie da war. Wollte Kohlweit dieses Ende nicht abwarten? Hatte er sein Glück lieber getötet, als von ihm verlassen zu werden? Die Verzweiflungstat eines Mannes, der die Grenze zum Wahnsinn irgendwann überschritten hatte? Wallner störte etwas an dieser Hypothese. Das Kruzifix, das goldene Kleid, die Rosenkreuzer, die satanische Literatur – das alles würde sich irgendwie ins Gesamtbild einfügen lassen. Nur – das betraf das Verhältnis von Kohlweit und Pia Eltwanger. Wie passte das zweite Opfer da hinein? Wallner wusste es: überhaupt nicht. Es gab hier nur Stoff für eine romantisch-wahnsinnige Verzweiflungstat. Der Rest ging nicht auf.

»Was ist am letzten Wochenende passiert?«

Kohlweit schloss die Augen und presste die Kiefer aufeinander. Dann versuchte er, sich zu entspannen. Zum ersten Mal sah er Wallner an.

»Was wollen Sie wissen?«

»Alles. Der Reihe nach. Fangen wir Freitagnachmittag an. Soweit wir wissen, hat Pia Eltwanger am Nachmittag einen Bus nach Hausham bestiegen und ist von dort aus weiter zum Spitzingsee gefahren.«

»Ich habe sie an der Bushaltestelle abgeholt. Wir sind dann

zu der Hütte gefahren, die ich gemietet hatte. Das waren vielleicht drei Kilometer.«

»Was haben Sie auf der Hütte gemacht?«

»Wir haben gekocht, zu Abend gegessen. Dann haben wir zusammen Gedichte geschrieben.«

»Wie geht das?«

»Einer fängt an, schreibt eine Zeile, dann schreibt der andere eine Zeile. Zum Schluss haben wir über das Gedicht diskutiert, oft auch daran gearbeitet, noch treffendere, noch poetischere Formulierungen gesucht.«

»Haben Sie irgendwelche satanistische Handlungen vollzogen?«

»Nein. Das hat Pia nicht interessiert. Mich fasziniert die gesamte jenseitige Welt. Auch ihre dunkle Seite. Pia mochte nur das helle, romantische Gesicht der Esoterik.« Kohlweit lächelte unmerklich.

»Hat Pia Eltwanger mal telefoniert?«

»Freitag nicht und Samstag auch nicht. Ihre Eltern haben nie angerufen. Und ihre Freundin Conny wusste, dass Pia mit ihrem geheimnisvollen Freund unterwegs war. Sie hätte nur im Notfall angerufen.«

»Am Sonntag gegen fünfzehn Uhr wurde Pia von einer Telefonzelle aus angerufen. War sie da noch mit Ihnen auf der Hütte?«

»Ja. Wir waren gerade auf einem Spaziergang. Es schneite. Sie war sehr aufgeregt, als sie die Nummer auf dem Display sah.«

»Wer hat sie angerufen?«

»Ich weiß es nicht. Sie hat ein kleines Geheimnis daraus gemacht und gesagt, sie werde mich damit überraschen, wenn es so weit sei. Offenbar hatte sie den Anruf erwartet.«

»Was geschah nach dem Anruf?«

»Sie bat mich, sie nach Bayrischzell zu fahren. Sie wollte sich dort mit dem Mann treffen, der sie angerufen hatte. So gegen halb vier hab ich sie hingefahren.«

»Haben Sie den Mann gesehen?«

»Nein. Er war noch nicht da. Pia wollte nicht, dass ich warte. Sie sagte, sie würde mich anrufen, wenn sie fertig sei.«

»Womit?«

»Das wollte sie mir nicht sagen.«

»Was geschah dann?«

Kohlweit dachte lange nach und schwieg. Schließlich zuckte er mit den Schultern.

»Hat sie angerufen?«

Kohlweit schüttelte den Kopf. Tränen liefen ihm übers Gesicht.

»Was haben Sie unternommen?«

»Ich bin am Abend nach Bayrischzell gefahren. Aber ich konnte sie nicht finden.«

»Und dann?«

»Nichts.« Kohlweit war kaum noch zu verstehen. »Was hätte ich denn machen sollen?«

20

So feig kann doch nur ein Mann sein, oder?«
Tina sah auffordernd in die Gesichter von Lutz, Mike und Wallner. Der Ausdruck in deren Gesichtern konnte nicht unbedingt als Zustimmung gedeutet werden.

»Mei, is jetzt vielleicht a bissl pauschal«, murmelte Lutz.

»Nenn mir eine Frau, die wo in so einer Situation nicht zur Polizei gehen tät. Eine!«

Die Männer verfielen in nachdenkliches Schweigen. Schließlich wollte man auf so eine Frage nicht leichtfertig eine womöglich gemeinsame Bekannte als feige stigmatisieren.

»Jemand noch Kaffee?«, fragte Mike und schwenkte die Glaskanne mit der eingebrannten braunen Flüssigkeit. Mike goss sich den Rest in die eigene Tasse. Und dabei hatte er eine Eingebung.

»Meine Mutter«, sagte er.

»Echt?« Tina war geschockt. »Wie kann man so was über seine Mutter sagen?«

»Weil die sich ihr Leben lang von meinem Vater hat verarschen lassen. Ich hab's ihr so oft g'sagt: Schmeiß'n raus, den alten Sack. Sie tut's nicht. Und warum? Weil sie Angst hat vorm Alleinsein. Die is einfach feige.«

»Des is was ganz anderes.«

»Des is nix anderes. Feig is feig.«

174

»Jetzt hört's auf mit dem Käs.«

Wallner ließ seine leere Kaffeetasse am Zeigefinger baumeln und drehte sich zu Mike. »Ist noch Kaffee da?«

»Ich hab grad gefragt. Sorry.«

Wallner stellte seine Tasse auf den Schreibtisch. Er hatte den anderen von Kohlweits Vernehmung berichtet. Es war schon gegen Abend, und die Luft war stickig im Büro und roch nach dem eingebrannten Kaffee. Aber Wallner sah noch keine Notwendigkeit zu lüften.

»Wir wissen ja gar nicht, ob das stimmt, was er uns erzählt. Was habt ihr in Kohlweits Wohnung gefunden?«

»Fast nichts«, sagte Lutz. »Keine Briefe, keine Mails, keine Fotos von den Mädchen. Keine Gläser mit Lippenstift oder … was könnt's noch geben …«

»Lutz!« Lutz sah Wallner an, als habe der ihn gerade beim Beten unterbrochen. »Sag uns einfach, was ihr gefunden habt.«

»Zwei Haare auf einem Pullover. Die könnten zur ersten Leiche passen. Nach der DNA-Analyse wissen wir's.«

»Das bringt uns nicht weiter. Dass er mit Pia Eltwanger ein Verhältnis hatte, das gibt er ja zu. Vorgestern Abend, siebzehn Uhr. Was hat er da gemacht?« Wallner sah Tina an.

»Da war Theaterprobe am Gymnasium. Kohlweit hat die Theatergruppe geleitet. Aber er hat sich entschuldigt wegen Darmgrippe. Angeblich war er um die Zeit zu Hause. Im Haus kann sich allerdings keiner erinnern, ob Licht in seiner Wohnung gebrannt hat.«

»Was ist mit dem Leihwagen?«

»Auf der Liste von SchreiberRent ist Kohlweit net drauf«, sagte Mike. »Möglicherweise hat er den Wagen unter falschem Namen gemietet. Is aber net einfach. Da musst ja an Führerschein vorlegen.«

175

»Also – wie mach' ma weiter?«, wollte Tina wissen.

Es gab zwei Möglichkeiten, die einander ausschlossen. Entweder man konzentrierte sich darauf, Kohlweit die Morde nachzuweisen, oder man hielt Kohlweit für unschuldig und suchte einen anderen Täter. Die Ressourcen der Polizei waren begrenzt. Ging man in die falsche Richtung, kostete das Zeit, und man riskierte, Beweise zu verlieren.

Wallner stand auf und ging im Büro herum. Er betrachtete die gläserne Kaffeekanne. Die war immer noch leer.

»Jetzt mach endlich mal das Fenster auf«, maulte Mike.

Wallner schlüpfte in seine Daunenjacke, zog den Reißverschluss bis unters Kinn und riss das Fenster auf. Ein Schwall eisiger Luft flutete das Büro. Wallner spürte am Kopf, wie die verbrauchte warme Luft durch den oberen Teil des Fensters nach außen strömte. Er lehnte sich hinaus, um frische Luft in die Lungen zu saugen. Das brauchte Wallner jetzt ausnahmsweise. Er musste eine Entscheidung treffen. Er musste sie nicht jetzt treffen. Er hatte die ganze Nacht Zeit. Aber wenn morgen dreißig Polizisten vor ihm saßen, musste er ihnen etwas sagen. Bis dahin wäre die Lage keinen Deut klarer als jetzt. Nur hätte er dann eine Nacht voller Zweifel und mit wenig Schlaf hinter sich.

»Kohlweit war's nicht. Wir müssen weitersuchen«, sagte Wallner. Ihm war klar, dass diese Entscheidung viele enttäuschen würde. Die Verhaftung Kohlweits war als Durchbruch gefeiert worden. Morgen würde Wallner seinen Leuten sagen, dass sie wieder am Anfang standen.

Dr. House war gerade besonders gemein zu einer Patientin, die an einer schwer zu diagnostizierenden, aber mit Sicherheit tödlichen Krankheit litt. Manfred musste einen Schluck Weißbier trinken, um seiner aufkeimenden Empörung Herr zu werden. Er setzte den Bierkrug klappernd ab. Manfred hasste es, Weißbier aus einem Krug zu trinken und nicht aus dem dafür vorgesehenen Glas. Aber Weißbiergläser hatten keine Henkel.

»Des is doch …«, Manfred wischte sich den Schaum vom Mund. »Des kann der doch net machen. Was is 'n des für a Arzt! Die Frau, verstehst, die stirbt noch. Geh, des is doch …« Manfred gingen die Worte aus.

»Was schaust es dir dann jedes Mal an?«

Die Frage erreichte Manfred nicht mehr. Er musste sich auf die Differenzialdiagnose konzentrieren, die Dr. House jetzt an einer Tafel aufmalte. In der Werbepause schaltete Wallner den Ton ab.

»Sag mal …«, sagte Wallner.

Manfred spähte in seinen Bierkrug. »Is noch a Weißbier im Kühlschrank?«

»Jetzt mach mal a bissl langsam mit dem Bier.«

Manfred setzte den leeren Krug wieder ab und grunzte.

»Sag mal«, begann Wallner erneut, »machst du … machst du dir Sorgen, wegen meinem … na, du weißt schon, wegen meinen Hormonen?«

Manfred hatte den Krug wieder in die Hand genommen und betrachtete begehrlich die kleine Pfütze, die der zerfallende Schaum am Boden des Kruges zurückgelassen hatte.

»Wieso? Hast du schon was mit die Hormone?«

»Ich mein, ob du dir Sorgen machst wegen meinem Liebesleben.« Wallner merkte, dass er wieder ungeduldig wurde.

»Ah, die Hormone!« Manfred nickte wissend und kippte schnell die kleine Weißbierpfütze in seinen Mund. »Ja du, da muss jeder selber schauen, wo er bleibt. Oder was meinst du?«

»Ich … ich hab mich halt gefragt, ob du vielleicht meinst, dass bei mir da was fehlt. Also körperlich.«

Manfred sah Wallner an, als erwarte er noch eine Ergänzung des Gesagten, damit er verstehen konnte, worauf sein Enkel denn nun hinauswollte.

»Glaubst du, es fehlt mir …«, Herrgott, warum musste sich Manfred so dumm stellen!, »… die Libido, wie man so sagt.«

»Libido?«

»Na ja, du weißt schon …«

Wallner sah sich in den Schritt und hielt die Handflächen zur Decke.

»Ah so! Dass d' net g'scheit geil wirst, oder was?«

Wallner konnte es nicht fassen, dass er gerade mit seinem Großvater über Sex redete.

»Siehst du da irgendein Problem bei mir?«

»Wieso? Hast eins?«

»Antworte halt einfach mal auf meine Frage.«

»Des weiß ich doch net, ob du einen hochkriegst. Geht mich ja auch nix an. Was willst denn von mir?«

Wallner sah forschend in Manfreds Gesicht. Eigentlich war er sich sicher, dass Manfred log. Aber Zeugen, die lügen, so Wallners Erfahrung, werden nicht ungeduldig und ärgerlich. So reagieren nur Menschen, die die Wahrheit sagen und denen man nicht glaubt. Aber vielleicht hatte Manfred einfach vergessen, dass er das indianische Potenzmittel bestellt hatte. Vielleicht wusste er wirklich nicht, wovon Wallner sprach.

»Bist du sicher?«, hakte Wallner nach.

»Is irgendwas?« Manfred sah seinen Enkel irritiert an. Offenbar war jetzt eine Grenze erreicht, die nur noch von harten Fakten durchbrochen werden konnte.

»Wir haben heute im Rahmen der Mordermittlungen Firmen überprüft. Unterschiedliche Firmen. Die meisten vertreiben esoterische Produkte.«

»Was is des? Schweinkram?«

»Nicht unbedingt. Das sind so Geschichten mit Übersinnlichem und Astrologie und Erdstrahlung und so was.«

Manfred nickte desinteressiert.

»Eine von diesen Firmen vertreibt auch Potenzmittel ... Indianische Potenzmittel.« Wallner merkte, wie ein Ruck durch Manfred ging. Wallner machte eine Kunstpause. »Die sind so gut«, sagte er mit, wie er meinte, subtiler Betonung, »da hätten sie dich früher einen Tag an den Marterpfahl binden müssen, dass du nicht irgendwas anstellst.«

»Ah geh!« Manfred lachte dünn und peinlich berührt. Ja! Erwischt! Da hatte aber einer plötzlich ein schlechtes Gewissen! Manfreds Stirn färbte sich tiefrot.

»Ich sag das jetzt nur ungern, aber auf der Kundenliste war auch dein Name. Wir sind praktisch zwangsläufig drauf gestoßen.«

Manfred sagte gar nichts mehr.

»Du, mir ist das wurscht, ob du so ein Zeug bestellst. Ich würd nur gern wissen, wozu.«

»Mei ...« Manfred zuckte mit den Schultern und kicherte verlegen vor sich hin.

»Du tust mir das Zeug nicht bei Vollmond in den Tee oder so was?«

»Nein. Wieso?«

»Wozu brauchen wir dann so was im Haus?«

»Mei ... hier wohnt ja noch jemand.«

Wallner brauchte eine Weile, um die Implikation dieser Bemerkung in ihrer ganzen Tragweite zu erfassen. Als er sie erfasst hatte, glaubte er dennoch an einen Irrtum.

»Du willst jetzt nicht sagen, dass ... ich meine, also ich hab gedacht, mit Frauen und so, des wär quasi schon länger nicht mehr ...«

»Na«, lachte Manfred verlegen. »Mit Frauen is nix mehr. Des wär mir zu anstrengend.«

Es folgten fünf Sekunden bleiernes Schweigen. Wallner hatte das dringende Verlangen, das Gespräch zu beenden.

»Ah so, ja, dann ist ja gut. Ich wollt nur sichergehen, nicht dass das Zeug am End vielleicht doch für mich oder was weiß ich …«

Wallner hatte Atembeklemmungen bei dem Gedanken an die Aktivitäten, die Manfred entfaltete, wenn er selbst nicht im Haus war, und wofür indianische Potenzmittel von Nutzen sein konnten. Im Fernsehen hatte Dr. House seine Arbeit wiederaufgenommen. Wallner griff hektisch zur Fernbedienung.

»Da schau – es geht weiter.«

Er schaltete den Ton wieder ein. Diesmal ein bisschen lauter als vorher.

»Magst noch ein Weißbier?«

21

Die Tage, die folgten, waren angefüllt mit Ermittlungs-
routine. Jeder erwartete, dass die nächste Leiche auftauchen würde. Aber sie tauchte nicht auf. Nicht am ersten und
nicht am zweiten Tag nach dem Mord an Gertraud Dichl.
Und kaum gingen drei, vier Tage ohne Leiche ins Land, schon
stellte sich ein Gefühl von Normalität ein. Als ob alles ausgestanden sei und vorüber. Als sei das alles nur ein schlimmer
Spuk gewesen, der wie ein Eissturm über den Landkreis
gefegt war und sich jetzt wieder in die Stille des Winters ver-
flüchtigt hatte.

Mike, das wusste Wallner, war dem Täter am dichtesten
auf der Spur. Der Mörder musste nach menschlichem Ermes-
sen an jenem Montag einen Wagen von SchreiberRent gemietet haben. Oder er hatte den Wagen von jemand anderem
mieten lassen. Mike hatte eine Liste mit hundertdrei Namen.
Einer davon gehörte dem Mörder oder einem Menschen, der
den Mörder kannte. Er musste nur bei jedem überprüfen,
was er zu dem Zeitpunkt getan hatte, als der Mietwagen bei
Manfred Wallner im Hof stand. Die meisten würden Zeugen
haben. Für Umzüge, Möbeltransporte oder was immer sie
mit dem Wagen angestellt hatten. Der kleine Rest musste
genauer unter die Lupe genommen werden. Allerdings war
es bereits mit viel Arbeit verbunden, alle Alibis der unter-
suchten Personen zu verifizieren. Wie verlässlich war der

Vater, Bruder, Schwager, der angeblich dabei war, als man angeblich einen Schreibtisch von Ebersberg nach Glonn gefahren hatte? Abgesehen davon waren etliche Personen auf der Liste in Urlaub oder aus anderen Gründen schwer zu erreichen oder riefen nicht zurück. Mike hatte nach vier Tagen immer noch fünfundfünfzig Namen auf der Liste, die nicht überprüft waren. Und es gab keine Sicherheit, dass man den Mörder nicht bei den anderen achtundvierzig übersehen hatte.

Der 19. Januar war ein wolkenloser Freitag. Die Wintersonne erwärmte die bayerischen Voralpen auf sieben Grad, und das Land lag unter einer geschlossenen Schneedecke. An diesem Tag fanden zwei Beerdigungen statt. Die eine, weniger beachtet, wurde in Warngau abgehalten, einem kleinen Ort fünf Kilometer südlich von Holzkirchen und nicht weit vom Dichlschen Bauernhof entfernt. Alle Bauern der Umgebung waren gekommen sowie die Mitschüler und Lehrer von Gertraud Dichl. Darüber hinaus etwa zwanzig Mitglieder des Alpenvereins Sektion Miesbach, mit denen Herr Dichl enger bekannt war. Der Schützenverein Warngau war geschlossen und in Tracht angetreten, darunter ein Bläserquartett, das einen letzten Gruß für Gertraud Dichl spielte. Vor dem Friedhof waren knapp zwanzig Reporter versammelt und noch einmal die gleiche Zahl an Schaulustigen. Bernhard Dichl stand allein am Grab seiner Tochter. Gertrauds Mutter konnte an der Beerdigung nicht teilnehmen. Sie weigerte sich immer noch, den Tod ihres Kindes zur Kenntnis zu nehmen.

Zur Beerdigung von Pia Eltwanger waren mehr als tausend Menschen gekommen. Lothar Eltwanger war eine Person von öffentlichem Interesse. Nicht ganz vergleichbar mit den

Ackermanns und Pischetsrieders der Republik. Aber er hatte schon Fernsehauftritte gehabt. Eltwangers Bekanntheit hatte mit dem Tod seiner Tochter enorm zugenommen. Es war einige Zeit her, dass der Egerner Friedhof einen derartigen Auflauf erlebt hatte. Dabei war der Ort nicht arm an Prominenten. Ludwig Thoma und Ludwig Ganghofer ruhten hier. Es war daher nicht einfach, eine Grabstelle zu bekommen. Aber man konnte davon ausgehen, dass Herr Eltwanger keine Kosten gescheut hatte, um seine Tochter an einem der schönsten Orte Oberbayerns mit Blick auf die Egerner Bucht und den Malerwinkel zu bestatten. Nachdem die Verabredung mit Eltwanger zwei Tage zuvor wegen der Verhaftung von Kohlweit geplatzt und Eltwangers Terminkalender voll war, ergriff Wallner die Gelegenheit, den Mann nach der Beerdigung abzupassen. Dreihundert enger befreundete Trauergäste würden sich im Anschluss an die Beerdigung in einem nahe gelegenen Hotelsaal versammeln, um ihrem Mitgefühl durch den Verzehr eines Fünf-Gänge-Menüs Ausdruck zu verleihen. Vermutlich hatten nicht mehr als zwei Dutzend von ihnen mit dem toten Mädchen jemals mehr als einen Satz gewechselt. Bis alle Gäste im Hotel angekommen waren und Platz genommen hatten, verging erfahrungsgemäß mindestens eine halbe Stunde. In dieser Zeit konnte Eltwanger ohnehin nichts Sinnvolles machen. Er begleitete Wallner daher ohne Murren in die um diese Zeit fast leere, aber gut geheizte Hotelbar. Beide Männer bestellten sich einen Cappuccino.

»Der Täter hat bei seinen Opfern je eine Emaille-Plakette hinterlassen. Wenn man sie nebeneinanderhält, ergibt sich das Bild eines Berges. Es ist sehr grobkörnig, aber wir vermuten, dass es sich um den Rastkogel in den Tuxer Voralpen handelt. Sagt Ihnen der Berg etwas?«

»Ja, wir hatten damals …«

Eltwanger brach den Satz ab und starrte unvermittelt vor sich hin, als sei ihm plötzlich eingefallen, dass er nicht sagen sollte, woran er gedacht hatte.

»Sie hatten damals …?«, versuchte Wallner den Faden aufzugreifen.

»Wir haben viele Touren in den Tuxer Alpen gemacht damals. Also bestimmt auch in der Gegend um den Rastkogel. Aber bergsteigerisch ist der Rastkogel uninteressant. Da gehen ja Lifte hoch.«

»Sie waren früher oft in den Bergen unterwegs?«

»Als Student. Ich war im Alpenverein. Bin ich immer noch, aber … na ja, ich zahle halt noch.«

»Wann haben Sie mit dem Bergsteigen aufgehört?«

»Das war … ich denke, so vor vierzehn Jahren. Ich habe damals in einer Unternehmensberatungsfirma gearbeitet. Das Pensum waren achtzig, neunzig Stunden die Woche. Da war ich froh, wenn ich zum Schlafen gekommen bin.«

»Sie kennen Bernhard Dichl?«

»Wir waren zusammen im Alpenverein, in der Sektion Miesbach. Ich habe damals noch in Fischbachau gewohnt. Sonst hatte ich nichts mit ihm zu tun. Ich glaube, wir haben uns seit damals nicht mehr gesehen.«

»Seit vierzehn Jahren?«

»Ja.«

»Was hatten Sie mit Dichl zu tun?«

»Wir haben gelegentlich Bergtouren gemacht. Also nicht zu zweit. Das war mehr, wenn der Verein Gruppenausflüge gemacht hat. Was weiß ich – Kurse im Eisklettern oder so was in der Art.«

Wallner erinnerte sich an das goldene Prinzessinnenkleid. »Auch Faschingsausflüge?«

»Kann sein. Ja, doch. Wir sind Fasching öfter Skifahren gewesen.«

»Hat mal irgendwer an Fasching ein goldenes Prinzessinnenkleid getragen?«

»Keine Ahnung. Ich glaube nicht. Wieso?« Im selben Moment schien Eltwanger die Bedeutung der Frage zu begreifen. »Ach so ... Nein, ich kann mich nicht erinnern. Aber es kann schon sein. Wir haben uns natürlich kostümiert. Was vermuten Sie?«

»Nichts. Ich versuche, irgendeinen Zusammenhang zwischen den Einzelteilen herzustellen. Der Täter teilt uns mit, dass es eine Verbindung zu den Bergen gibt. Sogar relativ konkret zum Rastkogel. Falls wir das richtig deuten. Und sowohl Dichl als auch Sie sind früher Bergsteiger gewesen.«

»Das ist nicht ungewöhnlich, wenn man hier wohnt.«

»Stimmt. Andererseits fällt auf, dass Sie beide schon lange nicht mehr aktiv sind.«

»Was schließen Sie daraus?«

»Wenn es eine Verbindung zwischen Dichl und Ihnen und dem Mörder gibt, dann liegt das wahrscheinlich viele Jahre zurück. Sie können sich an nichts Ungewöhnliches erinnern, das mit Bernhard Dichl zusammenhängt? Irgendein gemeinsames Erlebnis?«

Eltwanger überlegte. Seine Miene war starr, aber seine Augen flackerten, und die Flügel seiner verunstalteten Nase bewegten sich. Eltwangers Stirn warf Falten. Es schien Wallner, als sei Eltwanger in einer verschütteten Gegend seiner Erinnerung auf etwas gestoßen. Als versuche er, durch den Nebel der Vergangenheit hindurchzusehen.

»Nein«, sagte Eltwanger. »Ich kann mich an nichts erinnern. Ich hatte wirklich nur sehr wenige Berührungspunkte mit Bernhard Dichl.«

Eltwanger rührte in den Schaumresten seines Cappuccinos. Es arbeitete sichtlich weiter in seinem Kopf.

»Wenn das alles Jahre zurückliegt – warum fängt dann jemand jetzt an, junge Mädchen umzubringen? Fünfzehn, vielleicht zwanzig Jahre später?«

Wallner zuckte mit den Schultern und schob seine leere Tasse weg. Eltwanger legte sein Portemonnaie auf den Tresen.

»Ich übernehme das. Gehen Sie zu Ihrem Essen«, sagte Wallner. Eltwanger stand auf.

»Nur aus Neugier …«, Wallner betrachtete Eltwangers Nase. »Waren Sie mal Boxer?«

»Nein. Ich habe mir die Nase bei einem Unfall gebrochen.«

Wallner verzog mitfühlend das Gesicht. »Muss übel gewesen sein.«

Eltwanger vollführte eine unbestimmte Geste. Seine Nase war ihm keine nähere Erklärung wert. Im Hinausgehen drehte er sich noch einmal um, als wolle er zurückgehen und Wallner etwas sagen. Einen Augenblick verharrte Eltwanger in diesem Zustand der Unentschlossenheit. Dann wandte er sich endgültig ab und ließ Wallner allein in der Hotelbar zurück.

Auf dem Weg zurück nach Miesbach machte Wallner einen Umweg über Schliersee. Der See war zugefroren und lockte allerlei Volk an, das dort Schlittschuh lief oder sich anderweitig auf dem Eis vergnügte. Die örtliche Gastronomie nutzte die Gelegenheit, um mit Essens- und Getränkeständen Umsatz zu machen. Auch der Kakadu hatte eine kleine Bar aufgebaut, an der man Getränke, heiße Würste und Apfelstrudel aus der Mikrowelle kaufen konnte. Wie Wallner gehofft hatte, war Melanie Polcke am Stand. Conny Polcke war ebenfalls da und half ihrer Mutter. Mit bemüht lockerem

Schritt näherte sich Wallner dem Stand, musste aber eine Weile warten, bis Melanie sich umdrehte und ihn bemerkte. Sie lächelte.

»Hallo«, sagte Wallner.

»Hallo«, sagte Melanie. »Kommen Sie nicht mehr in den Kakadu?«

»Ich war sehr beschäftigt die letzten Tage.«

»Ja. Kann ich mir vorstellen. Möchten Sie was zu trinken?«

»Gibt's ganz normalen Kaffee?«

»Klar. Auf Wunsch sogar mit Sahne aus der Dose.«

»Milch und Zucker reicht. Danke.«

»Spatz!« Melanie Polcke wandte sich an ihre Tochter, die gerade mit einem gleichaltrigen Mädchen schwatzte. »Bringst du mal einen Kaffee mit Milch und Zucker?«

Conny Polcke setzte sich widerwillig in Richtung Kaffeeautomat in Bewegung.

»Ich wollte meine Frage noch einmal wiederholen.«

Melanie sah ihn fragend an.

»Ob wir mal abends was zusammen machen wollen.«

»Ja, stimmt. Da sollten wir drüber reden.« Sie sah ihm direkt in die Augen. »Ich heiße übrigens Melanie.«

»Schön. Ich mag den Namen. Hat so was Sanftes. Kann natürlich täuschen.«

»O ja. Da wär ich vorsichtig.«

»Ich heiße Clemens«, sagte Wallner.

»Clemens!« Melanie nickte wissend.

»Ist was mit dem Namen?«

»Nein … Also irgendwie schon. Meine Jugendliebe hieß Clemens.«

»Was für ein witziger Zufall«, sagte Wallner, unsicher, was er davon halten sollte.

»Wir waren über zehn Jahre zusammen.«

»Dann ist Clemens-Ex der Vater von …«, Wallner deutete auf Conny, die gerade mit dem Kaffee kam. Sie stellte die Tasse vor Wallner ab.

Wallner dankte. Dann wandte sich Conny an ihre Mutter. »Hat ein bisschen gedauert. Es ist nämlich einiges los, und ich schmeiß den Laden ganz allein, falls du es noch nicht gemerkt haben solltest.«

»Du machst das super, Spatz. Und Mami hat das durchaus bemerkt.«

Conny kniff ihrer Mutter kräftig in die Hüfte und ging wieder. Es war jetzt wirklich mehr Betrieb. Das schien Melanie aber nicht zu stören.

Melanie lachte. »Ist ein tolles Thema fürs erste Date – Ex-Partner.«

»Find ich auch«, sagte Wallner. »Vor allem, wenn einer noch nicht so richtig drüber weg ist.«

»Klingt nach 'ner schlechten Erfahrung.«

»Mein letztes Date hat schon geheult, als die Getränke kamen. War wohl alles noch ein bisschen frisch.«

»Keine Sorge. Ich mach so was nicht. Und Clemens haben wir eh durch. Wie sieht's bei dir aus?« Sie ging ohne weitere Formalien zum Du über. Wallner war erleichtert, dass das Thema damit abgehakt war.

»Ach, ist nicht so interessant.«

»Wieso?«

Wallner sah ein neugieriges Blitzen in Melanies Augen. Er fand das ausgesprochen weiblich und anziehend.

»Warum müssen Frauen immer im Privatleben anderer Menschen herumstochern?«

»Weil's interessant ist.«

Wallner pulte zwei Zuckerwürfel aus dem Papier und ließ sie in den Kaffee gleiten.

»Kann aber auch gefährlich werden. Man weiß ja nie, was rauskommt.«

»Das ist ja das Spannende.«

»Was willst du wissen?«

»Deine längste Beziehung.«

»Sieben Jahre.«

Melanie taxierte Wallner.

»Du warst verheiratet, stimmt's?«

»Ja. Die Scheidung ist fünf Jahre her.«

»Kinder?«

Wallner zögerte.

»Das weiß man doch.«

»Ein Mädchen. Marlene.«

»Klingt ein bisschen wie Melanie.«

Wallner lächelte in sich hinein und rührte etwas verlegen im Kaffee.

»Mag sein. Ja.«

»Wie alt ist Marlene?«

»Sie lebt nicht mehr.«

Melanies Blick verfinsterte sich. Aus dem netten Geplauder war man mit einem Mal auf vermintes Terrain geraten.

»Das tut mir leid. Du hattest recht. Ich bin zu neugierig.«

»Das muss dir nicht peinlich sein. Ich hab eigentlich nur Angst vor dem Thema, weil ich weiß, dass es für andere unangenehm ist. Ist auch alles schon eine Zeitlang her.«

»Woran ist Marlene gestorben?«

»Marlene war schwerbehindert, als sie zur Welt kam. Die Ärzte haben ihr nicht mehr als vier Wochen gegeben. Sie … sie hat fast drei Monate gelebt.«

»Habt ihr vorher gewusst, dass sie behindert ist?«

»Ja. Wir wussten, dass sie nicht lange leben wird.«

Melanie sagte nichts. Dann wandte sie den Blick zu ihrer

189

Tochter, die gerade kassierte. Als sie Wallner wieder ansah, war die Beklemmung nicht weniger geworden. Sie hatte viele Fragen, aber jetzt war nicht die Zeit, über solche Dinge zu reden. Wallner schob seine leere Tasse zu Melanie und wusste ebenfalls nicht recht, wie es weitergehen sollte. Schließlich versuchte er es mit der Andeutung eines Lächelns: »Wie sieht's morgen Abend aus?«

Melanie nickte erleichtert.

22

Ralf Wickede war seit sechs Stunden unterwegs. Irgendwo in Dortmund. Wo genau, wusste er nicht. Nachts sah alles gleich aus. Es hatte auch keine Bedeutung, wo er war. Er war immer im Feindesland. Vor einer halben Stunde hatte er ein Verkehrsschild gesehen, auf dem hatte »Hafen« gestanden. Der Wind blies wieder stärker. Wickede zog den Kragen des Wintermantels über die Ohren. Der Mantel war ihm zu klein. In der Ferne sah Wickede die erleuchtete Uhr einer Bushaltestelle. Es war fünf Minuten nach vier.

Niemand war auf der Straße. Die Stadt war leer. Sie hatte sich verändert in diesen vierzehn Jahren. Alles war sauberer geworden. Das Wartehäuschen mochte keine zwei Jahre alt sein. Ja, der Ruhrpott war wieder im Kommen. Das hatte er in der Zeitung gelesen. Sein Bruder hatte sie für ihn abonniert. In einer Stunde würde der Austräger kommen und die Zeitungen an der Pforte abgeben. Wickede überkam für einen Moment der Gedanke, zurückzugehen und seine Zeitung zu holen. Dann wurde ihm klar, dass ein solches Unterfangen unvorsichtig war. Auch wusste Wickede nicht, wie er nach Aplerbeck zurückfinden sollte.

Aplerbeck war der Dortmunder Stadtteil mit der psychiatrischen Klinik. Wer in Aplerbeck wohnte, musste sich von Leuten, die nicht da wohnten, Witze über seinen Geisteszustand anhören. Und wenn jemand nicht richtig war im

Kopf oder wenn die Leute das glaubten, dann sagten sie: »Ab nach Aplerbeck!«

Wickede war vor vierzehn Jahren nach Aplerbeck gekommen. Wegen einer schweren paranoiden Störung. Damals war er vierunddreißig gewesen. Seine Karriere als Gymnasiallehrer für Mathematik und Physik war beendet. Sie hatten Wickede frühpensioniert. Bevor Wickede eingewiesen worden war, hatte seine Paranoia bereits eine längere Geschichte. Mit vierzehn bekam er das erste Mal Angstzustände, weil ihm klarwurde, dass sein bester Freund ihn ausspionierte. Er versuchte, seine Erkenntnis zu ignorieren, beendete aber den Kontakt zu dem Freund. Mit neunzehn vertraute sich Wickede trotz schwerer Bedenken seinem älteren Bruder Oliver an. Oliver sagte es den Eltern. Die Eltern sorgten dafür, dass Wickede in Therapie kam. Nach vier Jahren Therapie konnte Wickede mit seiner Krankheit umgehen und gegenüber seinen Mitmenschen zumindest so tun, als misstraue er ihnen nicht. In Wirklichkeit war Wickede klar, dass letztlich jeder, mit dem er zu tun hatte, an der Verschwörung beteiligt war. Einschließlich seines Bruders Oliver und des Therapeuten. Wickede lernte, diese Gedanken auszublenden und offensiv mit seiner Krankheit umzugehen. Menschen, die er besser kannte, sagte er, dass er paranoid war und dass er jeden, einschließlich des momentanen Gesprächspartners, für »verstrickt« hielt. Aber er sagte den Leuten auch, dass das Teil seiner Krankheit sei, die er sehr wohl erkenne und akzeptiere. Er könne nun mal nicht anders, als anderen zu misstrauen.

An seinem vierunddreißigsten Geburtstag hatte Wickede eine Einsicht, die ein weiteres Leben in der Scheinnormalität, in der er sich eingerichtet hatte, nicht länger zuließ. Wickede wurde klar, dass er gar nicht krank war. Es mochte durchaus echte Paranoiker geben. Kranke Menschen, dunkle Schicksale. Möglich, dass sie das nicht alles erfunden hatten. Möglich, dass es tatsächlich Leute gab, die an Verfolgungswahn litten. Er war jedenfalls keiner von denen. Von den Kranken. Er war normal wie jeder andere Mensch. Mit dem einzigen Unterschied, dass gegen ihn, Wickede, tatsächlich eine Verschwörung ungeahnten Ausmaßes im Gang war. Und Teil dieses Komplotts war der dreiste, aber letztlich zum Scheitern verurteilte Versuch, Wickede einzureden, er sei geisteskrank. Auf seiner Geburtstagsfeier hatte er die Anwesenden damit konfrontiert, dass er es wusste, hatte laut gelacht und hatte ihnen ihre heuchlerischen Masken vom Gesicht gerissen. Irma Sowicki, die er seit dem Kindergarten kannte, hatte er derart die Maske vom Gesicht gerissen, dass ihre Nase brach. Andere hatten zu schlichten versucht, hatten ihn festgehalten und beruhigend auf ihn eingeredet. Aber Wickede ließ sich nicht mehr täuschen und hieb auf ihre verlogenen Visagen ein, dass es eine Art hatte. Er galt von Tag an als gefährlich und kam nach Aplerbeck.

Am Abend zuvor um kurz vor sieben war eingetreten, worauf Wickede dreizehn Jahre, acht Monate und siebzehn Tage gewartet hatte: das Zusammentreffen dreier unwahrscheinlicher Gegebenheiten. Gegebenheit eins: Im Aufenthaltsraum hatte ein Besucher seinen Mantel über eine Stuhllehne gehängt und war weg. Auf der Toilette, in einem Patientenzimmer. Wo auch immer. Gegebenheit zwei: Zu dem Zeitpunkt, als Wickede den Mantel entdeckte, waren fast alle Pfleger bei der Ausstandsfeier eines Kollegen in einer anderen Abteilung. Es sollte nur eine halbe Stunde dauern, hatte Wickede mitbekommen. Gegebenheit drei: Zurückgelassen hatte man den neuen Pfleger Kaulbein, weil der den scheidenden Kollegen ohnehin nicht kannte. Allerdings kannte Kaulbein auch Wickede nicht, denn man hatte dem Neuen noch nicht alle Patienten vorgestellt.

Wickede wusste, diese Chance würde er in seinem Leben nicht noch einmal bekommen. Er zog sich rasch den verwaisten Mantel an und ging ins Pflegerzimmer. Dort hingen an der Innenseite der Kleiderschranktür drei Krawatten, die man für offizielle Anlässe vorrätig hielt. Wickede band sich eine Krawatte mit weißen und braunen Streifen um, kämmte sich die Haare und setzte eine Lesebrille auf, die neben einer Zeitung auf dem Tisch lag. Die Teeküche war drei Türen weiter. Dort fand Wickede den neuen Pfleger und bat freundlich, Kaulbein möge die Stationstür öffnen. Kaulbein begleitete Wickede dienstfertig zur Tür und fragte unterwegs, wen Wickede denn besucht habe. Wickede sagte, er habe den Patienten Ralf Wickede besucht. Kaulbein sagte, den habe er noch nicht kennengelernt. Aber er habe auch erst vor ein paar Stunden seinen Dienst hier angetreten. Wickede versicherte Kaulbein der großen Wertschätzung, die er für die Arbeit des Pflegepersonals in dieser Abteilung empfinde, und wünschte Kaulbein viel Erfolg bei seiner neuen Arbeit. Kaulbein schloss die Stationstür auf. Wickede verabschiedete sich und ging in euphorischer Stimmung zur Pforte, wo er den Pförtner jovial grüßte, aber vergaß, den Besucherausweis abzugeben. Der Pförtner rief Wickede noch hinterher. Aber so wichtig war es dann doch nicht. Nach dreizehn Jahren, acht Monaten und siebzehn Tagen war Wickede wieder draußen. Er warf die Lesebrille in einen Papierkorb und ging in die Nacht hinaus.

Wickede lief an einem Hafenbecken entlang. Er sah Kais, an denen Frachter der Binnenschifffahrt vertäut lagen. Auf einem der Schiffe hing die Wäsche im nächtlichen Wind. Ein weißer Kittel flatterte über dem Deck. Wickede musste an Frau Dr. Jochbein denken, die Stationsärztin. Frau Dr. Joch-

bein war Anfang vierzig. Die therapeutischen Gespräche mit
ihr waren die Höhepunkte seines sonst von Abgründen ge-
prägten Lebens. Sie hatte feine, nicht zu dünne Hände, eine
volle Unterlippe, abstehende Ohren und einen heiteren Blick.
Den hatten nicht mehr viele, wenn sie lange in Aplerbeck
waren. Frau Dr. Jochbein machte Wickede glauben, dass sie
ihn mochte und an der Heilung seiner Krankheit interessiert
sei. Wickede mochte Frau Dr. Jochbein und wollte mit ihr
schlafen. Nicht, dass er sie nicht durchschaute. Natürlich.
Auch sie steckte mit drin. Man konnte sogar sagen, die Ärztin
war eine der Schlüsselfiguren in dieser unappetitlichen Angelegenheit. Am Anfang hatte Wickede noch gehofft, sie
sei ahnungslos. Aber die Zeichen waren zu offensichtlich,
als dass man sie hätte auf Dauer ignorieren können: Frau
Dr. Jochbein war auf Wickede angesetzt, um sein Vertrauen
zu gewinnen und seine innersten Gedanken zu erforschen.
Diese Einsicht machte Wickede traurig, minderte aber nicht
sein Verlangen, mit Frau Dr. Jochbein zu schlafen. Möglicherweise hatte man sie ja angewiesen, bis zum Äußersten zu
gehen, um an Informationen zu gelangen. Möglicherweise
würde sie nicht davor zurückscheuen, ihren Körper einzusetzen, um gewissenhaft ihrer Mission zu dienen. Im Grunde
war das sogar sehr wahrscheinlich. Denn Wickede hatte all
den falschen Ärzten und all den ebenso falschen Mitpatienten
in den letzten Jahren ein gerüttelt Maß an Narreteien erzählt,
um seine Feinde zu verwirren. Es konnte denen aber nicht
verborgen geblieben sein, dass Wickede sie an der Nase her-
umführte. Es blieb seinen Gegnern also gar nichts anderes
übrig, als schwerstes Geschütz aufzufahren. Wickede fasste
den Entschluss, Frau Dr. Jochbein jetzt sofort aufzusuchen
und sie zu bitten, ihn unter ihre Decke zu lassen. Er hatte seit
vierzehn Jahren keine Frau mehr berührt. Aber er wusste

noch, wie das war, wenn man mit einer Frau unter einer Decke lag. Es war ein Gefühl, das einen jedes Misstrauens beraubte, das einem Geborgenheit vorgaukelte und Sicherheit. Genau dieses Gefühl wollte er jetzt haben. Es war ihm egal, ob Frau Dr. Jochbein ihn hinterging. Vielleicht hasste sie im Inneren ja, was sie tat. Vielleicht zwangen sie sie dazu. Das änderte nichts an den Tatsachen. Aber unter diesen Umständen würde es Wickede möglich sein, mit ihr zu schlafen.

Frau Dr. Jochbein wohnte in der Bismarckstraße. Das hatte Wickede auf einer Postkarte aus Norwegen gelesen, die die Ärztin neben viele andere an der Pinnwand der Stationsteeküche angeheftet hatte. Auch Wickede hatte dort eine Karte hängen. Die hatte ihm sein Bruder vor acht Jahren aus der Türkei geschrieben. Wickede wusste von der Bismarckstraße, dass sie in Dortmund-Süd lag. Wo sich der Hafen befand, war ihm nach all den Jahren entfallen. Eigentlich war er auch früher nie am Hafen gewesen. Jetzt bedauerte er das.

Wickede sah sich um. Es war niemand zu sehen. Nur Straße, Betongeländer, Kräne, Binnenschiffe. Er lauschte in die Nacht und hörte das Rauschen der kahlen Bäume im Wind. Aber kein Auto. Er sah die Straße hinunter, dann in die Gegenrichtung. Kein Scheinwerfer blitzte auf, kein Motorengeräusch drang durch die Dunkelheit. In etwa hundert Metern Entfernung führte eine Brücke über einen Kanal. Aus dieser Richtung blies ein Windstoß. Wickede hörte deutlich eine menschliche Stimme. Dann war da wieder nur das Rauschen der Bäume. Er ging ein paar Schritte zur Seite, denn der Schein einer Straßenlaterne versperrte ihm die Sicht auf einen Teil der Brücke. Dort bewegte sich etwas, wie Wickede nun erkennen konnte. Es war ein Mann, daneben ein Auto. Wickede wusste nicht, was dieser Mensch dort um die Zeit zu schaffen hatte. Aber der Mann auf der Brücke war der Einzige weit und breit, der Wickede sagen konnte, in welche Richtung es zur Bismarckstraße ging. Möglicherweise handelte es sich auch um einen Agenten der Gegenseite, der sich nur zu dem Zweck dort drüben den Arsch abfror, Wickede zu beschatten. Wenn dem so war, dann bestand sogar eine Chance, dass der Mann ihn mit dem Auto zu Frau Dr. Jochbein fuhr.

Auf dem Weg zur Brücke bemerkte Wickede, dass der Mann einen schweren Gegenstand über das Geländer wuchtete. Den Gegenstand konnte man nicht erkennen. Die Laternen am anderen Ufer blendeten zu stark. Als Wickede die Brücke erreichte, war der Mann dabei, den Gegenstand am Brückengeländer festzubinden. Das schien den Mann anzustrengen. Er stöhnte und fluchte leise und bemerkte Wickede nicht. Erst als Wickede sich dem Mann auf vier Meter genähert hatte, wurde der auf ihn aufmerksam und wandte ihm den Kopf zu. Der Mann trug eine Baseball-kappe, deren Schirm tief ins Gesicht gezogen war. Auch ohne die Kappe hätte man die Augen des Mannes nicht sehen können. Denn er trug trotz der nächtlichen Stunde eine Sonnenbrille. Wickede hob die Hand zum Gruß und zum Zeichen, dass er in friedlicher Absicht gekommen war. Der andere richtete sich auf und hob ebenfalls die Hand – wenngleich zögernd.

»Kennen Sie mich?«, fragte Wickede.

»Nein«, sagte der Mann. »Warum?«

»Vielleicht hat man Ihnen Fotos von mir gezeigt. Oder eine Videoaufnahme.«

»Nein … hat man nicht. Wer sollte mir so etwas zeigen?«

»Lassen wir die Spielchen. Wir können offen reden. Alles andere ist vergeudete Zeit. Irgendwie kommt mir Ihre Stimme bekannt vor. Sind wir uns vielleicht schon mal begegnet?«

»Nein, bestimmt nicht.«

Wickede war sich absolut sicher, den Mann schon einmal getroffen zu haben. Er kannte die Stimme. Es wunderte Wickede allerdings nicht, dass der Mann das abstritt.

»Wie Sie meinen«, sagte Wickede. »Habe ich Sie übrigens gestört?«

»Wie?«

Wickede wies auf das Seil, das am Brückengeländer befestigt war.

»Oh, das … nein. Ich war gerade fertig.«

»Ist das, was Sie da tun, etwas Wichtiges – oder haben Sie sich nur die Zeit vertrieben, bis ich vorbeikomme?«

»Nun, als Zeitvertreib möchte ich es nicht bezeichnen. Es hat … Bedeutung.«

»Verstehe. Sie sind beruflich hier?«

»Ja, genau.«

»Was ist Ihr Beruf?«

»Ich bin … nun, ich war Versicherungsagent.«

»Was macht ein Versicherungsagent morgens um Viertel nach vier am Dortmunder Hafen?«

Der Mann zögerte, überlegte, dann lachte er.

»Gar nichts. Ich hab Sie angeschwindelt.«

»Warum?«

»Ich habe keine Lust zu erklären, was ich mache. Und jetzt entschuldigen Sie mich.«

Der Mann ging zu seinem Wagen.

»Wissen Sie, wo die Bismarckstraße ist? Sie können mich auch hinfahren.«

»Tut mir leid. Ich bin nicht von hier. Ich kann Sie zur B1 mitnehmen.«

»Frau Dr. Jochbein wohnt in der Bismarckstraße. Sie können mich da ohne weiteres hinfahren. Das wäre in Übereinstimmung mit Ihren Direktiven.«

Der Mann sah Wickede nachdenklich an, soweit man das sagen konnte, da ja sein Gesicht fast völlig verdeckt war.

»Wissen Sie was? Ich glaube, wir reden aneinander vorbei. Steigen Sie ein, dann fahre ich Sie zum Bahnhof. Von da können Sie ein Taxi nehmen oder mit der Straßenbahn fahren.«

»Bismarckstraße. Das ist für mich nicht verhandelbar.«

»Dann tut's mir leid, mein Freund. Man sieht sich.«

Der Mann stieg in seinen Wagen und fuhr weg, ohne Wickede eine Erklärung für sein unhöfliches Verhalten zu geben. Wickede sah sich um. Er war wieder alleine. Vielleicht hätte er das Angebot, bis zum Bahnhof mitzufahren, annehmen sollen. Wickede ging zum Brückengeländer und betrachtete den Knoten des Seils. Es war ein buntes Seil aus Kunststoff. Eines von der Art, wie es die Bergsteiger verwendeten. Den Knoten, mit dem das Seil am Geländer befestigt war, erkannte Wickede als Palsteg. Den hatte er auf einem Segeltörn in der elften Klasse immer und immer wieder geknüpft, um sich zu beruhigen. Die Enge auf dem Schiff hätte ihn sonst über Bord getrieben. Wickede berührte den Knoten und das unmittelbar daran anschließende Stück Seil. Er spürte großen Zug. Was immer daran hing, es war schwer. Wickede beugte sich über das Brückengeländer. Das Seil hing straff gespannt nach unten. Man konnte nicht erkennen, was es so straff spannte. Nichts schien an dem Seil zu hängen, es verschwand einfach in der Dunkelheit. Jetzt erkannte Wickede, woran das lag: Das Seil führte geradewegs in den Hafenkanal und verschwand dort im schmutzigen Wasser.

Wickede beugte sich noch weiter über das Geländer, bis er das Seil mit beiden Händen zu fassen bekam, dann zog er es nach oben. Er schätzte das Gewicht des am Seil hängenden Gegenstandes auf mindestens einen Zentner. Solange das Gewicht unter Wasser war, ließ es sich verhältnismäßig leicht bewegen. Jetzt wurde es licht unter der Wasseroberfläche. Etwas kam nach oben. Wickede sah einen goldenen Schimmer, der sich auf ihn zu bewegte.

In dem Moment, als die Seillast aus dem Wasser auftauchte, spürte Wickede, dass jemand neben ihm stand. Das straff gespannte Seil weiter mit beiden Händen umklammernd, wandte er den Kopf vorsichtig zur Seite. Neben Wickede stand ein Polizist, nicht weit weg davon ein Streifenwagen, in dem ein anderer Polizist saß.

»Guten Abend«, sagte der Polizist. »Was tun Sie da?«

23

Wallner stand vor dem Spiegel. Er überlegte, ob er sich rasieren sollte. Ein Dreitagebart würde ihm eine verwegene Aura verleihen. Andererseits – erste graue Stoppeln mischten sich unter den sonst schwarzen Wuchs. Die meisten waren nur im Vergrößerungsglas des Rasierspiegels zu erkennen. Aber wer wusste, wie nahe ihm Melanie kommen würde. Auch gab es Frauen, die mochten keine unrasierten Männer. Ob Melanie zu diesen Frauen gehörte? Wallner hatte keine Ahnung. Er musste sich auf sein Gefühl verlassen. Und das sagte ihm gar nichts. Wallner wählte den sicheren Weg, griff zur Rasierschaumdose und schüttelte kräftig.

»Seit wann rasieren mir uns am Samstag?«

Manfred stand in der Badezimmertür. Wallner ignorierte die Frage und zog den Nassrasierer kräftig durch die eingeseiften Bartstoppeln.

»Da wenn amal koa Weiberts net dahintersteckt! Haha!«

Manfred versetzte seinem Enkel einen leichten Stoß. Der Rasierer geriet auf seinem Weg durch die Bartstoppeln in eine Seitwärtsbewegung. Der Rasierschaum färbte sich rot. Wallner fluchte, Manfred reichte ihm Alaun und ein Stück Klopapier.

»Jetzt komm schon. Magst deinem alten Großvater nicht erzählen, wie die Glückliche heißt.«

»Nein.«

»Blond? Dunkel?«

»Ich rasier mich einfach nur. Ich fühle mich wohler, wenn ich rasiert bin. Auch am Wochenende.«

»Ah so.« Manfred sah Wallner mit fachmännischem Interesse beim Rasieren zu. Wallner ließ den Nassrasierer in seinem Gesicht kreisen. Blut floss ihm den Hals hinunter. Er hatte beschlossen, Alaun und Klopapier zu ignorieren.

»Kurze Bewegungen. Und immer gegen die Wuchsrichtung.«

»Du, ich rasier mich seit zwanzig Jahren.«

»Wennst meinst. Ich tät heut Abend übrigens an Schweinsbraten machen.«

»Ich bin zum Essen nicht da.« Manfred hatte ihn erwischt.

»Wo samma denn – heut Abend?«

»Weg. Ich geh aus.«

»Allein?«

Wallner wusch den Rasierschaum aus seinem Gesicht. Das Wasser im Waschbecken färbte sich rosa.

»Mach den Schweinsbraten doch morgen.« Wallner presste sich das Stück Klopapier an die Schnittwunde. Währenddessen begann Manfred in einer Schublade des Badezimmerschranks nach irgendetwas zu suchen.

»Was suchst du denn?«

Manfred tauchte aus der Schublade wieder auf. Er hatte eine Packung Kondome und eine Tablettenschachtel in der Hand. Die Kondompackung hielt er sich am ausgestreckten Arm vor die Augen.

»Kannst du des lesen, wie lang die haltbar sind?«

Wallner nahm die Kondome.

»Waren die für die Dame, die Geld haben wollte?«

»Glaub schon.«

»Dann sind sie abgelaufen.« Wallner warf die Packung in

den kleinen Badezimmermülleimer. Manfred öffnete die Pillenschachtel. Auf der Schachtel war ein indianischer Federschmuck abgebildet. Manfred fummelte ein Tablettenblister aus der Schachtel und legte es auf die Waschmaschine.

»Wennst jetzt eine nimmst, bist heut Abend beinand wie ein Büffel. Aber nur eine. Sonst kriegst die Hosen nimmer zu.« Manfred zwinkerte Wallner anzüglich zu und keckerte tonlos in sich hinein. Wallner sah, dass die Hälfte der Pillenfächer leer war.

Das Telefon ersparte Wallners Phantasie einen Ausflug in die Abgründe von Manfreds verborgenem Sexualleben.

Zwanzig Minuten später war Wallner im Büro. Es war Samstagmorgen, und nur wenige Kripokollegen waren da. Den Anruf aus Dortmund hatte ein uniformierter Kollege angenommen. Einzelheiten waren dabei auf der Strecke geblieben. Lediglich, dass es einen Mord gegeben habe, war dem Kollegen erinnerlich. Und jemand aus Dortmund wollte Kriminalhauptkommissar Wallner sprechen. Offenbar war es dringend. Auch den Dortmunder Kripobeamten war ihr Wochenende heilig. Wallner wählte die angegebene Telefonnummer, bekam nur einen Polizisten an die Leitung, der nicht wirklich im Bilde war, aber Wallner mit großer Hartnäckigkeit eine Gesprächspartnerin bei der Kriminalpolizei beschaffte. Monika Mantinides hieß die Frau. Die hatte aber nicht in Miesbach angerufen. Das war der Kollege vom Kriminaldauerdienst gewesen, der als Erster mit der Sache befasst gewesen war, inzwischen aber Feierabend gemacht hatte und vermutlich schlief. Frau Mantinides war noch dabei, sich in den Fall einzuarbeiten. Die Ermittlungen der sich gerade konstituierenden Sonderkommission waren am Anlaufen. Soweit sie den Kollegen verstanden hatte, gab es augenfällige

Parallelen zu den Morden im Miesbacher Landkreis. Das Beste sei wohl, wenn der Kollege Wallner selbst nach Dortmund käme und sich ein Bild mache. Dann könne man sich austauschen und ein etwaiges gemeinsames Vorgehen bereden.

Wallner wog die Optionen ab und entschied, das Flugzeug zu nehmen. Er rief Melanie Polcke an und sagte das Treffen für den Abend ab. Um 14 Uhr 35 bestieg Wallner die Maschine nach Düsseldorf, wo ihn Monika Mantinides eine Stunde später mit dem Wagen abholte. Kriminalhauptkommissarin Mantinides hielt nicht viel auf Mode. Ihre Kleidung war warm und winddicht, Jeans, ein Pullover mit Applikationen, darüber ein Trenchcoat. Das Muster der Wollmütze ließ vermuten, dass sie nicht gewählt worden war, um zum Pullover zu passen. Die Kommissarin hatte rotblond gefärbte Haare mit grauem Ansatz. Im Auto telefonierte Monika Mantinides mit ihrem Mann. Dem hatte sie die Aufgabe zugewiesen, die gemeinsame Tochter Leonie zum Eislauftraining zu bringen. Das jedoch war Herrn Mantinides nicht möglich, weil sich im Haus keine saubere Strumpfhose fand, die in Material und Farbe – bei der Tochter schienen andere modische Kriterien zu gelten – zum Eislaufkostüm passte.

Monika Mantinides vertraute Wallner an, dass sie bevorzugt am Samstag arbeite, da es an diesem Tag andernfalls leicht zu Streitigkeiten mit ihrem Ehemann komme. Man sei am Samstag nämlich, anders als unter der Woche, den ganzen Tag zusammen und verbringe die Zeit mit Tätigkeiten, die ein hohes Maß an Nervenstärke erforderten. Einkaufen in der Stadt, Einkaufen im Heimwerkermarkt, Einkaufen bei I K E A oder – zwischen den Einkäufen – die Fahrdienste für die achtjährige Tochter. Nachdem Wallner den Verlauf eines üblichen

Samstages mit seinem Großvater geschildert und gebeten hatte, das Seitenfenster des Wagens vollständig zu schließen, kam man auf Berufliches.

»Das Mädchen hatte also auch ein goldenes Kleid an?«, fragte Wallner.

»Wieso Mädchen?«

Wallner war sichtlich irritiert. »Ich dachte, der Mord hätte das gleiche Muster wie bei uns?«

»Ja. Gewisse Ähnlichkeiten gibt es. Aber das Opfer ist männlich.«

»Wie alt?«

»Achtzehn.«

»Und er hatte ein goldenes Kleid an?«

»Steht jedenfalls im Bericht.«

»Ein … ein Kleid für Mädchen?«

»Ja, ein Ballkleid oder so was in der Art.«

Wallner grübelte einen Autobahnkilometer in sich hinein und betrachtete den Scheibenwischer, der alle drei Sekunden mit einem quiekenden Geräusch ein paar Regentropfen von der Scheibe holte. Die Abweichung vom Muster konnte nur bedeuten, dass es dem Täter nicht darauf ankam, Mädchen zu töten. Aber was hatte das goldene Kleid zu bedeuten? Wallner hatte nicht die geringste Ahnung. Draußen zog in einiger Entfernung der Schriftzug einer amerikanischen Spielzeugladenkette vorbei. Eine bunte Insel im dämmrigen, regenverhangenen Grau des winterlichen Ruhrgebiets.

»Der Täter scheint es nicht auf Mädchen abgesehen zu haben«, sagte Monika Mantinides. »Wenn es denn der gleiche Täter ist.« Ihr Handy klingelte.

»Kehr, wat is denn jetzt schon wieder?« Monika Mantinides nahm das Gespräch entgegen. Es war ihr Mann. Die Kommissarin entschied, dass eine grüne Strumpfhose zum blau-goldenen Eislaufkostüm gar nicht gehe, und wies ihren Mann an, auf dem Weg zur Eislaufhalle bei Suhrbeck zu halten und eine blaue Strumpfhose zu kaufen. Eine weiße tue es zur Not auch, falls die Suhrbeck keine blaue vorrätig habe.

»Wie haben Sie den Jungen gefunden? Ich meine, wo?«

»Er hing an einem Seil von einer Brücke. Das heißt, eigentlich war er unter Wasser. Also das Seil, an dem er hing, reichte bis ins Wasser unter der Brücke. Man musste die Leiche erst herausziehen.«

»War das irgendwie aufsehenerregend, wie der Mörder die Leiche da hingehängt hat?«

»Unter der Brücke müssen alle Binnenschiffe durch, wenn sie aus dem Hafen wollen. Das Seil hätte zunächst mal den Hafen versperrt. Als wir die Leiche gefunden haben, war es vier Uhr morgens. Da waren noch keine Schiffe unterwegs.«

»Sieht nach unserem Mann aus«, sagte Wallner. »Die Leichen wurden immer unter spektakulären Umständen gefunden.«

»Gibt's noch andere Muster?«

»Schwer zu sagen. Die Opfer kannten sich untereinander nicht. Ich vermute mal, das gilt auch für das dritte Opfer. Trotzdem scheint der Täter die Opfer gezielt auszuwählen. Soweit wir wissen, hat er sie monatelang beobachtet.«

»Aber dann muss es irgendeinen Zusammenhang geben.«

»Die Opfer sind ungefähr im gleichen Alter. Und die Väter der beiden ersten Opfer waren früher begeisterte Bergsteiger. Die Plaketten, die man im Mund der Opfer gefunden hat, zeigen einen Berg.«

»Plaketten?«

»Wurde bei Ihrem Opfer keine Plakette gefunden?«

»Kann sein. Wir fahren sowieso erst mal in die Gerichtsmedizin.«

»Also möglicherweise gibt es da über die Eltern und das Bergsteigen irgendeine Verbindung. Ist ziemlich dünn. Aber der einzige Zusammenhang, den wir haben.«

Monika Mantinides dachte kurz nach. »Ich fürchte mal, das wird nichts mit Ihrer Theorie. Dass die Eltern Bergsteiger sind.«

»Kennen Sie die Eltern?«

»Ne. Die sind tot.«

»Oh ...«

»Die sind vor sieben Jahren bei einem Brand umgekommen. Zusammen mit der damals vierjährigen Schwester. Der Junge lebte im Heim.«

Wallners Theorie löste sich in nichts auf.

»Dann stehen wir wieder am Anfang. Ich nehme nicht an, dass der Täter allzu viele Spuren hinterlassen hat.«

»Spuren weiß ich nicht. Meine Kollegen haben jemanden verhaftet«, sagte Monika Mantinides.

»Wie bitte ...?«

»Der Mann heißt Ralf Wickede. Die uniformierten Kollegen sagen, er hat das Seil in der Hand gehabt. Das sah wohl so aus, als hätte er die Leiche gerade im Hafenbecken versenkt.«

Wallner blickte seine Kollegin entgeistert an.

»Ne. Machen Sie sich man keine Hoffnungen. Der ist auf alle Fälle nicht Ihr Mann. Selbst wenn er den Mord hier begangen hätte.«

»Weil ...?«

»Wickede ist bis gestern Abend in einer geschlossenen Abteilung in Aplerbeck gesessen. Das ist das Nervenkrankenhaus hier.«

Wallner versuchte, sich den Vorgang vor Augen zu führen: Ein geistig Gestörter wird frühmorgens dabei angetroffen, wie er einen toten jungen Mann im goldenen Kleid an einem

Seil ins Hafenbecken hält. Die Vorstellung war, vorsichtig gesagt, absurd.

»Wieso war der Mann nicht mehr im Krankenhaus?«

»Er ist ausgebrochen.«

»Sie haben Zweifel, dass er den Jungen umgebracht hat?«

»Wickede leidet unter Verfolgungswahn. Scheint sogar ziemlich ausgeprägt zu sein. Aber nach Auskunft der Ärzte ist das nicht die Sorte Dachschaden, bei der man Leute umbringt und ihnen goldene Kleider anzieht.«

»Was sagt Herr Wickede selber dazu?«

»Er redet nicht mit uns. Das heißt, er redet schon. Aber nicht zur Sache. Ich persönlich glaube nicht, dass er's war. Von dem Psychozeug mal abgesehen: Wo soll der mitten in der Nacht ein Bergsteigerseil und ein goldenes Ballkleid herkriegen?«

»Glauben Sie, er hat irgendwas gesehen?«

»Schon möglich. Aber wie gesagt – er redet nicht mit uns.«

Gegen 16 Uhr erreichten Wallner und Monika Mantinides das Rechtsmedizinische Institut. Es regnete und war kalt, und es dämmerte bereits. So etwa stellte sich Wallner einen Winternachmittag in Narvik vor. Die diensthabende Ärztin erläuterte den Kommissaren das Obduktionsergebnis. Das Opfer war mit Flunitrazepam betäubt worden. Dann hatte es der Täter mit einem Stich ins Herz getötet und ihm anschließend das goldene Kleid angezogen. Das Tatmuster war identisch mit den beiden Morden im Landkreis Miesbach. Im Mund des Opfers war eine kleine Blechplakette gefunden worden. Zu Wallners Überraschung standen aber keine Zahlen auf der Plakette, sondern die Buchstaben M und X.

»Was stand auf den anderen Plaketten?«, wollte Monika Mantinides wissen.

»Auf der ersten eine 1, auf der zweiten 72.«

»Was soll das denn?«

»Wie das zusammenhängt, wissen wir nicht. Entweder es gehört zum Ritual des Täters, oder er will uns einen Hinweis geben. So oder so müsste es irgendeiner Gesetzmäßigkeit folgen.«

»1, 72 und MX.« Die Kommissarin starrte auf die Plakette mit den Buchstaben. »Das reicht nicht. Wir brauchen mehr Glieder der Kette.«

»Wir setzen alles daran, dass wir die nicht bekommen«, sagte Wallner.

»Natürlich«, sagte Monika Mantinides. »Wollen Sie in das Heim fahren, in dem der Junge gelebt hat?«

»Das wäre nicht schlecht«, sagte Wallner.

Das Heim, in dem Helmut Lettauer bis zu seinem Tode gelebt hatte, war ein Bau aus den sechziger Jahren, den man erst kürzlich restauriert hatte. Für den Außenanstrich waren helle Pastelltöne gewählt worden. Wallner vermochte nicht zu sagen, ob der Bau bei schönem Wetter einen angenehmen oder gar fröhlichen Eindruck vermittelte. An einem diesigen Januarnachmittag wirkte er jedenfalls genauso deprimierend wie die umliegenden Wohngebäude aus nahezu schwarzem Backstein. Ansgar De Boer, der Leiter des Heims, hatte sich aus Anlass des Todesfalles selbst ins Heim begeben, obgleich es Samstag war. Wallner sah den Ehering an De Boers Hand und mochte nicht ausschließen, dass die Wochenenden auch für Herrn De Boers Ehe Zeiten der Prüfung waren. Ansgar De Boer war Anfang fünfzig. Er trug einen graubraunen Pullunder über einem gestreiften Hemd, die Brille war randlos, und die grauen Haare fielen bis in den Nacken.

Helmut Lettauer war seit vorgestern als vermisst gemeldet.

Das war nicht ungewöhnlich und sagte nichts über den Zeitpunkt aus, an dem er seinem Mörder begegnet war. Die jungen Menschen hier seien haltlos. Man versuche, Grenzen zu ziehen. Aber die Grenzenzieherei habe ihre Grenzen, wenn ihm dieses Wortspiel erlaubt sei, sagte Herr De Boer, schließlich seien es ausnahmslos aus der Bahn geworfene Existenzen, denen das Schicksal mehr als einmal in die Eier getreten habe, wenn ihm die deftige, aber treffende Wortwahl erlaubt sei. Trotz größter Anstrengung durch die Mitarbeiter des Heims gelinge es fast nie, das wettzumachen, was Schicksal, Gesellschaft oder andere Menschen den jungen Leuten angetan hätten. Einige von ihnen seien dreimal die Woche als vermisst gemeldet. Das seien Routinevorgänge. Wenn sich jemand bis zu einer bestimmten Uhrzeit nicht im Heim einfinde, müsse er vermisst gemeldet werden. So seien die Vorschriften.

Helmut Lettauer wurde von Herrn De Boer als tragischer, wenn auch nicht extrem tragischer Fall geführt – zumindest bis zu seinem gewaltsamen Tod. Wallner vermutete, dass die jüngsten Ereignisse De Boer zu einer Neubewertung bewegen würden. Klaus Lettauer, der Vater des Opfers, war 1998 als Deutschstämmiger aus Irkutsk eingewandert. Obwohl Computerfachmann, konnte Klaus Lettauer in Deutschland beruflich nie Fuß fassen und bereute die Entscheidung auszuwandern bis zu seinem Tod. Helmut Lettauer sei alles andere als glücklich über den Entschluss seiner Eltern gewesen. Er hatte seine restliche Familie und seine Freunde in Sibirien zurückgelassen und tat sich schwer, Anschluss zu finden, weil er mit seinem russischen Akzent auf Ablehnung stieß. Im Jahr 2001 kamen die Eltern und die kleine Schwester von Helmut Lettauer bei einem Wohnungsbrand ums Leben. Helmut überlebte mit einer schweren Rauchvergiftung. Er kam erst ins Heim, dann zu einer Pflegefamilie, welche die

Pflegschaft jedoch vornehmlich aus finanziellem Interesse betrieb. Hier wurde Helmut Lettauer das erste Mal polizeilich auffällig. Er brach mit vierzehn in einen Kiosk ein. Als Helmut begann, in seiner Pflegefamilie Geld zu stehlen, erklärte sich die Familie für außerstande, die pädagogische Herausforderung zu schultern, und Helmut Lettauer kehrte ins Heim zurück. Seinen russischen Akzent hatte er weitgehend abgelegt. Dafür wurde er jetzt wegen seiner geringen Körpergröße von den anderen Heiminsassen gehänselt. Helmut Lettauer habe einen – so De Boer – herzzerreißend aussichtslosen Kampf gegen sein Schicksal gekämpft und versucht, seine Defizite durch besonders widerspenstiges Auftreten zu kompensieren. Er habe, wenn De Boer das mal so ausdrücken dürfe, die Arschkarte gezogen. Aber da sei er nicht der Einzige hier. Helmut Lettauer habe sogar noch das Glück gehabt, dass eine Erzieherin in besonderer Weise versucht habe, sich um ihn zu kümmern. Aber auch sie habe ihm letztlich nicht den Halt geben können, der ihm durch den Verlust der Familie genommen worden war. Frau Mikulai, die Erzieherin, sei, so De Boer auf Nachfrage von Wallner, nicht zu sprechen. Sie stehe unter Schock, seit sie von Helmut Lettauers Tod erfahren habe. Seine Mitarbeiter seien ja letztlich auch nur Menschen, was ihnen nach all dem, was sie hier miterleben müssten, hoch anzurechnen sei.

Bei der Polizei war bekannt, wo sich Helmut Lettauer herumtrieb, wenn er als vermisst gemeldet wurde: an einem einschlägig bekannten Kiosk in Dortmund-Nord, an dem sich Drogendealer und Jugendbanden trafen. Helmut Lettauer hatte offenbar versucht, in einer der Jugendbanden Aufnahme zu finden. Die Gang bestand zwar hauptsächlich aus jungen Russlanddeutschen, hatte für den Aspiranten aber keine Verwendung, außer dass Helmut Lettauer gelegentlich Diebstähle begehen musste, um vielleicht doch noch für würdig befunden zu werden. So viel war aus den Polizeiakten bekannt. Als Wallner und Monika Mantinides die anwesenden jungen Männer jedoch zu Helmut Lettauer befragten, hatte keiner ihn jemals gesehen. Als durchsickerte, dass Lettauer letzte Nacht ermordet worden war, senkte sich ein Schweigen sizilianischen Ausmaßes über den Platz.

Monika Mantinides bot an, eine kleine Razzia zu veranlassen. Einmal mit ein paar Gramm Koks in Haft genommen, erwiesen sich die jungen Leute als überraschend schwatzhaft. Wallner sagte, das sei gewiss eine ausgezeichnete Idee. Er habe zwar seine Zweifel, ob dabei irgendetwas herauskomme. Aber man dürfe nichts unversucht lassen. Monika Mantinides lud Wallner auf ein Dortmunder Bier in die Stammkneipe der Kripobeamten ein, nicht ohne den Hinweis, das hiesige Bier werde wohlweislich nicht in Halbliterkrügen ausgeschenkt, Wallner solle sich vorsehen. Als sich Wallners zweites DAB dem Ende zuneigte, läutete das Handy von Monika Mantinides. Es gab Neuigkeiten aus Aplerbeck. Ralf Wickede hatte angeblich gegenüber einem Pfleger erwähnt, er habe den Mörder von Helmut Lettauer erkannt.

24

Der Sonntagmorgen war grau und windig, die Temperaturen knapp über dem Gefrierpunkt. Von seinem Hotelzimmerfenster im vierten Stock konnte Wallner in der Ferne verschwommen das mächtige Gebäude der Unionsbrauerei sehen, auf dessen Dach ein seltsamer Klotz angebracht war. Der Klotz erwies sich bei längerem Hinsehen als großes »U«.

Wallner war mit Monika Mantinides übereingekommen, dass er Wickede alleine vernehmen werde. Wickede hatte es abgelehnt, mit der Dortmunder Polizei zu reden. Monika Mantinides hatte schon einen vergeblichen Versuch unternommen. Vielleicht hatte Wallner mehr Glück. Ein Büro mit vergitterten Fenstern diente als Vernehmungszimmer.

Frau Dr. Jochbein stellte Wallner und Wickede einander vor und verabschiedete sich dann. Wickede sah ihr einen Augenblick verträumt nach. Dann verschränkte er die Arme und betrachtete Wallner mit einer gewissen Herablassung. Die wollten etwas von ihm. Das war Wickede sehr bewusst. Er hatte sich nicht zufällig einem Pfleger anvertraut. In diesem Spiel war jeder Zug geplant, und Wickede war es leid, immer dem Gegner die Initiative zu überlassen.

»Sie sind Lehrer für Mathematik und Physik?«, begann Wallner das Gespräch. Wickede schwieg.

»Oh«, sagte Wallner, »ich dachte, Sie wollten mit mir reden.«

»Wieso ausgerechnet mit Ihnen?«

»Nun ja – Sie setzen Gerüchte in die Welt. Sie hätten einen Mörder erkannt. Das macht man, weil man reden will.«

»Tut man das?«

»Wollen Sie jetzt reden oder nicht?«

»Kann sein.« Wickede versuchte, an Wallners Erscheinung abzulesen, ob das Gespräch Sinn machen würde.

»Ich bin nicht aus Dortmund. Ich kenne Sie nicht. Ich weiß nur vage, warum Sie hier sind. Ich bin ein absolut Fremder für Sie. Das macht es oft leichter.«

Wickede spielte nervös mit den Fingern an seinem Mund. »Fangen Sie noch mal von vorne an. Und dann sehen wir, wie weit wir kommen.«

»Gut«, sagte Wallner. »Sie sind Lehrer für Mathematik und Physik?«

»Nein. Man hat mich zwangspensioniert. Müsste aber in Ihrer Akte stehen.«

»Dann sagen wir so: Sie haben Mathematik und Physik studiert und unterrichtet.«

»Korrekt.«

»Beschäftigen Sie sich noch mit diesen Dingen?«

»Ich habe ein paar, wie mir schien, nicht ganz unbedeutende Arbeiten zu Fermats letztem Satz verfasst.«

»Führt wahrscheinlich zu weit, mir zu erklären, worum es da geht.«

»Es geht darum, dass irgendein Komiker vor dreihundertsiebzig Jahren behauptet hat, er habe einen Beweis dafür, dass eine bestimmte Gleichung mit Exponenten größer als zwei keine ganzzahlige Lösung besitzt. Seitdem versuchen Generationen von Mathematikern herauszufinden, ob der Mann uns verarscht hat.«

»Und? Hat er?«

»Ja und nein. Seine Behauptung ist richtig, wie man seit

zehn Jahren weiß. Aber den Beweis dafür konnte Monsieur Fermat unmöglich gekannt haben.«

»Das heißt, das Problem ist gelöst?«

»Ein englischer Mathematikprofessor hat viele Jahre in Einsamkeit verbracht, um diesen Unfug zu beweisen.« Wickede lehnte sich nach vorn und funkelte Wallner verschmitzt an. »Der Mann läuft frei herum, während ich hier festgehalten werde. Fällt Ihnen irgendein Widerspruch auf?«

Wallner machte eine unbestimmte Geste, die zum Ausdruck bringen sollte, dass er Wickedes Gedankengang zumindest folgen konnte.

»In dem Jahr, in dem man mich gezwungen hat, meinen Wohnsitz hierher zu verlegen, wurde Fermats letzter Satz bewiesen. Glauben Sie, irgendjemand hätte sich die Mühe gemacht, mir das mitzuteilen?«

»Die Leute hier sind Mediziner, keine Mathematiker. Die wissen nichts von Fermat oder davon, dass Sie an diesen Dingen arbeiten.«

»Entschuldigung.« Wickedes Augen leuchteten freudig vor Zynismus. »Das hatte ich vergessen. Die wissen ja gar nichts von mir. Keiner hier weiß was über mich. Außer, dass ich unter Verfolgungsängsten leide. Das weiß aber jeder ganz genau. Was wissen Sie denn über mich?«

»Dass Sie unter Verfolgungsängsten leiden. Und dass Sie vorletzte Nacht jemandem begegnet sind, den ich suche.«

»Oh – warum suchen Sie den Mann? Ist er außer Kontrolle geraten?«

»Er hat bis jetzt vermutlich drei junge Menschen umgebracht.«

»Warum ziehen Sie ihn dann nicht aus dem Verkehr?«

»Dazu müssten wir ihn haben. Sie könnten uns dabei helfen.« Wickede rührte in dem lauwarmen Tee, der vor ihm stand.

Er entschloss sich, den Teebeutel zu entfernen, der noch in der Tasse schwebte, sah aber nichts, was sich als Ablage dafür eignete. Wallner schob ihm einen Aschenbecher über den Tisch. Wickede ließ den Teebeutel bedächtig in den Aschenbecher sinken und nahm einen Schluck Tee.

»Woher weiß ich, dass ich Ihnen trauen kann?«

»Das können Sie nicht wissen.«

Wallner ließ den Satz ein bisschen wirken. Es war zu erkennen, dass Wickedes Interesse an seinem Gesprächspartner wuchs.

»Aber Sie sind es gewohnt, mit Wahrscheinlichkeiten zu arbeiten«, legte Wallner nach.

»Das heißt?«

»Vielleicht kommen Sie zumindest mit einer gewissen Wahrscheinlichkeit zu der Aussage, dass der Mann, den Sie gesehen haben, ein Mörder ist, den ich suche und ohne Ihre Hilfe nicht finden kann.«

»Interessant. Versuchen wir's mal.«

»Was vermuten Sie, könnte ich im Schilde führen?«

»Sie fragen mich, was Sie für Pläne haben?«

»Nein. Das frage ich Sie nicht. Ich frage Sie, was Sie vermuten.«

»Wenn Sie in meiner Lage wären: Würden Sie der Gegenseite Ihre Vermutungen darüber verraten, was die Gegenseite vorhat?«

»Wohl eher nicht. Dann lassen Sie es mich so ausdrücken: Was immer Sie vermuten, das ich vorhaben könnte – macht es Sinn, dass ich von München hier einfliege und Sie nach jemandem frage, dessen Identität mir ohnehin bekannt ist?«

»Was immer Sie vorhaben – macht es Sinn, mich vierzehn Jahre einzusperren?«

»Wir bewegen uns gerade im Kreis. Warum beantworten

Sie mir nicht einfach ein paar Fragen. Ich meine, was haben Sie zu verlieren? Könnte es Ihre Lage verschlimmern?«

»Das kann ich nicht beurteilen. Ich weiß ja nicht, was Sie vorhaben.«

»Gibt es etwas, das Ihre Lage verbessern könnte? Etwas, das ich Ihnen besorgen könnte?«

Ein Lächeln zeigte sich auf Wickedes Lippen.

»Das Gespräch kommt langsam in die richtigen Bahnen.«

»Das heißt, Sie haben sich schon Gedanken gemacht.«

»Ich möchte hier raus und meine alte Stelle als Lehrer wiederhaben.«

»Das geht nicht. Jedenfalls nicht, solange die Ärzte der Ansicht sind, dass Sie hier bleiben sollten. Sie sind krank und müssen behandelt werden.«

»Natürlich.«

Wickede spielte mit dem Teebeutel im Aschenbecher und studierte aufmerksam das Etikett.

»Schlaf- und Nerventee. Lustig, wie? Ich meine, wir sind in einer Nervenheilanstalt. Nerventee – die haben hier Nerventee!«

Wallner zuckte mit den Schultern.

»Offen gesagt – ich hab ihn mir selbst ausgesucht. Das hinterlässt beim Personal so einen – wie soll ich sagen – *einsichtigen* Eindruck.«

»Verstehe.«

»Ja … es ist immer das Gleiche. Wenn es denn darum geht, die Hosen runterzulassen – da ist dann ziemlich schnell Schluss. Tut uns leid. Geht nicht. Sie sind doch krank, falls Sie das vergessen hatten.« Wickede beugte sich über den Tisch und senkte die Stimme. »Wie soll ich Sie ernst nehmen, wenn Sie nicht bereit sind, mir ein wenig entgegenzukommen?«

»Vielleicht finden wir etwas anderes. Etwas, das wir hier für Sie tun können.«

»Ja, in der Tat …«, Wickede sah scheinbar konzentriert zur Decke. »Da könnte ich mir etwas vorstellen.«

Wallner schwieg.

Immerhin war Wickede bereit hierzubleiben. Und was immer er wollte, es war möglicherweise mit etwas Geld zu beschaffen. Wallner war zwar nicht klar, wie dieses Geld verbucht werden sollte. Aber wenn man damit Menschenleben retten konnte, musste man sich etwas einfallen lassen.

»Sie haben Frau Dr. Jochbein kennengelernt.«

»Die Dame, die uns vorgestellt hat.«

»Jawohl. Die attraktive Dame, die uns einander vorgestellt hat. Sie ist nicht nur attraktiv und versteht sich auf ihren Beruf. Sie hat auch eine ausnehmend nette Art. Sehr menschlich. Erstaunlich menschlich. Ich meine, sehen Sie sich um, wo sie arbeitet.«

»Worauf wollen Sie hinaus?«

»Nun – sehen Sie mich an. Finden Sie mich unattraktiv?«

»Nein, durchaus nicht. Sie sind …«, Wallner suchte nach einem unverfänglichen Wort, »… ein Mann in den besten Jahren.«

»Nicht wahr! Volles Haar, sportliche Figur. Ich hatte durchaus Wirkung auf Frauen, bevor ich hierherkam.«

»Das bezweifle ich nicht. Nur ist mir der Zusammenhang mit unserem Gespräch etwas abhandengekommen.«

»Könnten Sie sich vorstellen, dass Frau Dr. Jochbein mich begehrt?«

»Sie sind ihr Patient. Ich denke, da verbieten sich solche Gedanken.«

»Ich bitte Sie! Sie haben täglich mit Menschen zu tun, die

sich einen Teufel um Verbote scheren. Denken Sie mal in menschlichen Dimensionen.«

»Die erotischen Phantasien von Frau Dr. Jochbein sind mir natürlich nicht bekannt. Aber vielleicht sagen Sie mir, worauf die Sache hier zusteuert.«

»Was ich sagen will, ist: Es wird Frau Dr. Jochbein vielleicht gar nicht so unangenehm sein, wenn Sie sie bitten, für eine Nacht das Lager mit mir zu teilen.«

Wallner war durchaus schon der Gedanke gekommen, dass Wickede nach vierzehn Jahren geschlossener Abteilung sexuell einiges nachzuholen hatte. Den Besuch einer Prostituierten hätte man kostenstellentechnisch irgendwie hinbekommen. Aber was Wickede da forderte, ging schlicht über alle polizeilichen Möglichkeiten hinaus. In Wallners Gehirn blitzte für eine Mikrosekunde der Gedanke auf, Frau Dr. Jochbein zu fragen, ob sie nicht vielleicht wirklich …

»Ich fürchte, Sie überschätzen meine Möglichkeiten. Der Besuch einer anderen Dame ließe sich eventuell arrangieren.«

»Aha.«

»Wenn das unser Kommunikationsproblem löst.«

Wickede schüttelte leise lachend den Kopf.

»Offensichtlich habe ich nicht nur Ihre Möglichkeiten, sondern auch Ihr Niveau überschätzt. Wie kommen Sie darauf, dass eine Prostituierte ein Ersatz für Frau Dr. Jochbein sein könnte? Ich hoffe sehr, dass das Frau Dr. Jochbein nie zu Ohren kommt.«

Wickede ging Wallner langsam auf die Nerven.

»Hören Sie – es geht hier um den Mörder von drei jungen Menschen. Dieser Mann wird weiter Menschen umbringen. Es sei denn, wir können ihn verhaften.«

»Soso.« Wickede fixierte Wallner von oben herab.

»Sie begehen gerade einen Denkfehler. Vielleicht spiele ich

Ihnen hier irgendeine Schmierenkomödie vor. Vielleicht. Vielleicht aber auch nicht. Wie viel Gewissheit brauchen Sie? Wie viel Gewissheit, dass Ihre Aussage Menschenleben retten kann? Neunzig? Fünfzig? Sind es zehn Prozent nicht schon wert oder auch nur zwei?«

Wickede nahm die inzwischen leere Teetasse in beide Hände und knetete sie. Sein Blick flackerte. Etwas hatte ihn verunsichert, er dachte nach. Schließlich fixierte er Wallners Hände.

»Geben Sie mir etwas. Etwas, das mir zumindest zwei Prozent beweist.«

»Vielleicht wollen Sie ja wissen, was außerhalb dieser Mauern vor sich geht. Wir könnten Ihnen einen Internetzugang einrichten.«

»Ach wissen Sie – was dann auf meinem Computerbildschirm erscheint … Wer weiß, wo das herkommt. Genauso wie die Dinge in der Zeitung. Ich habe ein Zeitungsabo, wussten Sie das?«

»Nein.«

»Aber vielleicht können Sie mir Informationen geben, die ich sonst nicht bekomme. Unverfälschte.«

»Was sind in Ihren Augen unverfälschte Informationen?«

Wickede überlegte. Seine Augen wanderten. Wanderten und blieben an Wallners Handy hängen, das auf dem Tisch lag.

»Ich will Ihr Handy.«

»Wie bitte?«

»Da sind doch Telefonnummern gespeichert.«

»Auf der SIM-Karte.«

»Mich interessiert, mit wem Sie in Kontakt stehen. Sind Sie sicher, dass all die Telefonnummern nichts mit mir zu tun haben?«

»Ja. Bis auf die Handynummer der Kollegin hier in Dortmund.«

»Gut. Dann macht es Ihnen sicher nichts aus, wenn ich mir die Nummern mal ansehe.«

»Es sind auch private Nummern dabei.«

»Die werde ich kaum kennen. Sie geben mir das Handy samt Karte. Die Karte können Sie dann sperren lassen.«

Wallner überlegte. Das würde komplizierte Gespräche mit den Verwaltungsleuten geben. Und er würde ein oder zwei Tage kein Handy haben. Wallner fragte sich, ob Wickede wirklich jemanden erkannt hatte. Schließlich schob er das Handy über den Tisch.

»Was haben Sie vorgestern Nacht gesehen?«

Wickede nahm das Handy und betrachtete es mit Freude. Er drückte auf ein paar Knöpfe.

»Kennen Sie sich aus mit diesem Typ Handy?«

»Als ich hierherkam, hatten die wenigsten Leute ein Handy.«

»Wenn Sie auf das grüne Telefon drücken, sehen Sie die letzten Nummern, die ich angerufen habe. Ganz oben rechts der Knopf, direkt unter dem Display, da erscheint das Telefonbuch. Das sind alle Nummern, die ich gespeichert habe.«

Wickede rief Wallners gespeicherte Nummern auf. Das Ergebnis schien ihn zufriedenzustellen.

»Ich seh's mir nachher in Ruhe an. Was war Ihre Frage?«

»Was haben Sie vorgestern Nacht gesehen?«

»Ich kam an dieser Brücke vorbei. Die über die Hafenzufahrt geht. Und da habe ich Ihren Mörder gesehen. Denk ich mal.«

»Wie? Von weitem?«

»Nein. Ich habe erst gar nicht bemerkt, dass da jemand war. Es war auch nichts zu hören. Es ging starker Wind. Erst als ich fast an der Brücke war, sehe ich ein geparktes Auto und jemanden am Brückengeländer.«

»Wissen Sie, welche Automarke es war?«

»Ich habe mich in diesem Moment mehr für den Fahrer interessiert. Ich hatte die Hoffnung, der Mann würde mich zu einer bestimmten Adresse fahren.«

»Nämlich?«

»Das tut nichts zur Sache.«

»Sie haben mit dem Mann gesprochen?«

»Ja.«

»Sie konnten sein Gesicht sehen.«

»Nein.«

»Warum nicht?«

»Er trug eine Baseballkappe und hatte sie tief ins Gesicht gezogen. Außerdem hatte er eine Sonnenbrille auf.«

»Aber Sie haben erkannt, wer es war.«

»Mir ist aufgefallen, dass ich die Stimme kannte.«

»Das heißt, Sie hatten schon früher mal mit dem Mann gesprochen.«

»Ja.«

»Können Sie mir seinen Namen nennen?«

»Nein. Aber Sie werden den Namen unschwer ermitteln. Ich vermute, es ist einer Ihrer Leute.«

»Sie müssten mir zumindest sagen, wo Sie den Mann schon mal gesehen haben.«

»Na hier.«

»Wie – hier?«

»In dieser Anstalt. Er war eine Zeitlang zur Behandlung da.« Wickedes Ton wurde ironisch. »Sollte er tatsächlich wegen einer geistigen Störung hier gewesen sein, scheint es nicht viel gebracht zu haben.«

»Können Sie sagen, wann der Mann hier war?«

»Mir ist ein bisschen das Gefühl für die Zeit abhandengekommen. Ob es ein, zwei oder zehn Jahre waren …?«

25

Rathberg trat hinaus auf den Holzbalkon und blickte Richtung Berge. Die Nacht war klar und kalt, und der Vollmond spiegelte sich im See. Rathberg sog die Luft ein und nahm einen Schluck Wodka aus der Minibarflasche. Während Ohren, Nase und Stirn fast schmerzten vor Kälte, verbreitete der Alkohol im Bauch einen heißen Schauer. Die Dame an der Rezeption hatte gesagt, es sei schön, dass Herr Rathberg wieder da sei. Die Freude war herzlich und ungekünstelt. Allerdings wusste die Dame nichts über den Anlass von Rathbergs abermaligem Hotelaufenthalt am Tegernsee.

Rathberg setzte sich auf den Plastikstuhl, der auf dem Balkon stand, und dachte nach. Im Licht des Vollmonds konnte er das Etikett der Wodkaflasche lesen. Mehr als diese kleine Flasche würde er nicht trinken. In den nächsten Tagen brauchte er einen klaren Kopf.

Nach dem letzten Mord waren Rathberg Zweifel gekommen. Ob es nicht genug sei. Ob er nicht aufhören solle. Rathberg hatte mit solchen Momenten der Schwäche gerechnet und sich vorbereitet. Für Zeiten des Zweifelns hatte er einen Umschlag dabei. Darin befand sich das Foto eines fünfzehnjährigen Mädchens mit Sommersprossen, das in die Abendsonne lächelte. Im Hintergrund sah man die Gletscher der Tuxer Alpen.

Rathberg war sich nicht sicher, ob die Hinweise, die er

gestreut hatte, ausreichen würden, um den richtigen Zusammenhang zwischen den Morden herzustellen. Aber der die Ermittlungen leitende Kommissar schien mit hinreichend Intelligenz ausgestattet, um die Zeichen zu deuten. Wenn er zu früh dahinterkam, könnte es allerdings eng werden mit Rathbergs Zeitplan.

Das nächste Vorhaben war eine sechzehnjährige Schülerin. Er hatte ihre Gewohnheiten eingehend studiert. Sie ging für ihr Alter eher selten aus. Und wenn, dann ins Bräustüberl in Tegernsee, wobei sie in der Regel früher nach Hause zurückkehrte als die anderen jungen Leute in ihrer Clique. Unregelmäßigkeiten gab es im Leben des Mädchens selten. Die Sache würde vermutlich ohne Überraschungen ablaufen. Rathberg holte einen kleinen Koffer aus dem Zimmer und öffnete ihn. Er enthielt ein Fläschchen Flunitrazepam, noch halb gefüllt. Ein goldenes Kleid, ein Stilett mit quadratischem Klingenquerschnitt sowie einen in Plastik eingeschweißten Ausweis einer Fernsehanstalt. Rathberg spürte, wie sich beim Anblick des Kofferinhalts ein flaues, aber erregendes Gefühl unterhalb des Solarplexus ausbreitete. Es war nicht mehr zu leugnen, dass das Töten ihm einen Gefühlszustand verursachte, den er nicht anders als intensiv nennen konnte.

Nachdem sie ihn aus Aplerbeck entlassen hatten, hatte Rathberg zusehen müssen, wie seine Frau psychisch dahinsiechte und sich schließlich vor eine einfahrende S-Bahn geworfen hatte. Im Grunde hatte ihr Leben vor siebzehn Jahren aufgehört. Ebenso wie seines. Doch als die Räder des Zuges die Frau zermalmten, die sein Leben und sein Leiden geteilt hatte, war es Rathberg, als sei etwas in ihm aufgebrochen. Und es war ihm mit einem Schlag klargeworden, dass all das Leid und Unrecht, das Lisas Tod in die Welt gebracht hatte, nicht unbeantwortet bleiben durfte. Er hatte die Schuldigen gesucht und gefunden und festgestellt, dass sie glücklich und selbstzufrieden vor sich hin lebten. Aber das konnte nicht sein. Es war ganz ungeheuerlich falsch. Und Rathberg war klargeworden, dass er nicht weiterleben konnte, ohne dieses Ungleichgewicht des Leidens korrigiert zu haben. Jetzt hatte er drei Menschen getötet. Hatte sich etwas geändert? Rathberg beschloss, diesem Gedanken nicht weiter nachzuhängen und sich doch noch einen Wodka aus der Minibar zu holen.

Am Montagmorgen um halb neun berichtete Wallner den Mitarbeitern der Sonderkommission, was sich am Wochenende in Dortmund zugetragen hatte. Ein Kollege Mitteregger aus Rosenheim wurde damit beauftragt, die Ermittlungen mit den Kollegen in Dortmund zu koordinieren. Mitteregger hatte schon in drei ortsübergreifenden SoKos gearbeitet und daher die nötige Erfahrung.

Dann machte Wallner einen Abstecher zur Personalverwaltung und erklärte dem zuständigen Beamten, dass er sein Handy Ralf Wickede im Austausch gegen wichtige Informationen habe überlassen müssen. Der Beamte fragte, ob das so etwas wie ein Verkauf des Handys gewesen sei. Das freilich berge Probleme, da Polizeibeamte ihr Diensthandy gar nicht verkaufen dürften. Das sah Wallner ein und meldete das Handy als gestohlen.

Nach der morgendlichen Besprechung in großer Runde beriet sich Wallner in seinem Büro mit Tina, Mike und Lutz. Mike war bei seinen Recherchen in Sachen SchreiberRent bei einem Rest von drei Männern angelangt, die für die Tatzeit kein Alibi vorweisen konnten, weil sie angeblich alleine mit dem gemieteten Wagen unterwegs gewesen und dabei niemandem begegnet waren, der dies hätte bezeugen können. Es handelte sich um einen zweiundvierzigjährigen Buchhalter aus Dachau, einen Studenten der Informatik aus München, vierundzwanzig Jahre alt, sowie einen vorbestraften Arbeitslosen, ebenfalls aus München, siebenunddreißig Jahre alt. Keiner der drei wirkte auf Mike besonders verdächtig oder geistig labil. Doch Mike würde sich auch bei keinem der drei wundern, wenn er mordend durch die Lande zöge. Den Arbeitslosen musste man vermutlich von der Liste streichen, denn Mike hatte den Mann am Samstagmorgen um acht vernommen. Wenn der Mörder um vier Uhr fünfzehn noch am Dortmunder Hafen gesehen worden war, dann konnte der Arbeitslose zumindest diesen Mord nicht begangen haben. Wallner hatte die Arbeitshypothese ausgegeben, dass man in allen drei Fällen den gleichen Täter suche – was im Übrigen Joseph Kohlweit als Verdächtigen ausschloss. Allerdings konnte man es theoretisch immer noch mit zwei oder sogar drei Tätern zu tun haben.

»Was ist mit der Plakette?«, wollte Tina wissen.

»Mit der dritten Plakette ist die Sache jetzt ziemlich klar. Der Berg, den man sieht, ist der Rastkogel. Das Foto ist anscheinend von einem Gipfel der Tuxer Alpen aus gemacht worden. Von welchem, ist noch nicht geklärt. Sie arbeiten noch dran.«

»Was auf den Plaketten draufsteht, das bringt nichts?« Tina hatte ein Foto in der Hand, auf dem die Plaketten in der Reihenfolge ihres Auftauchens nebeneinandergelegt waren.

»1, 72 und MX. Nach was sieht das aus?«

Mike sah Tina über die Schulter. Tina wich ihm aus und schob das Foto zu Mike.

»Sag halt was, dann geb ich's dir.«

»Ich hab nur einen Blick draufwerfen wollen. Bin ich dir zu nahe gekommen oder was?«

»Nein. Ich bin nur morgens ein bissl empfindlich.«

»Gegen Männer?«

»Gegen ... is auch wurscht. Willst jetzt das Foto?«

»Was jetzt? Sprich's aus.«

»Versteh's nicht falsch, es ist ... dein Rasierwasser ist halt recht ...«, Tina rang nach Worten, »... stark. Ich bin morgens geruchsempfindlich.«

»Tina – ich tu das drauf, um dich zu erfreuen. Andere Männer kommen ungewaschen ins Büro. Ich mein, das Zeug ist teuer. Das kommt aus Frankreich. Erzähl mir bitte nicht, dass der Herr Lagerfeld g'stinkerts Rasierwasser verkauft.«

»Es riecht wunderbar. Vielleicht tust einfach a bissl weniger drauf, okay?«

Mike strich sich über die Wange und hielt sich dann die Finger unter die Nase.

»Es is recht fruchtig. Vielleicht eins, was a bissl herber is?«

»Halt einfach einen Meter Abstand, dann geht's.«

Mike rückte mit seinem fahrbaren Bürosessel etwas zurück.

»Hamma die Parfümfrage geklärt?«, wollte Wallner wissen.

»Ich arbeit dran.« Mike deutete auf das Foto. »1, 72, MX. Für mich sieht das aus wie ein Auto.«

»Auto?«

»Ja. Der 172 MX von Schießmichtot. So wie der 320 CLK. Verstehst? Oder der Q7.«

»Gibt es einen 172 MX?«

»Schauen wir mal.« Mike setzte sich an den Computer und gab »172 MX« bei Google ein. Es gab ein Fernsehgerät der Marke Thomson mit der Bezeichnung MX 172, aber keine Automarke.

»Ich finde den Gedanken interessant, dass man die Zahlen nicht so lesen muss, wie sie vorgegeben sind. Also 1 und 72.

Vielleicht ist es ja wirklich 172. Oder vielleicht auch 1, 7 und 2 oder 17 und 2«, meinte Wallner.

»Und was ist mit dem MX? Klingt wirklich wie a Auto.«

»Könnten auch römische Ziffern sein.« Tina schrieb etwas auf einen Zettel.

»Wir hätten dann 1, 7 und 2. Und dann noch 1000 und 10. Oder 1010.«

»Warum schreibt er die letzten Ziffern römisch? Das macht man doch nur bei einem Datum.«

»Vielleicht sind die ersten Zahlen Tag und Monat«, sagte Lutz.

»Dann geht nur der 17. Februar.« Wallner schob Mike vom Computer weg und tippte bei Google 17. Februar 1010 ein. Allerdings mit dürftigem Erfolg.

Tina blickte auf ihren Zettel und schloss die Augen. Als sie die Augen wieder öffnete, sagte sie: »Vielleicht ist das ein kabbalistisches Rätsel. Im Hebräischen werden die Zahlen doch mit Buchstaben geschrieben. Das heißt, wenn man die Zahl im hebräischen Alphabet schreibt, kommt vielleicht ein Wort dabei heraus.«

»Ja gut, dann mach mal«, gluckste Mike.

»Da muss man halt jemanden fragen. Irgendwer in Miesbach wird ja Hebräisch können. Gibt's hier keinen Rabbi?«

Wallner fiel sein Gesprächspartner im Kakadu ein. »Evangelische Pfarrer müssen, glaub ich, Hebräisch studieren.«

Tina griff schon zum Telefonbuch. »Das werden wir gleich haben.«

»Wart mal«, sagte Wallner. »Bevor wir jetzt den Pastor aufscheuchen, hätt ich noch eine Idee.«

Die anderen sahen Wallner fragend an.

»Gehen wir davon aus, dass die Mordserie beendet ist?«

»Kaum«, sagte Lutz.

»Also fehlt uns noch mindestens eine Plakette.«

Die anderen nickten.

»Nehmen wir an, da steht ein großes M drauf. Was haben wir dann?«

»172 MXM, da kommen wir vielleicht doch wieder auf mein Auto.«

Mike rollte wieder zum Computer. Aber Wallner gab seinen Platz am Computer nicht frei.

»Jetzt hack nicht ständig irgendwelches Zeug bei Google ein. Denk lieber mal nach.« Wallner schnüffelte in Richtung Mike. »Das Rasierwasser ist echt ein bissl penetrant.«

»Ach, tatsächlich. Ja dann reden wir doch mal drüber. Am Ende wollt's ihr mir schon seit Jahren was sagen.«

Tina ignorierte Mikes Worte und malte etwas auf ihren Zettel. »MXM – heißt das 1990?«

»Schau – die Frau denkt mit«, sagte Wallner. »Ich glaube, die Schreibweise ist nicht ganz korrekt, wird aber verwendet. Also: 17. Februar 1990.« Er klopfte Mike auf die Schultern. »Jetzt darfst an die Tastatur.«

Mike schrieb das Datum in das Suchfeld von Google.

»Jetzt schreib doch da nicht das Datum rein. Schau, was das für ein Tag war. Da gibt's irgendwo einen ewigen Kalender im Internet.«

»Ja, Massa. Musst es mir nur genau erklären.«

Nach einigem Tippen hatte Mike den gewünschten Kalender auf dem Bildschirm. Sein Blick verriet Erstaunen.

»Ich glaub, mir ham an Treffer.«

Die anderen versammelten sich hinter Mike um den Computer herum. Lutz schüttelte ungläubig den Kopf. »Faschingsdienstag. Das Prinzessinnenkleid.«

Rathberg saß am Steuer seines VW-Transporters und trank Pfefferminztee aus der Thermoskanne. Der Wagen stand in einer kleinen Straße etwa einen Kilometer von der Hauptstraße durch Rottach-Egern entfernt. In diesem Ortsteil standen vornehmlich Einfamilienhäuser aus den sechziger und siebziger Jahren mit großen, um diese Jahreszeit verschneiten Gärten. Die Straße war vollständig mit Schnee bedeckt, der mittlerweile hart gepresst und glatt war, so dass die Gemeinde Split hatte streuen lassen. Rathberg sah durch die Windschutzscheibe direkt auf den Wallberg, der als Abschluss des Tales den Tegernsee um tausend Meter überragte. Die Talstation der Wallbergbahn war keinen Kilometer entfernt. Draußen waren es angenehme null Grad. Aber die schräg stehende Wintersonne schien frontal in den Wagen und heizte ihn auf. Rathberg öffnete ein Seitenfenster und sah auf die Uhr. Dreizehn Uhr achtunddreißig. Der Bus hielt um vierunddreißig an der Hauptstraße. Das Mädchen musste in wenigen Augenblicken im Rückspiegel des Wagens auftauchen. Rathberg trank seinen Becher leer und schraubte ihn wieder auf die Thermosflasche. In der Mittelkonsole lag der in Plastik eingeschweißte Ausweis der Fernsehanstalt. Das Senderlogo nahm das obere Drittel des Ausweises ein und war auch auf dem Transporter zu sehen.

Rathberg sah aus dem Augenwinkel, dass sich etwas im Rückspiegel tat. Das Mädchen war um die Straßenecke mit der Fichtenhecke gebogen und ging jetzt in Richtung des Mehrfamilienhauses, das sich auf halbem Weg zwischen der Hecke und dem Wagen befand. Rathberg stellte die Thermosflasche weg und startete den Wagen. An der nächsten Kreuzung wendete er und fuhr zu dem Mehrfamilienhaus zurück. Er kam dort vorbei, als das Mädchen gerade hineingehen wollte. Der Wagen hielt auf der gegenüberliegenden Straßenseite, das Seitenfenster wurde heruntergelassen.

»Entschuldigen Sie«, sagte Rathberg.

Das Mädchen drehte sich um. Das Senderlogo am Wagen schien ihr Interesse zu wecken. Sie ging zwei Schritte auf den Wagen zu. Rathberg fragte nach einer Adresse, das Mädchen sagte, das sei ihre. Ob er zu ihrer Mutter wolle. Aber Rathberg sagte, das sei dann wohl eher sie, die junge Frau, die er suche. Er stieg aus dem Wagen, ging auf das Mädchen zu und reichte ihr die Hand.

»Guten Tag. Mein Name ist Rathberg. Freut mich, Sie kennenzulernen.«

Das Mädchen schüttelte Rathberg etwas verwundert die Hand. Dabei sah sie kurz zum Wagen mit dem Senderlogo, das sie jetzt auch auf dem Ausweis erkannte, der an Rathbergs Weste geklemmt war.

»Sie sind vom Fernsehen?«

»Ja. Wir machen eine Reportage über die beiden Morde hier im Landkreis. Schreckliche Geschichte.«

Das Mädchen nickte.

»Sind Sie so eine Art Regisseur?«

»Leider nein. Ich bin nur der Mann, der dem Regisseur die Interviewpartner besorgt. Sie sind mit Pia Eltwanger in die Schule gegangen?«

»Ja, das stimmt. Ich hab sie gekannt.«

»Pia Eltwanger hatte anscheinend nicht sehr viele Freunde.«

»Socializen war nicht so ihr Ding. Sie war sehr … speziell.«

Rathberg nickte und blickte ernst auf den schneebedeckten Boden zu seinen Füßen.

»Könnten Sie uns etwas über Pia Eltwanger erzählen? Ich meine den Menschen Pia Eltwanger.«

Das Mädchen schluckte. Erinnerungen kamen hoch.

»Ja. Ich denke schon. Muss ich dazu nach München kommen?«

»Nein, wir machen das hier on location. Der Regisseur

kommt mit einem Kamerateam und dreht hier draußen. Wo das sein wird, ist noch nicht entschieden. Vielleicht haben Sie ja auch eine Idee. Ich meine, einen Ort, der Sinn macht, der zum Beispiel irgendwie Bedeutung hatte für Pia Eltwanger.«

»Ich glaube, sie war gern am Malerwinkel.«

»Tolle Idee. Das wird dem Regisseur gefallen.«

Auch dem Mädchen gefiel die Idee, am Malerwinkel vor einer Filmkamera zu stehen und etwas über Pia zu erzählen. Auch gefiel ihr der Gedanke, dass der Regisseur ihre Idee gut finden könnte.

»Wann wollen Sie denn drehen?«

»Irgendwann die nächsten Tage. Hängt ein bisschen vom Wetter ab. Und wann wir die Interviewpartner zusammenhaben. Sie sind die nächste Zeit hier?«

»Jaja. Ich bin hier.«

»Gut. Wir melden uns. Hier ist meine Karte. Falls Sie Fragen haben. Und hier eine Einverständniserklärung. Die müssen Sie von Ihren Eltern unterschreiben lassen. Sie sind ja noch nicht achtzehn.«

Er reichte ihr eine Visitenkarte mit Senderlogo und seinem Namen darauf sowie ein offiziell aussehendes Formular. Das Mädchen nahm die Karte dankend entgegen und steckte sie in ihre Jacke.

»Meine Telefonnummer haben Sie?«

»Haben wir. Keine Sorge.« Er reichte dem Mädchen noch einmal lächelnd die Hand. »Bis bald.«

Das Mädchen sah dem davonfahrenden Wagen hinterher. Sie würde bald ins Fernsehen kommen.

26

Wenn der Mörder von Dortmund tatsächlich, wie Wickede sagte, früher Patient in Aplerbeck gewesen war, dann benötigte man eine Liste aller Patienten, die in den letzten vierzehn Jahren dort behandelt worden waren. Diese Liste könnte man mit den verdächtigen Kunden der Mietwagenfirma abgleichen. Wenn ein Name zweimal auftauchte, hätte man höchstwahrscheinlich den Täter. Wallner hatte Monika Mantinides schon am Sonntag gebeten, eine entsprechende Patientenliste zu besorgen. Das war freilich aus juristischen Gründen nicht ganz einfach. Es ging zwar nicht um die Krankendaten der Patienten, sondern nur darum, wer irgendwann einmal in Aplerbeck behandelt worden war. Aber auch diese Daten fielen unter die ärztliche Schweigepflicht. Man einigte sich mit der Krankenhausverwaltung darauf, eine Liste derjenigen Patienten anzufertigen, die aufgrund einer richterlichen Anordnung nach Aplerbeck gekommen waren. Diese Information wäre für die Polizei auch auf anderem, wenngleich zeitraubenderem Weg zugänglich gewesen. Die Wahrscheinlichkeit war immerhin relativ groß, dass sich der Mörder unter denjenigen Patienten befand, die zwangsweise eingewiesen worden waren.

Zu Mikes Enttäuschung stand auf der Liste aus Dortmund aber keiner seiner SchreiberRent-Verdächtigen.

»Woran liegt's?«, wollte Wallner wissen.

»Die stehen halt nicht drauf. Das kann tausend Gründe haben.«

»Tausend nicht. Höchstens eine Handvoll. Und über die kann man ja mal nachdenken.«

Mike kannte seinen Chef und hasste dessen gelegentliche Anflüge sozialpädagogisch einbindender Gesprächsführung.

»Sag einfach, was du meinst. Dann sparen ma uns a Menge Zeit.«

»Na gut. Also: Entweder wurde der Täter in Aplerbeck nicht zwangsweise eingewiesen, sondern war freiwillig in Behandlung. Oder aber mit der Liste der Mietwagenkunden stimmt was nicht.«

»Was soll da nicht stimmen?«

»Zum Beispiel haben wir nur Männer überprüft.«

»Dein Vater sagt, es war ein Mann. Ich glaub, das kann er noch ganz gut auseinanderhalten.«

»O ja. Da hab ich nicht die geringsten Zweifel. Aber wir wissen nur, dass der Fahrer ein Mann war.«

»Du meinst, es gibt einen Komplizen oder eine Komplizin, die den Wagen gemietet hat. Gut, ist denkbar. Aber in den meisten Fällen arbeiten Serienmörder alleine. Außerdem gehen wir davon aus, dass uns der Täter selbst einen Tipp geben wollte.«

»Schon. Aber vielleicht wollte er es uns nicht zu leicht machen. Oder es sieht nur nach einem Hinweis aus. In Wirklichkeit schickt er uns in die falsche Richtung, und wir verlieren Zeit mit sinnlosen Ermittlungen.«

»Wallner, Obacht! Bevor du jetzt sagst, ich kann eine Woche Arbeit in die Tonne treten – überleg's dir noch mal gründlich.«

»Mike, wer redet denn von der Tonne. Ich sage nur, wir müssen noch mal an unsere Suchkriterien ran.«

»Das heißt doch nur, dass wir jetzt jeden überprüfen müssen. Und zwar auch daraufhin, ob er tatsächlich mit dem Wagen gefahren ist oder ob er ihn an jemand anderen weiterverliehen hat. Wie willst 'n das feststellen?«

»Also, erst mal haben wir bereits zwei Drittel der Leute überprüft. Weil zwei Drittel der Automieter Männer waren. Und da haben wir schon eine Menge Daten. Ob einer den Wagen weitergegeben hat – klar, das wird schwierig zu beweisen sein. Beziehungsweise, wie soll einer beweisen, dass er's nicht getan hat. Andererseits …«

Wallner machte eine Pause, da ihm ein anderer Gedanke gekommen war, den er erst ordnen musste.

»Was ich eigentlich sagen will«, nahm Wallner den Faden wieder auf, »ist Folgendes: Serienmörder arbeiten alleine. Okay. Das schließt aber nicht aus, dass sie zum Beispiel jemanden bezahlen, damit er etwas für sie tut.«

»Wenn mich jemand bittet, einen Wagen für ihn zu mieten, da schrillen doch die Alarmglocken. Da weiß doch jeder, dass da irgendwas faul ist.«

»Vollkommen richtig. Deshalb brauchst du jemanden, dem es egal ist, was du mit dem Wagen anstellst. Jemand, der Geld braucht und keine Fragen stellt.«

»Einen Junkie.«

»Zum Beispiel. Es wäre also eine gute Idee, mal alle Leute auf der Liste abzuchecken, ob sie vorbestraft sind.«

»Was glaubst du, was ich gemacht habe?«

»Alle?«

»Nur die Männer.«

»Eben.«

Mike starrte Wallner missmutig an. Dann nahm Mike mit grimmiger Entschlossenheit ein Plätzchen, steckte es sich ganz in den Mund und biss kräftig zu. Es krachte furchterregend, aber er hatte es durchgebissen.

»Da schaust, ha?«

»Ich bin beeindruckt. Dafür erlass ich dir das Vorstrafen-checken.«

»Bevor ich mich bedanke, wüsst ich gern, was ich statt-dessen mache.«

»Kleiner Ausflug nach Tirol. Schwaz, um genau zu sein. Ich will, dass du bei den österreichischen Kollegen über-prüfst, ob es am 17. Februar 1990 irgendeinen Vorfall gegeben hat, der polizeilich aufgenommen wurde. Tödlicher Auto-unfall, Mord, Brandanschlag – irgendwas.«

»Was bringt uns das?«

»Jemand bringt drei Menschen um und wird wahrschein-lich noch mehr umbringen. Warum macht er das?«

»Weil er einen an der Waffel hat.«

»Vermutlich. Aber vermutlich stehen die Morde auch im Zusammenhang mit einem bestimmten Ereignis. Etwas, das sich am 17. Februar 1990 zugetragen hat. Der Mörder weist uns selber drauf hin. Und es hat mit einem Berg zu tun, der im Bezirk Schwaz steht. Oder es hat sich um den Berg herum abgespielt. Keine Ahnung. Aber wenn jemand deswegen tö-tet, liegt die Vermutung nahe, dass damals etwas Dramati-sches passiert ist.«

»Das kann genauso gut irgendwas Schwachsinniges sein. Seine Mutter hat seinen Geburtstag vergessen, oder viel-leicht ist ihm die Frau abgehauen. Fasching! Da passiert so was.«

»Selbst dann kann was in den Akten stehen. Vielleicht hat er eine Schlägerei angezettelt. Es ist ja nur eine Chance.«

»Ist nur die Frage …«

»Schluss jetzt mit dem Gequatsche. Schwing deinen Arsch ins Auto und ab.«

»Was ist denn das für ein Ton? Verstehen wir das unter

partnerschaftlicher Mitarbeiterführung?« Mike bewarf Wallner mit einem Plätzchen.

»Seit wann sind wir Partner? Und schmeiß nicht mit den verdammten Keksen. Wenn du einen Computer triffst, ist der hin.«

Mike zog sich seine Jacke an, ließ Wallner beim Hinausgehen seinen ausgestreckten rechten Mittelfinger bewundern und verschwand.

Wallner machte einen kurzen Gang durch die SoKo. Die Räume rochen wie üblich nach Kaffee, und die Luft war stickig. Heutzutage herrschte Rauchverbot. Wallner erinnerte sich an eine SoKo, in der er vor ein paar Jahren mitgearbeitet hatte. Da konnte man schon am frühen Nachmittag die Hand nicht mehr vor Augen sehen.

Es war Wallners Job, sich blicken zu lassen, den Mitarbeitern das Gefühl zu geben, dass die Dinge vorangingen. Die Verhaftung von Joseph Kohlweit hatte Erwartungen geweckt. Nachdem aber klargeworden war, dass es sich bei Kohlweit nicht um den gesuchten Mörder handeln konnte, war die Stimmung abgesackt. In den darauffolgenden Tagen musste Wallner bei den Besprechungen kleinste Ermittlungserfolge als Fortschritt verkaufen. Aber die Recherchen hatten im Grunde niemanden weitergebracht. Man war mehrere Tage auf der Stelle getreten. Erst der Mord von Dortmund hatte den Ermittlungen wieder Leben eingehaucht. Vier Mitarbeiter waren jetzt damit beschäftigt, sich mit den Kollegen in NRW auszutauschen und die ermittlungswesentlichen Fakten aus Dortmund zu beschaffen. Etliche andere waren damit beschäftigt, die Informationen auszuwerten und mit den eigenen Ergebnissen zu vergleichen. Wallner schüttelte Hände, klopfte Schultern und setzte sich, immer eine Tasse Kaffee in der Hand, auf Schreibtische, um ein paar Takte zu reden, zu loben oder gelegentlich kritische Anmerkungen zu machen. Schließlich führte ihn sein Weg zu einer Frau namens Viola Gruber, die Mike bei seinen SchreiberRent-Recherchen zur Hand gegangen war. Offenbar hatte Mike ihr vor seiner Abfahrt nach Tirol keine Anweisungen hinterlassen. Denn Gruber telefonierte und sagte »Ich muss jetzt Schluss machen«, als sie Wallner kommen sah. Wallner bat sie, sämtliche Automieter auf der SchreiberRent-Liste, bei denen das noch nicht geschehen war, auf Vorstrafen zu überprüfen. Das betraf fast ausschließlich Frauen. Als Gruber fragte, wie eilig es denn sei, wurde Wallner dann doch etwas gereizt und fragte, was sie denn sonst zu tun habe. Gruber sicherte zu, sich der Sache sofort anzunehmen.

Am Ende seiner Tour ging Wallner in Tinas Büro. Eigentlich war es das Büro von Tina und Lutz. Aber im Haus wurde es nur »Tinas Büro« genannt. Denn die Ausstattung mit persönlichen Dingen stammte ausschließlich von Tina, wenn man von der kleinen Magnettafel absah, auf der Lutz jeden Montag die Bundesligatabelle neu ordnete. Der übrige Raum war vollgestellt mit Pflanzen und Staubfängern aus Läden wie IKEA oder Butlers. An den Wänden und auf Tinas Schreibtisch waren unzählige, teils zu Collagen zusammengesetzte Fotos, die Tinas Tochter Valerie zeigten. Auf den Bildern konnte man sehen, welche Fortschritte das Kind von der Geburt bis heute gemacht hatte. Wichtige Ereignisse wie die Kommunion, die erste Zahnlücke und ein Schul-Skirennen waren mit mehreren Aufnahmen vertreten. Unter den Kommunionsfotos hing ein Bild, das Valerie im Alter von acht Jahren auf einer Beerdigung zeigte. Das letzte Foto war eine Blitzlichtaufnahme von Valerie und Tina. Darauf nur die Gesichter von Mutter und Tochter. Beide grell geschminkt auf einem Faschingsfest, Tina als Clown, Valerie als Gespenst. Das Gespenst küsst den Clown im Augenblick der Aufnahme auf die Wange. Tina lacht, ist sichtbar glücklich in diesem Moment. Dennoch ist eine Melancholie in Tinas Augen, die, so scheint es, immer dort ist.

Tina und Wilbert waren ein Paar, seit Wilbert in der zehnten Klasse auf die Schule kam. Sie gehörten zusammen, als sei es das Natürlichste der Welt, dass man mit sechzehn den Menschen trifft, mit dem man den Rest seines Lebens verbringen wird. Jeder in ihrer Umgebung musste es erkennen: Zwischen den beiden, das war keine Teenager-Schwärmerei, das war die ewige Liebe. Die beiden hatten im anderen den Menschen gefunden, der das eigene Leben erst zu einem Ganzen machte und mit Harmonie erfüllte. Dieses Glück war so lange ungetrübt, als Wilbert nicht den Fährnissen des Lebens ausgesetzt war. Bereits im Studium geriet Wilberts Lebensschiff in rauhe See. Hatte er in der Geborgenheit der Schulklasse noch ohne Mühe gute Leistungen erbracht, so änderte sich alles, als er an der Universität auf sich allein gestellt war. Nachdem er zum dritten Mal die Prüfung in Mikroökonomie nicht bestanden hatte, gab Wilbert sein Studium auf und pachtete eine Bergwirtschaft. Doch das Gasthaus war abgelegen und die Einnahmen zu gering, als dass sich daraus je Profit ergeben hätte. Nach einem Jahr gab Wilbert die Bergwirtschaft auf und pachtete ein Restaurant in Hausham. Es war ein gutes Restaurant, für das Wilbert einen Koch aus München anwarb. Die Haushamer aber liebten es eher bodenständig, reichlich und preiswert. Wilbert musste nach zwei Jahren aufgeben. Im Laufe der Zeit häufte Wilbert Schulden um Schulden an. Und wenn es einmal danach aussah, als würde ihm eines seiner Unternehmen gelingen, so stellte sich von irgendwoher ein unvermutetes Unglück ein, das alle Hoffnungen wieder zunichtemachte. Mit zwanzig hatte Tina Valerie bekommen. Während Wilbert versuchte, eine Existenz aufzubauen, zog Tina das Kind groß und besuchte die Polizeischule. An den Wochenenden half sie Wilbert in dessen wechselnden Gastwirtschaften. An ihrem sechsundzwanzigsten Geburtstag waren Tinas Kräfte am Ende. Sie brach körperlich zusammen und musste mehrere Wochen auf der Intensivstation verbringen. Mit achtundzwanzig wurde Wilbert zu der eidesstattlichen Versicherung gezwungen, kein Geld mehr zu haben. Wilbert, bis dahin voller Pläne und Leidenschaft, wurde still und zog sich zurück. Einzig mit seiner Tochter und Tina sprach er noch. Tina und Wilbert waren immer noch nicht verheiratet, und ihre Beziehung ging dem Ende entgegen. An einem Novemberabend fragte Wilbert Tina, ob sie ihn heiraten wolle. Tina war von dem Antrag überrascht. Sie wusste nicht, ob sie Wilbert noch heiraten wollte. Zwölf Jahre lang hatte sie keinen Zweifel daran gehabt. Aber da hatte er sie nicht gefragt. Jetzt war sie unsicher geworden. Sie bat Wilbert um Bedenkzeit. Wilbert sagte, das könne er verstehen. In dieser Nacht erschoss sich Wilbert mit Tinas Kleinkalibergewehr.

Tina tippte einen Bericht, als Wallner das Büro betrat. Sie sah vom Computer auf, nahm ihren Notizblock in die Hand und drehte sich auf ihrem Bürosessel zu ihm um. Sie hatte immer ihren Notizblock in der Hand, wenn sie Besuch im Büro empfing. Sie legte ihn nur beiseite, wenn sie beide Hände für etwas anderes brauchte.

»Wie geht's?«, fragte Wallner.

»Geht so. Warum?«

»Weiß nicht. Du bist verändert.«

Tina klammerte sich an den Notizblock und bog ihn nervös in mehrere Richtungen.

»Ich hab Angst.«

»Wegen Valerie?«

Tina nickte und knetete den Block.

»Klar. Versteh ich. Aber ich denke, du musst dir keine Sorgen machen. Ich meine, es ist in jedem Fall gut, wenn du ein bisschen auf Valerie aufpasst. Aber es gibt ja keine Hinweise, dass … ich meine, du hast mit dem ganzen Zeug ja nichts zu tun. Fasching 1990, Bergsteigen …«

»Ich hab keine Ahnung, wo ich Faschingsdienstag 1990 war. Aber wer sagt denn, dass da irgendwas war, was mit den Morden zu tun hat? Diese ganze bescheuerte Theorie basiert doch auf Hinweisen, die uns der Täter absichtlich gegeben hat. Vielleicht verarscht der uns auch nur.«

Tina war laut geworden. Das bereute sie jetzt. Sie rollte mit dem Bürosessel zurück zum Schreibtisch.

»Sorry.«

»Kein Problem.«

Tina starrte auf ihren Notizblock. »Was soll ich machen?«

»Nimm dir ein paar Tage frei und pass auf Valerie auf.«

»Ein paar Tage? Was heißt das?«

»Zwei, drei.«

»Du meinst, dann haben wir ihn? Das ist doch absurd.«

»Wenn er wieder zuschlägt, dann tut er das sehr bald.«

»Wie kommst du da drauf?«

»In Dortmund hat ihn jemand gesehen. Vielleicht hat der Mörder den Zeugen auch erkannt. Falls es wahr ist, dass sie zusammen in Aplerbeck waren. Der Mörder muss davon ausgehen, dass wir ihm jetzt erheblich dichter auf den Fersen sind.«

»Sind wir das?«

»Ich denke, die nächsten achtundvierzig Stunden bringen den Durchbruch.«

»Dann sollte ich was dafür tun.« Tina drehte sich in ihrem Bürosessel um und machte sich wieder an die Arbeit.

Gegen 15 Uhr 30 rief Wallner in Eltwangers Büro an. Eltwangers Sekretärin sagte, Eltwanger sei in einer Besprechung und habe anschließend bis weit in den Abend Termine. Wallner sagte, er wolle Herrn Eltwanger die Unannehmlichkeit ersparen, von der Staatsanwaltschaft vorgeladen zu werden. In diesem Fall brauchte Herr Eltwanger sich heute gar nichts mehr vorzunehmen. Es sei also im wohlverstandenen Interesse beider Seiten, wenn Herr Eltwanger zeitnah zurückrufe. Er, Wallner, habe sich mal die nächste Viertelstunde für den Rückruf vorgemerkt. Um 15 Uhr 33 klingelte Wallners Telefon. Eltwanger war dran. Er klang ungeduldig. Wallner fragte Eltwanger, wo er am Faschingsdienstag des Jahres 1990 gewesen sei. Etwa drei Sekunden herrschte Stille in der Leitung. Dann sagte Eltwanger, er könne nach so langer Zeit nicht mehr sagen, wo er gewesen war. Vermutlich auf einem Faschingsball. Ob Eltwanger sich vielleicht in Tirol aufgehalten habe, half Wallner nach. Nach weiteren drei Sekunden Stille verneinte Eltwanger. Nein, bestimmt nicht. Wallner hatte den Eindruck, dass Eltwanger nicht die Wahrheit sagte. Aber der blieb bei seiner Aussage. Er könne sich zwar nicht erinnern, wo er war. Aber dass er nicht in Tirol war, das wisse er genau. Denn daran würde er sich erinnern. Auf seine Frau angesprochen, sagte Eltwanger, die sei wahrscheinlich in München, sicher aber nicht in Österreich gewesen. Sie hätten damals in München gewohnt.

Frau Eltwanger erinnerte sich ebenfalls nicht daran, wo sie Faschingsdienstag 1990 gewesen war. Allerdings hob sie ihre alten Kalender auf und könnte nachsehen, ob der Kalender von 1990 an diesem Tag einen Eintrag hatte. Sie war abends in München bei einer Freundin gewesen, sagte Frau Eltwanger, nachdem sie den Kalender gefunden hatte. Den Nachmittag habe sie vermutlich auf dem Viktualienmarkt beim traditionellen Faschingstreiben verbracht. Ihr Mann habe sich, soweit sie das ersehen könne, wohl auf einer Dienstreise befunden.

Auch ein Anruf bei den Dichls, den Eltern des zweiten Opfers, brachte keine Ergebnisse. Herr Dichl konnte sich nur erinnern, dass er bestimmt nicht in Österreich gewesen war. Frau Dichl konnte sich an überhaupt nichts erinnern und weinte am Telefon, bis ihr Mann ihr den Hörer aus der Hand nahm und sich bei Wallner für seine Frau entschuldigte. Sie leide immer noch sehr unter dem Tod ihrer Tochter.

Als Wallner auflegte, überkam ihn eine seltsame Stimmung. Er war enttäuscht, dass die Datumsspur nicht das Geringste erbracht hatte. Andererseits war er sicher, dass ihn die beiden Männer angelogen hatten. Nach fünfzehn Jahren Polizeiarbeit spürte er so etwas. Nicht dass Wallner immer richtiglag. Oft trog ihn sein Gefühl. Was ihn in diesem Fall nervös machte, war, dass sich das Gefühl bei beiden Männern eingestellt hatte.

Wallner sah nach draußen. Es war fast halb fünf, und die Abendsonne schien schräg in Wallners Büro. Wallner überlegte, ob er zum Hof der Dichls fahren und mit Dichl unter vier Augen reden sollte. Da kam Tina ins Büro.

»Wir haben was. Bei SchreiberRent.«

»Eine Namensübereinstimmung?«

»Eine Frau, die am Tag des Mordes einen Transporter gemietet hat. Sie ist wegen BTM-Geschichten vorbestraft. Rat mal wer, Traudl Grieser.«

»Ach was!«

»Ich habe sie angerufen und gefragt, was sie mit dem Wagen gemacht hat. Sie wusste es nicht mehr. Dann ist es ihr angeblich eingefallen. Aber als ich nachgehakt habe, ist nur dummes Zeug gekommen. Die hat den Wagen an dem Tag nicht gefahren. Jede Wette.«

»Okay. Ich will sie hier haben. Wo wohnt die noch mal? Mitterdarching?«

27

Spätestens seit der Verhaftung von Joseph Kohlweit bewegte sich Kreuthners Ruf im Bereich der Legendenbildung. Zumindest unter den uniformierten Polizisten des bayerischen Oberlandes. Auch wenn Kreuthner als Sonderling und Alkoholiker bekannt war und für die meisten als schwarzes Schaf galt, als einer, der dem Ruf der uniformierten Polizei nicht eben zuträglich war. Dennoch, Kreuthner war am Ende des Tages einer der Ihren. Er hatte die erste Leiche entdeckt und anschließend auch noch den Mörder zur Strecke gebracht. Welche ausgefuchsten Überlegungen Kreuthner dazu gebracht hatten, ausgerechnet unter dem Eis des Spitzingsees nach einer Leiche zu suchen, von deren Existenz zu diesem Zeitpunkt noch gar nichts bekannt war, dazu gab es divergierende Vermutungen. Alle Kreuthner zugeschriebenen Überlegungen hatten aber eins gemeinsam: Es konnte sie nur ein echter Hund wie Kreuthner anstellen. Dass die Kollegen in Zivil mittlerweile nicht mehr an Kohlweit als Täter glaubten, nahm man zur Kenntnis. Aber der eine oder andere uniformierte Kollege hatte den Verdacht, dass die bei der Kripo nicht zugeben wollten, dass ein Uniformierter den spektakulären Mordfall im Alleingang gelöst hatte. Kreuthners Ruhm zog also noch weitere Kreise. Für das in Kürze stattfindende Eisstockschießen der Oberlandpolizisten hatten sich dreimal so viele Teilnehmer gemeldet wie im Vorjahr.

Denn nach der Übergabe der Preise sollte Kreuthner über den Ermittlungsstand bei den Mordfällen referieren. Das wollten sich auch viele Kollegen nicht entgehen lassen, die noch nie im Leben einen Eisstock in der Hand gehalten hatten. Um diesem Missbrauch der Veranstaltung beizukommen, wurde von den Gemeldeten erstmals seit Bestehen des Wettbewerbs ein Befähigungsnachweis bei einem Probeeisstockschießen verlangt. Dennoch wurde mit großem Andrang gerechnet, und man hatte die Siegerehrung – unter Verzicht auf das gewohnte Maß an Gemütlichkeit – in die Turnhalle von Fischbachau verlegt.

Der Zwiebelturm der Pfarrkirche zu Wall strahlte pastellfarben in der Abendsonne. In der anderen Richtung lagen zwei stattliche Gehöfte. Sonst war wenig zu sehen in der hügeligen Landschaft. Der Hirschberg im Südwesten zeigte den Beginn des Hochgebirges an. Der Polizeiwagen war das einzige Fahrzeug auf der kleinen Straße, die sich durch die verschneiten Hügel zog. Jedenfalls so weit man sehen konnte.

»Bei dem Hofabzweiger hältst amal an«, sagte Kreuthner und sah dabei aus dem Rückfenster. Die Stelle war gut. Man konnte etwa zweihundert Meter weit in die eine Richtung sehen und knapp hundert in die andere.

»Was machen wir hier?«, wollte Schartauer wissen.

»Straßenkontrolle«, murmelte Kreuthner beiläufig und scannte mit dem unaufgeregten, aber stets wachen Blick des Routiniers die Umgebung. Schartauer stellte den Wagen in den Feldweg, der zum nächsten Bauernhof führte.

»Gibt's da irgendeine Anwei …?«

»Naa, da gibt's gar nix«, unterbrach Kreuthner den jungen Kollegen. »Mitdenken is g'fragt, verstehst?«

»Du glaubst, dass uns der Bursche hier ins Netz geht?«

»Die Chance ist nicht sehr groß.« Kreuthner suchte nach der Polizeikelle. »Aber man muss es versuchen. Und wenn, dann hier.«

»Ich denk, der ist jetzt in Dortmund.«

Kreuthner sah Schartauer mit milder Verzweiflung an. »Okay. Jetzt mal die Basics. Bist ja noch in der Ausbildung. Ein Serienmörder, ja …?«

Schartauer nickte und hing an den Lippen des erfahrenen Kollegen.

»Ein Serienmörder, das ist ein Gewohnheitstier. Das ist praktisch die Definition von einem Serienmörder. Der kann net anders wie immer wieder das Gleiche machen.«

»Wer bestimmt das, was er machen soll?«

»Das legt der Serienmörder selber fest. Aber wenn er's mal festgelegt hat, dann kann er nimmer anders, verstehst? Wenn der sagt, okay, ich bring hier im Landkreis Miesbach Leute um, dann ist das Gesetz für den.«

»Aber er war doch in Dortmund?«

»Wenn's überhaupt der Gleiche war. Aber selbst wenn: Schau mal, der Mann ist doch enorm intelligent. Der weiß ja, dass die Polizei weiß, dass ein Serienmörder praktisch der Sklave seines eigenen Musters ist. Deswegen haut der zwischendrin, wenn er schlau ist, mal einen ganz anderen Mord rein. Wo wir denken, hoppala, was ist denn jetzt los? Oder wo wir glauben, dass das Schema doch ganz anders ist, wie wir gemeint haben, verstehst? Aber deswegen ändert sich nichts am Muster. Der Mann arbeitet nach wie vor hier im Landkreis.«

Schartauer nickte. Er bekam eine Ahnung von der ungeheuren Komplexität des Serienmördercharakters.

»Und deswegen bin ich mir sicher, dass der Bursche wieder hier ist und seinen nächsten Mord vorbereitet. Vielleicht fährt er gerade in der Gegend umeinand und schaut sich einen guten Platz für den nächsten Mord aus. Wer weiß. Und wenn, dann fährt er net auf der Hauptstraße. Der ist hier unterwegs, wo nichts los ist.«

Kreuthner hatte die Kelle gefunden und stieg aus dem Wagen. Nach seinen letzten Worten war klar, dass Kreuthner jedes Detail dieser Aktion durchdacht hatte. Es erschien Schartauer nachgerade unwahrscheinlich, dass ihnen der gesuchte Serienmörder nicht in der nächsten Stunde ins Netz gehen würde. Schartauer stieg ebenfalls aus dem Wagen. Die Luft war kalt. Aber die letzten Sonnenstrahlen wärmten noch.

»Wie täten wir den Verdächtigen jetzt praktisch erkennen?«, wagte Schartauer zu fragen, wohl wissend, dass er einen Polizisten wie den Kreuthner nicht mit Fragen nach Selbstverständlichkeiten belästigen sollte. Aber Schartauer wusste es einfach nicht.

»Sonnenbrille, Baseballkappe. Goldenes Kleid im Wagen, K.-o.-Tropfen.«

»Wie sehen K.-o.-Tropfen aus?«

»So ein Flascherl mit Flüssigkeit drin. Eher klein.«

»Und da steht K.-o.-Tropfen drauf?«

»Schmarrn, da steht was Lateinisches drauf. Das hab ich jetzt grad net parat. Aber wenn ich's seh, dann weiß ich's.«

»Okay.« Schartauer war bemüht, seine naive Fragerei durch militärische Kürze wettzumachen.

Sie blickten die Straße hinauf, hinein in die Sonne. Es war kein Fahrzeug zu sehen. Dann blickte Schartauer in die andere Richtung. Hier war die Sicht besser, weil ihm die Sonne im Rücken stand. Aber auch aus dieser Richtung näherte sich nichts. Sie standen eine Weile. Die Sonne sank tiefer, die Schatten auf dem Schnee wurden länger. Schartauer sah Kreuthner von der Seite an. Kreuthner blickte mit scharfem

Blick mal hierhin, mal dorthin, als seien dort Einzelheiten zu sehen, die er sich einprägen musste, um sie im rechten Augenblick in Zusammenhang mit anderen scheinbar ebenfalls nebensächlichen Einzelheiten zu setzen und dann unerbittlich seine Schlussfolgerungen zu ziehen. In der Hauptsache gab es hier Schnee zu sehen. Außerdem kahle Bäume und gelegentlich Zaunpfähle, die aus dem Schnee ragten. Kreuthner sah zu Schartauer, wandte aber den Blick schnell ab, als er merkte, dass Schartauer seinerseits zu ihm sah. In diesem Augenblick hörte man das Geräusch eines herannahenden Fahrzeugs.

Rathberg hatte drei Stellen im Landkreis ausgesucht, die ihm für sein Vorhaben geeignet erschienen. Sie mussten einerseits so beschaffen sein, dass man nicht von Zeugen gesehen werden konnte. Andererseits durften sie nicht so abseits liegen, dass bei dem Mädchen Argwohn aufkam. Eine vertrauensvolle Atmosphäre war unabdingbar. Wenn das Mädchen Verdacht schöpfte oder sich auch nur Sorgen machte, konnten unvorhergesehene Dinge passieren, die die Ausführung der Tat unmöglich machten. Rathberg war bewusst, dass der Erfolg seines Unternehmens von einer Vielzahl von Umständen abhing. Bis jetzt hatte alles funktioniert. Aber er wollte nicht den Fehler vieler Erfolgreicher machen: zu glauben, ihm würde alles gelingen.

Im Laderaum des Transporters waren zwei Filmkameras, mehrere Stative, Scheinwerfer und andere Filmausrüstung. Darunter auch ein schwarzes Flightcase, in dem sich neben Filzdecken eine Thermoskanne, eine Schere zum Zerschneiden der Kleidung des Mädchens, ein goldenes Brokatkleid in Größe 34 sowie eine angebrochene Flasche Flunitrazepam befanden. Rathberg hatte entschieden, auf Nebenstraßen zu fahren. Möglicherweise gab es Polizeikontrollen, und er wusste nicht, wie weit die Polizei schon bei ihren Ermittlungen gekommen war. Es war denkbar, wenn auch unwahrscheinlich, dass man bereits nach seinem Gesicht Ausschau hielt.

Rathberg steuerte gemächlich die kleine Landstraße entlang, die durch die verschneiten Hügel des Voralpenlandes führte. Nach einer Kurve sah er im Gegenlicht einen Wagen in einem von der Straße abgehenden Feldweg stehen. Neben dem Wagen standen zwei Menschen, die Rathberg nicht genau erkennen konnte. Die Abendsonne blendete ihn. Einer der Menschen trat an den Straßenrand und winkte. Dann sah Rathberg, dass der Winkende etwas in der Hand hielt. Schließlich waren die beiden blauen Lichter auf dem Wagendach zu erkennen, in deren Glas sich die Sonne brach. Rathbergs Herzschlag beschleunigte sich. Sein Mund wurde trocken. Er verstand nicht, wie die Polizei auf die blödsinnige Idee verfallen konnte, hier am Ende der Welt eine Straßenkontrolle durchzuführen. Er atmete tief in den Bauch und versuchte, sich zu beruhigen. Dann verlangsamte er seine Fahrt und hielt neben dem Polizeiwagen.

Kreuthner betrachtete interessiert das Fernsehlogo auf der Seite des Transporters. In den letzten Wochen waren viele Kamerateams im Landkreis unterwegs, sogar welche aus dem Ausland.

»Ich fürchte, das war nichts. Ist nur einer vom Fernsehen«, sagte Schartauer.

»Mein lieber junger Freund«, sagte Kreuthner, »ich, wenn Serienmörder wär, ich tät genau in so einem Wagen umeinandfahren.«

Schartauer nickte. Es wollte ihm heute einfach nicht gelingen, irgendetwas zu sagen, ohne sich zu blamieren. Der Fahrer des Wagens ließ das Seitenfenster herunter.

»Grüß Gott. Die Papiere bitte.«

Rathberg kramte nach Führerschein und Fahrzeugschein.

»Fernsehen, ha?«

»Ja. Wir …«, Rathberg reichte die Papiere nach draußen. »Wir machen was über diese Mordserie. Haben Sie da auch mit zu tun?«

Kreuthner gab die Papiere an Schartauer weiter. Der verschwand wortlos in Richtung Streifenwagen, um Fahrer und Fahrzeug zu überprüfen.

»Ob ich was damit zu tun hab?« Kreuthner lachte kurz auf. Dann lächelte er Rathberg nachsichtig an. Der Mann konnte es nicht besser wissen.

»Ja, kann man so sagen.« Kreuthner blinzelte melancholisch in den Sonnenuntergang, als hänge er einer großen Erinnerung nach. »Ich hab die Leiche gefunden.«

»Wow. Echt?«

Kreuthner zuckte mit den Schultern. »Einer musste sie finden.«

»Sagen Sie – wären Sie eventuell bereit, uns was darüber zu erzählen? Für unsere Reportage?«

Kreuthner zuckte abermals mit den Schultern und zwang sich, nicht allzu hastig zuzustimmen.

»Ich mach hier nur Location-Suche. Aber der Regisseur wird begeistert sein, wenn ich ihm von Ihnen erzähle.«

Kreuthner gefiel der Gedanke, dass ein Fernsehregisseur von ihm begeistert sein würde. »Ich denke, das wird sich machen lassen.«

»Super, geht es morgen bei Ihnen?«

Schartauer kam mit den Papieren zurück und gab sie Kreuthner.

»Alles in Ordnung.«

»Ja, gut, Herr …« Kreuthner blickte auf den Führerschein.

»… Rathberg. Äh, morgen müsste gehen. Rufen Sie auf der Handynummer an.«

Kreuthner gab Rathberg die Papiere zurück. Außerdem gab er ihm noch seine Visitenkarte. Rathberg studierte die Karte.

»Okay, Herr Kreuthner. Ich melde mich morgen. Dann machen wir ein Treffen aus. Also dann …«

Rathberg lächelte und ließ die Scheibe hochfahren.

»Kleinen Moment noch«, sagte Kreuthner.

Rathberg sah den Polizisten fragend an.

»Was haben Sie im Laderaum?«

»Filmequipment. Kameras, Scheinwerfer, Stative.«

»Zeigen Sie es uns mal?«

Rathberg zögerte. »Sie, ich muss zurück nach München. Ich bin ein bisschen spät dran.«

»Ist ja gleich erledigt.«

Rathbergs Gesicht versteinerte. Er bemühte sich, trotzdem zu lächeln.

»Natürlich. Sie machen ja nur Ihren Job.«

Rathberg stieg aus dem Wagen und ging mit den beiden Polizisten um das Fahrzeug herum zur Schiebetür des Transporters. Die Schiebetür fuhr mit einem metallischen Rauschen zur Seite. Kreuthner inspizierte das Innere des Wagens. Schließlich deutete er auf das Flightcase.

»Was ist da drin?«

»Decken.«

»Schauen wir mal, ob die noch da sind?«

Kreuthner lachte. Rathberg lachte mit, wenn auch mit Anstrengung. Kreuthner hörte auf zu lachen und bedeutete Rathberg mit einer Kopfbewegung, die Kiste zu öffnen. Rathberg kletterte in den Laderaum und überlegte fieberhaft, was er tun konnte. Aber es blieb ihm wenig anderes übrig, als das Case zu öffnen. Rathberg erwog die Möglichkeit, vom Laderaum auf den Fahrersitz zu springen, den Wagen anzulassen und zu fliehen. Er verwarf den Gedanken. Mit dem Transporter auf der kleinen Landstraße würde das keine lange Flucht werden.

»Gibt's Probleme?«, wollte Kreuthner wissen.

»Nein, die … die Verschlüsse klemmen manchmal.«

Rathberg öffnete die Verschlüsse des Flightcase. Da hörte er, wie sich aus dem Streifenwagen der Polizeifunk meldete.

»Moment«, sagte Kreuthner und ging zum Wagen. Rathberg hörte Wortfetzen. »Gibt's da keinen anderen?« – »Wie? Gleich?« – »Ja, ist in Ordnung.« Dann kam Kreuthner zurück. Schartauer sah ihn fragend an.

»Wir müssen eine Zeugin nach Miesbach bringen.« Dann wandte sich Kreuthner wieder an Rathberg, der noch im Laderaum kauerte.

»Ja, gut. Dann rufen Sie mich morgen an.«

Rathberg atmete durch. »Klar. Mach ich. Auf der Handynummer?«

»Ja. Wir müssen weiter.« Kreuthner verabschiedete sich mit knapper Geste. Rathberg wollte gerade aus dem Transporter aussteigen, da hielt Kreuthner noch einmal inne und deutete auf das Flightcase.

»Die Kiste! Hatte ich ganz vergessen. So viel Zeit muss sein.«

Rathberg wurde schwarz vor Augen. Er ging zurück zur Kiste und klappte den Deckel hoch. Obenauf lagen die Filzdecken.

»Decken! Hatten Sie ja gesagt. Also – bis morgen.«

Rathberg hielt den Atem an, bis sich der Streifenwagen mit Kreuthner in Bewegung setzte. Als er ausatmete, füllte eine dicke Kondenswolke den Laderaum. Es war kalt geworden.

28

Traudl Grieser war nicht dafür bekannt, dass sie mit der Polizei zusammenarbeitete. Traudl Grieser war auch nicht dafür bekannt, dass sie mit irgendwelchen anderen staatlichen Institutionen zusammenarbeitete. In den siebziger Jahren gab es Gerüchte, sie habe mit dem inneren Kreis der RAF zu tun. In den achtziger Jahren war sie maßgeblich daran beteiligt, den Staat in Sachen Wackersdorf eines Besseren zu belehren. Wovon genau sie lebte, wusste keiner. Ihre Einkünfte bestritt sie, so wurde vermutet, in der Hauptsache aus Anbau und Verkauf von Marihuana. Den kreativen Teil ihrer Zeit widmete Traudl Grieser auch heute noch, im Alter von dreiundfünfzig Jahren, dem Kampf gegen die Obrigkeit. Ein Kampf, der mannigfaltige Formen annehmen konnte. So entdeckte die Polizei Ende der neunziger Jahre auf einen anonymen Hinweis hin eine große Cannabisplantage. Das Ungewöhnliche an der Sache war: Das Feld mit den Cannabispflanzen gehörte dem konservativen Bürgermeister einer der Landkreisgemeinden. Der Bürgermeister konnte zwar glaubhaft machen, dass er das abgelegene Grundstück seit Jahren nicht mehr inspiziert hatte. Aber er konnte nicht verhindern, dass die Geschichte bundesweit ein heiteres Echo in den Medien fand. Der Täter konnte nie ermittelt werden. Doch niemand im Landkreis hatte Zweifel, wer hinter der Bepflanzungsaktion gestanden hatte.

Traudl Grieser war eine imposante Erscheinung mit markanter Nase, großen Händen und tiefer, aber weiblicher Stimme. Das graue Haar trug sie zum Pferdeschwanz gebunden. Seit ihrer Wackersdorfer Zeit hatte sie eine schwarze Lederjacke, die mittlerweile recht abgestoßen war, ihr dadurch aber etwas Verwegenes verlieh. Eine Vernehmung von Traudl Grieser war nichts, was sich der Miesbacher Polizist zu Weihnachten wünschte.

»Was schickst du mir den armen Kreuthner?«, sagte Traudl Grieser und drehte sich dabei eine Zigarette. »Hätt mehr Stil, wenn du selber kommen tätst, wennst was von mir willst.«

Sie sah Wallner mit ihren hellgrauen Augen an. Wallner hatte das Theater schon ein paarmal mitgemacht. Man konnte nicht verhindern, dass einem unwohl wurde, wenn die grauen Augen einen ansahen. Wallner ignorierte die Augen, so gut es ging. Dass Traudl Grieser jeden duzte, der ein Amt innehatte, konnte man ihr nicht abgewöhnen. Wallner wollte keine Zeit auf Nebenkriegsschauplätzen verlieren.

»Wir teilen uns die Arbeit hier auf. Der eine holt die Leute, der andere befragt sie.«

»Bei der Arbeitsteilung fängt die Entfremdung an. Lass den Kreuthner doch mal selber fragen. Dann hat er wieder Spaß am Job.«

»Es gibt Gründe für die Arbeitsteilung.«

»Welche? Dass der Kreuthner sich sein bissl Hirn weggesoffen hat?«

»Können wir jetzt zum Anlass unseres Gesprächs kommen? Ich will nicht drängeln, aber Sie haben sicher auch noch was vor.«

»Du weißt doch, dass ich mit euch nichts Dienstliches berede.« Traudl Grieser zündete sich die Zigarette an.

»Das ist ein Nichtraucherbüro. Ich sag's nur der Form halber.«

»Sehr gut. Wär ja scheiße, wenn wir beide hier drin qualmen.«

»Sie haben letzte Woche einen Transporter gemietet. Bei der Firma SchreiberRent. Wozu haben Sie den gebraucht?«

»Ich hab 'ne größere Lieferung Gras abgeholt. Wo, kann ich leider nicht sagen. Ich will da niemanden mit reinziehen. Ist gutes Zeug aus biologischem Anbau. Ich kann dir ein paar Gramm gratis geben. Zum Probieren.«

»Danke. Aber als Beamter darf ich auch kleinere Gefälligkeiten nicht annehmen. Wir vermuten übrigens, dass Sie letzte Woche ausnahmsweise nicht straffällig geworden sind, sondern den Wagen an jemanden verliehen haben.«

»Echt?« Traudl Grieser blies eine dünne Rauchsäule zur Decke und sah ihr mit ihren grauen Augen hinterher. »Dass ich mich da gar nicht dran erinnern kann?«

Sie betrachtete interessiert die Glut ihrer Zigarette. »Selbst wenn – ist das verboten?«

»Nein. Sagte ich schon. Wir interessieren uns auch mehr für den Mann, in dessen Auftrag Sie den Wagen gemietet haben.«

»Wallner – du kennst mich. Nehme ich Aufträge an?«

»Für Geld – ja.«

»Hinter wem seid ihr her? Nur dass ich weiß, wen ich vor euerm Zugriff bewahre.«

»Sie kannten die kleine Gertraud Dichl? Wohnte keine zwei Kilometer von Ihnen.«

Traudl Grieser schwieg.

»Ihre Leiche wurde in dem Wagen transportiert, den Sie gemietet haben. Vielleicht wurde sie auch darin ermordet.«

Traudl Griesers graue Augen verengten sich für einen Moment. Sie dachte nach. Doch dann sah sie Wallner wieder mit gewohnter Aufsässigkeit an.

»Komm, erzähl das deinem Opa. Abgesehen davon – ich hab den Wagen nicht verliehen.«

»Und die kleine Dichl wurde nicht ermordet. Und Pia Eltwanger auch nicht. Und natürlich auch nicht der Junge in Dortmund. Haben wir uns alles ausgedacht, um Sie zu schikanieren.«

Traudl Grieser entfernte einen Krümel Tabak von ihrer Unterlippe. »Netter Versuch.«

Wallner sagte nichts. Er sah Traudl Grieser nur an. Die grauen Augen sahen zurück, wichen Wallners Blick aus, sahen aus dem Fenster. Draußen senkte sich die Nacht über das Voralpenland. Wallner sagte immer noch nichts.

»War's das?«, fragte Traudl Grieser.

Wallner legte einen dicken Stapel Papiere auf den Schreibtisch. Es waren Kopien von Personalakten, links oben auf dem Blatt jeweils ein Foto.

»Es war möglicherweise einer von diesen Männern.«

Traudl Grieser blickte auf das oberste Blatt Papier und zuckte mit den Schultern. Wallner kramte währenddessen in seiner untersten Schreibtischschublade. Unter Stromkabeln, die man keinem Gerät mehr zuordnen konnte, und alten Tischkalendern befand sich ein Aschenbecher, den Wallner in seiner Raucherzeit jeden Tag bis an den Rand mit Kippen gefüllt hatte. Wallner schob Traudl Grieser den Aschenbecher über den Tisch.

»Warum hat der Kerl mich ausgesucht?«

»Sie sind eine Frau, Sie brauchen Geld und kooperieren nicht mit der Polizei.«

Traudl Grieser zog den Papierstapel zu sich und blätterte ihn durch. Das dauerte nicht lang. Dann schob sie den Stapel wieder zurück.

»Sinnlos,« sagte sie und lehnte sich zurück.

»Warum?«

»Ich habe sein Gesicht kaum gesehen.«

»Er hatte eine Baseballkappe auf und trug Sonnenbrille?«
Traudl Grieser nickte.

»Beschreiben Sie ihn.«

»Etwas über eins achtzig, würde ich sagen. Um die fünfzig,
schlank, sportlich.« Sie dachte eine Weile nach. »Das war's.
Sorry.«

»Nein. Sie wissen mehr. Stellen Sie ihn sich vor. Was hatte
er an?«

»Keine Ahnung. Ich hab vielleicht eine Viertelstunde mit
ihm geredet. Du wirst's nicht glauben, aber ich hab keine Ahnung, was er anhatte.«

»Das ist völlig normal. Schuhe? Haben Sie mal auf seine
Schuhe gesehen?«

»Ich glaub, Springerstiefel.«

»Glauben?«

»Ich bin sicher.«

»Seine Hände – Schmuck? Ein Ohrring.«
Traudl Grieser schüttelte den Kopf. Doch dann fiel ihr etwas ein. »Die Kappe!«

»Können Sie sie beschreiben?«

»Blau. New York stand drauf. Ein N und ein Y so ineinander verschlungen.«

»Sicher blau? In Dortmund hatte er eine beigefarbene auf.«

»Klar hatte er in Dortmund eine andere auf.«

»Wieso?«

»Die blaue hat er im Wagen vergessen. Ich hab sie gefunden, als ich zum Autoverleih zurückgefahren bin.«

»Haben Sie die Kappe mitgenommen?«

»Ja.«

»Wo ist sie?«

»Im Müllcontainer auf dem Gelände von SchreiberRent. Oder wo immer sie den Müll inzwischen hingebracht haben. Irgendwie hatte ich keinen Bock, mit New-York-Kappe rumzulaufen.«

»Schade.«

Das Gespräch schien zu Ende zu sein. Die Sache war wohl aussichtslos, aber Wallner beschloss, jemanden abzustellen, der dem Verbleib der Kappe nachgehen sollte. Vielleicht kam ja doch was dabei raus. Traudl Grieser drückte ihre Zigarette im Aschenbecher aus. Es schien, als wollte sie aufstehen. Aber sie setzte sich nur aufrecht in den Bürosessel.

»Es gibt noch etwas.«

»Ah ja?«

»Ja. Und ich überlege gerade …«

Es waren jetzt wieder die gewitzten grauen Augen, die Wallner mit einer Prise Spott und Herablassung musterten.

»Es gibt da noch ein Verfahren wegen Sachbeschädigung gegen mich. Die Geschichte am Marktplatz in Holzkirchen.«

»Ja, hat mich auch schon gewundert. Sind Sie nicht zu alt, um ›Keine Macht für niemand‹ an die Sparkasse zu sprühen?«

»Du musst das in einem historischen Kontext sehen. Ich wollte diesen Teil der Widerstandsliteratur für unsere Kinder erhalten.«

»Verstehe. Und?«

»Stellt das alberne Verfahren ein, und ich sage euch, was mir an der Kappe aufgefallen ist.«

»Sie wollen mir Ihre Informationen verkaufen? Bei jemandem, der drei Kinder umgebracht hat?«

»Ich hab nichts anderes, um mich gegen euch zu wehren.«

Wallner blickte in die grauen Augen. Sie waren nicht mehr

so fest wie zuvor. Im Gegenteil. Der Blick wackelte. Traudl Grieser hatte sich ins Unrecht gesetzt.

»Danke, Frau Grieser. Das war's.«

»Sicher?«

»Ja. Ich hab keinen Bock auf diesen Deal. Man sieht sich.« Wallner blickte zur Tür.

Traudl Grieser stand auf und ging zur Tür. Als sie die Tür aufmachte, drehte sie sich noch einmal um.

»In der Kappe war noch das Schild von dem Laden, der sie verkauft hat.«

Wallner sah Traudl Grieser lange an, ohne etwas zu sagen. Traudl Grieser sagte auch nichts.

»Sagen Sie, was Sie zu sagen haben. Oder gehen Sie. Sie kriegen nichts von mir«, sagte Wallner schließlich.

»Ich kann mich nicht erinnern, wie das Geschäft geheißen hat. Aber es war in Unna.«

Wallner überlegte einen Augenblick. Dann lächelte er.

»Danke, Frau Grieser.«

Wallner ließ die Liste von Aplerbeck-Patienten, die aufgrund der Aussage von Ralf Wickede angefertigt worden war, sofort durchchecken. Wer von den auf der Liste Genannten wohnte jetzt in Unna? Es war natürlich nicht zwingend, dass der Täter in Unna wohnte. Er konnte die Kappe auch nur in einem Geschäft dort gekauft haben. Von Aplerbeck nach Unna sind es nur ein paar Kilometer. Aber da Unna nicht eben als Einkaufsparadies bekannt war – da fuhren die Leute eher nach Dortmund –, sprach einiges dafür, dass der Täter dort wohnte. Es war zumindest eine Chance.

Kurz vor 19 Uhr lag eine Liste mit sechs Namen vor. Die Namen lauteten:

Ewald Hillar
Ronald Katzek
Hannes Keyl
Kurt Kretzschmarek
Georgios Panopoulos
Peter Rathberg

Wallner ließ die Liste auch an das Bezirkspolizeikommando Schwaz mailen, damit Mike in den Polizeiakten von 1990 nach einem dieser Namen suchen konnte.

Gegen 19 Uhr 45 rief Mike an und meldete, was er bisher recherchiert hatte. Es war einiges. Denn der Faschingsdienstag des Jahres 1990 war reich an Ereignissen, die Eingang in die Polizeiakten gefunden hatten. Der Bezirk Schwaz erstreckte sich in Nord-Süd-Richtung von der bayerischen Grenze über die gesamte Breite des Landes Tirol bis an die italienische Grenze. Unter anderem gehörte das Zillertal mit seinen zahlreichen Skiorten dazu. Am Faschingsdienstag ging es traditionell hoch her in den Skigebieten. Und das war auch 1990 nicht anders. Bereits tagsüber gab es mehrere Schlägereien unter Beteiligung vor allem ausländischer Touristen. Am späten Nachmittag dann hatte ein schwedischer Skifahrer in alkoholisiertem Zustand eine holländische Skifahrerin gerammt und ihr mit der Stahlkante seines Skis die Halsschlagader aufgeschnitten. Der Schnitt war von niemandem bemerkt worden, weil die Frau unter Schock stand und sich der Kragen des Skianoraks über die Wunde geschoben hatte. Die Frau war auf dem Weg ins Krankenhaus verblutet. Des Weiteren gab es in der Nacht auf Aschermittwoch zwei Verkehrsunfälle, bei denen insgesamt fünf Menschen starben, und etliche weitere Unfälle mit Schwerverletzten. Es hatte in der Nacht stark geschneit. Mike hatte die Namen sämtlicher

Betroffener mit der Aplerbeck-Liste verglichen. Ohne freilich Übereinstimmungen festzustellen.

Wallner sagte Mike, er solle die Daten von allen Personen schicken, die an den Unfällen beteiligt waren. Man musste jeden Einzelnen überprüfen. Vielleicht ergab sich ja doch irgendein Hinweis. Die Liste aus Aplerbeck hatte nichts gebracht, war aber auch nicht mehr als eine kleine Chance gewesen. Sie enthielt nur Namen von Patienten, die zwangsweise eingewiesen worden waren, und war daher bei weitem nicht vollständig. Außerdem hatte Mike nur die Namen der Personen, die jetzt in Unna wohnten. Sobald Mike die Liste aus Schwaz geschickt hatte, würde man sie mit der vollständigen Liste aus Aplerbeck abgleichen. Die Überprüfung der Unfallopfer würde die gesamte SoKo auf absehbare Zeit beschäftigen, und Wallner hatte keine Ahnung, ob sie damit überhaupt auf der richtigen Spur waren.

Kurz nach zwanzig Uhr kam Tina zu Wallner und brachte ihm ein Gesprächsprotokoll, das aus Dortmund gefaxt worden war. Es handelte sich um die Vernehmung einer Astrid Mikulai. Wallner fragte, wer das sei. Tina sagte, das sei die Erzieherin, die nach dem Mord in Dortmund einen Nervenzusammenbruch erlitten hatte und deshalb von Wallner nicht vernommen werden konnte. Sie habe offenbar eine engere Beziehung zu Helmut Lettauer gehabt, dem Jungen, der in Dortmund ermordet worden war. Wallner erinnerte sich wieder. Auch als Leiter der SoKo konnte er nicht alle Namen im Kopf behalten, die im Zuge der Ermittlungen auftauchten.

Wallner überflog das Vernehmungsprotokoll. Er schenkte sich dabei den letzten Rest Kaffee aus der Thermoskanne ein, in die die Sekretärin den Kaffee aus der Maschine umfüllte, bevor sie kurz nach fünf das Büro verließ. Es war eine Vorsichtsmaßnahme. Zu oft sei es vorgekommen, so die Begrün-

dung, dass der Letzte nachts vergessen habe, die Kaffeemaschine auszuschalten. Am nächsten Morgen habe es nicht
nur elendiglich gestunken, auch sei die Glaskanne durch den
eingebackenen Kaffeesud derart verschmutzt gewesen, dass
an eine Reinigung in der Spülmaschine nicht zu denken war.
Wallner trank mehrere Schlucke der lauwarmen, ölig-bitteren
Flüssigkeit und hoffte, sie würde ihn wach halten.

Die Aussage von Astrid Mikulai enthielt nichts, was Wall-
ner weiterbrachte. Frau Mikulai beschrieb den Lebens- und
Leidensweg ihres Schützlings und ihre steten Versuche, Hel-
mut Lettauer zu einem normalen Leben zu verhelfen. Für den
Mord an dem Jungen hatte Frau Mikulai keine Erklärung,
äußerte aber den vorsichtigen Verdacht, dass er etwas mit
Helmuts schlechtem Umgang zu tun habe. Als Wallner das
Papier zur Seite legte, zuckte etwas für den Bruchteil einer
Sekunde im Augenwinkel auf. Es war das Wort »Schwaz«.
Wallner war nicht sicher, ob er sich das eingebildet hatte oder
ob es tatsächlich irgendwo auf der ersten Seite des Protokolls
stand. Er konnte sich nicht erinnern, es beim Überfliegen des
Protokolls gelesen zu haben. Er nahm das Protokoll noch
einmal zur Hand und las den Text genauer. Aber das Wort
»Schwaz« war nicht mehr zu entdecken. Wallner kämmte
systematisch die ganze erste Seite durch. Plötzlich tauchte es
auf, wie aus dem Nichts. Bei den Personalien von Astrid
Mikulai stand: Geboren in Fügen, Bez. Schwaz/Österreich.

29

Rathberg saß hinter dem Lenkrad eines Ford Transit und schlürfte schwarzen Tee mit Milch aus der Verschlusskappe seiner Thermoskanne. Es war kalt im Wagen. Seit er den Motor ausgemacht hatte, waren zwei Stunden vergangen. Der Kleintransporter stand auf dem Parkplatz vor dem Bräustüberl in Tegernsee. Rathberg musste schräg durch das Seitenfenster sehen, wenn er die Eingangstür des Wirtshauses im Auge behalten wollte. Und er wandte den Blick auch beim Trinken nicht von dieser Tür.

Der Tag war schlecht verlaufen. Nach der Polizeikontrolle – die hatte er immerhin mit Glück überstanden – musste sich Rathberg einen neuen Wagen besorgen. Kennzeichen und Halter des Transporters waren durch die Datenbanken der Polizei gelaufen. Wenn sein Name noch an anderer Stelle bei den Ermittlungen aufgetaucht war, bestand die Gefahr, dass das jemandem auffiel. Rathberg war nach München gefahren und hatte sich ein anderes Fahrzeug gemietet. Auf der Rückfahrt von München fiel ihm auf, dass er einen Fehler gemacht hatte. Es wäre besser gewesen, zu einem halbseidenen Gebrauchtwagenhändler zu gehen und einen Wagen cash zu kaufen. Es hätte Wochen gedauert, bis sein Name im Computer der Kfz-Zulassungsbehörde aufgetaucht wäre. Aber jetzt war es zu spät. Wenn die Polizei einmal auf seinen Namen stieße, würde sie kurze Zeit später wissen, mit welchem Wagen er unterwegs war.

Rathberg begann Fehler zu machen, und das missfiel ihm. Mehr und mehr missfiel ihm auch, dass er nicht wusste, welchen Vorsprung er vor der Polizei hatte. Das machte die Sache zwar spannend, aber auch nervenaufreibend. Nach reiflicher Überlegung hatte er beschlossen, von seinem Plan abzuweichen und gleich zu handeln. Er war sich einfach nicht sicher, wie viel Zeit ihm noch blieb.

Das Mädchen hatte das Bräustüberl gegen halb acht zusammen mit vier Freunden betreten. Nach Rathbergs bisherigen Beobachtungen ging das Mädchen selten aus. Und wenn, dann blieb es nie so lange wie der Rest der Clique. Es müsste innerhalb der nächsten Viertelstunde die Gastwirtschaft verlassen. Und zwar alleine. Der Bus nach Rottach ging um halb elf. Aber das Mädchen stellte sich meist zehn Minuten früher an die Haltestelle.

Rathberg trank den letzten Schluck Tee, schraubte den Verschluss wieder auf die Thermoskanne und verstaute sie in dem Netz auf der Rückseite des Beifahrersitzes. Als er wieder zum Bräustüberl sah, war das Mädchen schon auf dem Weg zur Bushaltestelle. Wie vermutet ohne Begleitung. Rathberg wartete, bis das Mädchen fast am See angelangt war. Er konnte ihr nicht folgen. Sie nahm den Weg über die Uferpromenade, die für Autos gesperrt war. Das hatte andererseits den Vorteil, dass er ihr nicht hinterherfahren musste, was vielleicht aufgefallen wäre. Rathberg ließ den Wagen an und fuhr langsam um das Schloss und die herzogliche Brauerei herum auf die andere Seite des Gebäudekomplexes, wo sich die Bushaltestelle befand. Das Mädchen traf dort gerade ein. Rathberg wartete noch ein paar Sekunden, dann beschleunigte er auf Normaltempo, um an der Haltestelle wieder langsamer zu werden und schließlich neben dem Mädchen anzuhalten. Rathberg ließ das Fenster auf der Beifahrerseite herunter und lehnte sich über den Beifahrersitz.

»Hallo! Ich hab mir gedacht, das Gesicht kenn ich doch.«

Rathberg lächelte. Das Mädchen sah ihn irritiert an. Offenbar konnte sie sich nicht erinnern.

»Heute Nachmittag. Ich bin vom Fernsehen.«

»Ach so, ja. Hallo.« Sie lächelte jetzt ebenfalls. Erleichtert.

»Ich fahr nach Rottach. Ich muss ins Hotel Mayrach. Soll ich Sie mitnehmen? Ist kein großer Umweg für mich.«

»Das ist nett. Aber mein Bus kommt gleich.«

»Das kann dauern. Ich hab den Bus kurz hinter Gmund überholt.«

Das Mädchen war unsicher, dachte nach. Es war kalt draußen. Aber sie kannte den Mann im Wagen nicht.

»Ich bin Ihnen nicht böse, wenn Sie nicht mitfahren wollen. Sie kennen mich ja nicht«, sagte Rathberg und lächelte das Mädchen wieder an, diesmal väterlich-verständnisvoll.

»Es ist wirklich nicht, dass ich Ihnen nicht traue oder so …«

»Nein, ehrlich. Das ist völlig in Ordnung. Wenn ich Ihr Vater wär, würde ich auch nicht wollen, dass Sie nachts in irgendwelche Autos einsteigen.«

»Ich möchte nicht, dass Sie das falsch verstehen.«

»Wie gesagt – kein Problem. Wissen Sie was …?«

Das Mädchen schüttelte den Kopf und steckte seine Hände unter die Achseln. Ihr Atem bildete kleine Wolken in der eisigen Nachtluft.

»Ich bleibe hier, bis der Bus kommt, pass auf Sie auf und vertreib Ihnen ein bisschen die Zeit.«

»Das müssen Sie nicht.«

»Reiner Eigennutz. Nicht, dass Ihnen noch was zustößt. Dann steh ich morgen dumm da. Ich hab dem Regisseur nämlich schon von Ihnen erzählt.«

Das Mädchen lachte.

»Und? Was hat er gesagt?«

»Der war ganz aufgeregt.« Rathberg imitierte den aufgeregten Regisseur mit überkippender Stimme: »Schaffen Sie mir die Frau her!, hat er gesagt. Bevor die anderen sie kriegen! Ich fahr übrigens gerade zu ihm. Er will meine Location-Vorschläge ansehen.«

Rathberg holte die Fotos hervor, die er von ihm günstig erscheinenden Örtlichkeiten gemacht hatte. Das Interesse des Mädchens war geweckt. Und es fror zusehends. Rathberg sah auf die Uhr. Es war drei Minuten vor halb. Das Mädchen betrachtete die Fotos.

»Der Regisseur wohnt im Mayrach?«

»Ja. Zahlt alles der Sender.«

»Sie wohnen da auch?«

»Gott, nein! Wo denken Sie hin. Da wohnen nur die Häuptlinge, nicht die Indianer. Der Produzent wohnt noch da.«

Das Mädchen gab die Fotos zurück. Rathberg steckte sie in seine Jacke und schien eine Idee zu haben.

»Mir kommt da gerade was. Sie könnten den Regisseur eigentlich auch heute Abend kennenlernen. Wissen Sie – der Mann hat viel um die Ohren und ist ziemlich chaotisch. Wer weiß, ob er morgen überhaupt Zeit findet.«

»Ist das nicht zu spät?«

»Nein. Das ist völlig normal für den. Der arbeitet immer bis spät in die Nacht.«

»Na ja …« Das Mädchen war sichtlich unschlüssig.

»Fahren Sie doch mit dem Bus bis zum Freibad und gehen von da zu Fuß. Sind doch nur fünf Minuten. Ich warte in der Lobby auf Sie.«

Das Mädchen sah zu Rathberg, dann in die Richtung, aus

der der Bus kommen musste. Es kam kein Bus. Sie dachte nach und blies Kondenswolken aus ihrer hübschen Teenagernase.

»Ist ja albern«, sagte sie schließlich.

»Was meinen Sie?«

»Ich fahr mit Ihnen mit, okay? Ist doch unsinnig, wenn Sie ewig in der Hotelhalle auf mich warten müssen.«

»Wie gesagt – ich habe jedes Verständnis, wenn Sie lieber mit dem Bus fahren.«

»Ich glaub, Sie sind okay. Irgendwo hat man das ja im Gefühl, oder?«

»Ich denke doch«, sagte Rathberg und öffnete die Beifahrertür.

Wallner hatte sofort versucht, Astrid Mikulai zu erreichen. Bei sich zu Hause war sie nicht, und ihr Handy
war ausgeschaltet. Im Heim bekam er nur einen Zivildienst-
leistenden namens Gantek an den Apparat. Gantek hatte erst
seit zwei Tagen Dienst. Der Name Mikulai sagte ihm nichts.
Wallner schlug vor, den Dienstplan zu konsultieren. Gantek
zögerte, schlug seinerseits vor, das später zu machen. Jetzt
habe er gerade Beschäftigungstherapie. Auf Nachfrage stellte
sich heraus, dass nicht Gantek beschäftigungstherapeutisch
behandelt wurde, sondern Gantek zwei Jugendliche the-
rapeutisch beschäftigte. Im Hintergrund fragte eine junge
Stimme, ob Gantek die Sechsunddreißig jetzt habe. Ansonsten solle er passen, damit man mal zu Potte komme. Gantek
sagte, ja, er habe die Sechsunddreißig, aber sie sollten kurz
warten. Dann entfernte er sich von seinen Gesprächspart-
nern, senkte die Stimme und sagte, er werde in fünf Minuten
zurückrufen. Er habe – Gantek senkte die Stimme weiter –,
er habe gerade einen Null ouvert auf der Hand und müsse
sich konzentrieren. Wallner sagte, er könne gern auch den
Heimleiter anrufen, wenn Herr Gantek keine Zeit habe.
Worauf sich Gantek doch gleich zum Dienstplan begab und
ihm sagte, Frau Mikulai habe Frühdienst gehabt. Folglich sei
sie um die Uhrzeit nicht mehr im Heim. Wallner rief abermals die Handynummer von Astrid Mikulai an und bat sie

um Rückruf, sobald sie diese Nachricht abhöre. Egal um welche Uhrzeit.

Anschließend rief Wallner Mike an. Mike war schon am Achensee und auf dem Weg nach Hause. Wallner bat Mike, zurückzufahren und in Schwaz zu übernachten. Am nächsten Morgen müsse er vermutlich sofort einige Recherchen anstellen. Wallner erzählte, dass Frau Mikulai aus dem Zillertal gebürtig sei.

»Du, ich will net negativ sein«, sagte Mike. »Aber bist du sicher, dass die G'schicht irgendwo hinführt?«

»Ich hab in dem Job schon einige Zufälle erlebt. Aber das hier ist keiner. Der Mörder zeigt uns einen Berg im Zillertal, die Väter der zwei ersten Opfer waren Bergsteiger, und der Mensch, der dem dritten Opfer am nächsten gestanden hat, stammt aus Fügen. Schau auf die Karte. Der Rastkogel ist grad ein paar Kilometer weg von Fügen.«

»Deine Bergsteiger erzählen aber, dass sie an dem Faschingsdienstag gar net in Tirol waren.«

»Beide lügen. Da bin ich mir sicher.«

»Klar, weil das sonst net in deine Theorie passt. Ich glaub, du willst es einfach net wahrhaben, dass wir hier unsere Zeit verschwenden. Ich versteh's ja. Du hast schon viel investiert. Aber wenn des a Sackgasse ist, dann haben wir irrsinnig viel Zeit mit nichts verplempert.«

»Stimmt«, sagte Wallner. Mehr war dazu nicht zu sagen.

»Du willst trotzdem weitermachen?«

»Ja.«

Kurz herrschte Stille an beiden Enden der Leitung.

»Pass auf«, sagte Wallner, »wenn du an die Spur nicht glaubst, dann komm zurück. Ist wirklich okay.«

»Du, ich mach, was mir ang'schafft wird.«

»Nein, nein. Ich verlang von dir nicht, etwas zu machen,

was du für sinnlos hältst. Und ich kann in Schwaz niemanden gebrauchen, der nicht motiviert ist.«

Mike dachte kurz nach. »Wo ziehen wir die Grenze?«

»Wenn ich mit Frau Mikulai telefoniert habe und es hat nichts gebracht, dann lassen wir Tirol sein. Wir haben immer noch die Spur Autoverleih und Aplerbeck.«

»Na gut. Kannst mich morgen früh ab sechs anrufen.«

»Aber nur, wenn das wirklich okay für dich ist.«

»Wennst damit leben kannst, dass ich's trotzdem für an Schmarrn halt.«

Wallner überlegte kurz. »Ist in Ordnung für mich. Fahr zurück nach Schwaz.«

Als Wallner nach Hause kam, stand ein Wagen vor dem Haus. Mit Hamburger Kennzeichen. Das war nicht in Ordnung. Autos fremder Leute hatten vor dem Haus nichts zu suchen. Wallner sprach den Polizisten an, der vor dem Haus dafür Sorge trug, dass die Presse Manfred in Ruhe ließ. Der Wagen gehöre einer Journalistin, sagte der Uniformierte. Wallner wandte ein, dass der Polizist doch gehalten sei, Journalisten von hier fernzuhalten. Ja, das wisse er, sagte der Polizist. Damit sich der alte Herr Wallner nicht so aufregen müsse. Genau so sei es, bestätigte Wallner. Warum dann der Wagen hier? Na ja – der alte Herr Wallner habe darauf bestanden. Worauf? Eben darauf, dass die Journalistin ins Haus komme und ein Interview mit ihm mache.

Wallner war verwirrt. Manfred hasste den Medienrummel und hatte nicht das geringste Bedürfnis, berühmt zu werden. Wallner dankte dem Polizisten und ging ins Haus. Manfred saß in der Küche. Mit ihm am Tisch eine Frau von etwa vierzig Jahren. Sie hatte kurze, blonde Haare, ein atemberaubend schönes Gesicht und trug Jeans Größe 27.

»Hallo«, sagte Wallner nicht unfreundlich, aber reserviert.

»Bist auch schon da«, grüßte Manfred.

»Hallo«, sagte die Frau. Manfred machte keine Anstalten, Wallner vorzustellen. Die Frau musste selbst initiativ werden.

»Sie sind bestimmt ...«

»Ich bin Clemens Wallner. Der Enkel.«

»Ah, der Kommissar!«, strahlte die Frau ihn an.

»Ja, auch«, lächelte Wallner. Dann fixierte er Manfred mit einer gewissen Schärfe.

»Ach so, ja, das ist die Frau Wörner. Die ist Journalistin.« Manfred machte nicht den Eindruck, als wollte er Wallner zu der kleinen Runde dazubitten.

»Hab schon gehört«, sagte Wallner.

»Sie müssen sehr stolz sein auf Ihren Großvater. Dass er die Leiche entdeckt hat.«

»Hält sich in Grenzen«, murmelte Manfred und ließ den Blick in einen entfernten Winkel der Decke wandern.

»Ja, natürlich«, sagte Wallner.

Frau Wörner sah Wallner mit großen Augen an. »Sie sind also der Mann, der den Prinzessinnenmörder jagt! Wahnsinn.«

»Der darf aber nichts sagen. Sonst kriegt er vom Polizeipräsidenten was auf die Mütze.«

Wallner und Frau Wörner lachten, wenn auch beide ein wenig gekünstelt.

»Das stimmt im Prinzip. Wir haben in der SoKo eigens jemanden, der für die Medien zuständig ist.« Wallner merkte, dass ihm die Situation missfiel. »Haben Sie etwas dagegen«, wandte er sich an Frau Wörner, »wenn ich Ihnen meinen Großvater für ein paar Minuten entführe?«

»Aber nein, überhaupt nicht.«

Manfred schien etwas dagegen zu haben. Aber Wallner gab ihm mit einer eindeutigen Kopfbewegung zu verstehen, dass er mit ins Wohnzimmer kommen solle.

»Mir sind grad mitten im Interview«, maulte Manfred, als Wallner die Wohnzimmertür hinter sich geschlossen hatte.

»Was wird denn das? Ich dachte, du willst keine Reporter.«

»Hab ich so net g'sagt.«

»Pressegschwerl, windiges. Das waren deine Worte.«

»Des hier is was anderes. Die macht a Homestory, wennst weißt, was das is.«

»Homestory? Über wen?«

»Über den Mann, der die zweite Leiche entdeckt hat. Über mich, wenn's recht is.«

»Du liest nicht mal die Zeitschrift, für die Frau Wörner arbeitet.«

»Ja und? Der Artikel ist mir ja auch wurscht.«

»Was willst du dann?«

»Bist du blind? Hast du net g'sehen, wie die ausschaut?«

Wallner starrte seinen Großvater fassungslos an. Wallners Fassungslosigkeit steigerte sich noch, als er Manfreds Gesicht genauer betrachtete. Es fielen ihm Dinge auf, die er bislang nicht bemerkt hatte. Die Nase schien irgendwie länger und fleischiger geworden zu sein, der Mund stand halb offen, und in Manfreds Augen spielte ein eigenartiges Funkeln. Kein Zweifel – der Greis, der vor Wallner stand, war stockgeil.

»Die Frau ist vierzig Jahre jünger als du und sieht aus wie Sharon Stone. Könntest du mir bitte verraten, was du realistischerweise von diesem Abend erwartest?«

»Du bist erwachsen. Das muss ich dir hoffentlich net erklären.«

»Tu's trotzdem. Nur damit ich weiß, dass das, was ich gerade vermute, vollkommener Schwachsinn ist.«

»Was redst denn so g'schwollen daher. Die Frau is a g'mahte Wiesen.«

Wallner konnte es nicht fassen. Manfred machte sich allen Ernstes Hoffnungen auf ein erotisches Abenteuer. »Manfred – du glaubst nicht wirklich, dass die …« Wallner senkte die Stimme und sah zur Tür. »Dass die mit dir ins Bett geht?«

»Wieso net?«

»Zwing mich nicht, taktlos zu werden.«

»Die steht net auf Äußerlichkeiten.«

»Was heißt das? Ihr redet über Kant und Adorno?«

»Spinnst du? Des is a kultivierte Frau. Der kannst doch net mit so was kommen …« Manfred dachte kurz nach. »Oder was hast g'sagt, worüber wir reden?«

»Egal. Nenn mir einen nicht perversen Grund, warum die mit dir in die Kiste will.«

»Weil – ich – berühmt bin! Ich war quasi bei einem Mord dabei. Es gibt Frauen, die macht so was heiß. Und die is so eine.« Manfreds Nase näherte sich der Form nach immer mehr einem Phallus an. »Die glüht, verstehst?«

Wallner hatte verstanden. Manfred hielt sich für den Mann, mit dem Sharon Stone ins Bett ging. Er hätte seinem Großvater gern die Schmach erspart. Eine Schmach, wie er sie vor zehn Jahren mit Karla erlitten hatte. Aber Manfreds Gehirn befand sich im Augenblick zwischen seinen Beinen. Nichts zu machen.

»Versprich mir eins«, sagte Wallner. Manfred sah ihn ungeduldig an. Er wollte zurück zu Frau Wörner, bevor die es sich überlegte und ging. »Wenn Frau Wörner gehen will – mach dich bitte nicht lächerlich.«

»Geh, komm, erzähl mir doch net, wie man Frauen behandelt. Da hab ich schon mit ganz anderen Kalibern zu tun gehabt.«

Wallner versuchte, sich vorzustellen, wie diese Frauen wohl ausgesehen hatten. Frau Wörners Aussehen ließ nämlich kaum noch Spielraum nach oben.

»Na gut. Dann geh mal zurück zu Frau Wörner. Und übernimm dich nicht.«

Manfred holte die schon etwas zerknitterte Tablettenpackung mit dem Indianerkopfschmuck aus seiner Hosentasche.

»Hab mich schon präpariert. Das kannst aber glauben.« Er steckte die Tabletten in die Tasche zurück und verschwand in Richtung Küche.

Wallner ließ sich eine Pizza kommen, die er im Wohnzimmer aß. Dabei sah er fern. Gelegentlich hörte er aus der Küche Frau Wörners Lachen. Wallner sah sich noch einen späten Krimi an, was nicht seine Art war. Gegen halb zwölf wurde Wallner klar: Er wartete darauf, dass Frau Wörner ging. Aber die ging nicht. Gegen halb eins erklang erneut Frau Wörners Lachen aus der Küche. Wallner fragte sich, was Manfred ihr erzählte. Er wurde den Verdacht nicht los, dass es peinliche Geschichten aus seiner, Wallners, Kindheit waren. Schließlich gab er auf und ging ins Bett.

Unter der Bettdecke wartete Wallner weiter darauf, dass Frau Wörner sich verabschiedete. Er hatte die Zimmertür wie üblich einen Spaltbreit offen gelassen. Wallner versuchte zu schlafen. Das gelang ihm nicht so recht. Zweimal döste er ein und wachte wieder auf, geweckt von der Geräuschlosigkeit im Haus. Er sah zur Tür. Aus dem Erdgeschoss drang immer noch schwaches Licht herauf. Dann wieder leise Geräusche aus der Küche. Man nahm offenbar Rücksicht auf den Schlafenden. Wallner drehte sich um und zog die Decke über den Kopf. Als er wieder aufwachte, war es halb vier. Er drehte den Kopf zur Tür. Jemand hatte sie zugemacht.

Zwanzig Kilometer entfernt konnte noch jemand nicht schlafen. Rathberg saß mit Mütze und Handschuhen auf dem Balkon seines Hotelzimmers und sah auf den mondbeschienenen See. Er trank den letzten Schluck aus dem kleinen Fläschchen Whisky, das er in der Minibar entdeckt hatte. Das Wodkafläschchen hatte bereits den Weg in den Hotelzimmerpapierkorb gefunden. Rathberg war unzufrieden. Ja, nachgerade besorgt. Er war heute Abend von seinem Plan abgewichen. Das hätte nicht passieren dürfen. Warum hatte er nicht bis morgen gewartet? Warum musste er das Mädchen schon heute in seinen Wagen locken? Zugegeben – vielleicht war ihm die Polizei schon auf der Spur. Aber auf zwölf Stunden würde es nicht ankommen. Das war keine Rechtfertigung für Improvisationen. Das Mädchen war gerade dabei gewesen, in Rathbergs Wagen zu steigen, als ein anderer Wagen in die Bushaltestelle einfuhr und anhielt. In dem Wagen saßen die Freunde des Mädchens, die entgegen ihrer Gewohnheit des Bräustüberls bereits überdrüssig und im Begriff waren, das Lokal zu wechseln. Sie hatten das Mädchen an der Haltestelle gesehen und fragten jetzt, ob sie es nach Hause fahren sollten. Das Mädchen sagte, sie fahre mit Rathberg noch ins Hotel Mayrach, um dort einen Filmregisseur zu treffen. Die Freunde des Mädchens waren von der Aussicht, einen Filmregisseur zu treffen, derart angetan, dass sie anboten mitzukommen. Rathberg musste die Aktion abbrechen. Er gab vor, just in diesem Moment eine SMS bekommen zu haben. Der Regisseur habe den Termin abgesagt. Nichts Ungewöhnliches bei dem Mann. Ungewöhnlich eher, dass er überhaupt absage, anstatt einfach nicht zu erscheinen. Tja, leider. Er werde sich dann halt morgen melden. Rathberg überließ das Mädchen seinen Freunden und fuhr ins Hotel zurück. Niemand hatte Verdacht geschöpft. Aber das Risiko wurde größer. Rathberg musste sich beruhigen. Es gab noch einen Magenbitter in der Minibar.

Um halb sieben stand Wallner auf. Es war dunkel draußen, und Wallner war erschöpft, weil er zu wenig geschlafen hatte. Während der Kaffee durchlief, ging Wallner ins Wohnzimmer. Manfred hatte das Fenster auf Kippen gestellt, um zu lüften, und die Heizung ausgemacht. Wallner hasste es, wenn das Wohnzimmer morgens kalt war. Er drehte schlotternd die Heizung auf, legte sich eine Wolldecke um und schloss das Fenster. Dabei sah er, dass vor dem Haus immer noch der uniformierte Beamte durch die morgendliche Kälte patrouillierte. Seine Schicht musste bald zu Ende sein. Und noch etwas sah Wallner: Der Wagen, der gestern vor dem Haus geparkt hatte, stand immer noch da. Frau Wörners Wagen. Wallner starrte eine Weile auf das Auto. Da knarzte hinter ihm die Holztreppe. Wallner kannte das Geräusch. Manfred mühte sich wie jeden Morgen die Treppe aus dem ersten Stock hinunter. Heute Morgen klangen Manfreds Schritte ein wenig schneller als sonst. Für Manfreds Verhältnis geradezu beschwingt. Wallner versuchte, seine Gedanken zu ordnen und eine Antwort auf die Frage zu finden, was dieser Wagen vor seinem Haus zu suchen hatte. Nachdem er ein paar vollkommen unsinnige Varianten verworfen hatte, blieb nur ein logisch zulässiger Ablauf der nächtlichen Ereignisse übrig: Frau Wörner hatte zu viel getrunken und war mit dem Taxi nach Hause gefahren.

Wallner ließ sich Zeit. Manfred war schon am Kühlschrank und trank Milch aus der Packung. Er stellte die Packung gerade zurück, als Wallner in die Küche kam.

»Guten Morgen. Ich hoffe, du hast schlafen können.«
Manfred klang irgendwie aufgekratzt.

»Jaja. Sehr gut. Hast du meine Tür zugemacht?«

»Ich hab mir gedacht, es ist dann ruhiger. Du musst ja früh raus.«

»Danke. Sehr rücksichtsvoll von dir. Kaffee?«

»Ach – ist er schon durch? Sehr gut.«

Wallner schenkte bedächtig eine Tasse Kaffee ein. Eigentlich wartete er darauf, dass Manfred etwas sagen würde. Manfred sagte aber nichts. Er sah Wallner beim Kaffee-Einschenken zu. Wallner schob Manfred die Tasse über die Arbeitsplatte.

»War spät gestern Nacht.«

»Mei …« Manfred fischte mit einem Finger nach dem Henkel der Tasse und zog sie langsam zu sich.

»Hat sie ein bissl viel erwischt, die Frau Wörner?«

»Wieso?«

»Na ja, weil sie … weil sie mit dem Taxi gefahren ist.«

Manfred öffnete erneut den Kühlschrank und holte die Milch heraus.

»Taxi?«

Wallner deutete in Richtung Straße. »Ihr Wagen steht noch vor dem Haus.«

»Ach so. Ja, sicher steht der noch vor dem Haus.« Manfred goss Milch in den Kaffee, ohne etwas zu verschütten. Wallner registrierte das erstaunt. Manfred wäre jetzt mit einer Erklärung dran gewesen. Aber er hüllte sich wieder in Schweigen und rührte in seinem Kaffee. Als Wallner die Küche schon verlassen wollte, wurde ihm klar, dass er mit dieser Ungewissheit nicht in den Tag gehen konnte. Er drehte in der Tür um.

»Und wieso ist das klar, dass der Wagen noch vor dem Haus steht?«

»Das Hotel ist doch nur drei Minuten zu Fuß.«

Wallner fühlte sich wie nach einem Zugunglück. Genauer gesagt wie in dem Moment, in dem der Spezialkran den Eisenbahnwaggon anhob, unter dem Wallner seit Stunden eingeklemmt war.

»Ja logisch. Das ist ja um die Ecke.« Irgendwie war Wallner mit einem Mal beschwingt ums Herz. Der Tag war jung und frisch. Das Leben konnte weitergehen. Ihm wurde klar, wie unsinnig seine Befürchtungen gewesen waren. Hatte er tatsächlich geglaubt, Manfred würde Sharon Stone ins Bett bekommen? Wallner stellte die Tasse in die Spüle und atmete tief und frei durch.

»Ich pack's dann. Wird ein harter Tag heut.«

Manfred lächelte seinem Enkel zu und hob wie zum Gruße die Kaffeetasse. Wallner war, als sei etwas Maliziöses in Manfreds Lächeln gewesen. Er konnte nicht sagen, was es war. Aber irgendwas war. Er beschloss, nicht weiter drüber nachzudenken. In den letzten Stunden hatten schon zu viele Gespinste sein Gehirn blockiert. Als Wallner aus der Küche trat, hörte er ein Geräusch. Er brauchte eine Weile, bis er das Geräusch erkannte. Womöglich identifizierte sein Verstand das Geräusch schon weit eher. Doch sein Bauch weigerte sich, es zu bestätigen. Das Geräusch kam aus dem ersten Stock und wurde eindeutig von einer Dusche verursacht.

»Ins Bad kannst jetzt nicht«, hörte er Manfred von hinten aus der Küche krähen. Der Eisenbahnwaggon senkte sich wieder auf Wallners Brust.

»Ich denk, die ist ins Hotel?«

»Ja. Zahnbürst'n holen und Schminksachen und so. Weißt ja, wie Frauen sind.«

Wallner starrte seinen Großvater an. Manfred kam mit schleppendem Gang aus der Küche. Die inzwischen leere

Kaffeetasse baumelte an Manfreds Mittelfinger, den er durch den Henkel gesteckt hatte.

»Du hast nicht mit der …« Wallner merkte, dass er anfing zu stammeln. »Du hast tatsächlich … ich mein – so richtig …?«

Manfred legte seine freie Hand auf Wallners Schulter und blickte nach oben zu dem Rauschen der Dusche.

»Wennst sie haben magst – ist kein Problem. Ich muss ja net übertreiben in meinem Alter. Ich überlass sie dir gern.«

»Oh, danke. Sehr …«, Wallner suchte nach einem halbwegs passenden Wort, »… nett von dir. Aber ich denke …«

»Du, ohne Schmarrn. Ich lad die für heut Abend wieder ein. Dann zieh ich mich dezent zurück. Und dann bist du dran. Ha?!«

Manfred boxte Wallner in den Bauch. Auch sein Leberhaken hatte über Nacht erstaunlich an Härte gewonnen. Wallner lachte und versuchte, sich nicht anmerken zu lassen, dass er keine Luft bekam.

»Du, ich muss jetzt. Bis heut Abend dann.«

»Was is jetzt mit ihr da oben? Soll ich sie einladen?«

»Manfred – bitte!«

»Musst du wissen! Wer nicht will, der hat schon.« Manfred schlurfte zufrieden lächelnd in die Küche zurück.

Wallner hörte sehr leise den Klingelton seines Handys. Er überlegte einen Augenblick, wo er das Handy am Vorabend gelassen hatte, und kam zu dem Schluss, dass es noch in der Daunenjacke stecken musste. Daher auch der gedämpfte Ton. Als Wallner endlich an der Garderobe war und das Handy aus der Jacke gefummelt hatte, war es zu spät. Er hörte seine Box ab. Frau Mikulai aus Dortmund hatte Wallners Bitte um Rückruf entsprochen.

31

Wallner rief Frau Mikulai nicht sofort zurück. Er fuhr
erst ins Büro, um sich auf den letzten Stand der Ermittlungen zu bringen. Tina und Lutz waren bereits bei der
Arbeit. Tina war deprimiert. Sie hatte mit Valerie gestritten.
Valerie war gestern Nacht mit Freunden unterwegs gewesen,
was nicht ungewöhnlich war. Aber Tina hatte Angst gehabt
um Valerie. Valerie verstand nicht, warum Tina Angst hatte.
Valerie sagte, sie sei ja nicht dumm und könne gut auf sich
aufpassen. Tina hatte gesagt, Valerie sei naiv und habe keine
Ahnung. Die nächsten Tage dürfe Valerie nachts nicht mehr
weggehen. Valerie war darüber wütend geworden und hatte
geweint. Sie wollte nicht einsehen, dass sie Hausarrest bekam,
ohne dass ihr ein Fehlverhalten vorzuwerfen war. Schwierig,
sagte Lutz. Sehr schwierig, sagte Wallner. Zu helfen war Tina
nicht.

Es war wider Erwarten gelungen, die Kappe zu finden, die
Traudl Grieser auf dem Hof der Autovermietung Schreiber-
Rent in die Mülltonne geworfen hatte. Die Kappe war, wie
Traudl Grieser gesagt hatte, in einem Sportgeschäft in Unna
gekauft worden. Es gab aber keinen zugehörigen Karten-
beleg. Der Käufer hatte bar bezahlt. Tina war gerade dabei,
das Gewebe an der Innenseite der Kappe auf DNA-Spuren
zu untersuchen. Ein paar Hautschuppen hatte sie bereits isoliert.

Wallner rief Mike an. Mike war dabei, zum wiederholten Mal die Schwazer Polizeiakten des gesamten Februar 1990 zu durchforsten. Zwar hatte der Mörder konkret auf den 17. Februar hingewiesen. Aber es war denkbar, dass das Ereignis, auf das der Mörder Bezug nahm, nicht unter diesem Datum aktenkundig geworden war, sondern aus irgendwelchen Gründen davor oder danach. Ein Unfall hätte sich etwa am 15. ereignen, das Opfer aber erst am 17. sterben können. Oder ein abgestürzter Bergsteiger mochte erst Tage später geborgen worden sein. Denkbar war auch, dass sich der Mörder im Datum geirrt hatte, in Anbetracht seines sonst so akribischen Vorgehens allerdings unwahrscheinlich. Aber jeder machte Fehler. Am 18. Februar, stellte Mike fest, gab es auffallend viele Todesfälle. In der Nacht vom 17. Februar hatte es stark geschneit. Drei Gruppen von Skitourengehern waren am darauffolgenden Vormittag in Neuschneelawinen geraten. Dabei waren acht Skifahrer getötet worden. Außerdem war eine junge Frau in der Nacht beim Skifahren tödlich abgestürzt. Aber keiner der Beteiligten trug einen Namen, der auf der Liste stand, die Wallner Mike geschickt hatte. Mike sprach es nicht aus, hielt Wallners Fixierung auf das Zillertal aber für Starrsinn am Rande der Verblendung. Wallner dankte Mike und sagte, er werde sich melden, sobald er mit Frau Mikulai gesprochen habe.

Frau Mikulai hatte wieder Frühschicht. Wallner erreichte sie an ihrem Arbeitsplatz im Kinderheim. Vormittags waren ihre Schützlinge in der Schule. Sie hatte Zeit zu reden.

»Was meinen Sie damit, wie nah ich Helmut gestanden habe?« Frau Mikulai klang, als sei ihr die Frage unangenehm.

»War es eine sehr intensive Beziehung? Vergleichbar vielleicht mit der zu einem eigenen Kind«, sagte Wallner und bemühte sich um einen sanften Ton in der Stimme. Er wollte Frau Mikulai nicht provozieren.

Frau Mikulai rang hörbar mit den Tränen. »Ja. Schon.«

»Waren Sie der einzige Mensch, der eine so intensive Beziehung zu Helmut hatte?«

»Ja. Mit Sicherheit.«

»War das bekannt?«

»Natürlich. Ich hatte einen Adoptionsantrag gestellt. Das wusste jeder.« Es herrschte kurz Stille. »Warum müssen Sie das wissen?«

»Gibt es jemanden, der Sie hasst?«

»Bestimmt nicht. Ich meine, es gibt Jugendliche hier im Heim, die muss ich manchmal maßregeln. Aber … was wollen Sie damit andeuten?«

»Ich rede nicht von Ihren Jugendlichen. Sie stammen aus Fügen?«

»Das ist richtig.«

»Wann sind Sie von dort weggegangen?«

»Vor über zehn Jahren.«

»Das heißt, im Jahr 1990 waren Sie noch in Tirol?«

»Ja.«

»Können Sie sich erinnern, wo Sie am Faschingsdienstag 1990 waren?«

»Mein Gott – das ist lange her …«

»Versuchen Sie es.«

»Ich hab wirklich keine Ahnung. Können Sie mir irgendeinen Hinweis geben, worauf Sie rauswollen?«

»Rastkogel? Sagt Ihnen das etwas?«

»Rastkogel …« Wallner konnte förmlich hören, wie das Wort einen Schalter in Frau Mikulais Kopf umlegte. »Warten Sie …«

Wallner wurde unruhig, zwang sich aber, Frau Mikulai nicht beim Nachdenken zu stören.

»Ich war mal auf einer Hütte am Rastkogel. Auf der Rückseite. Nicht da, wo die Lifte raufgehen. Auf der anderen Seite. Da sind zwei oder drei Skihütten. Von Privatleuten.«

»Das war im Fasching?«

»Ja. Faschingsdienstag. Kann auch sein, dass das 1990 war.«

»Mit wem waren Sie da oben?«

»Mit einem Deutschen. Die Hütte hat seiner Familie gehört.«

»Wie hieß der?«

»Das weiß ich nicht mehr. Nicht mal den Vornamen. Das ist zu lange her. Wir hatten danach auch keinen Kontakt mehr. Das war so eine typische Faschingsbekanntschaft.«

»Erzählen Sie mir, an was Sie sich erinnern können.«

»Kennengelernt hab ich ihn am Mittag. Also am Faschingsdienstag. Beim Skifahren in Hochfügen. Wir sind an der Schneebar ins Reden gekommen. Er war nett und … ich weiß auch nicht. Irgendwie hat er gemeint, ob ich nicht Lust hätte, den Abend auf seiner Hütte zu verbringen. Ich hab mir gedacht: Warum nicht. Ein kleines Abenteuer. Und wie gesagt, er war sehr nett.«

»Die Hütte war am Rastkogel?«

»Man musste mit dem Lift auf den Rastkogel und dann zur Hütte abfahren.«

»Waren Sie zu zweit?«

»Nein. Da war noch ein Freund von ihm mit dabei. Und noch ein Mädel. Aber wie die geheißen haben – keine Ahnung.«

»Ist auf der Hütte irgendetwas Besonderes passiert?«

»Kann sein. Ich weiß es nicht mehr. Es ist wie gesagt lang her und …« Sie zögerte. »Ich würd mich so oder so nicht gut dran erinnern.«

»Warum nicht?«

Ein paar Sekunden Stille.

»Wegen was ermitteln Sie eigentlich?«

»Ich ermittle wegen des Mordes an Helmut Lettauer. Und an zwei jungen Mädchen, die hier in Bayern umgebracht wurden. Das wissen Sie doch.«

»Ich muss Ihnen aber nichts sagen, wenn ich mich selber strafbar gemacht habe?«

»Sie müssen mir gar nichts erzählen. Ich will Helmuts Mörder finden und bitte um Ihre Hilfe.«

Am anderen Ende wurde geschneuzt und geschluckt.

»Entschuldigen Sie. Es ist nur …«

»Ja?«

»Es … es waren damals Drogen im Spiel.«

»Das interessiert heute keinen mehr. Was für Drogen?«

»Alkohol und irgendwelche Tabletten. Ich hab mich da nicht ausgekannt. Aber die Mischung war ziemlich stark.«

»Deswegen Ihre Erinnerungslücken?«

»Was nachts auf der Hütte passiert ist, das weiß ich kaum noch.«

»Was wissen Sie noch?«

»Wir haben gefeiert und getrunken und dieses Zeug genommen. Die Musik war sehr laut. Ich glaube, die anderen waren auch ziemlich weggetreten.«

»Mehr war nicht?«

»Es ist alles so – wie im Nebel. Irgendwas war noch.«

»Ist etwas vorgefallen? Gab es Streit?«

»Kann sein. Wahrscheinlich gab es Streit. Aber fragen Sie mich nicht, zwischen wem und worum es ging. Ich weiß es nicht mehr. Es hatte, glaube ich, nachts eine Schlägerei gegeben. Und ich hatte das Gefühl … ja doch, da war noch wer.«

»Was meinen Sie damit?«

»Dass da außer uns vieren noch jemand war.«

»Noch eine fünfte Person?«

»Ja.«

»War die am Nachmittag mit auf die Hütte gekommen?«

»Nein. Ich bin sicher, dass wir da nur zu viert waren.«

»War die fünfte Person schon da, wie Sie auf die Hütte gekommen sind?«

»Nein. Die ... die ist irgendwann in der Nacht gekommen. Aber vielleicht hatte ich auch nur eine Halluzination. Von dem Speed oder was immer das war.«

»Das heißt, dieser nächtliche Besucher war am Morgen nicht mehr da?«

»Bestimmt nicht. Am Morgen waren wir nur zu viert.«

»Können Sie sich erinnern, dass Sie am nächsten Morgen Spuren gesehen haben? Spuren, die ins Tal geführt haben?«

»Vielleicht waren welche da. Aber – nein, ich kann mich nicht erinnern. Oder warten Sie ... ich glaube, es hatte in dieser Nacht geschneit. Da waren gar keine Spuren mehr.«

»Beschreiben Sie mir die Lage der Hütte so genau, wie Sie können.«

»Auf der Rückseite vom Rastkogel.«

»Welche Himmelsrichtung ist das?«

»In Himmelsrichtungen bin ich schlecht. Ich glaube, die Lifte sind auf der Südseite. Dann war die Hütte wohl auf der Nordseite.«

Wallner rief Mike an. Mike sollte zum Grundbuchamt gehen und feststellen, wem die Hütten auf der Nordseite des Rastkogel 1990 gehört hatten. Als Wallner Mike von Frau Mikulai berichtete, ging in Mike eine Veränderung vor. Mike war lange genug bei der Kripo, um zu erkennen, wann eine Spur heiß wurde. Diese Spur war definitiv heiß. Ein gespenstischer Besucher in der Nacht des 17. Februar 1990 auf einer Hütte am Rastkogel – das war mindestens ein Zufall zu viel. Mike versprach, alles zu mobilisieren, was ihm in Tirol zur Verfügung stand.

Wallner hatte beim Polizeipräsidium in Rosenheim beantragt, Personal für Straßenkontrollen im Landkreis abzustellen. In den Tagen nach den ersten beiden Morden hatte es bereits Straßenkontrollen gegeben. Sie waren jedoch ohne Ergebnis geblieben. Denn man wusste im Grunde nicht, wonach man suchen sollte. Der Fall lag jetzt anders. Man hatte eine Liste mit sechs Namen. Dennoch wollte man in Rosenheim keine Beamten für Straßenkontrollen abstellen. Mit den Kollegen der Tiroler Polizei war seit längerem verabredet worden, in dieser Woche Lkw-Kontrollen durchzuführen. Wallner hätte besondere Dringlichkeit nachweisen müssen, um die Prioritäten zu ändern. Das aber konnte Wallner nicht. Es gab keinen konkreten Hinweis, dass der Mörder in nächster Zeit wieder zuschlagen würde, noch, dass er sich überhaupt im Landkreis Miesbach aufhielt. Der letzte Mord, den man dem Gesuchten zurechnen konnte, hatte sich in Dortmund ereignet, siebenhundert Kilometer entfernt.

Wallner blieb nur die Hoffnung, dass weitere Erkenntnisse die Kollegen in Rosenheim umstimmen würden. Der SoKo-Raum war auch heute wieder erfüllt von emsiger Betriebsamkeit. Alle Personaldaten von Unfallopfern, die Mike aus Österreich geschickt hatte, wurden mit der großen Aplerbeck-Liste abgeglichen. Eine spezielle Arbeitsgruppe war darauf angesetzt, die Angehörigen der Unfallopfer anzurufen und nach den näheren Umständen der Todesfälle zu befragen. Vielleicht gab es da irgendetwas Auffälliges oder jemand wusste von jemand anderem aus dem Umfeld des Opfers, der in Dortmund in ein psychiatrisches Krankenhaus eingeliefert worden war. Es war eine Sisyphus-Arbeit, die bis jetzt keine Ergebnisse gezeitigt hatte.

Zwischen zwei Streifenfahrten legte Kreuthner einen Stopp bei der SoKo ein, um sich auf den aktuellen Stand der Ermittlungen zu bringen. Schließlich sollte er in wenigen Tagen nach dem Eisstockschießen darüber referieren. Kreuthner durchschritt, die Hände auf dem Rücken gekreuzt und mit Schartauer, einem Adjutanten nicht unähnlich, im Gefolge, den SoKo-Raum, grüßte diesen und jenen, erkundigte sich nach dem persönlichen Befinden und dem Erfolg der Ermittlungsarbeit, die dem jeweiligen Gesprächspartner zugeteilt war, und ging damit eigentlich jedem auf die Eier. Als er Wallner sah, trat er sofort auf ihn zu und schwenkte seine rechte Hand mit ausladender Geste durch den Raum.

»Da hab ich ja was ins Rollen gebracht, wie?«

Wallner verstand erst nicht recht, was Kreuthner meinte. Dann aber kam ihm zu Bewusstsein, dass Kreuthner ja die erste Leiche entdeckt hatte. »Jaja. Da haben Sie uns was eingebrockt«, scherzte Wallner und hoffte, dass Kreuthner sich verabschieden würde. Kreuthner war weit davon entfernt, sich zu verabschieden. Er deutete auf Schartauer.

»Das ist der Kollege Schartauer. Guter Mann. Also – noch jung. Aber gut. Hat mir sehr bei meinen Ermittlungen geholfen.«

»Ermittlungen?«, fragte Wallner etwas konsterniert.

»Ihr Jungs macht's es hier drin, und wir machen halt da draußen unseren Job. Mir ham immer die Augen auf. Oder, Beni?«

Schartauer nickte. Ja, die Augen habe man ständig auf.

»Wie wär's mit Straßenkontrollen?«, schlug Kreuthner vor.

»Schwierig. Ist aber beantragt. Tja dann ...« Wallner

288

lächelte und hoffte, Kreuthner würde das als Verabschiedung verstehen. Doch Kreuthner hatte gerade ein Blatt Papier entdeckt, das auf dem Schreibtisch lag, neben dem sie standen. Es war die Liste mit den sechs Namen aus Unna.

»Was ist das? Kenn ich noch gar net.«

»Nichts wirklich Konkretes. Wir wollten es heute rausgeben. Wenn euch einer von denen zufällig über den Weg läuft – bitte festhalten und sofort melden.«

Kreuthner inspizierte die Liste. Dann gab er das Papier Schartauer, ohne ihn anzusehen.

»Fällt dir was auf?«

Schartauer las die Liste mit Sorgfalt. Dies eine Mal wollte er sich nicht blamieren. Schon gar nicht vor dem die Ermittlungen leitenden Hauptkommissar. Ein Name kam Schartauer bekannt vor.

»Rathberg?«

Kreuthner nahm die Liste wieder an sich, ohne den Blick von Wallner zu wenden.

»Mhm«, sagte Kreuthner. Kreuthners Antwort mochten die Vokale fehlen. Doch sonst war sie reich an Bedeutungsnuancen.

»Rathberg«, sagte Kreuthner.

»Rathberg?« Wallner wusste, dass man bei Kreuthner immer auf Überraschungen gefasst sein musste. Er wurde leicht unterschätzt.

»Rathberg.« Kreuthner lächelte melancholisch und schüttelte den Kopf in Fassungslosigkeit.

»Geht's ein bissl präziser?«

»Wir haben den Mann gestern Nachmittag gegen 17 Uhr kontrolliert. Auf der Straße zwischen Wall und Osterwarngau.«

Wallner schoss das Blut in den Kopf. »Und?«

»Wir konnten die Kontrolle nicht ordnungsgemäß beenden. Weil wir haben ja Taxi spielen müssen für die Grieserin.«

»Der Mann ist hier im Landkreis, und wir wissen, mit welchem Wagen er unterwegs ist?«

»Wenn net einer von euern Computer-Freaks die Abfrage gelöscht hat ...«

Wahrscheinlich hatte Rathberg inzwischen einen anderen Wagen – wenn er überhaupt noch im Landkreis war. Aber sie hatten jetzt einen Namen!

32

Rathberg goss heißes Wasser aus dem Wasserkocher in die Thermoskanne. Er war nervös, wie jedes Mal, wenn er die Vorbereitungen traf. Die Nervosität ließ trotz der mittlerweile erworbenen Routine nur unbedeutend nach. Dass er die Vorbereitungen für die anstehende Tat zum zweiten Mal durchführen musste, trug nicht zu seiner Beruhigung bei.

Rathberg achtete darauf, dass der Teebeutel nicht in die Kanne rutschte. Es war warm in dem sonnendurchfluteten Zimmer, und Rathberg hatte das »Bitte-nicht-stören«-Schild vor die Tür gehängt. Die Thermoskanne war jetzt gefüllt. Der Tee konnte ziehen. Das Flunitrazepam würde er später hinzufügen. Rathberg sah auf seine Uhr und griff zum Handy. Als das Mädchen sich meldete, hörte Rathberg im Hintergrund das Stimmengewirr des Pausenhofes.

»Hallo, wie geht's Ihnen? Sind Sie gut nach Hause gekommen?«

»Ja. Danke.«

»Tut mir leid, dass das mit dem Treffen in dem Hotel nicht geklappt hat.«

»Kein Problem. Was ist mit heute Nachmittag?«

»Sieht gut aus. Der Regisseur sieht sich mit mir die Locations an. Die auf den Fotos.«

»Ja, ich erinnere mich.«

»Wann können Sie?«

»Ich bin hier um zwei fertig.«

»Ja, das wäre gut. Können Sie dann direkt kommen?«

»Wohin denn?«

»Das hängt davon ab, wo wir dann gerade sind. Vermutlich irgendwo bei Warngau. Ich lasse Sie von der Schule abholen.« Rathberg hatte nicht vor, das Mädchen von irgendjemandem abholen zu lassen. Aber es klang geschäftsmäßiger.

»Okay. Ich warte an der Bushaltestelle.«

»Gut. Das kann ich dem Fahrer auch besser erklären. Also – bis nachher.«

Rathberg schaltete das Handy aus und fischte den Teebeutel aus der Thermoskanne, die er noch offen ließ. Der Tee sollte nicht zu heiß sein, wenn er ihn servierte.

Wallner hatte nach Kreuthners Meldung etliche Maßnahmen in die Wege geleitet, die darauf abzielten, Informationen über die Person Peter Rathberg und dessen gegenwärtigen Aufenthaltsort zu bekommen. Jetzt saß Wallner in seinem Wagen auf einem Parkplatz am Spitzingsee und starrte auf die schneebedeckte Eisfläche. Die Sonne schien und brach sich glitzernd in den Schneekristallen. Dahinter verschneiter Wald. Dahinter verschneite Berge. Die Landschaft war ein Wintermärchen. Wie an dem Tag, als die Leiche von Pia Eltwanger auf dem zugefrorenen See gelegen hatte. Wallner war eine halbe Stunde lang ohne Ziel mit dem Wagen übers Land gefahren. Es musste ihm etwas einfallen. Und das sehr schnell.

Es konnte reiner Zufall sein, dass jemand namens Peter Rathberg in diesen Tagen im Wagen eines Fernsehsenders durch das bayerische Voralpenland fuhr. Aber die Recherchen, die Wallner in Gang gesetzt hatte, förderten mehr und mehr Beunruhigendes zutage. Bei dem Fernsehsender stand Peter Rathberg nicht in den Personalakten. Ein Team des Senders war im Augenblick nicht in der Gegend, und man plante auch keine Beiträge über die Morde im Landkreis. Herr Rathberg war zu Hause in Unna nicht zu erreichen. Auch sein Handy hatte er nicht eingeschaltet, was bedauerlich war. Dann hätte man ihn mittels Funkpeilung zumindest grob orten können. Lutz rief an und teilte mit, dass man noch keine Verwandten von Rathberg hatte auftreiben können. Und Rathbergs Frau war vor kurzem verstorben, wie die Kollegen in Unna mitteilten. Wie es aussehe, sei Rathberg nicht in der Stadt. Die Kollegen in Unna seien aber an der Sache dran. Wallner hatte auf der Fahrt mit Rosenheim telefoniert. Dort war man auch nach den neuesten Erkenntnissen noch nicht gewillt, Personal für Straßenkontrollen zur Verfügung zu stellen. Man verlangte mehr Beweise, dass es sich um einen Fall höchster Dringlichkeit handelte.

Lutz hatte erwähnt, dass Rathbergs Frau vor drei Monaten Selbstmord begangen hatte. Das kam Wallner bekannt vor. Es war ihm, als habe ihm jemand vor kurzem etwas Ähnliches erzählt. Er dachte angestrengt nach. War es Mike oder ein Zeuge gewesen? Frau Mikulai? Es wollte nicht wiederkommen. Wallner war schon geneigt, das Ganze als Déjà-vu-Erlebnis abzutun. Aber es hielt ihn fest. Er ging alles noch einmal durch, was er in den letzten Stunden erfahren hatte. Das Gespräch mit Frau Mikulai, Kreuthners Meldung, Mikes Bericht. Hier blieb Wallner erneut hängen. Und zwar an einem Detail, das für Wallner seltsamerweise in Zusammenhang mit dem Selbstmord von Rathbergs Frau stand: Mike hatte von einer jungen Frau erzählt, die in der Nacht zum 18. Februar 1990 beim Skifahren abgestürzt war. Wieso stürzt jemand nachts beim Skifahren ab? Plötzlich brach ein Damm in Wallners Gedächtnis. Der Mann, von dem der Pfarrer in der Kneipe erzählt hatte: Seine Tochter war beim Skifahren abgestürzt. Und seine Frau hatte vor drei Monaten Selbstmord begangen!

Als Wallner Mike erreichte – Wallner war jetzt auf dem Weg zurück nach Miesbach –, hatte Mike gerade etwas Interessantes im Grundbuch entdeckt: Im Jahr 1990 gehörte eine der Hütten auf der Rückseite des Rastkogels den Eltern von Lothar Eltwanger. Wallner bat Mike, sich die Akten über den Skiunfall der jungen Frau anzusehen, der sich in der Nacht zum 18. Februar 1990 ereignet hatte. Und vor allem, ob dort in irgendeinem Zusammenhang der Name Peter Rathberg vorkam.

Lothar Eltwangers Handy war ausgeschaltet. Wallner sprach auf die Box und bat dringend um Rückruf. Eltwangers Sekretärin sagte, er sei in einer wichtigen Sitzung außer Haus. Auch sie könne ihn nicht erreichen. Wallner bat die Dame, ihr Möglichstes zu tun. Man könne sicher am Ort der Sitzung jemanden erreichen, der Eltwanger Bescheid sagte. Es sei wirklich äußerst dringend. Die Sekretärin versprach, alarmiert durch Wallners Tonfall, alles in ihrer Macht Stehende zu tun, um ihren Chef zu einem Rückruf zu bewegen.

Inzwischen hatte Tina in Unna tatsächlich einen evangelischen Pfarrer namens Sören Körting ausfindig gemacht. Das musste Wallners Gesprächspartner aus dem Kakadu sein. Wenn überhaupt jemand Wallner Verwertbares über Peter Rathberg berichten konnte, dann vermutlich dieser Pastor. Pfarrer Körting war nicht in seiner Gemeinde, hatte aber eine Halbtagssekretärin namens Frau Ewald, deren westfälischer Tonfall Wallner an Monika Mantinides erinnerte. Pfarrer Körting sei bei einer externen kirchlichen Veranstaltung und im Moment auch telefonisch nicht zu erreichen. Allerdings kannte Frau Ewald den Namen Rathberg. Wallner vernahm ein tiefes Seufzen am anderen Ende der Leitung. Und wie sie den Mann kenne, sagte Frau Ewald. Nicht dass sie mit ihm bekannt sei im Sinne eines Bekannten, den man gelegentlich treffe oder anrufe. Sie habe Rathberg vielmehr in ihrer Eigenschaft als Gemeindesekretärin kennengelernt. Wobei kennengelernt auch zu viel sei. Er habe mehrfach angerufen und sei auch das eine ums andere Mal persönlich vorstellig geworden. Jedes Mal in der Absicht, Pfarrer Körting zu sprechen. Und zwar sofort. Sie habe den Mann des Öfteren in seine Schranken weisen müssen und ihm klargemacht, dass er nicht der Einzige auf der Welt sei, der Herrn Pfarrer Körting zu sprechen wünsche. Aber der Mann sei von beinahe beängstigender Aufdringlichkeit gewesen. Ab und an habe er sich auch nett und konziliant gegeben. Allerdings immer nur, bis klarwurde, dass ihm Pfarrer Körting nicht unverzüglich zur Verfügung stand. Seit ein paar Wochen habe sich Rathberg Gott sei Dank nicht mehr blicken lassen. Auf Nachfrage stellte sich heraus, dass die Veranstaltung, an der Pfarrer Körting teilnahm, in der Evangelischen Akademie Tutzing abgehalten wurde. Tutzing lag am Starnberger See. Das war von Miesbach aus mit dem Wagen in einer Stunde zu erreichen.

Auf dem Weg nach Tutzing rief Lutz an. Zwei Streifenbeamte hatten Rathbergs Transporter gefunden. Er stand auf dem S-Bahn-Parkplatz in Holzkirchen. Der Wagen war leergeräumt – bis auf eine Webcam, die durch das Rückfenster des Transporters filmte. Man könne also davon ausgehen, dass Rathberg vom Fund seines Wagens Kenntnis hatte. Lutz vermutete, dass Rathberg den Landkreis verlassen hatte. Nach der Polizeikontrolle sei es ihm wohl zu heiß geworden. Wallner vermutete etwas anderes: Dass Rathberg mit der S-Bahn nach München gefahren war, um sich einen anderen Wagen zu besorgen. Er bat Lutz, sämtliche Autovermietungen in München zu überprüfen. Rathberg hatte dieses Mal vermutlich keine Zeit gehabt, jemanden zu engagieren, der einen Wagen für ihn mietete. Und unter fremdem Namen war das Mieten eines Autos ein schwieriges Unterfangen. Man musste Führerschein und Kreditkarte vorlegen. Rathberg hatte keine Zeit, sich mit falschen Dokumenten auszurüsten. Die Chancen standen daher gut, dass man bald auf ihn stoßen würde.

Gegen Viertel nach eins waren auf dem Monitor von Rathbergs Laptop zwei uniformierte Polizeibeamte aufgetaucht. Die Polizisten standen hinter dem Transporter auf dem S-Bahn-Parkplatz und starrten auf das Nummernschild des Wagens. Dann ging einer der beiden zum Streifenwagen zurück, der am linken Bildrand halb zu sehen war, und holte einen dünnen Aktenordner. Währenddessen verharrte sein Kollege im Abstand von wenigen Metern hinter dem Transporter und fixierte das Fahrzeug, als könne es jeden Moment explodieren. Als der Aktenordnerholer zurückgekehrt war, sahen beide zusammen in den Aktenordner, nickten und blickten sich um. Die Gesichter der Beamten waren ernst und angespannt. Der Ausdruck in den Beamtengesichtern wurde, soweit das möglich war, noch ernster, als man die Kamera im Wagen entdeckte. Ein Gesicht kam näher, ein behandschuhter Polizeifinger wurde in Richtung Kamera gestreckt.

Damit war Plan A hinfällig geworden. Die Polizei hatte Rathbergs Wagen gefunden, woraus folgte, dass sie nach ihm gesucht hatten. Das wiederum konnte nur bedeuten, dass man Rathberg als Täter im Visier hatte. Die Polizei würde in Kürze im gesamten Landkreis Straßenkontrollen errichten. Vermutlich waren die Behörden bereits im Besitz von Fotos, so dass man ihn ohne weiteres identifizieren konnte. Wenn er in eine Kontrolle geriete, wäre es das Ende. Nachdem die

Mittel der Polizei begrenzt waren, würde sie sich bei ihren Kontrollen vermutlich auf die strategisch optimalen Stellen konzentrieren. Mit Sicherheit würde auf der B 318 zwischen Gmund und Holzkirchen kontrolliert werden. Den ursprünglich auserkorenen Platz bei Warngau würde Rathberg nicht unbehelligt erreichen. Dass vor Gmund kontrolliert würde, war hingegen unwahrscheinlich. Ein Kontrollposten war effizienter an einer Stelle, an der die beiden Arme der Ringstraße um den Tegernsee sich bereits zur B 318 vereinigt hatten – und das war erst hinter Gmund der Fall. Rathberg hatte mehrere Notfallszenarien entwickelt. In einem davon spielte die Pfarrkirche in Gmund eine tragende Rolle.

Es war noch eine Dreiviertelstunde Zeit, bis er das Mädchen abholen konnte. Er bestellte beim Zimmerservice einen Kaffee und beschloss, den Wagen so lange wie möglich in der Hotelgarage zu lassen. Es war nicht auszuschließen, dass die Polizei bereits von seinem neuen Mietwagen wusste. Ein furchtbarer Gedanke schoss Rathberg mit einem Mal durch den Kopf. Er griff hektisch nach seinem Handy – und beruhigte sich wieder. Es war ausgeschaltet. Sie würden ihn nicht orten können. Er hörte die Handymailbox vom Festnetzapparat in seinem Hotelzimmer ab. Vielleicht hatte das Mädchen draufgesprochen. Auf der Mailbox war jedoch nur der Anruf einer vietnamesischen Änderungsschneiderei in Unna. Sie teilte mit, dass Rathbergs Hosen, die verlängert werden sollten, fertig seien und auf Abholung warteten. Rathberg war sich sicher, dass er die Hosen nicht mehr abholen würde. Doch hatte er im Voraus bezahlt. Aus irgendeinem Grund beruhigte es Rathberg zu wissen, dass er dem vietnamesischen Schneider nichts schuldig bleiben würde.

Kurz vor halb zwei fuhr Wallner auf dem Parkplatz des Schlosses vor, in dem die Evangelische Akademie Tutzing untergebracht war. Die Teilnehmer des Seminars »Rhythmen und Eigenzeiten« waren gerade von einem Spaziergang am See zurückgekehrt und nahmen in einem der Seminarräume eine Erfrischung zu sich. Wallner ersuchte eine Angestellte der Akademie, Pfarrer Körting vor die Tür zu bitten. Kurz darauf kam die Dame wieder aus dem Seminarraum. Sie wurde von einem etwa sechzig Jahre alten, weißhaarigen Mann begleitet, der ein Aktenköfferchen in der Hand hielt. Die Dame deutete dezent auf Wallner, verabschiedete sich flüsternd und verschwand.

»Was kann ich für Sie tun«, sagte der weißhaarige Mann.

»Wallner. Kripo Miesbach. Ich müsste dringend mit Pfarrer Körting sprechen.«

Der Mann sah Wallner konsterniert an. Wallner zog daraus keine Schlüsse. Die meisten Menschen reagierten konsterniert, wenn unvermutet die Kriminalpolizei vor ihnen stand.

»Ich bin Pfarrer Körting«, sagte der Mann.

33

Wallner betrachtete den weißhaarigen Mann, der sich als Pfarrer Körting zu erkennen gab, mit sichtlicher Irritation.

»Sie haben jemand anderen erwartet?«, sagte Pfarrer Körting.

»Offen gesagt – ja.«

»Tut mir leid.«

»Nein. Mein Problem.« Wallner war bemüht, die tausend wirren Gedanken zu verbannen, die in seinem Kopf durcheinanderschwirrten. Er musste klar denken. Schritt für Schritt. »Sie kennen Peter Rathberg?«

»Allerdings.« Die Miene des Pfarrers fiel ins Gottergebene.

»Ich habe mich letzthin länger mit jemandem über Rathberg unterhalten. Das heißt: Ich vermute, dass wir uns über Rathberg unterhalten haben.«

»Aha.« Körting hatte Schwierigkeiten, Wallner zu folgen. »Wieso wissen Sie nicht, über wen Sie sich unterhalten haben? Und was hat das mit mir zu tun?«

»Mein Gesprächspartner behauptete, er sei evangelischer Pfarrer und heiße Körting.«

Wiewohl immerhin eine von Körtings Fragen beantwortet war, nahm seine Verwirrung zu.

»Wir haben uns aber nicht unterhalten?«, sagte Körting und sah Wallner verunsichert an, überlegte, ob er dessen Gesicht nicht doch in letzter Zeit gesehen hatte. »Zumindest erinnere ich mich nicht.«

»Nein. Wir haben uns nicht unterhalten.«

»Das heißt, jemand anderer hat behauptet, er sei ich?«

»Muss wohl so gewesen sein.«

»Aber Sie wissen nicht, wer das war?«

»Nein. Aber ich hoffe, Sie können mir helfen. Der Mann hat behauptet, jemand, dessen Tochter vor vielen Jahren gestorben war, sei zu ihm gekommen, um zu beichten – obwohl mein Gesprächspartner wie gesagt vorgab, evangelischer Pfarrer zu sein. Der Mann, der beichten wollte, habe ihn dann aber hauptsächlich beschimpft. Der angebliche Pfarrer wollte mir den wahren Namen des Betreffenden aber nicht nennen.«

»Aha …«

»Ist Peter Rathberg zu Ihnen gekommen, um zu beichten?«

»Vielleicht.« Wallner wartete auf eine Präzisierung. Aber der Pfarrer zeigte keine Neigung, mehr preiszugeben. »Tut mir leid«, sagte Körting. »Es gibt Schweigepflichten.«

»Rathberg ist nicht mal evangelisch.«

»Wir schweigen auch für Katholiken.«

Wallner suchte genervt nach einem anderen Ansatz.

»Worum geht es eigentlich?«, fragte Körting.

»Rathberg hat drei junge Menschen ermordet. Er ist der Prinzessinnenmörder.«

Körting schluckte.

»Und ich würde den vierten Mord gerne verhindern«, fügte Wallner hinzu.

Körting dachte angestrengt nach. Wallner vermutete, dass der Pfarrer die Grenzen seiner Schweigepflicht erforschte. »Stellen Sie Fragen, die ich beantworten kann«, sagte Körting schließlich.

»Haben Sie eine Vermutung, mit wem ich mich über Rathberg unterhalten habe?«

»Ich habe seine Geschichte niemandem erzählt. Und ich glaube nicht, dass Rathberg mit sehr vielen anderen Menschen darüber geredet hat. Vermutlich nur mit mir.«

»Das heißt …« Wallner schreckte einen Augenblick vor der Erkenntnis zurück. Aber in Wahrheit war es ihm in dem Moment klargeworden, in dem der weißhaarige Mann aus dem Seminarraum getreten war. »Das heißt, ich habe mit Rathberg selbst geredet?«

»Es scheint die einzig logische Erklärung zu sein. Andererseits – würde er Morde begehen und dann die Nähe der Polizei suchen?«

Wallner starrte den Gang entlang, der am Seminarraum vorbeiführte. »Ja, das würde er. Viele Serienmörder tun das.«

Wallner rieb sich die Augen. Er war müde. Die letzte Nacht forderte ihren Preis. Wallner versuchte, trotzdem klar zu denken.

»Rathberg ist irgendwo hier in der Gegend. In der Gegend Tegernsee, Schliersee, Miesbach. Wir müssen ihn finden. Was können Sie mir über Rathberg sagen, ohne Ihre Schweigepflicht zu verletzen?«

»Wenig. Er hat sich verändert. Am Anfang, kurz nachdem er seine Tochter verloren hatte, war er jähzornig und impulsiv. Nach seiner Zeit in der Psychiatrie war er ruhiger. Immer noch bestimmend und aufdringlich. Aber irgendwie gefasst. Als habe er gelernt, seine Gefühle hinter einer Fassade von Ruhe und Freundlichkeit zu verbergen.« Körting verstummte, starrte auf einen Punkt an der Wand, überlegte. »Was sonst …? Weiß nicht.«

»Hat Rathberg irgendwelche besonderen Gewohnheiten?«

»Nein. Bis auf …«

»Ja?«

»Im letzten Jahr hat er ständig einen Laptop dabeigehabt. Es war so ein Gerät, mit dem man mobil ins Internet reinkommt. Also ohne Kabel. Auch nicht mit so einem Funknetz im Haus. Wie heißt das?«

»W-Lan oder Bluetooth.«

»Genau. So was war es auch nicht. Sondern ohne alles.«

»Sie meinen, mit Antenne und SIM-Card.«

»Wahrscheinlich. Jedenfalls konnte er überall, wo man Handyempfang hat, ins Internet. Er hat das hauptsächlich dazu gebraucht, um Überwachungskameras zu kontrollieren.«

»Was für Überwachungskameras?«

»Die hat er an seinem Haus angebracht. Und in seinem Wagen. Er hat mir aber auch Bilder aus einem Ort in Bayern gezeigt.«

»Wissen Sie, wo das war?«

»Nein, das hat er mir nicht gesagt. Es war eine offene Landschaft mit einem Bauernhof zu sehen.«

»Haben Sie nicht gefragt, wozu er eine Kamera in Bayern hat?«

»Er sagte, die Aufnahmen würden ihm später nützlich sein. Er wolle in nächster Zeit nach Bayern reisen.«

»Ist jetzt keine wirklich erschöpfende Erklärung.«

»Nein. Aber mir war damals schon klar, dass Rathberg, sagen wir mal, mentale Probleme hat. Außerdem lag mir offen gesagt nicht daran, das Gespräch in die Länge zu ziehen.«

»Gibt es sonst noch etwas, das uns helfen könnte, ihn zu finden?«

Körting überlegte, schließlich ging er zu einem Fenster, legte sein Aktenköfferchen auf den Fenstersims und klappte es auf. Im Inneren des Köfferchens herrschte große Unordnung, dennoch gelang es Körting nach kurzer Zeit in einem der vielen Seitenfächer ein Foto zu finden. Es zeigte ein etwa fünfzehn Jahre altes Mädchen in Skipullover und Anorak. Das Mädchen stand in der Sonne. Im Hintergrund Schnee und blauer Himmel. Das Gesicht des Mädchens war jung, verträumt und schön. Körting hielt Wallner das Foto hin.

»Rathbergs Tochter?«, sagte Wallner, nachdem er das Foto betrachtet hatte.

»Ja. Lisa. Das Foto wurde am Tag vor ihrem Tod gemacht. Sagt Rathberg.«

»Wie kommen Sie an das Foto?«

»Er hat es vor ein paar Monaten in der Kirche liegen lassen. Ich nehme nicht an, dass er es dort vergessen hat. Er wollte, dass ich es habe. Ich weiß nicht, ob Ihnen das irgendwie weiterhilft.«

»Ich auch nicht. Aber ich würde es gern mitnehmen, wenn ich darf.«

Körting nickte. »Sind Sie sicher, dass Rathberg die Morde begangen hat?«

»Das würde ich ihn gern selber fragen«, sagte Wallner.

Um zwanzig vor zwei war Wallner wieder auf dem Rückweg nach Miesbach. Die Straßen waren frei, und Wallner fuhr hundertdreißig. Etwas drängte ihn. Etwas gab ihm das Gefühl, dass es bald zu spät sein könnte. Um Viertel vor zwei meldete sich Lothar Eltwanger auf Wallners Handy. Man hatte Eltwanger aus einer Sitzung geholt. Die Sitzung schien wichtig zu sein. Eltwanger klang ungehalten.

»Ich kann der Sitzung nicht lange fernbleiben. Es steht gerade ein größerer Abschluss bevor.«

»Ihre Familie besitzt eine Hütte am Rastkogel im Zillertal?«, sagte Wallner.

Stille.

»Machen wir's kurz. Ich habe auch wenig Zeit. Sie waren am Faschingsdienstag 1990 auf dieser Hütte. Wir wissen, dass eine Frau namens Astrid Mikulai dabei war. Wer waren die beiden anderen?«

»Bernhard Dichl und noch eine Frau. Ich glaube, sie stammte aus Hausham. Damals hat sie jedenfalls da gewohnt.«

»Sie wissen nicht, wie sie heißt?«

»Ich habe sie nie wieder getroffen. Ihren Namen habe ich vergessen.«

»Herr Dichl weiß, wer die Frau ist?«

»Fragen Sie ihn selber.«

»Warum haben Sie mich gestern belogen?«

»Ich hatte meine Gründe.«

»Weil damals Drogen im Spiel waren?«

Eltwanger schwieg erneut. Im Hintergrund hörte Wallner Stimmen, von denen er vermutete, dass sie aus dem Konferenzraum kamen. Offenbar nutzte man Eltwangers Abwesenheit für eine Pause.

»Haben Sie wegen Ihrer Frau gelogen?«

»Das ist alles lange her. Ich wollte nicht, dass deswegen unsere Ehe in die Brüche geht. Seit dem Tod von Pia ist es ohnehin …«, Eltwanger suchte nach einem unverfänglichen Ausdruck, »… schwierig geworden.«

»Was ist damals passiert? Kam noch jemand auf die Hütte?«

»Ja. Irgendwann nachts. Aber wer das war, kann ich Ihnen beim besten Willen nicht sagen.«

»Nicht nötig. Was ist passiert?«

»Der Kerl war … seltsam. Ich dachte erst, der ist nicht richtig im Kopf. Er hat keinen Ton herausgebracht und sah aus wie ein Pirat. Mit einem Piratenkopftuch und aufgemaltem Bart. Der war aber schon ganz verlaufen von dem Schneewasser in seinem Gesicht. Als dieser Mensch in der Tür stand, hab ich einen Augenblick gedacht, ich hätte zu viel Speed erwischt. Dann ist mir eingefallen, dass Fasching war.«

»Wissen Sie, warum er mitten in der Nacht auf die Hütte kam? Dazu muss er ja einige Zeit im Schnee unterwegs gewesen sein.«

»Keine Ahnung. Er war, glaub ich, ziemlich durchgefroren. Draußen war ein höllischer Schneesturm. Vielleicht hatte er sich verlaufen. Er wollte das Funkgerät benutzen, wenn ich das richtig in Erinnerung habe. Damals gab's noch kaum Handys. Wir hatten aber ein Funkgerät für Notfälle auf der Hütte.«

»Hat er das Funkgerät benutzt?«

»Ich weiß es nicht mehr.«

»Haben Sie mit dem Mann gesprochen?«

»Ich glaube, ich habe ihm was zu trinken gegeben. Damit er sich aufwärmt. Dann ... dann weiß ich nichts mehr. Ich bin vermutlich weggekippt.«

»Sie wissen also nicht, wann der Mann wieder gegangen ist?«

»Am nächsten Morgen war er weg. Und meine Nase war gebrochen. Mehr weiß ich nicht.«

»Haben Sie später nicht mit den anderen darüber geredet?«

»Schon. Aber irgendwie konnte sich keiner mehr so richtig erinnern. Es waren wie gesagt Drogen aller Art im Spiel.«

Als Wallner das Gespräch mit Lothar Eltwanger beendet hatte, bemerkte er, dass ein Anruf in Abwesenheit auf dem Display ausgewiesen wurde. Es war Tina. Wallner rief sofort zurück. Tina vermeldete, dass die Telefonaktion erfolgreich verlaufen war. Bei einer der angerufenen Autovermietungen hatte Rathberg tatsächlich einen Wagen gemietet. Der Wagen war zur Fahndung ausgeschrieben worden. Wenn sich Rathberg im Landkreis befand, würde er nicht weit kommen. Man hatte inzwischen auch Personal für flächendeckende Straßenkontrollen und Zivilstreifen. Wallner bat Tina, zu veranlassen, dass die Tiefgaragen der großen Hotels an Tegernsee und Schliersee überprüft wurden. Rathberg hatte Geld und war vermutlich in einem dieser Hotels abgestiegen. Und er würde den Wagen nicht auf offener Straße stehen lassen, denn er konnte sich zusammenreimen, dass die Polizei nicht lange brauchte, um seinen neuen Leihwagen zu ermitteln.

»Der ist doch nicht mehr im Landkreis«, sagte Tina. »Der weiß, dass wir ihm auf den Fersen sind.«

»Der ist im Landkreis«, sagte Wallner.

Anschließend rief Wallner beim Bauernhof der Dichls an. Bernhard Dichl war nicht im Haus. Seine Frau sagte, ihr Mann sei im Wald, Holz machen. Ein Handy habe er nicht dabei. Er würde es ohnehin nicht hören. Wegen der Motorsägen. Auch sei der Empfang da draußen schlecht. Wallner fragte Frau Dichl, ob es ihr möglich sei, ihren Mann zu holen. Es sei dringend. Frau Dichl sagte, das sei, trotz Dringlichkeit, leider nicht möglich. Ihre Tochter komme demnächst aus der Schule. Die würde sich Sorgen machen, wenn sie bei ihrer Rückkehr niemanden im Haus anträfe. Wallner war einen Augenblick sprachlos. Doch er konnte es sich nicht leisten, seine Zeit mit Gedanken an Frau Dichls irreale Welt zu vergeuden. Er ließ sich von Frau Dichl beschreiben, wo im Wald ihr Mann Bäume fällte.

Um 13 Uhr 49 hielt ein Streifenwagen vor dem Hotel Risser-kogel in Rottach-Egern. Aus dem Wagen stiegen die Polizisten Kreuthner und Schartauer. Kreuthner war gedämpfter Laune. Wie alle Polizisten des Landkreises hatte auch ihn das Jagdfieber gepackt. Aber statt da draußen zu sein, an einem der Kontrollpunkte oder auf Streife, den Blick stets wachsam, stets darauf gefasst, das gesuchte Fahrzeug zu entdecken, schnell zu handeln, den entscheidenden Zugriff zu tätigen und den feigen Mörder zu verhaften, statt all dessen, was eines Polizisten würdig gewesen wäre, musste Kreuthner mit einem Polizei-Azubi Tiefgaragen absuchen. Kreuthner weigerte sich zu glauben, dass diese Aktion irgendeinen Erfolg zeitigen würde. Nein, das war ohne Zweifel Zeitverschwendung. Dem Kollegen Schartauer freilich trieb die Aufregung die Röte ins junge Gesicht.

»Was mach' ma denn, wenn ma den Wagen finden?«

»Fahrer benachrichtigen und Papiere zeigen lassen.«

»Ah so?« Schartauer war unsicher, ob sein Kollege nicht gerade wieder Schabernack mit ihm trieb. Er betrachtete forschend Kreuthners Mienenspiel. Es verriet, dass Kreuthner in der Hauptsache genervt war.

»Mach dir net ins Hemd. Du glaubst doch net, dass da irgendwas rauskommt?«

Das hatte Schartauer eigentlich schon gehofft. Die Polizisten betraten die Hotellobby und schritten zur Rezeption. Eine junge Frau im Dirndl lächelte die Polizisten an und fragte nach ihrem Begehr. Das Lächeln der Frau konnte Kreuthner die Laune auch nicht wiederherstellen. Missmutig verlangte er, dass man ihm den Weg zur Tiefgarage weise.

Um 13 Uhr 51, Kreuthner und Schartauer befanden sich im Lift auf dem Weg nach unten, fuhr ein weißer Ford Transit aus der Tiefgarage des Hotels. Am Steuer Peter Rathberg auf dem Weg nach Tegernsee. Als Rathberg den Polizeiwagen vor dem Hoteleingang sah, stockte ihm einen Moment lang der Atem. Er erwog, die Aktion abzubrechen. Aber der Streifenwagen war leer. Das bedeutete zwei Polizisten weniger auf den Straßen um den Tegernsee.

Fünf Minuten später passierte Rathberg die Bushaltestelle vor der Schule. Das Mädchen war noch nicht da. Rathberg beschloss, nicht anzuhalten, sondern weiterzufahren. Nach zweihundert Metern bog er rechts in die Bahnhofstraße ab, von dort nach wenigen Metern weiter in die Straße zum Sommerkeller. Hier wendete er den Wagen und wartete. Dabei hatte er die etwas stärker befahrene Bahnhofstraße im Auge. Etwa ein halbes Dutzend Fahrzeuge fuhren vorbei. Das letzte nach etwa drei Minuten war ein Streifenwagen, der in Richtung Hauptstraße und Schule fuhr. Rathberg wurde nervös. Er dachte fieberhaft nach, ob er abwarten sollte. Doch das würde bedeuten, dass er nicht wusste, wohin der Streifenwagen fuhr. Rathberg musste das Risiko eingehen und dem Polizeiwagen hinterherfahren. Kaum dass er die Sommerkellerstraße verlassen hatte, sah er den Polizeiwagen fünfzig Meter vor sich. Er wartete an der Einmündung zur Hauptstraße und hatte den Blinker links gesetzt. Das hieß, er würde in Richtung Bushaltestelle fahren. Allerdings Richtung Rottach. Rathberg atmete durch. Auch er musste zur Bushaltestelle. Dort würde er aber wenden und in die entgegengesetzte Richtung nach Gmund fahren. An der Einmündung in die Hauptstraße wartete Rathberg so lange, bis er sehen konnte, dass der Polizeiwagen tatsächlich an der Bushaltestelle vorbeifuhr und seinen Weg nach Rottach fortsetzte.

Das Mädchen wartete bereits und war etwas aufgeregt. Es

hatte nicht damit gerechnet, von Rathberg abgeholt zu werden.

»Ich dachte, Sie schicken einen Fahrer.«

»Wollten wir. Aber der muss für den Regisseur nach München fahren und irgendein Mineralwasser holen, das es hier nicht gibt. Regisseure! Ich sag's Ihnen!«

Das Mädchen stieg in den Wagen.

»Haben Sie die Einverständniserklärung dabei?«

»O Gott! Die hab ich natürlich vergessen. Aber meine Mutter hat sie unterschrieben. Sie liegt zu Hause. Wir können sie noch holen.«

»Keine Zeit. Wir sind ein bisschen in Eile. Schicken Sie sie an den Sender. Das ist schon okay.«

Rathberg fuhr los und wendete.

»Wo treffen wir den Regisseur?«

»Auch wieder alles ganz anders. In Gmund am Bergfriedhof. Findet er ganz super. Weil da wächst im Hintergrund der Turm der Gmunder Kirche quasi aus der verschneiten Wiese.«

»Sie sind irgendwie nicht so begeistert.«

»Hört man das?«

»Schon.« Das Mädchen lachte.

»Tut mir leid. Wenn die Kreativen alle fünf Minuten alles über den Haufen werfen, das geht mir einfach auf den Wecker. Aber machen Sie sich keine Sorgen. Zu Ihnen wird er nett sein.«

Rathberg blickte in den Rückspiegel. Dort sah er zu seinem Entsetzen, dass der Streifenwagen gewendet hatte und jetzt ebenfalls in Richtung Gmund unterwegs war. Der Polizeiwagen war noch weit genug hinter Rathberg. Es war unwahrscheinlich, dass die Polizisten den Transporter schon gesehen und identifiziert hatten. Dennoch – das war kein Zustand mit der Polizei im Nacken. Wenn Rathberg aus irgendeinem Grund anhalten musste, würden sie unweigerlich auf ihn aufmerksam werden. Rathberg fuhr rechts in eine kleine Seitenstraße und hielt an.

»Was ist?«, fragte das Mädchen.

»Ich muss kurz was nachsehen.« Rathberg griff hinter sich, holte eine Aktenmappe nach vorne und kramte darin herum. Währenddessen behielt er unauffällig den Rückspiegel im Auge. Nach kurzer Zeit fuhr der Streifenwagen durchs Bild. Rathberg legte die Aktenmappe weg, wendete und fuhr wieder auf die Hauptstraße. Jetzt waren sie hinter dem Polizeifahrzeug. Rathberg achtete darauf, genug Abstand zu halten. Er hoffte, dass die Polizisten die nächsten vier Kilometer nicht auf die Idee kamen anzuhalten.

Wallner stapfte mit großen Schritten den verschneiten Forstweg entlang. Er hielt sich in der grob geriffelten Reifenspur des Traktors. Selbst das war mühsam. Wallner rutschte das eine ums andere Mal aus und musste sich mit der Hand im seitlichen Tiefschnee abstützen. Es war kalt geworden. Auf der Fahrt hatte die Sonne das Wageninnere aufgeheizt. Hier im Wald, der sich einen sanft ansteigenden Nordosthang hinaufzog, hatte sich die Sonne schon vor einiger Zeit zurückgezogen. Wallner hätte jetzt trotz Daunenjacke erbärmlich gefroren, wäre er nicht so in Eile gewesen. Schon als er den Wagen verlassen hatte, konnte er die Motorsäge hören. Sie heulte und stöhnte durch den Winterwald und kündete meilenweit vom Sterben der Bäume. Der Lärm wurde lauter. Hinter der nächsten Kurve würde Wallner auf Dichl treffen. Wallner ging einen Schritt schneller. Im Gehen zog er sein Handy aus der Hosentasche und warf einen Blick aufs Display. Er hatte keinen Empfang. Was immer er von Dichl erfahren würde, er müsste erst zum Wagen zurück, um es nach Miesbach durchzugeben.

Bernhard Dichl war im Begriff, eine Zwanzig-Meter-Fichte mit der Säge zu entasten. Wallner trat seitlich an Dichl heran, um keine Schreckreaktion zu provozieren. Wallner kannte sich mit Motorsägen nicht aus, stellte sich aber vor, dass unkontrollierte Schreckreaktionen das Abtrennen von noch ganz anderen Dingen als Fichtenästen zur Folge haben könnten. Dichl brauchte eine Weile, bis er Wallner bemerkte. Er schaltete die Säge aus und nahm seinen Ohrenschutz ab. Wallners Blick verriet Dichl, dass es kein angenehmes Gespräch werden würde.

»Grüß Gott, Herr Wallner«, begann Dichl unsicher.

»Machen wir's kurz. Sie haben mich belogen. Sie waren am 17. Februar 1990 zusammen mit Lothar Eltwanger auf einer Hütte im Zillertal. Außer Ihnen war noch eine Frau namens Astrid Mikulai auf der Hütte. Die Frau hatte Eltwanger mitgebracht. Ich will wissen, wen Sie auf die Hütte mitgenommen haben.«

»Hören Sie … wenn meine Frau davon erfährt, dann …«

»Herr Dichl – Sie langweilen mich. Wenn diese Frau ein Kind hat, dann ist dieses Kind das nächste Opfer. Wer ist die Frau?«

Dichl sah Wallner fassungslos an, sagte aber nichts. Wallner überkam der Drang, die Antwort aus Dichl herauszuprügeln. Er riss sich zusammen.

»Herr Dichl! Es geht um jede Minute.«

»Die Frau hat eine Tochter. Und die Tochter …«

»Reden Sie weiter!«

»Meine Frau darf nie erfahren, dass die Tochter …« Bernhard Dichl zögerte, seine Augen flackerten, er sah sich um, als sei irgendwer in der Nähe, der ihm helfen könnte. Er betrachtete die Ohrenschützer in seiner Hand. Schließlich schleuderte er die Ohrenschützer gegen einen Baum.

»Das Kind ist von mir!«, schrie er Wallner an. »Wenn Sie das meiner Frau sagen, die bringt sich um. Verstehen S'?« Dichl ließ sich auf die halb entastete Fichte sinken.

»Wie heißt die Frau?«

Dichl sah zu Wallner hoch, zögerte noch einen Augenblick. Dann gab er sich einen Ruck.

»Polcke. Melanie Polcke.«

34

Wallner lief mit großen Schritten zum Auto, immer wieder stolpernd, atemlos. Alle zwanzig Meter warf er einen Blick auf das Handydisplay. Es gab keinen Empfang. Auch im Wagen gab es keinen Empfang. Erst als sich Wallner der Bundesstraße nach Miesbach näherte, erschien auf dem Bildschirm des Telefons der Name des Providers. Wallner hatte Melanies Handynummer vor seiner Reise nach Dortmund eingespeichert. Aber das Handy befand sich jetzt im Besitz von Ralf Wickede. Wallner rief Tina an.

»Wo warst du? Ich habe dir ein Bild aufs Handy geschickt«, sagte Tina.

»Hatte keinen Empfang.«

»Hast du das Bild angesehen?«

»Das Bild interessiert mich im Augenblick nicht. Ich brauche sofort eine Handynummer. Das Mädchen heißt Conny Polcke. Eine Zeugin. Sie war mit Pia Eltwanger befreundet. Müsste ziemlich am Anfang der Akte sein. Und gib mir auch die Nummer von Melanie Polcke. Das ist die Mutter. Wenn du die nicht findest, nicht lang suchen. Conny Polcke ist wichtiger. Und beeil dich bitte.«

»Okay, ich ruf dich zurück.«

»Nein, ich warte.«

»Mann, ich brauch zwei Minuten. Sieh dir inzwischen das Foto an.«

Wallner fügte sich. Er drückte das Gespräch weg und holte das Foto, das ihm Tina geschickt hatte, auf sein Handydisplay. Es war nicht von bester Qualität, zeigte aber eindeutig den Mann, der sich Wallner gegenüber als Pfarrer Körting ausgegeben hatte. Das Handy klingelte. Es war Tina.

»Hast du die Nummer?«

»Hab ich. Hast du das Foto gesehen? Ist das der Mann?«

»Ja. Mit dem hab ich im Kakadu gesprochen.«

»Das ist Rathberg.«

»Scheiße. Gib mir die Handynummer.«

Es war fast halb drei. Rathberg und das Mädchen standen seit einer Weile auf dem Parkplatz des Gmunder Friedhofs. Genauer gesagt war es der Bergfriedhof, der etwas außerhalb des Dorfes auf einer Anhöhe lag. Hier konnte sich jedermann begraben lassen, ganz gleich, welchen Glaubens er war. Andere Regeln galten auf dem katholischen Friedhof, der unten im Dorf um die barocke Pfarrkirche angelegt war. Von der Pfarrkirche sah man vom Bergfriedhof aus nur die Turmspitze, die über die Anhöhe hinausragte. Es hatte tatsächlich den Anschein, als wachse die Turmspitze aus der verschneiten Wiese. Im Winter zog es nur wenige Menschen zum Friedhof. Und die blieben nicht lang. Schnee bedeckte die Gräber. Die Grabpflege musste bis zum Frühjahr warten. Gelegentlich fanden sich ältere Touristen ein, um das Grab von Ludwig Erhard zu besuchen. Zu diesen Grabpilgern zählte vermutlich auch das Rentnerpaar, das fast zeitgleich mit Rathberg und dem Mädchen angekommen war. Rathberg wollte warten, bis sie wieder wegfuhren. Das Mädchen lief im Kreis um den Transporter herum, rieb sich die kalten Hände und war nervös.

»Ich hab's Ihnen gesagt. Der Bursche ist nicht der Pünktlichste. Aber er kommt. Keine Sorge.«

An der Friedhofsumzäunung kamen die beiden Rentner wieder in Sicht. Rathberg war erleichtert, dass er endlich anfangen konnte. Er öffnete die Schiebetür des Wagens. Im Inneren befanden sich zusätzlich zur sonstigen Ausstattung eine neue Sackkarre und eine große Plastiktonne. Rathberg holte aus dem Netz auf der Rückseite des Beifahrersitzes die Thermoskanne. Die Rentner kamen in diesem Augenblick aus dem Friedhofstor. Sie gingen mit kleinen Schritten, sich gegenseitig stützend über den Schnee zu einem silbernen Jetta. Ein Handy klingelte. Rathberg überlegte eine Sekunde, ob es seines war. Doch das war ausgeschaltet. Er sah zu dem Mädchen. Es hatte sein Handy in der Hand und blickte auf das Display. Dann drückte es auf Annahme und hielt das Handy ans Ohr. Das Mädchen entfernte sich Richtung Jetta. Rathberg konnte nur vereinzelte Wortfetzen hören. Er verstand »Fernsehen«, »Regisseur« und »Friedhof«. Der Jetta fuhr erst an dem Mädchen, dann an Rathberg vorbei. Als man wieder etwas hätte verstehen können, hatte das Mädchen sein Gespräch beendet. Rathberg ging zu dem Mädchen. Er hatte den Eindruck, ihr Blick habe sich verändert. Aber das konnte auch seine Nervosität sein, die ihm das vorgaukelte.

»Na?«, fragte Rathberg. »Ein wichtiger Anruf?«

»Nein, nein. Überhaupt nicht.«

»Tatsächlich? Völlig unwichtig?«

Das Mädchen zögerte. Es schien fieberhaft zu überlegen. Zumindest kam es Rathberg so vor. Was spielte sich hinter diesen Augen ab? Es machte Rathberg nervös, dass er es nicht wusste. Und noch etwas machte ihn nervös: Die Augen erinnerten ihn an Lisa. Die Strahlen der Wintersonne brachen sich in diesem Augenblick in den Augen des Mädchens. Die Augen waren hellbraun und nicht blau wie Lisas Augen. Dennoch berührte ihn die Art, in der das Mädchen in die Sonne blinzelte.

»Gibt's irgendwelche Probleme?« Die Augen des Mädchens sahen Rathberg an. Eine halbe Ewigkeit, wie ihm schien. Plötzlich zeigten sich kleine Lachfalten in den Augenwinkeln.

»Nein«, sagte das Mädchen. »Das war eine Freundin. Sie wollte wissen, wie es mit dem Regisseur war. Aber – na ja ...«

Sie deutete auf den leeren Parkplatz.

»Ich bin wirklich untröstlich. Wie wär's mit einem Tee?«

Das Mädchen zögerte kurz. Wieder war Rathberg nicht sicher, ob alles stimmte.

»Super Idee. Mir wird langsam kalt.«

Wallner musste sich die Nummer auswendig merken. Er fuhr immer noch Richtung Miesbach und hatte keine Hand frei, um sie aufzuschreiben. Irgendwie war ihm in die Nummer ein Zahlendreher hineingeraten. Bei seinem ersten Versuch meldete sich ein junger Mann, der sich den Hintergrundgeräuschen nach auf einem Flughafen befand. Wallner unternahm zwei Versuche, den Zahlendreher zu beheben. Dann gab er auf und rief Tina an.

Rathberg schraubte den Deckel auf die Thermoskanne und steckte sie wieder in das Netz hinter dem Beifahrersitz. Das Mädchen wurde jetzt ungeduldig. Allerdings verriet ihr Blick, dass die Wirkung des Flunitrazepam einzusetzen begann.

»Ich frag mal, wo die bleiben«, sagte Rathberg. Er nahm sein Handy, drückte ein paar Knöpfe, hielt es sich ans Ohr und gab vor, mit dem Regisseur zu sprechen. Er sagte: »Aha ... gut ... bis gleich.« Dann steckte er das Handy weg.

»Sind kurz vor Gmund. Fünf Minuten noch.«

Das Mädchen nickte halbwegs beruhigt. Da klingelte erneut ein Handy. Rathberg hatte zunächst Schwierigkeiten, die Herkunft des Tones zu orten. Dann erinnerte er sich, dass das Mädchen sein Handy auf dem Beifahrersitz hatte liegen lassen, als er ihm den Becher mit dem Tee gegeben hatte. Rathberg ging mit raschen Schritten zum Wagen.

»Ich hol's Ihnen.«

Rathberg griff nach dem Telefon, das auf dem Beifahrersitz lag. Er sah auf das Display. Er kannte die Nummer. Es war die neue Handynummer des Kommissars, der ihn jagte. Rathberg hatte sie sich von der Telefonzentrale der Miesbacher Polizei geben lassen. Er schaltete das Handy aus und sagte zu dem Mädchen: »Aufgelegt.«

Das Mädchen sah Rathberg mit leicht verschwommenem Blick an. »Sie haben es ausgemacht.«

»Nein, wie kommen Sie darauf?«

»Weil ich es gesehen habe. Wieso machen Sie mein Handy aus?«

Rathberg lächelte das Mädchen an.

»Sie sollten sich nicht so aufregen.«

Einen verwunderten Blick in den Augen, sank das Mädchen vor Rathberg zusammen. Rathberg fing es auf und sah sich um. Niemand hatte die Szene beobachtet. Er öffnete die Schiebetür und zog das Mädchen ins Innere des Transporters.

Kreuthner und Schartauer hatten mittlerweile die wichtigsten Hoteltiefgaragen in Rottach besichtigt, das gesuchte Fahrzeug aber nicht entdecken können. Sie fuhren jetzt zum wiederholten Mal am Hotel Risserkogel vorbei. Ein etwa fünfzig Jahre alter Mann im Habit eines Hausmeisters brachte auf dem Gehsteig vor dem Hotel Streugut aus. Da im Risserkogel ausschließlich reiche Gäste logierten, konnte ein Glatteisunfall teuer werden. Kreuthner wies Schartauer an, am Straßenrand zu halten. Sie stiegen aus und gingen auf den Hausmeister zu.

»Servus Mirko«, sagte Kreuthner. »Wie geht's?«

»Mit dir red i nimmer«, sagte der Angesprochene mit osteuropäisch gefärbter Aussprache. Der Satz war nicht direkt unfreundlich. Vielmehr deutete der Tonfall an, dass hier ein kleines Zerwürfnis unter Freunden im Raum stand, dass durch die Bezahlung einer Halben Bier vermutlich ausgeräumt werden konnte.

»Wegen dem Watten oder was?« Das Watten war ein schlichtes, aber beliebtes bayerisches Kartenspiel.

»Weißt du des«, wandte sich Mirko an Schartauer, »dass dei Kollege beim Watten bescheißt?«

»Beim Watten kannst gar net b'scheißen«, unterbrach Kreuthner. »'s Deuten g'hört dazu.«

»Deiten! An Maxl hat er am Lohmeier riebergeschoben.«

»Du, Obacht mit solche Behauptungen. Weil – abg'schoben is gleich einer.«

»Abgeschoben! Ja freili! Mir sin in der EU, wannst es net weißt.«

»Ihr? Seit wann?«

»Ah, scho lang. Mir waren scho in der EU, da habts ihr noch auf die Bäume gelebt.« Wieder wandte sich Mirko an Schartauer. »Um zehn Euro hams mich beschissen. Da kannst die Kollege glei amal verhaften.«

»Jetzt hör ma mal auf mit dem Schmarrn. Der glaubt des noch.«

Mirko bedachte Schartauer mit einem wehleidigen Blick, der um die stille Zustimmung bat, dass, wenn einer einen Schmarrn redete, das ja wohl der Kreuthner war.

»Mir suchen an Wagen. An weißen Ford Transit mit dem Kennzeichen da.« Kreuthner hielt Mirko einen Zettel unter die Nase.

»Kennzeichen weiß ich nich. Aber die Gurke is bei uns in die Tiefgarage. Na, im Augenblick nich. Is weggefahren.«

»Aha. Ist der dir aufgefallen oder was?«

»Na hör mal! Mir sin a feines Hotel. A so a Kist'n hab ich in finzehn Jahr hier nich gesehen.«

»Wann is der weg?«

»Kurz vor zwei.«

Kreuthner und Schartauer wechselten einen bedeutungsschweren Blick. Den hatten sie wohl knapp verpasst.

»In welche Richtung?«

Mirko deutete nach Osten in Richtung Ortskern.

Dort, wo die Seestraße, an der das Hotel Risserkogel liegt, auf die Hauptstraße trifft, kann man entweder nach rechts Richtung Kreuth und Grenze fahren oder nach links Richtung Tegernsee, Gmund und München. Kurz vor Kreuth war eine Straßenkontrolle. Hätte der weiße Ford Transit diese Richtung genommen und versucht, nach Österreich zu gelangen, wäre der Fall bereits erledigt und Kreuthner hätte davon über den Polizeifunk erfahren. Zwischen dem Ende der Seestraße und dem Kontrollpunkt in Kreuth gab es natürlich noch andere Ziele, die der Gesuchte hätte anfahren können. Aber in Richtung Tegernsee und Gmund gab es mehr davon. Es war also eine Frage der Wahrscheinlichkeit. Außerdem konnte man in relativ kurzer Zeit alle wichtigen Straßen in Tegernsee und Gmund abfahren und ein paar der größeren Seitenstraßen dazu. Kurz hinter Gmund war ein weiterer Kontrollpunkt. Der gesuchte Wagen befand sich also vermutlich irgendwo zwischen der Kreuzung Seestraße/Hauptstraße in Rottach und dem Kontrollpunkt Moosrain. Die letzte Fahrt eines Streifenwagens auf der Strecke zwischen Tegernsee und Gmund hatte gegen vierzehn Uhr stattgefunden. Zwei Kollegen hatten sich zu dem Kontrollpunkt in Moosrain begeben, das gesuchte Fahrzeug auf dieser Fahrt aber nicht gesichtet. Von Rottach nach Gmund brauchte man nur etwa zehn Minuten. Es sprach also viel dafür, dass der Wagen inzwischen abgestellt worden war.

Der junge Kollege Schartauer war beeindruckt, nachdem ihm Kreuthner all diese Überlegungen mitgeteilt hatte. An sich müsse man solche Dinge dem Kollegen, mit dem man Streife fahre, nicht erklären, denn sie verstünden sich von selbst, fügte Kreuthner hinzu. Aber Schartauer befinde sich ja in Ausbildung. Da sei der eine oder andere Satz mehr durchaus von Nutzen. Der junge Kollege Schartauer stimmte dem vorbehaltlos zu. Das bringe ihn jetzt unheimlich weiter, dass er von einem erfahrenen Kollegen gesagt bekomme, warum sie eine bestimmte Richtung einschlügen, und dass es nicht einfach heiße, jetzt fahr amal da links – und dann keine Erklärung, wie das bei anderen Kollegen oft der Fall sei.

Da man nun mit einiger Wahrscheinlichkeit wisse, wo sich das gesuchte Fahrzeug befinde, wäre es da nicht sinnvoll, fühlte sich Schartauer ermutigt vorzuschlagen, Kollegen zur Unterstützung der Suche anzufordern? Ein Blick auf Kreuthners Gesicht machte Schartauer wieder einmal klar, dass er noch am Beginn seiner Ausbildung stand. Ob Schartauer nicht wisse, wie der Auftrag für den Nachmittag laute, fragte Kreuthner mit kaum geöffneten Zähnen. Nun ja – Hoteltiefgaragen nach einem weißen Ford Transit absuchen. Das hatte Schartauer nicht vergessen. Nur seien sie jetzt dem gesuchten Wagen anderweitig auf der Spur, was ja in gewisser Weise den Auftrag abändere. Woher denn Schartauer von einer Abänderung des Auftrags wisse, fragte Kreuthner nach. Ihm, Kreuthner, sei da nichts mitgeteilt worden. Aber vielleicht habe Schartauer ja bessere Informationen. Nein, nein, natürlich nicht. Wenn, dann, so habe er gedacht, dann hätten sie selbst den Auftrag gewissermaßen abgeändert. Im Übrigen sei er ein bisschen verwirrt. Denn sie hätten die Überprüfung der Hoteltiefgaragen doch eingestellt und suchten jetzt in den Straßen von Tegernsee und Gmund nach dem Fahrzeug. Das habe Schartauer mal richtig erkannt, sagte Kreuthner. Und zwar täten sie das ohne Auftrag. Und wenn man ohne Auftrag unterwegs sei, dann bitte man normalerweise nicht noch andere Kollegen dazu, sich an der auftragswidrigen Maßnahme zu beteiligen. Das leuchtete Schartauer ein. Wieder etwas dazugelernt. Allerdings stelle sich ihm jetzt doch die Frage, ob sie hier nicht etwas täten, was sie eigentlich nicht tun sollten. Kreuthner sagte, Schartauer solle die Klappe und nach dem weißen Ford Transit Ausschau halten.

In Tegernsee fuhren sie die Hauptstraße ab, die Rosenstraße und die Bahnhofstraße, schließlich die Neureuthstraße bis hinauf zum Lieberhof und zu dem Parkplatz, der – auch im Winter – als Ausgangspunkt für Fußwanderungen auf die Neureuth diente. Auf dem Rückweg inspizierten sie etliche Seitenstraßen und vergaßen auch den Parkplatz bei der Schießstätte nicht. Die Suche blieb ohne Ergebnis. In Gmund gab es weniger Straßen. Wenn man in den Ort von Süden hineinkam, verbreitete rechter Hand die Ruine eines ehemaligen Gasthauses Zonenrandstimmung in dem sonst properen Ort. Gleich nach der Ruine ging es rechts hinauf zu Rathaus, Kirche und Schule oder auch zum Bergfriedhof, wenn man den Weg geradeaus weiterfuhr. Kreuthner ließ rechts abbiegen und kurz darauf links. Die kleine Seitenstraße führte zur katholischen Kirche. Rechts der Straße stand das Rathaus der Gemeinde, ein wuchtiger Bau aus dem 17. Jahrhundert, der in den sechziger Jahren halbwegs stilgerecht renoviert worden war. Nur der Eingang sah aus wie der eines österreichischen Skihotels. Gegenüber dem Rathaus ein Parkplatz. Auf dem Parkplatz ein weißer Ford Transit.

»Na also«, sagte Kreuthner zu dem jungen Kollegen Schartauer.

35

Wallner war beunruhigt. Wenn er die Geräusche am anderen Ende der Leitung richtig deutete, dann war das Gespräch weggedrückt worden. Warum hatte Conny Polcke ihr Handy ausgeschaltet. Wollte sie nicht gestört werden? Oder hatte jemand anderer das Telefon ausgeschaltet? War Rathberg bereits in der Lage, Conny Polckes Handy auszuschalten? Er musste Connys Mutter anrufen. Wallner stellte seinen Wagen auf dem Parkplatz vor dem Polizeigebäude in Miesbach ab und wählte Melanie Polckes Nummer. Er sah, dass seine Hand beim Eingeben der Nummer zitterte.

»Hallo! Hier Clemens Wallner.«

»Hallo Clemens. Hab schon gedacht, du hast mich vergessen.«

Wallner schwitzte. Der Wagen stand im Schatten. Die Heizung war aus. Die Luft im Wagen kühlte langsam in Richtung Gefrierpunkt ab. Aber Wallner schwitzte. Melanie ließ eine Pause nach ihrem letzten Satz. Für Wallners Entschuldigung, dass er nicht angerufen hatte. Aber Wallner hatte im Augenblick andere Sorgen. Und Melanie auch. Nur – die wusste das noch nicht.

»Tut mir leid. Wo ist Conny gerade?«

»Mit irgendwelchen Fernsehleuten unterwegs. Ich glaube, in Warngau. Sie drehen einen Film über die beiden Morde.«

»Was hat Conny damit zu tun?«

»Der Regisseur wollte ein Interview mit ihr machen. Weil sie Pias beste Freundin war.«

Wallner blieb für einen Moment der Atem stehen. Seine schlimmsten Befürchtungen waren wahr geworden.

»Hast du die Leute kennengelernt?«

»Nein. Aber das scheint alles in Ordnung zu sein. Ich musste sogar eine Erklärung unterschreiben. Weil Conny noch keine achtzehn ist. Ruf sie doch einfach an. Ich …«

»Ich hab ihre Handynummer. Das Handy …«, Wallner überlegte, wie viel er Melanie zumuten konnte. »Das Handy war aus. Weißt du, wo das Interview stattfinden sollte?«

»Keine Ahnung. Was ist denn los? Du machst mir Angst.«

»Ich will nur wissen, wo sie ist. Nur zu meiner eigenen Beruhigung. Es gibt Hinweise, dass der Mörder sich wieder im Landkreis aufhält.«

»Was?!«

Melanie Polckes Stimme klang mit einem Mal brüchig. Wallner wusste, dass er ihr einen Todesschrecken eingejagt hatte. Aber da musste sie durch.

»Hör zu: Es gibt überhaupt keine konkreten Anhaltspunkte, dass er irgendwas mit diesen Fernsehleuten zu tun hat. Es würde mich nur beruhigen, wenn ich wüsste, wo Conny ist. Wahrscheinlich war sie gerade im Interview und hatte deshalb das Handy aus, okay?«

Am anderen Ende herrschte Stille. Dann hörte Wallner ein leises Schluchzen.

»Melanie! Hör zu: Im ganzen Landkreis sind über hundert Polizisten unterwegs. Wir werden den Kerl kriegen. Falls er überhaupt hier ist.«

»Sag mir, was mit meiner Tochter ist! Warum redest du so mit mir?«

»Ich mache meinen Job.« Wieder Schweigen in der Leitung. Wallner durfte Melanie jetzt nicht ihren eigenen Gedanken überlassen. »Conny ist die Tochter von Bernhard Dichl?« Weiterhin herrschte Stille am Ende der Leitung. Aber diese Stille klang anders.

»Woher weißt du das?«

»Er hat's mir gesagt. Sie wurde am Faschingsdienstag 1990 gezeugt?«

»Ja. Wozu willst du das wissen?«

»Weißt du, was auf der Hütte passiert ist? In der Nacht von Faschingsdienstag auf Aschermittwoch?«

»Wir haben getrunken und ...«, sie zögerte.

»Irgendwelches Zeug eingeworfen. Ich weiß. War da noch jemand?«

»Irgendwer war wohl in der Nacht kurz da. Aber ich weiß das mehr, weil die anderen davon erzählt haben. Was, um Himmels willen, hat das alles mit Conny zu tun?«

»Wenn wir das wüssten, wären wir weiter. Ich habe eine Bitte an dich: Versuche bitte, Conny auf dem Handy zu erreichen. Wahrscheinlich schaltet sie es nach dem Interview wieder ein. Wenn du sie erreicht hast, sag Bescheid.«

»Okay. Mach ich.«

»Ich wollte dich nicht beunruhigen. Tut mir leid. Es ist wahrscheinlich völlig harmlos.«

Es war alles andere als harmlos. Und Melanie würde ihre Tochter mit Sicherheit nicht erreichen. Aber sie hatte jetzt eine Aufgabe und war beschäftigt.

Zurück in seinem Büro, beorderte Wallner Tina und Mike, der aus Tirol zurück war, zu sich, um den neuesten Stand der Dinge zu erfahren. Man hatte Ralf Wickede in Dortmund gefragt, ob es sich bei dem Mann, den er nachts am Hafen gesehen hatte, um Peter Rathberg handle, und habe ihm Fotos von Rathberg gezeigt. Für diese Information habe Wickede gefordert, das Handy wieder freizuschalten, das er Wallner abgenommen hatte. Natürlich habe man nichts dergleichen getan. Aber die Aussage von Wickede sei ohnehin von geringer Bedeutung, weil sie nur bestätige, was man bereits wisse. Des Weiteren habe man ermittelt, dass Rathberg tatsächlich einen zweiten, separaten Kartenvertrag für seinen Computer abgeschlossen habe. Sobald er ihn in Betrieb nehme, könne man ihn orten. Man habe sich eine Eilanordnung von der Staatsanwältin besorgt. Im Augenblick habe Rathberg aber weder Handy noch Computer in Betrieb. Allen war im Übrigen klar, dass eine Handypeilung hier im Landkreis wegen der groß dimensionierten Funkzellen nur sehr grob ausfallen konnte. Bestenfalls konnte man sagen, in welchem Ort sich jemand aufhielt. Aber immerhin – das funktionierte. Mike berichtete, dass Peter Rathberg der Vater des Mädchens sei, das in der Nacht vom 17. auf den 18. Februar 1990 tödlich verunglückt war. Das sei bei der ersten Aktendurchsicht nicht aufgefallen, weil das Mädchen einen anderen Nachnamen trug. Rathberg hatte die Mutter des Mädchens damals noch nicht geheiratet. Mike wollte wissen, was das alles mit den Morden zu tun habe.

»Die Sache sieht im Augenblick so aus«, begann Wallner. »In der Nacht, in der Rathbergs Tochter ums Leben kam, waren auf einer Hütte am Rastkogel vier Personen. Lothar Eltwanger, Bernhard Dichl, Astrid Mikulai und Melanie Polcke. Wie es aussieht, will Rathberg die Kinder dieser Leute umbringen.«

»Warum das denn?« Tina war fassungslos.

»Kann sein, dass er sie für den Tod seiner Tochter verantwortlich macht. Nur – wie genau Rathberg mit den vier Leuten auf der Hütte zusammenhängt, weiß ich nicht. Möglicherweise war er selber auf der Hütte, und da ist dann irgendwas passiert.«

»Das müssen die vier doch wissen, was passiert ist«, warf Lutz ein.

»Leider nein. Die haben da offenbar eine Drogenparty gefeiert. Jedenfalls kann sich keiner mehr an was Verwertbares erinnern.«

»Und wieso kommt der jetzt daher? Nach siebzehn Jahren?«, fragte Mike.

»Seine Frau hat vor drei Monaten Selbstmord begangen. Das könnte es ausgelöst haben. Rathberg ist psychisch ziemlich labil.«

»So kann man's auch nennen«, sagte Mike.

»Es spricht außerdem viel dafür, dass er ohnehin damit rechnet, dass wir ihn kriegen. Das macht ihn gefährlich. Wahrscheinlich will er noch genau einen Mord begehen: An Melanie Polckes Tochter Conny. Wir wissen im Augenblick leider nicht, wo sie ist.«

In diesem Augenblick klingelte das Telefon. Wallner hatte es eigentlich umgeleitet, um nicht gestört zu werden. Aber die Dame von der Zentrale sagte, der Herr Kreuthner sei dran und der wolle nur mit Herrn Wallner reden. Und es sei überaus wichtig – sage zumindest der Kreuthner. Wallner war genervt, nahm den Anruf aber trotzdem entgegen. Bei Kreuthner konnte man nie wissen.

»Was gibt's?«

»Ich hab g'hört, ihr vermisst's an weißen Ford Transit.«

»Ja …?«

»Am Gmunder Rathaus tät einer stehen. Ich pass mal so lang drauf auf.«

»Okay. Macht jetzt nichts weiter. Wir sind sofort da.«

Seine Aufforderung, das wusste Wallner, hätte er sich auch

schenken können. Kreuthner machte sowieso, was er wollte. Was hatte er überhaupt in Gmund zu schaffen? Da gab es kein einziges Hotel mit Tiefgarage. Aber dass Kreuthner es mal wieder geschafft hatte, den Wagen zu finden, nötigte Wallner Respekt ab. Er veranlasste, dass alle verfügbaren Kräfte sich nach Gmund begaben, und machte sich dann zusammen mit Mike selbst auf. Vor dem Ausgang fing sie der Kollege Haidmüller von der EDV ab und meldete, dass man vor wenigen Minuten Aktivitäten von Rathbergs Computer geortet habe. Er befinde sich irgendwo in Gmund oder Umgebung. Genauer könne man das leider nicht sagen. Kurz nach Beginn der Sendeaktivitäten sei außerdem eine Mail von Rathberg eingegangen. Darin werde die Polizei aufgefordert, sich eine bestimmte Website anzusehen. Wallner fragte, ob das geschehen sei. Haidmüller sagte, Wallner solle selber schauen.

Die Webcam war auf ein Schild gerichtet. Das Schild lehnte an etwas Goldfarbenem. Wenn man die Augen zusammenkniff, konnte man erahnen, dass es die Falten eines Brokatkleides waren. Mittig am unteren Rand des Schildes war eine kleine Plakette angebracht. Sie glänzte und ähnelte denen, die man in den Mündern der drei Opfer gefunden hatte. Das Hintergrundmuster blieb wie bei den anderen Plaketten auf den ersten Blick seltsam unbestimmt. Die Plakette trug den Buchstaben »M«. Auf dem Schild stand in Großbuchstaben:

KOMMISSAR WALLNER!
RUFEN SIE MICH AUF
DEM HANDY AN!

36

Der Schneesturm biss sich durch den Pullover. Doch spürte er die Kälte fast nicht mehr. Seine Stirn war taub, seine Nase, seine Lippen gefühllos. Selbst sein Brustkorb. Nur das Kinn brannte vor Kälte. Es hatte wieder angefangen zu schneien. Die Flocken stoben aus dem Dunkel der Bergnacht hervor, an Peter vorbei in das Licht, das aus der offenen Tür drang. Bei jeder Bö heulte der Sturm auf. Nicht so furchterregend wie draußen am Berg. Denn aus der Hütte drang laute Musik und mischte sich mit den Sturmgeräuschen. Der Mann in der Tür war um die dreißig, groß, unrasiert. Er hatte halblange Haare, die ihm der Sturm durchs Gesicht zauste. Rasiert und im Anzug gab er wohl einen gediegenen Jungkarrieristen ab. Er sah Peter mit glasigen Augen an. Das T-Shirt des Mannes flatterte im Schneesturm. Er verengte die Augen, um seinen trunkenen Blick zu schärfen. Gleichzeitig nickte der Kopf nach vorn. Bevor das Kinn auf die Brust fiel, fing der Mann den Kopf ab und riss ihn wieder hoch. Noch einmal fokussierte er seinen Blick. Peter war, als könne der Blick des Mannes nicht finden, was er suchte: Peters Augen. Stattdessen blieb der Blick seitlich von Peters Jochbein hängen. Der Mann lachte plötzlich. Als habe er etwas Lustiges bemerkt.

»Das glaubst net«, rief er in die Hütte. »A Pirat!« Dann lachte er in einem Anfall kindlicher Erheiterung und sog mehrmals ruckartig mit einem sägenden Geräusch Luft ein. Das Lachen erstarb so plötzlich, wie es gekommen war. Der Blick des Mannes kam nach einigen wackeligen Anläufen wieder auf Peters Jochbein zu ruhen. »Komm rein!«

Peter nickte und betrat mit polterenden Skistiefeln die Hütte. Im Inneren der Hütte war es warm. Ein Holzofen verstrahlte pralle Hitze. Es mochten über dreißig Grad sein. Der Schnee auf Peters Haaren begann zu schmelzen. Peter sah sich um. Es war ein großer Raum mit Küche und Essecke auf der einen Seite. Auf der anderen eine alte Couchgarnitur mit zwei Ohrensesseln. Die Anmutung war nicht bäuerlich, vielmehr so, wie Großstädter sich auf dem Land einrichteten. Auf dem Boden Kleider, Zeitschriften, ein umgestürzter Stuhl. Auf dem Tisch der Essecke standen benutzte Gläser und zumeist leere Flaschen. Wein, Wodka, Whisky, Weißbier. Auch eine Bowlenschale mit einer Flüssigkeit, die in der Farbgebung an Jagertee erinnerte. Ein Spiegel mit Spuren von Kokain lag auf dem Fensterbrett. Auf der Eckbank ein offenes Plastikröhrchen mit kleinen Tabletten. Die Tabletten waren über die Bank verstreut. Einige lagen unter der Bank. Am Tisch saß eine bleiche, schwarzhaarige junge Frau mit Zigarette. Die junge Frau sah Peter aus dick geschminkten Augen an. Sehr langsam begann sie zu kichern, hielt kurz inne, nahm einen hektischen Zug aus ihrer Zigarette und kicherte weiter. Als sie sich wieder gefasst hatte, sagte sie im kehligen Tonfall der Gegend: »Des isch ja tatsächlich a Pirat!« Dann setzte sie ihr Gekicher fort. Es war nicht klar, ob es noch Peter galt oder Dingen, die sich im Kopf der jungen Frau abspielten.

Peter versuchte zu reden. Aber seine Lippen waren taub von der Kälte und gelähmt. Sie fühlten sich an wie nach einer Anästhesie beim Zahnarzt. Peter fragte, so gut es ging, ob sie ein Funkgerät auf der Hütte hätten. Er musste die Frage zweimal wiederholen, bis sie verstanden hatten. Der Mann im T-Shirt dachte lange nach. Dann sagte er, man habe in der Tat ein Funkgerät auf der Hütte. Aber das müsse er suchen. Der Mann wiederholte das Wort Funkgerät und schüttelte lachend den Kopf. Er deutete schwankend auf die Sitzecke, sagte, Peter solle sich zu dem hübschen Mädchen setzen. Und er solle etwas trinken. In der Zwischenzeit werde er gehen, das Funkgerät zu suchen. Peter beschwor den Mann, es sei eilig, seine Tochter sei abgestürzt und liege im Sterben. Der Mann schob Peter ein Glas von dem trüben, lauwarmen Jagertee zu. Dann wollte er wissen, was Peter gerade gesagt habe. Peter wiederholte das Gesagte. Doch der Mann war schon auf dem Weg zu einer Tür, die in den hinteren Teil der Hütte führte, stolperte über den umgestürzten Stuhl und schlug krachend auf den Holzboden. Dort blieb er regungslos liegen. Der Lärm erweckte einen der Ohrensessel vor der Couch zum Leben. Eine weitere junge Frau mit langen blonden Haaren und schwarz geschminkten Augen lugte über die Rückenlehne des Sessels. Die schwarzen Augen starrten Peter an.

»Hallo, Pirat«, sagte die junge Frau müde.

Der Mann auf dem Boden bewegte sich wieder.

»Alles okay?«, fragte die Frau im Sessel.

»Hab mir den verfickten Arm gebrochen. Sonst geht's.« Der Mann verfiel in sägendes Lachen und stand mühsam auf.

»Wo ist Bernie? Der weiß doch, wie man das verfickte Funkgerät bedient.«

In diesem Augenblick hörte man, wie sich hinter einer Tür jemand in eine Toilette erbrach.

»Ich glaub, der speibt«, sagte die blonde Frau.

Peter trank hastig das Glas aus. Obwohl nur lauwarm, wärmte der Jagertee. Es musste sehr viel Alkohol drin sein.

Peter stand auf und ging zu dem Mann. Der stützte sich mit einer Hand am Türstock ab. Peter fragte, ob er dem Mann bei der Suche nach dem Funkgerät helfen könne. Inzwischen waren seine Lippen so weit aufgewärmt, dass er wieder flüssig sprechen konnte. Der Mann schüttelte den Kopf und ging zu einer Kommode. Er zog der Reihe nach alle Schubladen auf und ließ sie offen stehen. Aus der letzten Schublade entnahm er ein Funkgerät. Inzwischen war die blonde Frau aus dem Sessel mit schwankenden Schritten zu Peter gekommen. Sie hatte einen großen Pullover und Wadenwärmer an. Ob sie unter dem Pullover etwas trug, war nicht zu erkennen.

»Bist du ein echter Pirat?«, fragte sie und klammerte sich an Peters Pullover, um nicht umzufallen. Peter führte die Frau zu einem Stuhl am Esstisch und setzte sie darauf ab. Währenddessen glotzte der Mann im T-Shirt auf das Funkgerät, als sei es ein exotisches Insekt. Die Tür, die in den hinteren Teil der Hütte führte, ging auf. Ein Mann in grauem Sweater kam in den Raum. Sein Gesicht war bleich und nass.

»He, Mann, ich brauch dich. Kotzen kannst du später.« Der Mann im T-Shirt hielt dem Sweater-Mann, der Bernie hieß, das Funkgerät hin. »Geht'n des?«, lallte er.

»Keine Ahnung«, lallte der Sweater zurück und pfefferte das Funkgerät auf die Kommode. Dann bemerkte er Peter.

»He, 'n Indianer!«

»Pirat«, korrigierte die Blonde.

»Mein ich doch.« Der Sweater ging zu Peter und versuchte, den aufgemalten Bart in Peters Gesicht mit der Fingerspitze zu berühren. Peter wehrte ihn sanft ab.

»Du kannst das Funkgerät bedienen?«

Bernie wandte seinen glasigen Blick von Peter ab und dem Funkgerät auf der Kommode zu. Dann vollführte er eine linkische Bewegung, die wohl besagen sollte, dass er dazu im Augenblick nicht in der Lage sei.

»Herrgott! Reiß dich verdammt noch mal zusammen! Meine Tochter liegt da draußen und erfriert!«

»Selber schuld. Was legt sie sich da draußen hin.« Er torkelte Richtung Couch. »Ich leg mich auf die Couch. Wenn sie kommt, kann sie sich dazulegen.«

Peter riss Bernie an der Schulter herum, versetzte ihm eine Ohrfeige und schrie ihn an. »Du Vollidiot! Da draußen stirbt jemand. Geht das nicht in deinen zugedröhnten Schädel?!«

Peter gab dem Mann noch eine Ohrfeige. Bernie zeigte keine Reaktion. Peter war, als würde er auf einen nassen Sack einschlagen. Bernie sah Peter mehr verwundert als erschrocken an, sagte »Leck mich!« und sank ohnmächtig zu Boden.

Peter blickte sich panisch zu den anderen um. Die Frauen sahen ihn konsterniert an.

»Glotzt nicht so blöd! Tut irgendwas! Da draußen stirbt mein Kind!«

Die Schwarzhaarige wandte sich an die Blonde. »Ich glaub, der Herr Pirat is uns bös.« Daraufhin kicherten beide um die Wette. Peter fühlte eine unbändige Wut in sich aufsteigen und das Verlangen, auf die beiden Frauen mit einer Axt einzuschlagen. Aber das würde Lisa nicht retten. Peter hörte mit einem Mal ein krächzendes Geräusch. Es kam aus dem Funkgerät, das der T-Shirt-Mann jetzt in der Hand hielt. Peter hörte Frequenzrauschen und dazwischen eine entfernt klingende Stimme, die »Bergwacht Mayrhofen« sagte. Dann bat die Stimme, man solle sagen, wer dran sei und ob es Probleme gebe. Der Mann im T-Shirt hielt das Funkgerät mit einem triumphierenden Lachen hoch. Peter stürzte zu dem Mann und verlangte das Funkgerät. Doch der Mann entzog das Gerät

Peters Zugriff, drohte Peter spaßhaft mit dem Zeigefinger und sagte: »Seeräuber haben gar keine Funkgeräte!«

Peter versuchte, dem Mann das Funkgerät zu entwinden. Aus dem Funkgerät hörte man zwischen dem Rauschen die Frage, was denn da los sei. Und man solle doch bitte antworten. Der T-Shirt-Mann hatte Gefallen an dem Spiel mit Peter gefunden und war trotz aller Drogen, die er genommen hatte, noch recht geschickt. Er fand sogar Zeit, ein »Alles okay. Over« in das Funkgerät zu sprechen. Peter war durch die Skischuhe an seinen Füßen gehandicapt. Er schrie den T-Shirt-Mann an, er solle ihm das Scheißfunkgerät geben. Das stachelte Peters Peiniger nur noch mehr an. Er warf das Gerät der Blonden zu, die ließ es über den Tisch zur Schwarzhaarigen schlittern, als Peter kam. So ging das einige Male hin und her. Als der T-Shirt-Mann das Gerät wiederhatte und der Blonden zuwarf, blieb Peter vor dem Mann stehen und zertrümmerte ihm mit dem Ellbogen das Nasenbein. Der Mann sackte mit blutender Nase auf die Kommode. Dort blieb er regungslos liegen. Währenddessen hatte die Schwarzhaarige das Gerät wieder in der Hand. Sie starrte auf den blutenden T-Shirt-Mann. Peter ging zu ihr. Aber sie wollte ihm das Funkgerät immer noch nicht geben. Als Peter es ihr zu entwinden versuchte, ließ sie das Gerät fallen. Es machte ein plumpsendes Geräusch, und die krächzenden Töne daraus erstarben. Das Funkgerät versank im Jagertee.

Peter erstarrte für einen Augenblick und sah mit schreckgeweiteten Augen in die trübe Flüssigkeit. Dann griff er in die Schale, holte das Gerät heraus und schüttelte es. Jagertee tropfte aus dem Plastikgehäuse. Aber das Gerät war tot. Keinen Ton gab es mehr von sich. Und es begann, vor Peters Augen zu verschwimmen.

Es war kalt geworden in der Hütte. Niemand hatte Holz nachgelegt. Peter öffnete langsam und benommen die Augen. Er lag halb unter einer Wolldecke auf dem Fußboden. Rechts neben ihm schnarchte der Sweater-Mann, der Bernie hieß. Links neben Peter lag die blonde Frau mit dem Pullover. Ihr Mund stand offen. Ihre Hand lag auf Peters Hals. Der T-Shirt-Mann lag immer noch mit gebrochener Nase auf der Kommode. Peter versuchte, sich zu erinnern, wo er war. Das war nicht die Pension, in der er mit Lisa abgestiegen war. Im Bruchteil einer Sekunde schoss es ihm wie glühender Stahl ins Herz: Lisa! Er sprang auf und sah auf die Wanduhr. Es war kurz vor vier. Draußen herrschte noch schwarze Dunkelheit. Aber der Sturm hatte nachgelassen. Das Funkgerät lag auf dem Boden unter dem Esstisch. Auf dem Tisch immer noch das Chaos aus Gläsern und Flaschen, die Tabletten auf der Eckbank, der Kokainspiegel auf dem Fensterbrett. Peter erinnerte sich wieder an das, was vorgefallen war. Er sah das leere Glas, aus dem er getrunken hatte. Das war nicht nur Jagertee. Sie hatten da irgendwas von den Tabletten reingetan. Die Mischung hatte Peter betäubt.

Peter durchsuchte die Hütte. Irgendwo mussten sie ihre Skier aufbewahren. Zuerst fand er die Skianzüge. Einer davon passte Peter. Neben der Hütte entdeckte er schließlich einen kleinen Verschlag. Darin waren Skier und Stöcke und Werkzeug. Peter nahm ein Paar Herrenski und stellte die Bindung auf seine Schuhe ein. Dann ging er noch einmal in die Hütte zurück. In einer der aufgerissenen Kommodenschubladen waren Wanderkarten. Sie waren genauer als die Karte, die er selbst dabeihatte. Peter stellte fest, dass es möglich war, von der Hütte aus die Felswand, unterhalb derer Lisa lag, zu umgehen und auf direktem Weg zur Absturzstelle zu gelangen. Er versuchte, sich den Weg so genau wie möglich einzuprägen. Denn er musste ihn im Dunkeln finden. Selbst wenn er Lisa finden sollte: Die Chancen standen eins zu hundert, dass sie noch lebte. Mehr als genug, um es zu versuchen.

Beim Verlassen der Hütte bemerkte Peter neben dem Eingang ein kleines Regal. Darin lag ein Büchlein. Es war das Hüttenbuch. Wer immer auf der Hütte war, trug sich hier mit Namen und Adresse ein. Auf der letzten beschriebenen Seite fanden sich vier Namen mit Adresse. Peter blickte noch einmal zurück auf die vier Menschen, deretwegen Lisa immer noch im Eis lag – und vermutlich erfroren war. Er steckte das Hüttenbuch ein und ging in die Nacht.

Um Viertel vor fünf stand Peter am Fuß der Felswand, die Lisa hinuntergestürzt war. Lisa war leicht zu finden. Der Sturm hatte verhindert, dass ihr Körper vollständig mit Schnee bedeckt wurde. Peter befreite sie vom Schnee. Das goldene Kleid, das sie über dem Skianzug trug, wurde sichtbar. Lisas Lippen waren bleich. Aus ihrem Gesicht war jede Farbe gewichen, und es war so kalt, dass der Schnee darauf nicht mehr schmolz. Lisa atmete noch. Peter nahm sie vorsichtig auf seine Schultern und fuhr durch den Tiefschnee Richtung Tal. Gegen sechs Uhr trafen sie auf einen Schneepflugfahrer. Der Mann brachte Peter und Lisa ins nächste Dorf. Aber da atmete Lisa schon nicht mehr.

37

Hallo, Herr Wallner.« Auf dem Bildschirm des Computers erschien eine Hand, die das Schild mit der Aufforderung an Wallner entfernte. Jetzt wurde sichtbar, woran das Schild gelehnt hatte. Es war eine junge Frau in einem goldenen Brokatkleid. Ihr Gesicht war mit einem Tuch verhüllt. Kurz nachdem die Hand das Schild entfernt hatte, kam Rathberg ins Bild. Er setzte sich auf einen Stuhl, der hinter der jungen Frau stand. Worauf die junge Frau lag, war nicht zu erkennen. Rathberg hatte ein Handy in einer Gürtelhalterung. Vom Handy führte ein Kabel zu seinem rechten Ohr.

»Sie kennen mich noch?«, fragte Rathberg.

»Ja«, sagte Wallner. Er war bemüht, ruhig zu bleiben und zu verhindern, dass seine Stimme zitterte. Wallners Erfahrung nach machte es am Anfang Sinn, viel zu reden. Zunächst über Belanglosigkeiten. Je entspannter die Atmosphäre war, desto seltener kam es zu Kurzschlusshandlungen. Wallner war allerdings sicher, dass Rathberg ohnehin nur tat, was er gründlich vorbereitet und durchdacht hatte. »Es waren interessante Abende.«

»Ja. Ich kann mich nicht beklagen. Ich muss Sie, bevor wir fortfahren, darauf hinweisen, dass dieses Gespräch zur Qualitätssicherung mitgeschnitten wird. Und zwar von mehreren Dutzend Fernsehstationen und Nachrichtenagenturen, denen ich diese Website ans Herz gelegt habe. Sollte es im Verlauf unserer Unterhaltung also Tote geben, wird man hinterher recht gut analysieren können, ob Fehler gemacht wurden. Da kommt ganz schön was auf Sie zu.«

»Was verschafft ausgerechnet mir die Ehre?«

»Nichts Persönliches. Sie sind zuständig. Das ist alles. Wenn Ihnen der Job zu heiß ist, schicken Sie einen anderen.«

»Ach, wissen Sie – ich bin hier auch sonst immer der Depp, wenn was schiefgeht. Was macht Sie so sicher, dass Sie online bleiben?«

»Dafür gibt es zwei Gründe. Erstens: Die Medien würden Sie und Ihre Vorgesetzten kreuzigen, wenn Sie ihnen das Programm abschalten. Zweitens können Sie sehen, was ich mache. Wenn Sie die Karte für meinen Computer sperren lassen, gibt's auch kein Bild mehr.«

»Erklären Sie mir, was das Ganze soll?«

»Das liegt auf der Hand, denke ich: Ich bekomme PR für meine Sache.«

»Was bekomme ich?«

»Die Gelegenheit, mit mir zu reden. Sie können dadurch das Leben dieses Mädchens verlängern.«

»Kann ich das?«

»Alte Regel: Solange geredet wird, fließt kein Blut.«

»Was kann dabei im besten Fall herauskommen?«

»Eigentlich nichts. Diese junge Frau wird am Ende unserer Unterhaltung tot sein. Was haben Sie eigentlich ihrer Mutter gesagt?«

»Woher wollen Sie wissen, dass ich mit ihr gesprochen habe?«

»Sie haben mit ihr gesprochen. Weiß sie, wie es um ihr Kind steht?«

»Sie weiß, dass wir ihre Tochter suchen.«

Rathberg zog jetzt aus seiner Jacke ein Stilett. Das Messer

war mit einer dünnen, aber durch ihren quadratischen Querschnitt festen Klinge versehen, die im oberen Teil nadelspitz zulief. Rathberg hauchte die Klinge an und polierte sie mit einem Brillentuch, das er ebenfalls aus seiner Jacke holte. Er präsentierte das Stilett vor der Kamera.

»Voilà! Die Tatwaffe.« Rathberg beugte sich über das Mädchen und ließ das Stilett mit der Spitze nach unten fallen. Es bohrte sich mit dumpfem Geräusch in einen hölzernen Untergrund und blieb dort stecken. Man konnte immer noch nicht sehen, worauf das Mädchen ruhte.

»Sie müssen das nicht tun. Erzählen Sie mir nicht, dass es auf einen Mord mehr oder weniger nicht ankommt. Das Mädchen hat nichts mit dem Problem zu tun, das Sie mit seiner Mutter vielleicht haben.«

»Mag sein. Aber Sie haben damit auch nichts zu tun. Trotzdem stecken Sie gerade bis zum Hals in Schwierigkeiten. Auch mein Kind hatte nichts mit den Drogen zu tun, die die Mutter dieses Mädchens hier genommen hat. Trotzdem musste Lisa deswegen sterben. Das Leben ist so.«

»Ich denke, wir haben genug Plattitüden ausgetauscht. Kommen wir zur Sache. Was muss passieren, damit dieses Mädchen nicht stirbt?«

In Rathbergs Gesicht war ein gewisses Erstaunen zu erkennen. Wallner war nicht sicher, was es widerspiegelte. War es Erstaunen über Wallners harsche Reaktion? War es Erstaunen darüber, dass Wallner den möglichen Tod des Mädchens direkt ansprach?

»Jetzt haben Sie mich auf dem falschen Fuß erwischt«, sagte Rathberg. Er zog das Stilett aus dem Holz und ließ es noch einmal durch das Brillentuch gleiten. Dann prüfte er, ob die Klingenoberfläche makellos war, und legte das Stilett vorsichtig auf das Brokatkleid. »Darüber habe ich offen gesagt gar nicht nachgedacht.« Rathberg ließ seinen Blick nach oben wandern. »Nein. Die Option, dass niemand stirbt, gibt es wohl nicht. Tut mir leid.«

»Die muss es geben. Es gibt immer A und nicht A.«

»Nur theoretisch. Auch für meine Tochter gab es theoretisch zwei Optionen. Sterben oder nicht sterben. Doch in Wirklichkeit gab es nur eine. Das hängt letztlich davon ab, von welchem Zeitpunkt aus man die Ereignisse betrachtet.«

»Für Ihre Tochter können Sie nichts mehr tun. Für dieses Mädchen da schon. Das ist der Unterschied.«

»Warum sollte ich für die Kinder anderer Leute etwas tun, was ich für meine Tochter nicht tun durfte?«

»Weil Sie es tun können.«

»Und warum konnte ich es für Lisa nicht tun?«

»Das wissen wohl nur Sie.«

»Und deshalb müssen Sie mir wohl oder übel glauben, dass ich gute Gründe habe für das, was ich tue.«

»Diese Gründe gibt es nicht. Aber sagen Sie mir eins: Warum reden Sie mit mir, wenn es sowieso nichts ändert?«

»Das hatte ich Ihnen doch schon erklärt: Damit Sie mich nicht aus dem Internet schmeißen. Ich möchte der Welt nämlich noch erklären, warum vier junge Menschen sterben mussten.«

»Ich dachte, es hätte irgendwie mit mir zu tun, dass Sie mit mir reden wollen.«

»Nein. Hat es nicht.« Rathberg verschwand aus dem Bild. Wallner war irritiert. Er fragte ins Handy, ob Rathberg noch dran sei, bekam aber keine Antwort. Das Telefon auf dem Schreibtisch läutete. Wallner bedeutete Mike, er solle drangehen. Mike meldete sich und lauschte etwa eine halbe Minute. Während dieser halben Minute signalisierte sein

Blick, dass die Sache – was immer es war – heikel war. Schließlich bat Mike den Anrufer, kurz zu warten, hielt das Mikrofon des Hörers zu und wandte sich an Wallner.

»Einer von der Staatskanzlei. Die wollen wissen, was da gerade im Internet läuft.«

»Sag, die sollen Rathberg um Himmels willen auf Sendung lassen. Und sag, das SEK wär unterwegs. Und dass sie mir nicht auf den Wecker gehen sollen. Ich muss mich konzentrieren.«

Mike nickte und sagte ins Telefon, man solle sich da oben unterstehen und irgendwas am Internet murksen. Sie hätten die Sache hier absolut im Griff, und wenn die Staatskanzlei weiter Ärger machen wolle, dann könne man das hier gleich übers Internet bringen. Die Antwort aus der Staatskanzlei schien nicht sehr lang zu sein. Mike legte mit einem »Sie mich auch« auf und lächelte Wallner an.

Wallners Blick zeigte eine gewisse Besorgtheit. »Wär's nicht ein bisschen diplomatischer gegangen?!«

Mike warf diesen Einwand mit einer Handbewegung hinter seine Schulter. Dann zeigte er auf den Computerbildschirm. »Geht, scheint's, weiter.«

Rathberg kehrte zu seinem Platz hinter dem Mädchen zurück. Er hatte eine Minibar-Flasche in der Hand. Es war Rum. Rathberg schraubte die Flasche auf und trank sie zur Hälfte aus. »Dass wir uns nicht missverstehen. Das ist keine psychologische Stütze. Es ist nur saukalt in dieser Kirche. Ich denke, Sie verstehen mich, Herr Wallner.«

Wallner und seinen Leuten war inzwischen klar, dass die Bilder aus der Gmunder Pfarrkirche kamen. Genauer gesagt, von deren Orgelempore.

»Sie haben meine Frage noch nicht beantwortet.«

»Welche war das noch gleich?«

»Was muss passieren, damit wir die Sache hier beenden, ohne dass jemand stirbt.«

Rathberg sah nachdenklich in die Kamera. Seine Gesichtszüge hatten nichts Zynisches. Es war das Gesicht eines Mannes am Ende seines Weges. Nicht einmal Verzweiflung war in diesem Gesicht zu lesen. Schmerz – ja. Aber der Schmerz desjenigen, der sich entschieden hat, den schmerzensreichen Weg bis zum Ende zu gehen. »Überraschen Sie mich«, sagte Rathberg. Die Art, in der er es sagte, ließ wenig Zweifel, dass die Aufforderung mehr rhetorischer Natur war.

Wallner dachte nach. Tausend Gedanken auf einmal, die sich gegenseitig blockierten. Er hatte keine Zeit zum Denken. Rathberg würde sie Wallner nicht lassen. Janette kam herein und schloss die Tür hinter sich. Sie bedeutete Wallner, dass sie ihm etwas zu sagen hatte, das nicht für Rathberg bestimmt war.

»Entschuldigen Sie mich kurz«, sagte Wallner ins Telefon. Dann hielt er das Mikrofon des Hörers zu.

»Das SEK ist unterwegs.«

»Wie lang brauchen die?«

»Minimum eine halbe Stunde.«

»Danke«, sagte Wallner und gab das Mikrofon des Hörers frei.

Rathberg war ungehalten. »Ich mag das nicht, wenn Sie Pausen machen. Dann habe ich das Gefühl, Sie tun Dinge hinter meinem Rücken.«

»Das tu ich auch. Ich denke mir gerade eine Überraschung für Sie aus.«

»Mit Überraschung meinen Sie aber nicht das SEK?«

Jeder im Büro blickte zur Decke, ob sich da oben nicht eine von Rathberg angebrachte Webcam befand.

»Das SEK ist natürlich nicht die Überraschung. Damit haben Sie ja wohl gerechnet.«

»Wie lange haben wir, bis es eintrifft?«

»Eine Stunde vielleicht.«

»Ach, kommen Sie! Das schaffen die in einer halben.«

»Ich will nichts versprechen, was ich dann nicht halten kann.«

»Es wird Sie nicht überraschen, dass ich die Kircheneingänge im Auge habe. Sollte also jemand versuchen, in die Kirche einzudringen, oder sollte jemand eine meiner Kameras zerstören – Sie wissen ja …«

»Ich werd's weitergeben.«

»Ach übrigens: Ihre beiden Clowns da draußen, haben die mich gestern kontrolliert?«

»Wenn Sie die Kollegen Kreuthner und Schartauer meinen – ja, das ist möglich.« Wallner wandte sich an Mike und sprach, ohne den Hörer zuzuhalten. »Schärf dem Kreuthner noch mal ein, dass er keinen Scheiß machen soll.« Mike nickte und ging. Wallner nahm den Telefonhörer wieder ans Ohr.

»Ihre Eigeninitiative finde ich lobenswert«, sagte Rathberg. »Von den beiden scheint aber ohnehin wenig Gefahr auszugehen. So wie die ihren Job gestern erledigt haben.«

»Es war nicht ihre Schuld. Sie wurden von mir zu einem anderen Einsatz abberufen, bevor sie die Kontrolle beenden konnten. Aber was schwätzen wir hier eigentlich über Nebensächlichkeiten? Ich dachte, Sie hätten der Welt etwas Wichtiges mitzuteilen.«

»Oh – Sie geben gewissermaßen das Mikro frei?«

»Sagen Sie, was Sie zu sagen haben.«

Rathberg nickte. Dann ging er um das Mädchen herum zur Webcam und schob sie ein wenig nach hinten. Man konnte jetzt sehen, dass das Mädchen auf einem Brett oder einer alten Tür lag, die Rathberg zwischen zwei Holzstühle gelegt hatte. Rathberg nahm sich einen weiteren Stuhl und setzte sich vor das Mädchen. Er blickte kurz in die Kamera, dann offenbar auf seinen Laptop, um das Bild zu überprüfen.

»Bin ich gut zu hören?«

»Ein bisschen lauter wäre gut«, sagte Wallner ins Telefon.

Rathberg sammelte sich, faltete die Hände nach evangelischer Art und legte seine Stirn auf die gefalteten Hände. Als er wieder aufsah, hatte sein Gesicht jede gespielte Gelassenheit verloren.

»Es war am 17. Februar 1990, einem Faschingsdienstag …«, begann er. Dann erzählte Rathberg seine Geschichte. Wie seine Tochter Lisa bei einer Skitour in die Tiefe stürzte. Wie er sich aufmachte, Hilfe zu holen. Wie seine Skier brachen und er sich durch den nächtlichen Schneesturm kämpfte, seine letzte Hoffnung fest im Blick: eine Hütte auf einem Bergsattel.

»Warum überlässt du ihm die Initiative«, fragte Tina.

»Weil ich nachdenken muss. Ab jetzt nur noch Beiträge, wenn jemand eine Idee hat.« Keiner sagte mehr ein Wort. Wallner versuchte, sich zu konzentrieren. Schweiß trat ihm auf die Stirn. Er ließ sich in seinem Bürosessel nach hinten sacken und legte den Kopf ins Genick. Auf dem Bildschirm erzählte Rathberg in einer dunklen Kirche seine Geschichte. Wallner mochte den Ton nicht abstellen, obwohl er ihn beim Nachdenken störte. Vielleicht sagte Rathberg etwas, das man verwenden konnte. Wallner versuchte, systematisch vorzugehen. Welche Schwachstellen hatte Rathberg? Was könnte ihn aus der Fassung bringen? Schwierig. Rathberg musste sich gegen jedes irritierende Gefühl gewappnet haben. Sonst wäre es ihm nicht möglich gewesen, drei junge Menschen mit so kalter Präzision zu töten. Wallner fiel das Foto von Rathbergs Tochter ein, das ihm der Pfarrer aus Unna gegeben hatte. Er holte es aus seiner Brieftasche und betrachtete es eine Weile.

Schließlich gab er dem EDV-Mann Haidmüller einen Wink. Die beiden gingen in eine Ecke des Raumes, wo Wallner den Bildschirm noch im Auge hatte, wo es jedoch leise genug war, um sich flüsternd zu unterhalten. Nach kurzem Gespräch setzte sich Wallner wieder auf seinen Bürosessel und lauschte Rathbergs Erzählung. Haidmüller verließ mit dem Foto in der Hand eilig den Raum.

Vor dem Gmunder Rathaus waren mittlerweile noch drei Streifenwagen eingetroffen, fünf weitere und ein Sonder-einsatzkommando aus München waren unterwegs. Kreuth-ner ließ sich unter bewunderndem Schultergeklopfe einmal mehr als verrücktesten Hund im ganzen Oberland feiern. Dann aber wurde Kreuthner ernst. Er wisse inzwischen von einem Zeugen, dass der Fahrer des Ford Transit mit einer Sackkarre eine Plastiktonne zur Kirche gefahren habe. Man könne ja mal raten, was da drin gewesen sei. Es gelte jetzt, sagte Kreuthner, die Sache zu Ende zu bringen. Dabei schaute er sehr feierlich. Sieben Polizisten blickten stumm nickend auf den schneebedeckten Gmunder Rathausparkplatz, einer der Kollegen sagte: Jap, so sehe es wohl aus. Nach zehn weiteren wortlosen Sekunden fragte derselbe Kollege, was Kreuthner damit eigentlich genau meine. Nun ja, sagte Kreuthner, es eben zu einem Ende bringen. Ein dritter Kol-lege fragte, was denn Kreuthner meine, wer das zu Ende brin-gen solle. Das SEK sei auf dem Weg, und die Kripo verhandle gerade mit dem Geiselnehmer. Tja, sagte Kreuthner. Und während er das sagte, setzte er seine Sonnenbrille auf, lehnte sich an einen Streifenwagen und blickte Richtung Kirche. Die Kollegen scharrten unruhig im Schnee. Wittischek, der Chef der Uniformierten, hatte angeordnet, Kirche und gesuchtes Fahrzeug zu bewachen und gegebenenfalls das SEK einzu-

weisen, falls es vor Wittischek eintreffen sollte. Genau das
hätten sie zu tun und sonst gar nichts. Vor allem aber solle
man den Kreuthner im Auge behalten. Und ihm Einhalt
gebieten, sollte er Anstalten machen, Scheiße zu bauen. Tja,
sagte Kreuthner, wenn er sich so umsehe, sehe er niemanden
von der Kripo. Und auch die Herren SEKler könne er nicht
entdecken. Alles, was er sehe, sei eine Kirche. Und in der Kirche sei ein brutaler Killer. Und dieser Killer werde in den
nächsten Minuten die sechzehnjährige Conny Polcke aus
Rottach abschlachten. Ob jemand einen Vorschlag habe, was
man da machen solle. Es hatte aber niemand einen Vorschlag.
Die Kollegen warfen ein, sie hätten Anweisung zu warten.
Außerdem habe der Killer überall Kameras angebracht. Wenn
also Kreuthner im Sinn habe, in die Kirche einzudringen,
dann gefährde er das Leben des Mädchens. Kreuthner nickte
und blickte über den Rand der Sonnenbrille in die Runde. Ein
überlegenes Lächeln spielte um seine Mundwinkel. Sechs
Leute, sagte er dann, seien ja wohl genug, dass der Ford Transit sich nicht aus dem Staub mache. Dann bedeutete er Schartauer, ihm zu folgen. Die Kollegen verwiesen noch einmal auf
eindeutige Anweisungen und sagten, Kreuthner solle keinen
Quatsch machen. Kreuthner riet den Kollegen, die Anweisungen mal gut zu befolgen. Er habe inzwischen anderweitig
zu tun. Dann ging er und nahm Schartauer mit, der Kreuthner
nur unwillig folgte.

Kreuthner ging nicht in Richtung Kirche, sondern in die
andere Richtung, vorbei am alten Rathaus. Nach wenigen
Metern trafen die beiden Polizisten auf eine kleine Straße,
die rechter Hand hinunter zur Hauptstraße führte. An der
Hauptstraße wandte sich Kreuthner abermals nach rechts
und gelangte nach etwa fünfzig Metern zur ehemaligen Pestkapelle, die heute dazu diente, gefallener Soldaten zu geden-

ken. Die Kapelle stand am Fuß der Friedhofsmauer aus Naturstein, die an dieser Stelle mehrere Meter hoch war. Es war keine Umfriedungsmauer im eigentlichen Sinn. Vielmehr stützte die Mauer das Erdreich, das hier aufgeschüttet worden war. Die Kirche lag knapp siebzig Meter entfernt den Berg hinauf, den ein eiszeitlicher Gletscher als Endmoräne hinterlassen hatte. Damit der Friedhof nicht am Hang lag, hatte man das Gelände um die Kirche zu einer Ebene aufgeschüttet. Nun aber stammte Kreuthner aus der kleinen Siedlung, die sie direkt unterhalb der Pfarrkirche zwischen Mangfall und die bewaldete Endmoräne gequetscht hatten. Die Wohnungen waren klein, feucht und kalt gewesen. Aber zur Kirche war's nicht weit. Das war Kreuthner zupassgekommen, als er viele Jahre lang den Ministranten gemacht hatte. Da aber die Ministranten nicht nur fromme Gedanken im Kopf haben, sondern auch viel Unsinn aushecken und Orte erkunden, wo sie eigentlich gar nicht hindürfen, war dem Ministranten Leonhardt Kreuthner nicht verborgen geblieben, dass von der Pestkapelle zur Pfarrkirche ein alter unterirdischer Gang führte, der früheren Pfaffen zur Flucht gedient haben mochte, wenn die Zeiten brenzlig wurden.

Kreuthner öffnete die Eingangstür zur Kapelle und ging hinein. Er winkte Schartauer, es ihm gleichzutun. Doch Schartauer zögerte. Verwies zaghaft auf die Anweisungen aus Miesbach. Kreuthner sah Schartauer herausfordernd an.

»Ja wie? Tust dich jetzt einscheißen oder was?«

»Nein, aber … ich mein, die haben da Psychologen und Scharfschützen und kugelsichere Westen und alles. Die kriegen das schon hin.«

»Weil die das bis jetzt ja so prima hingekriegt haben oder wie?«

Schartauer machte eine unentschlossene Gebärde. Er war sich nicht ganz sicher, ob Kreuthner damit meinte, dass die es versemmelt hatten, oder was er sonst damit andeuten wollte.

»Ich hab die erste Leich g'funden. Ich hab den Kohlweit verhaftet. Und ich hätt auch den Bruder da in der Kirch verhaftet, wenn die uns net dazwischeng'funkt hätten. Ich lass das net zu, dass die wieder Mist bauen, verstehst?«

»Aha. Und du meinst wirklich, wir sollen da …«

»Kommst jetzt mit oder net? Ich hab ja net ewig Zeit.«

Schartauer biss die Zähne zusammen und nickte. Er ging zu Kreuthner hinein in die kleine Kapelle. Kreuthner schloss die Tür und kniete sich vor den Altar. Auch Schartauer beugte sein Knie und schlug das Kreuz.

»Hör auf mit dem Schmarrn. Pack lieber mit an«, grunzte Kreuthner. Jetzt wurde klar, warum er vor dem Altar auf die Knie gegangen war. Dort war eine der marmornen Bodenplatten locker. Die konnte man zu zweit leicht anheben und zur Seite schieben. Darunter tat sich ein Loch auf. Schartauer konnte nicht gleich erkennen, wo das Loch endete. Aber nicht lang, und seine Augen hatten sich an das Dämmerlicht gewöhnt. Es ging nur etwa anderthalb Meter hinunter. Danach führte ein Gang in Richtung der Pfarrkirche.

»Der Gang is nur so hoch.« Kreuthner hielt die flache Hand vor seinen Bauchnabel. »Die waren ja damals kleiner.«

»Die waren einen Meter groß?«

Kreuthners Miene zeigte Anzeichen von Verzweiflung.

»Schwing dich runter. Hier, die Taschenlampe.« Kreuthner förderte zu Schartauers Überraschung von irgendwoher eine Taschenlampe zutage. »So etwa achtzig Meter. Dann samma unterm Kirchturm. Und da lasst mich dann vorgehen.«

Schartauer nickte und stieg ins Loch.

Der Mann auf dem Computerbildschirm hatte Schweiß auf der Oberlippe. In diesem Augenblick erzählte er mit gebrochener Stimme, wie er an einem kalten Februarmorgen auf einem Schneepflug saß – seine tote Tochter in den Armen. Jede einzelne der vier Personen auf der Hütte hätte das Leben seiner Tochter retten können. Ja, sie hätten nicht einmal etwas tun müssen. Sie hätten ihn nur mit der Bergwacht reden lassen müssen. Doch Drogen und Bosheit hätten diese Menschen in Tiere verwandelt und zu Mördern gemacht. Dennoch lebten alle vier unbehelligt ihr Leben als geachtete Mitglieder der Gesellschaft, seien sich nicht der geringsten Schuld bewusst. Mit diesem Leben in Unschuld habe es jetzt ein Ende. Niemand komme davon, ohne zu bezahlen. Lothar Eltwanger, Bernhard Dichl, Astrid Mikulai – sie hätten bekommen, was sie anderen angetan hatten. Nun sei die Reihe an Melanie Polcke.

Wallner wurde langsam nervös. Die Sache ging dem Ende zu. Rathberg hatte das Stilett in der Hand. Doch das SEK würde noch mindestens zehn Minuten brauchen. Wallner starrte auf das Diensttelefon. Er erwartete den Anruf von Haidmüller. Aber der kam nicht. Schließlich griff Wallner selbst zum Hörer und tippte Haidmüllers Durchwahl ein. Haidmüller meldete sich. Er klang gehetzt.

»Was ist los? Kriegt ihr's nicht hin?«

»Eine Minute noch. Dann schicken wir's ihm. Halt ihn noch eine Minute hin.«

Wallner legte auf. Rathberg hatte gerade seine Ansprache beendet und betrachtete das Stilett in seiner Hand. Dann sah er zu dem schlafenden Mädchen. Auf dem Bildschirm waren nur Teile des goldenen Kleides zu erkennen. Mike rollte mit seinem Bürosessel zu Wallner.

»Wir haben inzwischen sechs Streifenwagen vor der Kirche. Sollen wir die Leute reinschicken?«

Wallner schüttelte den Kopf. »Das Mädchen ist tot, bevor die die Klinke drücken.«

Rathberg ging jetzt auf das Mädchen zu. Jeder im Raum starrte auf den Computerbildschirm. Oder auf Wallner. Es war an ihm, etwas zu tun. Er musste Rathberg aufhalten. Sonst würde der Mann in wenigen Sekunden einen Mord vor laufender Kamera begehen.

»Eine Frage hätte ich noch, Herr Rathberg.« Rathberg war immer noch mit Wallner verbunden. Das schien er vergessen zu haben und wirkte daher fast ein wenig verwundert, Wallners Stimme zu hören. Er wandte sich der Kamera zu.

»Beeilen Sie sich«, sagte Rathberg. »Das SEK ist gleich da.«

»Nur ein Detail. Aber es beschäftigt mich, seit ich Pfarrer Körting getroffen habe.«

Rathberg vollführte mit dem Stilett eine billigende Geste.

»Wieso waren Sie an jenem Abend im Kakadu? Sie waren vor mir da. Das heißt, Sie sind mir nicht gefolgt. Und Sie konnten auch nicht wissen, dass ich dort hingehen würde. Ich gehe da nie hin.«

»Ich war ja auch nicht Ihretwegen da.«

»Sondern?«

Rathberg deutete mit dem Stilett auf das Mädchen. »Recherche. Ich wollte sehen, was ihre Mutter abends macht. Wir waren in gewisser Weise aus dem gleichen Grund da. Wegen Melanie Polcke.«

Im Hintergrund klingelte ein Telefon. Mike ging dran, sprach sehr leise und legte eilig wieder auf. Dann nickte er Wallner zu, der ihm einen fragenden Blick zugeworfen hatte.

»Herr Rathberg – wir haben Ihnen etwas geschickt. Das wird Sie interessieren.«

»Tut mir leid. Die Zeit ist um.« Rathberg wandte sich wieder dem Mädchen zu.

»Es dauert nicht lang«, sagte Wallner. »Checken Sie Ihre E-Mail.«

Rathberg hielt inne, zögerte, drehte sich um und ging wieder zu seinem Computer. Die Kamera erfasste nur noch wackelige Ausschnitte seines Körpers, als er am Rechner hantierte. Wallner wandte sich an Mike.

»Können wir sehen, was der Haidmüller ihm geschickt hat?«

Mike nickte und tippte etwas in das Terminal, vor dem er saß. Auf dem Bildschirm erschien ein Foto. Es zeigte die Leiche von Gertraud Dichl. So wie sie auf dem Schnee in Wallners Hof gelegen hatte. Es war das Polizeifoto, das Lutz damals gleich nach seinem Eintreffen aufgenommen hatte. Bis auf ein Detail: Das Foto war bearbeitet. Das Gesicht des Opfers war nicht das Gesicht von Gertraud Dichl. Es war Lisas Gesicht. Haidmüller hatte es von dem Foto eingescannt, das Wallner ihm gegeben hatte.

Rathberg zuckte zurück, als er das Bild auf seinem Laptop öffnete. Er war ganz offensichtlich irritiert. Sein Blick flackerte. Eine Sekunde der Orientierungslosigkeit. Langsam wandte er sich dem Mädchen zu, betrachtete es still. Der Bildschirm zeigte jetzt Rathbergs Rücken. Seine rechte Hand umklammerte den Griff des Stiletts, sie zitterte. Wallner hielt den Atem an. Würde Rathberg in einer unkontrollierten Gefühlseruption auf das Mädchen einstechen? Oder würde die Fotomontage ihn zum Nachdenken zwingen? Nur ein Hauch gewöhnlichen Mitgefühls würde ausreichen, Rathbergs Wahngebäude zum Einsturz zu bringen. Wallner überlegte, Rathberg anzusprechen, entschied aber, nicht zu stören, während die Bilder ihre

Wirkung in Rathbergs Kopf entfalteten. Es kam Bewegung in den Bildschirm. Rathberg drehte sich um. Sein Gesicht tauchte vor der Kamera auf. Es war starr und beherrscht und absolut regungslos.

»Ich nehme mal an, diese Geschmacklosigkeit ist in Ihrem Spießergehirn entstanden.«

»Geschmacklos!« Wallner ließ sich so viel Zeit wie möglich. »Klingt seltsam aus Ihrem Mund. Aber lassen wir das. Es liegt mir fern, Sie zu beleidigen. Die Darstellung ist etwas drastisch. Aber sie richtet sich auch an jemanden, der selber nicht zimperlich ist.«

»Oh! Sie wollen mir damit etwas sagen. Lassen Sie mich raten.«

»Bitte.«

»Sie wollen mir sagen, jedes Mädchen, das ich getötet habe, hätte auch meine eigene Tochter sein können. Nicht sehr subtil, aber deutlich.«

»Ja. In der Tat. Sie haben es erkannt. Es freut mich, dass ich Ihnen das schon mal näherbringen konnte.«

Rathberg schob sein Gesicht jetzt ganz nah an die Kamera heran. »Hören Sie zu. Denn es ist das Letzte, was Sie von mir zu hören bekommen. Ich weiß nämlich eins sehr genau: Die jungen Menschen, denen ich das hier ins Herz gesteckt habe«, Rathberg hielt das Stilett zwischen sein Gesicht und die Kamera, »das waren nicht meine Kinder. Das waren die Kinder der Leute, die meine Tochter umgebracht haben.« Rathberg verlor mit einem Mal die Kontrolle über sein Gesicht. Es verzog sich zu einer wutspeienden Fratze. Rathberg schrie auf die Kamera ein. »Lisa ist vor siebzehn Jahren elend im Eis verreckt! Sie ist tot! Tot! Verstehen Sie? Meine Tochter ist tot!!!«

Wallner war klar, dass ihm die Sache in diesem Moment aus

den Händen glitt. Wenn er den Gang der Dinge in irgendeiner Weise beeinflussen wollte, dann musste er das in den nächsten drei Sekunden tun.

Beni Schartauer ließ den Strahl der Taschenlampe einen guten Meter vorausleuchten. Was er im fahlen Licht auf dem Boden des unterirdischen Ganges sah, enttäuschte ihn. Insgeheim hatte er im Staub der Jahrhunderte Dinge zu sehen gehofft, die dem Staub der Jahrhunderte angemessen waren. Den verrosteten Helm eines kleinwüchsigen Ritters, auf der überstürzten Flucht vor dem Bauernmob vom Kopf gestoßen; den Schuh eines Pfaffen, in ebensolcher Eile verloren, während heidnische Heerscharen bereits den Friedhof schändeten. Doch statt der Zeugnisse einer wechselhaften Vergangenheit säumten Bierflaschen und Getränkedosen den Weg, dazu die durch die Abwesenheit von UV-Licht farbecht erhaltene Kunststoffpackung einer seit zwanzig Jahren nicht mehr existenten Kartoffelchipsmarke. Auf halbem Weg lud ein verdrecktes Mickymaus-Heft zum Verweilen ein, das mittlerweile antiquarischen Wert besitzen mochte. Als Beni Schartauer jedoch die Hand ausstreckte, um die Kostbarkeit zu bergen, stieß ihm Kreuthner von hinten den Ellbogen ins Gesäß und gab mit einem »Spinnst jetzt?« zu verstehen, dass er keine Marschunterbrechungen wünschte. So trottete der junge Polizist weiter, immer gebückt, immer den Schein der Taschenlampe ein wenig voraus. Die achtzig Meter zogen sich. Nach einer Weile hob Beni Schartauer, um den verbleibenden Weg abschätzen zu können, die Taschenlampe in die Waagerechte und erschrak dermaßen, dass er sich ruckartig aufrichtete, mit dem Kopf gegen die Decke rumste und fluchend auf die Knie sank. Da vorn, fünf Meter weiter, war ein schmiedeeisernes Gitter aufgeschienen, dahinter ein Berg von Totenschädeln und anderen menschlichen Knochen.

»Des is des alte Beinhaus«, sagte Kreuthner. »Gib her.«

Kreuthner nahm die Taschenlampe an sich und leuchtete nach oben. Das Tonnengewölbe des Ganges endete zwei Meter vor dem Gitter. Nach dem Gewölbeende tat sich ein kleiner Raum auf, wenig höher als der Gang. Auch hier war es nicht möglich, aufrecht zu stehen. Kreuthner brauchte nicht lange, um zu finden, was er suchte: eine Steinplatte an der Decke des kleinen Raums. Er stemmte sich gegen die Platte, die sich mit tönernem Knirschen aus der Deckenverschalung lösen und zur Seite schieben ließ. Der Geruch kalten Weihrauchs stieg Kreuthner in die Nase. Er entstieg dem Untergrund und fand sich, wie erwartet, in einem kleinen Nebenraum am vorderen Ende des Kirchenschiffs wieder. Um den jungen Kollegen noch einmal zu äußerster Stille zu gemahnen, legte Kreuthner den Zeigefinger an die Lippen, bevor er Schartauer aus dem Loch half. Aus dem Hauptraum der Kirche war eine Stimme zu hören, zunächst undeutlich und vom Hall verzerrt. Doch dann schrie die Stimme die Worte: »Sie ist tot! Tot! Verstehen Sie? Meine Tochter ist tot!!!« Die Schreie gingen Beni Schartauer durch Mark und Bein. Und auch in den Augen des sonst abgebrühten Kollegen Kreuthner nistete für einige Sekunden das Grauen.

Rathberg wurde wieder ruhig. Eine Weile verharrte sein Kopf reglos vor der Webcam. Sein Gesicht wurde vom Licht des Bildschirms erhellt. Das Gesicht eines Mannes, der nichts mehr zu verlieren hat, dachte Wallner. Und das war in dieser Lage extrem beunruhigend. Hatte Rathberg wirklich nichts zu verlieren? Irgendetwas hat jeder zu verlieren, überlegte

Wallner. Und dabei kam ihm Bernhard Dichl in den Sinn. Wie er dagesessen war auf der gefällten Fichte. Die Kettensäge neben sich im Schnee. Auch Dichl ein Mann, der sein einziges Kind verloren hatte. Aber Dichl hatte mehr zu verlieren. Seine Frau und – noch ein Kind. Seltsam. Daran hatte Wallner keine Sekunde mehr gedacht. Conny Polcke war Dichls Tochter. Bei diesem Gedanken verweilte Wallner. Genauer gesagt verweilte der Gedanke bei Wallner, ging einfach nicht mehr fort. Wallner war zunächst nicht klar, was der Gedanke ihm sagen wollte. Doch dann zuckte ihm etwas durch den Kopf. Es war ein Moment schwereloser Klarheit, in dem – wenn auch nur für einen kurzen Augenblick – die Gesamtheit der verfahrenen Situation vor Wallner ausgebreitet lag. Und mit einem Mal war sie gar nicht so verfahren. Denn es gab etwas, das Wallner übersehen hatte. Etwas, das, recht eigentlich betrachtet, ungeheuerlich war. Wallner bedachte noch einmal alles, was er über jene Nacht des Faschingsdienstags 1990 erfahren hatte. Wenn es stimmte, was er vermutete, dann gab es noch eine Chance für das Mädchen in der Kirche. Es war abenteuerlich, es war abstrus. Aber es war eine Chance.

»Sind Sie sicher?«, sagte Wallner.

Rathberg schreckte aus einer tranceartigen Starre. »Wessen sicher?«

»Dass Ihre Tochter tot ist.«

Zum ersten Mal schien Rathberg ernsthaft irritiert zu sein.

»Ich verstehe nicht ganz?«

»Wirklich nicht?«

Rathberg stand auf und nahm das Stilett wieder fest in die Hand. »Herr Wallner – Sie haben getan, was Sie konnten. Wir sehen uns beim Verhör.« Er drehte sich um und ging auf das Mädchen zu.

»Sie haben mich nicht ganz verstanden«, sagte Wallner ins Handy. »Ich will nicht Zeit schinden. Es war eine ernstgemeinte Frage.«

Rathberg drehte sich noch einmal zur Kamera.

»Warum haben Sie ihr Gesicht zugedeckt«, fragte Wallner.

»Aus Gründen der Pietät.«

»Nein. Weil Sie den Anblick ihrer Augen nicht ertragen. Sie kennen diese Augen.«

Rathberg zuckte unmerklich. Der Moment auf dem Friedhof schien noch einmal vor ihm auf. Der Moment, in dem Conny Polckes Augen in der Wintersonne geleuchtet hatten. So wie sich vor siebzehn Jahren in Lisas Augen das letzte Sonnenlicht gefangen hatte.

»Die Augen junger Mädchen sehen sich manchmal ähnlich. Und?«

»Sie wollen es nicht begreifen, oder?«

»Auf was, verdammt noch mal, wollen Sie hinaus?«

»Wussten Sie, dass Bernhard Dichl der Vater von Conny Polcke ist?«

»Ja, weiß ich. Er zahlt heimlich Alimente.«

»So ist es. Conny Polcke wurde am siebzehnten Februar 1990 gezeugt. In jener Nacht, als Ihre Tochter starb.«

»Schöner Zufall. Was wollen Sie damit sagen?«

»Sie wissen vermutlich, dass Gertraud Dichl adoptiert war.«

»Ist mir bekannt.«

»Warum wohl? Ich sag's Ihnen: Weil Bernhard Dichl keine Kinder kriegen kann.«

Rathberg stand mit offenem Mund vor der Webcam. Sehr langsam überkam ihn die Ahnung einer ungeheuerlichen Schicksalsverstrickung, die vor siebzehn Jahren ihren Anfang genommen hatte.

»Warum zahlt er dann Alimente?«, stammelte Rathberg.

»Als er von seiner Unfruchtbarkeit erfährt, hat er schon Jahre gezahlt. Er wollte es nicht auf eine Klage der Mutter ankommen lassen. Das hätte seine Ehe zerstört.«

»Nein. Das kann nicht sein. Dann war's der andere Kerl auf der Hütte. Die waren so zugedröhnt, da hat keiner mehr mitgekriegt, wer mit wem vögelt.«

»Lothar Eltwanger lag die ganze Nacht mit zertrümmerter Nase auf der Kommode. Das haben Sie vorhin selbst geschildert. Und falls er nach Ihrem Abgang noch einmal aufgewacht sein sollte, stand ihm der Sinn wohl kaum nach Sex. Sie müssen den Tatsachen ins Auge sehen. Es gibt keine andere Möglichkeit.«

Rathberg wurde sichtlich nervös. »Sie glauben doch nicht, dass ich mit einem zugedröhnten Junkie schlafe, während meine Tochter stirbt.«

»Wären Sie bei klarem Verstand gewesen – sicher nicht. Aber sagten Sie nicht selber, dass man Sie auf der Hütte unter Drogen gesetzt hat?«

Rathberg schüttelte mit kurzen, kaum merklichen Bewegungen den Kopf.

»Sagten Sie nicht, die Drogen hätten die Leute auf der Hütte zu Tieren gemacht? Was glauben Sie, hat das Zeug mit Ihnen gemacht?«

»Das ... das ... das ist völlig ... absurd. Vollkommen absurd.« Rathberg geriet aus der Fassung. Es fiel ihm schwer, einen zusammenhängenden Satz zu formulieren.

»Sehen Sie den Tatsachen ins Auge. Sie sind der Einzige, der in dieser Nacht in der Lage war, dieses Mädchen zu zeugen. Das Mädchen, das da hinter Ihnen liegt. Conny Polcke ist Ihre Tochter. Nehmen Sie ihr das Tuch vom Gesicht, und sehen Sie ihr in die Augen.«

Rathberg fuhr sich mit der Hand übers Gesicht, als wolle er einen bösen Schleier wegwischen, der ihm den Blick auf die Wirklichkeit nahm. Er sah zur Kirchendecke, kniff die Augen zusammen, versuchte, sich zu konzentrieren. Es wollte ihm nicht gelingen. Die Dämonen, die einen wirren Tanz um ihn herum aufführten, wollten nicht weichen. Rathberg sah zu der Mädchengestalt mit dem goldenen Kleid und dem verhüllten Gesicht. Er trat mit schwankenden Schritten näher, griff nach dem Tuch. Doch dann schreckte er zurück, brachte es nicht über sich, Conny Polckes Augen zu enthüllen. Rathberg wurde immer unruhiger. Er blickte wirr und hektisch um sich, sah das Stilett in seiner Hand, betrachtete es erstaunt, als wisse er nicht recht, wie es dorthin gelangt war. Schließlich öffnete sich die Hand wie von einem unsichtbaren Marionettenspieler gezogen. Das Messer glitt zu Boden.

»Das SEK ist da. Sollen die gleich reingehen?«, flüsterte Mike Wallner zu.

»Wir sollten Rathberg nicht aus seiner Stimmung reißen. Er hat ja schon aufgegeben.« Wallner wandte sich wieder dem Handy zu.

»Herr Rathberg«, sagte er, so ruhig er konnte. »Können Sie mich noch hören?«

Rathberg starrte apathisch in die Kamera. In diesem Moment verdunkelte sich der Bildschirm für einen Moment, um dann wieder heller zu werden und den Blick auf ein Brett freizugeben, das vor der Webcam vorbeigeschleudert worden war und Sekundenbruchteile später mit einem hölzernen Geräusch Rathbergs Gesicht traf. Rathberg zog in einem letzten Reflex die Arme hoch, dann taumelte er für zwei Sekunden mit blutender Nase durchs Bild. Da sauste das Brett abermals heran. Dieses Mal jedoch von hinten. Es traf Rathberg im

Genick. Rathberg ging zu Boden. Erst auf die Knie, dann sank er bewusstlos aus dem Bild. Stattdessen erschien Kreuthner vor der Kamera. Er hatte das Brett noch in der Hand, warf es jetzt mit geschmeidiger Geste auf den ohnmächtigen Rathberg und beugte sich zur Kamera.

»Ich hab gehört, mir sind weltweit online. Also ich bin Polizeiobermeister Leonhardt Kreuthner. Viele werden mich kennen, weil ich die erste Leiche entdeckt habe …«

Kreuthner begann einen kleinen Vortrag über seine Verdienste in dem Fall. Wallner sah Mike finster an.

»Schick ihm das SEK rein.«

38

Ob Rathberg wirklich im Begriff gewesen war, seine eigene Tochter zu ermorden, oder ob nicht doch Bernhard Dichl in einem Moment außerehelicher Fruchtbarkeit das Mädchen gezeugt hatte, würde nie geklärt werden. Niemand würde je danach fragen. Die Abendnachrichten brachten eine Webcam-Aufnahme, in der ein Serienmörder von einem Polizisten mit einem Holzbrett zur Strecke gebracht wurde. Das Holzbrett mochte nicht die wichtigste Rolle bei Rathbergs Überwältigung gespielt haben. Aber es erwies sich als ungeheuer medientauglich. Ein Zehn-Sekunden-Clip, und alles war gezeigt. Wallners Telefonat eignete sich schon deswegen nicht fürs Fernsehen, weil Wallner im Videoclip weder zu hören noch zu sehen war. Sein Beitrag war in Kreuthners actiongeladenem Showdown untergegangen.

Die Sorge um Conny hatte Melanie Polcke und ihren Ex-Mann, Connys Stiefvater, wieder zusammengeführt. Wallner war den beiden in Gmund begegnet, als man das immer noch bewusstlose Mädchen aus der Kirche getragen hatte. Beide Eltern stiegen mit ihrem Kind in den Notarztwagen. Melanies letzten Blick, bevor sich die Tür des Notarztwagens schloss, vermochte Wallner nicht recht zu deuten. Aber es war ein Vorwurf darin. Er hatte sie belogen. Lange dachte Wallner darüber nach, was er stattdessen hätte tun sollen. Vieles kam ihm in den Sinn, das er möglicherweise hätte anders machen können. Zu spät.

Wallner hatte ein letztes Mal die große Sonderkommission zusammengerufen und allen für ihren Einsatz gedankt. Für das Zusammentragen der für die Anklage erheblichen Fakten war jetzt nur noch ein verkleinertes Team nötig. Wallner tat einen Glühwein für alle aus und ordnete an, dass die SoKo erst aufgelöst werde, wenn das letzte Weihnachtsplätzchen gegessen sei.

Gegen halb acht fuhren Wallner, Tina, Lutz und Mike ins Kakadu, um dort noch einen Drink zu nehmen. Auf dem Weg holte Wallner Manfred ab. Melanie Polcke stand nicht hinterm Tresen. Sie hatte sich den Abend freigenommen. Melanie wurde von einer rotbackigen Landschönheit vertreten, die Manfred große Freude bereitete. Er machte dem Mädchen Komplimente und tätschelte ihre Hand.

Tina und Lutz verließen gegen zehn die Runde. Tina musste sich um ihre Tochter Valerie kümmern, die jetzt zwar wieder ausgehen durfte, aber um halb elf zu Hause sein musste. Lutz fuhr in seine leere Wohnung. Was ihn da hinzog, wusste keiner. Aber Lutz blieb nie länger als bis zehn. Das war so und würde so bleiben.

Mike verabschiedete sich um halb elf. Der Kreuthner sei heute wieder im Mautner. Mal hören, was der so zu erzählen habe. Außerdem hatte Mike eine SMS von einem Spezl bekommen, der ihm mitteilte, dass sich mehrere Fernsehteams wegen dem Kreuthner im Mautner eingefunden hätten. Die würden praktisch jeden interviewen, der nicht bei drei auf dem Baum sei. Mike gestand, dass er sich auch ein bisschen Hoffnung mache. Wallner wünschte Mike viel Glück und bat ihn, bis morgen um neun seinen Schreibtisch zu räumen. Judasse wie Mike könne man im Team nicht brauchen. Mike lachte schallend, schlug Wallner herzhaft auf die Schulter, und dann schlug er Manfred herzhaft auf die Schulter, so dass

Manfred vom Barhocker rutschte. Wallner und Mike fingen Manfred mit vier Händen auf und setzten ihn wieder auf den Stuhl. Dann verabschiedete sich Mike endgültig. Wallner rief Mike noch hinterher, er solle die verdammte Tür gefälligst zumachen. Nur vorsorglich. Denn Mike war einer, der gern mal eine Tür offen ließ.

Ob es ihm nicht langsam zu viel werde, fragte Wallner seinen Großvater. Manfred verneinte und bestellte noch ein Weißbier bei der rotbackigen Landschönheit.

»Bist schon wieder auf der Jagd?«, sagte Wallner.

»Schmarrn«, grunzte Manfred. »In meinem Alter reicht Schauen.« Die Rotbackige holte gerade Gläser von einem Bord, das über dem Tresen angebracht war. Dabei rutschte ihr Pullover hoch, und Manfred konnte ihren Bauchnabel sehen, wenn er sich zur Seite lehnte. Wallner hielt Manfred vorsichtshalber am Ärmel fest.

»Nicht so bescheiden«, warf Wallner ein. »Die Journalistin neulich – Respekt.«

»Ach die!«, sagte Manfred. Der Ärger war ihm anzusehen.

»Was denn? Ich hab gedacht … weißt schon. Die war doch morgens im Bad.«

»Weil die so sternhagelvoll war, dass die nicht mehr nach Hause hat können in der Nacht.« Die Schönheit kam mit dem Weißbier. Das erhellte Manfreds Antlitz für einen Moment. »Recht schönen Dank, gell. Bist a saubernes Madel. Und ich kenn mich aus. Hab fast achtz'g Jahr Erfahrung.« Das Mädchen lachte. Sie schien sich wirklich über Manfreds Kompliment zu freuen.

Wallner musste zugeben, dass Manfred immer noch Charme hatte. Als die Bedienung weg war und das Weißbier dastand, blickte Manfred begehrlich auf den frischen Schaum, freute sich erst ausgiebig auf einen herzhaften

Schluck und nahm ihn dann, fast ohne zu zittern. Wallner musste ihn nur beim Absetzen des Glases ein wenig unterstützen. Unmittelbar nach seinem kleinen Ausflug in den Weißbierhimmel kam Manfred wieder auf die Erde zurück und legte die Stirn in Falten. »Ja, so war das mit der«, sagte Manfred und meinte die Journalistin. »Im Gästezimmer hab ich g'schlafen.«

Wallner war irgendwie erleichtert, dass sein Großvater es doch nicht geschafft hatte, Sharon Stone ins Bett zu bekommen. Auf der anderen Seite empfand er auch Bedauern darüber, dass Manfred diese einmalige Chance verpasst hatte. Was Wallner, da er nun wusste, dass nichts passiert war, mit einem Mal sehr leichtfiel.

»Da geht schon noch mal was. Du warst echt nah dran«, versuchte Wallner zu trösten.

»Blödsinn. Das Thema hab ich abgeschlossen. Aber du, Bürscherl – da wenn jetzt nix geht, dann weiß ich's auch net. Du bist jetzt berühmt.«

»Ich bin gar nichts. Der Kreuthner ist berühmt. Und das ist auch gut so. Sonst rennen uns die Journalistinnen noch die Tür ein.«

»Und was is mit der, wo du dich wegen der am Samstag rasiert hast?«

Wallner blickte wehmütig zum Zapfhahn. Aber da stand jetzt die Rotbackige.

»Wird wohl nichts werden. Aber ich bleib dran – in Ordnung?«

»Hast ja noch Zeit«, sagte Manfred. Und meinte damit, dass Wallner bald keine mehr abkriegen würde, wenn er so weitermachte. Im Hintergrund klingelte das Telefon. Die Landschönheit ging dran. Während des Telefonats sah sie immer wieder zu Wallner.

»Die schaut dich an.« Manfred gab Wallner einen Stoß. »Jetzt aber ran. Ich nehm's Taxi.«

»Bist du blind? Die ist gerade eingeschult worden.«

»Die Jungen sind die besten«, flüsterte Manfred. »Da hast lang was davon.«

Jetzt sah das Mädchen wieder zu Wallner und Manfred, als habe sie Manfreds letzten Satz gehört. Wallner hätte sich am liebsten seine Daunenjacke über den Kopf gezogen. Er warf Manfred einen, wie er hoffte, disziplinierenden Blick zu. Da sagte das Mädchen »Ja, ich glaub, der ist da« ins Telefon und ging zu Wallner.

»Bist du der Clemens?«, fragte sie. Nachdem Wallner bejaht hatte, reichte sie ihm das Telefon. »Die Melanie würd dich gern sprechen.« Damit drückte sie Wallner das Telefon in die Hand. Manfred strahlte seinen Enkel an, zwinkerte ihm zu und sagte: »Ich nehm's Taxi.«

Danken

möchte ich allen, die mich bei diesem Projekt unterstützt haben. Besonderer Dank gilt dem Ersten Kriminalhauptkommissar Johann Schweiger und Kriminalhauptkommissar Konrad Paulus von der Kripo Miesbach für die Zeit und die Geduld, die sie aufbrachten, um alle meine Fragen erschöpfend zu beantworten, und für so manche Anregung, die aus unseren Gesprächen hervorging.

Wandern mit Polizeiobermeister Leonhardt Kreuthner

Als besondere Dienstleistung für unsere Leser haben wir einen ausgewiesenen Kenner der Gegend gebeten, uns seine Lieblingswanderrouten zu verraten. Polizeiobermeister Leonhardt Kreuthner stellt drei Klassiker vor. Die Auswahl würde gewiss anders und vielleicht repräsentativer ausfallen, fragte man jemanden, der mehr Wert auf das Wandern und weniger aufs Pausieren legt. Aber vielleicht wäre sie auch weniger eigentümlich.

☞ *Der Riederstein (Galaun), Gehzeit 40 Minuten*

Ein echter Klassiker, vor allem für uns Polizisten. Weil es da immer noch einen ungeklärten Mord gibt – dazu gleich mehr. Hinkommen kann man vom Tegernseer Bahnhof durchs Alpbachtal – wenn man zu viel Zeit und keinen Durst hat. Das dauert nämlich ewig. Wenn einer schlau ist, dann fährt er nach Tegernsee Süd, also bis kurz vor Rottach, und dann links zu einem Parkplatz hinauf. Ab da ist es so eine halbe bis Dreiviertelstunde bis zur Wirtschaft auf der Galaun. Ein Traum! Da kannst du den ganzen Tag auf der Terrasse sitzen, ins Tegernseer Tal hinunterschauen und Weißbier trinken und zwischendurch Spinatknödel essen. Das haben die Tiroler bei uns eingeschleppt, ist aber nicht schlecht zwischen zwei Weißbieren.

Ich persönlich tu jetzt nichts weiter, als dass ich auf der Terrasse warte, bis es Abend wird. Aber es gibt viele, die noch auf den Riederstein hinaufgehen. Der ist praktisch hinter der

Wirtschaft. Das sind noch mal hundertvierzig Höhenmeter, ganz steil mit Stufen. Und es bringt auch nichts, weil es da oben nur eine kleine Kapelle hat und keine Wirtschaft. Die Touristen rennen trotzdem rauf. Manchmal fragt man sich wirklich, was die Leute im Hirn haben. Na gut. Aber wenn man schon hochgeht, dann muss man die Marienhöhle besichtigen. Da hat ein Arbeiter im Jahr 1897 ein Skelett gefunden, in seinen Rucksack hineingepackt und mit ins Bräustüberl genommen. Da haben sie nicht schlecht geschaut, wie er den Totenkopf neben den Bierkrug gelegt hat. Viele meinen, das Skelett wär der Wildschütz Pöttinger. Der ist nämlich im Jahr 1861 spurlos verschwunden. Vielleicht hat ihm der Jäger eine mitgegeben und wollte es nicht zugeben, weil sie damals die Wildschützen als Volkshelden verehrt haben. So genau weiß man das nicht. Ist also noch ungeklärt.

Geklärt haben wir dagegen den Fall vom Stanislaus Kummeder, wo sie direkt neben der Kapelle oben auf dem Gipfel erschossen haben. Und ich bin keine fünf Meter danebengestanden. Ich will jetzt nicht ins Spekulieren kommen, aber wenn ich 1897 schon gelebt hätte, dann täten wir heute wahrscheinlich wissen, wem seine Knochen das auf dem Riederstein waren.

☞ *Die Neureuth, Gehzeit 50 Minuten*

Wenn man im Winter eine Gaudi haben will, dann muss man nachts auf die Neureuth gehen. Die Gaudi geht schon beim Hochfahren von Tegernsee aus auf der Neureuthstraße los. Die ist nämlich so steil, dass es einem den Vogel raushaut. Da kann es passieren, dass wenn man Gas gibt, dass der Wagen auf einmal rückwärtsfahrt. Letzten Februar hat es den Sennleitner erwischt. Der ist plötzlich rückwärtsgefahren und hinter ihm war der Raubert Kilian, wo den Berg locker geschafft hätte, wenn ihm der Sennleitner nicht auf einmal auf der Stoßstange gesessen wär. Die beiden sind mir dann auf den Passat gerutscht, und da ist es vielleicht sauber dahingegangen. Auf dem Weg nach unten haben wir noch einen BMW aus Göppingen und einen Audi aus OAL mitgenommen. Und wie der Raubert ausgestiegen ist und dem Sennleitner eine tuschen hat wollen, weil der sich so saublöd angestellt hat, da hat es ihm die Läufe weggezogen, so was hast du noch nicht gesehen. Wir haben uns gebogen vor Lachen! An dem Abend sind wir nicht mehr auf die Neureuth gekommen.

Normal kommt man natürlich schon rauf. Die eigentliche Gaudi an der Neureuth ist ja die, dass man nachts mit dem Schlitten runterfahrt. Und da rodelst du genau da, wo du auch hochgehst. Oft hörst du das gar nicht, wenn sie runterkommen. Und wenn du sie hörst, dann kannst du sie nicht sehen, weil ja Nacht ist. Und wenn du sie siehst, ist es eh zu spät. Manchmal schreien sie noch, dass man Obacht geben soll. Das ist natürlich ein völliger Schmarrn, weil du kannst ja nicht aus. Da sind links und rechts Schneewände. Und wenn so ein Pulk von zehn Rodlern in eine Gruppe von Hochgehern rauscht, da ist aber Matthäi am Letzten! Weil bremsen können die nicht. Vor allem wenn es vereist ist. Und es ist eigentlich immer vereist.

Was haben wir auf der Neureuth schon für einen Spaß gehabt. Vor allem wie der Lintinger Harry gleich die erste Kurve nicht gekriegt hat und stangerlgrad in den Wald geschossen ist. Also halt bis zur ersten Fichte. Selbst der Arzt, wo den Harry hinterher genäht hat, hat Tränen in den Augen gehabt allein bei der Vorstellung. Also – gauditechnischer Geheimtipp: Neureuth im Winter.

Die meisten Münchner meinen, die Weißachalm heißt Entenalm, weil die Leute von weit her kommen, nur um Enten zu essen. Richtig heißt die Entenalm Weißachalm. Die Enten sind aber tatsächlich ausgezeichnet.

Man fährt mit dem Wagen bis kurz vor Kreuth, dann links weg. Nach ein paar hundert Metern kommt ein Parkplatz. Von dem Parkplatz aus geht es hundert Meter zu Fuß bis zu einer Holzbrücke, und auf der anderen Seite von der Brücke ist die Weißachalm. Das ist jetzt keine alpine Herausforderung. Aber völlig ungefährlich ist es auch nicht. Man muss nämlich bedenken, dass so eine Ente wie Blei im Magen liegt. Wenn du da nicht gescheit nachspülst, das geht gar nicht. Und mit einer Flasche Obstler im Kopf schaut der Rückweg schon ganz anders aus. Der Sennleitner, um ein Beispiel zu geben, hat es an Neujahr 2005 nicht bis zum Wagen zurückgeschafft. Weil er unbedingt beweisen hat müssen, dass er stocknüchtern ist und noch auf dem Brückengeländer balancieren kann. Der hat so gelallt, dass wir nicht gleich verstanden haben, was er vorhat. Wie er dann auf das Geländer gestiegen ist, hatten wir schon so eine Ahnung, dass das wahrscheinlich nicht gutgeht. Man könnte sagen, er hat Glück gehabt, denn die Weißach hat gerade Hochwasser gehabt, sonst hätte er sich am Ende noch das Hirn an einem Stein im Flussbett aufgeschlagen. Die andere Seite der Medaille: Es hat ihn ratzfatz weggespült, und wir haben ihn erst mehrere Kilometer weiter Richtung Tegernsee rausfischen können. Da war er dann wirklich stocknüchtern.

Fazit: Im Prinzip eine leichte Wanderung, aber nicht unterschätzen!

Sven Koch

Dünengrab

I

Der Nebel kroch wie ein lebendiges Wesen von der See her in die Bucht. Innerhalb weniger Minuten schob er sich, unbemerkt von allen Schlafenden, lautlos über das schwarze Watt und den weißen Sand, glitt mühelos über den Deich und den mit Sanddorn und Hagebuttenbüschen undurchdringlich bewachsenen Küstenstreifen. Im Hafen schloss er die vor Anker liegenden Boote und Schiffe ein. Schließlich erfüllte er den gesamten Ort mit seinem eiskalten Atem und machte jeden Blick auf den sternklaren Himmel in dieser vormals warmen Juninacht unmöglich.

Jeder, der an der Küste lebt, weiß, wie der Nebel entsteht, dachte Fokko Broer. Warme Luft trifft auf kaltes Wasser oder kalte Luft auf warmes Wasser. Der Nebel taucht wie aus dem Nichts auf, und wer sich nicht auskennt oder im Watt ohne Kompass unterwegs ist, muss sich unweigerlich darin verirren. Priele, Schlickfelder oder Baggerlöcher sind lebensgefährliche Hindernisse. Immer wieder geschehen hier Unglücke, Sommer für Sommer. Einmal hat der Nebel spielende Kinder überrascht. Sie sind in einen der mäandrierenden Wasserläufe gestürzt, die im Wattenmeer bei Flut zu reißenden Strömen anwachsen. Der Junge hat überlebt. Seine Schwester nicht. Nordsee ist Mordsee, heißt es, und das Sprichwort hat seinen guten Grund. Aber man sagt auch, dass das Meer irgendwann alles zurückgibt, was es sich genommen hat. Und in der Werlesieler Gegend erzählt man den Kindern am flackernden Lagerfeuer in den Dünen oder in langen Winternächten am Kamin die Gruselgeschichte, wie mit dem Nebel das ertrunkene Mädchen käme und nach seinem Bruder suche. Ihr dünnes Haar hängt voller Seetang, die Augen sind weiß wie der Nebel selbst. Mit der verknöcherten, von Muscheln verkrusteten Hand klopft sie an die Fenster und ruft mit gurgelnder Stimme seinen Namen – um ihn mitzunehmen in die kalten Tiefen. Dann wird hinter dem Rücken auf Holz geklopft, um das Pochen der eisigen Hand zu imitieren: Klopf, klopf, klopf ...

Fokko Broer fröstelte. Er stand mit bloßem Oberkörper am offenen Fenster seines reetgedeckten Hauses weit außerhalb von Werlesiel und hing seinen Gedanken nach. Er hatte sich eben einen Tee gekocht und einen ordentlichen Schluck Rum dazugegossen, oder besser: dem Rum ein wenig Teegeschmack hinzugefügt. Er trank einen Schluck und genoss das Brennen in der Speiseröhre als Kontrast zu der Kühle, die der Seenebel mit sich führte. Es war ein heißer Tag gewesen, und im Haus war es immer noch stickig und schwül. Ein Klima, in dem seine Schlaflosigkeit, die Krankheit vieler alter Männer, prächtig gedieh. Gegen Mitternacht hatte Fokko sich aufs Bett gelegt und sich von einer Seite auf die andere gewälzt. Schließlich war er eingenickt, um wenig später schweißgebadet aus einem wirren Traum zu erwachen. Der Wecker zeigte 1.20 Uhr an. Seither wanderte er wie so oft rastlos im Haus hin und her und hoffte, dass der Alkohol ihn endlich müde werden ließe.

Fokko sog ein Stück Kandis ein, lutschte daran, strich sich mit der Hand über den weißen, kurz gestutzten Bart und knackte den Zuckerklumpen mit den Backenzähnen. Es hörte sich unnatürlich laut an und dröhnte in seinem Kopf. Dann blickte er wieder nach draußen in das Nichts. Die Lampe der Außenbeleuchtung war nur noch als irrlichternder Schemen zu erkennen. In der Ferne röhrte ein Nebelhorn vom offenen Meer her. Als das Geräusch verklungen war, wurde es wieder grabesstill.

Fokko wollte sich gerade umdrehen, um zu sehen, ob etwas im Nachtprogramm lief, womit er sich ablenken konnte, als er ein Geräusch wahrnahm. Er stellte die Teetasse zur Seite und lauschte vergeblich in die Leere. Er beschloss, dass wahrscheinlich sein Kater Smutje draußen eine Maus jagte. Andererseits hatte Smutje eben noch unter dem Küchentisch gelegen, und die Haustür war verschlossen. Na ja, dachte Fokko, dann vielleicht eine andere Katze, oder es tappte ein Fasan durch das Gras.

Doch da war wieder etwas, und nun hörte Fokko sehr genau hin. Waren das Schritte? Ja, da waren Schritte, und sie klangen zu schwer und zu unregelmäßig, um von einem Tier zu stammen. Es klang so, als patschte etwas auf dem Bitumen der Küstenstraße, als schleppte sich jemand auf nassen Füßen voran. Die Schritte kamen näher und raschelten im Kies auf der Einfahrt. Zu dem Geräusch gesellte sich ein Keuchen und Wimmern.

Fokkos mit Altersflecken gesprenkelte Hände zitterten. Er erschauderte. Jemand war da draußen und wollte offenbar zu ihm, aber für einen Spontanbesuch war es weder die passende Uhrzeit noch das richtige Wetter. Niemand würde sich bei dem Nebel vor die Tür begeben, wenn es nicht unbedingt sein musste.

»Hallo?«, rief Fokko in die Nacht. »Ist da jemand?«

Als Antwort kam ein Stöhnen. Die Schritte wurden schneller, hatten nun die Einfahrt überwunden und klangen hohl und schleppend auf der Holztreppe, die zur Veranda führte.

Wenig später kratzte etwas an der Haustür und pochte dagegen: Klopf, klopf, klopf …

»Bitte«, klang eine dünne Frauenstimme wie durch Watte. »Bitte«, flehte sie erneut und schniefte.

Fokko Broer wurde heiß und kalt. Was, zum Teufel, war da los? Er fasste nach dem Bademantel, der über einer Stuhllehne hing, warf ihn im Gehen über, eilte zur Tür und öffnete sie. Was er sah, verschlug ihm den Atem.

Vor ihm stand eine Frau. Sie mochte vielleicht zwanzig Jahre alt sein, taumelte an ihm vorbei und zog eine leichte Alkoholfahne hinter sich her. Sie trug ein kurzes rotes Kleid und war barfuß. Auf den Oberschenkeln zeichneten angetrocknete Blutrinnsale ein bizarres Muster, das auf der linken Seite an der Wade in eine Tätowierung überging. Die Oberarme waren ebenso wie der Ausschnitt von Hämatomen und tiefen Kratzern übersät. Das Haar fiel ihr wirr in die Stirn. Die Unterlippe war aufgeplatzt und ein Auge zugeschwollen. Aus dem anderen starrte sie ins Leere, stieß wie eine außer Kontrolle geratene Billardkugel mit der Hüfte gegen die Kante einer antiken Kommode sowie gegen einen Tisch und blickte anschließend zu Broer, ohne ihn wirklich anzusehen. Da brauchte es nicht seine Erfahrung als Arzt, um sofort zu verstehen, dass sie entweder unter Schock oder unter Drogen stand.

»Wo bin ich?« Die Fremde wollte sich eine schwarze Strähne aus dem Gesicht streichen, geriet aus dem Gleichgewicht und taumelte.

Fokko Broer fing die Frau auf, was sie grundlegend falsch interpretierte. Sie begann zu schreien und um sich zu schlagen. Ihr Hinterkopf traf ihn auf die Nase, die in einem grellen Schmerz zu explodieren schien. Er ließ sie los und hob beschwörend die Hände.

»Lass mich!«, schrie die Frau mit sich überschlagender Stimme. Sie schnappte sich einen Regenschirm von der Garderobe und hielt ihn wie einen Speer hoch, die Spitze auf Fokkos Kopf gerichtet. »Lass mich, du Schwein!«

»Ich will Ihnen doch nur helfen …«, stammelte Fokko und spürte, dass ihm etwas Warmes aus der Nase in den Bart lief.

Die Fremde hielt in der Bewegung inne und sah ihn verstört an. Ihr schneller Atem klang wie ein feuchtes Schnorcheln und ließ die Brust rasch ab- und anschwellen. »Sie müssen mir helfen«, sagte sie. Dann musterte sie den immer noch wie zur Lanze erhobenen Schirm verwundert, warf ihn achtlos zur Seite und schüttelte langsam den Kopf. Fahrig hob sie die Hand in die Luft. »Nein, ich bin hier falsch, das ist … nicht richtig …« Sie sah wieder zu Broer, wiederholte: »Nicht richtig«, und ging rückwärts zur Tür. »Lassen … Sie mich …« Wieder schüttelte sie den Kopf und machte eine abwehrende Geste.

Broer hob noch immer die Hände, um die Verwirrte zu beschwichtigen. »Beruhigen Sie sich bitte. Sie müssen …«

Weiter kam er nicht. Hinter der Frau grollte es wie aus der Brust eines Raubtiers, das mit den Krallen im Kies der Auffahrt scharrte. Die Frau drehte sich wie in Zeitlupe um und blickte nach draußen.

»Er ist gekommen«, sagte sie wie in Trance. »Er ist gekommen und wird mich mitnehmen, weil wir alle nichts dagegen tun können, denn es ist so, wie es ist, und …« Sie knickte etwas ein und hielt sich am Türrahmen fest.

»Kommen Sie wieder rein«, bat Fokko. Es erschien ihm, als bewege er sich in zähem Teig, während er einen Schritt nach vorne machte, um es noch einmal zu wagen, die Frau anzufassen, sie hereinzuziehen und die Tür zu schließen. Denn was immer da draußen sein mochte, es schien dafür verantwortlich zu sein, dass …

Wie von einer unsichtbaren Kraft wurde die Frau im nächsten Moment mit einem Ruck in den Nebel gerissen und von ihm verschluckt. Eine Sekunde später hörte Fokko ihr Kreischen, das sich zu einem Flehen und Brabbeln wandelte und in kehligem Brüllen unterging.

Broer zitterte am ganzen Körper. Er sackte auf die Knie und starrte durch die offen stehende Tür ins Freie – machtlos, die Schwelle zu überschreiten und der Frau zu Hilfe zu kommen. Er vernahm lautes Knirschen und blickte in zwei rotglühende Augen, die ihn fixierten und sagen zu wollen schienen: Bleib besser, wo du bist, denn wo Platz für eine ist, ist auch Platz für zwei.

Schließlich zog sich die Bestie fauchend zurück. Sie wirbelte Kies auf, der auf die Holztreppe prasselte und Fokkos Oberkörper wie mit kleinen Schrotkugeln beschoss. Schützend riss er sich die Arme vors Gesicht. Als er sie wieder senkte, sah er, dass die Frau verschwunden war und sich die glühenden Augen zunehmend von ihm entfernten. Als sie endgültig in der Dunkelheit verschwunden waren, faltete Fokko Broer die Hände und betete zum ersten Mal seit vielen Jahren zu einem Gott, der ihn längst verlassen hatte. Ihm war schwindelig, und es gelang ihm kaum, sich wieder aufzurappeln. Mit zitternder Hand griff er zum Türknauf, um sich daran hochzuziehen, und schwankte, als er endlich wieder stand. Fokko war sich nicht sicher, ob das am Schock oder am Rum oder an beidem lag. Aber eines war ihm völlig klar: Etwas Schreckliches war geschehen.

2

Femke Folkmer trat in die Pedale. Die blaue Uniformhose hatte sie hochgekrempelt. Der kühle Morgenwind strich über die gebräunte Haut unter dem kurzärmeligen Hemd mit dem silbernen Stern auf der Schulter und ließ ihr zum Zopf gebundenes strohblondes Haar flattern. Der Nebel hatte sich mit der aufgehenden Sonne gelegt. Die Luft war klar und frisch, der Himmel wolkenlos. Nordseewetter. Nach dem schwülen Tag gestern eine wahre Erholung. Auf dem Gepäckträger ihres Citybikes klemmte ein roter Ordner mit den Unterlagen, die ihr den Wechsel zur Kripo ermöglichen sollten.

Femke bog am Buddelschiffmuseum gegenüber dem Edeka-Markt auf den Radweg an der Hauptstraße ein und winkte an der Tankstelle Jan Gerdes zu, der gerade einen Lkw mit dem Hochdruckreiniger bearbeitete. Am Ausstellungsgebäude der Gesellschaft zur Rettung Schiffbrüchiger grüßte Hagen, der Postbote, mit einem kernigen »Moin«. Femke lächelte ihm zu und nahm Tempo auf. Sie passierte die alte Windmühle, eines der Wahrzeichen von Werlesiel, nahm eine Rechtskurve und radelte am Hafen vorbei.

Der Duft nach Salz und frischem Fisch stieg ihr in die Nase. Zahllose bunte Kutter lagen vor Anker. Die Krabbenfischer sortierten ihre Netze und verpackten den Fang von der Nacht in Styroporkisten. Die Werlesieler Flotte hatte

Anfang der Woche die Arbeit nach einigen Streiktagen wieder aufgenommen, an denen gegen die Preispolitik und die Dumpingangebote aus den benachbarten Niederlanden demonstriert worden war – in dieser Zeit hatte es weder in Restaurants noch an Imbissbuden frische Nordseekrabben gegeben. Gut, dachte Femke, dass das jetzt ausgestanden war, denn was gab es Schöneres, als mit einer kalten Flasche Bier am Strand zu sitzen und Krabben zu pulen, sich den Wind ins Gesicht pusten lassen, die Füße im warmen Sand zu vergraben und den Möwen beim Kreisen über den Dünen zuzusehen, die eine weitere Sehenswürdigkeit von Werlesiel waren: Dünen gab es am Wattenmeer gewöhnlich nicht.

Hinter den Deichen erkannte Femke die orangeroten Funkmasten der Fähren, die jenseits des Fischereihafens zu den Inseln fuhren und in den Sommerferien Tausende Menschen täglich transportierten. Sie ließ die Hafenpromenade mit ihren Geschäften und Gastronomiebetrieben, von denen die meisten noch geschlossen waren, hinter sich und radelte am Fischerdenkmal vorbei – einer Bronzeplastik, die Werlesiel zum fünfhundertsten Gründungsjubiläum 1982 vom Landkreis Wittmund geschenkt worden war. Dann erreichte sie das alte Rathaus, den Sitz der Gemeindeverwaltung – ein Bau aus braunroten Klinkern, mit kleinen weißen Fenstern und Glockenturm. Wenige Meter dahinter schwang sie sich vom Sattel, rollte auf dem Pedal stehend, einige Meter aus und stoppte vor dem Fachwerkhaus, in dem sich die Polizeiinspektion befand.

Femke stellte das Fahrrad neben dem blau-silbernen Streifenwagen ab, verriegelte das Speichenschloss, nahm den Ordner vom Gepäckträger und ging hinein.

Mit zweiunddreißig Jahren leitete Femke die Polizeistation seit knapp drei Jahren. Darauf konnte man sich als Tochter

380

eines Pensionsbesitzers und einer Bäckereifachangestellten schon etwas einbilden, und deswegen hingen einige Zeitungsausschnitte von ihrer Ernennung sowie ein Artikel aus einem Polizeifachmagazin gerahmt in ihrem Büro. Sie öffnete die Fenster und goss die Geranien, bevor sie ihren Rucksack auspackte und danach die Mappe mit den Unterlagen für die Aufnahmeprüfung bei der Kripo auf den Schreibtisch legte – direkt neben das True-Crime-Buch »Im Abgrund« von Mordermittler Tjark Wolf. Seit Femke beschlossen hatte, zur Kripo zu wechseln, war das Buch zu einer Art Bibel für sie geworden. Vom Coverfoto schaute Wolf mit dem kurz rasierten Bärtchen Femke wie jeden Morgen aus traurigen, harten Augen an. Er wirkte sportlich, hatte dunkle Haare, das Gesicht war markant. Ein orangeroter Aufkleber mit der Aufschrift »SPIEGEL-Bestseller« pappte auf seiner Brust.

Sie grüßte Frida, die für die Sekretariatsarbeiten zuständig war. Frida war Mitte fünfzig und fast so groß wie breit. Sie trug ein geblümtes Kleid, hatte die rot gefärbten Haare hochgesteckt und lauschte einem Schlager von Costa Cordalis, der aus dem Kofferradio auf ihrem Tisch klang. Daneben stand ein Bilderrahmen mit einem Foto von Fridas Mann Georg. Er arbeitete auf einer Bohrinsel vor Schottland.

»Moin«, antwortete Frida und schob Femke die Post aus dem Eingangskorb sowie die neueste Ausgabe des *Wittmunder Echo* herüber. Auf der Titelseite war ein Foto vom Matjesfest am Hafen vom vergangenen Wochenende. Unter dem Bericht stand, dass in einer Online Galerie noch mehr Fotos zu sehen seien. Der zweite Artikel der Titelseite befasste sich damit, dass die Bade- und Kurorte an der Küste sich auf die baldigen Sommerferien und damit auf die Hochsaison vorbereiteten. Femke faltete die Zeitung zusammen, legte die Briefe obendrauf und klemmte sich alles unter den Arm. Dann ging sie zur Wachstube, wo Torsten Nibbe gerade seinen Nachtdienst mit einem Kaffee und einem Fischbrötchen ausklingen ließ. Torsten war einer der drei weiteren Polizisten. Die der Polizeiinspektion Aurich/Wittmund zugeordnete Werlesieler Station war auch für die Nachbarorte zuständig. Torsten stand auf, streckte sich und sah dadurch noch länger aus, als er ohnehin schon war. Seine Haare waren kurz geschnitten und so blond wie der Urwald auf den von der Sonne verbrannten Unterarmen. Die schmalen Wangen waren von roten Äderchen durchzogen – seine Augen wegen des nächtlichen Bereitschaftsdienstes ebenfalls.

»Moin.« Demonstrativ gähnte er und präsentierte dabei ein Stück Lachs in seiner Zahnlücke. Femke bedeutete ihm mit einer Geste, dass er das mal wegmachen sollte.

»Gab es etwa Besonderes?«, fragte sie und legte die Zeitung zusammen mit der Post auf den Tresen in der Wache.

»Jo«, antwortete Torsten und pulte sich zwischen den Zähnen. »Fokko Broer hat heute früh angerufen. Den Bericht habe ich aber noch nicht schreiben lassen.«

Schreiben lassen. Das war typisch. Torsten tat gerne so, als leite er den Laden höchstpersönlich.

Femke musterte ihn fragend. Dann zuckte sie mit den Achseln. »Und? Kommt da noch was, oder wollte er dir nur einen schönen Dienst wünschen?«

Torsten lutschte das Stück Fisch vom Finger und wischte die Hand an der Hose ab. »Er hat gesagt, eine hilfsbedürftige Person sei heute Nacht bei ihm gewesen.«

»Geht es etwas genauer?«

Torsten drehte sich träge zur Seite und griff nach einem mit Kugelschreiber ausgefüllten Vordruck. »Fokko hat gesagt, die Frau sei dem Anschein nach verletzt gewesen und habe womöglich unter dem Einfluss von Drogen gestanden. Sie habe um Hilfe gebeten – und dann sei etwas Komisches passiert: Er hat von glühenden Augen und Brüllen gefaselt sowie von etwas, das die Frau mit sich gerissen habe.«

»Aha«, machte Femke und verzog das Gesicht.

»Hat wohl wieder mal einen über den Durst getrunken.« Torsten grinste.

Femke nickte langsam. Letzte Nacht hatte Seenebel geherrscht. Fokko Broers Haus lag außerhalb an der Küstenstraße. Er wohnte dort seit einigen Jahren ganz allein, nachdem er wegen dieser unseligen Sache seine Stellung an der Kinder- und Jugendmedizinischen Klink Aurich verloren hatte. Im Ort galt er als ein wenig verschroben, und er trank, wenngleich Femke ihn nicht als Alkoholiker bezeichnen würde. Vielleicht hatte sich eine Nachtschwärmerin im Nebel verirrt, war angefahren worden und hatte verletzt bei ihm um Hilfe gebeten. Sie fragte: »Ist schon jemand zu ihm rausgefahren?«

»Nein.«

»Meldungen über einen Unfall letzte Nacht haben wir nicht?«

»Nein.« Torsten warf das Papier zurück auf den Tisch. »Ein Notruf über die 110 ist eingegangen.«

Femke strich sich eine Strähne aus der Stirn, gab sich betont gefasst und faltete die Hände über der Post auf dem Tresen. »Was für ein Notruf genau, und wann ging er ein?«

Torsten rieb sich über die Stoppelhaare im Nacken und drückte auf eine Taste am Anrufbeantworter, um danach einen Blick auf das LCD-Display des Geräts zu werfen. »1.22 Uhr«, sagte Torsten. Dann fuhr er den Mitschnitt ab, und eine blechern klingende Frauenstimme erfüllte den Raum. Sie klang ängstlich, panisch, dann wieder tonlos und matt.

»Ich … Ich brauche Hilfe …«, sagte die Stimme.

»Wer ist denn da?«, hörte Femke Torsten auf dem Band.

»Ich … jemand verfolgt mich, und er … O Gott … Und ich habe all meine Sachen verloren …«

»Hallo, Sie müssen mir bitte sagen, wer Sie sind und wo Sie sind, was ist denn geschehen …«

»… es ist überall nur Nebel, und ich weiß nicht, wo meine Sachen sind … Er … Ich weiß nicht, aber ich glaube, er, ehm – hallo?«

»Hier spricht die Polizei. Wer ist denn da?«

Jetzt klang die Stimme nur noch wie ein Wimmern und Flehen. »Bitte, Sie müssen mir helfen …«

Damit brach das Gespräch ab. Torsten stellte den Anrufbeantworter wieder aus. »Was will man damit anfangen?«, fragte er und schob sich den Rest des Fischbrötchens in den Mund.

»Zum Beispiel die Nummer ermitteln und herausfinden, wer der Anschlussinhaber war«, sagte Femke und knetete ihre Knöchel. Als Kind hatte sie manchmal das Gefühl gehabt, als säße ihr ein kochend heißer Knödel im Magen, wenn sie etwas angestellt oder ihre Hausaufgaben nicht gemacht hatte. Der Kloß bedeutete Ärger. Und gerade fühlte es sich in ihrem Bauch so an, als habe sie eine frisch gekochte Kartoffel unzerkaut heruntergeschluckt. »Der Notruf und das Auftauchen dieser Frau bei Fokko Broer könnten zusammenhängen«, sagte sie. »Klang Fokko beunruhigt?«

»Jo, so hat der wohl geklungen. Möglicherweise hatte er aber wie gesagt …« Torsten tat so, als tränke er gerade ein Glas Schnaps auf ex.

»Ich glaube«, sagte Femke, »ich gucke da mal längs und frage ihn selbst.«

»Denn man tau.«

Femke nahm die Post und die Zeitung vom Tresen, klemmte sich alles wieder unter den Arm und ging in den Bereitschaftsraum. Sie hörte das Telefon klingeln, Torsten darüber stöhnen, dass er eigentlich schon Dienstschluss habe, und schließlich abnehmen. Es klang, als nehme er eine Anzeige auf, während Femke aus dem Spind ihren dunkelblauen Blouson und die weiße Mütze zog und auf einem Stuhl ablegte.

Ständig musste man Torsten alles aus der Nase ziehen. Statt dass er direkt mit dem Wichtigsten begann – aber nein, damit kam der feine Herr Polizeipräsident meist erst nach zahllosen Belanglosigkeiten daher. Sie schnallte sich den Gürtel um, an dem sich neben CS-Gas, Handschellen, einem Schlagstock und der Taschenlampe auch das Holster für die Dienstpistole befand. Sie schloss den Waffenschrank auf, nahm ihre Walther P1 heraus, schob ein Magazin ein und quittierte die Entnahme mit einer Unterschrift auf dem Protokollzettel. Sie steckte die Waffe in das Holster und legte die Sicherung um.

Es wurde Zeit, dass sie hier wegkam. Es war überfällig. Femke dachte an die rote Mappe auf ihrem Schreibtisch. Sollte ihr demnächst eine Stellenausschreibung in die Hände fallen, wäre sie optimal vorbereitet. Ihre Kollegen waren gute Polizisten, keine Frage. Femkes Leitungsjob hatte Prestige. Sie konnte stolz darauf sein, in Werlesiel etwas erreicht zu haben – doch, was war es denn am Ende? Sie leitete eine Provinzinspektion in ihrem Geburtsort. Da erwartete sie wahrlich mehr von sich. Aber wenn sie fortgehen würde, würde sie vieles zurücklassen müssen. Beim Gedanken an Justin wurde ihr das Herz schwer. Justin gehörte hierher wie der Wind.

Femke öffnete den kleinen Metallschrank an der Wand und nahm das Fahrtenbuch sowie den Schlüssel für den Streifenwagen heraus. Sie schloss das Schränkchen, blätterte kurz durch die Zeitung und warf sie dann mit der Post, bei der es sich lediglich um Werbung handelte, in den Abfall. Mit der Jacke in der Hand ging sie zurück in die Wachstube, wo Torsten gerade auflegte und Femke groß ansah.

»Das war eine Vermisstenmeldung.«

Femke verharrte in der Bewegung. »Aha?«

»Eine Vikki Rickmers aus Bornum.« Der Nachbarort Bornum war etwa acht Kilometer entfernt. »Sie ist seit gestern verschwunden«, las Torsten von einem Notizzettel ab. »Neunzehn Jahre alt, arbeitet im Sonnenstudio und gelegentlich im Club 69. Sie wohnt in einer Zweier-WG. Ihre Mitbewohnerin hat angerufen.«

Das 69 war ein Swingerclub an der Bundesstraße. Es war bekannt, dass sich freiberuflich tätige Prostituierte dort verdingten, gelegentlich Zimmer anmieteten oder als Callgirls im Internet auf sich aufmerksam machten.

Femke schnalzte mit der Zunge. »Kannst du mir die Personenbeschreibung kopieren? Dann frage ich Fokko danach.«

Torsten schlurfte zum Kopierer. Eine Frau war vermisst, überlegte Femke. Eine Frau hatte einen Notruf abgesetzt. Eine Frau war mit Verletzungen bei Fokko Broer aufgetaucht, hatte um Hilfe gebeten und war dann verschwunden. Solche Dinge geschahen für gewöhnlich nicht in Werlesiel, wo es allenfalls mal einen Verkehrsunfall aufzunehmen galt oder Streit zwischen Betrunkenen zu schlichten.

Torsten kam vom Kopierer zurück und reichte Femke zwei Blätter, die sie zusammenfaltete und in der Hemdtasche verschwinden ließ.

»Du hättest dich um die Sache kümmern müssen«, sagte sie knapp und ignorierte Torstens erstaunten Gesichtsausdruck. Sie wusste bereits, was kommen würde.

»Ja, Chefin«, antwortete Torsten mit einer hilflosen Geste, »soll ich eine Streife extra aus Aurich anfordern oder dich aus dem Bett klingeln, weil Fokko Broer Gespenster sieht und wirre Anrufe eingehen, die sich nicht zuordnen lassen?«

»Genau das, ja.«

Torsten blähte die Backen auf. »Wohin hätte ich die Streife denn schicken sollen?«

»Menschenskind, Torsten!«, blaffte Femke. »Dass jetzt noch eine Vermisstenmeldung eingeht, sagt doch wohl eindeutig aus, dass eine Reaktion von dir auf den Notruf sinnvoll gewesen wäre, oder?«

Torsten starrte auf seine Schuhe. »Das muss ja nicht zusammenhängen.«

»Nein. Muss es nicht. Aber wir sind beide lang genug dabei, um zu wissen, dass solche Sachen in so kurzer Folge in Werlesiel ganz gewiss nicht ohne Zusammenhang geschehen.«

»Aber aus der Situation heraus ... Also, ich habe mir nichts vorzuwerfen.«

»Und ich«, sagte sie und setzte ihre Mütze auf, »habe kein gutes Gefühl bei alledem.« Die heiße Kartoffel in ihrem Magen war noch kein Stück abgekühlt.

Torsten legte das Gesicht in Sorgenfalten. »Hoffentlich hat der Dummbüddel nicht irgendeinen Mist ...« Er ließ den Satz unvollendet.

»Mhm«, machte Femke. Das hoffte sie auch nicht. Dann legte sie die Finger zum Gruß an die Mütze, verließ das Gebäude und fuhr raus zu Fokko Broer.

3

Tjark zündete sich eine Zigarette an, ließ das Zippo zuschnappen, steckte es in die Tasche und stieß den Rauch durch die Nasenlöcher aus. Er trat einen Schritt zurück unter die Markise des noch geschlossenen Asia-Shops, vor dem sein blauer BMW Z4 Roadster parkte. Der Regen lief von dem verblichenen Stoff in Bächen herab, und Tjark gedachte nicht, sich die teuren Schuhe oder die italienische Designer-Lederjacke versauen zu lassen. Er klemmte die Zigarette in den Mundwinkel, fummelte den zusammengeknüllten neongelben Windbreaker auseinander und zog ihn über. Fred stand neben ihm, biss in einen Döner und trank Kaffee aus einem Pappbecher. Ein ziemlich ekelhaftes Frühstück, aber Tjark hatte es aufgegeben, die Essgewohnheiten seines Partners und sein Übergewicht zu kommentieren. Fred machte, was Fred machte. So war das nun mal. Er trug ebenfalls eine Signalweste mit Polizeiaufdruck und beobachtete mit Tjark das Spektakel, das jederzeit außer Kontrolle geraten konnte.

Gegenüber dem Asia-Shop lag etwas abseits eine Kfz-Werkstatt, vor der eine Reihe fast schrottreifer Autos mit roten Preisschildern hinter den Windschutzscheiben abgestellt waren. Links und rechts flankierten vier Streifenwagen sowie zwei zivile Polizeifahrzeuge den Fuhrpark. Blaulicht spiegelte sich in den Pfützen. Im prasselnden Regen hockten Polizisten in Uniform und Schutzweste mit gezogenen Waffen hinter den Motorhauben ihrer Wagen und harrten der Dinge.

Zu der Werkstatt gehörte eine große Garage, deren rostige Metalltore verschlossen waren. Daneben standen leere Ölfässer sowie aufgebockte Motoren. Eine Handvoll schwarz gekleideter und gepanzerter Kollegen vom SEK bewegten sich auf das Tor zu, bezogen an dem Gerümpel Position und gingen in Deckung. Tjark sog an der Zigarette, inhalierte tief, behielt den Rauch einige Augenblicke in den Lungen und atmete dann langsam aus.

Auf der anderen Straßenseite geriet etwas in Bewegung. Ceylan kam zu ihnen herüber. Gegen den Regen hielt sie ihren Blouson mit dem »Polizei«-Aufdruck wie ein Zelt über dem Kopf und sprang in ihren vermutlich völlig durchweichten Allstars über die Pfützen. Wie eine Slalomläuferin wand sie sich um Tjarks Wagen herum. Dann kam sie triefend und schnaufend unter der Markise zum Stehen und nahm den Jackenkragen vom Kopf. Darunter kam das Gesicht einer persischen Prinzessin zum Vorschein, die als Polizeimeisterin im Taekwondo für den härtesten Schlag Norddeutschlands bekannt war. Sie blickte zu Tjark auf und reckte die spitze Nase nach oben. Ceylan war sehr klein und Tjark recht groß – größer, als die meisten Menschen annahmen, die ihn nur vom Titelbild seines Buchs kannten. Er schenkte seiner Kollegin den Hauch eines Lächelns.

»Du machst deinem Namen alle Ehre«, sagte Fred zu Ceylan und ließ die leere Dönerverpackung fallen.

»Bitte?«

»Ceylan heißt doch Gazelle.« Fred trank einen Schluck Kaffee.

Ceylan musterte ihn genervt: »Ist das eine Hundert-Euro-Frage beim Jauch gewesen? Weißt du daher so einen Mist?«

Fred zuckte nur mit den Schultern und tupfte sich die Mundwinkel mit einer Papierserviette ab.

»Was macht ihr hier?«, fragte Ceylan. »Das ist nicht eure Baustelle, und außerdem habe ich gedacht ...«

»Richtig gedacht«, kürzte Tjark ab und zog an der Zigarette, bis deren Spitze glühte.

Er und Fred waren auf Eis gelegt, was jeder wusste. Sie waren bis auf weiteres zum Innendienst verdonnert, was zumindest Freds Frau gefiel, denn es bedeutete, dass er pünktlich nach Hause kam, um abends und am Wochenende auf der Baustelle zu stehen und Wände für sein entstehendes Eigenheim zu verputzen oder sich mit Handwerkern herumzuärgern. Fred gab sich alle Mühe, den Anschein zu erwecken, dass er froh darüber sei, mit dem Haus endlich voranzukommen. Tatsächlich dachte Tjark, dass der Palast Fred finanziell das Genick brechen würde. Abgesehen davon passte ein Eigenheim einfach nicht zu ihm. Fred und Tjark waren Straßenköter und keine Schoßhunde, und das war einer der Gründe, warum sie heute bei diesem beschissenen Wetter unter der Markise eines Asia-Shops herumstanden.

»Wir vertreiben uns die Zeit und sehen den Profis bei der Arbeit zu«, erklärte Fred.

Es war kaum zu übersehen, dass Ceylan Fred am liebsten eine verpasst hätte. »Das kann ich total gut gebrauchen, Leute, echt.«

»Hundert Euro«, sagte Tjark, schnippte die Kippe in den Regen und deutete mit dem Kinn in Richtung Werkstatt, »dass die Typen nicht da sind.«

»Hundert Euro«, sagte Ceylan, »dass du keine Ahnung hast, wovon du redest, Superbulle.«

Tjark lachte leise und zog die Augenbrauen hoch. Seit er das Buch geschrieben hatte, nannten ihn viele Kollegen so.

Tjark schilderte darin einige Routinefälle – Morde, Selbstmorde, Totschlagdelikte –, und zwar genau so, wie sie geschehen waren, und nicht, wie sie in der CSI-Glanzwelt abgewickelt wurden. Offenbar wollten viele Menschen wissen, was wirklich da draußen los war: »Im Abgrund« war schnell auf die Bestsellerliste gekommen, Tjark wurde als Gast in TV-Shows eingeladen, gab Fernseh- und Zeitungsinterviews und bekam einen Verlagsvertrag für einen Folgeband. Nicht jedem Kollegen schmeckte das. Vor allem Berndtsen nicht, seinem Abteilungsleiter. Aber Berndtsen schmeckte zurzeit überhaupt nichts, das mit dem Label Tjark Wolf versehen war. Ganz und gar nicht.

»Wir haben die Scheißkerle einige Wochen lang überwacht und den Zugriff von langer Hand vorbereitet«, erklärte Ceylan und wischte sich etwas Regen aus dem Gesicht. Um ihre Füße bildete sich bereits eine ansehnliche Pfütze. »Die sind hundertprozentig da.«

»Ich bin mir nicht so sicher«, sagte Tjark.

»Sind sie nicht«, stimmte Fred ihm zu.

»Und wer sagt euch das?«

»Mein Spinnensinn«, erklärte Tjark.

»Was?«

»Spiderman hat diesen Spinnensinn, und der macht ihn nervös, wenn Gefahr in Verzug ist. Mein Spinnensinn ist jedoch völlig stumm.«

»Du und deine Comics«, sagte Ceylan genervt.

Fred lachte, was mehr nach einem Keuchen klang. »Superbullen haben auch Superfähigkeiten.«

Ceylan wandte sich zur Seite, um zu verfolgen, was an der Werkstatt vor sich ging. Tjark nahm an, dass das SEK in wenigen Augenblicken das Schloss der Garage mit einem Schrotgewehr aufschoss oder mit einer schweren Ramme zertrümmerte. Danach würde es das Vorstandszimmer des »Bad Coyote«-Motorradclubs stürmen, der mit Waffen, Drogen und Menschen handelte und auf dessen Konto der Tod von vier Mitgliedern der »Northern Riders« ging, die ebenfalls mit Drogen, Waffen und Menschen sowie Schriften der verbotenen »Aryan Nation« und anderem Nazi-Scheiß handelten. Die Leichen waren mit heruntergelassenen Hosen und Kopfschüssen auf der Toilette einer Autobahnraststätte gefunden worden.

Ceylan schien nervös. Ihr rechtes Lid zuckte. Sie bat um eine Zigarette. Tjark zog eine aus der Packung, steckte sie an und gab sie Ceylan. Sie paffte einige Male daran, nahm aber keinen Zug auf Lunge.

»Warum seid ihr euch so sicher, dass die ausgeflogen sind?«, fragte sie. »Wir haben einen V-Mann eingeschleust, der für heute eigens einen Deal eingefädelt hat. Er hat uns verlässlich bestätigt, dass die Kerntruppe da ist – jetzt, in diesem Augenblick.«

»Der V-Mann hat euch verarscht«, sagte Fred. Er spülte sich den Mund mit Kaffee aus.

»Die ›Bad Coyotes‹ sind ein Motorradclub«, ergänzte Tjark. »Die fahren dicke Maschinen, BMWs, Kawasakis, Moto Guzzis, richtig fette Kisten. Die stehen nicht auf ein Verdeck über dem Kopf. Die wollen die Freiheit nicht nur unter dem Hintern, sondern auch im Gesicht spüren.«

Ceylans Miene erhellte sich zu einem Grinsen. Die Besorgnis allerdings wich nicht. »Und?«, fragte sie.

Tjark deutete mit der Stirn in Richtung Werkstatt. »Siehst du irgendwo Motorräder?«

»Ich nicht«, sagte Fred, zerknüllte den Pappbecher und warf ihn zur Seite.

Ceylan sog an der Zigarette. Diesen Zug nahm sie auf

Lunge. »Die stehen bestimmt in der Werkstatt.« Sie über-
spielte ihre Unsicherheit, indem sie ihr nasses Haar ausschüt-
telte. »Wegen des Regens«, ergänzte sie.

Tjark deutete achtlos auf den dunkelgrauen Himmel. »Das
Wetter ist denen egal. Deren Motorräder sind Schwanzver-
längerungen – die verstecken sie nicht. Die wollen, dass jeder
sieht, was für harte Männer sie sind.«

»So wie die Fahrer von BMW-Roadstern?«, fragte Ceylan.

Tjark schmunzelte. »So in der Art. Aber«, er machte eine
abwehrende Geste, »lass dich von uns nicht beeindrucken.
Du hast die Kontrolle und den Durchblick. Vielleicht haben
wir unrecht.« Tjark musterte Ceylan. Sie wog sicher gerade
ab, was wäre, wenn die Biker wirklich nicht da wären, und
zog ins Kalkül, dass sie tatsächlich von ihrem V-Mann herein-
gelegt worden waren oder dieser die letzte, entscheidende
Nachricht nicht mehr hatte übermitteln können – nämlich,
dass etwas dazwischengekommen war und der Zugriff ver-
schoben werden musste.

Im nächsten Moment geschahen mehrere Dinge gleichzeitig: Das SEK brach die Tür der Werkstatt mit einer Ramme
auf und stürmte ins Innere. Ceylan warf ihre Zigarette weg,
beugte sich etwas vor und sah nach rechts, wo Lärm aufgekommen war. Tjark blickte ebenfalls in die Richtung und
erkannte, dass zwei schwere Motorräder um die Ecke bogen,
auf denen bärtige Kerle saßen, die sofort bei ZZ Top hätten
einsteigen können. Über ihren Lederjacken trugen sie zer-
schlissene Westen.

Einer der Biker erkannte sofort, was los war. Er riss die
Maschine auf regennasser Fahrbahn herum. Tjark sah auf
dem Rücken der Kutte das Emblem der »Bad Coyotes«. Das
Hinterrad brach aus, die Maschine kam zu Fall und begrub
den Mann unter sich. Der andere stoppte, sah nach links und

rechts und blieb mit dem Blick an Tjark, Fred und Ceylan haften. Er griff in die Innentasche seiner Jacke und zog einen langläufigen Revolver hervor.

»Scheiße«, sagte Tjark, packte den Kopf von Ceylan in einer schnellen Bewegung, drückte ihn nach unten und riss sie mit sich zu Boden. Mit der freien Hand fasste er sich ins Kreuz, zog die Dienstwaffe aus dem Gürtelholster und duckte sich selbst. Fred tat es ihm gleich und suchte Deckung hinter Tjarks BMW.

Eine Sekunde später krachten die ersten Schüsse. Wie Hammerschläge trafen sie das Blech des Roadsters. Tjark ließ Ceylans Hinterkopf los, nahm die Walther in beide Hände und presste sich in der Hocke mit dem Rücken an die Fahrertür, machte einen Ausfallschritt und sah, wie der Coyote das Motorrad wendete und mit durchdrehenden Reifen Gas gab. Tjark zog den Kopf wieder ein, als weitere Schüsse krachten und den BMW perforierten – dieses Mal allerdings mit Polizeikugeln: Die Kollegen auf der anderen Straßenseite hatten das Feuer eröffnet.

»Aufhören! Polizei!«, hörte er die sich überschlagende Stimme Ceylans. Er blickte über die Schulter um das Heck des BMWs herum und sah, dass der Biker nun Grip bekommen hatte und davonraste. Tjark dachte nicht nach. Er rannte los, dem Dreckskerl hinterher. Aus den Augenwinkeln nahm er wahr, dass einige Polizisten den gestürzten Coyote eingekreist hatten. Dann sah er wieder nach vorne und fixierte den Flüchtigen.

Innerhalb weniger Sekunden war Tjark völlig durchnässt. Er sprang über eine Pfütze, wechselte vom Bürgersteig auf die Straße und sprintete dort weiter. Der Biker vor ihm gewann an Fahrt. Dann verlangsamte er das Tempo etwas, um in eine Seitenstraße abzubiegen.

Fehler, dachte Tjark, nutzte den Moment, bremste ab und schlitterte auf glatten Ledersohlen über den Asphalt. Als er zum Stehen kam, riss er die Dienstwaffe hoch und nahm das Motorrad in der Zielhilfe wahr. Die Chance war nicht groß, aber sie war da. Die Walther zuckte einige Male in Tjarks Hand. Mit lautem Bellen spie sie Kugeln in Richtung des Coyoten, von denen zwei in den Vergaser einschlugen, die dritte den Hinterreifen zum Explodieren brachte und eine vierte den Lederstiefel des Bikers durchbohrte. Das Motorrad machte einen Satz und warf seinen Fahrer wie ein bockendes Pferd kopfüber ab. Sofort sprintete Tjark los und war nach wenigen Augenblicken da, um dem am Boden liegenden Mann mit voller Wucht gegen das Handgelenk zu treten, worauf dessen Revolver in hohem Bogen in den Rinnstein flog. Der Coyote keuchte. Seine Augen waren nur halb geöffnet.

»Scheißtyp«, fauchte Tjark, packte den Kerl mit beiden Händen an den Aufschlägen der Lederjacke und zog ihn wie eine leblose Puppe zu sich heran. Tjarks Kopf schnellte nach vorne. Seine Stirn traf die Nase des Bikers. Es klang, als zerbräche man trockene Äste. Tjark ließ mit der Rechten das Revers los und holte aus. Bevor er zuschlagen konnte, griff ihm jemand von hinten in das Ellbogengelenk, um den Schwinger zu stoppen.

»Hör auf!«, rief Fred außer Atem und riss Tjark zurück, der den Biker nun vollends losließ und wieder aufstand. »Bist du bescheuert?« Fred stieß Tjark vor die Brust. Er taumelte einen Schritt zurück und hielt die Hände in einer abwehrenden Geste hoch. »Was soll die Scheiße! Krieg dich in den Griff!«

»Schon gut«, sagte Tjark.

Fred schubste Tjark noch einmal. »Willst du noch ein Verfahren an den Hals bekommen, du Idiot?«

»Okay, hab ich gesagt, alles ist okay, komm wieder runter.«
Tjark trat beiseite, als einige Polizisten angelaufen kamen, um
den Coyoten einzusammeln.

»Hey«, hörte Tjark die Stimme von Ceylan. »Alles klar?«
Tjark nickte angestrengt. Er steckte die Pistole zurück. Ceylan
gab ihm einen Knuff an den Oberarm. »Du hast was gut bei
mir, Cowboy«, sagte sie.

»Ich komme darauf zurück.«

4

Femke blinzelte trotz ihrer Sonnenbrille. Die grelle Sonne spiegelte sich in der Windschutzscheibe des Dienstwagens, als Fokko Broer mit zwei Gläsern Eistee auf die Veranda kam und ihr eines reichte. Sie dankte ihm, setzte das Glas an und trank es in einem Zug halb leer.

»Wirklich schön hast du es hier«, sagte sie und leckte sich einen Tropfen von den Lippen. Die weißen Fensterrahmen des Hauses wurden von leuchtenden grünen Läden eingefasst. An den rostroten Klinkern krochen Rosenbüsche bis an die Spitzen des Reetdachs. Es roch nach frisch gemähtem Gras. Eine Bank stand neben der Eingangstür, auf der sich Fokkos Katze räkelte. Die mit hellem Kies bestreute Zufahrt wurde von Apfelbäumen gesäumt, deren Kronen der Seewind geformt und verbogen hatte. Auf der anderen Seite der Bundesstraße ließ eine Brise die Sanddorn- und Hagebuttenbüsche rascheln, die den Uferstreifen befestigten. Dahinter waren in der Ferne die Silhouetten einiger Windräder zu erkennen. Femkes Häuschen, das sie von ihrer Oma geerbt hatte, war dem von Fokko nicht unähnlich. Die Windräder konnte man von dort aus nicht sehen, aus dem Dachfenster aber bei klarer Sicht Ozeanriesen am Horizont, die von Bremerhaven her oder aus der Elbmündung kamen.

Fokko trug khakifarbene Shorts und ein Polohemd, was ihn deutlich jünger als fünfundsechzig Jahre aussehen ließ.

Die Hände waren feingliedrig und gepflegt. Die Hände eines Arztes, dachte Femke. Der Wind spielte in seinem weißen Haar. Seine Augen hatten dunkle Ränder. Er sah besorgt aus und schwieg. Eben hatte er Femke erzählt, was gestern Nacht geschehen war. Sie hatte ihm danach die Personenbeschreibung von Vikki Rickmers vorgelesen, und Fokko hatte geantwortet, es könne gut sein, dass diese Frau ihn um Hilfe gebeten habe und dann verschwunden war. Er sah besorgt aus, bekümmert. Sein Blick war unstet. »Ich wollte der Frau doch helfen«, sagte er. »Aber ich konnte ja nichts mehr tun.«

»Du hast etwas von glühenden Augen erzählt …«

Fokko lachte unsicher. »Ich stand unter Schock. Das waren sicher keine Augen.«

»Nein.« Femke stellte das Glas Eistee auf der Bank ab und stemmte die Hände in die Hüften. Sie betrachtete den Kies in der Auffahrt. Er sah wie von Reifen zerfurcht aus. »Das glaube ich auch nicht. Ich glaube eher, dass hier ein Wagen rückwärts in die Einfahrt gesetzt hat und dann der Fahrer die Frau ins Auto gezogen und wieder fortgefahren ist. Was du gesehen hast, waren wohl die Rücklichter, und bei dem von dir beschriebenen Grollen hat es sich um das Brummen des Motors gehandelt.«

»Sicher.« Fokko zuckte mit den Achseln.

»Fokko, ich muss dich fragen, ob du gestern etwas getrunken hast.«

»Ja«, hörte sie ihn sagen. Es klang wie ein Seufzen.

Femke machte einen Schritt nach vorne und hockte sich hin, um die Reifenspuren zu begutachten. »Viel?«, fragte sie.

»Eigentlich nicht, aber ich fürchte …«

Femke verstand.

»Ich kann nachts oft nicht schlafen. Der Rum hilft manchmal dabei, müde zu werden.« Er machte eine Pause. »Ich wünschte, ich wäre nüchtern gewesen. Vielleicht hätte ich dann besser helfen können.«

»Du musst dich nicht rechtfertigen«, sagte Femke und strich mit der Hand über den Kies. Die Furchen sahen frisch aus, breit, jedoch hatte Fokko kein Auto. Jeder wusste, dass er Motorroller fuhr, eine leuchtend gelbe Honda, die Femke neben dem Haus hatte stehen sehen. Dann entdeckte sie einen roten Stofffetzen, der unter zwei Kieseln im Wind flatterte. Fokko hatte beschrieben, dass die Frau ein Kleid in dieser Farbe getragen hatte.

»Sag mal«, fragte sie und blickte sich nach hinten um, »hast du zufällig Gefrierbeutel im Haus?«

»Ja«, antwortete er und ließ es wie eine Frage klingen.

»Kann ich einen haben?«

Fokko nickte und kam kurz darauf mit einer kleinen Plastiktüte zurück. Sie nutzte einen flachen Stein, um den Stofffetzen in den Beutel zu schieben, verschloss ihn mit der Klemmlasche, faltete ihn zusammen und steckte ihn in ihre Brusttasche. Dann stand sie wieder auf, bedankte sich für den Eistee und sagte Fokko, er solle sich zur Verfügung halten, falls es weitere Fragen an ihn gäbe, wovon sie ausgehe.

Sie setzte sich wieder in den Streifenwagen, hob die Hand zum Gruß, ließ den Motor an und schaltete die Klimaanlage ein. Langsam fuhr sie über den knirschenden Kies und versuchte dabei, zwischen den Fahrspuren zu bleiben, die ein Unbekannter in Fokkos Einfahrt gefräst hatte.

Es gab zwei denkbare Szenarien: zum einen Unfallflucht. Jemand hatte die Frau angefahren, die zu Fuß im Nebel nach Hause gehen wollte. Die Verletzte war zur Seite geschleudert worden und hatte anschließend nach Hilfe gesucht und Fokko Broers Haus gefunden. Ihr Benehmen konnte eine Folge des

Unfalls sein. Vielleicht litt sie an einer Gehirnerschütterung. Der flüchtige Fahrer hatte schließlich gewendet, nach ihr gesucht, um sie ins Krankenhaus zu bringen, und sie bei Fokko gefunden. Aber warum hätte er sie dann gewaltsam in den Wagen befördert? Um etwas zu vertuschen – und wenn ja, was?

Andererseits mochte der Fahrer ein Freier von Vikki gewesen sein. Im Wagen gab es Streit. Der Mann wurde gewalttätig. Vikki wollte ihm entkommen und sprang aus dem Auto. Sie suchte nach Hilfe, gelangte zu Fokkos Haus und hielt sich dort so lange auf, bis der Fahrer sie wieder in seine Gewalt brachte. Aber warum sollte er das tun?

Im einen wie im anderen Fall lief es auf dasselbe hinaus: Die Kripo war gefragt. Denn eine vermisste Person musste sie ohnehin melden, den Verdacht auf Fahrerflucht ebenfalls, ein mögliches Gewaltverbrechen erst recht.

Femke bog ab auf die Bundesstraße, setzte den Blinker aber nicht nach rechts Richtung Werlesiel, sondern fuhr einige Kilometer Richtung Bornum und suchte dabei die Fahrbahn nach Bremsspuren oder anderen Hinterlassenschaften eines Unfalls ab. Kurz vor Bornum wendete sie in einem Feldweg und kehrte um. Etwa zwei Kilometer vor dem Ortseingang von Werlesiel fiel ihr etwas Buntes am Fahrbahnrand auf, das sie auf dem Hinweg noch nicht wahrgenommen hatte. Sie bremste, stieg aus und ließ den Wagen mit laufendem Motor stehen.

Im Straßengraben unter den Hagebutten lag ein hochhackiger roter Schuh – allerdings war der Absatz abgebrochen. Vorsichtig bewegte sie den Pumps und sah, dass er innen bräunlich verschmiert war. Es sah aus wie getrocknetes Blut. Sie sah sich weiter um. Der Wind rauschte in ihren Ohren. In etwa zehn Metern Entfernung war eine Bremsspur zu erkennen. Sie sah frisch aus. Und waren da Blutstropfen auf der Straße? Femke ging auf die Stelle zu und stemmte die Hände in die Hüften. Sie wusste von diversen Unfällen, wie Blut auf Asphalt aussah. Außerdem war es unwahrscheinlich, dass hier jemand im Vorbeifahren Rotwein vergossen hatte.

Femke suchte im Streifenwagen vergeblich nach einer Tüte, in der sie den Schuh verstauen konnte. Schließlich zog sie das Überbrückungskabel aus seiner Plastiktasche – nicht perfekt, aber es sollte reichen. Sie griff nach dem Warndreieck und einem Stück Kreide, mit dem sie für gewöhnlich Unfallspuren auf der Straße markierte. Dann zog sie ihr Handy aus der Hosentasche. Sie betrachtete es einige Augenblicke lang. An sich war sie schon zu weit gegangen. Sie hatte Spuren gesichert und den roten Stofffetzen an sich genommen, was nicht in ihrer Kompetenz lag. Und jetzt noch den Schuh? Femke dachte nach. Wie dem auch sei – sie konnte ihn nicht einfach so da liegen lassen.

Also machte sie kehrt, ging zum Fahrbahnrand und schoss mit dem Handy einige Fotos, bevor sie den Schuh in der durchsichtigen Tüte aus dem Kofferraum verstaute. Mit der Kreide zeichnete sie einen großen Kreis um die mögliche Blutspur, stellte das Warndreieck in dessen Mitte und machte davon ebenfalls einige Aufnahmen. Schließlich wählte sie die Nummer der Hauptstelle und verlangte in der Zentrale nach dem Kriminalkommissariat 11, das für Gewaltverbrechen und Tötungsdelikte zuständig war, nannte ihren Namen und Dienstgrad und erklärte in groben Zügen, was passiert war und dass sich jemand vor Ort umsehen sollte. Bevor sie in die Details gehen konnte, unterbrach sie der Kollege und erklärte, dass er das zwar aufnehmen würde, im Moment aber niemand kurzfristig abgestellt werden könne. Sie solle in einer anderen

Dienststelle nachfragen. Femke entgegnete, dass sie sich hier nicht von Pontius zu Pilatus schicken lasse. Und so kam es, dass Femkes Ersuchen als Personenfahndung missverstanden und an das LKA in Hannover delegiert wurde, wo man nichts damit anzufangen wusste und es schließlich an die Zentrale Kriminalinspektion in Oldenburg statt nach Osnabrück weiterleitete.

5

Der Polizeipsychologe hieß Dr. Kevin Schröder und säch-
selte leicht. Er saß Tjark in einem Korbstuhl gegenüber,
der gelegentlich knarrte, wenn Schröder seine Position wechselte. Im Moment hatte er ein Bein untergeschlagen und die
Hände auf den Sessellehnen ausgestreckt – wohl um Offenheit zu signalisieren. Er musterte Tjark, dem der Geruch nach
Zitronengras aus der Duftlampe ziemlich auf die Nerven
ging.

»Wann hat das begonnen«, fragte Schröder, »mit diesen
Gewalttätigkeiten?«

»Gewalttätigkeiten«, wiederholte Tjark und starrte an die
weiße Wand.

Schröder hob beide Hände, nahm seine Lesebrille ab und
ließ sie am Bügel rotieren. »Wir reden über Michael Becker,
der sich angeblich der Verhaftung widersetzt haben soll –
zwei Schläge in den Magen, ein Kopfstoß ins Gesicht. Becker
wurde außerdem vor die Wand geschleudert und hat sich
dabei eine Rippe gebrochen.«

»Sagt Becker.«

»Seine Frau ist ebenfalls geschlagen worden.«

»Sagt seine Frau.«

»Ich glaube, so kommen wir nicht weiter.«

»Vielleicht stellen Sie die falschen Fragen.«

»Welche sollte ich denn stellen?«

»Die richtigen.«

Schröder sah Tjark schweigend an.

»Für den Anfang«, fügte Tjark hinzu, »würde ich die Provokationen unterlassen. Auf Provokationen reagiere ich meist mit Verschlossenheit. Ich gebe Ihnen gerne die Nummer meiner Ex-Frau. Sie wird das sicher bestätigen.«

»Womit provoziere ich Sie?«

»Sie stellen etwas als Tatsache dar, was zwei Verbrecher behaupten.«

»… die noch nicht verurteilt sind.«

»Diese Typen wollen meinen Partner Fred und mich reinreißen, nur darum geht es. Rache. Schlimm genug, dass sie auf offene Türen stoßen.« Tjark schnippte mit dem Finger. »Zack, schon werde ich an den Schreibtisch versetzt, weil mein Abteilungsleiter die Beschuldigung von Becker als Steilvorlage aufgreift.«

»Er mag Sie nicht?«

»Nein.«

»Und dieser andere«, Schröder malte zwei Anführungsstriche in die Luft, »Verbrecher vor drei Monaten hat seine Behauptungen ebenfalls erfunden?«

»Ich gehe davon aus.«

Der »andere Verbrecher«. Schröder spielte auf Waldemar Lang an. Lang hatte einige Monate lang Frauen mit Schockanrufen terrorisiert und behauptet, er sei Arzt, und die Kinder beziehungsweise Lebensgefährten der Frauen seien gerade nach einem schweren Unfall bei ihm eingeliefert worden. Die entsetzten Reaktionen hatten ihn aufgegeilt. Bei seiner Festnahme hatte Lang Tjark mit Drohungen überschüttet. Meist glitten derartige Beschimpfungen an Polizisten ab wie ein Tropfen Wasser vom Blatt einer Lotusblüte. Aber es war ein schlechter Tag für Blüten gewesen, und Lang hatte Tjarks

Mutter übel beschimpft. Großer Fehler. Tjark hatte sich umgedreht, Lang eine reingehauen und sich danach entschieden besser gefühlt.

Die Sache mit Michael Becker und seiner Frau war vor etwa vierzehn Tagen geschehen. Das Ehepaar hatte mit jungen Drogensüchtigen Snuff-Videos für Fetischisten produziert, die auf Beinahe-Ertrinken abfuhren. Die Beckers hatten sich massiv der Verhaftung widersetzt – und irgendetwas hatte bei Tjark ausgesetzt, als er die gläsernen Wassertanks, Ketten und Wannen gesehen hatte, die die Kulisse für die Streifen bildeten.

Schröder schwieg eine Zeitlang und faltete die Hände, indem er die Fingerspitzen aneinanderlegte. Schließlich fragte er: »Fühlen Sie sich öfter als Opfer und haben das Gefühl, manchmal dazwischenhauen zu müssen, um wieder Oberwasser zu gewinnen?«

Tjark setzte sich etwas nach vorn und stützte sich mit den Ellbogen auf den Knien ab. »Sie wissen, was diese Beckers getan haben?«

»Natürlich. Und auf so etwas reagiert man schon mal emotional als Polizist. Kann ich mir vorstellen.«

»Das kann passieren.«

»Man möchte denen sicher mal die Schnauze polieren.«

»Das Leben ist kein Wunschkonzert.«

»Andererseits: Da haben Sie doch schon schlimmere Dinge bei Verhaftungen erlebt, oder? Dagegen waren die Sache mit den Beckers und der andere Vorfall doch eher Peanuts?«

Tjark antwortete nicht. Da war etwas dran.

»Aber natürlich«, ergänzte Schröder, »stehen Sie unter Druck. Druck sucht sich seinen Weg. Wir sind wie eine Zahnpastatube – man weiß nicht, wo sie aufplatzt, wenn man drauftritt. Man redet über Ihr Buch und Ihre Popularität, über das schnelle Auto, das Sie fahren – und man fragt sich, wie Sie sich das alles auf einmal leisten können. Und Sie fühlen sich sicher manchmal wie in Ihrem BMW, Vollgas gebend, die Handbremse angezogen – und dann irgendwann«, Schröder klatschte in die Hände und pustete über die Innenflächen, »löst sich die Bremse.«

Tjark verzog das Gesicht. »Mein Auto ist heute perforiert worden und steht in der Garage der Spurensicherung.«

»Worauf man sicher ebenfalls emotional reagiert.«

»Ja«, sagte Tjark und lehnte sich wieder zurück. »Vor allem, wenn man beinahe selbst erwischt worden wäre.«

»Man oder Sie?«

»Ich – und meine Kollegen ebenfalls.«

»Mhm. Was macht das mit Ihnen?«

»Das macht mich extrem sauer. Es gefällt mir nicht, wenn auf mich geschossen wird. Das waren Schüsse aus einer .357er. Ich kann von Glück sagen, dass der Scheißkerl nur die Türen, Fenster und Seitenverkleidungen und nicht den Motorblock getroffen hat.«

»Nach solchen Erlebnissen und allem, was da noch droht wegen der anhängigen Verfahren – möchten Sie manchmal gerne abtauchen und sich eine Decke über den Kopf ziehen?«

Nein, dachte Tjark, der Typ für die Decke war er nicht. In der Tat gab es allerdings Momente, in denen er genug hatte. Genug von allem. Momente, in denen er am liebsten auschecken und den Neustartknopf drücken wollte – und weil das nicht ging, tendierte er wahrscheinlich zu Überreaktionen. Das Auschecken war deswegen nicht möglich, weil die Arbeit seinen Motor am Laufen hielt und ihn von all den Dingen ablenkte, die ihm seit der Diagnose im Kopf umherschwirrten. Abgesehen davon wurden die Beckers und Waldemar Langs dieser Welt allenfalls mit Bewährungsstrafen und Geldstrafen abgespeist. Das Verbrechen endete nicht, bloß weil man ein paar Perverse eine Zeitlang aus dem Verkehr zog. Es ging immer wieder von neuem los, und ein paar aufs Maul war das mindeste, das sie verdienten. Die Einstellung war weder politisch noch rechtlich oder moralisch korrekt, aber er war nicht der einzige Polizist, der so dachte. Natürlich gab es einen Unterschied zwischen Denken und Handeln. Genau deswegen hockte Tjark hier rum. Dennoch hatte er keine Lust, Schröder diese Einsichten auf die Nase zu binden.

Er sagte stattdessen: »Ich habe nicht das Bedürfnis, mich zu verkriechen.«

Schröder brummte und warf einen Blick auf seine Notizen. »Interessant, dass Sie vor allem über das Auto sprechen und nicht über Ihre Ängste bei dem Schusswechsel.«

»Das Auto hat es erwischt. Mich nicht.«

Schröder schrieb etwas auf. »Was kostet so ein Z4?«

»Mehr als ein Polo.«

»So gut verdienen Sie aber eigentlich nicht, oder?«

»Ich lebe sparsam und lege mein Geld gut an. Außerdem ist es ein Gebrauchtwagen.«

»Sie müssen nicht für Ihre geschiedene Frau zahlen?«

»Wir haben uns anders geeinigt. Nicht jede Frau will ihrem Ex die Hosen runterziehen – zumal sie es ohnehin vorgezogen hat, das bei einem anderen zu tun.«

Schröder lächelte schwach. »Hat Sie das gekränkt?«

»Gekränkt ist nicht das richtige Wort.«

»Was wäre das richtige Wort?«

»Das muss erst noch erfunden werden.«

»Sie haben dieses Hobby, Superhelden, oder?«

»Ich sammle alte Comics als Wertanlage.«

»Was mögen Sie daran?«

»Den ewigen Kampf des Guten gegen das Böse. Es spiegelt die Realität ganz gut wider.«

»Superman löst seine Probleme mit der Faust.«

»Superman mag ich nicht.«

»Warum?«

»Wenn Superman sich in sein Alter Ego Clark Kent verwandelt, dann setzt er sich lediglich eine Brille zur Maskerade auf und wuschelt sich ein wenig durch die Haare. Ich halte das aber für unglaubwürdig. Jeder würde ihn sofort erkennen. Ich mag den Silver Surfer.«

»Der hat doch sicher auch besondere Kräfte, nicht?«

»Er beschützt die Welt vor der Vernichtung, wird aber immer wieder enttäuscht. Das macht ihn einsam.«

Schröder musterte Tjark und spielte mit seiner Lesebrille. Dann setzte er sie wieder auf. »Machen wir nächstes Mal weiter.«

»Okay.« Tjark stand auf und ging grußlos auf den Flur. Er zog am Automaten einen Kaffee und schlug den Weg zu seinem Büro ein, um sich dort mit dem Krempel zu befassen, den der Innendienst für ihn vorsah.

Auf halber Strecke kam ihm Hauke Berndtsen entgegen. Sein preiswerter beigefarbener Sommeranzug wirkte eine Spur zu groß. Durch das weiße Hemd schimmerte der Ansatz eines Unterhemds. Darüber war eine bunt gemusterte Krawatte gebunden. Berndtsens Haut hatte die Farbe von Teig. Sein Haar war schütter, und das Feuermal am Mundwinkel sah aus wie ein Preiselbeerfleck, den der Abteilungsleiter des Kommissariats 11 vergessen hatte wegzuwischen.

»Tjark Wolf!«, rief Berndtsen und kam im Stechschritt auf ihn zu. »Ich bin stinksauer!«

Die Information über Berndtsens Gemütszustand interessierte Tjark wenig, überraschte ihn aber nicht. Garantiert hatte er von der Sache heute Morgen Wind bekommen. Berndtsen hatte Tjark von Anfang an nicht gemocht, was auf Gegenseitigkeit beruhte. Seit er die Abteilung übernommen hatte, war er streng darauf bedacht, dass alles akkurat ablief, das Berichtswesen penibel befolgt, Zielvereinbarungen erfüllt und Leistungspläne übertroffen wurden sowie das Ansehen des Kommissariats, *seines* Kommissariats, nach außen stets tadellos war. Daran gab es im Grunde nichts auszusetzen. Nur passte es ganz und gar nicht in Berndtsens Bild, als ein Buch mit dem Titel »Im Abgrund« erschien. Ein Buch, das in laxem Umgangston geschrieben war, in dem ein Ermittler Einblicke hinter die Kulissen gewährte und bei der Talkshow von Radio Bremen oder im Frühstücksfernsehen von RTL Dinge erzählte, die sich jeglicher Kontrolle von Berndtsen entzogen und für die dieser Ermittler eine Aufmerksamkeit erhielt, die in Berndtsens Augen dem Chef gebührte: Berndtsen selbst.

Tjark nahm den Kaffeebecher in beide Hände. »Ich kann verstehen, dass du sauer bist. Aber ich konnte nichts dafür«, sagte er mit einem entschuldigenden Schmunzeln.

Berndtsens Blick verwandelte sich in den eines feuerschnaubenden Dämons aus dem siebten Kreis der Hölle. Er hob den Finger drohend. »Dieses Grinsen ...«

»Ja?«

»... ist völlig unangemessen! Nicht nur, dass ihr euch in einen Einsatz eingemischt habt, obwohl meine Dienstanweisungen in dieser Hinsicht absolut eindeutig waren. Du hast dich auch noch vom Einsatzort verzogen, ohne dass irgendein Bericht oder eine Darstellung des Tathergangs ...«

Tjark hob abwehrend die Hände. »Ich hatte einen Termin beim Psychologen. Ich nahm an, die Einhaltung meiner Verabredungen mit Schröder ist dir sehr wichtig. Einen Bericht kann ich immer noch schreiben.«

»Und zwar plötzlich!« Berndtsen nahm den Finger wieder runter.

Tjark trank einen Schluck Kaffee. »Hauke, wir sind da ganz zufällig reingeraten. Der Typ hat angefangen, auf uns zu schießen. Was sollten wir denn machen? Uns abknallen lassen?«

»Ihr hättet gar nicht erst da herumstehen dürfen. Dafür kann ich dir eine Abmahnung verpassen.«

Tjark sah Berndtsen schweigend in die Augen. Sein Vorgesetzter setzte einen Gesichtsausdruck auf, der vermutlich vermitteln sollte, dass er Tjark nun endgültig bei den Eiern hatte. Was gar nicht mal so falsch war.

»Fred und ich«, sagte Tjark mit einem Schulterzucken, »mussten einfach mal raus.«

»Ich sage dir was«, erklärte Berndtsen und nickte zu seinen eigenen Worten, »ich sage dir was, Wolf. Wenn ihr zwei euren Hintern nicht auf dem Schreibtischsessel lassen könnt, dann macht euch wenigstens nützlich und nichts kaputt.« Er reichte Tjark einen Zettel.

Tjark überflog die Zeilen. »Was soll das denn sein?«

»Eine vermisste Person, Ermittlungsersuchen aus Werlesiel. Fahr mit Fred hin und klär das.«

Tjark strich sich mit der flachen Hand über den Kinnbart. In einer Vermisstensache am Arsch der Welt ermitteln – genauso gut hätte er Fred und ihn losschicken können, um im Streifendienst Geschwindigkeitskontrollen vorzunehmen.

Berndtsens Feuermal zuckte, und der Mund daneben setzte ein zufriedenes Lächeln auf. »Wird dir mal ganz guttun, Basisarbeit zu machen und dich daran zu erinnern, dass es nicht nur die Crema auf dem Kaffee, sondern auch den Bodensatz gibt.«

Tjark blickte in seinen Becher und überlegte, ob Berndtsen wohl früher auf dem Schulhof ständig verprügelt worden war und sich nur deswegen an eine leitende Position in der Nahrungskette vorgearbeitet hatte, um es allen heimzahlen zu können. Dann fragte Tjark: »Werlesiel? Ist das überhaupt unser Zuständigkeitsbereich?«

»Jetzt schon«, sagte Berndtsen.

6

Vikki Rickmers glitt von einer in die nächste Schwärze, als sie die Augen öffnete. Ihre erste Reaktion war Panik. War sie blind geworden?

Die Panik wurde von einem schrecklichen Schmerz, Schwindel und Übelkeit abgelöst. Sie fühlte sich wie nach einer schnellen Karussellfahrt. Alles drehte sich. Ihr Kopf schien in einen Schraubstock eingespannt worden zu sein. Ein Stöhnen kam ihr über die Lippen, das sich zu einem Husten wandelte und ihren ganzen Körper schüttelte. Das war schlecht, denn ihr Schädel schien nun endgültig zu platzen. Sie wollte nach ihrem Kopf fassen, aber das ging nicht. Die Beine ließen sich ebenfalls nicht bewegen. War sie nicht nur blind, sondern auch noch gelähmt? Schließlich kippte Vikki wie ein nasser Sack zur Seite – und wurde von einem heftigen Schlag getroffen, der ihr durch sämtliche Glieder fuhr.

Minuten, vielleicht Stunden später kam sie wieder zu sich und erbrach sich im Liegen. Nach einer Weile ließen die Krämpfe im Magen nach. Dafür zuckten Arme und Beine, als habe sie Schüttelfrost. Wenigstens, dachte Vikki, deutete das darauf hin, dass sie nicht gelähmt war, denn dann würde sie ihre Extremitäten nicht spüren können. Sie spuckte einen Schwall bittere Galle aus, und im nächsten Moment verstand sie, dass sie doch nicht blind war. Da war ein Licht.

Sie versuchte, den Kopf etwas zu bewegen, was nur leidlich gelang, denn irgendetwas war um ihren Hals gebunden. War das das Leuchten, von dem einige Menschen nach Nahtoderlebnissen sprachen? War sie in einer Art Vorhölle gelandet? Wie durch einen Schleier sah sie, dass das Licht etwas anstrahlte. Eine Person, deren Gesicht entstellt und wie zerquetscht aussah.

»Du bist mein«, sagte das Wesen. »Wir zwei werden schrecklich viel Spaß haben. Zumindest für eine Weile.«

Vikki wollte etwas sagen, brachte aber nur ein Röcheln zustande.

Das Wesen hob die Hand. »Erspar mir dumme Fragen und Gejammer. Ich will von dir lediglich eine Antwort auf eine einfache Frage.«

»W-w...« Vikkis Lippen formten wie von selbst Laute. Blutiger Speichel rann ihr am Kinn herab und troff auf den Boden. »W-w...?«

Das Wesen legte den Kopf schief. Es schien amüsiert zu sein und lachte. »Ich will nur eines wissen«, sagte es dann und wurde wieder ernst. »Liebst du mich?«

7

Tjark wachte auf und schnappte nach Luft wie ein frisch an Land gezogener Karpfen nach Wasser. Mit tiefen Atemzügen sog er Sauerstoff in die Lungen, strich sich über den klatschnassen Oberkörper und begriff erst nach einigen Augenblicken, dass es nur kalter Schweiß war. Er versuchte, sich zu orientieren, und verstand, dass er in seinem Schlafzimmer war – nicht mehr tief unter Wasser in einem namenlosen Abgrund, in dem sich schwarze Algen wie Tentakel um seine Gliedmaßen geschlossen hatten. Durch den Vorhang schien die Morgensonne und zeichnete Muster auf das Parkett, mit dem das gesamte Loft ausgelegt war.

Tjark stand auf, wischte sich den Traum aus dem Gesicht und riss Fenster und Vorhänge auf, damit die Sonne die Dunkelheit und die frische Luft den Geruch der Nacht vertreiben konnten. Auf dem grauen Bettbezug prangten dunkle Schweißflecken. In der Spiegelfront des Kleiderschranks sah er einen nackten Mann, der glänzte wie ein eingeölter Gladiator vor dem Kampf, was die auf den rechten Oberarm tätowierte blaue Woge mit den Schaumkronen noch echter wirken ließ. Das Motiv war von Katsushika Hokusais Farbholzschnitt »Die große Welle vor Kanagawa« aus dessen Zyklus »36 Ansichten des Berges Fuji« inspiriert. Es kam dem am nächsten, was sich Tjark unter einem alles verschlingenden und vernichtenden Brecher vorstellte.

Er ging in die geräumige Wohnküche, stellte den Kaffee-automaten an und griff nach der Fernbedienung, die auf der Echtgranit-Arbeitsplatte des Küchentresens lag. Wenige Sekunden später sprang der Bildschirm an, der an der un-verputzten Mauer der früheren Lagerhalle hing. Auf N24 wurde über die aktuelle Börsenentwicklung berichtet. Die sonore Stimme des Kommentators hallte aus den Boxen einer 5.1-Anlage durch den Raum, der mit einem großen, weißen Ledersofa und sonst nicht viel möbliert war – abge-sehen von dem Regal aus Klavierlack, in dem sich Tjarks Comicsammlung befand. Jedes einzelne Heft steckte in einer säurefreien Plastiktasche und war mit einer Rückenverstär-kung aus Archivkarton versehen. An den Wänden hingen gerahmte Bleistiftzeichnungen von Comickünstlern wie Jack Kirby oder Sal Buscema – sündhaft teure Sammlerarti-kel, die Tjark in spezialisierten Galerien online erworben hatte.

Tjark öffnete die Flügeltüren des amerikanischen Kühl-schranks, nahm einen Tetrapak Orangensaft heraus und leerte ihn bis zur Hälfte. Wie es schien, setzten sich die Panik-verkäufe an diesem Morgen fort, und das gefiel ihm über-haupt nicht. Innerhalb weniger Minuten nach Handelsstart war der DAX auf 6123 Punkte abgestürzt. Schuld waren die Ängste vor einer neuen Rezession in den USA und die andau-ernde Schuldenkrise in Europa mit weiteren Hiobsbotschaf-ten über die Renditen von Staatsanleihen in Italien, Griechen-land, Portugal und Spanien.

Mit der freien Hand fuhr Tjark den Laptop hoch, stellte den Orangensaft zurück in den Kühlschrank und überflog die Empfehlungen einiger Analysten im Internet. Schließlich beschloss er, nichts weiter zu tun, als mit einem Kaffee ins Bad zu gehen, und stellte den Computer sowie den Fernseher wieder aus. Nachdem er lange kalt geduscht hatte, zog er sich an. Er wählte ein hellblaues Designerhemd zu der italienisch eng geschnittenen dunklen Anzughose, zog ein Paar hellbraune Schuhe dazu an, handgenähte Budapester, und nahm die Lederjacke aus dem Schrank.

Einen Moment behielt er sie in der Hand und dachte kurz an seinen Vater, der sich ab und zu darüber lustig machte, dass Tjark seine Herkunft nicht unter einer tausend Euro teuren Rinderhaut verstecken könne. Tjark war in keiner guten Gegend aufgewachsen, und seine Eltern hatten keine großen Sprünge machen können. Er musste als Kind manche Hosen und Pullover so lange tragen, bis die Hosen Hochwasser hatten und die Ärmel der Pullover viel zu kurz geworden waren. Nicht gerade das richtige Outfit, wenn man in der Schule dazugehören wollte. Damals hatte er sich geschworen, später nie mehr etwas aus einem Secondhandkaufhaus, der Altkleidersammlung oder dem Textildiscounter tragen zu müssen, und diesen Schwur in die Tat umgesetzt – wenngleich, zugegeben, er manchmal etwas übertrieb. Aber er hielt es mit Keith Richards, der gesagt hatte: Ich mache das nicht für euch, ich mache das alles nur für mich.

Tjark schlüpfte in die Jacke und warf den restlichen Krempel nebst der Dienstmarke in den Weekender, schob den Laptop in das dafür vorgesehene Fach, nahm den Schlüssel und verließ die Wohnung. Vor der Haustür öffnete er den Briefkasten, ließ die Tageszeitung darin liegen und zog stattdessen ein großes, weißes Kuvert hervor. Er las den Absender und wusste, was es enthielt – die Infos vom Deutschen Krebsforschungszentrum und dem Ionenstrahl-Therapiezentrum an der Uniklinik Heidelberg, die er letzte Woche angefordert hatte.

Tjark steckte den Umschlag ungeöffnet in die Tasche, schloss die Tür hinter sich und ging zu seinem Wagen, den er am Abend zuvor noch aus der Garage der Kriminaltechnik hatte abholen dürfen. Auf der Fahrerseite gab es acht daumengroße Einschusslöcher. Er warf die Tasche auf den Rücksitz und fuhr los, um Fred abzuholen, der versprochen hatte, sein Navi mitzunehmen, damit sie dieses Nest Werlesiel nicht verpassten und stattdessen irgendwo in Dänemark landeten.

Fred war ins Gespräch mit Handwerkern vertieft, als Tjark vorfuhr und nach dem Aussteigen die Tür extra laut zuklappte. Fred drehte sich um und hob die Hand – weniger als Gruß, sondern eher, um Tjark zu bedeuten, dass er noch einen Augenblick brauchte. Tjark nutzte die Gelegenheit, sich eine Zigarette anzustecken und den Fredschen Pyramidenbau in Augenschein zu nehmen.

Er dachte daran zurück, dass er ebenfalls einmal vor der Entscheidung gestanden hatte, ein Haus zu bauen und eine Familie zu gründen. Damals, mit Sabine – wobei »damals« relativ war, denn die Scheidung lag gerade mal drei Jahre zurück. Der Gedanke versetzte ihm einen kleinen Stich. Er hatte vom großen Glück geträumt und am Ende festgestellt, dass er einer Fata Morgana aufgesessen war. Sabine hatte ihm vorgeworfen, Tjark habe sie mit sich selbst betrogen. Es war schwierig, diese Aussage vor dem Hintergrund zu betrachten, dass er Sabine mit ihrem Personal Trainer im Bett erwischt hatte. Sie war danach ausgezogen und hatte Tjark das Loft überlassen. Einige Zeit hatte er damit zugebracht, den Echos besserer Tage zwischen den Wänden zu lauschen. Dann hatte er einen neuen Computer gekauft und begonnen, »Im Abgrund« zu schreiben.

Seither waren die Wogen zwischen ihm und Sabine wieder geglättet. Tjark hatte ihr zwar nicht verziehen, aber verstanden, dass sie von Beginn an in anderen Welten gelebt hatten und er das geflissentlich ignorierte – Sabine, die erfolgreiche Brokerin, und er, der Polizist, der den Dreck aus den Straßen kehrt. Dennoch hatte Tjark an die Zukunft geglaubt, an Kinder, einen Golden Retriever …

Fred hingegen war jetzt fünfundvierzig Jahre alt – nicht unbedingt der passende Zeitpunkt, um sich mit einem Haus ein eigenes Denkmal zu setzen, denn nichts anderes war es. Fred schwor jedoch Stein und Bein, er habe immer schon von einem eigenen Häuschen geträumt, seine Frau Greta ebenfalls. Das Grundstück lag in einem der besseren Neubaugebiete und war großzügig genug bemessen, um es irgendwann mit einem Swimmingpool nachzurüsten. Der Rohbau stand, am Richtkranz auf dem Dachfirst flatterten bunte Bänder. Es war inzwischen gut zu erkennen, dass das Haus locker einer sechsköpfigen Familie Platz bieten konnte. Allerdings würden in Freds Haus niemals Kinder spielen, denn Greta konnte keine bekommen. Gerade als Tjark sich fragte, wo der Pharao wohl seinen Sarkophag hinstellen lassen werde, hörte er eine Stimme hinter sich.

»Guten Morgen, Tjark Wolf«, sagte Greta und drängte sich an einer Betonmischmaschine vorbei. Freds Frau war mit zwei braunen Einkaufstüten vom Baumarkt bepackt. Ihr Gesicht hatte die Farbe des Neubauestrichs. Die Haare fielen ihr strähnig ins Gesicht. Ihre Latzhose war mit Farbe und Mörtel bekleckert. Greta stellte die Tüten auf einer mit weißen Mauersteinen bepackten Palette ab und schnaubte.

Bevor das Projekt »Pyramide« in Angriff genommen worden war, hatte sie noch ausgesehen wie das strahlende Leben. Greta war zehn Jahre jünger als Fred und führte in der Stadt eine Parfümerie, die gut lief und sicher die Turbine war, die den Kreditmotor für das Projekt Eigenheim antrieb. Sie trug ihr Herz auf der Zunge und konnte hart wie der Stahl sein, mit dem ihr künftiges Haus bewehrt war. Einen solchen Panzer brauchte man, wenn täglich damit zu rechnen war, dass der Ehemann abends nicht nach Hause kam, sondern im Krankenhaus oder beim Leichenbeschauer lag, weil ein Krimineller schneller gewesen war als er. Sabine hatte diesen Panzer nicht gehabt.

»Dein Auto sieht aus, als kämst du damit gerade aus Afghanistan«, sagte Greta.

Tjark pustete einen feinen Strahl Rauch in den tiefblauen Himmel. »Kollateralschaden«, antwortete er.

»Hm«, machte Greta, deren Interesse bereits wieder erloschen war, verschränkte die Arme und verscheuchte eine Wespe. »Fred spricht noch mit dem Elektriker«, erklärte sie. »Der kann erst loslegen, wenn der Heizungsbauer da war und festgelegt hat, wohin die Anschlüsse für die Fußbodenheizung sollen. Der Heizungsbauer ist aber im Urlaub. Deswegen kann der Elektriker nicht beginnen. Wenn er nicht beginnen kann, können die Maurer nicht verputzen. Morgen sollen außerdem die Dachpfannen kommen. Wir wollten am Wochenende mit dem Decken beginnen, aber wie es aussieht, wird daraus wohl nichts.« Greta blickte Tjark ausdruckslos an.

»Bis zum Wochenende sind wir zurück«, sagte er und schnippte die Kippe weg. Sie blieb in einer Schlammpfütze liegen. »Vielleicht sogar schon morgen – das ist eine Routinesache, Kleinigkeit.«

Greta zog skeptisch eine Augenbraue hoch. »Erzähl mir keinen Blödsinn. Werlesiel ist überhaupt nicht euer Zuständigkeitsbereich. Das liegt doch an der Küste. Wenn die euch dahin schicken, dann läuft da was Größeres.«

»Berndtsen«, sagte Tjark, so als sei der Name Erklärung

genug. Greta nickte verstehend. »Ich schätze«, ergänzte Tjark, »er sitzt gerade an seinem Schreibtisch und holt sich einen runter.«

Greta verzog das Gesicht. »Das Bild wollte ich jetzt nicht im Kopf haben.«

»Demütigung ist offenbar sein neues Führungsinstrument. Fred hängt mit drin. Tut mir leid.«

»Mir auch. Es war mir sehr recht, dass er den Innendienst aufgebrummt bekommen hat. Von selbst«, sie deutete auf die Baustelle, »bauen sich die Häuser nämlich noch nicht.«

»Nein«, sagte Tjark und sparte sich den Kommentar, dass der Innendienst für Fred durchaus ein Problem war, »nein, das tun sie wohl noch nicht.«

Fred kam mit einer geschulterten Sporttasche in ihre Richtung, während er eifrig in sein Navi tippte. Er schwitzte bereits. Unter den Achseln seines straff über dem Bauch gespannten Polohemds zeichneten sich große dunkle Flecken ab.

»Was sagt der Elektriker?«, fragte Greta.

»Kann erst kommen, wenn der Heizungsbauer da war, aber der ist im Urlaub«, antwortete Fred, ohne aufzusehen.

»Das wissen wir doch schon seit zwei Tagen.«

»Stimmt.«

Greta seufzte.

»Der Baustoffhandel liefert die Dachpfannen wie geplant morgen an«, sagte Fred und reichte Tjark das Navi. Das Display zeigte den Weg bis nach Werlesiel und taxierte die Entfernung auf achtzig Kilometer.

»Morgen bin ich aber bei meiner Mutter.«

»Dann muss Mama eben warten.«

Greta trat von einem Fuß auf den anderen und fauchte wie ein Wasserkocher unter Hochdruck. »Na toll!«

Fred machte eine hilflose Geste. »Ich kann es nicht ändern.«
Dann grinste er, gab Greta einen Klaps auf den Hintern und
anschließend einen Kuss. Sie drehte ihr Gesicht weg, so dass
Fred nur die Wange erwischte. »Bin in ein, zwei Tagen wieder
da. Ich ruf dich an.«

Greta hob abweisend die Hand. »Versprich nichts, was du
nicht halten kannst.«

Fred zögerte einen Moment. »Okay«, sagte er dann, ließ
die Schultern sinken und ging ohne Abschiedsgruß zum
BMW.

Tjark zog den Autoschlüssel aus der Hosentasche. »Du
machst es ihm nicht leicht, Cowgirl.«

Greta griff sich ihre Einkaufstaschen. »Nenn mich nicht
Cowgirl, Blödmann«, antwortete sie und balancierte entnervt
über einige Holzbalken ins Innere des Rohbaus.

»Die kriegt sich wieder ein.« Fred kramte eine Rolle Kekse
aus der Schultertasche, die auf seinem Schoß lag, als Tjark
zurücksetzte, den ersten Gang einlegte und im Rückspiegel
das Neubaugebiet verschwinden sah.

»Muss das mit den Keksen sein?«

»Ich hatte noch kein Frühstück.«

»Die Spusi hat ihn gerade erst gesaugt, und du krümelst
wieder alles voll.«

»Wenn es dir lieber ist, schieße ich gerne noch ein paar
Löcher in die Beifahrerseite. Symmetrie«, Fred stopfte sich
einen Keks rein, »ist wichtig.«

Tjark bog auf die Bundesstraße. Er fuhr an dem blauen
Autobahnschild vorbei, das Richtung Wilhelmshaven wies.

»Was wissen wir?«, fragte Fred. Tjark gab ihm eine Zusammenfassung über die Meldung aus Werlesiel, über das Verschwinden von Vikki Rickmers, ihr Auftauchen bei Fokko
Broer, dass Vikki Gelegenheitsprostituierte sei und Beklei-

dungsteile gefunden worden waren, die zu der Vermissten gehören könnten.

Fred nahm einen zweiten Keks. »Was wissen wir noch?«

»Dass Hauke Berndtsen ein Arschloch ist.«

Fred lachte. »Von wem wissen wir das?«

»Das mit Berndtsen oder Rickmers?«

»Das mit Rickmers. Das mit Berndtsen weiß jeder.«

»Eine Kollegin von der Schutzpolizei hat sich vor Ort
schon etwas umgesehen. Sie leitet die örtliche Dienststelle.«
Tjark setzte den Blinker und bog auf die Autobahnauffahrt.
»Die Kollegin heißt …«

8

… Femke Folkmer«, sagte Femke, schluckte und hoffte, dass niemand ihr glühendes Gesicht bemerken würde. Sie holte Luft, streckte die Hand zackig aus und sah aus den Augenwinkeln, dass das Buch immer noch auf ihrem Schreibtisch lag. Es wäre peinlich, wenn es Tjark auffallen würde, und das würde es mit Sicherheit. Aber wer hätte damit rechnen können, dass man ausgerechnet ihn nach Werlesiel schickte? Tja, und jetzt stand er hier in Femkes Büro, während sein Partner Fred in der Teeküche auf einen Kaffee wartete, und erwiderte Femkes Gruß, ohne sie dabei aus den Augen zu lassen.

»Tjark Wolf«, stellte er sich vor und lächelte freundlich. Seine Hand fühlte sich weich an. Er wirkte sehr gepflegt, roch nach einem sportlichen Aftershave und erschien viel größer, als Femke ihn sich vorgestellt hatte. Schon wieder hätte sie sich kneifen mögen: War das zu fassen, dass sie Tjark Wolf für die Ermittlungen geschickt hatten?

»Ich weiß, wer Sie sind«, sagte Femke und strich sich eine blonde Strähne aus dem Gesicht. »Das ist … sehr überraschend.«

»Ja?« Sein Blick huschte über die eingerahmten Zeitungsausschnitte, tastete über ihr Gesicht und fand ihren Schreibtisch. »Ach so.« Er deutete auf das Buch. »Mein langer Schatten ist mir vorausgeeilt.«

Femke verlagerte das Gewicht von einem Bein aufs andere.

»Darf ich fragen, warum man jemanden wie Sie schickt? Ich meine – es ist bloß eine Vermisstensache, und …«

Tjark machte eine abwehrende Geste. »Mein Partner und ich waren gerade frei – und nun sind wir hier. Wir alle sind Polizisten, und ich habe lediglich aus Lust und Laune etwas über unseren Beruf aufgeschrieben, das durch Zufall gut bei einem Verlag ankam, und bin da beileibe nicht der einzige Kollege. Das Buch ist meine Privatsache und hat mit dem Job überhaupt nichts zu tun. Vergessen Sie es einfach.«

Das war leichter gesagt als getan, immerhin kannte Femke einige der geschilderten Fälle bereits in- und auswendig. Die Sache mit dem Ehrenmord, die bewaffnete Geiselnahme nach dem Ausheben einer Terrorzelle, den Fall der Siebzigjährigen, die ihren achtzigjährigen Mann mit Arsen vergiftete, weil er unheilbar krank war …

»In Ordnung«, sagte Femke. Sie würde es wenigstens versuchen.

»Ich werde Ihre Presse ebenfalls ignorieren.« Tjark deutete mit einem Nicken auf die Zeitungsausschnitte und zitierte eine Überschrift: »Femke Folkmer fängt Verbrecher.«

»Wahrscheinlich hat der Redakteur den ganzen Tag lang über diese Alliteration nachgedacht.«

Tjark wischte sich mit der Hand über das kurz geschnittene Bärtchen. »Wenigstens hat er ›fängt Verbrecher‹ und nicht ›Fischers Fritz‹ geschrieben.«

Femke lachte. Dann bot ihr Tjark das Du an, und Femke erzählte, nachdem Fred hinzugestoßen war, was sie in der Sache Vikki Rickmers bislang unternommen hatte. Sie zeigte den Kriminalpolizisten den Schuh und den sichergestellten Stofffetzen sowie die Aufnahmen, die sie mit dem Handy am Fundort gemacht hatte.

»Menschen«, sagte Tjark, »verschwinden gelegentlich.

Vikki Rickmers gehört angesichts ihres Jobs zu einem Personenkreis, der häufig den Standort wechselt. Vielleicht arbeitet sie irgendwo anders.«

»Und lässt sich davor zusammenschlagen sowie in ein Auto zerren?« Femke setzte sich aufrecht. Sie wusste, dass viele Gesuchte nach ein paar Tagen wieder auftauchten, weil sie irgendwo zu Besuch oder im Kurzurlaub waren, ohne Bescheid gesagt zu haben. Die Hälfte aller Vermisstenmeldungen erledigte sich innerhalb einer Woche, drei Viertel innerhalb eines Monats und mehr als fünfundneunzig Prozent innerhalb eines Jahres. Aber bei Vikki lag die Sache anders. Davon war Femke mittlerweile überzeugt.

»Der Zeuge kann sich das auch ausgedacht haben«, sagte Tjark. »Alte Leute machen sich manchmal wichtig. Betrunkene Teenager spielen Menschen gerne Streiche.«

»Und der Schuh? Und der Stofffetzen?«

»Sie belegen nicht, dass ein Gewaltdelikt vorliegt.«

»Der Notruf …«

»Es gibt Software, Vocoder, die die Stimme eine Oktave höher oder tiefer pitchen. Kannst du als App kriegen.«

Femke öffnete den Mund, um zu widersprechen, schloss ihn dann aber wieder und sagte nichts.

Fred fragte: »Hat Vikki Verwandte in der Gegend? Gibt es einen Freund?«

»Nein.«

»Woher weißt du das?«

Femke blickte aus dem offen stehenden Fenster und blinzelte in die Sonne. Sie sog den Duft der Geranien durch die Nase ein. »Ich weiß es nur vom Hörensagen.«

»Weswegen glaubst du, dass die Frau, die bei Broer vorstellig wurde, und die Vermisste identisch sind?«

»Broer hat behauptet, die Beschreibung von Vikki treffe

auf die entsprechende Person zu. Vikkis Mitbewohnerin Meike Schröder hat bei der Vermisstenmeldung angegeben, Vikki habe zuletzt ein rotes Kleid getragen.«

Fred trank etwas Kaffee. »Es gibt viele rote Kleider.«

Femke presste die Lippen aufeinander. Verdammt, die Kollegen fühlten ihr mächtig auf den Zahn. Für einen Augenblick fühlte sie sich überrollt – hier in Werlesiel war sie bislang ihre eigene Königin gewesen. Jetzt wurde ihr das Ruder aus der Hand genommen und damit auch noch auf sie eingedroschen.

»Wir klopfen ein paar Fakten ab, Femke, und ziehen einige Möglichkeiten ins Kalkül, damit wir andere ausschließen können«, sagte Tjark, der ihren Gesichtsausdruck intuitiv gedeutet haben musste. »Das ist nichts Persönliches.«

»Natürlich nicht.«

Tjark fragte: »Habt ihr die Handynummer überprüft, von der der Notruf abgesetzt wurde?«

»Das fällt nicht in unsere Befugnisse. Ich habe meinen Kollegen trotzdem gebeten, sich darum zu kümmern.«

»Wir könnten mit Hilfe der Nummer eine Ortung beauftragen und uns eine Anrufliste besorgen. Damit ließe sich feststellen, von wo aus Vikki telefoniert hat. Falls«, schränkte er ein, »wir unter den gegebenen Umständen eine richterliche Anordnung dafür bekommen. Es gibt noch keine Beweise für eine Straftat, nur einen vagen Verdacht auf einen Unfall mit Fahrerflucht einerseits, auf eine Körperverletzung mit Entführung andererseits.«

Fred sagte: »Außerdem müssen wir Ärzte und Kliniken abtelefonieren und nach einer Vikki Rickmers oder einer Unbekannten mit ihren Merkmalen fragen.«

Tjark musterte Femke nachdenklich. »Was stimmt mit Fokko Broer nicht?«

»Warum?«

Er zuckte mit den Schultern. »Ist nur so ein Gefühl, und ich würde gerne wissen, ob es etwas gibt, was wir wissen sollten.«

Femke hielt einen Moment lang die Luft an. »Fokko Broer war Arzt in der Kinder- und Jugendmedizinischen Klinik Aurich. Er ist vor einigen Jahren wegen sexuellen Missbrauchs angezeigt worden. Das hat ihn den Job gekostet.«

»Wie jung?«, hakte Tjark ungerührt nach.

»An der Sache war nichts dran«, erklärte Femke. »Eine wütende Mutter war mit der Behandlung ihrer Tochter nicht zufrieden und wollte ihm eins auswischen. Dennoch lief die ganze Maschine an: Beschlagnahmungen, Untersuchungen, zeitweise Suspendierung … Die Medien bekamen es mit. Danach konnte Fokko seinen Job vergessen.« Femke machte eine Pause. »Jeder im Ort weiß das. Werlesiel ist ein Dorf.«

»Hat er gesessen?«

»Natürlich nicht. Es war Rufmord. Die Anzeige wurde zurückgenommen. Und jetzt wird er wieder mit einem Verbrechen in Verbindung gebracht. Das gefällt mir nicht.«

Tjark fasste sich an die Stirn. »Vielleicht hat Broer Vikki zu sich bestellt, und es gab Streit. Er hat sie verprügelt, sie rausgeworfen und sicherheitshalber bei der Polizei eine Lügengeschichte erzählt, damit später im Ernstfall Aussage gegen Aussage steht, falls Vikki ihn anzeigt.«

Femke zögerte einen Augenblick. »Das sind ebenfalls Mutmaßungen. Und es gibt die Spuren auf der Straße und den Schuh. Das spricht dagegen.«

Tjark verschränkte die Arme hinter dem Kopf. »Stimmt.«

Femke sah Fred dabei zu, wie er den Kaffeebecher leerte und auf dem Schreibtisch abstellte. Er erhob sich und ging im Büro herum. An der offenen Tür stoppte er. Dort stand Torsten wie zufällig mit einigen Papieren in der Hand.

»Ist was?«, fragte Fred genervt. »Soll ich dir ein Protokoll schreiben, Kollege?«

»Nö, das tut nicht not«, antwortete Torsten bockig und schlich sich wieder.

Nachdem Fred die Tür geschlossen hatte, ergriff Femke das Wort: »Ich möchte nicht, dass gegen Fokko wieder so eine Rufmordsache läuft. Dafür würden die Leute im Ort sorgen, wenn sie von dem Vorfall Wind bekommen. Er hat niemandem je etwas getan.«

»Vielleicht hat sich das vorgestern geändert«, meinte Fred und setzte sich wieder.

»Ich glaube das nicht«, erklärte Femke. »Er machte auf mich eher einen verängstigten Eindruck ...«

»... wozu er allen Anlass hat.«

»Nein, nicht diese Art von Angst. Etwas hat ihm einen Schrecken eingejagt. Er wirkte verschüchtert, weil er möglicherweise fürchtet, dass jetzt wieder alles über ihn hereinbrechen könnte.«

Tjark wandte den Blick nicht von Femke. Schließlich sagte er: »Wir müssen ihn dennoch offiziell befragen. Bis dahin stützen wir uns auf die Aussagen, die er dir gegenüber gemacht hat. Weiter müssen wir mit dieser Mitbewohnerin Meike Schröder sprechen, und wir sollten diesem Club, in dem Vikki Rickmers anschaffen ging ...«

»... 69 ...«, sagte Femke.

»... 69 ebenfalls einen Besuch abstatten. Es gibt hier doch sicher eine Lokalzeitung«, fuhr Tjark fort. »Sobald wir ein Foto von Vikki haben, geben wir eine Suchmeldung raus.« Er zögerte einen Moment. »Eigentlich ist das alles unsere Aufgabe und Kriparbeit – aber ich nutze bei Ermittlungen gerne lokale Kompetenzen. Falls ihr Kapazitäten habt«, fügte er hinzu, »könntet ihr uns ein wenig unterstützen.«

Lokale Kompetenzen und *Kripoarbeit* klang gut in ihren Ohren. »Na ja, ich weiß nicht – es gibt derzeit einige Fälle von weggeworfenen Zigarettenkippen. Allein gestern habe ich drei auf der Hauptstraße gezählt. Es soll außerdem jemand bei Rot über die Ampel gegangen sein …«

Tjark grinste. »Das klingt nach einer wahren Heimsuchung von schwerkriminellen Mehrfachstraftätern.«

Femke nickte theatralisch. »Ich würde die Burschen gerne schnappen – aber wenn ich das zurückstelle, könnten wir sicher etwas Unterstützung leisten.«

»Außer Infos von Ärzten und Kliniken«, sagte Fred, »benötigen wir erkennungsdienstliche Informationen, Infos über den familiären Hintergrund, Bankdaten. Falls es Probleme gibt, ruf hier an.« Fred nahm einen Zettel und schrieb eine Nummer darauf. »Bestell dem Kollegen einen Gruß von mir und richte ihm aus, dass Werder 0:2 spielen wird.«

Femke verzog fragend das Gesicht.

»Ein Insider«, erklärte Fred, »damit er dir glaubt, dass du mich tatsächlich kennst.«

»Und wir brauchen ein Hotel«, ergänzte Tjark.

Femke stand auf und lächelte. Sie zog die dunkelblaue Cargohose zurecht sowie den Gürtel, an dem das Pistolenholster baumelte. »Mein Vater führt eine kleine Pension direkt am Hafen. Im Augenblick ist keine Saison, es sind sicher Zimmer frei. Ich schreibe euch die Adresse auf.« Sie griff nach Stift und Zettel und hielt den Zettel so, dass er ihre Rechte zum Teil verdeckte.

»Wie ist das passiert?«, fragte Tjark unvermittelt.

»Hm?« Femke hielt in der Bewegung inne.

»Das mit dem Finger.«

Ihre Wangen glühten. Mist, dachte sie, jetzt hatte er es doch bemerkt. Sie hatte sich angewöhnt, die Hand nach Möglichkeit unter der anderen versteckt oder unter dem Tisch zu halten, nutzte Gegenstände, um es wie zufällig zu verstecken, oder schob die Hand in die Hosentasche. Bei der Begrüßung eben hatte sie die Finger wie automatisch verdreht, damit sie es nicht spürten. Aber vielleicht war Tjark aufgefallen, dass sie zwar Rechtshänderin war, die Waffe aber links trug. Femke legte den Kuli beiseite. Sie hielt die rechte Hand hoch, an der der Zeigefinger zur Hälfte fehlte, und setzte das schiefe, entschuldigende Grinsen auf, das so oft mit dieser Geste verbunden war. »Mit rechts schreibe ich ganz gut. Mit links«, erklärte sie, »schieße ich besser.«

9

Vikki Rickmers verschwunden, wenn das kein Ding war. Torsten Nibbe fuhr mit dem Streifenwagen in die Waschanlage, stieg aus, warf den Chip für das Standardprogramm mit Unterbodenwäsche ein und ging gemächlich, damit ihn jeder sehen konnte, über das Tankstellengelände zum Shop. Dann noch diese Wichtigtuer von der Kripo, die der Chefin auf der Nase rumtanzen wollten und alles besser wussten. Dabei war das seine Stadt, und es gab nichts, was man hier nicht selbst regeln konnte.

»Waschmaschine läuft«, sagte Torsten, lehnte sich am Verkaufstresen an und bestellte sich ein Schokoladencroissant bei Stefanie, der Tochter des Tankstellenpächters. Steffi managte den Cafeteriabereich allein. Unter ihrem gelben Polohemd zeichnete sich kein BH ab, was Torsten gefiel. Er legte die Rechte lässig auf den Knauf seiner Dienstwaffe. »Könnte übrigens sein, dass ich in Kürze mal wegen einer Vermisstenmeldung vorbeikommen werde.«

»Wer wird denn vermisst?«, fragte Steffi und gab Torsten das Gebäck.

»Darüber kann ich noch nicht sprechen.« Er nahm das Croissant mit spitzen Fingern und biss davon ab. Dann beugte er sich ein wenig vor, um einerseits Steffi besser in den Ausschnitt linsen zu können und um andererseits Vertrautheit zu simulieren. »Kennst du Vikki Rickmers?«

Steffi überlegte einen Moment. Dann schüttelte sie den Kopf.

»Arbeitet manchmal im Bräunungsstudio.«

»Ach, diese Dunkelhaarige?«

Statt zu antworten, zog Torsten mit dem Zeigefinger das Unterlid herab und wischte sich danach mit dem Handrücken einige Schokokrümel aus dem Mundwinkel. »Sie haben mir einen Kripoermittler hochgeschickt, Tjark Wolf.« Torsten biss in das Croissant. »Eitler Typ. Der hat diesen Bestseller geschrieben …«

Steffi zuckte mit den Achseln.

»Ich hab ihn zu ein paar Befragungen geschickt. Routine-sachen.«

»Hmm.« Steffi schien beeindruckt.

Torsten aß den Rest vom Croissant. »Kommt Fokko Broer manchmal zum Tanken her?«

»Ja, mit seinem Motorroller.« Steffi machte eine Pause. Dann schienen einige Zahnräder bei ihr einzurasten. »Gibt es denn da einen Zusammenhang? Sucht ihr den?«

»Im Moment suchen wir den nicht«, sagte Torsten und zog sich die Hose hoch. »Na dann«, sagte er, zahlte und hob die Hand zum Abschied. »Ich muss weiter. Das Böse schläft nicht.«

Er ließ Steffi mit ihren Gedanken allein, schlenderte zur Waschanlage wie Gary Cooper in »High Noon« zum Bahnhof, setzte sich in den blitzenden Wagen und fuhr rüber zum Bräunungsstudio, um den Job dieser Aufschneider von der Kripo zu machen, die selbst ja nicht auf die Idee gekommen waren, hier nachzufragen. Er sprach eine Weile mit Gesche Dittmann, die stets wie ein Brathühnchen aussah und aufwendig lackierte Fingernägel trug, weil sie nebenbei Mani-küre betrieb und ihre Fingernägel als Werbung in eigener

432

Sache ansah. Torsten machte sich ein paar Notizen und erfuhr, dass sie Vikki seit über einer Woche nicht mehr gesehen habe. Gesche erklärte auf Torstens Nachfrage, dass Fokko Broer noch nie hier gewesen sei, um sich zu bräunen. Als Gesche Torsten fragte, warum er das alles wissen wolle, antwortete Torsten, er könne darüber nicht sprechen, würde aber vielleicht die Tage noch mal einen von diesen Kripoleuten vorbeischicken.

Torsten verabschiedete sich mit dem Hinweis, dass das Böse nie schlafe, kaufte im Supermarkt eine Flasche Mineralwasser und sagte der vollschlanken, ausgesprochen netten Kassiererin, dass er die Tage wohl mal wegen eines Vermisstengesuchs vorstellig werde, und erfuhr, dass Fokko Broer in dem Geschäft ab und zu einkaufe. Schließlich fuhr er zurück zur Wache, um sich diesen blöden Zettel mit den Ärzten und Krankenhäusern vorzunehmen und sie nach einer Vikki Rickmers abzutelefonieren, die nach seiner Meinung sowieso im Garten von Fokko Broer begraben lag. Aber ihn fragte ja keiner.

10

Femke hatte Fred und Tjark zunächst die Pension ihres Vaters am Hafen gezeigt. Sie trug den Namen *Lütje Hus,* und das war recht zutreffend. Das Haus war wahrlich sehr klein und schmal, hatte einen hübschen Giebel und beherbergte im unteren Geschoss eine Bäckerei, weswegen es wunderbar nach Kuchen und Teig duftete. Das Zimmer, in dem Tjark jetzt stand, war nicht groß, aber geschmackvoll mit einem modernen Doppelbett, einem Flachbildfernseher, zwei Bildern mit Meer-Motiven von Edward Hopper und einem Schreibtisch eingerichtet, unter dem Tjark eben eine WLAN-Funkstation entdeckt hatte. Eine Flügeltür führte auf einen zur Hafenpromenade ausgerichteten Balkon. Dort befanden sich ein Campingstuhl, ein Tisch und einige Blumenkästen, in die knallrote Geranien gepflanzt waren. Dieselben Blumen, fiel Tjark ein, als er hinausging, um zu rauchen, hatte er am Fenster von Femkes Büro gesehen.

Draußen wehte ein konstanter Wind, so dass Tjark vier Versuche brauchte, bis die Zigarette endlich angezündet war. Er inhalierte und stieß den Rauch in einem feinen Strahl aus. Der Abend kam. Die Schiffe an den Docks warfen lange Schatten. Das Licht war warm und satt. In der Ferne tanzten einige Lenkdrachen am tiefblauen Himmel. Die schweren Dieselmotoren zweier Kutter tuckerten.

Der Tag war wie im Flug vergangen und hatte verwischte

Bilder hinterlassen, diffuse Eindrücke, nichts wirklich Greifbares. Fred und Tjark waren zunächst zu Vikkis Mitbewohnerin Meike Schröder in Bornum gefahren – einem Kaff, bei dem es sich mehr um ein Hindernis auf der Küstenstraße als um eine Ansiedlung handelte. Auf dem Weg waren sie an der Stelle vorbeigekommen, wo Femke den Schuh gefunden und ein Warndreieck aufgestellt hatte. Sie hatten ein Haus passiert, bei dem es sich um das von Fokko Broer handeln musste, und einen Moment lang überlegt, anzuhalten und auszusteigen. Aber man musste den Mann zum gegenwärtigen Zeitpunkt nicht unnötig unter Druck setzen – noch nicht.

Meike Schröder war fünfundzwanzig Jahre alt und arbeitete in einem Möbelgeschäft. Ihre Wohnung befand sich im ausgebauten Dachgeschoss der früheren Stallungen eines Bauernhofs. Vor zwei Jahren war Vikki Rickmers eingezogen. Vikki jobbte in einem Sonnenstudio in Werlesiel, ging abends gerne auf die Piste und verdingte sich außerdem mit Escort-Jobs. Meike bestätigte, dass Vikki bisweilen im 69 anzutreffen war. Sie verdiene nicht schlecht damit. An dem betreffenden Abend habe sie sich mit einem roten Kleid und roten Schuhen aufgedonnert – allerdings nicht gesagt, wohin sie wolle. Als Vikki nicht nach Hause kam und weder ans Telefon ging noch auf SMS antwortete, habe sich Meike Schröder ernsthafte Sorgen gemacht. Vikki sei zwar immer mal wieder über Nacht weggeblieben, habe aber stets hinterlassen, wann sie wieder zurück sein werde, und sich auch daran gehalten – sie habe Meike gerne als »Back-up« bezeichnet, denn so ganz ungefährlich sei Vikkis Job ja nun nicht.

Tjark und Fred bestätigten diese Meinung und fragten Meike Schröder, ob sie eine Ahnung habe, wo Vikki stecken könne, ob es einen Freund gebe, Verwandte, ob sie regelmäßig Medikamente genommen habe und möglicherweise depressiv sei, was Meike Schröder insgesamt verneinte. Überhaupt wusste sie wenig Persönliches über Vikki.

Tjark hatte um aktuelle Bilder gebeten. Jetzt, auf dem Balkon, warf er einen Blick auf die Aufnahmen. Sie steckten in Klarsichthüllen und lagen aufgefächert auf dem kleinen Tisch. Ein Aschenbecher mit dem Logo der Werlesieler Brauerei beschwerte sie gegen den Wind.

Vikki Rickmers musste in einem Ort wie Werlesiel so auffallen wie ein rot-weiß lackierter Leuchtturm mitten auf dem Marktplatz. Die Bilder zeigten eine junge Frau, die sich älter geben wollte, als sie war, und auf Gothic-Schick stand. Vikki war schmal gebaut und klein, ihre Augen rehbraun, und sie sahen ebenso verschüchtert wie überrascht in die Kamera. Ein Blick, der Männer verrückt machen konnte und wahrscheinlich auch sollte. Ihre Haare waren lang und schwarz. Auf einigen Bildern trug sie Zöpfe oder hatte die Frisur wie Amy Winehouse toupiert. Dazu passten der schwarze Lidstrich, dunkel umrandete Augen und kirschrote Lippen. Sie schien wie Madonna am Anfang ihrer Karriere diverse Ketten und Armbänder zu mögen, geschnürte schwarze Bustiers oder fingerlose Spitzenhandschuhe. Ihre Nägel waren meist schwarz lackiert, oft trug sie enge, tief geschnittene schwarze Hosen, von denen Nietengürtel baumelten. So verschüchtert sie auf manchen Bildern blickte, so selbstbewusst und cool wollte sie auf anderen wirken. Doch immer, fand Tjark, sah sie etwas verloren aus, und das gehörte sicherlich nicht zur Pose. Er fragte sich nicht zum ersten Mal, was ein hübsches Mädchen dazu brachte, ihren Körper zu verkaufen, wischte den Gedanken aber wieder beiseite.

Tjark zog an der Zigarette und schob die Fotos zu einem

Stapel zusammen. Von drinnen hörte er Freds Stimme, der sich am Telefon mit seiner Frau zu streiten schien. Sicher ging es um den Pyramidenbau. Offenbar hatte Fred heute Morgen unrecht gehabt: Greta schien sich keineswegs wieder einzukriegen. Das Kreischen einiger Möwen übertönte die Gesprächsfetzen. Tjark sah den Vögeln hinterher.

Nach dem Besuch bei Meike Schröder waren sie im Club 69 vorbeigefahren, der nicht nur deshalb so hieß, weil er an der Bundesstraße mit der Nummer lag. Die Ziffern sollten zudem einen Vorgeschmack dafür geben, was in seinem Inneren vor sich ging. Der Laden war wie eine Wellnessoase aufgemacht. An den Wänden hingen Bilder mit Stellungen aus dem Kamasutra. Verschiedene Kabinette waren verschiedenen Vorlieben vorbehalten. Tjark kannte solche Clubs, in denen Männern mit dem Etikett »Swingerclub« vorgegaukelt wurde, die hier anzutreffenden alleinstehenden Frauen seien Nymphomaninnen und kostenfrei flachzulegen. Tatsächlich waren die Einzeldamen eigens engagiert worden, damit sich herumsprach, dass hier haufenweise willige Weiber verkehrten – zum Beispiel Vikki Rickmers. Die Eintrittsgelder für Einzelherren waren entsprechend hoch, um die Sache zu finanzieren.

Der Clubbesitzer, ein sonnenverbrannter Glatzkopf aus Holland namens Bram van Gherwen, kannte Vikki und gab bereitwillig Auskunft. Er bestätigte, dass sie gelegentlich, wenngleich nicht oft, im 69 anzutreffen war und auf eigene Rechnung arbeitete. Er tolerierte das, weil er Vikki mochte. Van Gherwen sagte, dass er sie zweimal für Swingerabende gebucht, aber in den letzten vier Wochen nicht mehr gesehen oder gesprochen habe. Er konnte keine Namen von etwaigen Stammkunden nennen, weil Vikki seines Wissens keine gehabt

habe. Tjark und Fred hatten keinen Anlass, seine Worte anzu-
zweifeln.

Sie glaubten auch Gesche Dittmann aus dem Sonnenstudio
in Werlesiel. Ihre Haut war zu braun, um gesund zu wirken,
und die Fingernägel mit zu viel Strasssteinchen beklebt, um
geschmackvoll zu sein. Dittmann fragte Tjark, ob er dieser
Schriftsteller sei, was Tjark bestätigte. Gesche meinte daraufhin, Torsten Nibbe habe sie bereits angekündigt.

»Torsten, wer?«, hatte Fred gefragt und nach der Erklärung mit einem vielsagenden Blick zu Tjark »Ach, der Torsten« gesagt.

Sie erfuhren von Gesche Dittmann, dass Vikki Rickmers
zwei- bis dreimal die Woche aushalf, in den letzten vierzehn
Tagen habe es wegen des schönen Wetters aber keinen Bedarf
gegeben, deshalb sei sie nicht aufgetaucht. Sie wusste auch
nichts von einem Stalker, einem regelmäßig auftauchenden
Freund oder anderen privaten Männergeschichten. Auch
Fokko Broer war nach ihren Worten nie Kunde im Studio
gewesen. »Aber das habe ich Torsten Nibbe ja alles schon
geschildert«, erklärte sie – was Fred und Tjark nicht weiter
kommentiert hatten.

»Tjark?«

Tjark drehte sich um und drückte die Zigarette aus. Fred
sah ihn mit bekümmerter Miene an. Er hielt das Handy noch
in der Hand.

»Sie hat sich nicht abgeregt?«, fragte Tjark.

»Nein.«

»Und?«

»Ich übernachte nicht hier und bin morgen Mittag wieder
zurück. Diese Vermisstensache ist eh eine Nullnummer.«

Tjark sagte nichts. Vielleicht hatte Fred recht, vielleicht
aber auch nicht. Doch Tjark wollte sich in jedem Fall einige

Dinge noch einmal etwas genauer ansehen, bevor er den Deckel dieser Akte schließen und Werlesiel darauf warten lassen würde, dass Vikki Rickmers irgendwann wieder auftauchte – oder auch nicht.

»Ist das okay für dich?«, hakte Fred nach.

»Habe ich eine Wahl?«

»Handwerker und Ehefrauen lassen dir keine Wahl.«

Tjark boxte Fred gegen die Schulter. »Das Haus ist noch dein Tod. Der Wagenschlüssel liegt auf dem Tisch.«

Fred nickte und drehte sich wieder um.

»Fahr bloß keine Macke rein«, rief Tjark. »Ich habe ihn gerade erst in diesem Gangster-Look pimpen lassen.«

Nachdem Fred verschwunden war, sah Tjark an seinem Laptop die eingegangenen E-Mails durch und warf einen Blick auf die Abschlüsse an den Börsen. Dann erst zog er den Briefumschlag aus der Tasche, der heute Morgen in der Post gewesen war. Er warf sich aufs Bett, riss ihn auf und blätterte ziellos in den Unterlagen herum.

Das Heidelberger Ionenstrahl-Therapiezentrum, kurz HIT, galt als eine Antikrebsmaschine vom Ausmaß eines Fußballfelds. Damit wurde der Kampf gegen Tumore aufgenommen, die schwer zugänglich waren oder wegen ihrer Aggressivität nicht mit chirurgischen Mitteln und herkömmlichen Röntgenstrahlen bekämpft werden konnten. Am HIT kamen schwere Ionen und Protonen zum Einsatz. Damit konnte präzise und hochwirksam vorgegangen werden. Eines der Kernstücke der gigantischen, sechshundert Tonnen schweren Apparatur war ein Teilchenbeschleuniger, ein Synchrotron wie das CERN in Genf. Dort forschten die Techniker nach dem Ursprung des Universums – in Heidelberg kämpften sie dafür, dass man es nicht verlassen musste. Für zwanzigtausend Euro pro Behandlung.

Tjark warf die Unterlagen auf den Nachttisch und schloss für einen Moment die Augen, um sich abzulenken. Seine Gedanken wanderten zu dem aktuellen Fall. Femke hatte Bilder von Spuren auf dem Straßenbelag gemacht, die sie für Blut hielt. Manchmal konnte Blut eine Geschichte erzählen. Vielleicht, dachte Tjark, sollte er sich das mal ansehen.

11

Justin schnaubte zwischen Femkes Beinen. Für einen Moment schloss sie die Augen, spürte seine festen, warmen Muskeln unter der Hand. Sie beugte sich vor, flüsterte ihm ins Ohr: »Du fühlst dich gut an, mein Großer.« Dennoch war heute irgendetwas anders als sonst.

Femke strich über Justins Mähne, tätschelte ihm den verschwitzten Hals und stieg mit Schwung aus dem Sattel. Der braune Holsteiner Wallach war jetzt zwanzig Jahre alt. Ihr Vater hatte ihn ihr als Dreijährigen geschenkt, damals zum Schulabschluss als Belohnung für die mittlere Reife mit Qualifikationsvermerk. Danach waren Femke und Justin lange unzertrennlich gewesen. Er hatte für sie auf einigen Turnieren Schleifen gewonnen, kleinere A- und M-Springen, nichts Besonderes, aber immerhin.

Jetzt war er natürlich zu alt dafür, und Femke hatte längst nicht mehr die Zeit für sportliches Reiten. Also genoss Justin seine Tage auf dem kleinen Werlesieler Reiterhof, schlug sich auf der Weide den Bauch voll oder glotzte den ganzen Tag lang radelnden Touristen hinterher und ritt mit seiner Besitzerin dann und wann im gestreckten Galopp über den Strand. Noch immer hörte er so gut zu wie früher, wenn es einmal Probleme gab wie den ersten Liebeskummer, den zweiten, dritten und vierten.

Femke löste den Sattelgurt, nahm Justin die Trense ab und band ihn mit der Führleine in der Boxengasse an. Sie trat einen Schritt zurück und musterte das Pferd. Sie hatte das Gefühl gehabt, dass Justin lahmte. Vielleicht ein Stein im Huf. Sie holte ihren Putzkasten und nahm für Justin ein Leckerchen heraus. Dann sah sie, dass auf ihrem Handy, das sie zwischen Hufkratzer und Kardätsche abgelegt hatte, ein Anruf eingegangen war. Die Nummer sagte ihr nichts. Als sie zurückrief, nahm Tjark Wolf ab.

»Du hast etwas von Blutspuren erzählt – wo genau waren die auf der Straße?«

»Etwa auf halbem Weg zwischen Werlesiel und Bornum, nicht weit von Fokko Broers Haus. Dort, wo ich auch den Schuh gefunden habe. Da, wo ich das Warndreieck aufgestellt habe.«

»Heute Nachmittag sind wir ja nur vorbeigefahren. Jetzt würde ich mir die Stelle gerne genauer ansehen.«

»Hm«, machte Femke und hielt Justin mit der freien Hand sein Leckerchen hin. »Muss ich das erst erlauben?«

»Ich hätte dich gerne dabei.«

»Mich? Heute noch?«

»Natürlich.«

»Aber es wird bald dunkel sein …«

»… was nicht schlimm ist.«

Femke wischte sich die Hand an der Reithose ab.

»Holst du mich ab?«, fragte Tjark und erklärte in Femkes Denkpause hinein: »Fred ist mit meinem Wagen unterwegs.«

Femke schob den Kopf von Justin zur Seite, der nach mehr Keksen verlangte. Wenn Fred mit Tjarks Wagen unterwegs war, hieß das wohl, dass er heute nicht in Werlesiel übernachtete. Das wiederum bedeutete, dass Tjark sie nicht nur als Taxi brauchte, sondern auch als Assistenz an einem potenziellen Tatort. Ermittlungsarbeit mit Tjark Wolf, dachte Femke, war das zu fassen? »Ich bin in einer halben Stunde da«, sagte sie.

12

Tjark trat ins Freie, wo ihn auf der Hafenpromenade außer dem kühlen Abend mit seinem violetten Licht Femke empfing. In Reiterhose und Fleecejacke wartete sie neben einem Polizeiwagen und hielt sich gegen die Kälte selbst mit den Armen umfangen. Sie unterhielt sich mit einem Mann. Die beiden wirkten vertraut.

Am Kai lief der Diesel eines Kutters. Die Möwen kreischten und machten sich über Fischabfälle her. Es roch nach einer Mischung von Abgasen, brackigem Salzwasser und Qualm, der von der Räucherei herüberwehte. Ein Lkw wurde entladen, der die Aufschrift »Werlesieler Bräu« trug. Aluminiumfässer rollten über das Straßenpflaster, wurden von Sackkarren angehoben und auf die Restaurants am Hafen verteilt.

Tjark steckte sich eine Zigarette an. Dann ging er über die Straße zu Femke. Der Mann neben ihr mochte Anfang vierzig sein und wirkte ziemlich durchtrainiert. Er trug Jeans und schwarze Turnschuhe sowie einen Hoodie. Die Haare waren unter einer Baseballkappe mit dem Aufdruck »EagleEye Security« versteckt. Als er Tjark bemerkte, taxierte er ihn mit dem routinierten Blick eines Türstehers. Seine Augen waren hellblau, das Gesicht von der Sonne gebräunt und wettergegerbt, der Dreitagebart blond.

»Hallo«, sagte Tjark und hob die Hand. Der Mann nickte ihm wortlos zu.

Femke drehte sich um. Der Wind löste eine Strähne aus ihrem hochgesteckten Haar. »Hallo, Tjark. Das ist Ruven Stöver. Ruven, das ist Tjark Wolf.«

Ruven lächelte und entblößte eine schmale Zahnlücke. »Der berühmte Polizist«, sagte er und streckte Tjark die Hand hin. Sie war groß und ihr Druck fest. Der Griff eines Seemanns.

»EagleEye Security?«, fragte Tjark.

»Ruven gehört eine Firma, die in Werlesiel und Umgebung vor allem Objektschutz betreibt«, erklärte Femke.

Ruven fügte hinzu: »Wir machen den Sicherheitsdienst für den Fischereihafen und die Marinas in der Gegend, für die Fährparkplätze der Nachbarorte und einige Gewerbeareale.« Er deutete auf das *Lütje Hus* hinter Tjark. »Sie haben das beste Haus am Platz mit dem besten Ausblick erwischt. Nirgends ist das Treiben im Hafen so gut zu beobachten.«

Tjark zog an der Zigarette. Auf den Ausblick hätte er verzichten können. Schiffe machten ihn unruhig, die Nähe zum Wasser ganz besonders. Er sagte: »Es duftet großartig auf den Fluren.«

Ruven lachte, Femke lächelte. Die beiden sahen sich an, wie Menschen einander anschauen, die schon lange etwas miteinander teilen oder etwas miteinander geteilt haben. »Ilses Puddingteilchen«, erklärte Ruven, »sind legendär. Sie sollten eines probieren.«

»Ilse ist meine Mutter«, erklärte Femke und strich sich die Strähne hinters Ohr, die der Wind sofort wieder löste. »Sie arbeitet unten in der Bäckerei.«

»Verstehe.«

Einen Moment lang herrschte Schweigen, das Ruven schließlich durchbrach: »Okay, ich will euch nicht aufhalten. Femke und ich«, sagte er, an Tjark gewandt, »sind uns gerade nur zufällig über den Weg gelaufen. Ich wollte zum Boot, und ihr habt sicher zu tun.« Er beugte sich nach unten und nahm eine Plastikkiste in beide Hände, in der sich verschiedene Packungen mit Fertiggerichten und zwei Flaschen Wein befanden. »Ich hoffe, das mit Vikki klärt sich schnell auf«, fügte er hinzu.

Tjark zog ein letztes Mal an der Zigarette und schnippte sie weg. »Vikki?«

Ruven zuckte wie zur Entschuldigung mit den Schultern. »Werlesiel ist ein Dorf.«

Tjark hörte Femke seufzen. Sie betrachtete ihre Schuhe. »Torsten, mein Kollege von der Wache«, erklärte sie. »Er hatte anscheinend nichts Besseres zu tun, als mit den Neuigkeiten im Ort hausieren zu gehen.«

»Großartig«, sagte Tjark ironisch und dachte, dass er auf Polizisten wahrlich verzichten konnte, die sich mit ihrem Insiderwissen großtaten und auf eigene Kappe Zeugenbefragungen vornahmen.

»Einerseits muss man ihm alles aus der Nase pulen, andererseits ist er eine Tratschtante.« Femke blickte wieder auf. »Tut mir leid, ich werde ihn deswegen zur Rede stellen. Aber du wolltest ohnehin eine öffentliche Suchmeldung herausgeben. Dann weiß es eh jeder.«

Tjark versuchte ein Lächeln. »Schon okay.« Dann verabschiedete sich Ruven. Tjark und Femke stiegen in den Wagen und fuhren los, als die Straßenlaternen gerade eingeschaltet wurden.

13

Eine Zeitlang schwiegen sie. »Wie bist du eigentlich auf die Idee mit dem Buch gekommen?«, platzte es dann aus Femke heraus.

Eine gute Frage. Trotzdem eine Frage, die ihm gewiss schon hundertmal gestellt worden war. Meist antwortete er darauf, dass er einige interessante Fälle hatte festhalten wollen. Dass der Verlag, dem er das Manuskript eher aus Spaß geschickt habe, ihm wider Erwarten einen Vertrag statt einer Standardabsage zurückgeschickt habe, und so sei aus Spaß die Möglichkeit erwachsen, vielen Menschen zu zeigen, was die Polizei so leistete.

Die Wahrheit war eine andere. Nachdem Sabine ihn betrogen hatte, hätte er sich die Nächte im Präsidium um die Ohren schlagen oder sich jeden Abend volllaufen lassen können. Stattdessen hatte er sich hingesetzt und die Leere mit Schreiben gefüllt. Das Aufrollen der alten Fälle führte ihm vor Augen, dass es so etwas wie Gerechtigkeit gab, zu der er als Ermittler seinen Teil beisteuerte, und das hatte gutgetan. Aber das sagte er Femke nicht. Er sagte lediglich: »Mir war langweilig.«

Femke schien ein Schmunzeln zu unterdrücken. »Ich habe das Buch regelrecht verschlungen. Es ist so eine Art Bibel für mich geworden.«

»Das ist zu viel der Ehre.«

»Es war das richtige Buch zur richtigen Zeit, meine ich damit. Ich hatte gerade überlegt, zur Kripo zu gehen – da fiel es mir in die Hände. Ich wollte das tun, was du auch getan hast.«

Tjark sah aus dem Seitenfenster. Nein, dachte er, ich glaube, das willst du nicht.

»Tut mir wirklich leid wegen Torsten«, entschuldigte sich Femke noch einmal. »Er ist ein Waschweib und macht sich gerne wichtig.« Sie schlug halbherzig mit dem Handballen auf das Lenkrad. »So ist es nun mal in Werlesiel. Es ist ein Dorf, und ich konnte mir meine Leute nicht aussuchen.«

Tjark sah Femke von der Seite an. Sie hatte das Profil von Grace Kelly. »Niemand macht dir einen Vorwurf.« Er blickte wieder nach vorne. »Du meinst es ernst mit der Kripo?«

Femke zögerte einen Moment. »Ja und auch nein. Es ist schwierig. Ich würde gerne wechseln, aber das würde auch bedeuten, dass ich fortmüsste. Ich bin hier geboren und aufgewachsen, und ich habe schon in der Ausbildung gespürt, dass Werlesiel mich einfach nicht loslässt.«

»Wer sich bewegen will«, sagte Tjark, »muss einen Fuß vor den anderen setzen.«

»Ist das eine Zen-Weisheit?«

»Nein. Habe ich mal in einem Fantastic-Four-Comic gelesen.«

Femke lachte schallend. »Spielt da nicht dieser Gummimann mit?«

Tjark nickte. »Mr. Fantastic, Reed Richards. Er kann dich auf große Distanz umschlingen und festhalten – so wie Werlesiel dich.«

Femke setzte den Blinker und bog auf die Bundesstraße.

Tjark fragte: »Dein Mr. Fantastic ist dieser Ruven, nehme ich an?«

»Er war es mal. Wir sind Freunde geblieben.«

»Aber es ist doch wohl nicht dieses Pferd …«

»Bitte?« Femke machte große Augen.

»Du reitest, wie man unschwer an deiner Reithose erkennen kann. Viele Freizeitreiter haben eine enge und persönliche Beziehung zu ihrem Pferd und stellen es nicht gerne woanders unter.«

Femke lächelte. »Du kennst dich aus, was?«

»Nicht besonders, aber so viel habe ich mitbekommen.«

»Deine Schwester?«

»Meine Ex-Frau.« Tjark schwieg eine Weile. Dann fragte er: »War die Sache mit deinem Finger ein Reitunfall?«

»Wie kommst du darauf?«

»Nur so eine Ahnung. Unwichtig.« Tjark machte eine abwinkende Geste.

»Mein Pferd war damals noch sehr jung«, erklärte sie. »Ich habe die Zügel festgehalten, aber irgendetwas hat Justin scheuen lassen. Es gab einen heftigen Ruck, und ein Teil meines Fingerglieds wurde fast abgerissen. Man musste es amputieren. Es ist lange her, noch bevor ich zur Polizei ging. Bei der Aufnahmeprüfung war ich bereits so sehr daran gewöhnt, dass links und rechts für mich im Prinzip keinen Unterschied mehr machten.«

»Im anderen Fall hätten sie dich nicht genommen.«

»Ich denke nicht.«

Tjark griff in seine Innentasche und zog eine grüne Packung hervor. »Kaugummi?«

14

Femke hatte den Wagen auf dem Seitenstreifen abgestellt und den Warnblinker eingeschaltet. Sie lehnte am Kofferraum und vergrub die Hände in den Jackentaschen. Die Schalterrelais tickten leise. Das Riedgras raschelte im Wind mit den Hagebutten- und Sanddornbüschen des Uferstreifens um die Wette. Über ihr breitete die Milchstraße ihr silbernes Band aus. Vor ihr stand Tjark auf der Straße und sah sich um. Femke hatte keine Ahnung, was er vorhatte. Die Nacht war zwar hell, aber dennoch würde er die Spuren tagsüber weitaus besser begutachten können.

Tjark hockte sich neben das Warndreieck am Seitenstreifen, wo Femke den roten Schuh gefunden und die möglichen Blutspuren markiert hatte. Schließlich erhob er sich und ging einige Meter, um den Bremsstreifen zu betrachten.

»Femke?«

Femke stieß sich mit der Hüfte vom Wagen ab und ging zu ihm. Tjark nestelte an seiner Umhängetasche, öffnete deren Reißverschluss und nahm zwei Taschenlampen heraus. Nein, das waren keine Taschenlampen. Die Geräte wirkten auf den ersten Blick zwar wie Maglites, waren im vorderen Bereich aber weitaus klobiger und verfügten über etwas wie Filterhalter vor der Linse. Tjark drückte ihr eine davon in die Hand. Sie war schwer.

»Sind das Tatortleuchten?«, fragte sie.

Tjark nickte. »Schon mal mit einer gearbeitet?«

»Nicht mit diesen Modellen. Die ich in der Ausbildung kennengelernt habe, hatten Akkupacks und Schultergurte.«

»Das hier«, Tjark wedelte mit der Lampe, »sind nicht die Geräte, mit denen die Spurensicherung arbeitet, aber sie erfüllen ihren Zweck. Ihr UV-Licht macht Faser-, Blut- und andere Spuren sichtbar – je nachdem, welchen Filtervorsatz man benutzt. Bekommt man alles im Internet.«

Tjark schaltete seine Leuchte ein. Femke kniff die Augen etwas zusammen, als die Straße in gespenstisches lilafarbenes Licht getaucht wurde. Dann schaltete sie ihre Lampe ebenfalls ein, und die Straße gab ihre Geheimnisse preis. Verwirrende Muster waren zu erkennen, wie auf einem fleckigen Tischtuch, das seit Jahren nicht mehr gewaschen worden war.

»Blut«, erklärte Tjark weiter, »wirst du in diesem Licht als sehr helle Stellen erkennen. Wenn wir im Zweifel sind, haben wir noch das hier.« Femke blickte auf und erkannte eine kleine Sprühflasche in Tjarks Hand.

»Ist das Luminol?«

»Etwas in der Art. Das Fixativ macht auch sehr schwache Spuren sichtbar.«

»Du bist gut ausgerüstet.«

»Es ist zweckmäßig, ein paar Dinge bei sich zu haben, wenn keine Kriminaltechniker zur Stelle sind.«

Femke leuchtete auf die Straße. »Bekommst du keinen Ärger, wenn du an einem Tatort Spuren sicherst?«

»Doch, durchaus.«

Femke lachte.

Tjark schmunzelte. »Aber noch haben wir keinen Tatort und keine Spuren, die wir sichern müssten.«

15

Knut Mommsen marschierte neben den kupfernen Braukesseln auf und ab. Sie sahen aus wie riesige, auf den Kopf gestellte Trichter. In ihrer blank polierten Oberfläche spiegelten sich die Deckenbeleuchtung und Mommsen selbst wie ein Zerrbild. Kurz blieb er stehen, betrachtete sein in die Breite gezogenes Gesicht, was ihn ein wenig wie den Joker aus »Batman« aussehen ließ und nicht mehr wie den Landadligen mit den Tränensäcken eines Bassets, der ihn morgens beim Rasieren anglotzte. Mommsen strich mit der flachen Hand über die grau umkränzte Halbglatze, richtete den Schlips und zog das Handy aus der Tasche seines blauen Zweireihers mit den goldenen Knöpfen.

Gerade war eine Brauereibesichtigung zu Ende gegangen. Die komplette Schadensabteilung einer kirchlichen Versicherung aus Bremen war im Bus angereist und hatte sich mit Proben der Werlesieler Braukunst sowie hochprozentigem Bierbrand die Falten im Gehirn glatt gebügelt. Mommsen hatte dazu die gewohnten Anekdoten zum Besten gegeben und erzählt, wie sein Urgroßvater als Bierkutscher begonnen und das erste »Werlesieler« in einer umgebauten Räucherei gebraut hatte. Stolz endete er damit, dass er selbst das Familienunternehmen nunmehr in der vierten Generation führte und rund hundertfünfzigtausend Hektoliter »Werlesieler« jährlich auf etwa fünf Millionen Flaschen abfüllte. Er erzählte nicht, wie viel er damit verdiente. Auch nicht, dass ihm mittlerweile der halbe Ort gehörte und ohne die Gewerbesteuern seines Unternehmens in Werlesiel vermutlich nicht mal eine Ampel stehen würde. Und schon gar nicht berichtete er davon, welche Anstrengungen es ihn Jahr für Jahr kostete, im Kampf gegen die Großbrauereien in einem extrem schwierigen Markt zu bestehen und die Selbständigkeit zu bewahren. Zumindest, solange er noch selbst am Steuerrad stand. Knut Mommsen hatte keine Kinder. Die Nichten und Neffen waren in seinen Augen Taugenichtse. Er würde einen Teufel tun und ihnen die Brauerei vererben. Früher oder später würde er das Unternehmen verkaufen müssen. Die Marke »Werlesieler« bliebe sicherlich erhalten, sie war im Norden gut eingeführt. Aber was blieb von ihm?

Natürlich wusste Mommsen, was von ihm bleiben sollte, schließlich war alles bereits bestens dafür vorbereitet. Nichts und niemand würde ihn aufhalten können – bis auf Fokko Broer, der völlig unvorhergesehen Mommsens Fahrrinne gekreuzt hatte. Dumme Sache, dachte Mommsen und fluchte innerlich. Eine wirklich dumme, dumme Sache, um die er sich nun dringend kümmern musste, damit kein größerer Schaden daraus erwuchs. Letztlich war alles nur eine Frage des Preises, denn das war es ja immer.

Mommsen hörte Schritte und drehte sich um. Carsten Harm und Jan Kröger kamen die Treppenstufen hinauf. Harm war ein langer Schlacks mit blondem Seemannsbart, dem im Ort das Tagungshotel *Dünenhof* mit angeschlossener Kegelbahn gehörte. Kröger war Regionalleiter einer Supermarktkette, wäre aber gut und gerne als Gebrauchtwagenhändler durchgegangen. Als Fraktionsvorsitzende der beiden großen Ratsparteien repräsentierten sie das, was man in Werlesiel unter Macht verstand. Tatsächlich besaß aber nur einer im Raum tatsächliche Macht.

»Und?«, fragte Mommsen.

Harm und Kröger sahen sich an wie begossene Pudel. »Nichts und«, sagte Kröger. »Wir haben mit Fokko tatsächlich ein Problem am Hals.«

»Pff«, machte Mommsen und spürte, wie sein Puls zu rasen begann. Wozu hatte er die ganze Bagage vor drei Tagen eingeladen und nach allen Regeln der Kunst abgefüllt? Wozu war er mit den beiden Nullen samt ihrem fetten Bürgermeister kürzlich auf einem Jagdausflug gewesen? Er musterte die beiden und stellte sich für einen Augenblick vor, sie jeweils mit einem Tritt in den Hintern in die Braukessel zu befördern und dabei zuzusehen, wie sie jämmerlich in dem Bier ertranken, das Jahr für Jahr Millionen in die Stadtkasse spülte. Aber Knut Mommsen beherrschte sich. Cholerisch gab er sich nie in der Öffentlichkeit, nur privat.

»Gut, dann regeln wir das eben auf meine Art«, sagte er mit gepresster Stimme, tippte eine Nummer ins Telefon und wartete eine endlose Minute, bis sein Gesprächspartner sich endlich meldete.

»Fokko Broer«, sagte Knut Mommsen, nachdem er sich vorgestellt hatte, »wir beide sollten uns dringend kennenlernen.«

16

Tjarks Leuchte tauchte einen Abschnitt der Sanddorn-
hecke in Schwarzlicht. Als er näher heranging, fielen ihm
einige abgebrochene Äste und niedergedrücktes Gras auf.
Tjark zog die Kunststoffkappe von der Spraydose ab und
nebelte den Bereich mit Luminolgemisch ein. Wenige Augenblicke später tauchten wie aus dem Nichts weiße Punkte auf
dem Busch und dem Gras auf.

»Es ist Blut, nicht?«, hörte er die Stimme von Femke.

»Ja.« Er drehte sich um und ließ den Lichtkegel über die
Fahrbahn tanzen. Er betrachtete den schwarzen Gummi-
abrieb auf dem Asphalt und überschlug die Reaktionszeit des
Fahrers. Wenn hier, wo er stand, die Frau in die Hecke
gestürzt war und zehn Meter weiter bereits die recht kurze
Bremsspur begann, dann war der Fahrer höchstens mit Tempo
dreißig unterwegs gewesen. Einerseits mochte es sein, dass
das Opfer zu Fuß nach Hause gegangen und angefahren worden war. Der Aufprall wäre dann vorne an der Beifahrerseite
erfolgt. Die Wucht hätte Fahrzeugteile gelöst, die am Straßenrand liegen müssten, Plastiksplitter von der Scheinwerfer-
verkleidung zum Beispiel. Aber da waren keine. Hätte der
Wagen das Opfer mitgeschleift, hätte es die Blutmarkierun-
gen erst am Ende des Bremswegs gegeben. Das haute nicht
hin. Also war ein anderes Szenario wahrscheinlicher.

Wenn die Frau hingegen bei der geringen Geschwindigkeit

aus dem Auto geworfen worden war, dürfte sie etwa fünf Meter links von Tjarks Position aufgeschlagen und den Rest des Weges bis zu seinem Standort gerollt oder gestolpert sein. In der Zwischenzeit hatte der Fahrer gestoppt. Aber warum sollte jemand eine Person aus dem Wagen werfen, um sie schon in der nächsten Sekunde wieder aufsammeln zu wollen?

Weil sie gesprungen ist, überlegte Tjark. Femke hatte erklärt, dass an dem betreffenden Abend dichter Nebel geherrscht hatte. Also war der Wagen nur langsam unterwegs gewesen, und die Frau hatte die Chance genutzt. Daraufhin war der Fahrer in die Eisen gegangen, aber sie entkam, irrte durch den Nebel und bat bei Fokko Broer um Hilfe. Tjark ging einige Schritte nach links. Da war ein dunkler Fleck auf dem Asphalt. Er umkreiste die Stelle und nebelte den Boden mit Spray ein.

»Das ist die Stelle«, sagte Femke, »die ich fotografiert hatte. Es muss das Blut von Vikki …«

Tjark fiel Femke ins Wort. »Es ist erst Vikkis Blut, wenn das Labor sagt, dass es Vikkis Blut ist. Ich will hier kein Klugscheißer sein. Aber jeder Staatsanwalt würde dir sofort einen Strick daraus drehen, wenn du das ohne Belege behauptest und dich nicht doppelt und dreifach abgesichert hast. Das ist ein Haifischbecken da draußen.«

»Was macht der Staatsanwalt mit Ermittlern, die die Spurensicherung in die eigene Hand nehmen und damit in eine mögliche Beweismittelkette eingreifen?«

Tjark schmunzelte. »Das Gleiche.«

Femke verschränkte die Arme und verlagerte ihr Gewicht vom rechten auf das linke Bein. »Ich bin kein kleines Mädchen, und ich bin auch keine Anfängerin.«

Tjark warf Femke noch einen Blick zu. Natürlich war sie

weder das eine noch das andere. Ganz und gar nicht. Sie gefiel ihm sogar ausnehmend gut, und ein eindeutiges Zeichen dafür war, dass er sich wie ein Arsch verhielt, um sie auf Distanz zu halten. Er senkte die Lampe und deutete auf die nunmehr leuchtend hellen Stellen, die einige Meter voneinander entfernt lagen. Manche waren verwischt, andere gesprenkelt, als habe jemand mit einem feinen Pinsel Farbe auf die Straße geklatscht.

»Wenn wir einen Unfall also ausschließen, ergibt sich für mich folgendes Bild: Die Frau ist hier aus dem Auto gesprungen«, erklärte Tjark und vollzog die Bewegung wie ein Tänzer nach. »Die verwischten Spuren dort auf dem Straßenbelag zeigen den Hautabrieb und Blut. Dann ist sie dort durchs Gras gerollt«, er deutete auf den Seitenstreifen, »und schließlich von dem Sanddornbewuchs gestoppt worden.« Tjark musterte die Spuren. »Aber etwas ist bemerkenswert.«

»Ich finde so einiges bemerkenswert.«

»Diese Spuren dort …« Tjark wies auf die Pinselspritzer. »Es sind kreisförmige Markierungen mit Ausreißern in Fahrtrichtung.«

»Was bedeuten könnte«, sagte Femke, »dass das Opfer bereits geblutet hat, als es aus dem Auto sprang?«

»Stimmt.«

»Was glaubst du, ist genau passiert?«

Tjark antwortete nicht. Er ließ das Spray in der Sakkotasche verschwinden und steckte sich eine Zigarette an. Dann nahm er die Tatortlampe, schob den Filter zur Seite und stellte auf LED-Betrieb um. Sofort wurde der dicht bewachsene Uferstreifen in grelles Licht getaucht, das sich weit dahinter im Watt verlor.

»Diese Hecken«, fragte er leise, »fangen kurz hinter Werlesiel an und reichen bis nach Bornum, richtig?«

»Ja. Der Bewuchs soll das Land befestigen. Der Streifen ist so gut wie undurchdringlich – es sei denn, du willst dir die Haut vom Leib reißen.«

Tjark leuchtete einige Male hin und her. Bis zum Watt waren es wohl um die fünfzig Meter. Die Strecke zwischen Bornum und Werlesiel betrug neun Kilometer. Das machte insgesamt ein Areal von etwa siebzig Fußballfeldern aus. Tjark hatte nirgends in der Gegend Wald gesehen. Das Land war flach und mit Gras bewachsen. Wenn hier jemand etwas loswerden wollte, waren der Uferbewuchs oder das Meer die perfekten Orte dafür.

Autoscheinwerfer näherten sich aus Richtung Werlesiel. Der Wind verschluckte die Motorengeräusche. Tjark drehte sich um. Der Fahrer schien das Tempo zu reduzieren, bis er in einigen hundert Metern Abstand fast zum Stillstand kam. Dann blendeten die Lichter auf. Tjark musste blinzeln. Als das Fernlicht kurz darauf wieder erlosch, tanzten grüne und lilafarbene Punkte auf seiner Netzhaut Tango. Schließlich nahm der Wagen wieder Fahrt auf. Kurz darauf rauschte er an Tjark und Femke vorbei. Es handelte sich um eine dunkle Limousine, einen 500er Mercedes, mit dem Kennzeichen WTM für Wittmund, gefolgt von WS 101. Diese Endungen wurden oft bei Dienst- und Firmenwagen verwendet. Soweit Tjark hatte erkennen können, saß am Steuer ein älterer Mann.

Noch bevor er Femke fragen konnte, sagte sie: »Knut Mommsen. Mommsen gehört die Werlesieler Brauerei. Das ist sein Wagen. Ich habe ihn bereits diverse Male wegen Falschparkens aufschreiben lassen. Ich glaube aber, dass sämtliche Strafzettel auf wundersame Art und Weise im Ordnungsamt verschollen gehen – Mommsen führt sich auf, als dürfe er sein Pferd überall anbinden, bloß weil …«

Tjark hörte nicht weiter zu. Er konnte nur noch an den

Uferstreifen denken. Und an das, was er vielleicht vor ihm verbarg. Er klemmte die Zigarette in den Mundwinkel und zog das Handy aus der Innentasche.

»Wen rufst du an?«, hörte er die Stimme von Femke, antwortete aber nicht darauf. Stattdessen wählte er Freds Nummer, der nach dem zweiten Klingeln abnahm.

»Fred«, sagte Tjark, »wenn du wieder aufkreuzt, dann bring ein paar von unseren Freunden mit.«

17

Vikki konnte die Geräusche nicht zuordnen. Aber sie verhießen nichts Gutes. Sie verhießen, dass er kam.

Es klang hohl und polternd, vermutlich seine Schritte auf hölzernen Stufen. Wenn man wie Vikki hier im stillen Halbdunkel vor sich hin vegetierte, wurden die Sinne geschärft. Nach einiger Zeit – Stunden, Tagen oder Wochen, wer wusste das schon – hatte sie ein stilles, beständiges Klopfen wahrgenommen, das sie zunächst schier wahnsinnig gemacht hatte. Inzwischen hatte sie sich daran gewöhnt. Der Klang gehörte zu der neuen Welt, in der sie jetzt lebte – so wie Vogelgezwitscher oder Geräusche von der Straße in der alten Welt. Was nicht mehr zu den Klängen in ihrer Umgebung gehörte, waren ihre eigenen Schreie. Vikki hatte so lange um Hilfe gerufen, bis ihr der Hals weh tat. Nichts war geschehen. Es hatte weder geholfen, noch hatte sie sich besser dadurch gefühlt. Also war es klüger, die Kraft zu sparen. Wer wusste schon, wofür sie die noch brauchen könnte.

Mit der Zeit hatte sie auch die Gerüche einordnen können. Der feuchte Moder hatte Facetten und detaillierte Noten bekommen, die sie darauf schließen ließen, dass er von Algen und Salzwasser sowie nassem Holz verursacht wurde. Ihre Augen hatten sich an das schummrige Dämmerlicht angepasst. Sie hatte Wände ausgemacht, Balken, eine Kiste, die massive Metalltür, leere Regale – und das Fass, das randvoll mit Nordseewasser gefüllt war.

O Gott, das Fass.

Ihre Haut hatte an Sensibilität gewonnen und Vikki vermittelt, dass der Boden aus brüchigem Beton bestehen musste. Alles in allem, so hatte sie gefolgert, lag sie wohl in einer Art Keller – in seinem Reich, wo auch immer es liegen mochte.

Ein Schlüssel wurde ins Schloss gesteckt. Kalte Furcht ergriff Vikki. Sie versuchte, sich zu bewegen, was ihr aus zwei Gründen schwerfiel. Zum einen war sie wie ein Paket verschnürt. Die Fußgelenke waren mit Kabelbinder zusammengebunden, der tief in die Haut schnitt, weswegen sich bereits eine blutige Kruste um den Kunststoff herum gebildet hatte. Die Hände waren auf den Rücken gefesselt. Um den Hals trug sie eine Metallschlinge, die mit einem Draht an einer Art Schaltkasten befestigt war. Den Sinn dieser Vorrichtung hatte sie bereits schmerzhaft erfahren: Wenn sie sich zu heftig bewegte, löste die Schlinge in dem Kasten einen Impuls aus, der wiederum zur Folge hatte, dass Vikki einen heftigen Stromschlag bekam.

Zweitens konnte sie sich nur schwer bewegen, weil ihre Muskulatur infolge der Stromschläge und vorheriger Torturen so weh tat, als litte sie an einem gigantischen Muskelkater. In ihrem Kopf hämmerte es, die Schmerzen von ihren Verletzungen nahm sie kaum noch wahr – sie gingen im großen Ganzen unter. Die Wunden stammten von seinen Schlägen und davon, dass sie aus dem fahrenden Auto gesprungen war. Vielleicht war das aber nur ein Traum gewesen. Die Erinnerung lag wie unter einem dichten Nebel begraben und war endlos weit entfernt.

Wie war sie in diese Lage geraten? Da waren einzelne Bilder – lachende Männer, Hände auf ihrem Körper, Lippen, der

Geruch nach Zigarren. Aber war das real, oder bildete sie sich das nur ein? Gott, sie musste randvoll mit irgendeinem Scheiß gewesen sein – aber sie hatte keinerlei Erinnerung daran, dass sie überhaupt etwas genommen hatte. Sie wusste nicht einmal, wie sie in sein Auto gelangt war und ob sie das rote Kleid, das schmutzig und zerfetzt an ihrem Körper hing, schon vorher getragen hatte.

Die Tür öffnete und schloss sich, ohne dass ein Licht durch den Spalt gefallen wäre. Vikki schloss die Augen, biss sich auf die Unterlippe, bis sie erneut aufplatzte und es in ihrem Mund schmeckte, als habe sie an einer Batterie geleckt. Sie versuchte, sich so klein wie möglich zu machen, spürte aber unmittelbar den straffen Zug der Schlinge am Hals.

»Ich würde damit etwas aufpassen«, sagte der Mann. »Du hast sicher schon herausgefunden, was passiert, wenn du zu stark daran ziehst.«

Vikki nickte. Sie öffnete die Augen und sah ihn im bleichen Licht einer Glühbirne stehen. Er trug eine schwarze Hose, eine schwarze Jacke, Handschuhe und einen Nylonstrumpf über den Kopf, was sein Gesicht zu einer grässlichen Grimasse verzerrte. Sein Alter war unmöglich einzuschätzen.

»Liebst du mich?«, fragte er.

Wieder diese Frage. Als er sie zum ersten Mal gestellt hatte, hatte Vikki »Nein« geschrien – und deutlich zu spüren bekommen, dass das die falsche Antwort war. Und in einem anderen Leben hatten ihr Kolleginnen den Tipp gegeben: Wenn du mit irren Freiern zu tun hast, spiel ihr Spiel eine Weile mit, bis sie abgelenkt sind, dann nimm das Geld und renne um dein Leben. Nun, weglaufen war schlecht möglich. Also blieb Vikki nichts anderes übrig, als sich in die Rolle zu fügen, die er für sie vorgesehen hatte. Zumindest, wenn sie noch eine Weile überleben wollte. »Ja«, antwortete Vikki also dieses Mal. Im nächsten Augenblick verpasste er ihr eine heftige Ohrfeige.

»Lügnerin.« Er schlug erneut zu.

Vikki keuchte. Ihre Wangen standen in Flammen. Als die Sterne vor ihren Augen verschwunden waren, sagte sie leise: »Wie könnte ich dich lieben bei dem, was du mir antust.«

Sie hörte den Mann lachen. »Du wirst mich lieben lernen«, sagte er, und in dem Moment blieb Vikkis Herz stehen, denn das hatte er schon einmal zu ihr gesagt, und dann hatte er sie … Sie verdrängte den Gedanken daran.

»Ich werde es dich lehren«, fügte er hinzu, ging zur Seite und legte einen Hebel am Stromkasten um. Dann kam er zurück und löste die Schlinge an Vikkis Hals.

»Bitte, nicht wieder!« Ihre Stimme war ein Wimmern. Sie ahnte, dass es falsch war, ihn anzuflehen, denn das spornte ihn womöglich an. Aber sie konnte nicht anders. O Gott, nein, sie konnte nicht anders. Als Nächstes griff seine Hand in ihre Haare und packte sie fest. Jetzt wurde Vikkis Stimme zu einem Kreischen. »Ich mache alles, was Sie wollen, bitte!« Doch er blieb unerbittlich, zog Vikki wie eine Puppe zu dem Wasserfass und wuchtete ihren Körper über den Rand.

Vikki roch das brackige Salzwasser, das sich mit ihren Tränen vermischte. Dann spürte sie einen stechenden Schmerz im Unterleib.

»Liebst du mich?«, fragt er.

»Nein«, stieß Vikki hervor.

Im nächsten Moment wurde ihr Kopf unter Wasser gedrückt. Es drang in Nase und Mund. Sie schluckte einen Teil davon und musste husten, was in einem Schwall von Luftblasen unterging. Ihre Lungen drohten zu platzen. Ihre Bronchien brannten. Ein einziger Gedanke raste durch die Windungen ihres Gehirns, ein einziges Wort: Luft. Sie versuchte, gegen den Druck im Nacken anzukämpfen, aber der Mann war zu stark.

Kurz bevor sie die Schwärze umfing, wurde ihr Kopf wieder aus dem Wasser gerissen. Tief sog Vikki Luft ein, verschluckte dabei etwas Wasser, musste erneut husten und sich dann in das Wasserfass erbrechen. Es kam nichts als Galle. Kaum hatte sie sich wieder gefangen, spürte sie seinen heißen Atem am Ohr.

»Liebst du mich?«

»Nein«, antwortete sie heiser. »Ich hasse dich und würde dich am liebsten umbringen!«

»Das ist mein Mädchen«, sagte der Mann und lachte.

Dann drückte er Vikkis Kopf unter Wasser – wieder und wieder.

Der Helikopter schwebte im weißen Himmel. Die Rotorblätter durchschnitten die Luft und sorgten dafür, dass
sich unten die Oberfläche des Wattenmeers kräuselte wie bei
kabbeliger See. Femke dachte an die Schwärme von Mücken
und kleinen Stechfliegen, die bei Windstille über den Kanälen
jenseits des Deichs tanzten. Dann griff sie nach der Thermoskanne, die auf dem Campingtisch neben ihrem Wagen stand,
nahm sich ein Käsebrötchen vom Stapel und biss hinein.
Links und rechts der Fahrbahn parkten zahllose Einsatzfahr-
zeuge sowie einige zivile Dienstwagen und zwei mit Elektro-
nik vollgestopfte Bullis. Auf einer sanften Anhöhe in einem
nicht bewachsenen Bereich des Uferrandstreifens standen
Tjark und Fred wie zwei Generäle auf dem Feldherrenhügel,
ruhig und gelassen.

Femke hatte am Vormittag einige Informationen für sie
zusammengetragen, aber beschlossen, die Ermittler im Augenblick noch nicht damit zu behelligen. Sie hatten gerade
Wichtigeres zu tun und die Suchaktion zu koordinieren.

Um Tjark und Fred herum stachen Polizisten in grünen
Overalls mit langen Stangen in das Unterholz – insgesamt
mochten es vielleicht fünfzig sein. Sie gehörten zur Einsatz-
hundertschaft, mit der Fred heute Morgen samt einem Krimi-
naltechnikteam in Werlesiel eingefallen war. Kurz hinter Werlesiel und kurz vor Bornum hatte Femke die Küstenstraße

absperren lassen. Ihre Kollegen regelten dort den Verkehr und leiteten ihn auf die Umleitung über die Dörfer.

In etwa hundert Metern Entfernung war eine Gruppe der Spurensicherung in einem mit Flatterband abgesperrten Bereich damit beschäftigt, das Blut auf der Straße zu untersuchen sowie Abdrücke und den Reifenabrieb der Bremsspur sicherzustellen. An anderer Stelle nahmen sie das Areal rund um Fokko Broers Haus unter die Lupe, der den Forensikern mit kraftloser Stimme gesagt hatte, er habe nichts dagegen und eine behördliche Anordnung sei nicht nötig. Er hatte auch zugestimmt, dass in seinem Haus die Spuren gesichert sowie Fingerabdrücke genommen wurden, und sich bereit erklärt, seine eigenen für eine Vergleichsuntersuchung abzugeben. Wahrscheinlich waren seine erkennungsdienstlichen Merkmale aber ohnehin noch in einer Polizeidatenbank vorhanden.

Femke stopfte sich den Rest Brötchen in den Mund und ging, den Pappbecher in der Hand, quer über die Straße zu den Bullis. Sie kam sich reichlich überflüssig vor. Die Maschinerie, die Tjark in Gang gesetzt hatte, lief wie geölt und war auf ein kleines Zahnrad wie sie nicht angewiesen. Dennoch hatte sie das Gefühl, vor Ort sein zu müssen – denn letztlich war es immer noch ihr Ort, zumindest fühlte es sich so an. Faktisch hielt sie die Zügel jedoch nicht mehr in der Hand, sondern Tjark.

Tja, dachte Femke, und irgendwie war er ganz anders, als sie ihn sich vorgestellt hatte. Einerseits war er durchaus sympathisch und sogar hilfsbereit, andererseits benahm er sich ihr gegenüber wie ein überheblicher Macho. Der Erfolg seines Buchs war ihm vielleicht doch etwas zu Kopf gestiegen. Und sie, nun, sie hatte sich regelrecht als Groupie geoutet und dann auch noch das Wort »Bibel« in den Mund genommen. Selbst schuld.

Als sie bei den Wagen angekommen war, um – ja, um was eigentlich zu tun? –, kam Tjark ihr entgegen. Er war vom Feldherrenhügel herabgestiegen und hatte sich durch einen Pattweg zur Straße geschlängelt. Mit dem Funkgerät in der Hand winkte er ihr lächelnd zu. Der steife Wind verwehte seine Haare und ließ die Schöße seines Sakkos sowie den darübergezogenen neongelben Windbreaker mit der Aufschrift »Polizei« tanzen.

Femke folgte seiner Geste und stoppte vor einem weißen Wagen vom Format eines Kleinlasters. Auf dem Dach des Beweissicherungskraftwagens war eine Teleskopstange befestigt. Auf den ersten Blick glich sie dem Periskop eines U-Boots – mit dem Unterschied, dass am oberen Ende eine hochempfindliche Kamera und Richtmikrofone angebracht waren. Die seitliche Schiebetür war geöffnet. Im Inneren sah Femke zwei Kollegen an einem Tisch, auf dem sich mehrere verkabelte Flachbildschirme und Joysticks befanden.

»Gibt es schon was?«, vernahm sie Tjarks Stimme. Die Techniker verneinten, worauf Tjark sich zu Femke drehte und in das Innere des Wagens deutete. Auf dem linken Monitor sah sie den Küstenstreifen aus der Vogelperspektive auf einem Videobild. Es erinnerte an Aufnahmen aus Google Earth. Der andere Bildschirm zeigte ein wirres Geflecht von grellen Farben.

»Hier werden die Bilder vom Hubschrauber empfangen. Ein Copilot steuert dort oben die Kamerabewegungen«, erklärte Tjark. »Der eine Monitor zeigt die Videoansicht durch ein leistungsstarkes Objektiv. Wenn wir wollen, können wir damit aus hundert Metern Höhe eine Biene auf einem Blütenstengel aufnehmen. Das andere gibt das von einer Infrarotsichtkamera aufgenommene Bild wieder. Der Wagen selbst hat eigene Aufnahmetechnik an Bord und kann zwischen

Wärmesicht, Restlichtverstärkung oder Radar hin und her schalten.«

»Bekommt er auch Sky rein?«, fragte Femke, weil ihr nichts Besseres einfiel.

»Empfangt ihr auch Sky?«, fragte Tjark einen Kollegen im Wagen. Er hatte so rote Haare wie Pumuckl, der Kobold, und winkte grinsend ab. »Erstens haben wir keinen Decoder, und zweitens sehen wir lieber History Channel.«

Femke wendete sich zu Tjark und sah ihn einen Moment lang an. »Glaubst du, wir finden was?«

Tjark wich ihrem Blick aus. »Es ist ein Stochern im Nebel. Der Uferstreifen ist an einigen Stellen so dicht bewachsen, dass nicht mal eine Maus hindurchschlüpfen kann. An anderen Stellen ist er offener und lichter. Diese nehmen wir uns zuerst vor. Der Einsatzleiter der Hundertschaft hat das gesamte Areal in Sektoren eingeteilt. Zunächst überprüfen sie die leichter zugänglichen. Bislang gibt es noch keinerlei Anhaltspunkte auf irgendetwas, das darin verborgen sein könnte.«

»Wie lange wird es dauern, den Küstenstreifen abzusuchen?«

Tjark blickte in den Himmel und schien nach dem Hubschrauber zu schauen. »Zwei, vielleicht drei Tage.«

Femke ließ die Hände in der Blousontasche verschwinden. »Ich habe das *Wittmunder Echo* dafür gewinnen können, eine Suchmeldung auf der Homepage zu veröffentlichen«, erklärte sie. »Sie ist bereits online. Die Druckversion wird noch folgen.«

»Okay. Gut.«

»In Kliniken und Praxen ist nirgends eine Person aufgetaucht, auf die Vikkis Beschreibung zutrifft«, fuhr sie fort. »Ich habe auch mit dem Kollegen gesprochen, dessen Nummer mir Fred gegeben hat. Es gibt keine Kontobewegungen, Abbuchungen oder Zahlungen mit Vikkis Kredit- und EC-Karten. Allerdings habe ich eine Mail vom Einwohnermeldeamt erhalten. Vikki hat nach dem Tod der Eltern lange bei einem Onkel in Jever gelebt, bevor sie dort mit sechzehn Jahren auszog und bis zur Volljährigkeit vom Jugendamt betreut wurde. Es ist auch ein gesetzlicher Vormund bestellt worden.«

Tjark nickte. Er sah angespannt aus und merkte auf, als ein Mann in weißem Overall mit einem durchsichtigen Beweismittelbeutel in der Hand auf ihn zukam. Darin erkannte Femke ein Handy mit zersprungenem Display.

Der Forensiker fragte scharf: »Das Luminolgemisch ist sicher nur zufällig auf die Straße und die Hecke gekommen?«

»Lumi… Was?«, fragte Tjark.

»Das ist scheiße, Kollege.«

»Sieht eher aus, als hättest du da ein Telefon.«

Der Polizist seufzte. »Wir haben das Handy in den Büschen nahe der mutmaßlichen Unfallstelle gefunden. Weiter haben wir Lippenstift, einen Kuli und eine kleine Tube Zahnpasta sichergestellt. Lag alles verstreut. Keine Unfallspuren, damit hattest du recht.«

»Das Handy muss ausgelesen werden«, sagte Tjark.

Der Mann nickte, und Femke fragte: »War da auch eine Handtasche?«

»Nein.«

Sie wandte sich an Tjark. »Solche Utensilien gehören in eine Handtasche. Sie hat sie vielleicht am Körper getragen …«

»… und als sie aus dem Auto sprang, ging die Tasche auf, der Inhalt verteilte sich, und sie führte die Tasche danach weiter mit sich, oder aber sie verblieb im Wagen beim möglichen Täter«, ergänzte Tjark.

»Ja«, sagte Femke. Ihre Nasenflügel blähten sich etwas. »Genau das wollte ich gerade sagen.«

Tjark entging die Spitze nicht. Seine Mundwinkel zuckten zu einem entschuldigenden Grinsen. Dann krächzte sein Funkgerät, und fast zeitgleich hörte Femke jenseits des Überwachungswagens lautes Rufen. Tjark nahm das Funkgerät in beide Hände.

»Fred hier«, schnarrte die Stimme aus dem Lautsprecher. »Wir haben etwas gefunden, das du dir ansehen solltest. Quadrant 12F.«

Ein bitterer Geschmack breitete sich in Femkes Mund aus. Der Kloß in ihrem Magen begann zu glühen.

»Trommel die Spusi zusammen«, sagte Fred. »Sie sollen Schaufeln und ihren Videokrempel mitbringen.«

Sofort lief Tjark los und ließ Femke am Wagen stehen. Nicht ihre Baustelle, so einfach war das. Sperr die Straßen ab, Folkmer, kümmere dich um lästigen Routinekram und schau ansonsten den Profis bei der Arbeit zu – ohne zu stören. Sie verzwirbelte eine Haarsträhne. Dann wandte sie sich zu den Monitoren.

»Sieht nach einem Treffer für den Superbullen aus, was?«, fragte der Pumuckl-Polizist.

Femke fragte: »Superbulle?«

»Er hat doch dieses Buch geschrieben, in dem er allen zeigt, welch großartiger Ermittler er ist.« Der Kollege biss in eine Apfelscheibe, die er aus der vor ihm stehenden Tupperdose gepickt hatte.

Scheint so, dachte Femke, dass Tjark einige Neider um sich hat. »Ich kenne das Buch«, sagte sie.

Der Mann zuckte mit den Achseln. »Na, das nächste handelt vielleicht vom Streifendienst.«

»Warum?« Femke beugte sich vor und schob den Kopf tiefer in das Wageninnere. Es begann stark zu regnen.

»Die haben ihn zum Innendienst verdonnert und sicher nur deswegen hier hochgeschickt, damit er im Präsidium aus dem Blickfeld verschwindet. Gegen ihn laufen zwei Verfahren wegen Gewalttätigkeiten bei Verhaftungen.«

»Oh.« Der Sockel des Denkmals von Tjark Wolf, der bereits einen Haarriss bekommen hatte, erbebte. So schnell ging das. Gestern noch ein Vorbild auf dem Buchcover. Heute ein Mann, der bereits mit einem Bein selbst über dem »Abgrund« zu schweben schien. Femke deutete auf die Bildschirme. »Die Rede war eben von Quadrant 12F. Kannst du da mal ranzoomen?«

»Sicher.« Der Techniker nahm über sein Headset Kontakt zum Kamera-Operator im Hubschrauber auf, schob die Tupperdose zur Seite und fasste nach dem Joystick. Er schaltete mit einem Mausklick ein Gitter auf dem Bildschirm auf, der den Uferstreifen aus der Vogelperspektive zeigte. Dann vergrößerte sich das Bild wie von Geisterhand. Es zitterte ein wenig, aber der Bildstabilisator der Hubschrauberkamera war gut genug, dass Femke gestochen scharf Menschen hin und her laufen sah, darunter auch Tjark und Fred. Sie umringten eine freie Zone innerhalb des Uferstreifens. Dort befand sich eine erhabene Stelle im Sand – nicht groß, aber deutlich als solche zu erkennen. Es sah aus wie ein Grab.

Femke schluckte schwer. »Wie genau sind die Wärmebildkameras?«

»Sehr genau.«

»Ich würde gerne die gleiche Stelle als Infrarotaufnahme und Topografie sehen.«

Der Mann spielte an einigen Knöpfen. Schließlich erschien auf dem zweiten Monitor eine Ansicht, die zunächst einem Fotonegativ glich. Deutlich waren hier Schattenwürfe und Bodenerhebungen sichtbar. Nach einem Knopfdruck verwandelte sich die Aufnahme in eine thermografische, die wie ein expressionistisches Bild aus Grün, Blau und Orange auf tiefem Schwarz wirkte. Darauf waren sich bewegende rote Punkte verteilt, die so zu glühen schienen wie die heiße Kohle in Femkes Magen. Bei den Punkten musste es sich um die Polizisten handeln, deren Körperwärme die Kamera einfing. Bei dem, was in schwachem Gelb zwischen ihnen leuchtete und sich kein Stück bewegte, sicher nicht.

Femke fragte leise: »Kannst du mir den ganzen Quadranten zeigen?« Im nächsten Moment vergrößerte sich das Bild. Femkes Nackenhaare stellten sich auf. »Weiter.« Ihre Stimme war ein Flüstern. Das Herz schlug ihr bis zum Hals. Die Wärmebildkamera zoomte weiter zurück. »Kannst du Infrarotaufnahme und Topografie zusammenfügen?«

Der Polizist sah Femke einen Moment lang fragend an. Dann hatte er begriffen, worauf sie hinauswollte, und nickte. Es dauerte einen Moment, bis die Bilder sich miteinander überschnitten. Es dauerte einen weiteren, bis Femke klarwurde, was sie jetzt auf dem Bildschirm sah. Sie bat den Kollegen, einen Ausdruck zu machen. Als er vorlag, faltete sie das Papier zusammen, steckte es in die Innentasche und rannte los, als ginge es um ihr Leben.

19

Eine heftige Böe zerrte von der See her an Tjarks Haaren und blähte seine Jacke wie zu einem Segel auf, als wolle sie ihn von dieser Lichtung im Uferstreifen forttreiben. Er rollte mit dem Kopf im Nacken, um das Gefühl des Unbehagens zu vertreiben, das ihn die Schultern verkrampft hochziehen ließ. Ein Schauder lief ihm über den Rücken, was nichts mit dem kalten Wind zu tun hatte. Es hatte damit zu tun, dass an diesem Ort etwas nicht stimmte. Es war das Gefühl, das Ermittler erfasste, wenn sie eine Wohnung betraten, in der sich ein Mordopfer befand. Es lag in der Luft, es brachte die Nervenenden zum Schwingen und war am Ende nicht mehr als ein Relikt aus Urzeiten, ein Impuls, wachsam zu sein, wenn man das Böse gewittert hatte. In Freds Blick hatte Tjark gelesen, dass er ebenso empfand.

Der unbewachsene Bereich lag einige Meter von der Straße entfernt. Er war durch einen schmalen, unwegsamen Pfad zu erreichen, hatte aber einen freien Zugang zum Meer. Seine Ränder verliefen unregelmäßig und bildeten inmitten der harten und dornigen Sträucher eine Art Oval, das einen Durchmesser von etwa sechs Metern haben mochte. Der Boden war uneben, und Tjark erkannte darin sanfte Erhebungen, als habe hier vor einiger Zeit ein Kind große Sandburgen gebaut, die längst vom Wind verweht worden waren.

Neben Fred und Tjark befanden sich Kollegen von der

Hundertschaft mit langen Stangen in den Händen am Rande des Quadranten 12F, sprachen miteinander und warteten auf weitere Order. Sie hatten ihre Suche und das Stochern im Unterholz auf Weisung des Truppführers unterbrochen. Der Mann wollte nicht ausschließen, dass sie hier etwas entdeckt haben könnten – und dann könnte durch jeden weiteren Schritt ein denkbarer Fund- oder Tatort für die Spurensicherung kontaminiert werden. Jede Menge Schuhabdrücke müssten dann zum Vergleich abgenommen und alles Mögliche umfänglich dokumentiert werden, um jede Bewegung des Suchtrupps nachvollziehbar zu machen. Eine Heidenarbeit, die die Dinge unnötig verkomplizierte. Das wollte er nicht allein entscheiden. Guter Mann, dachte Tjark – nicht jeder handelte so geistesgegenwärtig.

Der Truppführer präsentierte Tjark und Fred die in Sektoren aufgeteilte Karte und hatte alle Mühe, sie im Wind so zu halten, dass etwas darauf zu erkennen war. Er vermutete, dass sich etwas unter den großen Sandburgen verbergen könnte. Möglicherweise Vikki Rickmers, dachte Tjark, aber die Spuren im Sand sahen nicht so aus, als habe hier jemand vor weniger als achtundvierzig Stunden einen Körper verscharrt, den er von der Straße aus durch die enge Gasse aus Dornenbüschen herbeigeschafft hatte.

Fred zog mit dem Reißverschluss seine Jacke zu und starrte in den milchweißen Himmel. Dann sah er Tjark an. »Wir sollten das überprüfen.«

»Natürlich.«

Tjark hörte hinter sich etwas rufen. Als er sich umwendete, sah er, wie Femke wie eine Furie durch den Pattweg geschossen kam. Sie hielt einen Zettel in den Händen und kam schließlich außer Atem neben Tjark und Fred zum Stehen.

»Tjark«, keuchte sie und rang nach Luft. Sie hielt ihm den

Zettel hin. Auf dem Computerausdruck war eine farblich bizarr anmutende Luftansicht von Sektor 12F zu sehen. Ein Teil des Ausdrucks zeigte die thermografischen Details und glich der farbigen Ultraschallaufnahme eines Herdes von Tumoren und Metastasen. Eine Zone leuchtete schwach gelb, was auf Wärme hindeutete. Das Infrarotbild war von einer topografischen Radaraufnahme überlagert. Die identische Höhen- und Tiefenstruktur, die das Radar um den gelben Punkt herumzeichnete, war auch an zwei anderen Stellen zu erkennen. Im Vergleich zur eher chaotischen Darstellung des restlichen Geländes wies das auf regelmäßige Oberflächenanomalien hin. Diese Anomalien waren jeweils fast gleich groß und in gleichen Abständen zu lokalisieren. Und wenn es etwas Unnatürliches in der Natur gab, dann waren es derartige gleichförmige, rhythmische Muster. Tjark musterte die verwehten Sandhügel. Sie entsprachen in Lage und Form den Anomalien auf dem Computerausdruck.

»Ich habe die Kollegen gebeten«, sagte Femke, die endlich wieder zu Atem gekommen war, »die Kameraansichten zu überlagern. Dieser gelbe Fleck – könnte das nicht Körperwärme sein? Und diese Hügel sehen für mich aus wie Gräber.«

Tjark nickte leicht. Er war beeindruckt von ihrer Idee und ihrer Initiative und sagte ihr nicht, dass ein solcher Abgleich verschiedener Ansichten ohnehin gemacht werden würde. Und mit einem hatte sie recht: Die Hügel sahen aus wie Gräber, und wenn Körper verwesen, entsteht geringe Wärme, was die auf höchste Empfindlichkeitsstufe getriggerten Kameras erfasst haben könnten.

Tjark räusperte sich, hielt dem Truppführer stumm den Ausdruck hin, deutete auf die gelbe Zone und sagte ihm, dass sie dort suchen sollten. Gleichzeitig nahm Fred das Handy zur Hand, um die Spurensicherung und die Spürhundestaffel herbeizurufen. Schließlich setzten sich zwei Kollegen von der Hundertschaft in Bewegung und gingen mit ihren Stangen wie Lanzenträger zu dem Hügel hinüber. Vorsichtig stachen sie in den Sand. Stumm verfolgten Fred, Tjark und Femke das Geschehen. Dann wandte sich einer der Männer zu ihnen um. Sein Gesicht sprach Bände. »Da ist etwas.«

Tjark knetete die Finger. Er wusste, dass er warten sollte, bis das Team der Spurensicherung erschien. Aber der gelbe Fleck konnte nicht nur auf Verwesungswärme von einem tierischen oder menschlichen Körper hindeuten, sondern auch auf einen Rest Körpertemperatur – für den Fall, dass hier jemand lebendig oder doch erst vor kurzem begraben worden war.

»Buddelt am unteren Ende«, sagte er zu den Kollegen und ging dann zum Hügel. Fred hielt ihn nicht zurück.

Der Polizist in dem grünen Overall der Hundertschaft legte die Stange beiseite und ließ sich einen Klappspaten reichen. Behutsam begann er, ein kleines Loch zu schaufeln. In etwa dreißig Zentimetern Tiefe kam eine graue Folie zum Vorschein. Im nächsten Moment zuckte der Polizist zurück, ließ den Spaten fallen, wandte sich mit verzerrtem Gesicht ab und hielt sich Mund und Nase mit der Hand zu, so als habe er an einem offenen Kanister voller Ammoniak geschnüffelt.

Tjark schloss für einen Moment die Augen und hielt die Luft an. Tatsächlich beinhaltete dieser typische Geruch eine Spur Ammoniak sowie Schwefel und Methan. Seine wesentlichen Bestandteile waren Cadaverin und Putrescin, was sich von den lateinischen Wörtern für »Leiche« sowie »faulen« ableitete. Er war bei Tieren und Menschen gleich, und wer ihn einmal wahrgenommen hatte, vergaß ihn niemals wieder.

Tjark zog seinen Schlüsselbund hervor, an dem sich die Miniaturausgabe eines zusammenklappbaren Schweizer Armeemessers befand, ritzte mit der Klinge die Plane auf und warf einen Blick in den sich auftuenden Spalt. Es war, als öffnete man behutsam die Schranktür im Schlafzimmer, um zu überprüfen, ob sich dahinter ein Monster mit langen Zähnen und scharfen Krallen befand. Was Tjark sehen konnte, war zunächst nicht viel, aber genug.

Seinen ersten Toten vergisst man nicht, heißt es. Die erste Leiche, die Tjark je gesehen hatte, hatte ihn an ein Tier erinnert, das unter die Räder eines Autos geraten war und aufgeplatzt mit herausquellenden Innereien am Fahrbahnrand lag. Tjark war damals frisch in der Ausbildung bei der Polizei und zu einem Unfall gerufen worden. Ein Biker hatte sich in einer Kurve bei einem Überholmanöver überschätzt. Er war frontal wie eine Fliege vor den Kühler eines Lieferwagens geklatscht, unter den Wagen gerissen und von der Stoßstange geköpft worden.

Es war nicht Tjarks letzter Toter geblieben, und irgendwann hatte er sich an den Anblick gewöhnt. Ein Körper war nur noch eine leere Hülle, und wenn Tjark bei einer Obduktion den Medizinern bei der Arbeit zusah, war sein Interesse vor allem darauf gerichtet, Antworten zu erhalten. Antworten auf das Warum, auf das Wie und das Wann. Er dachte nicht darüber nach, dass ein Opfer viel zu früh aus dem Leben geschieden war, weil ein Täter oder die Umstände es so gefordert hatten. Er dachte nicht an die Angst und den Todeskampf oder die Schmerzen. All das lenkte ihn davon ab, das Böse zu isolieren, zu verorten und auszumerzen. Aber es gab nicht auf jedes Warum eine Antwort.

Tjark zog mit den Fingern die offenen Enden der Folie etwas auseinander, um sich zu vergewissern. Was er sah, gehörte eindeutig nicht zu einem Tier. Es war ein Fuß, grünlich und schwarz angelaufen, mit Zehen so dick wie eine Wiener Wurst. Er nahm die Finger wieder weg, klappte das Messer zusammen und steckte den Schlüsselbund zurück in die Jackentasche. Dann stand er aus der Hocke auf und blickte zu Fred und Femke, die sich selbst mit den Armen umfangen hielt und deren Gesicht die blasse Farbe des Himmels angenommen hatte.

Tjark fühlte sich für einen Moment so, als rase er in einem Fahrstuhl einer bodenlosen Tiefe entgegen. Dann legte sich der Schwindel, und er sagte zu Fred: »Wir sollten bei der Rechtsmedizin anrufen.«

Fred nickte. Er wirkte nicht sonderlich verwundert.

»Ist das Vikki?«, fragte Femke tonlos.

»Ich glaube nicht«, antwortete Tjark kraftlos. So schnell verweste kein Mensch, dachte er, behielt das aber für sich.

Etwa zwei Stunden später stand Tjark mit Fred an derselben Stelle im Quadranten 12F, der sich völlig verändert hatte und unwirklich wie eine Filmkulisse wirkte. Tjark hatte Femke fortgeschickt, um die Uferstraße abzusperren. Sie war erschüttert und wortlos gegangen und hatte beim Einsteigen in ihren Dienstwagen wie eine alte Frau gewirkt.

Der Regen ließ nicht nach. Tjark zog sich die Kapuze seines Windbreakers über und steckte eine Zigarette an. Der Regen sprühte kleine Punkte in den Sand. Die Brise vom Meer wurde kräftiger. Beides hatte den Spürhunden, belgischen Schäferhunden, die Arbeit nicht leicht gemacht. Sie hatten an den beiden anderen Hügeln angeschlagen. Es war aber unwahrscheinlich, dass in einem davon Vikki Rickmers' sterbliche Überreste lagen, dachte Tjark. Sie mussten schon vor längerer Zeit angelegt worden sein. Er sog am Filter und stieß etwas Rauch aus, den der Wind sofort zerstäubte.

»Das ist ein beschissener Friedhof«, sagte Fred, schlug den Kragen seiner Jacke hoch und wischte sich durchs Gesicht. Er sah müde aus. Müde und benommen.

Ein Friedhof. So schien es in der Tat, und Tjark glaubte nicht, dass die hier Bestatteten friedlich aus dem Leben geschieden und mit kirchlichen Sakramenten beigesetzt worden waren.

Die drei Hügel waren von der Spurensicherung umringt, wurden markiert, vermessen und videografiert. Zwei waren kaum noch als Erhebung wahrzunehmen. Sie mussten vor längerer Zeit angelegt worden sein, und entsprechend ihrem Zustand und wahrscheinlichen Alter waren die Grabstellen durchnumeriert worden. Über Hügel Nummer eins, in den Tjark vorhin einen Blick geworfen hatte, war gegen den Regen ein Zelt aufgebaut worden. Die Kollegen der Spurensicherung waren damit beschäftigt, den Sand abzutragen. Sie gingen behutsam mit kleinen Schaufeln, Pinseln und Sieben vor und wirkten dabei wie Archäologen.

Unweit des Zelts parkte ein silberner Kastenwagen, ein Renault. Es war das Dienstfahrzeug von der Oldenburger Außenstelle des Instituts für Rechtsmedizin der Medizinischen Hochschule Hannover. Tjark kannte auch die Fahrerin, die auf einem Klappstuhl unter dem Zelt mit einem Pappbecher in der einen Hand und einem Smartphone in der anderen saß. Mit dem Telefon schien sie weitaus intensiver beschäftigt zu sein als mit der Arbeit der Kollegen direkt vor ihrer Nase. Sie trug Gummistiefel mit Plastikgaloschen sowie einen faserfreien, weißen Overall. Neben ihr standen zwei Alukoffer. Auf einem lag ein Buch. Tjark konnte das Cover nicht erkennen. Aber er hätte sofort hundert Euro gewettet, dass ein Vampir oder Dämon darauf abgebildet war.

Tjark ging in die Hocke, drückte die Zigarette im Sand aus und ließ die Kippe in der Jackentasche verschwinden. Er sagte: »Die hat mir gerade noch gefehlt.«

Fred warf ihm einen verstohlenen Blick zu. »Tut mir leid.

Ich hatte sie direkt an der Strippe. Ich habe außerdem mit dem Staatsanwalt in Aurich gesprochen, einem Dr. Verhoeven, er will sich auf den Weg machen, und ...«

»Hatte Ben Lüderitz keinen Dienst?«, unterbrach ihn Tjark. Dr. Bernhard Lüderitz war der stellvertretende Leiter der Rechtsmedizin.

»Nein.«

Tjark verzog den Mund. Dann vergrub er die Hände in den Hosentaschen und ging über einige Holzbretter in Richtung Zelt. Die Bohlen waren von der Spusi ausgelegt und als Weg durch den Uferstreifen freigegeben worden. Sie endeten unter dem Pavillon, dessen Plane im Wind schlug und von einem Kollegen gerade neu befestigt wurde.

»Hallo, Fee«, sagte Tjark. Er hatte recht gehabt. Es war ein Dämonencover. Fee hatte immer ein Buch dabei, um sich die Zeit zu verkürzen, bis die Spurensicherung fertig war, was Stunden dauern konnte. Ihre Haare tanzten in der Luft wie eine schwarze Rauchfackel und bildeten einen scharfen Kontrast zu dem bauschigen Overall, in dem, wie er wusste, ein im Fitnesscenter und auf Spinning-Bikes gestählter Körper steckte. Ihre vollen Lippen erinnerten an Angelina Jolie. Das Piercing in der Augenbraue nicht.

Fee blickte vom Handy auf, sah Tjark ausdruckslos an und tippelte mit den kurz geschnittenen Fingernägeln auf dem Glasdisplay. »Hier bekommt man nicht mal eine Verbindung«, sagte sie.

Tjark zuckte mit den Achseln. Fee steckte das Telefon weg. »Ich dachte, du wärst auf Eis gelegt?«

»Bin ich auch«, antwortete er und dachte: dank deiner Gutachten. Nach den Anzeigen gegen Tjark waren die Beckers in der Rechtsmedizin amtsärztlich untersucht worden. Fee hatte bescheinigt, dass ihnen die Verletzungen vorsätzlich zugefügt worden sein mussten und nicht als Kollateralschäden bei Widerstand gegen die Verhaftung entstanden sein konnten. Tjark hielt dieses Fazit wiederum für einen Kollateralschaden wegen des Widerstands, den er gegenüber einer Reihe von Annäherungsversuchen gezeigt hatte. Sie waren darin gegipfelt, dass Fee mit offenem Ledermantel vor seiner Wohnung erschienen war, unter dem sie nichts trug außer ihrem Totenkopftattoo an der Hüfte. Tjark hatte ihr die Tür vor der Nase zugemacht. Das hatte sie ihm übelgenommen. Es gab keinen härteren Gegner als eine verletzte Frau. Fee hatte nach Tjarks Meinung nicht alle Tassen im Schrank. Er glaubte zudem, dass sie ihrem Job nicht zuletzt deswegen nachging, um einige morbide Interessen zu befriedigen.

Fee sah Tjark weiter fragend an. Also erklärte er ihr den Anlass seiner Präsenz – und dass niemand hätte ahnen können, dass er dabei auf mehrere Leichen stoßen würde, falls die Grabhügel hielten, was sie versprachen.

»Aha.« Sie trank einen Schluck aus ihrem Becher. »Wer ist die Vermisste? Gibt es Daten zu Vikki Rickmers?«

Tjark nannte ihr die Fakten und schilderte die Begleitumstände des mutmaßlichen Verschwindens. Gerade wollte Fee eine weitere Frage stellen, als der Leiter der Spurensicherung meldete, dass sie das Grab Nummer eins zur Beschau durch die Rechtsmedizin freigeben könnten. Fee und Tjark gingen zu dem etwa einen Meter tiefen Loch und stellten sich am Rand neben das Videokamera-Stativ. In dem Loch lag etwas, das wie ein Körper aussah. Er war in eine Plane aus grobem Gewebe gewickelt, mit Stricken verschnürt und glich einer Mumie. Es war nicht schwer zu erraten, was sich in der Verpackung befinden würde: deutlich mehr als nur ein Fuß.

20

Ein Kollege von der Spusi hatte auf Fees Geheiß ein Stück der Plane entfernt. Darunter war ein Kopf zum Vorschein gekommen. Der Kopf sah aus, als sei er explodiert. Fee äußerte die Vermutung, dass der Krater von einem Schrotgewehrschuss mit großkalibriger Munition aus nächster Nähe verursacht worden war. Sie bestätigte ebenfalls, dass es sich bei dem Opfer nicht um Vikki Rickmers handeln konnte. Vikki Rickmers hatte schwarze Haare. Die der Toten waren blond. Vikki Rickmers war vor achtundvierzig Stunden verschwunden. Die Tote musste schon zwei Wochen oder länger hier liegen.

»Lässt du sie ins Institut bringen?«, fragte Tjark. Er massierte sich die Nasenwurzel. Die Bretter auf dem Boden fühlten sich an wie die Planken eines wankenden Schiffes. Seine Speiseröhre brannte.

»Ja.« Fees Augenwinkel zuckten. »Eine Leichenhalle beim Bestatter oder die Pathologie im Klinikum von Aurich reicht hierfür sicher nicht aus.« Sie schwieg einen Moment und trat einen Schritt zur Seite, als der Körper aus dem Boden gehoben und auf eine Bahre gelegt wurde. »Ich will den Teufel nicht an die Wand malen«, fuhr sie fort, »aber in den anderen Gräbern finden wir doch sicher keine Piratenschätze, oder?«

Tjark antwortete nicht. Fee trat etwas näher. Sie sagte leise: »Hey, ich kann nichts dafür, dass mein Telefon und nicht das

481

von Ben Lüderitz geklingelt hat, okay? Verhalten wir uns also wie professionelle Superbullen – wie Bones und Special Agent Booth im Fernsehen, die alles andere professionell ausblenden können.« Sie hob die rechte Hand, spreizte den Mittel- und Ringfinger, bildete damit ein V wie beim vulkanischen Gruß von Mister Spock und sagte: »Friede.«

Tjark massierte sich die Schläfe. Vermutlich kam Fee die enge Zusammenarbeit ganz gelegen. Aber sie waren nicht Bones und Booth, und es war leicht, sich abgeklärt und pro- fessionell zu verhalten, wenn man kein Ermittlungsverfahren am Hals hatte. Scheiß drauf, dachte Tjark und antwortete mit dem gleichen Zeichen.

Fee lächelte leicht. Dann klemmte sie ihr Buch unter den Arm, griff sich die Alukoffer, ging an Tjark vorbei und sang dabei leise einen Song von den Ramones mit der Melodie von *Pet Cemetery,* als der steife Wind wieder ihr Haar erfasste: *I don't want to be buried in a Coast Cemetery ...*

Tjark stemmte die Hände in die Hüften und schüttelte den Kopf. Dann fiel sein Blick wieder auf die Gräber. Er hatte eine Vermisste gesucht und eine Leiche gefunden, der man den halben Kopf weggeschossen hatte, und dem Anschein nach würde es nicht bei der einen bleiben. Ungeachtet dessen, was das Schreckliches zu bedeuten und zur Folge haben würde, blieb nach wie vor eine Frage offen: Wo war Vikki Rickmers?

21

An diesem Abend fand Femke keine Ruhe. Sie duschte zwei Mal. Nachdem es zu regnen aufgehört hatte, fuhr sie zum Stall und versorgte Justin, der zu spüren schien, dass irgendetwas mit seiner Chefin nicht stimmte. Femke beschloss, ihn aus der Box zu holen und ein wenig an der Longe laufen zu lassen, um zu sehen, ob er nach wie vor lahmte, denn sie hatte keinen Stein im Huf gefunden. Kalte Beklommenheit überkam sie, als ihr klarwurde, dass sich das Lahmen noch verschlimmert hatte. Die Ursachen konnten vielfältig sein. Bei alten Pferden tendierten sie jedoch zur Eindeutigkeit.

Statt nach Hause zu fahren, bog Femke gegen einundzwanzig Uhr auf die Bundesstraße ein, passierte die Absperrung und vergewisserte sich beim dort diensthabenden Torsten, dass alles in Ordnung war – sofern man das angesichts der Ereignisse überhaupt behaupten konnte. Sie überlegte, ob sie ihn wegen seines Plappermauls zurechtweisen sollte, entschied aber, dass es weder der richtige Ort noch der richtige Zeitpunkt dafür war. Zwei Kilometer weiter stellte sie fest, dass die Bergungsarbeiten unter Flutlicht fortgesetzt wurden und mittlerweile von drei möglichen Leichenfunden ausgegangen wurde. Schließlich fuhr sie ins Büro, wo sie mehr oder minder nichts anderes tat, als Unterlagen zu sortieren, weil sie das Gefühl hatte, irgendetwas tun zu müssen, während draußen am Uferstreifen ein weiteres Opfer geborgen worden war, wie sie über Funk hörte. Erst nach vierundzwanzig Uhr fuhr sie nach Hause, wo sie lange überlegte, ob sie Tjark anrufen sollte, es dann aber unterließ, weil der im Moment sicher Besseres zu tun hatte. Sie wanderte im Wohnzimmer auf und ab, bis sie sich im Obergeschoss am Dachfenster wiederfand, von wo aus sie vergeblich zu erkennen versuchte, ob in der Ferne Lichter von den Scheinwerfern der Spusi zu sehen wären.

Die große Bahnhofsuhr in der Küche zeigte 1.43 Uhr, als Femke beschloss, die Wohnung zu saugen, weil sie am anderen Tag sicher nicht dazu kommen würde. Danach füllte sie einen Eimer mit Wasser, goss einen Spritzer Politur hinein und wischte die wurmstichigen Holzdielen, mit denen das kleine Reetdachhaus in allen Räumen ausgelegt war, um sich von ihren Gedanken abzulenken. Von den Gedanken daran, dass sich in Werlesiel alles ändern würde und sie tatenlos als Zaungast zuschauen musste.

Femke seufzte, krempelte die Ärmel auf und ging mit dem Eimer voller Schmutzwasser in das enge Bad, um den Inhalt in die Toilette zu gießen. Auf dem Spülkasten stand eine alte Kaffeekanne von Oma mit Trockenblumen. Oma Erna. Früher hatte ihr das Haus gehört, und Opa Paul hatte beim Bau tatkräftig mit angepackt. Femke kannte die Schwarzweißfotos von Paul mit einer Schiffermütze und bloßem Oberkörper, wie er beim Dachdecken half. Sie spülte ab, stellte den Eimer zur Seite, nahm einen Wischlappen und befeuchtete ihn im Waschbecken. Dann ging sie zurück ins Wohnzimmer.

Paul hatte ein wenig wie Hans Albers ausgesehen – zumindest, hatte Oma immer mit einem verträumten Lächeln hinzugefügt, gab sich Paul alle Mühe, so zu wirken. Auf dem gerahmten Foto, das ihn mit einem Schifferklavier im Garten zeigte, war ihm das gut gelungen. Den Blick in die Ferne gerichtet, ein wenig abwesend, dennoch stechend. Auf dem Foto, das Paul in der Uniform zeigte, erinnerte er Femke eher an Statuen von Arno Breker oder Heldenaufnahmen von Leni Riefenstahl. »Kriegsmarine« stand auf der Banderole seiner Matrosenmütze. Paul war 1943 zwei Tage nach Weihnachten am Nordkap mit der *Scharnhorst* untergegangen. Nur das Haus und die Bilder waren von ihm geblieben, die Femke neben Fotos ihrer Oma und ihrer Eltern auf eine große Leinwand geklebt hatte. Sie hing in einem verzierten Goldrahmen über dem Ledersofa, das Femke jetzt mit dem feuchten Lappen wischte, während sie ein Lied summte, dessen Titel ihr partout nicht einfallen wollte.

Für Femke war es niemals ein Thema gewesen, den elterlichen Betrieb zu übernehmen. Das hatte vor allem zwei Gründe: Einerseits gehörten Femkes Eltern in Werlesiel zum Inventar, und Femke hatte kein Interesse daran, fester Bestandteil einer Ausstattung zu sein. Andererseits kannte zwar jeder im Ort Mama und Papa, für Femke selbst waren sie erschütternd fremd geblieben, da sie mehr mit der Bäckerei, der Pension und den Ferienwohnungen beschäftigt gewesen waren als mit ihrer Tochter. Familienurlaube in Spanien oder Italien gab es nicht, weil in den Ferien Hochsaison an der Küste herrschte. Wenn morgens die Schule begann, stand Mama bereits seit Stunden in der Backstube und danach am Verkaufstresen, während Papa das Frühstück für die Gäste vorbereitete und servierte. War die Schule zu Ende, musste Mama schlafen. Um Femke hatte sich Oma gekümmert.

Einen Großteil ihrer Kindheit und frühen Jugend hatte Femke in deren Haus verbracht. Oma war da gewesen, wenn Femke krank war. Sie hatte Rat gegeben, als die erste große Liebe kam, und Trost gespendet, als sie wieder zerbrach.

Manchmal dachte Femke, dass der Duft von Omas Apfelkuchen sich auf irgendeine Art und Weise in den Holzdielen oder dem Gebälk verfangen haben musste und sich löste, wenn die Fenster offen standen und eine Brise hereinwehte. Mit dem Duft kamen die Erinnerungen zurück – auch die an Omas Tod und an das Gefühl, wie ein Schiff ohne Hafen und Anker in der Brandung zu treiben.

Die Uhr in der kleinen Einbauküche zeigte mittlerweile 2.50 Uhr an. Femke ging zu den Fensterbänken, die sie mit Dekokrimskrams vollgestellt hatte, um auch hier zu putzen. Sie nahm eine Vase auf, behielt sie in der Hand, und ihre Gedanken verloren sich.

Vergiss es, dachte sie. *Vergiss es, du kannst dich nicht ablenken, du kannst aber auch nicht die Fakten akzeptieren.* Drei Leichen waren geborgen worden, und es schien klar, dass sie alle das Opfer eines Mörders waren, der unweit von Werlesiel einen Privatfriedhof unterhielt. Natürlich war das längst noch nicht bewiesen. Aber jeder, der vor Ort gewesen war, dachte das Gleiche. Damit war das Grauen über die kleine Stadt hereingebrochen. Nein, schlimmer. Es war die ganze Zeit über schon da gewesen – niemand wusste, wie lange schon. Ungezählte Male war Femke an den Gräbern vorbeigefahren. Wer waren die Toten? Wer war der Täter? Warum war das alles nicht früher aufgefallen? Wie hatte es unter ihren Augen geschehen können? Und wo war Vikki Rickmers? War sie das nächste Opfer? Lebte sie überhaupt noch?

Femke betrachtete die Vase. Nun, es war nicht an ihr, das herauszufinden. Vielleicht war das am schwersten zu akzeptieren. Sie konnte assistieren, wo es möglich und nötig war. Doch die Fäden hielt ein anderer in der Hand, und er entschied, ob und wie weit er Femke in die Ermittlungen involvierte und ob die »lokalen Kompetenzen« immer noch gefragt sein würden. Tjark Wolf, der gefallene Held. Mittlerweile war Femke klar, warum man ihn nach Werlesiel zur Vermisstensuche geschickt hatte: Wenn ein internes Verfahren gegen ihn lief, war er sicher abserviert oder sogar zeitweise außer Dienst gestellt worden. Eine vermeintliche Routinesache wie die Suche nach einer vermissten Person war das Maximum dessen, das man ihn aktuell bearbeiten ließ.

Bei einer Festnahme sollte er gewalttätig gewesen sein – seltsam. Das schien so gar nicht zu ihm zu passen. Allerdings hätte sie auch nicht erwartet, dass er herablassend und besserwisserisch sein konnte. Nun, wer glaubte das auch schon von seinem persönlichen Star? Andererseits stand Tjark intern sicher mächtig unter Druck. Und wer war sie überhaupt, über Dinge zu urteilen, von denen sie nur vom Hörensagen wusste?

Femke stellte die Vase zurück auf die Fensterbank. Dann blickte sie auf, weil sie ein Geräusch gehört hatte. Zwei Lichter kamen direkt auf sie zu. Wie ein geblendetes Reh stand sie da, verharrte in der Bewegung. Dann erloschen die Scheinwerfer, die das Zimmer in gleißendes Weiß getaucht hatten. Wenige Momente später schälte sich ein Gesicht aus der Dunkelheit. Jemand klopfte ans Fenster. Es dauerte einen Moment, bis Femke Ruvens Züge erkannte.

»Femke?«, hörte sie seine Stimme gedämpft durch die Glasscheibe.

»Was machst du denn hier?«, antwortete sie und erwachte wie aus einem Traum. Natürlich konnte sie sich denken, was er hier tat. Ruven arbeitete oft nachts im Security-Dienst. Er war an ihrem Haus vorbeigekommen, hatte noch Licht gesehen, sich Sorgen gemacht und nach dem Rechten sehen wollen. Sie wachte über Werlesiel, er wachte über Werlesiel, aber die Zeiten, in denen sie übereinander gewacht hatten, waren längst vorbei – wenngleich Ruven das immer noch nicht ganz zu akzeptieren schien.

»Ich komme gerade von meiner Runde und hab noch Licht bei dir brennen sehen«, sagte er. Die Scheibe beschlug von seinem Atem. »Ist alles okay?«

Femke presste die Lippen aufeinander, nickte und versteckte den Putzlappen in der Gesäßtasche der Jeans. »Ja«, sagte sie, »danke«, und dachte: *Es ist überhaupt nichts okay, und das wird für einige Zeit so bleiben.*

Ein mitleidiges Lächeln umspielte Ruvens Mund. Er sah nach unten. Dann blickte er wieder nach oben, nahm seine Mütze ab und strich sich mit der Hand über den rasierten Schädel. Er wusste, dass sie gelogen hatte. Er kannte ihre Rituale – Punkt elf Uhr machte sich Femke in der Woche bettfertig, um halb zwölf Uhr wurde das Licht gelöscht, um Viertel vor zwölf schlief sie tief und fest. Man konnte die Uhr danach stellen. Mitten in der Nacht putzen gehörte eindeutig nicht zu den üblichen Gewohnheiten.

Ruven fragte: »Hast du Kaffee?«

»Natürlich«, seufzte Femke.

Ruven kam herein, und Femke machte ihm einen Crema mit der Nespresso. Er trank ihn gerne schwarz. Eine Weile saßen sie einander schweigend gegenüber. Schließlich sagte Ruven: »Ich habe gehört, dass ihr am Küstenstreifen Leichen gefunden habt.«

Femke formte ihre Hände wie zu einem Kelch und versenkte erschöpft das Gesicht darin. »Ich darf dir nichts darüber sagen.«

»Ich weiß.«

Femke blickte wieder auf und verfolgte, wie Ruven einen Schluck trank.

»War Vikki darunter?«, fragte er.

»Es wird weiter nach ihr gefahndet. Von wem hast du das überhaupt erfahren?«

»Eine Armee von Polizisten mitsamt Hubschraubern und Straßenabsperrungen ist kaum zu verheimlichen. Außerdem hat Enno Berkens vom Steuerhaus der Fähre aus Polizisten in weißen Anzügen in den Dünen gesehen, die auf ihn wie Astronauten auf dem Mond gewirkt haben, weswegen er sich die Sache mit dem Fernglas genauer angesehen hat.«

»Aha. Und da will Enno Berkens dann auch Leichen gesehen haben, nehme ich an?«

»Nein.« Ruven stellte die Tasse ab. »Ein Leichenwagen hat an der Tankstelle gehalten, und dessen Fahrer hat beim Bezahlen erklärt, dass in den Dünen Tote gefunden worden seien. Das wiederum habe ich beim Tanken gehört.«

Femke blähte die Backen. Ziemlich jeder wusste also Bescheid. So viel zu dezenter Ermittlungsarbeit. Dann stand sie auf, öffnete den Kühlschrank, nahm eine Flasche Wodka heraus, goss sich etwas davon in ein Wasserglas und leerte es mit einem Schluck. Ruven bot sie mit dem Hinweis nichts an, dass er noch fahren müsse. Dann setzte sie sich wieder an den Tisch und rieb sich über die Augen.

Ruven drehte die Kaffeetasse nachdenklich um ihre Achse. Seine Augen glänzten im Licht der Deckenbeleuchtung. »Hat Fokko etwas damit zu tun?«

»Wie kommst du darauf?«

»Man spricht darüber, dass er in der Sache vernommen worden ist. Außerdem wohnt er ganz in Nähe der Gegend, die ihr absucht.« Femke sparte sich die Nachfrage, aus welcher Quelle das nun wieder stammte. Ruven registrierte ihren Blick und erklärte: »Du weißt, wie die Leute sind.« Er zuckte mit den Achseln.

Ja, das wusste sie. Die Leute hatten Angst bekommen, und

sie gaben ihrer Angst gerne schnell einen Namen. Genau das hatte sie befürchtet.

Sie sagte: »Fokko ist als Zeuge befragt worden. Es gab bislang keine offizielle Vernehmung.« Femke stöhnte und vergrub das Gesicht wieder in den Händen. »Wahrscheinlich«, sagte sie zwischen den Fingern hindurch, »wird Tjark den ganzen Ort vernehmen lassen, und dann können sich alle gegenseitig die Schuld zuschieben. Oder auch nicht. Ach, ich weiß es doch auch nicht.«

Ruven schwieg einen Moment und schien nachzudenken. »Fokko soll sich kürzlich lautstark mit Jan Kröger und Carsten Harm beim Griechen gestritten haben.«

Femke nahm die Hände wieder aus dem Gesicht und blickte müde auf. Kröger und Harm waren die beiden Fraktionsvorsitzenden im Stadtrat. »Ja, und? Tut das irgendwas zur Sache?«

»Keine Ahnung. Die beiden sind letzte Woche beim Matjesfest mit Vikki gesehen worden.«

»Mit Vikki Rickmers?«

Ruven nickte. »Haben meine Jungs erzählt, die die Security an dem Abend gemacht haben.«

»Vikki war beim Matjesfest?« Die Gedanken schwirrten in Femkes Kopf, tanzten Lambada und drifteten wieder auseinander. Sie hatte den ganzen Tag über kaum etwas gegessen, war übermüdet, und der Wodka wirkte so schnell, als hätte sie ihn sich intravenös verabreicht.

»Anscheinend war sie das, ja.«

»Dann wird sie an dem Abend auch mit Hunderten anderer Bürger gesehen worden sein …«

»Sicher. Aber nicht alle standen wohl so dicht bei ihr wie Carsten Harm.«

Femke wischte sich über die Augen. »Ruven, es ist schon

spät, und ich bin wirklich nicht mehr aufnahmefähig. Vielleicht können wir morgen ...«

Ruven stand sofort auf. »Danke für den Kaffee. Versuch, noch eine Mütze voll Schlaf zu bekommen.«

Femke lächelte matt. Ihr war schwindelig. »Danke, dass du vorbeigeschaut hast.«

Ruven wandte sich zum Gehen, drehte sich aber noch einmal um. »Komm doch morgen nach Dienstschluss zum Boot. Ich koche was für uns. Dann reden wir weiter.«

Femke sog die Luft durch die Nase ein. Eigentlich hielt sie ein gemeinsames Abendessen für keine so gute Idee. Ruven könnte das als einen Strohhalm missverstehen und sich daran klammern. Aber sie war zu müde, um nein zu sagen, und antwortete: »Okay.«

»Perfekt.« Ruven setzte seine Cap auf. Dann ging er nach draußen, ließ den Motor an und fuhr fort. Femke schleppte sich ins Bad, putzte die Zähne, zog sich bis auf den Slip aus und ging nach oben, wo sie sich aufs Bett legte und die Augen schloss. Aber der Schlaf kam nicht. Nur der Kloß in ihrem Magen glühte.

22

Vikki starrte in die Dunkelheit und lauschte dem Tropfen. Plopp. Plopp. Vorhin hatte sie bei 1312 aufgehört, mitzuzählen. Vielleicht hatte sie es aber bereits gestern oder vorgestern aufgegeben. Hier, in seinem Reich, dessen einzige Bewohnerin sie war, verschmolzen Zeit und Raum miteinander. Hier war alles und nichts gleichzeitig möglich. Mit einem Ruck stemmte sie die Beine auseinander. Sofort explodierte ein scharfer Schmerz in ihren Knöcheln, wo sich die Kabelbinder tief in das wunde Fleisch gruben. Vikki keuchte und war im nächsten Moment wieder voll bei Bewusstsein. Schmerz, das hatte sie inzwischen gelernt, war die einzige Möglichkeit, sich vor dem Wegdämmern in die große Leere zu bewahren – dorthin, wo der Wahnsinn grinsend mit offenen Armen auf sie lauerte.

Der Wahnsinn glich in ihrer Vorstellung einem Puck, einem der Koboldwesen, von denen Vikkis Onkel Heiner früher erzählt hatte, wenn es nachts im Gebälk knarrte. Pucks lebten an Land, manchmal auch auf den Schiffen, wo man sie Klabautermann nannte. »Wenn es klopft, bleibt er, wenn es hobelt, dann geht er«, hieß es. Was das Wesen auf dem Dachboden von Onkel Heiner anging, so musste man es gut behandeln, weil es kleine Mädchen sonst mitten in der Nacht mit dürren Klauen auf den Dachboden zerrte, wo es im kalten Licht des Mondes seine fischgrätenähnlichen Zähne entblößte, um von dem weichen Kinderfleisch zu fressen. Alles war besser, als sich von dem Monster erwischen zu lassen, über das man nicht sprechen durfte, weil es feine Ohren hatte. Damit Onkel Heiner den Puck immer gut behandelte, musste Vikki Onkel Heiner ebenfalls gut behandeln und auf eine bestimmte Art nett zu ihm sein. Wenn sie ganz besonders nett gewesen war, bekam sie sogar etwas Taschengeld.

Und auch hier, in ihrem dunklen Gefängnis, würde Vikki nett zu dem Mann sein, der sie verschleppt hatte, um nicht gefressen zu werden. Sie würde ihn gut behandeln, um das Monster in ihm zu besänftigen. Sie würde wach bleiben müssen, damit der Puck sie nicht zu fassen bekam. Eine andere Chance gab es nicht. Sie musste unentbehrlich werden und sein Spiel spielen, um so lange wie möglich am Leben zu bleiben – und dabei einen Weg finden, wie sie entkommen konnte.

Vikki dachte nach. Der Mistkerl stand auf Wasser. In seinen Phantasien ging es ums Ertrinken. Sie kannte Leute, denen es gefiel, wenn man ihnen die Luft beim Sex nahm. Im Grunde war das etwas Ähnliches mit vertauschten Rollen: Er fuhr darauf ab, Angst zu erzeugen und Macht auszuüben, zu würgen, statt gewürgt zu werden. Außerdem hatte er einen Spleen mit dem Verliebtsein. Und wenn Vikki eines gelernt hatte, dann war es, Männern Gefühle vorzugaukeln und genau das zu sein, was diese in ihr sehen wollten – wie eine lebendige Puppe, eine Stellvertreterin, an der sie ihre Phantasien ausleben konnten, ein Objekt, das ihnen etwas Zuneigung suggerierte.

Aber selbst wenn es ihr gelang, wenigstens ein paar Fäden in die Hand zu bekommen – er würde sie niemals wieder hier rauslassen, zumindest nicht lebendig. Ein Schauer schüttelte Vikkis geschundenen Körper. Ihre Augen füllten sich mit Tränen. Ob da draußen irgendjemand nach ihr suchen würde?

Wann würde es überhaupt auffallen, dass sie nicht mehr da war? Vikki schniefte.

Schließlich hörte sie die Schritte. Sie pochten wie auf einer hölzernen Treppe, gedämpft durch die dicken Wände. Wenn es klopft, dann bleibt er, dachte Vikki und bekam eine Gänsehaut. Metallisches Knirschen. Die Tür knarrte. Die Glühbirne flammte auf. Das Licht traf auf Vikkis Netzhaut und schnitt ihr wie ein Laserstrahl durchs Gehirn. Vorsichtig öffnete sie die Lider und sah den Mann da stehen. Regungslos starrte er sie an. Er hielt etwas in den Händen. Es sah aus wie eine Transportbox, die man hinten auf ein Motorrad klemmte.

Gerade groß genug, dachte Vikki und begann zu zittern, um einen abgeschnittenen Kopf darin zu verstauen.

23

Das Rathaus befand sich seit vielen Jahren im Werlehof – einem früheren Adelssitz aus dem achtzehnten Jahrhundert. Es war mit braunroten Klinkern verkleidet. In der Mitte der beiden Flügel befand sich ein Turm nebst Glockenspiel unter dem Dach, wodurch der Bau wie ein kleines Schlösschen wirkte. Direkt neben dem Herrenhaus verlief ein Kanal ins Landesinnere, der von Schilf und einigen Holzbooten gesäumt war. In dem kleinen Park vor dem Portal sah man oft Mütter mit Kinderwagen oder Rentner auf den Bänken sitzen und die allgegenwärtigen Möwen füttern.

Heute knirschten dort die Schritte einiger Ermittler der Soko »Werlesiel« über den Kies. Sie trugen Kartons und Computer in das Rathaus, wo die Polizei einen Sitzungssaal in Anspruch genommen hatte, in dem sonst die Fachausschüsse des Gemeinderats tagten.

Die Luft war frisch. Der Wind raschelte in den Bäumen. Femke stieg der Duft der Berliner in die Nase, die sie in einem Karton vor sich her trug – eine kleine Aufmerksamkeit von Mama aus der Bäckerei. Es tat gut, mal kurz rauszukommen. Sie war übermüdet, und ihr schwirrte der Kopf von zahllosen Gesprächen. In der Polizeiinspektion ging es den ganzen Morgen über zu wie im Bienenstock. Viele aufgeregte Bürger wollten sich erkundigen, was geschehen war. Außerdem hatte die Suchmeldung in der Presse dafür gesorgt, dass die Telefone nicht mehr stillstanden. Zwei Kripobeamte aus einem Ermittlerpool waren allein dazu angereist, um die Hinweise aus der Bevölkerung zu bearbeiten. Femke hatte in der Teeküche ein provisorisches Büro für sie einrichten lassen. Dennoch schienen die Kollegen dem Ansturm kaum gewachsen zu sein, so dass Femke mit ihrer kleinen Mannschaft aushelfen musste.

Mit der Schulter presste Femke die Flügeltür des Rathauses auf und schritt durch das Foyer. Ihre Sohlen quietschten auf dem mit gemusterten Fliesen gekachelten Boden. Sie ging die Treppe in den ersten Stock hinauf, durchquerte den Flur, an dessen Wänden historische Ansichten von Werlesiel als Kupferstiche und Aquarelle hingen, und erreichte schließlich den Sitzungsraum »Stralsund«. Er war nach der Partnerstadt aus der ehemaligen DDR benannt. Die Tür stand offen. Kabelstränge lagen wie Lianen auf dem Boden. Die sonst zu einem großen U aufgebauten Tische waren zusammengeschoben worden. Auf einem Rollwagen standen Computermonitore. Systemadministratoren der Gemeindeverwaltung bauten Netzwerkverbindungen auf – zumindest nahm Femke an, dass die Techniker aus dem Rathaus stammten. Es war kaum auseinanderzuhalten, wer von den rund zwanzig Personen in dem Raum Polizisten waren und wer nicht.

Nur bei zwei Männern war sie sich sicher. Sie standen vor einer großen Pinnwand, während neben ihnen jemand einen Beamer installierte. Fred betrachtete Luftaufnahmen des Leichen-Fundorts, während er leise auf Tjark einredete. »Die Spusi war in Vikkis Wohnung. Sie haben Haarproben aus Kämmen im Badezimmer entnommen und eine Zahnbürste gefunden. Die Sachen sind bei der KTU, aber vor morgen werden wir nicht wissen, ob die DNA identisch mit der

DNA in den Blutspuren ist und wir sie somit verlässlich Vikki Rickmers zuordnen können.«

»Hallo«, sagte Femke und stellte den Karton mit den Berlinern ab. Die Männer drehten sich um und musterten sie. Tjark lächelte. Er sah müde aus.

Sie deutete auf den Karton mit der Aufschrift »Hafenbäckerei Folkmer«: »Kleiner Gruß aus der Backstube.«

Fred zögerte nicht lange und nahm sich gleich zwei Berliner, während Tjark einen Blick auf die Uhr warf und blinzelte. »Ich fürchte, ich muss los«, sagte er und ergänzte, als er Femkes fragenden Blick bemerkte: »Ich habe einen Termin bei der Staatsanwaltschaft. Danach muss ich in die Rechtsmedizin. Die Obduktionen laufen heute an.«

Femke klemmte sich die Hände unter die Achseln. Ihr war kalt. Sie fragte: »Habe ich die Chance, ein paar Dinge anzumerken?«

Fred antwortete mit vollem Mund: »Sicher.« Das Handy in seiner Hemdtasche gab einen Ton von sich. Er wischte sich die mit Zucker bepuderten Fingerspitzen an der Hosennaht ab, wo ein weißer Streifen verblieb, nahm das Telefon heraus, blickte kurz auf das Display und steckte das Handy zurück.

Tjark sah Femke fragend an: »Anmerkungen?«

»In Bezug auf Vikki Rickmers. Inzwischen sind sehr viele Hinweise eingegangen. Offenbar ist sie das letzte Mal in der Öffentlichkeit auf dem Matjesfest am vergangenen Wochenende gesehen worden.«

Tjark legte den Kopf etwas schief.

»Das ist ein großes Volksfest«, erklärte Femke. »Drei Tage lang wird das Hafenareal abgesperrt. Es gibt Stände, an denen Matjes in allen Varianten angeboten wird, sowie fangfrischen Fisch und Krabben von den Kuttern, Weinstände, Shanty-

Chöre singen, Schießbuden und Karussells sind auf der Promenade aufgebaut …«

Fred nahm sich den nächsten Berliner vor. »Nett.«

»Vikki«, fuhr Femke fort, »soll dort in engerem Kontakt mit zwei männlichen Personen, insbesondere aber mit einer gesehen worden sein.« Femke erklärte, um wen es sich handelte.

»Wie viele Besucher zählt das Matjesfest?«, fragte Tjark.

»Tausende. Aber am Hafen gibt es zwei Webcams. Außerdem hat das *Wittmunder Echo,* das auch die Vermisstenanzeige gebracht hat, eine Online-Galerie vom Fest auf seiner Homepage. Möglicherweise kann uns das weiterhelfen.«

Tjark und Fred wechselten einen Blick. »Gut«, sagte Tjark. »Kümmerst du dich darum, Fred, sobald du Zeit hast?«

Er nickte.

Tjark wendete sich an Femke: »Beim Staatsanwalt werde ich einen Durchsuchungsbeschluss für das Haus von Fokko Broer beantragen. Wir werden ihn zu einigen Vernehmungen vorladen. Können wir eure Büros nutzen?«

»Kein Problem«, sagte Femke, deren Hände immer noch in den Achselhöhlen vergraben waren. Sie wollte sagen, dass Fokko doch schon bereitwillig Rede und Antwort gestanden sowie die Spurensicherung ohne Zögern in sein Haus gelassen hatte. Aber sie beschloss, zu schweigen.

»Danke.« Tjark lächelte. Dann berührte er Femke an der Schulter und sagte: »Ich muss jetzt wirklich los.« Damit ging er dicht an Femke vorbei und hinterließ den Hauch einer Duftwolke aus kaltem Zigarettenrauch und Aftershave.

Freds Handy piepte erneut. Er wischte sich wieder die Hände an der Hose ab und sah nach, von wem die SMS stammte, und schnaubte.

Femke fragte: »Schlechte Nachrichten?«

»Privat«, erklärte Fred und ließ das Telefon verschwinden, ohne eine Antwort zu tippen. »Wir bauen gerade. Das Dach wird gedeckt. Sie haben zu wenig Material geliefert. Es handelt sich um lackierte Pfannen, die kannst du nicht im Baustoffhandel nachkaufen. Die fehlenden Paletten sind erst in zwei Wochen da. So lange bleibt ein Loch im Dach, was den Innenausbau verzögert.«

»Hm.« Femke verzog den Mund. »Dumm gelaufen.«

»Meine Frau tobt.«

Femke senkte den Blick und musterte die Berliner-Packung. »Kann ich dich was fragen?«

»Sicher.« Er nahm sich noch ein drittes Backteilchen. »Die sind echt lecker.«

Femke lächelte. Dann sah sie wieder auf. »Ich habe gestern gehört, dass ein internes Verfahren gegen Tjark läuft. Es geht mich ja eigentlich nichts an, aber …«

Fred schnitt ihr das Wort ab. »Wer hat das denn rumerzählt?«

»Jemand.«

»Okay, es ist kein Geheimnis. Es geht in zwei Fällen um ungerechtfertigte Gewaltanwendung und Körperverletzung bei Verhaftungen. Als Tjarks Partner hänge ich mit drin. Du weißt sicher, wie schnell man solche Beschwerden am Hals hat?« Er ließ die Frage wie eine Feststellung klingen.

Femke kannte das. Rabiate Autofahrer, Betrunkene, aufgeregte Personen oder impulsive Charaktere drohten einem schnell, wenn sie sich ungerecht behandelt fühlten, was sie oft taten. Sie deckten einen mit Schimpfworten ein, drohten Tätlichkeiten an und legten auch mal Beschwerden ein und erstatteten Anzeigen. Etwas anderes war es allerdings, wenn tatsächlich interne Ermittlungen aufgenommen worden waren.

Fred schien ihr Zögern zu bemerken. »Die Leute haben sich bei Verhaftungen zur Wehr gesetzt«, erklärte er, »und im falschen Moment auf die falschen Knöpfe gedrückt. Sie sind deswegen etwas härter angefasst worden, und blöderweise ist unser Abteilungsleiter kein Fan von Tjark, und blöderweise gibt es ein rechtsmedizinisches Gutachten, das die Gewaltanwendung belegt: Die betreffenden Personen sind sofort mit ihrem Anwalt zur Gewaltopferambulanz in der Rechtsmedizin gefahren und dort einer Ärztin in die Arme gelaufen, die ebenfalls ein Problem mit Tjark hat. Einige dieser Typen haben Videos gedreht – Snuff-Zeug, Fetischpornos, in denen es um Pseudoertrinken geht. Da standen viele Kameras rum, als wir den Laden hochgenommen haben. Eine lief.« Fred stopfte sich den Rest vom Berliner rein. »Es ist immer schlecht, wenn die Polizei bei der Arbeit gefilmt wird. Auch wenn das nicht als Beweismittel zulässig ist. Daraus dreht dir jeder Anwalt einen Strick.«

Femke blickte auf ihre Schuhspitzen. Ein Abteilungsleiter, der etwas gegen Tjark hatte. Eine Rechtsmedizinerin ebenfalls. Das waren ziemlich viele blöde Dinge auf einmal, dachte sie, und ziemlich viele Personen, die Tjark nicht leiden konnten und ihm offenbar eins auswischen wollten. Wäre Fred kein Polizist gewesen, hätte sie ihm die Begründungen nicht abgekauft und als Ausreden verbucht. »Ihr wollt Fokko nicht nur vernehmen, sondern auch das Haus durchsuchen?«, fragte sie.

»Du hast mit Fokko gesprochen. Die Spusi hat mit ihm gesprochen. Wir nicht, und es gibt nichts schriftlich.«

»Aber …«

»Er war der Letzte, der Vikki gesehen hat, und die Spusi hat Blutspuren in seiner Wohnung sichergestellt.«

»Nun, er hat ausgesagt, dass die Frau verletzt war.«

»Du weißt doch, wie das läuft.«

»Was nicht bedeutet, dass …«

»Du magst Fokko?«, fragte Fred unvermittelt.

»Wie bitte?«

»Jedes Mal, wenn wir über ihn reden, willst du ihn in Schutz nehmen.«

»Ich möchte nicht, dass er im Ort in Verruf gerät.«

»In Ordnung. Wir achten darauf. Dennoch kommen wir nicht umhin, in Werlesiel ein paar Dinge von rechts auf links zu krempeln.«

»Mir wird ganz anders, wenn ich mir vorstelle, dass jemand aus dem Ort für die Morde verantwortlich sein könnte.«

»Möglicherweise stammt der Täter von auswärts, falls dich das tröstet.«

»Nicht wirklich.« Femke lachte müde auf. »Und was ist mit Vikki?«

»Im Augenblick können wir nicht mehr tun als die Arbeit koordinieren, Klinken putzen gehen und Aussagen sammeln sowie darauf warten, dass die Forensiker Ergebnisse liefern. Vorher kommen wir nicht weiter.«

»Vikki ist seit mehr als achtundvierzig Stunden verschwunden …«

Wieder schnitt ihr Fred das Wort ab. »Es gibt nach meiner Meinung drei Optionen. Erstens: Vikki ist untergetaucht. Zweitens: Sie ist bereits tot. Drittens: Sie lebt noch und befindet sich in der Gewalt des Täters, auf dessen Kosten die Toten in den Dünen gehen.« Nach einer kurzen Pause fuhr er fort: »Klarer sehen wir erst, wenn die Toten identifiziert sind und wir Näheres über sie erfahren. Sollte Vikki in ein Opferprofil passen, haben wir neue Ermittlungsansätze.« Fred wischte sich einige Krümel aus dem Mundwinkel, betrachtete sie in der Handfläche und pustete sie fort. »Wie gelangen wir an die Webcam-Bilder und die Online-Galerie vom Matjesfest?«

Femke sagte ihm, dass sie sich darum kümmern würde. Dann fragte sie: »Du hast die drei Optionen erwähnt – aber was sagt dir dein Gefühl? Glaubst du, dass Vikki noch lebt und wir eine Chance haben, sie zu finden?«

Einige Augenblicke lang sagte Fred nichts und starrte aus dem Fenster. Schließlich sagte er: »Ich glaube, dass wir nicht viel Zeit haben.«

24

Ich will, dass Tjark Wolf die Kommission leitet.«

»Er kann und wird die Kommission nicht leiten.«

»Er ist der geeignete Mann. Er hat die entsprechende Erfahrung. Seine Reputation in der Öffentlichkeit ist bei einem Fall dieses Ausmaßes das Beste, was uns passieren kann.«

»Reputation ist das Stichwort, denn genau die ist das Problem ...«

»Das verstehe ich nicht.«

»Und ganz davon abgesehen ist meine Abteilung nicht für Werlesiel zuständig. Damit gibt es einen weiteren guten Grund, warum er die Kommission nicht leiten kann und wird.«

»Ich bin geneigt, bürokratische Fragen über Zuständigkeiten in einem solchen Fall unterzuordnen.«

»Ich werde meine Zustimmung nicht geben und Wolf wieder abziehen.«

Dr. Ronald Verhoeven tat so, als wolle er sich gegen die Stirn schlagen. Der Oberstaatsanwalt war ein schlanker, großgewachsener Mann. Das dichte schwarze Haar fiel ihm in Locken auf die Schultern. Auf seinem Schreibtisch lagen ein Tablet-Computer und ein Smartphone der neuesten Generation. Vor ihm stand ein riesiger iMac, auf dessen Bildschirm der Preiselbeerfleck an Hauke Berndtsens Mundwinkel geradezu unangenehm bunt wirkte, wie Tjark fand. Er war ein wenig überrascht, dass Berndtsen mit so etwas wie Videokonferenzen klarkam. Auf Tjark wirkte er immer wie jemand, der im besten Fall noch wusste, wie man einen Rasenmäher startete. Jedenfalls schien er Verhoevens Standpunkt nicht zu teilen. Verhoeven wiederum sagte Berndtsens Sichtweise nicht zu. Tjark selbst gefiel es wenig, danebenzusitzen und zuhören zu müssen, wie über ihn verhandelt wurde. Deswegen spielte er mit seinem Handy, verschickte einige SMS, antwortete auf andere und wartete auf eine Nachricht von Fee. Sie wollte ihm Bescheid geben, wann sie heute mit den Obduktionen beginnen würden.

Die Untersuchungen würden sich gewiss einige Zeit hinziehen, denn die übrigen beiden Leichen hatten sich noch in einem weit schlechteren Zustand befunden als die Tote von Hügel Nummer eins. Sie waren zum größten Teil skelettiert und die Schädel mit Schüssen aus einem Schrotgewehr nahezu pulverisiert worden, was die Identifizierung massiv erschwerte. Klar war bislang lediglich, dass es sich bei allen Opfern um Frauenleichen handelte – und dass der Mörder seinen Privatfriedhof nicht erst seit gestern unterhielt.

Berndtsens Stimme scheppert aus den Lautsprechern und erklärte gerade genauer, warum Tjark die Kommission nicht leiten dürfe, dass er überhaupt von Glück reden könne, nicht suspendiert worden zu sein, da ein Verfahren gegen ihn anhängig sei. Bla, bla, bla. Tjark nahm Dr. Verhoevens abschätzigen Blick zur Kenntnis und nickte leicht, um zu bestätigen, dass Berndtsen keinen Quatsch redete. Aber Verhoeven wirkte, als interessiere ihn das nicht sonderlich. Der Mann, dachte Tjark, hatte seinen eigenen Plan. Er schien begriffen zu haben, dass ein Fall wie dieser die erste oder letzte große Chance war, um seinen Hintern ein paar Stuhlreihen nach vorne zu bewegen. Verhoeven war Mitte vierzig und saß noch immer in einer Provinzstaatsanwaltschaft, obwohl alles an ihm nach Expansion rief. Sein Anzug sah teuer aus. Die Fingernägel waren maniküert und die Zähne gebleicht. Er trug eine teure Uhr und einen Ehering aus Platin. Der Frau, der das Gegenstück gehörte, würde er sicher einiges bieten müssen.

Tjark sah wieder auf das Handy. Eine weitere SMS war eingegangen, aber sie stammte weder von Fee noch von Fred oder Femke. Sie war von Sabine, seiner Ex-Frau. Er zögerte einen Augenblick. Dann öffnete er sie.

Ich habe mit Papa gesprochen. Warum musste ich es so erfahren? Bitte ruf mich an!

Papa. Sie nannte seinen Vater immer noch Papa. Woher nahm sie sich das Recht? Warum hatte sie überhaupt mit ihm geredet? Und wie kam sie auf die Idee, dass Tjark es ihr hätte erzählen müssen? Natürlich hätte er es irgendwann getan. Aber er hätte gerne selbst über den Zeitpunkt entschieden und nicht Sabine wieder einmal Tatsachen schaffen lassen, mit denen er dann umzugehen hatte. Wie dem auch sei: Sabine wusste jetzt Bescheid, Papa hatte die Diagnose ausgepackt. Das war nicht überraschend. Er trug das Herz auf der Zunge, und er hatte immer gut mit Sabine gekonnt. Er hatte Tjark gesagt, dass er ein Dummkopf sei, wenn er sie gehen lasse, und bloß abgewinkt, als Tjark an die In-flagranti-Situation mit ihrem Trainer erinnert hatte. »Frag dich mal, warum sie mit dem gevögelt hat«, war sein einziger Kommentar gewesen. Aber Tjark stellte sich nicht gerne Fragen, schon gar nicht über dieses Thema. Er hörte Verhoeven weiterreden, während er eine Antwort an Sabine tippte, um sie nach der Hälfte wieder zu löschen und das Handy wegzustecken.

»Tjark Wolf hat den Fundort entdeckt«, sagte Verhoeven zu Berndtsen, »und ich kann nichts schlecht daran finden, wie die Suchaktion bislang abgewickelt worden ist und welche Ergebnisse sie erbracht hat. Im Gegenteil.«

»Sie verstehen offenbar nicht, was ich eben zu erklären versucht habe«, antwortete Berndtsen.

Verhoeven redete einfach weiter. »Der Fall wird Wellen schlagen. Es ist perfekt, wenn die Kommission von einem Mann geleitet wird, der Erfahrungen mit den Medien hat und ein bekannter Bestsellerautor ist. Einen prominenten Fall sollten wir prominent behandeln, wenn wir schon die Möglichkeit dazu haben.«

»Ich wiederhole mich ungern: Die Reputation …«

»Sie reden über eine interne Ermittlung gegen Wolf, die öffentlich nicht bekannt ist. Abgesehen davon gibt es noch kein Verfahren, soweit ich weiß. Na, und kommen Sie, Berndtsen: Wie oft muss man sich mit solchen Sachen rumschlagen, und wie stehen meist die Chancen, dass solche Anzeigen tatsächlich Folgen haben?«

»Die Chancen stehen in diesem Fall sehr gut. Und die ganze Sache könnte noch öffentlich werden. Die Medien werden herausfinden, dass der große Tjark Wolf Dreck an den Hacken hat, oder irgendjemand gibt der Presse einen Tipp. Ihre Idee wird sich als Bumerang erweisen.«

»Das lassen Sie bitte mich selbst entscheiden.«

»Dann entscheiden Sie gleich mit, einen anderen Kommissionsleiter einzusetzen.«

Verhoeven lächelte. »Zum Beispiel Sie?«

Berndtsen schwieg eine Zeitlang. Dann sagte er: »Natürlich leistet meine Abteilung sehr gerne jede erdenkliche Hilfestellung, und ich sehe kein Problem darin, die Ermittlungen zu koordinieren.«

»Ich denke, Sie sind nicht zuständig?«

»Sie wollen bürokratische Fragen doch unterordnen.«

»Das sagte ich.«

»Wer nicht zuständig ist, ist jedenfalls Tjark Wolf.«

»Meine Güte!« Verhoeven schlug mit den flachen Händen auf die Tischplatte. Sein Teebecher klirrte auf der Untertasse. »Gut.« Der Staatsanwalt wischte sich mit Daumen und Zeigefinger über die Nase. »Dann wird Wolf weiter das tun, wozu Sie ihn hergeschickt haben, nämlich nach der vermissten Vikki Rickmers fahnden, bis ein offizieller Kommissionsleiter eingesetzt ist.«

»Ich sehe nicht …«, antwortete Berndtsen zögernd.

Verhoeven fiel ihm ins Wort. »Was ich sehe, ist, dass Sie flexibler agieren und entgegenkommender sein sollten, Berndtsen. Wir können das auch alles anders regeln, und dann sind Sie komplett draußen.«

Der Preiselbeerfleck zuckte.

»Ich wünsche Ihnen noch einen schönen Tag.« Damit beendete Verhoeven die Videokonferenz, trank einen Schluck Tee und wandte sich an Tjark. »Ihr Abteilungsleiter mag Sie nicht sonderlich.«

»Nein. Tut er nicht.«

»Diese Sache, von der er gesprochen hat: Wie ernst ist das?«

»So ernst, wie Hauke Berndtsen sie nimmt. Und die Staatsanwaltschaft.«

»Ah ja.« Verhoeven machte sich eine Notiz. »Noch etwas, was ich dazu wissen müsste?«

»Ich führe aus freien Stücken Gespräche mit einem unserer Psychologen für ein Gutachten. Mein persönliches Ziel ist, dass sich niemand mehr zu hart behandelt fühlen muss, wenn er sich einer Verhaftung tätlich widersetzt und ich darauf körperlich reagieren muss.«

Verhoeven lächelte ein wenig. »Sehr gut.« Er klickte nachdenklich mit dem Kugelschreiber. »Setzen Sie Ihre Arbeit fort. Ich werde alles Weitere klären. Halten Sie sich für eine Pressekonferenz heute Mittag bereit.«

»Ich?«

»Ja«, antwortete Verhoeven regungslos. »Ich möchte, dass Sie der Presse schildern, wie Sie bei der Vermisstensuche auf die Toten gestoßen sind.«

Verhoeven war gerissen, dachte Tjark. Er wollte die PK als Vehikel nutzen, um Tjark als bisherigen Ermittlungsleiter darzustellen. Er wollte Tjarks Namen auf den Titelseiten lesen. Danach wäre es ohne Gesichtsverlust kaum möglich, Tjark wieder abzuziehen. Die Frage war nur, ob er dabei mitspielte. Natürlich würde er das.

Tjark sagte: »Berndtsen wird das nicht gefallen.«

»Berndtsen«, sagte Verhoeven und wischte mit der flachen Hand über den Tisch, »spielt hier doch überhaupt keine Rolle.«

25

Femke schwang sich vom Fahrrad. Dann klemmte sie den Vorderreifen in den Fahrradständer vor der Geschäftsstelle des *Wittmunder Echos* und nahm ihren blauen Fahrradhelm ab. Die kleine Zeitung erschien mit einer Auflage von vierzigtausend Exemplaren in der Küstenregion und unterhielt drei Lokalredaktionen sowie eine Reihe fester freier Mitarbeiter auf den Inseln.

Die Werlesieler Geschäftsstelle befand sich im Erdgeschoss eines rotgeklinkerten Geschäftshauses, in dem auch eine Apotheke, zwei Versicherungen und ein Augenarzt Räume angemietet hatten. Hinter dem Empfangsbereich, in dem man Tickets für Konzerte buchen, Anzeigen aufgeben oder in Zeitungsbänden blättern konnte, befand sich die Redaktion. Sie bestand im Wesentlichen aus einem Büro mit zwei Schreibtischen und zwei iMacs, von denen einer ausgeschaltet war. Hinter dem anderen saß Janine Ruwe, die Redakteurin, mit der Femke vorhin telefoniert hatte.

Ruwe hätte man eher bei einem Szeneblatt vermutet. Sie war Mitte dreißig, hatte buschige Korkenzieherlocken und trug eine zerschossene Jeans, die ihre breiten Hüften zu sehr betonte, sowie ein enges T-Shirt mit buntem Aufdruck. Femke hatte mit der Journalistin immer wieder beruflich zu tun und kannte sie außerdem vom Reitstall, wo sie sich ab und zu ein Pferd lieh.

Die Reporterin hob die Hand zum Gruß. »Hallo, Frau Folkmer.«

Femke lächelte und hob ebenfalls die Hand, um mit den Fingern zu winken. Mit denen der linken Hand.

»Die Bilder liegen alle in einem Ordner auf unserem Server«, erklärte Janine Ruwe, beugte sich umständlich über den Schreibtisch und stellte den zweiten Computer an.

»Auch die, die nicht in der Online-Galerie waren?«

»Ja, alle, die wir beim Matjesfest gemacht haben.« Sie verharrte in der Bewegung, während das Betriebssystem hochfuhr. Femke zwang sich, nicht in den gewaltigen Ausschnitt zu blicken. Sie betrachtete die grünlich wirkenden Wände, merkte, dass sie immer noch die Pilotensonnenbrille trug, und nahm sie ab.

»Was gibt es denn Neues von den Leichenfunden?«

»Sobald es etwas Neues gibt, werden Sie das als Erste erfahren.«

»Stimmt es, dass das alles Frauen waren?«

Woher wusste die Presse das denn schon wieder? Femke setzte sich an den Schreibtisch und starrte auf den Bildschirm-Hintergrund, der eine Küstenlandschaft und das darüber schwebende Logo des *Wittmunder Echos* anzeigte. »Ich kann wirklich nichts Neues berichten. Abgesehen davon ist das Sache der Kripo.«

Janine grinste. Jetzt stand sie auf und kam um den Schreibtisch herum. »Ist das Durchforsten von Bildergalerien nicht auch Kripoarbeit?«

»Wir tun, was wir können, um die Arbeit der Soko zu unterstützen.«

»Und wir tun natürlich ebenfalls, was wir können, um die Polizei zu unterstützen.«

»Was die Polizei sehr zu schätzen weiß.« Femke sah vom

Bildschirm auf. Sie kannte sich mit Apple-Computern nicht aus und hatte keine Ahnung, wie sie dieses iPhoto zum Laufen kriegen sollte.

»Ist Tjark Wolf noch in Werlesiel?«, fragte Janine Ruwe.

»Ist er.«

»Bekomme ich ein Interview mit ihm?«

»Er hat sehr viel zu tun, wie Sie sich gewiss vorstellen können.«

»Könnten Sie da ein Wort für mich einlegen?«

Femke überlegte einen Moment. So lief das nun mal, eine Hand wäscht die andere. »Ich sehe, was ich tun kann«, sagte sie.

»Super, das ist klasse«, antwortete Janine und deutete dabei auf den Mac. »Die Maus einfach an den unteren Bildschirmrand bewegen, bis dann die Programmleiste aufspringt, und danach einfach auf das Symbol mit dem Fotoapparat und dem Sonnenuntergang klicken.«

26

Liebst du mich?«
»Nein.«

Er schlug Vikki mit der Hand ins Gesicht. Ihr Kopf flog zur Seite. Die Wange brannte wie Feuer.

»Liebst du mich?«

»Ja.«

Wieder schlug er zu. Jetzt brannte auch die andere Wange. Vikki keuchte. Sie sah ihn von unten herauf an. Riskierte einen Augenaufschlag. Ein Lächeln, bei dem sie spürte, dass etwas Warmes aus ihrem Mundwinkel lief.

»Bitte …«, flüsterte sie heiser. Ihre Unterlippe zitterte. Sie nahm allen Mut zusammen. »Bitte, fick mich.«

Der Mann stutzte. Selbst durch die Strumpfmaske hindurch wirkte sein Gesicht wie ein Fragezeichen. Dann stand er abrupt auf und ließ von ihr ab. Sie hatte es geschafft, ihn aus der Fassung zu bringen.

Er ging im Kreis um das Wasserfass herum. Im Licht der unter der Decke hängenden Glühlampe sah Vikki ihm nach. Im Gehen schlug er mit der Hand gegen die Birne, die zu schaukeln begann. Vikkis Blicke folgten dem Lichtkegel. Sie sah ihr Gefängnis nun deutlicher – und bewusster, weil sie selbst klarer war als zuvor. Die Wände schienen nur zum Teil aus Holz zu bestehen. Andere Bereiche des Raumes, der etwa fünf mal fünf Meter maß, waren dunkelgrau wie Beton. Rostige Metallstreben hielten eine Art Regal, das fest an der Wand verankert zu sein schien. Die Kiste, die in einer Ecke des Raumes stand, war dunkelgrün und mit einer verblassten Aufschrift versehen. Darüber befand sich an der Wand der Stromverteiler, der mit der Metallschlinge verbunden war. Der Mann legte sie Vikki um den Hals, wenn er ging, und nahm sie ab, wenn er kam. Dazu betätigte er jedes Mal einen Schalter im Sicherungskasten. Unter der Decke erkannte Vikki außer der Glühlampe einige Rohre. Die Tür war ein dunkelgrünes Ungetüm, das dem Verschluss eines Tresors glich und mit rostroten Flecken besprenkelt war.

Und dann, natürlich, war da noch das Fass voller Wasser. Vikki war schon mehrfach drauf und dran gewesen, dorthin zu kriechen, sich irgendwie aufzurichten und so viel davon zu trinken, wie sie nur konnte. Der Durst war schlimmer als der Hunger. Aber sie wusste, dass in dem Fass Salzwasser war. Nordseewasser, und wenn sie davon trinken würde, könnte das in ihrem Zustand ihr Tod sein. Ganz abgesehen von dem Stromschlag.

Schließlich blieb der Mann stehen und musterte Vikki. Es war ein gutes Zeichen, dachte sie, dass er immer noch die Maske trug. Er wollte nicht erkannt werden. Wenn er tatsächlich plante, sie zu töten, wäre irrelevant, ob sie sein Gesicht sah. Darauf ließ sich vielleicht aufbauen. Möglicherweise klammerte sie sich aber nur an einen Strohhalm, und die Maskerade hatte nichts zu bedeuten.

»Warum hast du das gesagt?«, fragte er.

Vikki zögerte einen Moment, tat so, als sei sie ratlos, und wand sich ein wenig in den Fesseln. Dann wisperte sie die Antwort, nicht lauter als das Rascheln von Papier. Sie sah wie beschämt zur Seite.

»Sprich lauter.«

»Ich mag, was du machst«, log sie noch einmal. Sie konnte kaum glauben, dass sie das gerade gesagt hatte. Aber was hatte sie Männern nicht schon alles vorgespielt?

Der Mann lachte schallend. Dann kam er auf sie zu und stoppte kurz vor ihren Füßen, die nach wie vor an den Knöcheln fixiert waren. »Miststück! Ich kann alles mit dir tun, was mir gefällt. Du gehörst mir, und du lebst nur so lange, wie ich es zulasse. Vielleicht ziehe ich dir etwas Haut ab und lasse sie dich essen – mal sehen, ob du dann immer noch magst, was ich tue.«

Vikki wagte einen weiteren Schritt. »Ich hätte sehr gerne etwas zu essen. Ich bin hungrig.«

Wieder stockte der Mann. Dann lachte er erneut. Schließlich zog er ein Messer aus der Jackentasche. Vikki zuckte zusammen. Papa hatte auch so ein Messer besessen, sehr scharf und zweischneidig, zum Ausnehmen von Fischen. Sie dachte an den Kasten, den der Mann mitgebracht hatte. Dass dort ein Kopf hineinpasste. Vikki keuchte. Der Mann drehte das Messer in der Hand und beugte sich zu ihr herab. Sie versuchte, sich näher an die Wand zu drängen, und gab einen erstickten Laut von sich. Sie schloss die Augen, und …

Im nächsten Moment hatte er den Plastikstreifen aufgeschnitten, mit dem ihre Füße gefesselt waren. Dann stellte er sich wieder hin und steckte das Messer weg.

»Spreiz die Beine«, sagte er.

Vikki zitterte am ganzen Körper. Wenn man gut zu dem Puck war, hatte ihr Onkel gesagt, tat er einem nichts Böses. Behandelte man ihn schlecht, dann fraß er einen auf – oder schnitt einem den Kopf ab und packte ihn in einen Kasten, um ihn als Andenken mitzunehmen.

Vikki stellte also die Beine auseinander und versuchte, ein

verführerisches Lächeln aufzusetzen, was ihr nur schwerlich gelang. Der Mann betrachtete sie eine Weile schweigend. Schließlich schnaubte er. »Ich ficke dich, wenn ich es will.« Dann deutete er auf den Kasten zu seinen Füßen. »Das ist eine Campingtoilette. Du wirst sie benutzen. Unter dem Verschluss befindet sich eine Tüte. Darin ist etwas zu essen und zu trinken, Vikki.«

Damit drehte er sich um und verließ den Raum durch die grüne Stahltür, die er hinter sich abschloss.

Sein letztes Wort hatte Vikki erschaudern lassen. Er kannte ihren Namen. Woher? War das Zufall? Wieder bebte ihr Körper. Bevor sie von einem Weinkrampf geschüttelt wurde, legte sie die Knie aneinander, um sich aus der obszönen Pose zu lösen. Nach einer Weile wandelte sich das Weinen in ein Schluchzen, und der Tränenschleier vor ihren Augen verschwand. Schließlich begriff sie, dass er dieses Mal das Licht angelassen hatte und nur noch ihre Hände gefesselt waren. Freiheit – wenigstens ein wenig. Und neben ihr lag die Kupferschlinge, die nach wie vor mit einem Kabel am Sicherungskasten verbunden war. Er hatte sie ihr nicht wieder umgelegt. Aber noch wichtiger: Essen und Trinken!

Dass er ihr die Sachen gebracht hatte, konnte nur bedeuten, dass er sie länger hierbehalten wollte. Wie ein Tier. Und wie sollte sie mit gefesselten Händen den Kasten aufbekommen, wenn nicht auf entwürdigende Art und Weise mit den Zähnen oder akrobatischen Verrenkungen? Wie entwürdigend war es bereits, dass ihre Nahrung in einem Chemieklo verstaut war? Dann verblassten die Gedanken, und ihr Überlebensinstinkt übernahm wieder die Kontrolle. Essen, dachte sie. Trinken. Und konnte sie die Campingtoilette, wenn sie sie richtig zu fassen bekäme, nicht schwingen und dem Mann damit den Schädel einschlagen?

Vikkis Blick fiel erneut auf die Drahtschlinge am Boden. Das Metall war an einigen Stellen mit einer Art Schaumstoff isoliert, so dass es mit ihrer Haut nur dann in Berührung gekommen war, wenn sie daran geruckt hatte. Sie betrachtete das Holzfass. Strom und Wasser, dachte sie, vertrugen sich nicht. Ganz und gar nicht.

27

Femke schob den Stick in den USB-Anschluss ihres privaten Laptops. Er stand auf dem Büroschreibtisch neben
dem Dienst-PC, der über eine veraltete USB-Schnittstelle
und einen stattlichen Röhren-Bildschirm verfügte. Sie hätte
ihn längst gegen einen flachen Monitor austauschen wollen –
zur Not auch gegen einen selbst gekauften für hundert Euro,
was ihr allerdings nicht genehmigt worden wäre, wie sie
wusste.

Mit einem Klick öffnete sie den Ordner, in dem sich einige
.avi-Filmdateien befanden. Sie stammten von den Webcams
am Hafen, die vom Kur- und Verkehrsverein betrieben
wurden. Femke hatte lediglich über den Flur in den anderen
Gebäudeteil gehen müssen, um die Clips in der Tourist-Info
zu besorgen. Normalerweise wurden die Live-Bilder in einer
Endlosschleife auf einer Festplatte gesichert, die sich alle
vierundzwanzig Stunden löschte, weil sie ansonsten innerhalb kürzester Zeit voll gewesen wäre. Mit der Webcam-
Pflege war allerdings Lars Ingersoll beauftragt, der in der
Nähe vom Edeka-Markt ein kleines Computergeschäft
führte. Ingersoll war dafür bekannt, Datenverlust als körperlichen Schmerz zu empfinden. Deswegen hatte er eine Art
Wechsellaufwerk installiert, das wie ein auf der Seite liegen-
der Toaster für acht Toastscheiben aussah. Damit konnte
Ingersoll das Überschreiben hinauszögern und Aufzeich-

nungen etwa vierzehn Tage lang archivieren – zum Beispiel die vom Matjesfest.

Zunächst scrollte Femke über die Filmdateien hinweg und öffnete den Ordner mit den Bildern, die sie beim *Wittmunder Echo* auf den Stick gespeichert hatte. Acht Fotos befanden sich darin. Auf jeder Aufnahme war Vikki zu sehen. Es war nicht schwer, sie zu verorten: Sie stach aus der Menge heraus, hatte die Haare wie früher Amy Winehouse toupiert und trug ein rotes Kleid, vielleicht das gleiche, das sie am Abend ihres Verschwindens angezogen hatte. Über dem Kleid trug sie eine Lederjacke und dazu ein paar schwere Bikerboots. Zahllose Ketten hingen ihr um den Hals und lenkten den Blick wie automatisch auf ihr Dekolleté.

Das erste Bild zeigte eine große Gruppe von Menschen, die auf dem Platz am Hafen vor einer Bühne standen. In der vierten Reihe war Vikki im bunten Licht zu erkennen. Sie trank gerade einen Schluck Bier aus einer »Werlesieler«-Flasche und schien sich umzusehen – jedenfalls starrte sie nicht wie die anderen Besucher zur Bühne, wo eine Band gespielt hatte. Auf der nächsten Aufnahme war Vikki nur am Rand im Halbdunkel zu erkennen, und Femke musste die Lupenfunktion benutzen, um sie zu vergrößern. Sie stand an einer Bierbude und unterhielt sich mit jemandem. Es war nicht zu erkennen, mit wem. Die Personen waren wie Geister verwischt, wohl weil sie sich gerade bewegten: Der Fotograf musste an dem Abend eine lange Belichtungszeit benutzt haben.

Die nächsten Bilder stammten vom Feuerwerk und waren geblitzt worden. Perfekt belichtet starrte Vikki inmitten einer Menschengruppe in den Himmel. Neben ihr, jedoch nicht allzu dicht, standen ohne Zweifel Jan Kröger und Carsten Harm mit Bierflaschen in der Hand. Beide wirkten betrunken, und Harm schien einen Blick auf Vikki zu werfen. Links am Bildrand sah Femke außerdem einen stiernackigen Mit-arbeiter von Ruven in einem T-Shirt mit Security-Aufdruck, der nicht das Feuerwerk ansah, sondern seinen Blick über die Menschenmenge schweifen ließ. Vielleicht war es Einbildung, aber Femke hatte den Eindruck, dass er Vikki, Harm und Kröger fixierte. Seine Augen leuchteten rötlich – ein Blitz-reflex in den Pupillen, den Femke von Familienbildern her kannte.

Das achte Bild schließlich zeigte die Menschengruppe aus der gleichen Perspektive, allerdings waren das Duo um Vikki und sie selbst nur noch von hinten zu erkennen, beziehungs-weise Vikki im Dreiviertelprofil. Sie hatte den Kopf in den Nacken geworfen und lachte.

Als Nächstes öffnete Femke die Filmdateien in zwei Fenstern und bewegte den Zeitbalken weit nach rechts. Die Bilder rasten vorbei, bis in den Fenstern bunte Lichter blitz-ten und grelle Sterne den schwarzen Himmel aufhellten: das Feuerwerk. Femke stoppte den Player und zog die Betrachtungsfenster mit der Maus so groß wie möglich. Schließlich änderte sie, so wie Ingersoll es ihr erklärt hatte, die Auflösung. Mit einem Mal konnte sie einzelne Menschen in der Gruppe am Hafen erkennen – verwischt, unscharf, dunkel und grünlich, was ein Farbstich von der Restlicht-aufhellung der Cams war. Dann öffnete sie das Menü »Bear-beiten«, wählte die Bildoptimierung aus – und schon im nächsten Augenblick war es möglich, mit ein wenig Phan-tasie individuelle Züge in den Gesichtern der Menschen aus-zumachen.

Femke nutzte die Lupenfunktion, scrollte ein wenig herum, bis sie die Position gefunden hatte, an der Vikki laut Fotos gestanden haben musste. Und da war sie – zusammen mit Kröger und Harm, genau wie auf den Bildern. Femke wählte einen einigermaßen komfortablen Bildausschnitt. Dann drückte sie auf »Play« und betrachtete aus den zwei unterschiedlichen Perspektiven der Webcams, was weiter geschehen war. Die Aufnahme ruckelte, weil die Kameras lediglich drei Bilder pro Sekunde schossen.

Vikki, Kröger und Harm drängten sich durch die Massen, wobei sie einen gewissen Abstand wahrten. An einer Bierbude stoppten sie, schienen sich etwas zuzuflüstern, während die Umstehenden in den Himmel starrten. Harm schwankte und versenkte das Gesicht in Vikkis Halsbeuge, Vikki lachte. Einige Augenblicke später steuerten beide hinter das Festzelt und verschwanden in einer Nische im Halbdunkel. Femke rückte näher an den Laptop heran, bis ihre Nase ihn fast berührte. Dann vergrößerte sie den Bildausschnitt bis ins Maximum, zentrierte ihn, rief die Helligkeitssteuerung auf und stellte die Ansicht neu ein, bevor sie wieder auf »Play« drückte. Das Bild war jetzt sehr verpixelt und rauschte. Es war aber ausreichend deutlich, um zu verstehen, dass zwei Personen sich heftig befummelten – und zwar Vikki und Harm.

»Puh.« Femke stoppte den Film und verzog das Gesicht. Sie wischte sich eine Gänsehaut von den Armen.

»Moin«, sagte Torsten und klopfte an der Tür, obwohl er bereits das Büro betreten hatte. Femke klappte sofort den Laptop zu. Torsten blickte interessiert auf den Computer. Dann sah er Femke an und zog sich dabei den Gürtel hoch, als sei er John Wayne, der kurz vorm Losreiten noch mal schnell alles richten wollte. »Ich wollte nicht lang stören. Aber wie machen wir denn das eigentlich mit den vielen Überstunden?«

Femke rieb sich übers Gesicht. »Schreib sie einfach auf. Ich zeichne sie ab.«

Er nickte, wirkte aber nicht sehr zufrieden. »Sind ja ziemlich viele schon angefallen, und es werden sicher nicht weniger.«

»Ich weiß, aber wir befinden uns in einer Ausnahmesituation.«

Jetzt lehnte er sich lässig an den Türrahmen. »Wir machen schon eine Menge Arbeit, die eigentlich der Job von den Kollegen in Zivil da drüben ist.« Er deutete mit dem Daumen hinter sich und wollte wohl in Richtung Rathaus zeigen, wo die Soko sich eingerichtet hatte. »Ist ja nun nicht so, als ob das hier unser Freizeitspaß ist, und wir sind total unterbesetzt, während die da drüben so viel Personal haben, dass sie sich gegenseitig auf die Füße treten.«

Femke überlegte, ob sie jetzt ausflippen sollte oder es besser bleiben ließ. Sie ließ es bleiben, denn bei Torsten führte das zu nichts. Er war ein friesischer Sturkopf.

»Ich glaube nicht«, sagte sie, »dass die Kollegen von der Kripo sich auf den Füßen herumstehen. Es sind drei Leichen gefunden worden, falls dir das entgangen sein sollte.«

Torsten ließ das unkommentiert. »Verhaften wir Fokko heute noch?«

Femke riss die Augen auf. »Warum das denn?«

»Na ja, was man so hört …«

»Ich verstehe nicht.«

»Die Leute sind ziemlich auf dem Baum.«

»Dann tu etwas dafür, dass sie wieder runterkommen.«

»Es weiß ja inzwischen jeder, dass die Spurensicherung bei Fokko war und er außerdem Vikki …«

»Ja, weil du deine Klappe nicht halten kannst und es überall rumerzählst.« Nun war es doch an der Zeit, mal auszuflippen. Femke sprang vom Schreibtischstuhl auf. »Das sind Dienstgeheimnisse, Torsten! Und du siehst ja, wozu das führt – zu Vorverurteilungen! Geht's denn eigentlich noch, Menschenskind?«

Torsten machte eine abwehrende Geste. »Ich habe überhaupt nichts erzählt. Ich habe mich nur mal hier und da erkundigt.«

»Was nicht dein Job ist!«

»Nö, ich sag ja, dass wir ständig die Arbeit von diesen Kripoleuten machen müssen …«

»Abgesehen davon gibt es noch eine Reihe von Personen außer Fokko, die befragt werden müssen, weil sie zuletzt mit Vikki gesehen worden sind. Er ist nicht der Einzige, der da Kontakt hatte.«

»Kröger und Harm?«

Femke stockte. »Wie kommst du denn jetzt darauf?«

»Na, was man so hört, haben die doch mit Vikki beim Matjesfest rumgemacht.«

»Von wem weißt du das?«

Torsten zuckte mit den Achseln. »Was man so hört halt.«

Femke schwieg einen Moment. Dann trat sie gegen den Mülleimer, der scheppernd durchs Büro flog. »Torsten, Mann! Muss ich dir immer alles aus der Nase ziehen?«

»Ich wollte mir die zwei erst noch packen.«

»Du packst dir überhaupt niemanden, denn das ist nun wirklich Kripoarbeit!«

Torsten sah Femke regungslos an. »Tut mir leid, meine Güte …«

Femke musterte ihn angriffslustig. Sie konnte ihn jetzt weiter verbal in den Hintern treten oder ihm damit drohen, dass es nicht mehr bei Ermahnungen bleiben würde, wenn er so weitermachte. Immerhin war sie seine Vorgesetzte. Das Ende vom Lied wäre, dass er noch sturer würde und ihre Arbeit damit noch schwieriger. Also sollte sie halt denken, dass sie klein beigab. Er hielt sich hier ohnehin schon für den Chef, und möglicherweise würde er das sogar werden, falls es Femke gelingen würde, sich endlich von Werlesiel abzunabeln und einen Job bei der Kripo zu ergattern. Sie winkte ab wie so oft. »Wir stehen alle etwas unter Stress im Moment.«

»Das kannst du wohl sagen.« Torsten stieß sich mit der Hüfte vom Türrahmen ab und verschwand wieder auf dem Flur.

Femke seufzte. Dann schloss sie die Tür, klappte den Laptop wieder auf und entfernte den USB-Stick. Ihr Blick fiel auf »Im Abgrund«, das neben dem Computer lag. Tja, dachte Femke, ihr Bild von Tjark hatte sich in der kurzen Zeit ganz schön gewandelt. Er war kein Held oder ein Superpolizist. Er war jemand mit Makeln und Fehlern. Kurz hatte sie die Hoffnung gehabt, er wolle sie unter seine Fittiche nehmen, seitdem er wusste, dass sie zur Kripo wollte. Wahrscheinlich war das auch nur Einbildung gewesen.

Jedenfalls, und das war keine Einbildung, sah er im Original wesentlich besser aus als auf dem Cover. Wenn er nur nicht so viel rauchen würde. Femke schmunzelte und fuhr den Laptop herunter. Sie steckte den Stick in die Hosentasche und beschloss, Fred von zu Hause aus anzurufen und über die Aufnahmen zu informieren. Dann nahm sie ihren Fahrradhelm und ging.

28

Tjark stieß einen Rauchkringel in den Abendhimmel und sah ihm hinterher. Am Mittag hatte er sich bei der Pressekonferenz abfilmen und fotografieren lassen. Verhoevens Einschätzung war richtig gewesen: Die Medien hatten sich nicht nur auf die Nachricht von den spektakulären Leichenfunden, sondern auch auf Tjark persönlich gestürzt. Nicht dass ihm das etwas bedeutet hätte. Aber es half, wieder in den Sattel zu gelangen. Danach war er mit Verhoeven in die Rechtsmedizin gefahren, um die Obduktionen zu begleiten. Fred hatte derweil die Angelegenheiten in Werlesiel weiter koordiniert. Am frühen Abend hatte Verhoeven genug gesehen und war wieder verschwunden. Tjark war geblieben, hatte sich aber zum Telefonieren und Rauchen nach draußen verzogen. Es gab einiges zu organisieren, und in der Zwischenzeit hatten sich zehn unbeantwortete Anrufe von Kollegen angesammelt, die von Tjark etwas wissen mussten oder um eine Order baten.

Die Kronen der Pappeln hinter dem Parkplatz sahen im Abendrot aus wie Scherenschnitte. Ein Geschwader Krähen hatte sich in den Bäumen niedergelassen. Einige Tiere kreisten noch wie schwarze Schatten mit trägem Flügelschlag in der milden Luft und schienen sich nicht entscheiden zu können, ob sie bei dem Schwarm landen sollten. In Märchen wiesen Krähen Suchenden oft den richtigen Weg. Aber dies war kein Märchen. In der Mythologie symbolisierten sie die Weisheit. Doch dies war auch keine Sage. Im Mittelalter galten sie als Galgenvögel, weil sie über die Leichen Hingerichteter herfielen. Das traf es schon eher.

Tjark schnippte die Zigarette weg. Mit einem Zischen öffnete sich die zweiflügelige Glastür automatisch. Im Gehen setzte er den Mundschutz wieder auf. Dann betrat er die Leichenhalle der Rechtsmedizin, in der gerade die drei Opfer vom Küstenfriedhof untersucht wurden – von Obduzieren ließ sich in dem Zustand nicht mehr sprechen. In dem gekachelten Raum herrschte Stille. Die grünen Kittel der Teams raschelten leise. Gummisohlen quietschten auf den Fliesen. Gelegentlich klirrte es metallisch, wenn Instrumente beiseitegelegt wurden. Manchmal war das Gemurmel von Stimmen zu hören, wenn Befunde in die Mikrofone von Aufnahmegeräten gesprochen wurden.

An einem der Stahltische arbeitete Ben Lüderitz. Das kalte Licht der OP-Lampen ließ seinen Kahlkopf glänzen, der von einem Ring aus weißen Haaren umkränzt wurde. Der stellvertretende Institutsleiter warf Tjark einen kurzen Blick zu und legte dabei den Kopf in den Nacken, als trage er eine Bifokalbrille. Vor ihm lagen braune Knochen, an denen noch Gewebefetzen hafteten. Hinter ihm auf einem Beistelltisch befand sich die schmutzig braune Plane, in die der Körper eingewickelt gewesen war. Das gleiche Bild bot sich fünf Meter weiter rechts, wo Dr. Inge Hermann sich mit einem Leichnam befasste. Die Farbe ihrer blassen Haut hob sich kaum von den Wänden ab. Der rote Lippenstift sah aus wie ein Blutspritzer auf dem Mund, um den herum sich tiefe Falten ins Gesicht gegraben hatten. Sie ließ gerade darin ein Bonbon verschwinden, sah Tjark kurz an und streifte dann wieder die Schutzmaske über. Sie sollte verhindern, dass Schimmel oder Pilzsporen in die Atemwege gelangten.

Tisch Nummer drei war Fees Revier. Sie schien während Tjarks Zigarettenpause mit ihrer Arbeit fertig geworden zu sein und ließ die sterblichen Überreste wieder verpacken, damit sie in ein Kühlfach gebracht werden konnten. Darin würde die Gerichtsmedizin den Körper so lange aufbewahren, bis Polizei und Staatsanwaltschaft sie zur Beerdigung oder Einäscherung freigaben. Fee bemerkte Tjark, ließ die Gummihandschuhe von den Fingern flitschen und griff nach einem flachen Tablet-PC.

»Sooo«, machte sie. »Ich habe jetzt etwas Zeit für dich, Großer.«

Tjark hatte sie nicht darum gebeten. Im Gegenteil, er hatte gehofft, dass Ben Lüderitz oder Inge Hermann vor ihr fertig gewesen wären. Er folgte ihr in den Besprechungsraum, der einem ärztlichen Behandlungszimmer glich – mit dem Unterschied, dass ein mit Colaflaschen und Kaffeebechern vollgestellter runder Tisch in der Mitte stand. An der Wand hingen gerahmte Reproduktionen von medizinischen Makroaufnahmen, die modernen Kunstwerken glichen. Fee streckte sich etwas, wobei ihr grasgrünes OP-Hemd hochrutschte und den Bauchnabel entblößte. Sie rollte den Kopf im Nacken. Tjark hörte es knacken.

»Soweit wir es jetzt schon sagen können«, sagte Fee und nahm eine Handvoll Kekse aus einer Dose, »sind die Fundorte nicht identisch mit den Tatorten, was dich nicht überraschen wird.«

Das stimmte. Den Opfern war jeweils ins Gesicht geschossen worden. Die Körper waren in Planen eingewickelt worden. Die Planen waren intakt gewesen. Im Umfeld der Grabhügel waren weder Geschosspartikel noch Hülsen, Gewebereste oder Knochensplitter zu finden gewesen. Das sprach dafür, dass der Täter sein Werk an anderer Stelle verrichtet, die Leichen verpackt und schließlich zu seinem bevorzugten Ablageort gebracht hatte. Die Frage war, wie und warum. Aber darauf Antworten zu finden, war nicht die Aufgabe der Rechtsmediziner.

Fee steckte sich einen Keks in den Mund und zerkaute ihn lautstark. »Die Toten sind allesamt im Alter zwischen zwanzig und etwa dreißig Jahren und weiblich. Einerseits schließen wir das aus der jeweiligen Bekleidung, und andererseits, du weißt schon – Knochenbau, breitere Becken …« Sie stemmte die Hände in die Hüften und präsentierte sich mit einem Augenaufschlag.

»Du kannst es nicht lassen, oder?«, fragte Tjark und lehnte sich mit verschränkten Armen an den Tisch an.

»Was denn?«

Tjark winkte ab. Fee aß noch einen Keks.

»Okay«, sagte sie dann ernster, »das alles ist nicht ganz einfach, und bis zum Abschlussbericht wirst du dich noch etwas gedulden müssen.« Sie nahm einen Krümel aus dem Mundwinkel mit der Fingerspitze auf und lutschte ihn ab. »Wir nehmen an, dass das – zeitlich gesehen – erste Opfer aus Grab Nummer drei seit etwa zwei Jahren in der Erde liegt. Das jüngste aus Hügel Nummer eins hat eine Liegezeit von zwei Wochen. Nummer zwei dürfte seit acht Monaten tot sein. Wir wissen das, weil …«

Tjark unterbrach sie: »Das zeigt eine Entwicklung auf. Er wird schneller. Er will mehr.«

»Wer will das nicht?« Fee machte große Augen. »Und ist es denn ein Er?«

»Sag du es mir.«

»Es hat den Anschein. Am aussagekräftigsten ist Körper Nummer eins, weil er am besten erhalten ist. Es finden sich Spuren von mehrfachem Missbrauch im Unterleib – markante Abschürfungen, Einblutungen, Risse. Nach zwei Wochen Liegezeit im Boden bringt ein Abstrich wenig, weil Spermareste in all den Körperflüssigkeiten und durch die Verwesung kaum mehr nachweisbar und zu verunreinigt wären. Bei Tötungsdelikten machen wir die Untersuchung zwar dennoch, aber in diesem Fall hat das wirklich keinerlei Aussicht auf Erfolg, was ich dir gleich noch genauer erklären werde.«

Tjark runzelte die Stirn.

»Weiter gibt es Verletzungen an den Gelenken, die darauf schließen lassen, dass die Frau gefesselt war – die Plastikstreifen hast du ja gesehen.«

Die Opfer waren an Händen und Füßen mit Kabelbindern fixiert worden. Die Plastikbänder hatten in den Planen gelegen. Die Planen schienen aus schwerem Segeltuch gefertigt worden zu sein. Nach Tjarks Einschätzung ein Material, das in der Nähe von Küstenhäfen nicht unüblich war. Die kriminaltechnische Untersuchung im Labor würde das genau analysieren.

Fee fuhr fort: »Zum Mageninhalt gibt es noch keinen abschließenden Befund, aber es war ziemlich wenig drin, was einerseits dafür spricht, dass sie längere Zeit nichts zu sich genommen hat. Andererseits fanden sich im Überrest vom Magen und im restlichen Verdauungstrakt Spuren von etwas wie Crackern und Oliven, und sie muss größere Mengen an Alkohol zu sich genommen haben – das alles so in etwa vierundzwanzig Stunden vor dem Exitus.«

Cracker. Oliven. Alkohol. Das sprach für eine Party oder etwas Ähnliches.

»Ihre Klamotten – tja.« Fee zerkaute einen weiteren Keks. »Billig, würde ich sagen. Aber in jedem Fall Partygarderobe, wenn du mich fragst.« Sie griff nach dem Tablet-PC und zeigte Tjark einige Bilder. Etwas wie ein Stretchkleid. Ein Lederminirock. Ein mit Strass besetztes Tanktop.

»Sieht also so aus«, sagte Tjark nachdenklich, »als seien sie irgendwo feiern gewesen, bevor der Täter sie überwältigt und dann erschossen hat.«

»Wieso denn erschossen?«, fragte Fee mit vollem Mund.

Tjark verstand die Frage nicht. Die Kopfverletzungen der Leichen waren eindeutig.

»Sie sind ertrunken«, brummte eine Stimme hinter ihm. Tjark drehte sich um. Ben Lüderitz kam herein, griff nach einer Flasche Mineralwasser und setzte sie an die Lippen.

»Ja«, bekräftigte Fee, »ertrunken. Deswegen war der Abstrich auch sinnlos – das Problem haben wir bei jeder Wasserleiche. Das Meer spült das alles gründlich weg.«

»Das Meer?«, fragte Tjark.

Lüderitz sah Tjark wieder mit diesem oberlehrerhaften Blick an und stellte die Flasche beiseite. »In den Lungenresten und Atemwegen des jüngsten Opfers haben wir Wasser gefunden. Salzwasser mit Algenpartikeln. Nordseewasser. Im Leichensack von Opfer Nummer zwei und drei haben wir mit einem Schnelltest ebenfalls einen erhöhten Salzgehalt in den Flüssigkeitsrückständen ermittelt, die sich in dem Segeltuchgewebe festgesetzt haben.«

»Salzwasser?« Tjarks Kehle war staubtrocken, und die Bronchien schienen sich zu verengen. Seine rechte Hand zitterte wie in einem Anfall von Parkinson. Er ließ sie in der Hosentasche verschwinden.

»Tja.« Fee streckte sich erneut und fasste sich in den Nacken. Oberhalb des Gummibunds ihrer OP-Hose konnte Tjark Flammen sehen, die die Schädeldecke ihres Totenkopftattoos wie eine Korona umrankten. »Wenn du mich fragst, greift sich dein Täter die Opfer in Diskos ab, verschleppt und missbraucht sie. Danach wirft er sie an der Küste oder in einem Siel gefesselt ins Wasser, wo sie ertrinken. Vielleicht steht er drauf, dabei zuzusehen, und holt sich einen runter, bevor er die Leichen wieder rausfischt, ihnen das Gesicht wegschießt, um die Identifikation zu erschweren, sie verpackt und zu seinem Friedhof fährt.«

»Denkbar«, bestätigte Ben Lüderitz mit einem strafenden Blick und stieß von der Kohlensäure auf, »wobei die Sache mit der Onanie der Phantasie der Kollegin entspringt.«

»Und das«, fügte Fee ungerührt hinzu, »macht er schon seit drei Jahren so. Ein total durchgeknallter Freak.« Sie schmatzte mit den Lippen. »Einen waschechten Serienmörder hast du dir da eingehandelt, Großer.«

Tjark sagte: »Es ist eine Theorie.«

»Aber keine schlechte, oder?«

»Nein.« Tjark wischte sich mit dem Handrücken über den Mund. Seine Lippen fühlten sich spröde an. Mit den Bronchien war es wieder besser. »Keine schlechte Idee.«

29

Das Meer hatte die Farbe von Blutorangen angenommen. Die Masten der Segelboote warfen lange Schatten auf die Anlegestege der Werlesieler Marina, die dem Fähr- und Fischereihafen vorgelagert war. Die Takelungen der Yachten klickten leise im Abendwind. Das Wasser schmatzte an den Rümpfen. An die hundert Boote lagen im Sporthafen vor Anker. Insbesondere an den Wochenenden herrschte Hochbetrieb. Heute kam es Femke jedoch vor, als seien sie und Ruven die einzigen Menschen, die sich hier aufhielten.

Ruvens *Desire* war ein nostalgischer brauner Jollenkreuzer – ein etwa sieben Meter langer Knickspant aus Holz statt aus weißem Fiberglas. Wie alle hier vor Anker liegenden Boote verfügte sie über ein einholbares Schwert und einen sehr flachen Kiel, was das Befahren von Küstengewässern und dem Wattenmeer ermöglichte. Außerdem hatte die *Desire* einen kräftigen Außenborder.

Das Boot stammte aus den fünfziger Jahren. Ruven hatte es von seinem Vater übernommen, es aufwendig aufgearbeitet und mit einem zusätzlichen Spinnakersegel versehen, das jetzt zusammengefaltet in der Vertäuung am Bug ruhte. Die *Desire* trug ihren Namen in Anspielung an Tennessee Williams' »Endstation Sehnsucht«, das im Original »A Streetcar Named Desire« heißt, und Ruvens Vater hatte gemeint, wenn er schon keine Straßenbahn mit dem Namen habe, dann wenigstens ein Boot. Es war eine der wenigen Geschichten, die Femke aus Ruvens Vergangenheit kannte. Er sprach nicht gern darüber. Seine Schwester war nach langem Leidensweg an Leukämie gestorben. Darüber war die Mutter verzweifelt und in die Psychiatrie eingewiesen worden, nachdem sie im ehemaligen Zimmer ihrer Tochter Feuer gelegt hatte. Sie lebte jetzt wohl in einem Pflegeheim bei Frankfurt – und der Vater ganz in ihrer Nähe in einer betreuten Wohneinrichtung. Danach war die *Desire* verkommen – bis Ruven sich um das Boot gekümmert und ein wahres Schmuckstück daraus gemacht hatte.

Femke wusste, wie eng an der Küste die Begriffe des Begehrens und Ersehnens mit der See und einem Schiff verbunden waren. Wer einmal selbst weit draußen auf dem Meer gewesen war und das große Nichts erlebt hatte, konnte verstehen, welche Ruhe und meditative Kraft in der Leere lag. Es war die große Freiheit. Niemand und nichts hielten einen auf. Man konnte einfach immer weitersegeln – ganz gleich, wohin. Alles war möglich. Als sie und Ruven noch ein Paar gewesen waren, waren sie oft mit der *Desire* unterwegs gewesen, manchmal tagelang. Dann hatte es nur sie beide gegeben – bis zu dem Zeitpunkt, an dem es sich mit dem Verlangen zwischen ihnen erledigt hatte, zumindest von Femkes Seite aus.

Ruven klapperte mit ein paar Tellern, als er die Reste des Essens unter Deck räumte, und Femke überlegte, wann genau dieser Zeitpunkt eingetreten war. Sie kannte Ruven seit ihrer Jugend. Genau genommen seit ihrem Reitunfall. Er war etwas älter als sie, nach einem Auslandsaufenthalt auf Gestüten in Osteuropa gerade zugezogen und hatte sich zunächst als Bereiter verdingt. Erst Jahre später waren sie zusammengekommen und inzwischen seit etwa drei Jahren wieder getrennt. Normalerweise hätten sie heiraten und Kinder bekommen sowie irgendwann das Hotel und die Ferienwohnungen ihres Vaters übernehmen müssen. Alle in Werlesiel hatten das erwartet. Aber jede Beziehung veränderte sich, und Femke hatte irgendwann das Gefühl gehabt, in der Vertrautheit zu ersticken. Also war es wohl dieser Zeitpunkt gewesen, dachte Femke, an dem sich die Wege gegabelt hatten – jener Zeitpunkt, an dem die Verliebtheit normalerweise zu etwas Tieferem wird. An die Stelle einer erwachsenen Liebe war Freundschaft getreten.

Jetzt kam er mit einer weiteren Flasche Rioja in den Händen und einer Decke unter dem Arm aus dem Bauch der *Desire* gekrochen. Abends konnte es mittlerweile empfindlich kalt werden, und Ruven wusste, dass Femke schnell fror. Er reichte ihr die Decke. Femke streckte ihr Gesicht mit einem Lächeln auf den Lippen und geschlossenen Augen der untergehenden Sonne entgegen, während sie hörte, dass Ruven sich neben sie setzte, Wein nachgoss und den Reißverschluss der blauen Fleecejacke mit dem Aufdruck seiner Security-Firma zuzog, zu der er eine helle Cargohose mit hochgekrempelten Beinen trug.

Femkes Lächeln legte sich, als sie daran dachte, dass Vikki Rickmers diesen Abend wohl nicht auf diese Weise genießen konnte – falls sie überhaupt noch lebte. Ihr schlechtes Gewissen klopfte in der Brust. Aber was sollte sie tun? Tjark würde sich melden, wenn er sie brauchte, und mehr als der Soko zuarbeiten und die Ermittler unterstützen konnte sie ohnehin nicht. Ganz abgesehen davon legte sich jetzt eine bleierne Müdigkeit auf ihre Schultern, und die kam nicht nur vom Wein. Die vergangenen Tage waren anstrengend gewesen, außerdem hatte sie letzte Nacht kaum geschlafen und immer wieder darüber nachgedacht, was es mit dem Friedhof am

Küstenstreifen auf sich haben mochte. Irgendetwas sagte ihr das. Es wollte ihr nur partout nicht einfallen, was.

»Du bist müde«, sagte Ruven.

Femke winkte ab und öffnete die Augen. »Eine müde Polizistin ist sicher das geringste Problem, das wir im Augenblick im Ort haben.«

»Wenn du müde bist, sind deine Sinne nicht scharf, und du machst Fehler.« Ruven trank einen Schluck Wein und wischte einen verirrten Tropfen aus den Bartstoppeln.

»Herzlichen Dank.«

»Ich habe das nicht bös gemeint.«

Femke griff nach rechts und fasste nach seiner Hand, um sie mit einem Lächeln zu drücken. »Weiß ich. Und danke für das Essen. Das habe ich gebraucht.« Es war die reine Wahrheit. Gestern Nacht hatte sie es noch für keine gute Idee gehalten, auf die Einladung einzugehen. Jetzt sah das anders aus.

»Dafür hast du ja mich«, sagte Ruven und stieß mit seinem Glas an ihres.

Femke erzählte von ihren Sorgen um Justin. Sie befürchtete eine Hufrollenentzündung, die bei vielen Pferden der Anfang vom Ende war. Ruven bot ihr an, Volker anzurufen, einen Tierarzt, den er aus seiner aktiven Zeit als Bereiter kannte.

Er schenkte Rotwein nach und erzählte ihr, dass er in den kommenden Wochen womöglich neues Personal für einen Großauftrag anstellen musste. Es ging um die Bewachung eines riesigen Areals in der Gegend von Esens, wo vor allem Meereskabel gelagert wurden. Da Kupfer auf dem Schwarzmarkt sehr viel Geld einbrachte, hatten sich die Einbrüche dort gehäuft. Ruven lächelte. »Du siehst, wir haben genug zu tun – und es wird gut bezahlt. Warum hängst du nicht endlich deinen Job an den Nagel und steigst bei mir ein? Mit deiner Ausbildung bist du dafür prädestiniert.«

Femke trank den Wein aus. Ihr war etwas schwindelig, was entweder an der Übermüdung, dem Rioja oder dem leichten Seegang oder aber an der Mischung aus allem lag. »Ich will dich nicht vor den Kopf stoßen, Ruven«, sagte sie versöhnlich. »Aber ein privater Sicherheitsdienst, das ist nichts für mich. Das, was ich wirklich will, passiert gerade um mich herum – so schrecklich es auch ist.«

»Die Kripoarbeit?«

Femke nickte. »Irgendwo da draußen, vielleicht sogar mitten unter uns, ist ein Mörder unterwegs, und das kann ich nicht zulassen.«

»Du wirst die Welt nicht retten.« Ruven bot Femke noch etwas Wein an, die eine abwehrende Geste machte.

»Es geht nicht um die ganze Welt. Die kleine heile Welt von normalen Menschen intakt zu halten, das reicht mir schon. Mama wird sicher schlaflose Nächte haben vor Angst. Auch alle anderen sind geschockt. Das haben sie nicht verdient. Und Vikki Rickmers und die anderen armen Opfer …« Femke seufzte und knibbelte am Rand des Weinglases. »Die Vorstellung ist entsetzlich, dass jemand meint, den Herrn über Leben und Tod spielen zu können.«

»Aber genau das genießen diese Menschen doch, oder?«

»Ja, darüber hat Tjark in seinem Buch viel geschrieben.«

»Diese Typen sollte man am besten gleich erschießen, wenn man sie fasst.«

»Das ist keine Lösung. Tjark schreibt, dass …«

»Gibt es auch etwas, worüber der Superpolizist noch nicht geschrieben hat?«

Femke lachte. »Es ist lustig, dass du das Wort Superpolizist sagst. Seine Kollegen nennen ihn Superbulle – wegen des Buches.«

»Ist er das?« Die Leuchtmasten am Hafen sprangen an.

Femke musterte Ruven. Seine Augen glänzten angriffslustig. Er war eifersüchtig. »Ich glaube nicht, dass er das ist. Er hat lediglich ein Buch geschrieben, und andere haben das nicht – das ist der Unterschied.«

»Auf mich wirkte er etwas eingebildet. Der feine Anzug, die teure Lederjacke und all das.«

Femke stellte ihr Glas zur Seite. »Ich habe übrigens deinen Hinweis in Bezug auf Harm und Kröger überprüft. Es scheint, dass da etwas dran ist.«

»Die beiden gehen zurzeit bei Mommsen ein und aus.«

»Bei Mommsen?«

»Die beiden und der Bürgermeister.« Ruven drehte das Glas in den Händen. »Keine Ahnung, was da läuft.«

Femke stutzte. Als sie mit Tjark auf der Küstenstraße gewesen war, hatte sie Mommsens Wagen gesehen, der in Richtung Bornum gefahren war. Auf dem Weg lag auch Fokkos Haus. Hatte das etwas zu sagen?

»Woher weißt du das?«, fragte sie.

»Wir überwachen doch das Brauerei-Areal. Da bekommt man dies und das mit.«

»Zum Beispiel?«

»Es gibt dort immer wieder mal größere Feiern von Mommsen und seinen Geschäftspartnern. Sie lassen dort manchmal ganz schön die Sau raus.«

»Das heißt?«

»Dass sie manchmal ganz schön die Sau rauslassen.« Ruven blickte aufs Wasser. Er wusste mehr, als er erzählen mochte – dazu war er zu diskret. Doch wenn er schon solche Formulierungen für die Beschreibung eines Festes wählte, konnte Femke sich gut vorstellen, dass dort wahre Orgien gefeiert werden mussten. »Mommsen«, fügte Ruven an, »weiß jedenfalls, wie er die Leute bei Laune hält.«

Femke schlang sich die Decke enger um die Beine. »Ruven, würdest du mir einen Gefallen tun?«

Er sah sie wieder an und lächelte. »Na klar.«

»Ich mache mir etwas Sorgen wegen Fokko. Wenn ihr unterwegs seid zum Dienst – könnten du oder deine Leute ab und zu mal unauffällig bei ihm vorbeifahren und einfach schauen, ob alles in Ordnung ist?«

»Sorgen?«

Femke fröstelte. »Ich möchte nicht, dass ihm irgendwer die Scheiben einwirft oder die Hütte anzündet oder …« Sie winkte ab. »Vielleicht bin ich auch etwas überempfindlich.«

»Ich werde ab und zu vorbeifahren«, sagte Ruven.

»Danke.«

Ruven stellte das Glas zur Seite. Dann wandte er sich zu Femke, nahm ihr Gesicht in beide Hände, und bevor sie wusste, wie ihr geschah, waren seine Lippen auf ihren, und er zog sie fest an sich. Für einen Sekundenbruchteil war sie versucht, nachzugeben und es einfach geschehen zu lassen. Doch dann wand sie sich aus seinem Griff und drehte den Kopf weg. Sie stand mit einem Ruck auf und stieß dabei gegen ihr Glas. Es fiel um, kullerte über den Holzboden und vergoss den Rest Rioja auf den Planken.

Femke stammelte. »Es ist besser, wenn ich jetzt gehe.«

Ruven wischte sich durchs Gesicht und hob die Hände wie zu einer Beschwörung. »Tut mir leid«, sagte er leise. »Es ist einfach über mich gekommen. Ich wollte das nicht.«

»Doch«, antwortete sie ebenso leise und griff nach ihren Turnschuhen, um sie im Stehen anzuziehen. »Doch, ich glaube, dass du das seit langem schon tun wolltest. Und es macht nichts. Es ist das, was du fühlst. Daran ist nichts schlecht. Es ist nur nicht das, was ich fühle.«

Ruven sah aus wie ein kleiner Junge, der beim Süßigkeitenstibitzen erwischt worden war. Er sagte: »Vergiss bitte, was gerade geschehen ist.«

Femke streckte die Hand aus und wuschelte ihm durch die Haare. »Schon geschehen«, hauchte sie mit einem versöhnlichen Lächeln, bevor sie von Bord ging, sich mit zitternden Händen den Helm aufsetzte, das Licht am Fahrrad einschaltete und durch die Dunkelheit nach Hause radelte.

30

Mommsen ging mit raumgreifenden Schritten durch das Wohnzimmer und zog sich im Gehen die Krawatte ab. Seine Schritte hallten auf den Terrakottafliesen, mit denen die ans Brauhaus angeschlossene Villa ausgelegt war. Er passierte die Sitzlandschaft aus Leder, auf der seine Frau Aneta saß und unter einer Decke etwas verloren wirkte. Sie löste ein Kreuzworträtsel. Im Hintergrund flimmerte der Fernseher. Mommsen hielt auf die Hausbar zu, nahm eine Flasche Hennessy und goss den Cognacschwenker mit der bernsteinfarbenen Flüssigkeit halbvoll.

Den größten Teil des Tages hatte er mit endlosen Telefonaten und Gesprächen mit Lieferanten verbracht. Es ging um die Einführung der neuen Marke »Werlesieler Fresh« – eines dieser Mixgetränke mit niedrigem Alkoholgehalt, das es in den Geschmacksrichtungen Lemon, Grapefruit, Orange und Litschi geben sollte. Nach Knut Mommsens Meinung schmeckten alle nach Pferdepisse mit einem Schuss Ahoj-Brause. Aber der Markt verlangte nun einmal danach. Außerdem hatte er drei Banken inklusive seiner Hausbank zu erläutern versucht, um wie viel die Markteinführung seine persönliche Kreditwürdigkeit und damit die der Projektentwicklungsgesellschaft heraufstufen würde, was die Hornochsen schließlich begriffen hatten. Dazwischen musste er sich immer wieder am Telefon verleugnen lassen, weil die zwei Pfeifen aus den Ratsfraktionen ihn dringend sprechen wollten – und das alles vor dem Hintergrund des äußerst unerquicklichen Gesprächs mit Fokko Broer gestern Abend, der nicht bereit gewesen war, auf Mommsens Vorschlag einzugehen. Was schlecht war. Äußerst schlecht sogar.

Mommsen setzte das Glas an und trank es in einem Zug aus. Der Cognacgeschmack explodierte in seinem Mund. Im Magen breitete sich beruhigende Wärme aus. Verdammt, das war nötig. So nötig, dass Mommsen den Schwenker noch einmal füllte. Er leckte sich über die feuchten Lippen. Dann schlüpfte er aus den Lederslippern und ging zu Aneta rüber, um ihr einen Kuss auf die Stirn zu drücken. Sie verzog das Gesicht und wedelte mit der Hand vor der Nase.

»Puh, hast du Fahne«, sagte sie mit ihrem harten polnischen Akzent. Eine Fahne, dachte Mommsen, für die Aneta vor fünf Jahren in Warschau eine Woche lang hätte arbeiten müssen, um sie sich leisten zu können. Aber das sagte er nicht. Sie sah gut aus, ging ihm nicht auf die Nerven, hatte eine Bombenfigur und war phantastisch im Bett. Mommsen war damit zufrieden.

Er fragte: »Wie war dein Tag?«

Sie winkte ab. »So wie alle anderen auch.« Dann richtete sie sich aufgeregt auf und schlug die Beine unter: »Was du sagst zu schrecklichen Vorfälle?«

»Vorfälle?« Mommsen setzte sich auf die Sofalehne, schwenkte den Cognac und nippte daran. »Was für Vorfälle?«

Im Fernsehen fingen gerade die Nachrichten an. Wortlos nahm Aneta die Fernbedienung und zappte auf den Regionalkanal. »Das gibt es nicht, dass nichts du davon hast mitbekommen«, murmelte sie mehr zu sich selbst und stellte den Ton lauter.

In den folgenden Minuten trank Mommsen keinen Schluck

Hennessy mehr. Er regte sich kein Stück und hätte nicht darauf wetten mögen, dass er überhaupt noch atmete. Das Leben brach erst in dem Moment wieder über ihn herein, als die Bilder von der Pressekonferenz der Polizei und die Aufnahmen von der Suchaktion wichen und das Foto einer jungen Frau gezeigt wurde. Verbunden mit der Einblendung war ein Aufruf. Die junge Frau werde vermisst, wie der Sprecher sagte. Sie hieß Vikki Rickmers.

Mommsen setzte den Cognacschwenker an und wieder ab, ohne etwas zu trinken. Wie durch Watte hörte er Anetas aufgeregtes Gebrabbel darüber, wie entsetzlich das alles sei. Jetzt war ihm klar, was die Polizei neulich abends auf der Straße getrieben hatte, als er zu Fokko gefahren war. Er begriff außerdem, warum man heute so dringend versucht hatte, ihn zu erreichen. Und vor allem anderen verstand er, dass es bald große Probleme geben könnte. Denn natürlich wusste er nur zu genau, wer die junge Frau war. Scheiße, er wusste ja sogar, wie sie roch und schmeckte.

Mommsen stand von der Sofalehne auf.

»Wo willst du hin?«, fragte Aneta.

Wie in einem Traum, in dem man sich in einem Becken voller Götterspeise bewegt, wandte er sich um. »Ich muss telefonieren.« Im Weggehen griff er nach der Cognacflasche, hastete die Treppe hinauf ins Arbeitszimmer, wo er sich an den schweren Eichenschreibtisch setzte. Er goss sich noch einen ein. Seine Gedanken rasten. Als Erstes müssten die dämlichen Schietbüddel vom Gemeinderat eingenordet werden, die ihm diese Vikki-Situation eingebrockt hatten. Zweifellos ging ihnen der Arsch auf Grundeis, und Menschen, denen der Arsch auf Grundeis geht, machen Fehler. Fehler, die Mommsen gerade jetzt gebrauchen konnte wie einen Abszess am Hintern.

Mommsen rief die Nummern mit den Kurzwahltasten seiner Telefonanlage auf und überstellte die Leitungen in eine Konferenzschaltung. Er leerte den Cognacschwenker und goss noch einmal nach, während er darauf wartete, dass am anderen Ende jeweils abgenommen wurde. Schließlich stand die Schaltung, und Mommsen hörte sich zunächst einige Minuten lang Lamentieren, Jammern, Bedenken, Vorwürfe und Vorschläge an, was man denn nun tun sollte oder tun könnte. Als er genug davon hatte, sagte er leise: »Das ist alles Blödsinn. Ihr hört mir jetzt ganz genau zu.« Dann erklärte er ausführlich die Verfahrensweise für den Worst Case, vergewisserte sich genauestens, dass auch wirklich alles verstanden worden war, und ergänzte, letztendlich gehe es nur exakt darum, dass jeder schließlich dieselbe Version erzählte.

Dann beendete er das Gespräch und dachte darüber nach, für welche Version er sich selbst entscheiden würde.

31

Sie waren ertrunken. Tjark saß im Wagen und rauchte. Aus dem Radio klang die Stimme von Johnny Fire zu scharfen Southern-Rock-Riffs. *Like a ghost, nothing lasts forever.* Tjark sah dem Qualm hinterher, der sich wie Nebel im Licht der Parkplatzlaterne verlor. Insekten surrten um das Licht. Einige Meter tiefer vollführten sie wirre Tänze vor dem Neonschild des Kreiskrankenhauses.

Im Hauptgebäude waren noch einzelne Fenster beleuchtet. Drinnen musste man den Fahrstuhl nehmen, ins dritte Obergeschoss fahren und sich rechts halten, um zur Station 22 zu gelangen. Das war die onkologische Abteilung, in der einem Giftstoffe in die Adern gepumpt wurden, die dazu taugten, Löcher in die Bettdecke zu ätzen, wenn der Tropf nicht richtig gesetzt worden war. Sie taugten natürlich auch dazu, um Krebszellen zu zerfressen. Aber nicht immer gelang ihnen das. Für einen Moment überlegte Tjark, ob er nicht einfach aussteigen und reingehen sollte, jetzt und sofort, und sagen: Okay, hier bin ich. Dann warf er einen Blick auf die vorläufigen Obduktionsbefunde, die in der Mappe auf dem Beifahrersitz lagen.

Ertrinken, wusste Tjark, ist ein stiller Tod. Wem das Wasser die Luft nimmt, der hat keine Kraft mehr, um Hilfe zu rufen. Pathologen können auch ohne toxikologische Proben aus den Atemwegen auf Anhieb zwischen Ertrinken in Salz-

und im Süßwasser unterscheiden. Das hat mit dem Austausch von Ionen im Lungengewebe und einem Vorgang namens Plasmolyse zu tun. Man gliedert das Ertrinken in fünf Stufen. In der ersten Phase begreift man, was mit einem geschehen wird, und gerät in Panik. Danach versucht man, die Luft anzuhalten, damit kein Wasser in die Atemwege gelangt. Hier kann bereits Schluss sein, wenn sich der Kehlkopfdeckel nicht wieder öffnet. Man erstickt, ohne dass Wasser in die Lunge gerät. Lässt der Reflex jedoch nach, ändert sich das in der nächsten Phase, die schließlich zu Muskelkrämpfen führt, wenn das Gehirn keinen Sauerstoff mehr bekommt. Danach: Atemstillstand, Kreislaufzusammenbruch, Feierabend.

Tjark nahm das Handy aus der Tasche und wählte die Nummer von Dr. Kevin Schröder. Endlich ging der Psychologe dran.

»Ich habe meinen Termin verpasst«, sagte Tjark und starrte in die Sterne. »Mir ist etwas dazwischengekommen.«

»Einige Leichen vermutlich. Ich habe es im Fernsehen gesehen und musste an Sie denken. Schreckliche Sache.«

Tjark dachte an die zerschossenen Schädel. »Schrecklicher, als Sie annehmen, fürchte ich.«

Schröder antwortete nicht. Sicher überlegte er gerade, ob er Tjark fragen sollte, wie er damit klarkam. Dass der Druck zu groß werden könnte und sich wieder ein defektes Ventil suchen würde. Aber er sagte: »Ich habe ein wenig über den Silver Surfer gelesen. Er hat seinen Planeten vor dem Weltenverschlinger Galactus gerettet. Dafür muss er dem Überwesen als Herold dienen und Planeten suchen, die Galactus' Hunger stillen. Er trifft auf die Erde, wo er die hohen ethischen Werte der Menschen schätzen lernt, und kämpft gegen Galactus. Dieser verschont die Erde, verflucht aber den Surfer, sie nicht wieder verlassen zu können. Doch der Surfer wird niemals von den Menschen akzeptiert. Er bleibt ein Einzelgänger.«

»Gut gemerkt.« Eine Sternschnuppe zischte durch das Dunkel. Vielleicht war es auch nur ein Satellit.

»Der Surfer hat die Erde nicht über die Klinge springen lassen, weil die Menschen Liebe fühlen können. Ich muss sagen, dass ich diese Comicfigur für keineswegs so flach erachte, wie ich anfänglich dachte.«

»Der Surfer ist ein Philosoph.«

»Er pendelt zwischen Gut und Böse und sucht nichts anderes als Liebe und Vertrauen. Aber er ist zu verletzt, um das an sich heranzulassen. Er hat außerdem zu hohe Erwartungen und fühlt sich deswegen stets enttäuscht.«

»Darf ich Sie etwas fragen?«

»Natürlich.«

»Was ist das Böse?«

»Ich glaube«, antwortete Schröder, »es ist ein Trieb, eine Leidenschaft, die nur sich selbst kennt. Es ist stärker als die Umstände. Es ist deswegen so schwer zu fassen, weil es der Unwägbarkeit unterworfen ist. Ein Mensch hat die Freiheit, sich für das Böse zu entscheiden. Ein Tier kann das nicht.«

»Glauben Sie, dass jemand aus purer Mordlust tötet?«

»Nun, je schrecklicher eine Tat ist, desto weniger wollen wir, dass ein Täter dafür verantwortlich ist, und stempeln ihn deswegen gerne als krank ab. Weil etwas anderes zu beängstigend wäre. Andererseits hat alles Böse seinen Ursprung.«

»Bei einigen Dingen bin ich mir da nicht so sicher.«

»Dennoch muss man versuchen, das Böse zu bekämpfen. Manche Behandlungen greifen bei Gewalttätern erstaunlich gut.«

»Aber nicht jede Chemotherapie«, sagte Tjark und starrte auf die Fassade der Klinik, »kann den Krebs besiegen. Sie macht ihn nur langsamer und verlängert damit das Leiden. Und am Ende stirbt man doch.«

»Das stimmt. Aber wir dürfen nicht aufgeben. Es kommt immer auf einen Versuch an.«

»Ja«, antwortete Tjark. »Das kommt es wohl.«

Tjark verabschiedete sich. Er schnippte die Zigarette fort. Sie flog wie ein rotes Glühwürmchen durch die Luft und landete funkenstiebend auf dem weitgehend leeren Parkplatz. Tjark dachte, dass der Song von Johnny Fire zu dieser warmen Sommernacht passte wie Kräuterbutter zu einem Rumpsteak. Dann stieg er aus dem Wagen, um das Klinikum zu betreten.

32

Tjark trat aus dem Fahrstuhl und hielt auf die Glastür zu. Seine Schritte hallten auf dem von Neonleuchten erhellten Flur. Es roch nach Putzmitteln, Urin und Altenheim. Hinter der Glastür, auf der »Station 22 / Onkologie« stand, wurde es mit dem Geruch nicht besser. Dafür wich das blasse Grau einem warmen Orange. Am Tresen der Stationsleitung erklärte er der Nachtschwester, wer er war und was er wollte. Sie hörte ihm aufmerksam zu und nannte ihm eine Zimmernummer. Dort könne er warten.

Das Zimmer 2265 war ein Einzelzimmer. Der Geruch nach Krankheit und verbrauchtem Atem war hier noch intensiver. Die Wände hatten Macken vom Rangieren der Krankenhausbetten. Tjark setzte sich auf die Matratzenkante eines solchen und starrte aus dem Fenster. Schließlich öffnete sich die Tür nach einem Klopfen, und ein Mann im weißen Kittel erschien. Er sah aus wie ein junger Assistenzarzt und sagte im Reinkommen, noch während er durch die Unterlagen blätterte: »Guten Abend, Herr Wolf.«

»Guten Abend.«

»So, dann schaue ich mir das mal an, bevor wir Ihnen einen Schmerztropf legen können. Wie stark ist der Schmerz denn auf einer Skala von eins bis zehn?«

»Mir tut nichts weh.«

Der Mann blickte erstaunt auf. »Sie sind ja angezogen. Wo wollen Sie denn hin?«

»Nirgends, ich bin gerade erst gekommen.«

Die Tür ging auf und wurde dem Arzt in den Rücken gerammt. Er machte einen Satz nach vorne. Das Haar des Mannes, der nun ins Zimmer trat, stand wirr ab. Er trug einen dunkelblauen Bademantel und schob einen Tropf vor sich her. Harald sah aus wie der lebende Tod.

»Der Beutel ist leer«, sagte Harald, deutete mit einem Nicken auf den Tropf und zwängte sich an dem Arzt vorbei, der mit einem fragenden Ausdruck zwischen den beiden Männern hin und her blickte. »Ich habe schon vor zehn Minuten geklingelt und komme gerade vom Klo. Es hat sich in etwa so angefühlt, als würde ich glühende Reißzwecken pissen.« Er schob mit schlurfenden Schritten weiter, blieb vor Tjark stehen und hielt sich an dem Stativ fest wie an einer dieser Säulen in Bussen und Straßenbahnen. Er musterte Tjark aus milchigen Augen. Haralds Kinn und seine Wangen sahen aus wie ein graues Stoppelfeld.

»Ich dachte, der junge Mann sei Herr Wolf …«, sagte der Arzt.

Harald wandte sich träge um. »Bekomme ich jetzt meinen Beutel?«

Der Arzt nickte zögernd. »Ich sage der Schwester Bescheid.« Dann verließ er das Zimmer.

Harald sah wieder Tjark an. »Sitzt du gut auf meinem Bett?«

»Ich könnte besser sitzen.«

»Auch noch meckern.«

Tjark lächelte etwas.

»Ich habe dir gesagt, dass ich keinen Besuch will.«

»Das habe ich auch lange genug respektiert. Aber ehrlich

gesagt, halte ich das für kompletten Blödsinn, und ich will etwas mit dir besprechen.«

Harald Wolf lupfte die buschigen Augenbrauen. Dann setzte er sich umständlich neben seinen Sohn auf die Bettkante. »So schnell«, sagte er, »ist man abgeschrieben und wird mit seinen Wünschen missachtet.«

»Mit Sabine hast du immerhin ausgiebig telefoniert.«

Harald lachte auf. »Ach, daher weht der Wind. Sie hat sich bei dir gemeldet, und du willst mich deswegen zusammenfalten. Da hast du dir den Falschen ausgesucht.«

»Ich will dich nicht zusammenfalten.«

»Hat sie dir eine Szene gemacht?«

»Noch nicht.«

»Ich habe ihr gesagt, dass ich dir verboten habe, darüber zu reden. Aber ich habe mich trotzdem gefreut, dass sie sich gemeldet hat.« Er machte eine Pause und blickte Tjark an. »Es ist ein Fehler gewesen, sie gehen zu lassen.«

Tjark rieb sich die Schläfen. Es hatte Harald immer gefallen, dass Tjark ein attraktives, reiches Mädchen aus der Oberschicht abbekommen hatte. In seinen Augen war das eine Art Lottogewinn und Ritterschlag gleichermaßen gewesen.

»Sie hat mir keine Wahl gelassen, wie du weißt.«

»Man hat immer eine Wahl.«

»Papa, ich habe sie im Bett mit einem Kerl erwischt …«

»Du hast es bereits vorher verbockt.«

Tjark wollte etwas sagen, ließ es aber. Zwecklos, mit Harald darüber zu diskutieren. Mit dem Alter wurde er immer sturer. Es war der Starrsinn eines Mannes, der stets seinen Weg gegangen und sich treu geblieben war. Harald hatte bis zu seiner Pensionierung als Fabrikarbeiter Lkw-Sitze gepolstert. Sein Lohn reichte nur für eine einfache Wohnung in den Wohnblocks, und manchmal mangelte es sogar am Geld, um die Schulbücher für Tjark zu kaufen, obwohl Mama in einer Imbissbude jobbte. Aber Harald hatte seinem Sohn etwas Wichtiges mit auf den Weg gegeben: den Sinn für Gerechtigkeit – auch wenn es in der miesen Gegend, in der sie damals wohnten, nicht immer einfach gewesen war. Tjark war ein sensibler Junge gewesen, die Gene seiner Mutter, und er hatte sehr darunter gelitten: unter den kleinen Diebstählen als Mutprobe, den Schlägereien, den Drogen – das hatte ihn angekotzt, und er wäre am liebsten wie Batman gewesen, der den ganzen Schmutz von der Straße kehrte. Aber das hatte nur in seiner Phantasie funktioniert. Damals hatte Tjark die Superheldencomics heimlich am Kiosk gelesen, weil er sie sich vom Taschengeld nicht leisten konnte. Später, als Geld da war und er Batmans Job bei der Polizei erledigte, hatte er sich die Hefte bei Auktionen und bei eBay in aller Welt zusammengekauft.

»Ich glaube nicht, dass ich etwas verbockt habe«, sagte Tjark. »Irgendwann begreift man, dass sich ein Playmobilmännchen nicht auf einen Legoklotz drücken lässt – auch wenn man noch so fest presst. Das ist alles.«

Harald brummte etwas Unverständliches. Dann fragte er: »Was hast du mit mir zu besprechen?«

Tjark erzählte von den neuen Möglichkeiten der Krebstherapie in Heidelberg. Er hatte sich darüber informiert, nachdem die Ärzte Harald an der Prostata hatten operieren wollen und dabei feststellten, dass es damit nicht getan wäre. Eine weitere OP stünde an, um Tumorgewebe zu entfernen. Möglicherweise musste die Blase mit raus. Dann waren da noch die verdächtigen Lymphknoten, die die Ärzte nicht entfernen oder bestrahlen wollten, da sie zu nah an der Aorta lagen, deren Gewebe geschwächt war, weil Harald zeitlebens an zu hohem Blutdruck gelitten hatte. Stattdessen wollten sie

Harald eine harte Chemo verabreichen – und darauf hoffen, dass das Zeug den Krebs wegbrannte. In Heidelberg hingegen hatten sie feinere Mittel, aber die wurden nicht von der Krankenkasse bezahlt. Tjark erklärte, dass er die Kosten übernehmen würde.

Harald schwieg einen Moment. Dann sagte er: »Ich will das nicht. Es ist dein Geld und dein Leben. Das hier ist mein Leben.«

»Aber …«

Harald hob die Hand. »Die bekommen mich schon wieder hin. Du musst mich nicht retten, bloß weil du Mama damals nicht retten konntest. Niemand konnte das. Und es wird langsam Zeit, dass du das begreifst.«

Tjark zuckte zusammen. Er blickte seine Schuhspitzen an und knetete die Knöchel. Es war nichts falsch daran, wenn man seinem Vater das Leben retten wollte. Nun, aber die andere Sache …

Zur Silberhochzeit hatte er für seine Eltern eine Reise nach Dänemark mit Ferienhaus auf Jütland gebucht – ein Geschenk von seinem ersten Gehalt. Im Preis inbegriffen war ein Städtebesuch in Göteborg. Harald war in den Dünen umgeknickt, hatte Mama aber den Besuch nicht vermiesen wollen und gesagt, sie solle doch alleine fahren. Was sie dann auch tat. Die kleine Fähre legte morgens ab, um die Meerenge zu durchkreuzen, wo Kattegat und Skagerrak und damit die Ost- und die Nordsee sich treffen, und schließlich in den Hafen von Göteborg einzulaufen. Mama kam nie an. Letztlich konnte keines der zahllosen Gutachten wirklich klären, wie es dazu gekommen war, und es gab auch keine Zeugen des Geschehens. Die wahrscheinlichste Theorie war, dass sie sich am Heck der Fähre auf die Reling gestellt und dabei zu weit nach vorne übergebeugt hatte – vielleicht, um ein Foto zu machen, vielleicht, weil ihr etwas ins Wasser gefallen war, zum Beispiel die Brille oder ihr Hut. Vielleicht, und das war die erschreckendste Erklärung, sei sie auch gesprungen. Zwei Tage nach dem Vorfall war ihre Leiche angespült worden.

Tjark hatte sich lange Jahre Vorwürfe gemacht und gelitten wie ein Hund. Hätte er den Eltern die Reise damals nicht geschenkt, wäre Mama noch am Leben. So einfach war das. Irgendwann war es besser damit geworden. Was blieb, war sein Problem mit dem Wasser und der See. Nun, es hätte Schlimmeres bleiben können.

»Ich habe dich im Fernsehen gesehen«, sagte Harald unvermittelt. »Dieser Mordfall an der Küste.«

»Ich darf nicht ...«

»... darüber sprechen, ich weiß. Aber soll ich dir mal aufzählen, wie oft ich dir den Hintern abgewischt habe?«

Tjark lachte leise. »Der Fall«, entgegnete er, »macht mir etwas zu schaffen.«

»Weil du nicht gerne so nah an der See bist.«

»Die Opfer sind ertrunken.«

»Macht es nicht gerade leichter für dich.«

»Nein.«

»Du solltest dir einen guten Arzt suchen. So kann das nicht weitergehen.«

»Ich sitze hier neben dir«, sagte Tjark zögernd, »im Krankenhaus, und du rätst mir zu einem Arzt ...«

»Hast du den Mörder bald?«

Tjark ließ die Beine baumeln – wie ein kleiner Junge, der auf einer Mauer und nicht auf einem Krankenhausbett saß. »Schwer zu sagen. Manche von denen da draußen sind ziemlich irre.«

»Du hast es mit so einem zu tun?«

»Ich fürchte, ja.«

»Aber du bist Tjark Wolf. Und dieser Kerl ist es nicht. Ich kann mich daran erinnern, wie einer von den Jungs aus der Siedlung sich mit dir schlagen wollte. Er war größer und stärker und hatte dir Ort und Zeit genannt, wie zu einem Duell. Du bist hingegangen und hast dich nach Strich und Faden verprügeln lassen. Weil du Eier in der Hose hast und kein Hampelmann bist. Du stellst dich den Dingen – auch wenn du keine Chance hast.«

»Heute würde ich nicht mehr hingehen.«

»Wenn man im Leben herausgefordert wird, muss man antreten. Das ist so wie in deinen Comics. Wenn der Böse kommt, dann sind die Guten gefragt.«

»Man muss nicht jeden Kampf kämpfen. Nicht jeder Sieg ist ein Gewinn.«

»Soll ich mit meinem Scheißtumor etwa darüber diskutieren, dass er verschwinden soll? Ich glaube nicht, dass der darauf reagiert. Der braucht die harte Tour. Genauso wie deine Mörder. Und du bist der, dessen Job es ist, denen das Handwerk zu legen. Du hast es dir so ausgesucht.«

»Da hast du recht.«

Die Tür ging auf. Die Nachtschwester kam mit einem Beutel herein.

»Ölwechsel«, sagte Harald.

Die Nachtschwester säuselte: »So, der neue Tropf, Herr Wolf – und die Besuchszeit ist nun wirklich vorbei.«

Tjark stand auf und drückte seinem Vater die Schulter. Harald nickte nur.

»Vergiss nicht, wer du bist, Junge!«, sagte er. »Versprich mir, dass du das Arschloch erledigst. Und dann komm zurück und sag mir, dass du ihn erwischt hast.«

»Versprochen.« Tjark griff in die Innentasche und zog die

Broschüre vom Deutschen Krebsforschungszentrum heraus, die zusammengefaltet darin steckte. Er warf sie neben Harald aufs Bett. »Sieh es dir wenigstens mal an!« Dann verabschiedeten sie sich.

Tjark ging durch die menschenleeren Flure, verließ das Krankenhaus, überquerte den Parkplatz, stieg in den Wagen und fuhr los. Die Nacht würde er zu Hause verbringen. Er brauchte dringend eine Mütze Schlaf und musste vorher die aktuellen Börsenabschlüsse checken. Morgen standen in Werlesiel einige Befragungen an – ermüdendes und anstrengendes Klinkenputzen.

Das Handy meldete sich. In der Innentasche zappelte es wie ein Fisch. Als Tjark an einer Ampel hielt und nachsah, zeigte es auf dem beleuchteten Display den Namen von Sabine an. Tjark blickte wieder auf die nächtliche Straße und spürte, dass seine Hände schlagartig feucht wurden – ein nervöser Reflex wie jedes Mal, wenn sie sich meldete. Sie würde ihm Vorwürfe machen, weil er ihre SMS nicht beantwortet hatte. Alles Mögliche würde sie ihm vorhalten. Darin war sie phantastisch – noch besser als in ihrem Job als Anlageberaterin, soweit Tjark es beurteilen konnte. Aber bevor sie mit anklagendem Blick vor der Haustür auftauchen würde, ging er lieber ran.

»Hier ist Sabine«, meldete sie sich mit düsterer Stimme und ließ einige Augenblicke wortlos verstreichen. Eine schreckliche Angewohnheit von ihr, die dafür sorgen sollte, dass das jeweilige Gegenüber zunächst über den Anlass des Anrufs nachdenken und sich fragen konnte, was es sich hatte zuschulden kommen lassen. »Ich habe dir eine SMS geschickt.« Tjark konnte hören, dass sie auf und ab ging. Vermutlich war sie noch im Büro, trug einen der zweiteiligen Anzüge, die ihr so unverschämt gut standen, hatte das rotblonde Haar offen und war kaum geschminkt, was ihre natürliche Schönheit unterstrich.

»Ich habe deine SMS gesehen«, sagte Tjark. »Ich hatte noch keine Zeit, mich zurückzumelden. Ich stecke gerade mitten in Ermittlungen und war den ganzen Tag unterwegs. Tut mir leid.« Rechtfertigungen, Erklärungen – er war schneller in der Defensive, als er sich eine Zigarette anzünden konnte. Außerdem tat es ihm überhaupt nicht leid. Er hatte sich absichtlich nicht gemeldet.

»Tjark, Papa hat mir erzählt, was los ist.« Pause. »Ich war, gelinde gesagt, geschockt und außerdem traurig und enttäuscht, dass ich es nicht von dir erfahren habe, sondern auf diesem Weg. Es hat mich völlig unvorbereitet getroffen.«

Ja, dachte Tjark. So wie mich der Anblick meiner Frau, die gerade auf einem Bodybuilder reitet. »Die Gelegenheit hatte sich noch nicht ergeben, Sabine. Ich hatte zu viel im Kopf.«

»Du hattest immer schon zu viel im Kopf, um Gelegenheiten wahrzunehmen, die sich dir geboten haben.«

Tjark antwortete nicht, sondern stellte das Handy auf Freisprechfunktion und griff nach der Zigarettenschachtel, um sich eine anzustecken. Er wischte die Hand am Hosenbein ab und legte den Gang wieder ein, als die Ampel auf Grün sprang.

»Ich hatte gehofft«, fuhr Sabine fort, »dass trotz allem noch ein Grundvertrauen zwischen uns besteht.«

Tjark zog an der Zigarette. Sie kratzte im Hals. Er unterdrückte ein Husten. »Wenn du mich nur angerufen hast, um mir Vorhaltungen zu machen, dann habe ich diese hiermit zur Kenntnis genommen.« Er hörte, dass Sabine jetzt nicht mehr auf und ab ging. Solche Töne war sie von ihm nicht gewohnt.

»Okay«, antwortete sie und ließ es klingen wie einen Stoß-seufzer. »Es beschäftigt mich, Tjark. Es ist immerhin eine lebensbedrohliche Krankheit.«

Scheiße, wie er diesen Ton hasste. »Richtig, und Papa ge-hört zu meinem Leben. Er gehört nicht mehr zu deinem. Des-wegen gibt es auch keine Verpflichtung, dir über irgendetwas Rechenschaft abzulegen. Wir haben keinen Vertrag mehr mit-einander. Diese Krankheit hat nichts mit dir zu tun.«

Sabine seufzte und ließ eine lange Pause folgen. Als Tjark sie verstreichen ließ, ohne sich für seine harschen Worte zu entschuldigen, sagte Sabine: »Ich habe nur eine Frage gestellt. Und entschuldige bitte, ich will dir nicht zu nahe treten. Ent-schuldige bitte auch, wenn es mich interessiert, wie es dir damit geht. Mir geht es nämlich schlecht damit.«

Tjark sog genervt an der Zigarette und bog links ab. Dann sagte er: »Es ist Prostatakrebs. Man kann es operieren, aber ein Problem machen eine Reihe von Lymphknoten an der Aorta, die inoperabel sind und nicht bestrahlt werden kön-nen. Außerdem kann der Krebs schon in die Lunge gestreut haben.«

»Mist.«

»Es gibt neue, sehr teure Verfahren etwa in der Uni Heidel-berg, die eine Bestrahlung dennoch möglich machen.«

»Wenn du Geld brauchst, ich …«

»Ich habe genug. Meine Ex-Frau war Anlageberaterin und hat mir ein paar Kniffe beigebracht.«

Er hörte ein leichtes Lachen und musste nun selbst ein wenig schmunzeln. »Sabine, es tut mir leid, wenn ich wegen dieser Sache sehr angespannt bin. Ich weiß noch nicht, wie es weitergehen wird, und ich habe mich belehren lassen, dass man das bei Krebs letztendlich nie weiß. Es kann gutgehen, es kann ins Auge gehen, es kann immer wieder kommen oder in drei Wochen vorbei sein, vielleicht ist er aber auch in drei Wochen schon tot.«

»Sag mir, dass es gutgehen wird.«

Tjark zog ein letztes Mal an der Zigarette und bog von der Hauptstraße ab. Er hustete und schnippte die Kippe aus dem offenen Fenster. »Es wird gutgehen.«

»Versprochen.«

»Nein.«

»Nicht mal ein bisschen?«

Trotz des ernsten Themas keimte wieder ein Lächeln in Tjark auf. Dieses Spiel hatten sie früher immer getrieben, etwa, wenn es darum ging, ob man pünktlich zum Essen da sein würde. Aber der Reflex, darauf einzugehen, legte sich schnell. Tjark hatte längst damit abgeschlossen, Augenwischerei zu betreiben und sich Dinge schönzureden. Deswegen antwortete er nicht das, was er früher geantwortet hätte. Stattdessen sagte er: »Nicht mal ein bisschen.«

33

Vikki hatte dem Plastikbehälter den Rücken zugewandt und es nach einer Weile geschafft, mit den Fingerspitzen den Schnappverschluss der Campingtoilette zu öffnen. Darin befand sich eine weiße Plastiktüte, die sie mit den Zähnen packte und ausschüttete. Wie in Trance und vor Aufregung zitternd, verschlang sie die Weintrauben. Das Gleiche tat sie mit den beiden Schokoriegeln und zwei Wiener Würstchen. Schließlich drehte sie hinter dem Rücken die kleine Plastikflasche mit dem Multivitaminsaft auf, klemmte das Schraubgewinde zwischen die Zähne, legte den Kopf in den Nacken und trank gierig – still betend, dass ihr die Flasche nicht herunterfallen und sich dabei entleeren würde.

Nach einer Weile kam die Lebensenergie zurück, und Vikkis Zustand verbesserte sich deutlich. Ihr Zustand ... Wie war sie überhaupt in die Lage geraten, in die Fänge des Mannes, der sie wohl früher oder später töten würde? Vikki hatte inzwischen ausreichend Zeit gehabt, darüber nachzudenken – aber die Geschehnisse blieben nach wie vor ein Muster aus Eindrücken und isolierten Bildern, die sich nicht zusammenfügen wollten. Sie musste an einer Art Filmriss leiden, was möglicherweise auf eine Gehirnerschütterung zurückzuführen war. Vikki hatte eine vage Idee, woran das liegen mochte. Sie konnte sich erinnern, dass sie aus einem fahrenden Auto gesprungen war. Ein wesentlicher Teil ihrer körperlichen

Blessuren war gewiss eine Folge davon, womöglich auch, dass in ihrem Kopf einiges durcheinandergeraten war. Es war neblig gewesen und dunkel, und sie hatte nach ihrem Telefon gesucht.

Aber da waren noch andere Bilderfetzen und Eindrücke. Wie in einer Diashow aus einem anderen Leben zeigten sie Momentaufnahmen, die zwar irgendetwas mit ihr zu tun zu haben schienen, sich aber noch keinen Ereignissen oder einer chronologischen Abfolge zuordnen ließen. Die Bilder waren mehr geworden, je klarer Vikkis Gedanken wurden und je intensiver sie sich darauf konzentrierte, nicht in heillose Panik zu verfallen, sondern in den Überlebensmodus zu schalten. Da waren die Gesichter von Männern. Der Geruch nach Zigarren und Alkohol. Hände an ihrem Körper. Ein Glas an ihren Lippen. Da war ein alter Mann, der vor ihr kniete und sie beschwor. Schneidender Kies unter den Fußsohlen. Eine weiße Nebelwand. Rote Lichter. Und das verzerrte Gesicht ihres Peinigers unter einer Strumpfmaske am Steuer eines Wagens, der fragte, ob sie ihn liebe, bevor er ihr mit dem Ellbogen ins Gesicht schlug.

Der einzige Mann, den Vikki jemals geliebt hatte, war Papa gewesen – so wie eine Tochter eben ihren Vater liebt. Er hatte auf einem Trawler gearbeitet, mit dem er oft bis raus vor die schottische Küste gefahren war, um Schellfische, Seelachs, Makrelen und Kabeljau zu fangen. Er war oft Wochen fort. Wochen, in denen Mama sich zu Tode gesoffen hatte. Man hatte sie erstickt in ihrem Erbrochenen aufgefunden, als Vikki in der Schule war. Und Papa, den hatte sich wenig später der Blanke Hans geholt. So nannte man die Nordsee, wenn sie bei Sturmfluten aufgewühlt war. Blank bedeutete weiß und beschrieb die Gischt auf den Wogen. Auf dem offenen Meer erreichten die Winde schnell Orkanstärke. Dann türmten sich die Wellen bis zu zehn Metern oder mehr. Papa war hinausgefahren und nicht wiedergekommen. Ein Januarsturm hatte sein Schiff verschlungen.

Später hatte Vikki im Winter oft auf dem Deich gestanden und stundenlang auf die See geblickt, deren Farbe von dunklem Grau zu schmutzigem Braun wechselte und Eisschollen vor sich hertrieb. Aber Papa war nicht zurückgekehrt. Nur die Erinnerungen daran, wie er sie lachend auf den Knien geschaukelt und mit ihr Fischerboot gespielt hatte. Daran, dass sein Bart immer ihre Nase gekitzelt hatte und wie er ihr erklärte, worauf man beim Bau von Buddelschiffen achten musste. Und an seine Gruselgeschichten wie die, dass sich in dem Deich, auf dem sie stand, die Leiche eines Kindes befand, denn es sei früher üblich gewesen, dass beim Deichbau ein Kind aus dem Dorf den alten Göttern geopfert wurde, damit der Wall den Wellen standhielt.

Was würde mit ihr geschehen? Würde sie ebenfalls geopfert? Oder nur getötet und dann verscharrt, wenn sie für ihren Entführer zu nichts mehr nutze war? Ihr wurde schwindelig. Als der Anfall vorüber war, beschloss sie, sich auszuruhen. Und danach würde sie aufstehen, um sich ihr Gefängnis und die Sache mit der Kupferschlinge und dem Wasser genauer anzusehen.

34

Carsten Harm war ein langer, dünner Schlaks mit einem strohblonden Backenbart. Seine klaren Augen hatten helle Wimpern, blickten nervös umher und wurden von Krähenfüßen eingefasst. Geplatzte Äderchen auf den hohen Wangen und auf der Nase zeugten entweder von regelmäßigem Alkoholgenuss oder von Wind und Wetter. Tjark war sich nicht sicher, was von beidem zutraf. Harm trug ein derbes, dunkelblaues Fischerhemd mit weißen Streifen und ein rotes Halstuch. Das sollte ihn wohl für Touristen auf Anhieb als Ostfriesen kenntlich machen. Möglicherweise war Harm als Parteichef der bürgerlichen Mehrheitsfraktion im Rat auch besonders darauf bedacht, seine Heimatverbundenheit zu zeigen. Zwei Fahrzeuge waren auf seinen Namen zugelassen: ein kleiner Lieferwagen und ein Mittelklasse-Mercedes.

Harm gehörte der *Dünenhof* – ein größeres Hotel. Tjark und Fred sahen sich im leeren Frühstücksraum um, der mit Buddelschiffen, Rettungsringen und Netzen mit prächtigen Muscheln dekoriert war. Tjark erinnerte sich gelesen zu haben, dass die meisten dieser Muscheln, die in kleinen Körbchen an der Küste verkauft werden, aus der Südsee stammen und sich inzwischen mehr Südseemuscheln in solchen Körbchen befinden als in ihren natürlichen Lebensräumen auf den Atollen von Tahiti.

Zum *Dünenhof* gehörten eine Kegelbahn und ein größerer Festsaal, in dem laut Harm Jubiläen, Hochzeiten, Geburtstage und solche Sachen gefeiert wurden. Während Tjark und Harm noch etwas Smalltalk betrieben und Tjark Harms Bestürzung über die Ereignisse zur Kenntnis nahm, blätterte Fred in der Speisekarte und wunderte sich über die thailändischen Gerichte. Harm lächelte und erklärte, dass seine Frau aus Thailand stamme. Er hatte sie weder in Pattaya noch in Laem Chabang kennengelernt, dem größten Hafen Thailands, sondern über eine Heiratsvermittlung aus Innsbruck.

»Sie können sich vorstellen«, fragte Tjark, nachdem sie sich an einem der Tische unter einer Kajütenlampe aus Messing niedergelassen hatten, »weswegen wir mit Ihnen sprechen wollen?«

Harm verneinte. Seine Körpersprache gab eine andere Antwort.

»Vikki Rickmers.«

Harms Adamsapfel hüpfte. Sie fragten ihn zunächst nach einigen Standards, ob er Vikki kenne, woher und wann er sie zuletzt gesehen habe. Als er verneinte, Vikki kürzlich persönlich getroffen zu haben, öffnete Fred eine Mappe und schob Harm drei Ausdrucke zu. Sie zeigten Standbilder von den Überwachungskameras und eines aus der Online-Galerie vom *Wittmunder Echo*. Femke hatte ganze Arbeit geleistet, fand Tjark. Respektabel.

Harm starrte auf die Bilder und knetete seine Knöchel. »Ich sollte meinen Anwalt anrufen.«

Fred sagte: »Das ist keine offizielle Vernehmung, lediglich eine Befragung. Wenn Sie nichts zu verbergen haben, brauchen Sie keinen Anwalt.«

Harm sah auf. »Ich habe nichts zu verbergen.«

»Perfekt«, meinte Fred und nahm die Bilder wieder an sich.

Tjark machte eine beschwichtigende Geste und schilderte, woher die Bilder stammten und wie und warum die Polizei an sie gelangt war. Dann erklärte er: »Es geht uns nicht darum, dass Sie beim Matjesfest mit einer Prostituierten Kontakt hatten. Viele Männer nutzen die Dienste von Frauen wie Vikki. Allerdings kann uns jedes Detail weiterhelfen.«

Harm massierte immer noch seine Hände. Sein Gesicht glühte wie das eines Jungen, den man mit einem Porno in der Hand und heruntergelassener Hose erwischt hatte. »Nun«, sagte er und räusperte sich, »ich kann doch davon ausgehen, dass diese Sache äußerst diskret behandelt wird?«

Tjark nickte. *Diese Sache* konnte locker dazu führen, dass Harm achtkantig aus der Partei flog und seine Frau sich scheiden ließ und die Hälfte vom *Dünenhof* einkassierte. Das wär's dann mit Carsten Harm gewesen.

»Was«, fragte Fred, »ist eigentlich an bezahltem Sex in einer Gasse während eines Volksfests diskret?«

»Es hatte sich so ergeben.«

»Aber diskret war das nicht.«

»Ich möchte das nicht bewerten …«

»Ich frage nur, weil Sie selbst so viel Wert auf Diskretion legen.«

»Das ist etwas anderes.«

»Na ja.« Fred machte eine abschätzende Geste. »Wer sich neben ein paar Mülltonnen hinter dem Festzelt befriedigen lässt, nimmt Indiskretionen billigend in Kauf – zumal er dabei sogar gefilmt worden ist. So ein Film steht schnell im Internet, wenn er in die falschen Hände gelangt.«

Harm presste die Lippen so fest aufeinander, dass keine Rasierklinge dazwischengepasst hätte.

»Oder macht Sie das an, vielleicht entdeckt zu werden? Gibt Ihnen das einen Kick?« Fred nahm sich einen der Kekse, die auf einer Untertasse lagen, und biss hinein. Er lupfte anerkennend eine Braue. »Ausgezeichnet! Ist das eine Honigfüllung?«

Harm sah Fred irritiert an. »Honigfüllung«, bestätigte er zögernd und ergänzte: »Ich verstehe nicht ganz, in welche Richtung diese Unterhaltung führen soll, und ich muss doch sehr bitten, dass …«

Fred warf den Rest Keks in den Mund und schnitt Harm das Wort ab. »Sie verlangen Diskretion, scheren sich selbst aber nicht darum. Da muss ich mich als Polizist fragen, was ein solcher Widerspruch für Ihre weiteren Antworten bedeutet.« Dann sah er zum Fenster und schwieg, was bedeutete: Du bist dran, Superbulle.

Tjark nahm den Ball auf und schilderte Harm, er sei eine der letzten bislang bekannten Personen gewesen, die zu Vikki Kontakt gehabt hätten.

Harm knibbelte eine Weile an der Nagelhaut seines Zeigefingers und schien nach den richtigen Worten zu suchen. Dann erklärte er: »Ich hatte an dem Abend ein wenig zu viel getrunken. Frau Rickmers hat mich angesprochen und mit mir geflirtet. Sie ist jung und hübsch …« Er sah Tjark an, als erkläre allein der Hinweis auf Vikkis Aussehen alles Weitere, aber Tjark reagierte nicht.

Harm redete weiter. »Ich bin darauf eingegangen, was ich inzwischen für einen schlimmen moralischen Fehler halte. Ja, ich habe mir das in der Tat vorzuwerfen. Ich weiß nicht, was in mich gefahren ist. Eine solche Geschichte ist mit meiner Stellung im Ort absolut nicht vereinbar.«

»Meine Güte«, zischte Fred genervt und verschränkte die Hände hinter dem Kopf.

»Es war ein Fehltritt. Ich bin eben auch nur ein Mensch mit all seinen Schwächen, und ich hatte keinen Geschlechtsverkehr mit dieser Frau«, fügte Harm an und sah dabei aus wie Bill Clinton, der erklärte, dass Oralsex mit einer Praktikantin im Weißen Haus nicht wirklich ernstzunehmender Sex, sondern mehr so etwas wie Brüderschaftstrinken sei. Tjark ging darüber hinweg und fragte noch, ob Harm sich vorstellen könne, wo Vikki sich womöglich derzeit aufhalte.

»Ich weiß es nicht, aber hoffe wie alle Bürger von Werlesiel, dass man sie bald finden wird und dass es ihr gutgeht.«

»Ich bin mir nicht sicher mit dem«, sagte Fred im Rausgehen.

»Warum?« Tjark drückte auf die Fernbedienung, um den Wagen zu öffnen.

Fred zuckte mit den Achseln. Er zog das Handy aus der Tasche und warf einen Blick auf die SMS. »Bei diesen Politikern kommt es oft mehr auf das an, was sie nicht gesagt haben, als auf das, was sie gesagt haben.«

Tjark öffnete die Tür. »Und was hat er nicht gesagt?«

»Keine Ahnung. Vielleicht machen mich grundsätzlich Männer skeptisch, die sich erst einen blasen lassen und das hinterher für moralisch bedenklich halten.«

Tjark grinste und stieg ein. »Harm hat die Hosen voll. Wenn das rauskommt, kann er einpacken. Außerdem ist er im Kontext eines möglichen Gewaltverbrechens befragt worden.«

Fred zwängte sich in den Wagen und knallte die Tür zu. »Bist du jetzt unter die Psychologen gegangen, seitdem du diese Sitzungen machst?«

»Nein. Das war nur so ein Gedanke. Ich bin mir ebenfalls nicht sicher bei dem. Aber vielleicht machen mich Männer grundsätzlich skeptisch, die – du weißt schon.«

»Na, Gott sei Dank.« Fred tippte etwas ins Handy, steckte

es wieder ein und bemerkte Tjarks Seitenblick. »Der Installateur«, erklärte er.

Tjark ließ den Wagen an und setzte zurück.

»Er kann nicht kommen, weil seine Frau krank ist und er sich um die Kinder kümmern muss. Greta rastet aus.«

»Was willst du tun?«

»In Deckung bleiben und den Ball flachhalten.«

Tjark lachte. Er hätte gerne gesagt, dass Fred den Scheißrohbau versteigern und sich besser von einem Teil des Erlöses mit seiner Frau in einem Luxusresort auf den Malediven einmieten sollte. Aber Fred kannte diese Meinung bereits. Also schwieg Tjark, legte den ersten Gang ein und fuhr vom Parkplatz.

Der nächste Patient war an der Reihe. Einer, der mal Arzt gewesen war.

35

Tjark blickte zum Fenster in Femkes Büro, vor dem er eine Bewegung wahrgenommen hatte. Etwas Blaues huschte vorbei, das sich als ein kurzärmeliges Uniformhemd herausstellte. Darüber baumelte ein kurzer, blonder Bauernzopf. Es war Femke, die sich draußen mit Passanten unterhielt. Sie trug eine grünglasige Pilotensonnenbrille, schattete aber dennoch gegen die gleißende Sonne die Augen mit der Hand ab. Femke drehte sich über die Schulter um. Sogar von hier aus konnte Tjark die Falten auf ihrer Stirn sehen. Er war sicher, sie waren eine Folge dessen, dass gerade Fokko Broer vernommen wurde. Das war die eine Sache. Die andere war, dass einige gesehen hatten, wie Broer in die Inspektion marschiert war, worüber sie sich das Maul zerreißen würden. Nicht mehr lange, dachte Tjark, und er würde mal in Erfahrung bringen müssen, warum Femke wirklich so sehr darauf bedacht war, den Mann zu schützen.

Tjark öffnete eine rote Kladde und fächerte einige Berichte auf. Darin lagen Untersuchungsberichte aus dem Labor und von der Kriminaltechnik, die am selben Morgen eingetroffen waren. »In Ihrer Wohnung und vor Ihrem Haus sind Blutspuren gefunden worden, die von der verschwundenen Vikki Rickmers stammen«, erklärte er. »Sie haben bereits erklärt, woher die rühren könnten.«

Broer wiederholte seine Aussage unaufgefordert. Er sah schlecht aus. Das Gesicht teigig, die dünnen Arme fahl unter dem fleckigen Polohemd, die Augen blutunterlaufen. Die mit Altersflecken besprenkelten Hände lagen ruhig auf dem Tisch. Er trug ein Pflaster über der Nase. Sie war angebrochen – nach Broers Darstellung bei einer Rangelei mit Vikki. Broer schien um Fassung bemüht und konzentriert. Dennoch zuckte sein rechter Daumen gelegentlich, was an einem beginnenden Parkinson liegen mochte, aber auch an Nervosität. Fred und Tjark wechselten einen Blick, als Broer seine Beschreibung des Abends beendet hatte, die sich mit dem deckte, was er bereits Femke gesagt und gegenüber Beamten der Spurensicherung wiederholt hatte. Tjark öffnete den zweiten Hemdknopf und krempelte einen Ärmel auf. Es war heiß und stickig.

»Außer den Blutspuren und den Textilfasern«, sagte Tjark, »sind Haare von Vikki Rickmers und auch Fingerabdrücke in Ihrer Wohnung gefunden worden. Die Spuren passen durchaus zu Ihrer Beschreibung von der Begegnung mit Frau Rickmers.« Tjark machte eine kurze Pause. »Allerdings hatten Sie vielleicht eine andere Perspektive auf die Geschehnisse als Frau Rickmers. Frau Rickmers wollte wieder fort, Sie wollten sie jedoch überreden zu bleiben. Für Frau Rickmers könnte das Handgemenge ein Kampf gewesen sein, weil Sie sie hindern wollten, das Haus zu verlassen. Aus Ihrer Sicht wollten Sie sie hingegen vor Unheil bewahren. Vielleicht drohte aber gar keines. Möglicherweise gab es ein Missverständnis, und ...«

»Aber nein!« Broers Unterlippe vibrierte. Er schlug mit der Hand auf den Tisch. »Nein!«

»Was meinen Sie damit?« Tjark ließ den anderen Hemdsärmel folgen.

»Sie wollen doch nicht mich verdächtigen, dass ich ...«

Tjark verschränkte die Hände auf dem Tisch. »Um ganz offen zu sein: Es gibt keinen Beleg dafür, dass Sie etwas mit Vikkis Verschwinden zu tun haben könnten. Es gibt aber auch keinen Beleg für das Gegenteil. Sie haben uns erzählt, dass Vikki Sie um Hilfe gebeten hat und vor Ihrer Haustür entführt worden ist.«

»So war es ja auch ...«

»... und wir müssten Ihnen glauben, dass das stimmt. Verstehen Sie mich nicht falsch, ich möchte Ihnen lediglich Ihre Situation und unsere Probleme erläutern. Niemand hat den Vorfall beobachtet, niemand kann Ihre Version bezeugen, und die Spurenlage lässt sich auf die eine oder eben auf die andere Art und Weise interpretieren. Bei allem stelle ich mir die Frage: Wenn jemand Sie um Hilfe bittet, warum will er dann im nächsten Moment wieder fliehen? Und wie ausgeprägt muss Ihre Hilfsbereitschaft sein, wenn Sie diese Hilfe sogar körperlich durchsetzen wollen – eine Hilfe, gegen die der andere sich ebenfalls körperlich wehrt?«

Broer betrachtete seine Hände. »Sie stand unter Drogen oder sonst was«, sagte er heiser. »Sie war nicht sie selbst. Ich erkenne so etwas. Ich bin Arzt.«

Fred stellte klappernd seine Kaffeetasse ab. Er blätterte in einer Akte. »Sie waren Arzt – und da gab es mal diesen Missbrauchsvorwurf.«

»Es war eine Rufmordkampagne, und es haftet mir noch immer an. Alle Vorwürfe haben sich als haltlos erwiesen, doch sie haben ihren Zweck erfüllt und mich rundherum diskreditiert.«

Fred kommentierte die Aussage nicht weiter. »Die Spurensicherung hat sich Ihren Computer angesehen. Sie haben kurzfristig eine Menge Daten gelöscht.«

Broer starrte weiter auf die Hände.

Fred fuhr fort: »Wenn man Daten löscht, gelingt einem das niemals so ganz. Unsere Fachleute wissen, wie sie das wieder hinbiegen. Wir reden über Filme und Bilder aus dem Internet. Sie wissen, welche.« Fred klappte den Deckel wieder zu.

Broer zuckte mit den Achseln. »Das ist meine Privatsache. Und daran ist nichts illegal.«

»Der Besitz von Pornografie ist durchaus gesetzeswidrig. Zumal ich von acht Gigabyte an Material rede und von Downloads aus Foren und Portalen, die gegen Copyrights verstoßen. Können Sie uns erklären, warum Sie die Dateien gelöscht haben?«

»Weil ich nicht wollte, dass man sie findet.«

»Denn das würde Sie in Schwierigkeiten bringen. Weil man denken könnte: Hm, wer so viel Pornomaterial sammelt, mal wegen sexuellen Missbrauchs beschuldigt war, jetzt mit dieser Vikki-Situation zu tun hat, und dann sind da noch all diese Leichen …« Fred ließ den Satz offen ausklingen.

Broer hob den Kopf und sah ins Leere. »Ich denke, ich sage jetzt nichts mehr, sondern bespreche mich lieber mit meinem Anwalt.«

Tjark trommelte mit den Fingern auf den Tisch. Okay, dachte er, Schluss jetzt. Aus Broer war nichts Neues mehr herauszuholen. Sie hatten ihm mächtig auf den Zahn gefühlt, und Broer hatte seine Aussage untermauert, dass Vikki nach seiner Einschätzung betrunken gewesen sei oder Drogen konsumiert habe. Dummerweise gaben die paar Blutspuren von der Straße und aus Broers Wohnung nicht genug her für ein toxikologisches Gutachten, um das zu bestätigen. Aber es würde Vikkis auffälliges Verhalten bei

Broer durchaus erklären, wenn sie berauscht gewesen wäre – wovon auch immer. Es passte außerdem zu Fees Theorie von der Party, auf der sich die Opfer befunden haben könnten – vielleicht war auch Vikki auf einer solchen gewesen.

»Ich glaube nicht«, sagte Tjark, »dass ein Anwalt nötig sein wird. Aber natürlich steht Ihnen das frei. Ich danke Ihnen für Ihre bisherige freiwillige Kooperation – und was diese gelöschten Dateien angeht ...«, Tjark sah Broer an, der seinen Blick hoffnungsvoll erwiderte, »... besitzen Sie ja sozusagen nicht mehr, was gelöscht ist. Vielleicht sieht das der Staatsanwalt ebenfalls so.«

Tjark stand auf, reichte Broer die Hand und verabschiedete sich. Nachdem der alte Mann den Raum verlassen hatte, sagte Fred: »Weichei Wolf.«

»Komm schon. Der Kerl ist kein Tatverdächtiger – das weißt du, das weiß ich, und dem geht der Arsch auf Grundeis.«

»Wir hatten ihn trotzdem bei den Eiern.«

»Wer will die schon in der Hand halten.«

Freds Lachen klang wie ein ersticktes Husten. »O Mann, stimmt.«

»Wann haben die endlich das Handy von Vikki ausgelesen?«

Fred wischte sich kurz über die Stirn und blinzelte ein wenig Müdigkeit weg. »Ist gut, ich werde mich darum kümmern.«

»Und die anderen Befragungen sind ...«

»... heute ebenfalls auf der Agenda. Die Kollegen sind im Ort unterwegs – und auswärts ebenfalls. Wir werden in Berichten ersaufen.«

Tjark lächelte gequält und gab Fred einen Klaps auf die

Schulter. Durchs Fenster sah er, wie Fokko Broer aus dem Gebäude schlich. Eine Gruppe von Menschen, die sich um Femke herum aufgestellt hatten, gafften ihm nach. Tjark ließ die Hände in den Hosentaschen verschwinden und überlegte, dass man sich nicht um alles und jeden kümmern konnte. Dann ging er trotzdem raus.

36

Mit eingezogenem Kopf verließ Fokko die kleine Polizeistation und kniff die Augen gegen die grelle Sonne zusammen. Im Schatten der Bäume standen sie und gafften, während er mit weichen Knien zu seinem Motorroller schlich. Er kannte die meisten. Broer senkte den Blick und dachte, dass Schatten nicht immer hinter einen fielen. Manchmal eilten sie einem auch voraus. Vielleicht sollte er endlich für immer aus Ostfriesland verschwinden. Er dachte an Mommsens überstürzten abendlichen Besuch und sein Angebot. Vielleicht sollte er es annehmen, bevor er noch tiefer in diese ganze Sache verstrickt werden würde.

Er klappte den Sitz des Motorrollers auf, um seinen Helm herauszunehmen. Zu dumm, dachte er, dass die Polizei auch noch die Filme und Bilder auf seinem PC gefunden hatte. Das konnte man ja nur auf die eine Art und Weise interpretieren. Er hätte den Computer ganz wegschaffen sollen, aber meine Güte: Er lebte seit Jahren alleine, und was war denn schon dabei, wenn er sich ein paar Sachen im Internet ansah – dazu wurden sie schließlich hergestellt.

Fokko schloss den Sitz und setzte sich den Helm auf. Da, unter der Pappel, da standen sie. Die dicke Ulla vom Getränkemarkt in ihrer Caprihose. Hein Schmidt in seiner gelben DHL-Uniform. Gesche Tomsen, die den Brötchenstand am Hafen führte, einige Rentner, die er vom Sehen kannte, und

Willem Leefmann, der stiernackige Klempner von der Klemp-
nerei Leefmann und Sohn. Bei einer anderen Gruppe unweit
der Pappel sah er Femke – die wahrscheinlich die Einzige war,
die ihm glaubte, und hoffentlich diesen Mob unter Kontrolle
hielt. Diese Hoffnung verpuffte, als Leefmann einen Schritt
nach vorne trat, Fokko fixierte und seine Stimme erhob.
Schon hallte das Wort laut über den kleinen Platz und traf
Fokko wie ein Eispickel zwischen die Augen.

»Mörder!«

Fokko duckte sich weg und verschloss den Helmgurt unter
dem Kinn. Mit zitternden Händen suchte er in der Hosentasche nach dem Schlüssel und ließ ihn fallen. Er bückte sich
danach und nahm wahr, dass Leefmann auf ihn zuschritt
und gleichzeitig Bewegung in eine andere Gruppe kam. Eine
blonde Frau schälte sich aus den Menschen. Sie trug eine
blaue Uniform. Femke. Aber sie war noch weit weg. Leefmann war schneller, und jetzt fiel sein Schatten auf Fokko,
der kurz darauf eine fleischige Hand auf sich zukommen sah.

37

Tjark stellte sich dem Hünen in den Weg. Die Hand, mit der der Kerl nach Fokko fassen wollte, traf ihn an der Schulter. Tjark machte einen Schritt nach hinten, dann griff er nach dem Handgelenk des Mannes und blickte kurz in dessen von weißblonden Wimpern umrandete Augen, bevor er ihm den Arm mit einem Ruck auf den Rücken drehte und ihm gleichzeitig den Ellbogen in den sonnenverbrannten Nacken presste. Er quiekte wie ein Schwein und verlor beim Herumzappeln eine seiner blauen Plastikschlappen.

»Ganz langsam«, sagte Tjark ihm ruhig ins Ohr.

Er konnte den Mann kaum halten. Er war kräftig und brüllte wie am Spieß. Speichel flog wie feiner Regen durch die Luft. »Lass mich los! Sofort!«

Tjark bog den Arm noch etwas höher, was der Mann mit einem weiteren Aufschrei quittierte.

»Du hast gerade einen Polizisten tätlich angegriffen«, keuchte Tjark, »und weißt du, was ich dafür mit dir machen kann? Ich breche dir den Arm entweder weit oben durch, oder ich nehme mir den Ellbogen und das Handgelenk vor, was ist dir lieber?«

»Ich polier dir die Fresse!«

»Du wolltest Broer eine verpassen und jetzt mir? Ich werde dir jetzt eine verpassen, aber vorher renke ich dir das Schultergelenk aus.« Tjark ruckte wieder am Arm. Der Mann brüllte wie ein Ochse.

»Stopp!«

Aus den Augenwinkeln nahm Tjark etwas wahr. Eine blonde Frau in Uniform stand vor ihm. Femke. Ihre Stimme überschlug sich.

»Wilhelm Leefmann!« Offenbar war das der Name des Mannes. »Wilhelm Leefmann! Sofort beruhigst du dich!«

»Der soll mich loslassen, oder ...«

»... oder ich buchte dich ein«, fuhr sie fort, »und zeige dich an, denn das ist Tjark Wolf von der Kripo!«

Wie auf Knopfdruck ließ der Widerstand des Mannes nach. Tjark hörte ihn schwer atmen. »Sind wir alle wieder cool?«, fragte Tjark.

Leefmann nickte.

»Ich lasse Sie jetzt los, und wenn Sie eine dumme Bewegung machen, überlege ich mir das mit Ihrem Schultergelenk noch mal.«

Leefmann nickte erneut. Tjark ließ ihn los. »Verschwinde«, sagte er leise.

»Das hat ein Nachspiel«, antwortete Leefmann und rieb sich das Handgelenk. Sein Gesicht war so rot wie sein Nacken.

»Hau ab, Wilhelm!«, schnauzte Femke. »Und ihr anderen auch! Weg hier, das ist kein Zirkus!«

Einige zuckten zusammen, drehten sich sofort um und gingen ihrer Wege. Auch Wilhelm Leefmann – jedoch nicht, ohne Tjark noch einen bösen Blick zuzuwerfen.

»Meine Fresse«, hörte er Femke neben sich genervt sagen. Dann vernahm er, dass der Motorroller ansprang. Als Tjark sich umdrehte, fuhr Fokko Broer schon mit quietschenden Reifen davon. Tjark fasste in die Hosentasche, nahm eine Schachtel Zigaretten hervor und steckte sich eine an.

»Die Leute drehen langsam durch«, sagte Femke und klang etwas kraftlos dabei.

Tjark stieß den Rauch aus. »Ich finde, das geht vielmehr ziemlich schnell. Und es gefällt mir nicht.«

»Nein. Mir auch nicht. Es ist einfach schrecklich. Aber ich hatte …«

»… es gesagt, ja.«

Eine Böe kam auf und ließ Femkes Haare tanzen wie das gelbe Riedgras auf den Dünen. »Glaubst du, dass Fokko …«

»Was ich glaube, spielt keine Rolle. Vielleicht ist er zufällig in diese Sache geraten. Vielleicht aber auch nicht. Die Spuren in seiner Wohnung lassen sich unterschiedlich interpretieren, und es stellt sich die Frage, wie die Spuren von der Straße dazu passen könnten. Für eine Festnahme ist das alles viel zu vage, und wir haben nach wie vor ja nicht einmal ein Opfer und/oder einen Beleg für eine Straftat. Letztlich ist es aber so: Wir haben Vikkis Blut in Fokkos Wohnung gefunden, und deswegen ist und bleibt er ein heißer Kandidat.«

Femke sah kaum erleichtert aus. »Wie ist die Sache mit Harm gelaufen?« Während Tjark es ihr erzählte, fiel ihr Blick auf seinen rechten Arm, wo der Wind die tätowierten blauen Wogen anzupeitschen schien und die Gischt schäumen ließ. »Du bist ja tätowiert«, sagte Femke und ließ es wie eine Frage klingen.

»Präzise beobachtet«, antwortete Tjark mit einem Schmunzeln und sog am Filter. Bevor Femke nachhaken konnte, fragte er: »Also, was ist das mit dir und Fokko Broer?«

Femke schwieg und versuchte, einige Haarsträhnen zu bändigen und hinters Ohr zu streichen. Tjark mochte diese Geste.

»Du bist nicht nur deswegen so um ihn besorgt, weil du ein guter Mensch bist.«

Femke sah zum Himmel hinauf, wo sich eine bauschige Wolke vor die Sonne schob. Dann blickte sie wieder zu Tjark. »Ich habe das Gefühl, dass ich ihm etwas schuldig bin. Er hat damals sofort die richtigen Schlüsse gezogen, als das mit meiner Hand passiert war, und mich umgehend operieren lassen. Er hat mir das Leben gerettet.«

Tjark schnippte die Kippe weg. »Du bist sicher, dass da nicht mehr ist?«

»Wie meinst du das?« Femkes Augen funkelten angriffslustig.

»Es war nur eine Frage.«

»O nein, das war nicht nur eine Frage.« Femke machte auf dem Absatz kehrt. Dann schien sie es sich anders zu überlegen und drehte sich noch einmal um. »Du hast Wilhelm Leefmann eben sehr hart angefasst. Hat dir das Spaß gemacht?«

»Das war ebenfalls mehr als nur eine Frage.«

»Stimmt. Ich habe von dem Verfahren gegen dich gehört, und ich habe langsam das Gefühl, dass es dir wirklich Freude bereiten könnte, anderen Menschen weh zu tun – mit Taten und mit Worten. Ich …« Sie atmete tief ein und aus. »Ich hatte gedacht, dass du ganz anders wärst.«

»Die meisten Menschen«, sagte Tjark und schaute einigen vorbeifliegenden Möwen hinterher, »glauben, ich sei anders. Sie sehen das Buchcover und halten mich für kleiner, als ich bin. Ist eine Täuschung. Das hat mit der optischen Achse zu tun. Meine wirkliche Größe ist eine andere.«

»Dazu sage ich jetzt mal nichts.«

Besser so, dachte er, *dass du mich für einen Idioten hältst.* Dann fragte er: »Gibt es in Werlesiel eine Löschgruppe der freiwilligen Feuerwehr?«

Femke legte den Kopf schief. Sie strich sich wieder mit dieser sexy Bewegung das Haar hinters Ohr. »Ja. Wozu?«

38

Der Aluminiumkorb reichte Tjark gerade mal bis zur Hüfte. Es gab einen Ruck, als er sich in Bewegung setzte. Er zitterte und klapperte metallisch im Wind, der konstant von der See her blies.

Tjark hielt sich fest und stieß mit der Schulter gegen Femke, die links neben ihm stand. Am Fuß der Drehleiter saß ein Feuerwehrmann, festgegurtet auf einem schwarzen Sitz, und bediente an einem Panel einige Drucktasten und eine Art Joystick, mit dem er die Leiter steuerte. Er sagte »Auf geht's« und fuhr sie zügig in die Höhe. Tjarks Magen sackte ihm in die Kniekehlen. Nach etwa zwanzig Metern stoppte der Korb. Dann schwenkte er nach rechts, und gleichzeitig senkte sich die Plattform etwas ab, was einen weiteren Ruck nach sich zog und Tjark und Femke wieder zusammenstoßen ließ.

»Ist ja wie Karussellfahren!«, rief sie lachend gegen den brausenden Wind an, der Wattebauschwolken über den tiefblauen Himmel trieb. Tjark hatte Karussells noch nie gemocht, stimmte in ihr Lachen jedoch ein.

Mit einem weiteren Rucken stoppte der Korb mitten über dem Friedhof, den der Serienmörder zur Beseitigung seiner Opfer angelegt hatte. Sie schwebten nun in etwa zehn Metern Höhe. Links und rechts verlor sich der Küstenstreifen in der Ferne. Hinter ihnen lag das flache grüne Land, das vereinzelt von Kanälen durchzogen wurde. Vor ihnen erstreckte sich das Wattenmeer fast bis zum Horizont, wo es von den weißen Sandbänken und Dünen der Inseln begrenzt wurde. Es herrschte Niedrigwasser. Der Schlick war schwarz wie Teer. Vereinzelt glitzerten Wasserläufe in der Sonne. Es roch nach Salz und Tang. Weit entfernt fuhr eine orange-weiß leuchtende Fähre durch eine der ausgebaggerten Fahrrinnen. Möwen kreisten kreischend in der Luft.

»Warum hast du mich mitgenommen?« Femke sprach laut gegen den Wind an.

»Weil du dich hier auskennst.«

Tjark drehte sich um und deutete auf die Straße. Gerade rauschte ein zweiachsiger Lkw der Werlesieler Brauerei vorbei. »Die Küstenstraße wird täglich von einigen hundert Fahrzeugen befahren. Morgens, tagsüber, abends und nachts. Wenn ich hier mit meinem Wagen halten würde, könnte ich ihn nur auf dem Seitenstreifen abstellen. Jeder, der vorbeifährt, würde mich sehen oder mich dabei beobachten können, wie ich eine Leiche aus dem Kofferraum lade und sie durch die Gegend trage. Einen sechzig bis siebzig Kilo schweren Körper durch unwegsames Gelände zu schleppen ist Schwerarbeit. Mir wäre das zu riskant. Was würdest du tun?«

»Ein Boot nehmen. Bei Flut könnte ich relativ dicht ans Ufer fahren und in aller Ruhe und relativ unbeobachtet meinem Treiben nachgehen.«

Tjark versuchte, sich eine Zigarette anzuzünden. Nachdem es auch beim fünften Versuch nicht gelang, steckte er sie wieder weg. »Die Rechtsmedizin sagt, dass die Opfer ertrunken sind. Zumindest bei einer Leiche wurde verlässlich Salzwasser in den Lungen gefunden. Der Verdacht liegt nahe, dass die anderen ähnlich zu Tode kamen – ein Täter, ein Modus. Er hat alle Leichen an der gleichen Stelle vergraben. Er hat sie alle in identisches Material verpackt. Die Opfer waren mit Plastikbändern gefesselt. So arbeitet er. Tod durch Ertrinken könnte sich in deine Idee mit dem Boot einfügen – möglicherweise fährt er mit ihnen aufs Meer hinaus und wirft die Opfer ins Wasser. Er sieht ihnen beim Ertrinken zu. Dann zieht er sie wieder raus, wickelt sie an Bord in die Plane und fährt zu seinem Privatfriedhof.«

»Und die Kopfschüsse? Will er damit die Identifikation erschweren?«

»Wozu? Er geht ja nicht davon aus, dass man die Leichen findet.«

Femke schwieg. Sie schien nachzudenken.

Tjark erklärte: »Die Schüsse stammen aus einem Schrotgewehr aus nächster Nähe und gehören zunächst ebenfalls zur Handschrift. Ich denke nicht, dass er eine Identifizierung verhindern will. Er schießt den Opfern eher deswegen das Gesicht weg, um ihnen die Persönlichkeit zu nehmen. Das Problem ist: Wenn er sie auf See ertrinken lässt, wo schießt er ihnen in den Kopf? Er will ja nicht sein Boot perforieren.«

»Wenn er wieder an Land ist?«

Tjark schüttelte den Kopf. »Die Spusi hat nirgends entsprechende Hinweise gefunden. Die Planen sind zudem unbeschädigt. Die Schüsse müssen erfolgt sein, bevor er die Leichen eingewickelt hat.«

»Er richtet die Körper an Bord auf und tut es dann.«

»Ein Kopfschuss mit einem Schrotgewehr aus nächster Distanz ist eine ziemliche Sauerei. Es würde an Deck jede Menge Blut geben. Das müsste er beseitigen, und jemand könnte es entdecken.«

»Er schießt, während die toten Körper im Wasser schwimmen.«

»Guter Vorschlag. Dennoch eine Schweinerei, wenn er sie an Bord zieht.«

»Vielleicht schleppt er sie mit dem Boot an Land.«

»Denkbar«, sagte Tjark. »Weiter wissen wir nach den Obduktionen, dass er das letzte Opfer wenigstens vierundzwanzig Stunden lang festgehalten hat. Wahrscheinlich, um es in aller Ruhe zu vergewaltigen. Möglicherweise war das bei den anderen Frauen auch der Fall – vorausgesetzt, er folgt einem festen Modus. Er benötigt also einen Ort. Ein Versteck. Wenn er fertig ist und die Opfer loswerden will, schießt er ihnen vielleicht schon dort in den Kopf, wartet eine Weile, verpackt die Leichen und fährt dann los, um sie zu begraben.«

»Ja«, sagte Femke. »Aber wie und warum ertrinken sie dann?«

Eben. Das war das Problem. Das Wie – und das führte zu dem anderen großen W, dem Warum, das schließlich auf das entscheidende große W deutete: auf das Wer.

Tjark versuchte es noch einmal mit der Zigarette. Dieses Mal mit Erfolg. »Er könnte seine Opfer woanders entsorgen. Warum tut er es hier?«, fragte er Femke und deutete auf die drei Öffnungen im Sand zehn Meter unter ihnen.

»Weil es ein sicherer Platz ist.«

»Woher weiß er das?«

»Weil er den Platz kennt.«

Tjark zog an der Zigarette. »Woher kennt er die Stelle?«

Femke dachte einen Moment lang nach. »Entweder, weil er aus der Gegend stammt …«

»… oder weil er oft hier vorbeifährt.« Tjark stieß einen Strahl Rauch aus. »Er weiß, dass er im Moment seinen Friedhof nicht benutzen kann. Der Friedhof ist aber wichtig für ihn. Er gehört nur ihm – und was darauf begraben ist, ebenfalls. Ich kann mir vorstellen, dass er zu dem Ort eine persönliche Beziehung hat. Es gehört dazu, ein Opfer hier zu begraben. Das ist Teil des Rituals und Plans.«

»Weil er den Friedhof nicht mehr benutzen kann, braucht er einen neuen Plan. Einen neuen Ort.«

Tjark nickte. »Entweder er sucht sich einen neuen Ort, oder er wartet ab, bis dieser Ort wieder sicher ist. Bis dahin lässt er Vikki vielleicht am Leben. Allein die Tatsache, dass Vikki aus seinem Auto springen konnte, muss ihn bereits aus dem Konzept gebracht haben. Die gesamte Phase der Irritation verschafft uns vielleicht einen Zeitvorteil – und vor allem Vikki.«

»Du gehst also davon aus, dass der Mörder sie hat?«

»Machen wir uns nichts vor, Femke: Natürlich hat er das.« Tjark dachte nach. »Möglicherweise wäre es sogar das Beste, wir würden wieder abziehen, Ruhe einkehren lassen und darauf warten, dass er aus seinem Bau kriecht.«

»Das wird der niemals tun. Er weiß doch, dass die Polizei hinter ihm her ist.«

»Menschen wie dieser Mörder«, sagte Tjark, bevor er ein letztes Mal an der Zigarette zog, »sind nicht mit normalen Maßstäben zu messen.« Er drehte sich zu ihr. »Es könnte sogar sein, dass er auf die Idee kommt, uns als sportliche Gegner zu sehen und uns seine Überlegenheit demonstrieren zu wollen.«

Femke verzog das Gesicht. »So verrückt wird er gewiss nicht sein.«

»Warum entführst du eine Frau?«

»Um etwas zu erpressen oder mich an ihr zu vergehen.«

»Warum hältst du sie wenigstens vierundzwanzig Stunden in einem Versteck gefangen?«

»Um sie immer wieder zu vergewaltigen und Dinge zu tun, die ansonsten nur in meiner Phantasie möglich sind.«

»Wenn du mit dem Opfer tun und lassen kannst, was du willst, was hast du dann?«

»Macht, Kontrolle, Freiheit.«

»Irgendwann entscheidest du über ihr Leben. Wenn sie dich langweilen oder deine Ansprüche nicht erfüllen, tötest du sie. Dann bist du Gott. Gott kann alles, und Gott wird nicht von der Polizei erwischt, weil Gott der Allergrößte ist, und das soll jeder wissen.«

Femke schwieg. »Ich verstehe«, sagte sie schließlich und zuckte kurz zusammen, als Tjarks Handy klingelte.

Es war ein kurzes Gespräch. Danach sagte er zu Femke: »Die Labor-Ergebnisse von der KTU sind da. Ich werde wohl noch einmal nach Oldenburg fahren müssen.«

»Können die das nicht schicken?«

»Können sie und werden sie. Ein paar Details bespreche ich aber lieber persönlich.«

39

Die Planen, in die die Toten eingewickelt worden waren, bestanden nur auf den ersten Blick aus Segeltuch. Tatsächlich, so hatte die Untersuchung im Labor ergeben, handelte es sich um mit Kunststoff beschichtetes Gewebe, das an den Rändern mit Ösen versehen war. Durch diese hatte der Täter Nylonseile vom Durchmesser eines kleinen Fingers gezogen, die Planen zusammengezurrt und die Leichen wie in einem Kokon verpackt. Die Nylonseile bestanden aus einem Material, aus dem handelsübliche Schnüre gefertigt wurden – mit anderen Worten: Man bekam das Zeug in jedem Baumarkt.

Tjark trank einen Schluck Orangensaft und rutschte auf dem Ledersofa in seiner Wohnung in eine bequemere Position. Dann las er weiter. Bei den Planen handelte es sich um Gewebe aus chinesischer Fertigung, die laut KTU in einer Fabrik bei Jinan in der Provinz Shandong von der Firma Hitec Zhangtsu Suppliers hergestellt wurden. Sie wurden als Abdeckung für Lkws und Anhänger benutzt, und es gab sie nicht in jedem Supermarkt. Vielmehr wurden sie in Containern nach Rotterdam und von dort aus zu einem Großhändler nach Aachen verbracht, der an verschiedene Standorte in Deutschland lieferte, an denen wiederum diverse Firmen orderten, um ihre Kunden zu bedienen. Darunter befanden sich Hersteller von bedruckbaren Bannern. Es gab folglich

Hunderte Abnehmer. Das machte es nicht einfach zurückzuverfolgen, wer sich solche Planen besorgt haben könnte, um tote Körper darin einzuwickeln. Aber es war immerhin ein Anfang und würde die Soko auf Trab halten.

Tjark stand auf. Er hatte den ganzen Nachmittag in der KTU zugebracht und alle möglichen Analysen gesichtet, die das LKA aus Hannover geschickt hatte, und beschlossen, zu Hause zu übernachten und noch einiges vorzubereiten. Es war heiß in der Wohnung – der Nachteil von Lofts mit großen Flachdächern und Fensterfronten, auf die den ganzen Tag lang die Sonne schien. Er streckte sich und zog das T-Shirt aus. Dann ging er, barfuß und nur mit einer Jeans bekleidet, zum Kühlschrank, um noch etwas kalten Orangensaft zu holen.

Zu den KTU-Ergebnissen gehörten auch Daten zum möglichen Täterfahrzeug. Die Gutachter stützten sich auf die Bremsspuren und die Spuren im Kies von Fokko Broers Auffahrt. Der Abrieb auf der Straße ließ Schlüsse auf die Reifenbreite und den -typ zu. Diesen Spuren sowie dem Achsabstand folgend, handelte es sich bei dem Fahrzeug vermutlich um einen SUV, vielleicht aber auch um einen Lieferwagen oder Transporter. Die Lage war nicht ganz eindeutig, weil die Spuren auf der Straße nicht klar mit denen im Kies korrespondierten, wo sie ohnehin nur vage auszumachen waren. Weiter konnten die Bremsspuren auch von einem anderen Fahrzeug stammen.

Wie dem auch sei, dachte Tjark. Ein Lieferwagentyp wie ein Kangoo oder Sprinter wurde oft von Speditionen benutzt oder von Paket- und Kurierdiensten. Oder von Restaurantbetrieben wie dem *Dünenhof* für den Einkauf in Großmärkten oder zum Ausliefern von Catering-Produkten. In einem solchen Wagen gab es ausreichend Platz für einen toten menschlichen Körper. Ein SUV wiederum wurde häufig von Förstern oder Hobbyjägern genutzt. Solche besaßen gewöhnlich auch Schrotgewehre, zum Beispiel eine Flinte vom Kaliber 12, das in Deutschland für Jagd und Sport gängig war. Die Ballistik hatte erläutert, dass bei den Taten Sellier & Bellot 12/70-Patronen verwendet worden waren. Nichts Besonderes – gleichwohl würde die Polizei überprüfen, wer solche in der letzten Zeit wo gekauft hatte.

Tjark goss den Saft in sein Glas und stellte ihn in den Kühlschrank zurück. Morgen früh würde er zurück nach Werlesiel fahren. Bei der für zehn Uhr angesetzten Besprechung sollten alle bisherigen Ergebnisse zusammengetragen werden – auch die aus den übrigen Befragungen. Vielleicht würden sie dann etwas klarer sehen. Vielleicht auch nicht. Denn bis sich in einem Fall aus dem anfänglichen Hamstern aller greifbaren Informationen endlich ein Bild gestaltete, konnten Tage vergehen. Tage, die sie sich nicht leisten konnten. Denn irgendwo da draußen befand sich wahrscheinlich Vikki Rickmers in den Händen eines Scheißkerls, der wohl erst aus seinem Loch kriechen und möglicherweise einen Fehler machen würde, wenn er sich wieder sicherer fühlte. Das war bei der massiven Polizeipräsenz vor Ort jedoch unwahrscheinlich. Auf der anderen Seite würde er vermutlich, sobald er sich sicher fühlte, Vikki umbringen. Die Angelegenheit war vertrackt.

Der Schlüssel lag in jedem Fall bei Vikki und im Aufarbeiten der bisherigen Erkenntnisse über ihr Verschwinden, dachte Tjark. Er ging zurück zum Sofa, an dessen Enden sich die Berichte aus der KTU und der Rechtsmedizin stapelten. Er stellte das Glas auf den Tisch und warf einen Blick auf den Fernseher, wo die aktuellen DAX-Notierungen vermeldet wurden. Dann schaltete er das Gerät mit der Fernbedienung ab und den Festplattenrekorder an. Im nächsten Moment hämmerten Audioslave aus den Boxen und Chris Cornells aggressive Stimme, die *Drown me slowly* forderte: *Ertränke mich langsam.* Tjark trank einen großen Schluck Saft und nahm sich die übrigen Untersuchungsberichte vor.

Die Kopfschüsse hatten vor allem dem Kiefer gegolten, waren wahrscheinlich aufgesetzt erfolgt und hatten die Zähne der Opfer pulverisiert. Bei den alkoholischen Substanzen, soweit sie in Mageninhalten noch festzustellen gewesen waren, handelte es sich zum Teil um Bier. Tjark stellte sich die jungen Frauen vor, irgendwo in einer Disko, »dressed to kill« – was jemand als eine konkrete Aufforderung verstanden hatte. Er hatte sie angesprochen, mit ihnen geflirtet, sie abgefüllt und anschließend überwältigt. Einem alten, schwachen oder hässlichen Mann wäre das wohl kaum geglückt. Vielmehr musste der Kerl über Charisma und ein entsprechendes Auftreten verfügen, um auf Anhieb zu beeindrucken. Beides war bei Psychopathen nicht selten. Vielleicht hatte der Mann zudem Geld und fuhr ein dickes Auto. Alternativ konnte es sein, dass die Opfer mit dem Täter persönlich bekannt waren.

Bemerkenswert war das inzwischen ausgelesene Protokoll des Handys, das tatsächlich Vikki Rickmers gehörte. Sie hatte in den vergangenen Tagen diverse belanglose SMS mit ihrer Mitbewohnerin ausgetauscht. Sie hatte Versandbestätigungen von Online-Shops erhalten, wo sie Bekleidung und Schmuck bestellt hatte. Weiter hatte sie – allerdings einige Tage vor ihrem Verschwinden – Telefonate mit dem Betreiber des *69* geführt.

Interessant war der vorletzte Eintrag im Protokoll. Er hatte eine Werlesieler Vorwahl und am Ende der Rufnummer eine Null, was auf eine Zentrale hindeutete. Der Anruf war am Tag vor Vikkis Verschwinden um 11.23 Uhr eingegangen und hatte knapp zwei Minuten gedauert. Die Nummer gehörte zur Werlesieler Brauerei. Das musste nichts heißen. Vielleicht hatte Vikki sich dort um einen Job beworben und war zu einem Gespräch eingeladen worden, was sich rasch feststellen lassen würde. Die letzte Nummer, die Vikki von ihrem Handy aus angerufen hatte, war dann die 110 gewesen.

Tjark legte die Ausdrucke zur Seite, griff nach einer Luftaufnahme von Werlesiel und massierte sich mit der freien Hand den Nasenrücken. Wenn der Täter, wie Femke vorgeschlagen hatte, die Leichen mit einem Boot zu seinem Friedhof brachte, dann musste dieses Boot irgendwo vor Anker liegen. Auf diesem Boot würde sich DNA der Opfer finden lassen. Selbst wenn es noch so gut gereinigt worden war, fanden die Fachleute von der KTU letztlich immer etwas – und seien es nur die Rückstände von großflächig verteilter Bleiche oder Lösungsmittel. In der Regel waren Boote irgendwo registriert. Wo Boote registriert waren, musste es Listen über Eigner geben. Tjark machte sich eine Notiz, dass er oder Fred sich darum kümmerten. Außerhalb von Werlesiel befanden sich entlang der Küste im Umkreis von dreißig Kilometern diverse Häfen, die in Frage kämen – inklusive der Anlegestellen auf den Inseln. Aber das Wattenmeer war flach und insbesondere in den Uferbereichen sehr seicht. Tjark konnte sich nicht vorstellen, dass jemand mit einem Segelboot nah genug ans Ufer kam, um dort einen menschlichen Körper auszuladen. Man müsste ihn tragen und durch den Schlick stapfen. Zudem wäre das recht auffällig – allein wegen der hohen Masten eines Seglers. Mit einem kleinen Motorboot wäre das hingegen eine andere Sache.

Aber warum ertränkte der Killer die Frauen? Und warum musste ausgerechnet Tjark es mit einem Irren zu tun bekommen, der für diese Todesart ein Faible hatte? Stroboskopartig blitzten ihm die Bilder durch den Kopf, seine altbekannten Begleiter. Das schwarze Wasser. Der Kälteschock. Panisches Rudern und die vom Meer getränkte Kleidung, die den Körper unablässig nach unten zieht. Die Erkenntnis, was geschehen wird. Schließlich das verzweifelte Öffnen des Mundes in der Hoffnung, dass sich irgendwo in der allumfassenden Schwärze ein wenig Sauerstoff befinden könnte. Und der Druck, der auf Kopf und Brustkorb zunimmt, je tiefer man sinkt, dem Abgrund entgegen.

Tjark holte tief Luft und stand auf. Er ging zum Tresen in der Küche, zog eine Zigarette aus der Verpackung und steckte sie sich an. Das Nikotin beruhigte ihn sofort. Einen Moment stand er ganz still da. Dann merkte er auf und verstand, dass das schrille Geräusch kein Bestandteil des aus den Boxen jaulenden Gitarrensolos war. Es war die Türklingel. Tjark steckte sich die Zigarette in den Mundwinkel, ging hinüber und öffnete.

Es war Fee, auch das noch, und er oben ohne …

Fee klappte der Kiefer herunter, und ihre Augen öffneten sich so weit, als wolle sie sich eine Kontaktlinse einsetzen. Sie schlug sich die Hand vor den Mund. An jedem Finger steckte ein Silberring. Die Nägel waren grasgrün lackiert. Ansonsten trug sie ein enges T-Shirt, auf dem »Sid Vicious forever« stand, sowie eine schwarze Caprihose nebst Flipflops. Die Haare waren mit einem Gummi zusammengebunden, das ein Motiv mit Kirschen zierte. Ein Rucksack klemmte auf ihrem Rücken. Wenigstens, dachte Tjark, war sie nicht nackt wie beim letzten Mal, als sie vor seiner Tür gestanden hatte.

Tjark sagte: »Fee, ich dachte, wir hatten das geklärt und …«

Sie machte eine abwehrende Geste und schüttelte den

Kopf. »Ich komme aus einem ganz anderen Grund – wobei, wenn ich dich so ansehe ...«

Tjark machte Anstalten, die Tür wieder zu schließen.

Fee intervenierte sofort. »Stopp! Im Ernst – ich muss was mit dir besprechen. Ich wollte dich erst anrufen, weil ich dachte, du bist in Werlesiel. Aber dann habe ich gehört, dass du abends noch im Präsidium warst, und mir gedacht, dass du wohl kaum noch zurückfahren würdest. Also habe ich beschlossen, mein Glück zu versuchen, weil ich ohnehin lieber persönlich mit dir sprechen möchte als am Telefon. Und da habe ich eben deinen Wagen gesehen und gedacht: Oh, ich habe Glück und ...«

»Okay«, sagte Tjark, um Fees Redefluss zu stoppen, ließ sie herein, ging zurück ins Wohnzimmer und stellte die Musik leiser. Fee sah sich mit einem Gesichtsausdruck um, als habe sie gerade den Leonardo-Saal in den Uffizien betreten.

»Ich dachte, das sei nur ein Gerücht mit deinem Comic-Spleen«, sagte sie und betrachtete die gerahmten Zeichnungen an den Wänden.

»An einem Gerücht«, antwortete Tjark, räumte das Sofa frei und zog sich sicherheitshalber wieder das T-Shirt über, »ist meistens was dran.« Er setzte sich. Fee hockte sich neben ihn und starrte auf seine Tätowierung.

»Ich hatte auch keine Ahnung, dass du ein Tattoo hast. Das sieht supercool aus.« Sie strich mit dem Finger über die Wellen. Tjark zog den Arm weg. »Wie so ein Yakuza-Tattoo. Was hat es zu bedeuten?«

»Dass ich eine besondere Beziehung zum Meer habe.«

Fee schnallte den Rucksack ab und stellte ihn neben sich hin. »Und welche?«

»Ich mag es nicht.«

»Warum denn nicht?« Fee zog eine rechteckige Nylonhülle

aus dem Rucksack. Sie nahm ihr iPad heraus und schaltete es ein. Zeitgleich schlüpfte sie aus den Flipflops, zog die Beine an und schlug sie unter. »Ich meine: Jeder mag das Meer – ich stehe total drauf, wenn man abends am Strand …«

»Fee«, sagte Tjark und rutschte etwas weg von ihr, »was willst du?«

Sie sah ihn an. Sie atmete tief ein und aus. »Ich habe das Gefühl, dass ich dir was schuldig bin, Großer. Es war eine doofe Nummer von mir, das Gutachten so auszustellen, wie ich es getan habe, und letztlich hat dich das ziemlich in die Scheiße geritten.«

»Das kann man wohl sagen.«

»Es tut mir leid. Ich war verletzt und sauer und wollte es dir heimzahlen. Aber ich bin eigentlich nicht so. Ich bin ganz anders.«

»Ja, du klingelst zum Beispiel halbnackt bei Männern, die du flachlegen willst.«

Fee lachte schallend. Das iPad meldete sich mit einem Gong bereit. »Ich gebe zu, das war eine sehr offensive Anmache, aber …«

»… eigentlich bist du nicht so.«

Fee sah verschämt auf das Display. Ihre Fingernägel klickten auf der Glasoberfläche, als sie einige Dateiordner öffnete. »Wenn ich verknallt bin, schon«, sagte sie.

Tjark ließ den Satz unkommentiert, beugte sich nach vorne und drückte die Zigarette im Aschenbecher aus. »Also, worum geht es?«

Fee hielt ihm den Tablet-Computer hin. Darauf waren einige Knochentrümmer in einer dreidimensionalen Grafik zu sehen. »Ich habe letztes Jahr einen Kursus in forensischer Anthropologie beim FBI in Boston belegt. Der Referent war so ein Typ, der am Ground Zero bei der Identifikation der

Opfer mitgearbeitet und ein neues System für zahnmedizinische Begutachtungen entwickelt hat. Die Software ist vielfach verfeinert worden, und sie setzen sie zur Untersuchung von Opfern bei Selbstmordanschlägen oder bei der US-Armee ein. Ich habe also die am besten erhaltenen Kiefertrümmer eines der Opfer genommen und mit dieser Software rekonstruiert. Das Programm ist sauteuer, aber auch saugut.«

Fee tippte auf eine Schaltfläche. Im nächsten Moment setzte sich der Kiefer wie von Geisterhand in einer Animation wieder zusammen. »Fehlende Teile«, erklärte sie, »berechnet das Ding von selbst.« Ihr Finger tippte auf das skelettierte Kinn und schob es auf der Glasfläche hin und her. Mit jeder Bewegung drehte sich die Darstellung um verschiedene Achsen. »Das Opfer«, fuhr sie fort, »hat Zahnfehlstellungen hier und hier.« Sie zeigte Tjark die Stellen – und auch, wo Zähne überkront worden waren. »Das Material, aus dem die Füllungen gemacht worden sind, wird nicht in Deutschland benutzt. Es wird aber viel in Tschechien verwendet. Das habe ich zur Grundlage einer Recherche genommen – und voilà ...« Sie tippte erneut auf das Display. Das Programm verschwand, und jetzt war das Bild einer jungen Frau zu sehen. Es wirkte wie die Aufnahme aus einem Pass oder von einem Führerschein. Sie trug blonde, kurzgeschnittene Haare, hatte hohe Wangenknochen, wasserblaue Augen. Ihre Nase sah aus, als sei sie einmal gebrochen gewesen. »Darf ich vorstellen? Anna Novák, 23 Jahre alt, gebürtig in Prag, wohnhaft in Wilhelmshaven, Bismarckstraße 57c, Beruf: Modell.«

»Wow.« Tjark rieb sich das Kinn.

»Ja, nicht?« Fee freute sich wie ein kleines Mädchen, griff mit der freien Hand nach vorne und knetete sich die Zehen. »Aber das ist noch nicht alles. Ihr habt sie in eurer Datenbank. Sie ist wegen Drogenbesitzes vorbestraft und einmal wegen Prostitution festgenommen worden. Sie nennt sich Chantal und hatte eine Website, die sie nach ihrer Festnahme gelöscht hat. Danach hat sie sich über eine Seitensprungagentur im Internet vermarktet.«

»Woher weißt du das?«

»Erkläre ich dir gleich.«

Eine Nutte aus Wilhelmshaven, dachte Tjark. Eine, die sich wie so viele über das Web angeboten hat. Er deutete auf das iPad. »Darf ich mal?«

»Klar.« Fee reichte ihm das Gerät.

Tjark rief einen Internetbrowser auf und googelte nach der Seitensprungagentur. Auf ihrer Homepage gab er den Namen Chantal ein und fand vierzehn Einträge mit Bildern. Eines davon glich dem Führerscheinbild von Anna Novák verblüffend. Die Frage war, ob es hier auch eines gab, das Vikki Rickmers zeigte.

»Bingo«, sagte Tjark. Er sah Fee an. »Und die anderen Leichen? Hast du die auch …«

»Bei denen ist es nicht so einfach. Es gibt weitaus weniger Fragmente, und die sind in einem bedeutend schlechteren Zustand. Aber wir werden uns jede einzelne vornehmen.«

»Das ist«, Tjark nickte anerkennend, »wirklich fabelhaft, Fee.«

Sie kicherte. Tjark gab ihr den Tablet-PC zurück. Dann wurde Fee ernst. »Das ist nur ein Teil dessen, was ich mit dir besprechen wollte – wenngleich sicher der wichtigste.«

»Was ist das andere?«

»Berndtsen hat sich alle Gutachten kommen lassen.«

»Berndtsen?« Tjark musste husten. Als er sich wieder gefangen hatte, griff er nach dem Orangensaft, um sich die Kehle freizuspülen.

»Ja.« Fee knibbelte an einem Zehennagel. »Und wir sollen ihm auch alle Ergebnisse von den weiteren Untersuchungen schicken, Tox-Analysen, bla, bla …«

Tjark räusperte sich. »Ich verstehe zwar nicht, warum er sich dafür interessiert – aber meinetwegen …«

Fee blickte auf. »Er lässt sich die Sachen nach Werlesiel schicken.«

»Berndtsen?«

»Mhm.«

»Nach Werlesiel?«

Sie zuckte mit den Achseln. »Wahrscheinlich, weil er das Ruder übernehmen will, würde ich mal sagen. Er hat sich heute schon alles Mögliche faxen und mailen lassen.«

»Auch die Infos über Anna Novák?«

»Auch die Infos über Anna Novák.«

»Ebenfalls nach Werlesiel?«

»Ja.«

»Und deswegen weißt du bereits diese Sachen …«

»… über die Frau und die Internetagentur, ja, weil deine Kollegen schon tätig waren.«

Tjark ließ sich nach hinten zurückfallen, wo die Lederkissen ihn weich auffingen. Er strich sich durch die Haare. Während er den ganzen Nachmittag in der KTU beschäftigt gewesen war, hatte Berndtsen also einen Ausflug an die Küste unternommen. Fred hatte davon wahrscheinlich noch nichts mitbekommen, weil er mit Zeugenbefragungen befasst war und wohl gerade in irgendeinem Restaurant zu Abend aß oder auf seiner Baustelle herumturnte. Und unterdessen riss Berndtsen sich alles unter den Nagel – obwohl Tjark doch mit dem Staatsanwalt …

Verhoeven. Natürlich. Der Mistkerl musste irgendeine Rolle spielen. Tjark beschloss, unbedingt noch mit Fred zu telefonieren. Er musste seine Meinung hören und mit ihm das weitere Vorgehen absprechen.

»Ich werde zwar nicht wirklich schlau aus allem«, sagte Tjark mit einem Seufzen, »aber danke für die Infos.«

Fee lächelte und streckte die Beine aus, um sie auf Tjarks Oberschenkeln abzulegen. »Bekomme ich zur Belohnung eine Fußmassage?«

»Was?«

»Fußmassage.« Sie wackelte mit den Zehen.

Tjark ließ den Kopf in den Nacken fallen, schloss die Augen und stöhnte. Das konnte doch alles nicht wahr sein. Dann hob er den Kopf und dachte: Ach, scheiß drauf.

»Du bist echt durchgeknallt und unmöglich, Fee, hat dir das schon mal jemand gesagt?«

»Ja, schon einige.«

»Eine Minute«, sagte er mit erhobenem Zeigefinger.

Fee nickte artig.

»Und es hat nichts zu bedeuten.«

Sie nickte nochmals. »Überhaupt nichts.«

Tjark streckte die Hände aus und knetete Fee die Fußballen. »Du glaubst im Ernst, Berndtsen will die Kommission übernehmen?«

»Ich glaube eher«, hörte er sie heiser antworten, »dass er das schon getan hat.«

40

Wo sind wir denn hier? In einem schlechten Film?« Tjark war stinksauer.

Staatsanwalt Dr. Verhoevens forsche Schritte knirschten im Kies. Tjark ging rechts, Fred links neben ihm her. In ihrem Windschatten versuchte Femke aufzuschließen.

Verhoeven ging nicht auf Tjarks Bemerkung ein. Er hielt weiter auf das Rathaus zu. »Sie sollten Ihr Auto wirklich mal reparieren lassen«, sagte er schließlich. »Das sieht ja gemeingefährlich aus.«

»Ich mache Ihnen vor der Presse den Tanzbären, und dann werde ich nicht mal darüber informiert, dass …«

Verhoeven blieb abrupt vor der Flügeltür stehen. »Es ist ein publicityträchtiger Fall. Sie haben Medienerfahrung und einen guten Namen in der Öffentlichkeit. Ich weiß nicht, was daran schlecht gewesen sein soll, Sie einzubinden. Und ich kann mich nicht erinnern, dass Sie etwas dagegen hatten.«

Das stimmte. Tjark war klar gewesen, dass Verhoeven ihn in erster Linie als Vehikel für die eigene Publicity benutzt hatte. Das war der Preis dafür, wieder ins Rennen zu kommen. Trotzdem hatte Verhoeven sehr wohl verstanden, wie Tjark und Berndtsen zueinander standen, nämlich gar nicht.

»Ich hatte gesagt«, fügte der Staatsanwalt an, »dass ich Sie als Kommissionsleiter will. Ihr Chef hat das abgelehnt, Sie haben es ja selbst mitgehört. Ich habe mich weder bei meinem noch bei Ihrem Chef und auch nicht bei dessen Chef durchsetzen können. *That's it.*«

»Wieso Berndtsen?«

Verhoeven zögerte einen Moment. Dann fasste er nach der Klinke und öffnete die Tür. »Weil es Teil des Deals war.«

»Deal?«, fragte Fred und wich Verhoevens Aktenkoffer aus, den er durch die Tür schwang.

»Deal« sagte Verhoeven zu Fred und hastete durch das Foyer auf die Treppen zu. »Der Deal, der besagt, dass Sie und Herr Wolf weiter in der Kommission verbleiben und von Ihrem Abteilungsleiter nicht zurückgepfiffen werden. Es hätte sehr schlecht ausgesehen, wenn jemand mit einem Bekanntheitsgrad wie Herr Wolf erst vor die Kameras tritt und schließlich ...«

»Berndtsen übernimmt die Leitung, damit wir bleiben können?«, fragte Tjark fassungslos.

»Sie haben uns verschachert«, sagte Fred und keuchte die Treppe hinauf.

Verhoeven blieb auf den Stufen stehen. Femke buffte mit der Schulter in Tjarks Rücken und sagte leise: »'tschuldigung.«

Verhoeven sah Fred und Tjark an. »Wäre es Ihnen denn lieber, wieder am Schreibtisch zu sitzen?«

Tjark hob abwehrend die Hände. »Gut. Wir haben wichtigere Dinge zu tun.«

»So ist es.«

Sie betraten den Sitzungsraum, in dem Berndtsen bereits mit der versammelten Mannschaft wartete, Tjark mit einem nichtssagenden Blick empfing und demonstrativ auf die Uhr blickte. Berndtsen trug einen preiswerten hellbraunen Anzug. Das Rot seiner Krawatte biss sich mit der Farbe des Preiselbeerflecks am Mund, der ein souveränes Lächeln aufsetzte, als

Berndtsen Verhoeven mit Handschlag begrüßte. Dann wandte er sich Femke zu und fragte in den Raum: »Die Schutzpolizei gehört ebenfalls zur Soko?«

Tjark wollte antworten, aber Femke erledigte es selbst. »Herr Wolf hat mich und meine Dienststelle in die Ermittlungen eingebunden, weil wir über genaue Ortskenntnisse verfügen.«

»Aha.«

Berndtsen musterte Femke. Tjark gefiel der Blick nicht. Am liebsten hätte er sich vor Femke gestellt. Aber sie kam auch ohne ihn klar und fragte: »Ist was?«

Berndtsen verschränkte die Arme und sparte sich eine Antwort. Er wandte sich an die rund fünfzehn Kollegen, die aus dem Ermittlerpool der Behörden aus Wilhelmshaven, Aurich, Norden, Wittmund und Oldenburg für die Soko zusammengezogen waren. Gute Leute, wie Tjark wusste. Vom Kriminalkommissariat aus Aurich entdeckte er eine Bekannte mit karottenrotem Haarschopf und nickte ihr knapp zu.

Sie alle wollten sich ebenso wie Staatsanwalt Dr. Verhoeven über den Stand der Dinge ins Bild setzen lassen. Dafür hatte Tjark einiges vorbereitet. Doch das war jetzt Berndtsens Party. Und dann ging die Party los.

»Eines der Opfer«, erklärte Berndtsen, »ist bereits identifiziert.« Er erläuterte die Sache mit Anna Novák. Was Tjark noch nicht wusste, war, dass es eine Vermisstenmeldung in Bezug auf Novák gegeben hatte. Zudem gab es aus dem letzten und vorletzten Jahr zwei weitere Vermisstenmeldungen von Personen aus der Gegend von Wilhelmshaven, die ins Profil passten: Valerie Köster und Olga Chzmielek, beide Mitte zwanzig. Sie boten sich als Escorts über den Internetdienst an, bei dem auch Anna Novák gelistet war. Über Vikki Rickmers hatte man dort nichts gefunden. Die weiteren rechtsmedizinischen Untersuchungen sollten sich darauf konzentrieren, festzustellen, ob Köster und Chzmielek unter den Opfern waren. Dann ergäbe sich ein klareres Bild. Der Typ legte vorzugsweise Nutten um, weil es einfach war, mit ihnen Kontakt herzustellen. Er buchte sie entweder oder las sie irgendwo auf. Vielleicht suchte er sich seine Opfer aus dieser Klientel, weil er ein Problem mit Sex hatte. Vielleicht wollte er sich an sexuell aktiven Frauen rächen. Vielleicht dachte er einfach, dass eine Bordsteinschwalbe mehr oder weniger keinen kratzte.

Berndtsen erklärte weiter, dass sich die Ermittlungen außerdem auf den Internetdienst fokussieren würden.

Es folgte die Zusammenfassung von Kollegen. Demnach war Vikki Rickmers' Onkel befragt worden. Sie hatte lange bei ihm gelebt, und es gab eine Reihe von Jugendamtsunterlagen über sie. Der Onkel hielt keine besonders großen Stücke auf Vikki und gab an, von seiner Nichte seit Jahren nichts mehr gehört zu haben. Für den Zeitraum ihres Verschwindens hatte er ein sicheres Alibi und besaß außerdem keinen Führerschein – er war ihm wegen Trunkenheit am Steuer bereits mehrfach entzogen worden. Auch der Besitzer des 69 war erneut vernommen worden. Den Namen Anna Novák hatte er noch nie gehört, er kannte keine Valerie Köster oder Olga Chzmielek. Die weiteren Überprüfungen konnten keinen Kontakt zwischen ihm und Novák oder den beiden anderen herleiten.

Dann hob Tjark die Hand. Berndtsen sah ihn emotionslos an und nickte. »Ich benötige eine Vorladung für Carsten Harm.« Er warf Femke einen Seitenblick zu. »Harm«, fuhr er fort, »stand zuletzt in direktem Kontakt zu Vikki Rickmers. Weiter hat die Auswertung ihres Handys ergeben, dass vor ihrem Verschwinden ein Gespräch mit der Werlesieler Brauerei stattgefunden hat, und …«

Berndtsen lächelte. »Wenn ihr eine Brauereibesichtigung machen wollt, nur zu.«

»Es geht um etwas mehr als das.«

»Oh, sicher um die Bestätigung einer handfesten Theorie.«

Tjark schwieg.

»*Meine* Theorie ist folgende«, sagte Berndtsen. »Der Killer kommt nicht aus dieser Gegend, kennt sie aber. Er bucht seine Opfer in Wilhelmshaven im Internet und verlässt mit ihnen die Stadt. Er fährt mit ihnen in einen Wald oder auf eine Autobahnraststätte. Dort hat er Sex mit ihnen. Er legt ein paar Scheine drauf, um sie für die ganze Nacht zu buchen. Die Frauen willigen ein. Er fährt mit ihnen in ein abseits gelegenes Haus. Dort gibt es weiteren Sex und reichlich Alkohol. Die Opfer sind benommen. Er fesselt und wirft sie ins Wasser. Dann fischt er sie raus, schießt ihnen das Gesicht weg, verpackt sie und bringt sie weit weg nach Werlesiel, wo er den Küstenstreifen als sicheren Ort kennt. Er ist spätnachts unterwegs und nutzt den Schutz der Dunkelheit, damit ihn niemand beobachtet.«

Tjark spürte Femkes Blick. Sicher wartete sie auf seinen Einspruch. Er würde ihr später erklären, warum er den Mund hielt.

»Er fährt einen größeren Geländewagen«, fuhr Berndtsen fort. »Er hat außerdem einen Besitzschein für eine Jagdwaffe, möglicherweise einen Jagdschein, und er begreift sich als Jäger – vielleicht auch als Heger und Pfleger. Als solcher hat er es sich auf die Fahnen geschrieben, sein Umfeld sauber zu halten und Abschaum zu beseitigen. Er jagt in seiner Komfortzone, und zwar in seinem Wohnumfeld, das folglich in der Wilhelmshavener Gegend wäre. Sein Rückzugsort ist vielleicht eine Jagdhütte in Küstennähe. Dort hat er wahrscheinlich auch ein Revier gepachtet.«

An der Sache konnte etwas dran sein. Es war nicht von der Hand zu weisen. Berndtsens Theorie war gut.

»Es könnte andere Ansätze geben«, sagte Tjark.

»Nur zu, Wolf, lass uns teilhaben. Wir wollen nicht erst warten, bis du sie im nächsten Buch präsentierst.« Einige lachten. Tjark nicht. Berndtsen machte eine auffordernde Geste. »Ich höre?«

»Der Täter könnte bei einem Paketdienst arbeiten und die Strecke über Werlesiel regelmäßig abfahren. Daher kennt er den Küstenstreifen. In seinen Pausen hat er Vikki Rickmers getroffen. Möglicherweise kennt er Werlesiel auch als einen Ferienort oder den Küstenstreifen, weil sein Hobby Vogelkunde ist und er an der Küste – wie viele andere Hobbyornithologen – seiner Leidenschaft nachgeht.«

»Ein Vogelkundler?« Berndtsen schmunzelte.

»Ein Jäger?«, fragte Tjark zurück. Fred starrte auf seine Schuhe. Tjark schraubte eine Mineralwasserflasche auf und nahm einen tiefen Schluck. »Vikki Rickmers war nicht bei dem Dienst gelistet. Sie stammt nicht von außerhalb wie die anderen.«

»Vikki Rickmers«, sagte Berndtsen, »könnte lediglich das Opfer einer Unfallflucht sein.«

Wieder spürte Tjark Femkes Blicke. »Laut Spurensicherung gab es keine Hinweise auf einen Unfall.«

»Keine Splitter und solche Sachen, meinst du.«

»Stimmt.«

»Weil der Wagen sie seitlich erwischt hat und nicht frontal. Sie lief vielleicht im Nebel betrunken und zugekifft nach Hause und wurde angefahren. Der Unfallfahrer hat sie bei Fokko Broer eingeladen, um seine Tat zu verschleiern oder sie zum Arzt zu bringen. Broer hat die Geschehnisse überinterpretiert, um sich wichtig zu machen.«

»Es wurde bei keinem Arzt und in keiner Klinik eine Vikki Rickmers behandelt.«

»Vielleicht war der Fahrer selbst Arzt.«

»Warum ist sie dann verschwunden? Wo ist sie jetzt?«

»Vielleicht hat der Fahrer ihr Geld gegeben, damit sie wegen des Unfalls die Klappe hält, weil er betrunken war. Möglicherweise viel Geld, dass sie so lange bei ihm bleibt, bis ihre Blessuren verheilt sind, oder sie sich wenigstens aus Werlesiel fernhält, damit niemand unangenehme Fragen stellt.«

Tjark wollte nachhaken, warum sie sich dann nicht wenigstens bei ihrer Mitbewohnerin Meike Schröder gemeldet habe. Aber es war zwecklos. Berndtsen machte seinen eigenen Film.

Berndtsen fuhr fort: »Beim besten Willen, Tjark: Wir haben eine halbe Hundertschaft vergeblich nach einem möglichen Unfallopfer suchen lassen, und zwar lediglich mit dem vagen Verdacht auf eine Straftat. Wir haben hingegen drei Leichen gefunden mit dem sehr konkreten Verdacht auf Straftaten.«

»Richtig«, antwortete Tjark. »Allerdings lassen sich die Spuren am mutmaßlichen Unfallort auch anders deuten, denn ...«

Berndtsen fiel ihm ins Wort. »Fred und du werdet vor Ort bleiben und die Sache mit Vikki Rickmers klären. Vielleicht gehört sie zu unserem Fall, vielleicht ist sie ein eigener Fall, was ich für wahrscheinlicher halte. Ansonsten werden wir den Ermittlungsschwerpunkt in den Bereich um Wilhelmshaven verschieben.« Er sah zu Dr. Verhoeven, der die Aussage mit einem Nicken bestätigte. »Wir verfügen in diesem Provisorium«, Berndtsen blickte sich in dem Sitzungssaal um, »außerdem nicht über die hinreichenden technischen Mittel, zu wenige Telefone, schwache Internetleitungen und zu lange Wege und letztlich zu hohe Kosten. Dafür haben wir nicht das Budget, und vorläufig sind alle Befragungen abgeschlossen. Ich werde die Soko daher abziehen und in die Hauptstelle verlegen, wo wir erheblich besser ausgestattet sind.«

Tjark überraschte das nicht. Genau genommen hatte er damit sogar gerechnet. Er sagte: »Ich würde aber empfehlen, das offensiv in der Presse bekanntzugeben und vor allem die Gründe auszuführen. Das wird den Täter verunsichern und unter Druck setzen, falls er sich in der Wilhelmshavener Gegend aufhält. Die Polizei rückt ihm damit näher auf die Pelle.«

»Guter Punkt.« Schließlich erklärte Berndtsen die Versammlung für beendet. Der Raum leerte sich blitzartig. Auch Tjark ging hinaus und blieb mit Fred und Femke am Flurfenster stehen. Fred rieb sich den Nacken, während er seine SMS überflog. Er sah Tjarks fragenden Blick und erklärte: »Mein Installateur. Es gibt ein Problem mit der Fußbodenheizung.«

»Ich finde«, murmelte Femke leise und sehr ernst, »es gibt hier noch ganz andere Probleme, und ich wüsste gerne …«

Tjark unterbrach sie. »Gehen wir einen Kaffee trinken und holen uns ein paar Brötchen.«

Femkes Mund öffnete und schloss sich wie bei einem Fisch auf dem Trocknen.

Fred steckte das Handy weg. »Sag nie nein zu einem Brötchen«, meinte er. »Vamos.«

41

Vor der Bäckerei am Hafen roch es nach einer Mischung aus Diesel, Fisch und süßen Puddingteilchen. Femke war schlecht. Ein Kutter legte gerade ab. Möwen kreischten ihm hinterher. Fred und Tjark saßen auf einer Mauer am Kai und taten sich an belegten Brötchen gütlich, die Mama hatte springen lassen. Femke war der Appetit längst vergangen.

»Ich kann nicht glauben«, sagte sie, »dass die Soko wirklich verlegt werden soll. Ich meine, hallo? Hier wurden Leichen gefunden, und nicht woanders, und Vikki ist nach wie vor vermisst.«

»Zerbrich dir nicht den Kopf«, sagte Fred mit vollem Mund. »Das liegt an der Statistik.«

»Statistik?«

Der Wind zerzauste Freds Haar. »Wenn es vierundzwanzig Stunden nach dem Verschwinden einer Person keine greifbaren Spuren gibt, ist das schlecht. Wenn sich nach achtundvierzig Stunden nichts tut, kannst du zu neunzig Prozent davon ausgehen, dass die Person tot ist oder verlässlich untertauchen will. Vikki ist seit deutlich mehr als zweiundsiebzig Stunden vermisst. Es gibt weder Hinweise auf ihren Aufenthaltsort, noch ist irgendeine Forderung aufgetaucht, noch haben wir Belege, dass sie in der Hand des Mörders ist. Berndtsen denkt ökonomisch.«

Ökonomisch? Femke spie ein verächtliches Lachen aus.

Fred zuckte mit den Achseln. »Budgetwesen«, erklärte er. »So ist das nun mal. Hast du eine Ahnung, was es kostet, eine Soko außerhalb des Adlernests zu unterhalten?«

»Fred hat recht«, meldete sich Tjark zu Wort. »Es klingt zynisch, aber niemand hat je behauptet, dass die Wirklichkeit nicht zynisch wäre.«

»Wir können die Suche doch nicht aufgeben!«

»Tun wir ja auch nicht.«

Femke verschränkte die Arme vor der Brust und verlagerte ihr Gewicht vom rechten auf das linke Bein. Sie musterte Tjark, der sich gerade einige Krümel aus dem Mundwinkel wischte. »Vertue ich mich«, fragte Femke, »oder hast du nicht eine ganz andere Einschätzung des Falls als dein Chef?«

»Doch«, antwortete Tjark, »habe ich.«

»Und warum hast du nichts gesagt?«

Fred sagte: »Berndtsen hat eine denkbare Möglichkeit präsentiert. Es gibt aber auch andere denkbare Möglichkeiten.«

»Bist du jetzt Tjarks Pressesprecher?«

Fred schwieg und blickte hinaus aufs Meer.

Tjark steckte sich eine an. »Es ist logistisch wie wirtschaftlich aus Berndtsens Sicht sinnvoll, die Soko zu verlegen. Außerdem kann an der Wilhelmshaven-Sache etwas dran sein. Andererseits hat Berndtsen die Chance wahrgenommen, um Fred und mich loszuwerden – das wollte er von Anfang an. Deswegen lässt er uns in Werlesiel. Hier nerven wir ihn nicht – und bringen vielleicht noch was Nützliches zustande.«

Femke war irritiert. Sie verstand nicht, wie Tjark und Fred so gelassen bleiben konnten, aber bevor sie erneut nach Gründen fragen konnte, ergriff Fred wieder das Wort: »Berndtsen wollte uns vor den Füßen weg und wir Berndtsen. Deswegen haben wir die Klappe gehalten.«

»Sein Entschluss stand ohnehin fest«, ergänzte Tjark. »Und

das ist in unserem Sinn. Ebenfalls, den Umzug der Soko über die Presse zu verkünden. Der Täter wird das lesen.«

Femke sah zwischen beiden hin und her. »Muss ich das verstehen?«

Tjark lächelte: »Es ist wie mit den Asseln, wenn du einen Stein hochhebst. Sie scheuen das Licht und rennen weg. Sie kommen erst zurück, wenn es wieder dunkel wird. Sobald der Täter glaubt, dass Ruhe einzieht, sind Fred und ich zur Stelle.«

»Ermittlungstaktik«, fügte Fred an. »Wie in einem Schachspiel. Entweder gewinnen wir, oder wir verlieren. Am Ende gewinnen wir meistens.«

»Aber es geht um ein Menschenleben, und wenn Vikki noch nicht tot ist, dann …«

»Ich glaube, dass sie noch lebt«, sagte Tjark. »Und ich bin ziemlich sicher, die Antworten auf alle offenen Fragen finden wir in Werlesiel. Den Täter auch.«

Femke sah zu Boden. »Mein Gefühl sagt mir das ebenfalls – aber was macht dich so sicher?«

»Mein Gefühl.« Tjark schmunzelte. »Anna Novák stammte aus Wilhelmshaven. Zwei weitere vermisste Prostituierte ebenfalls. Die Kollegen von der Soko überprüfen, ob sich eine von ihnen unter den Opfern befindet – oder alle beide. Ich kann mir vorstellen, dass die Rechtsmedizin diese Annahme mit entsprechenden Identifizierungen belegen wird. Vikki hingegen stammt aus Werlesiel, hat mit dem Internetdienst nichts zu tun, und sie ist weder lebend noch tot aufgetaucht. Das alles hat etwas zu bedeuten.«

»Und was?«

»Ein Serientäter entwickelt sich. Es hat ihm nicht mehr gereicht, immer nur dasselbe zu tun. Er hat einen neuen Reiz gesucht. Er wollte beweisen, dass er weiter gehen kann als bislang, ohne erwischt zu werden. Er hat sich sicherer gefühlt und wurde mutiger. Deswegen hat er sich an jemandem vergriffen, der ihm näher ist als eine beliebige Person. Vielleicht auch an jemandem, der ihm persönlich wichtiger ist. Du erinnerst dich außerdem an unser Gespräch am Küstenstreifen?«

Femke sagte: »Der Täter begräbt seine Opfer immer an ein und demselben Ort in den Dünen. Das kann er im Moment nicht mehr. Er wartet, bis die Bahn wieder frei ist.«

Tjark und Fred nickten.

Ja, dachte Femke. Da war was dran. Und immer noch sagte ihr dieser Ort irgendetwas – wenn sie nur endlich darauf kommen würde. »Ich weiß nicht … Würde er wirklich so leichtsinnig sein und dort wieder …«

»Gott kann alles, denn Gott ist der Größte.«

»Aber es erhöht sich damit auch die Chance, dass er Vikki nun wirklich tötet, wenn er sich sicherer fühlen kann.«

»Es sei denn«, meinte Fred, »wir sind schneller.«

Tjark stieß in einer langen Fahne den Rauch aus. »Warum hat Vikki ihr Telefonat mit der Werlesieler Brauerei geführt?«

Femke sagte: »Das habe ich mich auch schon gefragt – ich war sehr überrascht, als ich das eben in der Besprechung gehört habe, und ich habe darüber nachgedacht.«

»Schieß los«, sagte Fred.

Femke verscheuchte eine Wespe. Dann hob sie beide Zeigefinger, den ganzen und den halben, als wolle sie ihre Worte ordnen und die Gedanken in die richtigen Zusammenhänge dirigieren. »Okay, eins nach dem anderen. Vikki war zunächst bei Fokko Broer aufgetaucht. Als wir die Unfallstelle untersucht haben, Tjark, kam ein Wagen vorbei: Knut Mommsen fuhr in Richtung von Fokkos Haus. Weiter sind Kröger und Harm mit Vikki gesehen worden. Harm hatte außerdem wohl Sex mit ihr. Davor soll Fokko mit den beiden Politikern in einem Restaurant gestritten haben. Harm und Kröger sind in der letzten Zeit oft mit Mommsen gesehen worden. Außerdem ist bekannt, dass Mommsen häufig ausgelassene Partys auf dem Brauereigelände feiert.« Sie dachte nach. »Ich bin mir nicht sicher, aber wenn ich diese Fakten aufzähle, dann ergibt sich daraus ein gewisses Bild, nicht? Zumindest ein diffuses.«

Fred nickte. »Mich würde interessieren, wann die letzte dieser Partys bei Mommsen war und was genau es mit diesen Sausen auf sich hat.«

»Und ich würde wirklich gerne wissen«, fügte Tjark hinzu und schnippte gleichzeitig die Kippe weg, »ob Harm da war und Mommsen Vikki dazu ebenfalls eingeladen hat. Ich meine telefonisch, und zwar tatsächlich genau am Tag ihres Verschwindens.«

42

Der Mann hatte sie erniedrigt und missbraucht. Er war ein Irrer, ein Psychopath. Vorhin war er gekommen und hatte Vikki gezwungen, ein Stück Papier abzulecken. Was auch immer ihn daran anturnen mochte – es schien ihm wichtig zu sein, dass sie es tat, und Vikki hatte es getan. Ein Stück Papier mit der Zunge zu bearbeiten, hatte sie gedacht, wäre noch das kleinste aller Übel, zu dem er sie nötigen konnte.

Nun war der Mann wieder fort. Vielleicht würde er nie wieder zurückkommen und sie hier verrotten lassen, überlegte Vikki und versuchte aufzustehen. Ihre Hände waren noch immer auf den Rücken gefesselt, ihre Muskeln von der Kälte und der starren Haltung steif. Nach einigen Versuchen gelang es ihr schließlich doch. Danach schmerzten Beine und Fußgelenke, als seien sie mit Lava ausgegossen worden. Jeder Schritt fiel ihr schwer, aber je länger sie auf den Beinen war, desto besser ging es.

Allerdings wurde ihre anfängliche Euphorie von dem Blick in das eigene Gesicht wieder gedämpft, als sie sich im Wasserspiegel in dem Holzfass sah. Ihr war, als blicke sie in das Gesicht einer lebenden Toten – und was war sie letztlich anderes? Vielleicht würde sie schon heute sterben. Vielleicht erst in einer Woche. Vielleicht bereits in fünf Minuten.

Vikki beugte sich ein weiteres Mal über das Fass und betrachtete ihr Gesicht im Wasser. Immer wieder verschwamm das Spiegelbild, wurde von kleinen Wellen verzerrt. Zuerst nahm sie an, das läge an Tropfen, die von der Decke herabfielen. Dann bemerkte sie, dass Tränen die Ursache waren. Sie flossen ihr unkontrolliert aus den Augen.

Soweit Vikki im fahlen Licht der Glühbirne erkennen konnte, musste sie aussehen, als habe ein Panzer sie überrollt. Ihr rechtes Augenlid war verfärbt und geschwollen. Auf der Unterlippe war getrocknetes Blut. Die Haare waren verfilzt. Vikki sah aber noch etwas anderes in dem Spiegelbild. Sie sah das Gesicht einer jungen Frau, die nicht einmal zwanzig Jahre alt war, die ihr Leben aber schon völlig verpfuscht hatte und der es bereits an einer Perspektive für die Zukunft gefehlt hatte, als sie noch nicht in die Fänge eines Mannes geraten war, der sie zweifelsohne töten würde.

Liebe – ausgerechnet von ihr forderte er Liebe. Sie wusste nicht, was Liebe war und wie sie sich anfühlte, beziehungsweise hatte es längst vergessen. Sie war gut darin, jemandem etwas als echt zu verkaufen – ob es nun ein Orgasmus oder ein Kuss war. So gut, dass für sie selbst die Grenzen manchmal verwischten und sie ihre eigenen Lügen glaubte. Sex kannte sie nur ohne Gefühl. Nicht wenige Männer hintergingen ihre Partnerin oder Frau mit Vikki. Sicher hätte sie die Männer deswegen verachten können, aber Vikki tat das nicht. Dazu war ihr alles viel zu gleichgültig, und von Betrug konnte man nach ihrer Meinung erst sprechen, wenn Emotionen eine Rolle spielten, und damit war Sex für sie nicht verbunden. Es war ein mechanischer Prozess. Im Altenheim wischten Frauen Männern den Hintern ab oder wechselten ihnen die Windeln, sie holte Männern einen runter. Manche waren nett, andere arme Schweine oder abartige Irre, aber am Ende war es gleich, was sie waren – Hauptsache, sie zahlten, denn das sicherte

Vikki die Miete und das Essen. Das Geld zeigte ihr aber auch, dass sie wenigstens etwas wert war – wenn schon keinen Blumenstrauß, kein selbst geschriebenes Gedicht, keinen Ring oder keine Kette, dann wenigstens zweihundert Euro die Stunde, und das war durchaus nicht schlecht. Onkel Heiner hatte ihr nie gesagt, dass sie etwas wert war. Und er hatte, bis auf etwas Taschengeld, auch nie gezahlt – er hatte vielmehr vorausgesetzt, dass ihr Körper eine hinreichende Gegenleistung dafür war, dass er Vikki bei sich aufgenommen hatte und sich um sie kümmerte.

Irgendwann war der Zeitpunkt gekommen, an dem sich ihr Körper dafür entschieden hatte, nicht länger von einem Mann benutzt zu werden, sondern die Kontrolle über Männer zu übernehmen, was die in dem Körper lebende Seele okay gefunden hatte. Beide würden sich nun ein weiteres Mal dafür bereit machen, dass Angriff die beste Verteidigung war. So hatten sie es gelernt. So funktionierten sie.

Vikki ballte die Fäuste und starrte ins Wasser – das Wasser, das ihr Leben beenden würde, wenn ihr Entführer beschloss, sie beim nächsten Mal so lange unterzutauchen, bis sie ertrank. Nein, dachte Vikki, das würde sie nicht zulassen. Sie hatte einmal Träume gehabt. Sie wollte gerne mit Kindern arbeiten. Sie wollte einmal die Wüste und New York sehen. Sie wollte auf einem Motorrad nach Paris fahren, in einem sündhaft teuren Restaurant Champagner trinken und dort in einem Kleid von Christian Lacroix in die Oper gehen. Und irgendwann einmal wollte sie lernen, wie sich Liebe wirklich anfühlte.

»Nein«, flüsterte sie ihrem Spiegelbild zu. »Hier wird es nicht enden.«

Dazu war es nötig, mobiler zu sein. Der Raum, in dem sie gefangen war, schien recht groß und annähernd quadratisch zu sein. Vikki schätzte, dass das Grundmaß sechs oder sieben

Meter betragen musste. Genug Platz, um sich ein wenig zu bewegen, im Kreis herumzugehen und dafür zu sorgen, dass ihre Muskeln wieder geschmeidig und sie selbst damit agiler wurde. Aber es war noch etwas anderes erforderlich.

Vikki ging in die Hocke und biss die Zähne gegen den Schmerz in den Gelenken zusammen. Dann zog sie die Beine an, formte die an den Handgelenken gefesselten Arme hinter dem Rücken wie zu einer Schlinge und schob sich mit dem Po hindurch. Es war anstrengend. Es tat weh. Aber es ging. Schließlich ließ sie die Beine folgen. Dann befanden sich ihre Hände endlich vor ihr. Ihr Bewegungsspielraum hatte sich damit erheblich erweitert. Wenn ihr Entführer kam, könnte sie das Gleiche noch einmal machen – nur andersherum, damit die Arme wieder auf dem Rücken wären und er nichts merkte.

Vikki stand auf und schüttelte sich das Haar aus dem Gesicht. Vorsichtig ging sie zur Tür und befühlte mit den Händen die kalte Oberfläche. Von den Rostblumen fielen einige Krümel herab, als sie mit den Fingern darüberstrich. Mit den Handballen schlug sie gegen das Metall. Sie hörte nur ein Patschen statt eines hohlen Geräusches, was Vikki darauf schließen ließ, dass die Tür sehr dick und massiv sein musste. Sie schien direkt in den Beton eingelassen worden zu sein, und Vikki sah kein Schloss. Der Mann musste sie also jeweils von außen verriegeln. In Hüfthöhe schien sich einmal ein Griff oder ein Verschließmechanismus befunden zu haben. Jetzt war da keiner mehr, und es ließ sich nicht sagen, ob er entfernt worden oder irgendwann einfach abgefallen war. Mit den Fingernägeln fasste sie in den schmalen Spalt zwischen dem Rand der Tür und der Wand – vollkommen aussichtslos, hier etwas bewegen zu wollen. Der Spalt war oben wie unten gerade weit genug, um ein Blatt Papier hindurchzuschieben. Sie spürte weder einen Luftzug, noch fiel ein Lichtschimmer herein. Die Tür schloss den Raum absolut dicht von der Außenwelt ab.

Vikki drehte sich wieder um. Sie betrachtete das Fass genauer und schätzte sein Gewicht ein. Es war groß. Der Rand reichte ihr bis zur Brust. Für sich genommen, dürfte das Gefäß bereits an die dreißig Kilo wiegen, schätzte Vikki, inklusive des Wassers sicher deutlich mehr als hundert Kilo. Sie stemmte sich dagegen und versuchte, es zu verschieben. Es bewegte sich keinen Deut.

Vikki sah zur Decke, wo armdicke Rohre verliefen. Sie sahen stabil aus – wie aus massivem Eisen. Wenn es ihr gelang, sich daran festzuhalten, könnte sie die Füße gegen den Rand des Fasses stemmen und versuchen, es auf diese Weise und mit einer besseren Hebelwirkung und mehr Kraft zu bewegen. Allerdings war die Decke über zwei Meter hoch.

Vikki streckte vorsichtig die Arme nach oben. Jeder Zentimeter schmerzte. Sie keuchte, stellte sich auf die Zehenspitzen und verstand, dass zwischen ihren Fingern und den Rohren ein guter halber Meter Luft lag. Vorsichtig stellte sie sich auf die Chemietoilette – aber so sehr sie sich auch streckte: Es fehlten die entscheidenden Zentimeter. Außerdem würde sie mit den zusammengebundenen Handgelenken eines der Rohre nicht vollständig umfassen und sich vermutlich wahrscheinlich nicht fest genug daran halten können. Sie musste die Plastikbänder loswerden.

Vikki senkte die Arme, stieg von dem Kunststoffkasten herunter und blickte zu dem in der Wand befestigten Metallregal. Die Kanten sahen scharf aus. Sie würde sie vielleicht benutzen können, um die Kabelbinder zu durchtrennen. Schließlich registrierte sie die Kiste in der Ecke unter dem Verteilerkasten. Sie bestand aus beschlagenem Holz, war über einen Meter lang sowie einen halben Meter hoch und tief und damit deutlich größer als das Campingklo und als Leiter besser geeignet.

Falls es ihr gelang, überlegte Vikki, die Kiste zum Fass zu ziehen und hochkant aufzurichten, könnte sie durchaus an die Rohre gelangen und versuchen, das Fass auszugießen – und zwar in dem Moment, in dem der Scheißkerl die Tür öffnete, den Raum betrat und die vor ihm auf dem Boden liegende, mit dem Stromkasten verbundene Kupferschlinge hoffentlich nicht bemerkte. Er würde den Schock seines Lebens bekommen, sobald das Wasser über den Draht floss und seine Füße umspülte – während Vikki sich so lange an den Rohren unter der Decke festhalten würde, bis hoffentlich die Sicherungen durchbrannten und sie sich ungefährdet wieder herunterlassen konnte.

Vikki ging auf die Kiste zu. Sie wirkte verwittert, war zum Teil mit Moos bewachsen. Die Schrift auf dem Deckel war verblasst. Mit etwas Phantasie konnte sie die Zahl Vier erkennen. Darunter stand die Abkürzung »Pzf-30 m«, was ihr nichts sagte.

Vikki betrachtete das Schloss an der Vorderseite. Es war verrostet – genau wie die Griffe an den Seiten. Wahrscheinlich würden sie abbrechen, wenn sie versuchte, daran zu ziehen. Vikki stemmte die Hacke gegen eine Kante und übte etwas Druck aus. Die Kiste machte Anstalten, sich zu bewegen. Das war ausgezeichnet. Allerdings durfte sie das Ding noch nicht verrücken. Dem Mann könnte das auffallen, wenn er kam. Also nahm Vikki den Fuß wieder weg und sah dabei einen weiteren Aufdruck an der linken Seite der Kiste. Sie betrachtete das Signet einen Moment und verstand schließlich seine Bedeutung. Nach einer Weile begriff sie, was vermutlich in der Kiste war. Und dass die Chancen, hier lebend wieder rauszukommen, sich mit einem Mal potenziert haben könnten.

43

Wenn man Werlesiel in Richtung Westen verließ, kam man in Richtung Bornum auf halbem Weg am Haus von Fokko Broer und dem Uferstreifen vorbei. Er war in Teilen noch von der Spurensicherung abgesperrt. Fuhr man in der anderen Richtung nach Osten aus dem Ort, gelangte man unweigerlich zur Werlesieler Brauerei und passierte zunächst ein großes Lager, auf dem sich unzählige Getränkekisten bis zur Höhe eines Einfamilienhauses stapelten. Angesichts der bunten Fassade aus Plastik musste Tjark an ein gigantisches Tetrisspiel denken. Das Lager gehörte zum der Brauerei angeschlossenen Großhandel, der die Region mit Getränken belieferte. Es hatte etwa die Maße eines Fußballplatzes und war umzäunt. Einige hundert Meter weiter ging es nach links in die Einfahrt zum Brauereigelände. Das Rolltor stand offen. Tjark ließ einen Lkw mit »Werlesieler«-Aufdruck passieren, bevor er abbog.

»Millionen und Abermillionen Liter Bier«, sagte Fred neben ihm. »Wir sind im Paradies.« Tjark lächelte leicht und reduzierte das Tempo.

Rechts auf dem Hof des Firmengeländes befand sich ein Brauerei-Shop mit Direktvertrieb. Daneben standen einige Bierwagen auf Anhängern – sie wurden sicherlich auf Volksfesten oder ähnlichen Anlässen eingesetzt. Eine riesige Halle schloss sich an. Drinnen und draußen standen zahllose aufeinandergestapelte Plastikkisten. Vor der Halle parkten Lkws, die gerade mit Paletten voller »Werlesieler« beladen wurden. Leitungen führten zum zentralen Gebäude, dem alten Brauhaus. Es war aus rotbraunen Klinkern gebaut, sicher drei Stockwerke hoch und glich einer um die Jahrhundertwende errichteten Manufaktur mit Schornsteinen. Die Leitungen verschwanden dort in zwei riesigen silbernen Tanks. Sie sahen aus wie Kolben eines gigantischen Motors und fassten sicher Tausende Hektoliter Bier, den Treibstoff der Werlesieler Wirtschaftskraft.

Tjark parkte ein und stellte den Motor ab. Er und Fred stiegen aus, um im nächsten Moment einem Gabelstapler auszuweichen, dessen Fahrer sich den Hals nach dem BMW verrenkte. Fred sagte: »Du solltest wirklich mal die Einschusslöcher wegmachen und das Cabrio neu lackieren lassen. Das übernimmt doch die Versicherung.«

»Die Zeit wird kommen«, antwortete Tjark, dem inzwischen die Vorstellung gefiel, dass der Wagen gemeinsam mit seinem Besitzer bereits etwas durchgemacht hatte. Wie ein Cowboy und sein Pferd oder Batman und das Batmobile. Sie gingen über den Parkplatz, vorbei an Masten, an denen die »Werlesieler«-Flaggen im Wind flatterten und dabei Geräusche wie große Lenkdrachen am Strand machten. Von irgendwoher klirrte und ratterte es aus einer Abfüllanlage. Dann betraten sie durch den Haupteingang das Foyer der Brauerei.

Der Geruch nach Bier war allgegenwärtig – aber nicht abgestanden und schal wie in einer Kneipe, sondern malzig, würzig und leicht süßlich. Der Boden war gekachelt, die Wände mit historischen Schwarzweißfotos behangen. Hinter dem Empfangstresen zeigte eines in schwerem Goldrahmen hinter Glas einen Bierkutscher mit Fischermütze und Peitsche in der Hand.

Unter dem Bild saß eine füllige und recht attraktive Mitt-fünfzigerin. Sie lächelte Tjark und Fred an, grüßte kurz und erklärte ihnen den Weg in das Epizentrum der Macht: Knut Mommsens Büro. Sie bedankten sich und gingen durch einen Raum voller Kupferkessel, Armaturen mit Zeigern, Hebeln und Rädern aus Holz und Messing. Im Treppenhaus nahmen sie zwei Stufen gleichzeitig, gelangten in einen Flur und schließlich in Mommsens Vorzimmer, wo sie eine rothaarige Sekretärin in Empfang nahm.

In Mommsens Büro hätte sich jeder russische Oligarch sofort wie zu Hause gefühlt. Es war mit pseudobarocken Möbeln, Brokatstühlen, Samtsofas und dick aufgetragenen Gemälden mit Meeresmotiven dekoriert. Mommsen selbst saß an einem wuchtigen Schreibtisch und telefonierte. Er hob die Hand zum Gruß und wies Tjark und Fred mit einer Geste die Besucherstühle zu. Mommsens Haare waren grau wie der Rücken eines Wolfes. Er trug einen blauen Zweireiher mit goldenen Knöpfen sowie ein buntes Einstecktuch und mus-terte Tjark und Fred aus wässrigen Augen, unter denen sich dicke Tränensäcke befanden. Tjark zog einen Notizblock aus der Seitentasche der Lederjacke und deponierte ihn auf dem Schoß.

Nachdem Mommsen das Gespräch beendet hatte, faltete er die Hände über dem Schreibtisch wie zum Gebet, indem er die Fingerspitzen aneinanderlegte. »Mein Architekt, kleines Abstimmungsgespräch für ein Projekt.« Er entschuldigte sich mit einem Lächeln, das ihn wie eine Kröte aussehen ließ. »Sie trinken Kaffee?« Er drückte einen Knopf an der Telefon-anlage auf dem Schreibtisch.

»Schwarz«, sagte Tjark.

»Schwarz«, sagte Fred. »Mit viel Zucker.«

Mommsen gab die Order durch und legte die Hände wieder zusammen. »Fürchterliche Sache, die da geschehen ist«, sagte er und setzte eine betroffene Miene auf. »Unfassbar. Ich hoffe, Sie schnappen den Mörder bald. Manchmal denke ich, dass für solche Fälle die Todesstrafe wieder eingeführt werden sollte.«

Tjark sagte nicht, dass er das manchmal ebenfalls dachte. Er blickte kurz über die Schulter, als sich die Tür öffnete und Mommsens Sekretärin mit drei Tassen in der Hand hereinkam und diese auf dem Tisch abstellte. Sie schenkte Tjark die Andeutung eines Lächelns, bevor sie wieder verschwand. Mommsen warf ein Zuckerstück in den Kaffee und rührte mit einem verzierten Silberlöffel in der Tasse herum. Fred nahm vier Stück Zucker.

»Wie kann ich Ihnen behilflich sein?«, fragte Mommsen.

»Kennen Sie Vikki Rickmers?«

Mommsen ließ den Löffel abtropfen, nahm die Tasse nebst Untertasse in die Hand und lehnte sich in seinem Ledersessel zurück. Er trank einen Schluck, rollte ein Stück zurück und schlug die Beine übereinander.

Natürlich kannte er Vikki Rickmers, dachte Tjark und schlug den Spiralblock auf. Er nahm die Farbkopie eines Fotos heraus, das Vikki zeigte, und schob es Mommsen zu, der keinen Blick darauf warf, sondern Tjark weiter unvermittelt ansah. »Das ist die Frau, die vermisst wird?«

»Ja.«

»Ich habe das nur am Rande mitbekommen. Ich stecke gerade in einer besonders arbeitsreichen Phase, die meine Aufmerksamkeit sehr beansprucht. Wie kommen Sie darauf, dass ich die junge Frau kenne?«

Fred sagte: »Vikki Rickmers hat am Tag ihres Verschwindens ein Telefonat mit Ihrem Unternehmen geführt. Wir würden gerne wissen, worum es dabei ging.«

Mommsen schob die Unterlippe vor und tat so, als dächte er nach. Dann trank er noch einen Schluck Kaffee. »Es kann natürlich sein, dass es ein Telefonat zwischen unserem Unternehmen und Frau Rickmers gegeben hat. Ich müsste das nachprüfen.«

»Das heißt?«

»Dass es möglicherweise beruflich und damit vertraulich war.«

»Wer hat mit ihr telefoniert?«

»Sie sollten mir besser mal richtig zuhören. Ich habe gerade eben gesagt, dass ich das erst nachprüfen muss. In meinem Unternehmen wird nämlich sehr viel von sehr vielen über sehr vieles telefoniert.«

Mommsen schüttelte den Kopf, als habe er es mit einem bockigen Kind zu tun.

»Ach bitte«, sagte Fred und klang etwas genervt. »Wir sind nicht zum Spaß hier, Herr Mommsen.«

Mommsen schwieg.

Tjark tippte mit dem Kuli auf die unbeschriebene Seite des Blocks und musterte sein Gegenüber. »Das Gespräch zwischen uns«, sagte Tjark, »ist keine Vernehmung. Zu der müsste ich Sie offiziell vorladen. Alles, was Sie uns mitteilen können, hilft uns womöglich weiter, könnte aber nicht gegen Sie verwendet werden. Ich kann Sie jedoch gerne zu einer polizeilichen Vernehmung vorladen, und Ihre Bürokraft Frau …«

»Emmy Wellmer.«

»… Frau Wellmer lade ich gerne dazu und lege Ihnen eine gerichtliche Verfügung zur Offenlegung aller Telefonate an dem betreffenden Tag vor, aus der hervorgehen wird, wer im Hause genau mit Frau Rickmers telefoniert hat.«

Mommsen setzte sich auf, stellte die Tasse ab und rollte mit dem Stuhl wieder an den Tisch heran. Er beugte sich etwas nach vorne. »Herr Wolf«, er räusperte sich, »wissen Sie, wer ich bin?«

»Nicht exakt«, antwortete Tjark. »Ihre Personalien haben wir noch nicht aufgenommen.«

»Aber ich weiß, wer Sie sind. Ich kenne Ihr Buch. Sie gelten in bestimmten Kreisen als ein Prominenter. Das ist ein Status, der Sie sehr selbstsicher macht, und in einem großen Mordfall liegt für Sie gewiss eine Menge Prestige. Vielleicht ist das auch der Grund, aus dem Sie in Werlesiel aufgekreuzt sind. Der Ruhm sei Ihnen gegönnt, aber Sie werden ihn ganz sicher nicht auf meine Kosten ernten.«

Fred verschluckte sich etwas.

Tjark sagte: »Gut, dann kommen wir mit einer gerichtlichen Verfügung wieder, und ich rufe Staatsanwalt Dr. Verhoeven …«

»Ich kenne ihn gut aus dem Freundeskreis Wittmund-Wangerland.« Mommsen schnitt Tjark das Wort ab. »Er ist Präsident des Clubs, dem ich jährlich einige zehntausend Euro für soziale Projekte spende. Wir können ihn sofort anrufen und fragen, ob er einen Gerichtsbeschluss oder eine Verfügung wegen eines Telefonats ausstellen möchte, das eventuell irgendjemand mit irgendjemandem wegen irgendwas geführt hat. Meinen Anwalt ebenfalls.«

Mommsen hat leider recht, dachte Tjark, sagte aber dennoch: »Es ist nicht nötig, mir meinen Beruf zu erklären.«

»Es ist ebenfalls nicht nötig, mich in meinem Büro unter Druck zu setzen. Sie erwähnten es eben: Sie kennen mich nicht. Nun lernen Sie mich kennen.«

Tjark wäre gerne aufgestanden und hätte Mommsen die Fresse poliert. Nicht deswegen, weil der sich für King Kong hielt. Das war halt sein Wesen. Das überhebliche Lächeln allerdings, das er die ganze Zeit zur Schau trug, ging Tjark gewaltig auf die Nerven. Fred schien das zu bemerken. Er warf Tjark einen Blick zu, stellte seinen Kaffee ab und fragte: »Haben Sie Vikki Rickmers für eine Party gebucht?«

»Ich weiß nicht, wovon Sie sprechen.« Ein kaum wahrnehmbares Blinzeln verriet Tjark, dass Mommsen sehr wohl wusste, wovon Fred sprach.

»Was sind das für Partys?«

»Welche meinen Sie?«

»Die auf Ihrem Firmengelände.«

»Es gibt gelegentlich gesellige Anlässe mit Geschäftskunden und Multiplikatoren – wie nennt man das heute: Socializing, Vernetzung. Es gibt ebenfalls kleinere Feiern zum Abschluss von Brauereibesichtigungen.«

»Wann war die letzte?«

»Da müsste ich im Terminkalender nachsehen.«

»War Vikki Rickmers ebenfalls eingeladen?«

Mommsen seufzte und grinste wieder diese süffisante Grinsen. »Ich muss doch wirklich bitten. Sie unterstellen, dass eine Prostituierte …«

Tjark unterbrach Mommsen. »Frau Rickmers ist Ihnen als Prostituierte bekannt? Woher?«

Mommsen sagte: »Es gab doch diese Suchmeldung im Fernsehen und in der Zeitung.«

»Darin war von Frau Rickmers' Betätigung keine Rede.« Tjark warf den Spiralblock auf den Tisch, griff nach dem Kaffee und trank einen Schluck. Dann stellte er die Tasse zurück und atmete tief ein und aus. »Vikki Rickmers' Verschwinden kann im Zusammenhang mit einer Straftat sowie den Leichenfunden in Werlesiel stehen. Wir bitten Sie lediglich um Mithilfe wegen dieses Telefonats, jede Spur ist wichtig. Wenn es dabei um eine delikate Angelegenheit ging und Frau Rickmers zu einer sehr privaten Feier eingeladen worden war, die am Abend und kurz vor ihrem Verschwinden stattgefunden hat, können Sie sich auf Diskretion verlassen. Ich kann verstehen, dass Sie sich oder jemanden aus Ihrem Unternehmen nicht in Schwierigkeiten bringen möchten. Aber es geht hier nicht um einen Strafzettel für Falschparken.«

Mommsen rührte mit dem Silberlöffel in der Tasse und schien nachzudenken.

»Gab es kürzlich eine solche Feier?«, fragte Fred.

»War Carsten Harm zu Gast?«, fragte Tjark.

Mommsen rührte weiter im Kaffee.

»Fokko Broer ebenfalls? Sie haben ihn kürzlich besucht? Meine Kollegin Frau Folkmer und ich haben Ihren Wagen zufällig gesehen.«

»Broer und ich hatten etwas zu besprechen.« Mommsen klang wie ein Leopard kurz vor dem Sprung.

»Und was?«

»Das geht die Polizei nun wirklich nichts an.« Mommsen nahm den Löffel aus der Tasse, ließ ihn erneut abtropfen und legte ihn zur Seite. Er schien eine Entscheidung getroffen zu haben. »Es gab kürzlich auf meinem Firmengelände die informelle Feier eines Vertragsabschlusses mit geladenen Gästen«, sagte er dann. »Es ist möglich, dass Frau Rickmers anwesend war. Es könnte sein, dass sie viel getrunken und die Feier gegen ein Uhr verlassen hat.« Tjark griff nach dem Notizblock und schrieb mit. Mommsen fuhr fort: »Wenn das so war, dann wäre ihr ein Taxi gerufen worden, und zwar sicher vom Unternehmen Brunsen, auf das Frau Rickmers draußen gewartet hätte, nachdem sie das Gebäude allein verließ.«

»Kann das jemand bezeugen?«

»Falls das alles zutrifft«, sagte Mommsen weiter vage, »ganz bestimmt.«

»Wer war zu Gast bei der Feier?«

»Mehr habe ich aktuell nicht zu sagen.«

Tjark stoppte in der Bewegung und spürte, dass seine Hände feucht wurden. Er mahlte auf den Backenzähnen. »Sie legen es darauf an, sich Ärger an den Hals zu laden.«

»Überschätzen Sie sich nicht.«

»Das ist nicht mein Stil.«

»Ich danke Ihnen für das Gespräch.«

Tjark stand wortlos auf, nahm seinen Block und ging. Fred folgte ihm. Draußen auf dem Parkplatz zog Tjark die Zigarettenschachtel aus der Brusttasche, steckte sich eine an, inhalierte tief und bekam einen Hustenanfall. Als er vorüber war, wischte er sich mit dem Handballen eine Träne aus dem Augenwinkel. Dabei sah er, wie zwei Brauereimitarbeiter eine graue Abdeckplane über einen Anhänger spannten. Sie sah neu und sauber aus – wie eine Abdeckplane, die womöglich in China in der Provinz Shandong von der Firma Hitec Zhangtsu Suppliers gefertigt worden war.

»Wir müssen Mommsen vorladen«, sagte Tjark und klemmte sich die Zigarette zwischen die Zähne. »Wir müssen uns das Taxiunternehmen vorknöpfen.«

Fred antwortete: »Wenn wir Mommsen vorladen, wird er nicht kommen. Wenn wir einen Gang höher schalten wollen, werden der Staatsanwalt und der Richter fragen: Was habt ihr in der Hand? Die Sache mit dem Taxiunternehmen kann uns hingegen weiterbringen.«

Tjark nickte. Natürlich wusste er das. Dennoch würde er sich den Kerl vornehmen. Und zwar nach allen Regeln der Kunst.

44

Volker ließ Justin an der Longe laufen. Der Sand auf dem Abreitplatz staubte. Dann ließ er Justin stehen, betrachtete ihn von allen Seiten und begutachtete seine Körperstellung, kniete sich hin, betastete seine Kniegelenke, besah sich die Hufe und machte an jedem Gelenk eine Beugeprobe. Justin schnaubte, als wolle er dem Tierarzt zustimmen, dass sich genau hier das Problem befand. Schließlich stand Volker wieder auf, führte den Wallach zum Gatter und machte ein besorgtes Gesicht. Femkes Herz tat einen Sprung. Volker wickelte den Führstrick um einen wettergegerbten Zaunpfahl. Justin schnaubte zu Femke und streckte den Kopf in Erwartung eines Leckerchens nach vorne. Femke ließ sich nicht zwei Mal bitten, zog einige Kekse aus der Tasche ihrer Uniformhose und hielt sie dem Pferd mit offener Hand hin. Im nächsten Moment spürte sie seine weichen Lippen und seinen warmen Atem auf der Haut.

»Tja, ein Schiet ist das«, sagte Volker, nahm seine Kappe ab und kratzte sich am Hinterkopf. Er klopfte Justin den Hals. »Der alte Knabe hat in der Tat ein Problem.«

Femke schluckte. Sie sah Justin in die braunen Augen mit den schier endlos langen Wimpern. So sieht's nun mal aus, Chefin, schien sein Blick ihr bedeuten zu wollen. »Was genau«, fragte sie, »heißt das?«

Volker setzte die Kappe wieder auf. »Ich denke, es ist eine

Hufrollenentzündung, und das kann auch eine chronische sein. Er lahmt. Pferde mit einer Strahlbeinerkrankung stellen die Beine oft nach vorne, weil das den Schmerz lindert. Wenn er den Vorderfuß anders stellt, vermindert das den Druck der tiefen Beugesehne auf den Knochen. Das Ganze hat mit Abnutzungserscheinungen zu tun – zum Beispiel durch Überbeanspruchung bei jüngeren Pferden im Springsport, durch Veranlagung oder eben wegen des Alters.«

»Bist du sicher?«

»Das ist nicht die erste Hufrolle, die ich sehe. Wenn ich hundertprozentig sichergehen wollte, müsste ich ihm Schmerzmittel spritzen und beobachten, wie er dann läuft und ob er nicht mehr lahmt. Ich kann mir die Sehnen und Bänder mit Ultraschall ansehen, ihn röntgen, ein CT oder eine Kernspintomografie machen. Das ist nicht preiswert, und du musst dich fragen, ob du ihm das zumuten willst.«

Femke sog die Luft scharf durch die Nase ein.

»Spar dir das Geld und ihm den Stress«, riet Volker. »Manchmal kommt der Punkt, an dem du loslassen musst. Wir können seinen Beschlag ändern. Ich kann ihm Aufbauspritzen in den Huf geben, aber …« Er winkte ab. »Ab und zu noch mal ein Ausritt könnte drin sein. Wenn das alles nichts hilft, können wir einen Nervenschnitt machen. Dann wäre er fällig für das Gnadenbrot, weil er beim Ausreiten nicht mehr spüren würde, wenn er auf einen Stein tritt. Er könnte umknicken und mit dir stürzen.« Volker öffnete das Gatter, legte Femke die Hand auf die Schulter und drückte sie ein wenig. »Gib mir Bescheid, was du machen möchtest. Und nimm's nicht zu schwer. Die Zeit bringt nun mal Veränderungen mit sich.«

»Ja«, sagte Femke, »das kannst du wohl laut sagen.«

Volker wiederholte es laut. Femke musste lachen. Er zwinkerte ihr zu. »So gefällt mir das schon besser«, sagte er im Gehen und hob die Hand zum Gruß.

»Danke«, rief Femke ihm hinterher.

Sie seufzte, löste den Führstrick und ging mit Justin zur Stallgasse, um ihn draußen anzubinden und mit dem Schlauch abzuspritzen. »Jetzt bist du offiziell ein Opa, mein Kleiner«, sagte sie. Justin antwortete, indem er mit dem Schweif ein Rudel Fliegen verscheuchte, die sich über seinen verschwitzen Körper hermachen wollten. Gerade als Femke den Schlauch aufdrehen wollte, vibrierte es in ihrer Hosentasche. Sie legte den Schlauch auf den Boden, nahm das Handy heraus und warf einen Blick auf das Display. Die Nummer sagte ihr nichts.

Als sie den Anruf annahm, meldete sich Fedder Gerkens. Gerkens war Bürgermeister in Werlesiel – ein volksnaher Typ, der jedem Gegenüber das Gefühl gab, dass man sich bereits seit Jahren gut kannte. Er hatte vorstehende Augen, eine Halbglatze und einen weißen Rauschebart, was ihn aussehen ließ, als sei er mit Kapitän Ahab persönlich auf Walfang gewesen. Dabei war Gerkens von Haus aus Amtsrichter und allenfalls mit der Inselfähre durch die Nordsee gekreuzt – er gehörte zu den wenigen Werlesielern, die kein eigenes Boot besaßen.

»Moin, Femke. Ich wollte eben fix mal rumkommen, aber ich höre, Sie sind gar nicht im Büro.«

»Nein«, sagte sie und strich sich etwas Stroh von der Hose, »das ist wohl richtig.«

»Immer noch die Schietbuckelei, was?« Fedder klang etwas besorgt. Dazu gab es ja auch allen Anlass. Werlesiel war in die Schlagzeilen geraten, und was hier geschehen war, war nicht nur schrecklich. Es könnte sich erheblich auf den Fremdenverkehr auswirken – und deswegen hatte Fedder auch in einige Fernsehkameras gesagt, als man ihn um Stellungnahmen gebeten hatte, dass Werlesiel immer noch der sicherste Ort im Norden sei. In Bezug auf die Unfallstatistik stimmte das sogar.

»Ja«, antwortete Femke. »Aber von nix kommt nix, Herr Gerkens.«

Der Bürgermeister lachte. Dann wurde er wieder ernst. »Ich bin ja ganz froh, dass sich der Rummel jetzt etwas legt und ich meinen Sitzungssaal wiederbekomme. So schlimm das alles ist, aber es ist nicht gut für den Ort, wenn hier alles voller Polizei und Presse ist. Doch ich rufe Sie wegen was anderem an. Was ist denn mit diesem Schriftsteller, diesem Tjark Wolf?«

Femke stutzte. »Was soll mit dem sein?«

»Eben ruft Knut Mommsen an, die Polizei sei in der Brauerei gewesen und hätte ihm Löcher in den Bauch gefragt.«

»Das sind nun mal laufende Ermittlungen.«

»Aber bei Mommsen doch nicht. Mensch, da muss man doch nicht auf das Brauereigelände fahren, so dass jeder das mitbekommt, das geht doch nicht.«

»Dazu kann ich nichts sagen.«

»Femke, ich rufe Sie an, weil ich Sie bitten möchte, dass Sie diesen Tjark Wolf zurückpfeifen. Er ist ja nun eine Berühmtheit, und das ist auch alles wichtig, aber Mommsen ist ein angesehener Bürger und immens wichtig für uns.«

Femke stieß ein ungläubiges Lachen hervor und kickte einen Stein zur Seite. Rief gerade wirklich der Bürgermeister an und versuchte, sie zu beeinflussen? »Herr Gerkens«, sagte sie, »ich bin nun wirklich nicht in der Position, der Kripo vorzuschreiben, was sie zu tun und zu lassen hat – und erst recht nicht, wenn es um laufende Ermittlungen in einem Fall wie diesem geht.«

»Ich will da ja auch gar nicht reinreden, um Himmels willen«, wiegelte der Bürgermeister ab. »Aber ihr seht euch ja jeden Tag, und wenn man einfach mal darauf hinweisen würde, dass man mit Mommsen etwas aufpassen muss, dann wäre schon etwas gewonnen. Der pumpt jedes Jahr Millionen an Gewerbesteuer in die Kassen, Femke, und der ist halt etwas aufbrausend.«

»Hm.« Sie wandte sich um. Ein Auto näherte sich. Es schlich fast über den holprigen Weg, der zum Reiterhof führte, was sicher an der harten Federung lag. War das ein Sportwagen?

»Die ganze Sache«, fuhr Gerkens fort, »hat schon genug Schaden angerichtet. Wir befinden uns im Moment in einer sehr sensiblen Situation für die Zukunft der Stadt, und ich kann einen verärgerten Knut Mommsen nicht gebrauchen.«

Ja, das war ein Sportwagen. Ein Cabrio.

Gerkens redete weiter. »Wir sind doch beide um das Wohl von Werlesiel und den Schutz der Bürger besorgt – Sie auf Ihre Art und ich auf meine, und ich kann versichern …«

Sie atmete tief ein und aus und zählte bis drei. Dann unterbrach sie Gerkens: »Ich bin daran interessiert, dass Vikki Rickmers gefunden wird und die Morde aufgeklärt werden. Die Befindlichkeiten eines Herrn Mommsen sind mir, ehrlich gesagt, völlig egal.«

»Femke.« Gerkens senkte seine Stimme und sprach mit ihr, als müsse man ein bockiges Kind zur Ordnung rufen. »Es ist zurzeit von besonderer Bedeutung, dass er gut gelaunt ist. Nehmen Sie es einfach zur Kenntnis, und sehr bald werden Sie verstehen, dass ich recht hatte. Mehr kann ich dazu im Moment nicht sagen.«

Aha, dachte sie. Hatte Ruven nicht gemeint, dass da irgendwas zwischen Mommsen und der Stadt in der Mache sei? Und jetzt klang es so, als bekäme der Bürgermeister kalte Füße, weil Mommsen mit dem Säbel gerasselt hatte. Blieb die Frage, was das für ein Projekt war und warum Mommsen dem Anschein nach in Harnisch geraten war, nachdem Tjark ihn befragt hatte. Auf beides würde sie jetzt und hier von Gerkens keine Antwort erhalten.

»Ich spreche mit ihm und werde sehen, was ich tun kann, Herr Gerkens.«

»Das«, antwortete der Bürgermeister, »klingt doch ganz ausgezeichnet, um mehr wollte ich gar nicht bitten, und wir zwei wollen doch nur das Beste, nicht?«

»Klar«, sagte Femke tonlos.

Der Wagen fuhr jetzt auf den Hof und hielt neben ihrem Streifenwagen. Es war ein BMW Cabrio und sah von der Seite aus, als habe jemand es in einen Salzstreuer verwandeln wollen. Nur einer fuhr hier einen solchen Wagen, und dieser eine saß alleine am Steuer und zog sich gerade die Lederjacke aus.

»Nur das Beste für den Ort«, vollendete sie ihren Satz, verabschiedete sich, steckte das Handy zurück in die Hosentasche und sah Tjark fragend entgegen, der jetzt auf sie zukam und im Gehen seine Ärmel aufkrempelte. Er schob die Sonnenbrille auf die Nasenspitze. »Kaum ist man raus aus dem Wind, kommt man sich vor wie in der Sauna und kann keinen klaren Gedanken mehr fassen.«

»Eine steife Brise von vorn gibt immer kühle Ohren«, sagte Femke trocken und sog sich mit den Blicken an Tjarks Tätowierung fest. Sie hörte ihn lachen und ergänzte: »Der Bürgermeister hat mich gerade angerufen. Ich soll dir ausrichten, du sollst Knut Mommsen in Ruhe lassen.«

»Hat Mommsen etwa …«

»Ja, hat er.«

»Ich werde ihm jetzt erst recht den Arsch aufreißen, denke ich.«

»Tu nur, was nötig ist.« Sie legte den Kopf schief, löste den Blick von den mit Tinte gestochenen dunkelblauen Wellen auf Tjarks Arm und strich sich eine Strähne aus dem Gesicht. Sie wollte ihn zuerst endlich mal fragen, was es mit der Tätowierung auf sich hatte, ließ es dann aber bleiben und fragte stattdessen: »Woher hast du gewusst, dass du mich hier findest?«

Tjark tippte an seine Nase. »Ich bin bei der Polizei. Wir wissen so dies und das.«

Femke schmunzelte, verschränkte die Arme vor der Brust und beobachtete Tjark dabei, wie er Justin musterte.

»Das ist also das berühmte Pferd«, sagte er, »das der Polizeichefin von Werlesiel den Finger abgerissen hat.«

»Exakt.«

»Soll ich ihn festnehmen oder sofort erschießen?«

»Das ist nicht lustig und der falsche Zeitpunkt.«

»Ich habe ein Talent für schlechte Zeitpunkte.«

»Das habe ich bereits bemerkt.«

»Bin ich so durchsichtig?«

»Wie Glas.«

Er kam auf sie zu. »Die Tätowierung habe ich schon lange«, sagte er, und für einen kurzen Moment fühlte sich Femke ertappt. »Ich habe sie in Hamburg bei einem Künstler seines Fachs machen lassen, der viele Jahre in Japan gelernt und einigen Yakuza-Bilder unter die Haut gestochen hat. Yakuza sind nicht dafür bekannt, besonders zimperlich zu sein. Wenn bei diesem rituellen Prozess etwas schiefgeht, kann das lebensgefährlich werden. Ich habe das Motiv gewählt, weil das Meer mein Leben auf besondere Weise geprägt hat und weil ich eine Scheißangst davor habe.«

»Vor dem Meer?«

»Manche haben Probleme mit Höhe. Ich habe Probleme mit Wasser.«

»Oh.« Femke verstand nicht, was Tjark ihr gerade sagen wollte. Ging es um eine vertrauensbildende Maßnahme? Um das Vertiefen einer persönlichen Beziehung – nachdem er nun einen Schritt weit in ihr Leben eingedrungen war und Justin kennengelernt hatte? Ein Quidproquo in Bezug auf schicksalhafte Beziehungen? »Aber du bist doch nicht gekommen, um mir das zu erzählen?«

»Nein«, sagte Tjark, nahm die Sonnenbrille ab und steckte sie in die Brusttasche. »Ich bin gekommen, weil ich ein Boot brauche.«

45

Die *Desire* kreuzte seit einer guten halben Stunde vor der Werlesieler Küste. Bis auf die Kondensstreifen einiger Flugzeuge war der tiefblaue Himmel am späten Nachmittag makellos. Die Luft war klar, das Licht war warm, was man vom Wind nicht behaupten konnte, der vom offenen Meer her blies und die Segel des Bootes wie Ballons aufblähte. Tjark trug eine dicke rote Jacke und darüber eine Schwimmweste. Seine Hände, die sich an der flachen Reling festkrallten, fühlten sich eisig an. In einer Tour klatschten kleine Wellen gegen den hölzernen Rumpf, der sich konstant auf und ab bewegte. Gelegentlich sprühte zerstäubte Gischt wie feiner Regen an Bord.

Anfangs war ihm noch abwechselnd heiß und kalt gewesen. Der Blick aufs Wasser hatte ihm Schweißausbrüche und Gefühle der Beklemmung verursacht. Kaum hatte das Boot den Hafen verlassen, wollte er die Sache sogar abblasen und als die blödsinnige Idee abtun, sich seinen Ängsten mit der Holzhammer-Methode stellen zu wollen. Andererseits wusste er, dass Angst von der Vermeidung lebte und man ihr nur die Nahrung nehmen konnte, wenn man ihr die Grundlage entzog. Tjark hielt sich also vor Augen, dass es weitaus Schlimmeres gab als Salzwasser, zum Beispiel Krebs, und dass man jeden Tag etwas tun sollte, wovor man sich fürchtet. Davon abgesehen war dieser Ausflug notwendig, wenn er wissen wollte, ob der Mörder seine Opfer vom Meer aus zum Ablageort transportierte.

Ruven hatte gerade etwas am Baum der *Desire* umgestellt, wo das Großsegel befestigt war. Dann kam er zurück, löste eine Befestigung am Pinnenausleger und hielt das Ruder wieder in der Hand. Kurz darauf vollzog die *Desire* eine scharfe Kurve und änderte die Fahrtrichtung. Tjark hatte nun einen guten Blick auf den gesamten Küstenstreifen und den Hafen.

»Segeln ist nicht Ihr Ding, was?« Ruven grinste, setzte sich auf die Reling und zog den Reißverschluss der Jacke zu. Es war das gleiche Modell, das Tjark trug – Ruven hatte ihm eine gegeben mit der Bemerkung, dass eng geschnittene italienische Kalbslederjacken offshore eher nicht taugten.

»Manche haben Flugangst«, presste Tjark hervor. »So ähnlich ist das bei mir mit dem Meer.«

»Warum?«

Tjark winkte ab. »Nicht der Rede wert.« Er hatte keine Lust, darüber zu reden. Er sprach so gut wie nie darüber. Auch so eine Sache, die seine Ex-Frau ihm immer wieder vorgeworfen hatte. Aber was auf dem Grund des Meeres ruhte, kam selten von selbst wieder nach oben, und das Meer war tief.

»Viele Menschen haben Angst vor dem Meer«, sagte Ruven und zog einen Flachmann aus der Tasche. »Man weiß nie, was unter der Oberfläche schlummert und einen herabziehen könnte.«

»Danke, genau das kann ich gerade brauchen«, sagte Tjark, verzog das Gesicht und hielt sich etwas fester.

Ruven lachte und schraubte die Flasche auf. »Sie gehen offen damit um. Sich der Sache zu stellen und rauszufahren, finde ich beachtlich. Und Sie können wirklich unbesorgt sein – die *Desire* ist ein gutes Boot, und ich kenne die Nordsee wie meine eigene Badewanne.« Er reichte Tjark den Flachmann.

»Sehr beruhigend.« Tjark löste die Rechte von der Reling, um die Flasche anzunehmen. Er setzte sie an und nahm einen kräftigen Schluck. Im nächsten Moment ergoss sich Lava in seinen Bauch. »Teufel«, sagte er, hustete und gab Ruven die Flasche zurück. Ruven nahm ebenfalls einen Schluck, bleckte die Zähne, schraubte den Flachmann wieder zu und ließ ihn in der Tasche verschwinden.

»Smith & Cross Navy Strength Rum«, sagte Ruven. »57 Prozent.«

»Man schmeckt jedes einzelne.«

Tjark räusperte sich und wischte sich eine Träne aus dem Augenwinkel. Dann nahm er das Fernglas zur Hand, das Ruven ihm zur Verfügung gestellt hatte. Das Marine-Fernglas mit rutschfester Gummiarmierung war wasserdicht und beschlagsfrei. Tjark setzte es an, fokussierte auf die Küste und versuchte, das Schwanken des Bootes nun mit reiner Muskelkraft auszugleichen. Er sah den Uferstreifen und seinen dichten Bewuchs klar und deutlich, glitt mit den Blicken daran entlang und suchte nach einem Orientierungspunkt. Er fand ihn in Form eines rotweißen Polizei-Absperrbands, das sich von der Befestigung gelöst hatte und wie der Schwanz eines Lenkdrachens im Wind flatterte.

Tjark bewegte das Fernglas weiter nach links, schwenkte über den gleißend hellen Sandstrand mit seinen Dünen und fand die Einfahrt des Werlesieler Hafens, aus dem gerade zwei Kutter ausliefen. Hinter der Ausfahrt markierten dünne, in den schlammigen Boden des Watts gesteckte Birkenstämme die ausgebaggerte Fahrrinne. Andere sahen aus wie Hexenbesen. In beiden Fällen waren sie mit Reflektoren versehen, bezeichneten jeweils Backbord- und Steuerbordseiten und dienten der

Orientierung, wie Ruven ihm erklärt hatte. Noch ein Stück weiter links geriet der Schornstein der Werlesieler Brauerei in sein Blickfeld. Inzwischen hatte er sich an den schwankenden Horizont gewöhnt, fokussierte nach und musterte den Bereich genauer. Das Areal war selbst aus der Ferne noch sehr groß. Es gab dort sicher einige Möglichkeiten, jemanden zu verstecken und im Verborgenen dunkle Leidenschaften auszuleben. Neben der Brauerei fanden sich keine Straßen oder Gebäude mehr. Tjark entdeckte lediglich ein paar alte Umzäunungen.

»Die Brauerei hat es Ihnen angetan, oder?«, hörte er Ruven hinter sich sagen.

»Warum?«

»Sie sind heute Mittag dort gewesen.«

»Sagt wer?«

»Einer meiner Mitarbeiter hat am Getränkelager einen defekten Zaun inspiziert. In dem Zaun ist ein Loch – vermutlich waren das Jugendliche, um ein paar Kisten Bier zu stehlen. Meinem Kollegen ist ein Z4 mit Einschusslöchern auf dem Firmengelände aufgefallen. Ich kenne nur eine Person in Werlesiel mit so einem Wagen. Und nun betrachten Sie die Brauerei und den Uferstreifen aus einem anderen Blickwinkel. Als Nächstes werden Sie mich fragen, ob die Brauerei eine eigene Anlegestelle hat.«

»Hat die Brauerei eine eigene Anlegestelle?«

»Es gibt keine.«

»Der Landstrich neben der Brauerei …«

»… ist ein ehemaliges militärisches Übungsgelände. Das ist jetzt Naturschutzgebiet«, erklärte Ruven. »Sie glauben, der Mörder fährt mit einem Boot los, um die Leichen abzuladen?«

Tjark nahm das Fernglas herunter und drehte sich um. »Was Sie sich dabei denken, ist nicht mein Problem.«

Ruven schmunzelte und hob abwehrend die Hand. »Den Satz habe ich von Femke bestimmt schon hundertmal gehört. Ich wundere mich nur etwas.«

»Worüber?«

»Ich habe im Radio gehört, dass die Sonderkommission verlegt wird. Das Rathaus ist heute geräumt worden.«

Tjark nickte nur schwach. Berndtsen hatte offenbar ganze Arbeit geleistet und bereits eine Pressemitteilung herausgegeben. »Sie haben uns den Tipp mit den Feiern in der Brauerei gegeben und auch den Tipp, dass Vikki auf dem Matjesfest war. Das waren wertvolle Hinweise, denen wir weiter nachgehen.«

»Man tut, was man kann.«

»Sie sind häufig bei Werlesieler?«

»Ja, die Brauerei ist einer unserer Großkunden.«

»Hatten Sie an dem Tag Dienst, als Vikki verschwand?«

»Als Chef von EagleEye bin ich immer im Dienst.«

»Gab es dort zuletzt irgendetwas Besonderes?«

»Fragen Sie doch Mommsen.«

Tjark blickte Ruven vielsagend an. Dann gab er ihm das Fernglas zurück.

»Ich verstehe«, entgegnete Ruven. »Ich selbst war an dem Abend nicht unterwegs, aber schaue gerne nach, ob ein Mitarbeiter draußen war und welcher.«

»Das wäre sehr hilfreich.«

»Soweit ich mich erinnere, haben wir am betreffenden Abend gar keine Kontrollen unternommen. Es herrschte Seenebel.«

»Bei Seenebel machen Sie Schlechtwetter?«

»Haben Sie schon mal nachts bei einer Sichtweite von wenigen Metern weitläufige Gewerbe- und Industrieareale begutachtet? Das macht wenig Sinn. Genauso wenig Sinn macht es, an solchen Tagen dort einbrechen zu wollen.«

»Dann würde ich genau einen solchen Tag abwarten, um dort einzubrechen.«

Ruven schien Tjark anzumerken, dass er ein solches Gebaren von einer Sicherheitsfirma als wenig gewissenhaft empfand. »Seenebel«, erklärte er, »kann extrem dicht sein. Da sehen die Bösewichte ebenfalls sehr wenig. Außerdem kann er so plötzlich verschwinden, wie er aufgetaucht ist, und schon ist die Tarnung dahin.«

»Weil dann doch Security auftaucht, sobald die Sicht besser ist?«

»Zum Beispiel.«

»Auch an diesem Abend?«

»Soweit ich mich erinnere, nicht, nein. An dem Tag war ein kleines Event bei Werlesieler angesetzt.«

»Sie erinnern sich recht genau.«

»Ich glaube, jeder in Werlesiel hat sich bereits gefragt, was er an dem Tag gemacht hat und ob ihm etwas aufgefallen ist. Außerdem habe ich einen guten Draht zur Polizeichefin.«

»Mhm«, machte Tjark und zuckte zur Seite, als eine Welle gegen den Bug schlug und ihm salziges Nordseewasser ins Gesicht sprühte. Er musste husten, weil er einige Tropfen eingeatmet hatte. Wie mochte es sich wohl anfühlen, wenn man dieses Wasser einsog und es in die Lungen sprudelte, während der Druck einem den Brustkorb zusammenpresste. »Woher wussten Sie von der Feier bei Mommsen?«, fragte er dann.

»Als Sicherheitsdienst erhalten wir von den Firmen, die wir betreuen, Mitteilungen über besondere Ereignisse – nächtliche Anlieferungen und solche Dinge. Für den fraglichen Abend war uns eine Zusammenkunft bei Werlesieler mit Publikumsverkehr angemeldet worden.«

»Was sicher auch aus Ihren Unterlagen hervorgeht. Könnte ich davon Kopien bekommen?«

»Natürlich.«

»Was sind das für Feiern?«

»Alle möglichen mit zehn bis fünfhundert Personen. Brauereiführungen, Zusammenkünfte mit Lieferanten und Geschäftspartnern oder gesponserten Vereinen, das Brauereifest, Versammlungen von Clubs …«

Tjark winkte ab.

Ruven sagte: »Mommsen tut sehr viel für seine Vernetzung. Er ist wie ein Krake. In Kürze steht bei Werlesieler wieder etwas auf dem Terminkalender.«

»Ein abendliches Event?«

»Ja.«

Tjark beschloss, sich dieses Ereignis genauer anzusehen. »Wie lange«, fragte er, zeigte auf die Brauerei und dann auf den Uferstreifen, »wäre man mit einem Boot zwischen den beiden Punkten unterwegs?«

»Das kommt auf das Boot an. Mit einem Segler sicher länger als mit einem Motorboot. In beiden Fällen spielen der Wind und die Tide eine Rolle – also Ebbe und Flut, denn ohne eine Handbreit Wasser unterm Kiel kommen Sie nicht weit, und bei Niedrigwasser brauchen Sie ein Boot mit geringem Tiefgang. Mit einer schnellen, tiefgehenden Yacht können Sie nur von Hafen zu Hafen außen herum fahren – und nicht im Wattenmeer. Außerdem gibt es jede Menge Strömungen.«

»Wie lange also?«

»Zwischen einer halben bis einer Dreiviertelstunde. Mit einem Speedboat wäre man schneller.« Ruven sprach Speedboat spöttisch aus.

»Liegen solche Boote in Werlesiel vor Anker?« Tjark erinnerte sich daran, dass er längst die Listen aus den umliegenden Hafenmeistereien hatte ansehen wollen.

»Nicht dass ich wüsste.«

»Wie lange würde man von den umliegenden Häfen, eingeschlossen denen der Inseln, bis nach Werlesiel brauchen?«

»Wenigstens genauso lange«, erklärte Ruven. Er zog erneut den Flachmann aus der Tasche, schraubte die Flasche auf und bot Tjark einen Schluck an, der dankend ablehnte.

»Und nachts?«

»Wenn Sie nachts fahren, sollten Sie sich verdammt gut auskennen. Wenn Sie an einem unbefestigten Ort anlegen wollen, sowieso. Für solche Manöver bedarf es eines geübten Seglers.«

»Von denen es an der Küste so einige gibt?«

»So ist es.« Ruven trank einen Schluck, bleckte die makellosen Zähne und schraubte die Flasche wieder zu. »Aber auch von außerhalb. In der Nordsee schippert man nicht herum, wenn man keine Ahnung hat. Da hat man sonst schneller einen Rettungshubschrauber über sich, als man ›Backfisch‹ sagen kann. Und wer nicht aufpasst, steckt mit seinem Kiel bei Ebbe schnell im Modder fest. Wenn er Pech hat, genau an der steil abfallenden Kante eines Priels. Dann kippt sein Boot um – und er hinterher. Es sei denn …«

»Es sei denn?«

»Es sei denn, er kennt sich aus und fährt zum Beispiel eine Hoogaars oder ein ähnliches Schiff.«

Tjark hatte den Begriff noch nie gehört.

»Das ist ein Plattbodenboot. Ein reviergerechtes Boot für das Wattenmeer. Man hat weniger als einen Meter Tiefgang, kommt überall im Watt bei jedem Schietwetter klar und kann gut trocken fallen.« Ruven legte eine Hand auf die andere. »Der Rumpf«, erklärte er, »liegt platt auf dem Grund auf.«

»Verstehe.« Tjark dachte nach. Alternativ zu einem leichten Motorboot war es vorstellbar, dass der Täter einen solchen Plattbodensegler verwendete, wie Ruven ihn beschrieben hatte. Damit konnte man sehr nah ans Ufer fahren, die Ebbe abwarten, auf den Grund sinken, dann trockenen Fußes die Leichen abladen und sein Schiff von der Flut wieder anheben lassen. Blieben das Watt und der Schlick sowie das Gewicht des Opfers als Problem, aber Tjark wusste, dass der Boden bei Ebbe zwar glitschig war, aber an den meisten Stellen recht fest – so wie der Sand an Stränden, wenn die Brandung zurückging und alles Wasser heraussog.

»Ich hoffe«, sagte Ruven, »das hilft Ihnen etwas weiter. Ich würde unseren Törn nun gerne beenden, weil auf mich noch Arbeit wartet. Außerdem wollte ich mal bei Fokko vorbeifahren ...«

»Fokko Broer?«, fragte Tjark verwundert.

»Ich habe Femke das versprochen. Sie macht sich Sorgen und hat mich gebeten, ab und zu mal nach dem Rechten zu schauen. Es scheint, dass einige Werlesieler den Schuldigen schon gefunden haben.«

»Femke ist sehr umsichtig.«

Ruven lachte und winkte ab, was wohl bedeuten sollte, dass er das sehr gut wusste. »Wir waren recht lange zusammen, wissen Sie.«

»Ich habe davon gehört.«

»Sie hat über uns gesprochen?« Ruven wirkte interessiert, stand auf, um irgendetwas am Segel zu fummeln und das Boot zum Wenden klarzumachen. Dann setzte er sich wieder ans Ruder, wo sich auch ein Außenbordmotor befand.

»Gesprochen wäre zu viel gesagt. Sie hat es erwähnt.«

»Jeder hat gefunden, dass wir gut zusammenpassen. Und das taten wir auch, verdammt. Vielleicht habe ich ihr das nicht oft genug gezeigt.«

»Unser Leben ist von Gelegenheiten geprägt. Auch von den verpassten.«

»Da haben Sie recht.«

»Sie ist eine sehr gute Polizistin, und wenn sie zur Kripo will, dann …«

»Femke will weg?« Ruven sah aus, als sei er gerade dem Klabautermann persönlich begegnet.

»Sie sprach davon, zur Kripo zu wollen. Offenbar ist das neu für Sie und daher vielleicht gar nicht so bedeutend, denn sonst hätte sie es sicher erwähnt.«

Ruven antwortete nicht. Gerade die Tatsache, dass Femke es bislang nicht erwähnt hatte, dachte Tjark, beschäftigte Ruven. Es zeigte, dass er nicht mehr ihr Vertrauen genoss.

Tjark wusste, wie sich das anfühlte – wenn für Dinge, die man früher wie selbstverständlich miteinander geklärt hatte, plötzlich andere der Ansprechpartner waren. In diesen Momenten wurde einem klar, dass man nicht mehr die Nummer eins war. Allerdings konnte selbst ein Blinder sehen, dass Ruven Femke immer noch wollte. Sie hatte ihm ihre Pläne vielleicht verschwiegen, um ihn nicht zu verletzen. Den Job hatte Tjark nun erledigt. Ein Job, in dem er inzwischen einige Praxis hatte.

Tjark sah zur Seite. Möwen kreischten über einer Fähre, die steuerbord auf die *Desire* zukam. Die Gischt tanzte vor dem Bug wie Schneeflocken. Das obere Deck war voller Menschen. Wenn von dort eine Frau ins Wasser stürzte, überlegte er, würde es nicht lange dauern, bis die vollgesogene Kleidung sie nach unten zieht. Davor würden sich die Schreie der Ertrinkenden mit denen der Möwen mischen. Danach würde sich das Meer über ihr schließen. Die Sonne würde auf den seichten Wogen glitzern, als sei nichts geschehen.

46

Tjark hatte eine heiße Dusche genommen, obwohl es auch jetzt am Abend noch um die zwanzig Grad warm war. Er kam aus dem Badezimmer und wäre fast mit Fred kollidiert. Sein Kollege war den ganzen Mittag und Nachmittag mit Recherchen befasst gewesen. Er musste ins Zimmer gekommen sein, während im Bad das Wasser rauschte.

»Wie war der Segeltrip?«, fragte Fred. Er sortierte einige Papiere und stopfte sie zusammen mit einem Pullover in eine Umhängetasche. Der Schlüssel zu seinem Wagen lag daneben auf dem Bett. Freds Handy ebenfalls.

Tjark schlang sich das Handtuch um die Hüften. »Es ist möglich, dass der Mörder den Seeweg wählt. Aber dazu benötigt er entweder ein spezielles Boot oder ein recht kleines und genaue Kenntnisse über die jeweiligen Tiden und Strömungen im Meer. Haben wir von den Hafenmeistereien schon …«

»Noch nicht.«

»Was gibt's über Mommsen?«

»Gar nichts. Er hat eine saubere Weste. Auf seine Frau Aneta ist ein SUV zugelassen, ein Touareg.«

»Und sonst?«

»Mommsen verfügt über einen Segelschein sowie über einen Bootsführerschein«, sagte Fred. »Beide berechtigen ihn, die Nordsee zu befahren. Er besitzt einen Schärenkreuzer, der am Bodensee vor Anker liegt. Mommsen hat dort ein Ferienhaus. Ebenfalls auf ihn zugelassen ist ein Motorsegler im Sporthafen von Bremerhaven.«

»Kein Boot in der Gegend?«

»Kein Boot in der Gegend. Aber man kann sich natürlich eins leihen.«

Tjark legte sich frische Kleidung heraus.

Fred redete weiter. »Mommsen ist Jagdpächter in einem Revier bei Emden. Er besitzt drei Büchsen, ein Präzisionsgewehr und einen Smith & Wesson Revolver für Fangschüsse. Die Gewehre entsprechen nicht dem Kaliber, das die Ballistik für die Tatwaffe ermittelt hat. Allerdings würde ich keine registrierte Waffe verwenden, um jemandem das Gesicht wegzuschießen.«

Tjark trocknete sich die Haare ab, warf das Handtuch in die Ecke und zog sich wieder an.

»Mommsens Brauerei bezieht Lkw- und Werbeplanen von einem Händler, der Produkte aus China vertreibt«, erklärte Fred. »Von der Marke, die der Mörder ebenfalls verwendet hat. Allerdings stellt die Firma verschiedene Typen her. Wir können über die Planen nicht eher etwas sagen, bis wir Vergleichsproben von Werlesieler haben.«

»Die Mommsen nicht freiwillig rausrücken wird.«

»Stimmt.«

»Dafür bräuchten wir einen Durchsuchungsbeschluss.«

»Den wir nicht bekommen werden.«

»Wir werden uns etwas anderes überlegen müssen. In Kürze gibt es wieder eine Zusammenkunft bei Mommsen. Die sollten wir uns mal ansehen.«

Fred ließ den Satz unkommentiert. Stattdessen sagte er: »Ich habe noch einen Treffer.«

Tjark hielt in der Bewegung inne. »Das Taxiunternehmen?«

»Das Taxiunternehmen«, bestätigte Fred. »Mommsen hatte

uns die Firma Brunsen genannt und suggeriert, dass für Vikki ein Wagen gerufen worden sei. Brunsen hat das bestätigt und mir den Fahrer genannt. Dieser hat die Fahrt ebenfalls bestätigt. Er sagt, dass er gegen 1.25 Uhr mit einer Mercedes-Limousine zu Werlesieler gefahren war, und zwar im dicksten Nebel. Er konnte nicht schnell fahren und hat lange gebraucht. An der Schranke habe er die Kundin gesucht, sie sei aber nicht da gewesen. Er wollte in der Brauerei-Verwaltung nachfragen, doch das Gelände war abgesperrt. Er rief an, niemand nahm ab. Darauf habe er in der Zentrale nachgefragt. Die Zentrale wollte bei der Nummer anrufen, von der aus der Auftrag erteilt worden war. Der Anruf sei aber mit Rufnummernunterdrückung erfolgt. Daraufhin fuhr der Fahrer wieder zurück.«

»Was wissen wir über den Mann?«

»Noch nichts. Morgen früh haben wir diese Soko-Besprechung in der Hauptstelle. Ich werde ihn dann überprüfen lassen.«

Tjark verschloss den Gürtel und zog ein Paar Turnschuhe an. »Wir werden das Taxi möglicherweise sicherstellen und untersuchen lassen müssen.«

Fred lupfte die Brauen, warf seine restlichen Sachen in die Umhängetasche und stand auf. »Ich fürchte, dazu haben wir zu wenig in der Hand.«

Tjark konnte es nicht mehr hören, aber Fred hatte recht. »Du fährst nach Hause?«

»Ich muss noch auf der Baustelle nach dem Rechten sehen. Und morgen treffen wir uns ohnehin in der Hauptstelle – dem Vernehmen nach gibt es Neuigkeiten.«

»Welche?«

»Keine Ahnung.«

Tjark stopfte den Hemdsaum in die Hose und dachte

nach. Keine Einträge über Mommsen in Polizeidatenbanken, keine Vermerke im Bundeszentralregister, was beachtlich war: Jemand vom Kaliber Mommsens war an sich prädestiniert dafür, wenigstens einmal heftig mit der Steuer, Neidern oder fragwürdigen Geschäftspartnern in Konflikt geraten zu sein. Aber der Schein trog wohl, und genau das war das Problem: Mommsen mochte ein Drecksack sein, aber er war sauber – und das waren Serientäter für gewöhnlich nicht. Körperverletzungen, Brandstiftung, versuchte Nötigungen, andere sexuelle Übergriffe, Tierquälerei – solche Sachen tauchten sehr oft in der Vita auf.

»Wir kommen nicht weiter, Fred«, sagte Tjark und griff nach einem Kapuzenpullover. »Irgendetwas muss geschehen.«

»Wir nehmen uns erst mal Harm zur Brust. Harm hat nicht mit einem Wort erwähnt, dass er bei Mommsen zu Gast gewesen ist. Mommsen hat Harms Präsenz nicht dementiert. Um eine Vorladung für Mommsen musst du dich noch kümmern. Für eine Vorladung von Harm haben wir inzwischen das Okay.«

Das war richtig – aber Tjark ging jetzt bereits davon aus, dass sich alle, die an dem betreffenden Abend bei Mommsen zu Gast waren, wechselseitig decken würden. Sie würden aussagen, dass Vikki gegangen und sie selbst geblieben waren. Was durchaus so stimmen mochte – vielleicht aber auch nicht. Er würde ihnen sagen, dass wegen Verdachts fahrlässiger Tötung und Mordes gegen unbekannt ermittelt werde, um Druck aufzubauen. Es war dann abzuwarten, wer als Erster einknickte. Falls überhaupt jemand kam. Im Gegensatz zur landläufigen Meinung musste niemand zu polizeilichen Vorladungen erscheinen. Lediglich eine Vorladung von der Staatsanwaltschaft oder vom Gericht war verbindlich. Mommsens Anwalt würde das wissen, zumal der Brauereibesitzer gewiss von keinem schlechten Anwalt vertreten würde.

Fred hob die Hand zum Abschied. »Wir sehen uns.«

»Wir sehen uns«, antwortete Tjark, nahm eine Zigarette aus der Schachtel, griff nach dem Laptop und nahm beides mit auf den Balkon. Er steckte die Zigarette an und sah dem Rauch hinterher.

Es war nach wie vor denkbar, dass bei Mommsen etwas aus dem Ruder gelaufen war. Man hatte gefeiert und sich dazu eine Nutte kommen lassen. Dann war einer durchgedreht oder ein Unfall geschehen, und man musste Vikki entsorgen. Man brachte sie fort, überraschenderweise lebte sie aber noch und entkam. Dann könnte es zur Geschichte von Fokko Broer passen.

Möglicherweise hatte sich jemand entschieden, Vikki nach Hause zu bringen, und wollte unterwegs eine schnelle Nummer. Die Sache war eskaliert – dann passte es ebenfalls zu Fokkos Geschichte.

Schließlich mochte es sein, dass der Taxifahrer Fred Unsinn erzählt und Vikki auf dem Gewissen hatte. Allerdings hatte er eine Limousine gefahren, keinen SUV, und das passte nicht zu den Spuren bei Fokko Broer.

Tjark sog an der Zigarette. Harm hatte einen Kastenwagen, aber keinen SUV. Mommsens Frau schon. Vielleicht hatte Mommsen mit ihrem Wagen Vikki gefahren, und Vikki hatte bei der Party etwas aufgeschnappt oder gesehen, das sie nicht sehen oder wissen durfte. Vikki könnte Mommsen mit ihrem Wissen unter Druck gesetzt haben. Sie wollte Geld, es gab Streit. Mommsen drehte durch – und Fokko Broer wurde ein unliebsamer Zeuge. Ein Zeuge, dem Mommsen später Geld anbot, damit er schwieg. Allerdings wäre es dann Unfug gewesen, vorher noch ein Taxi zu bestellen.

Alle Varianten beantworteten eine Frage nicht: Gehörte Vikki in die Mordserie, oder musste der Fall nicht doch isoliert betrachtet werden? Tjarks Gefühl sagte zwar etwas anderes – aber es war nur schwer vorstellbar, dass schon drei Mal zuvor etwas bei Mommsen entglitten war, dass drei Mal zuvor jemand etwas mitbekommen hatte, das geheim bleiben musste oder einen Täter so schwer erpressbar machte, dass drei Mal deswegen jemand sterben musste.

Tjark sog an der Zigarette und warf einen Blick auf seine E-Mails. Eine stammte von Ruven. Es waren die versprochenen Dateien, er hatte prompt geliefert. Während Tjark die Excel-Formulare herunterlud und sicherte, beobachtete er aus den Augenwinkeln, wie ein Fischkutter entladen wurde und Fred aus der Parklücke heraussetzte und wegfuhr. Sein eigener Wagen stand auf der gegenüberliegenden Seite, und …

Etwas klemmte an der Windschutzscheibe. Es sah nicht aus wie eine Werbebroschüre.

Tjark schnappte sich den Autoschlüssel und lief die Treppen runter. Als er am Wagen angekommen war, erkannte er, dass jemand einen Briefumschlag hinter den Scheibenwischer geklemmt hatte. Tjark öffnete den BMW, nahm ein paar Latexhandschuhe aus einem Ablagefach und zog sie über. Dann fasste er mit spitzen Fingern nach dem Umschlag und betrachtete ihn genauer.

Es war ein festes Kuvert aus dickem Papier. Tjark nutzte die Klinge des kleinen Taschenmessers an seinem Schlüsselbund, um den Umschlag zu öffnen. Darin befand sich ein Bogen Briefpapier. Weder die eine noch die andere Seite waren beschrieben. Das Papier war völlig blank – bis auf den aufwendig gedruckten Briefkopf. Es war der Briefkopf der Werlesieler Brauerei.

47

Femke hielt mit dem Wagen vor der Einfahrt, stellte den Motor aus und zog sich die Uniformjacke über. Jetzt, gegen Abend, war ein wenig Wind aufgekommen. Im Gehen zog sie den Einsatzgürtel hoch und steckte das hellblaue Hemd in die Hose. Ihre Schritte knirschten auf dem Kies, und dann sah sie die Bescherung.

Ruven lehnte an seinem mit »EagleEye Security« beschrifteten Pick-up, hob zum Gruß die Rechte und deutete mit einem Kopfnicken in Richtung von Fokkos Haus.

»Schiet.« Femke blieb neben ihm stehen und stemmte die Hände in die Hüften, während sie sich einen Überblick verschaffte. Aus den Blumenkästen waren die Geranien herausgerupft und auf die Einfahrt geworfen worden, zwei Fensterscheiben waren zersplittert, und dann waren da die Schmierereien. Sie leuchteten in einem Rotorange, das Femke an die Farbe von Notarztfahrzeugen erinnerte. Sie sahen aus wie mit Farbspray aufgetragen. An der Haustür stand das Wort »Mörder«, links daneben »Todesstrafe«.

»Die haben ganze Arbeit geleistet«, sagte Ruven.

»Mann, Mann!« Femke kickte einen Stein weg. »Welche dämlichen Volltöffel machen dem so was! Zu dumm zum Milchholen!«

»Ich mag es, wenn du wütend bist.«

Femke warf Ruven einen angriffslustigen Blick zu, der

sofort abwehrend die Hände hob. »Ich habe keine Ahnung, wer das war.«

»Die Leute sind völlig irre. Im Ort ist auch schon fast was passiert. Wilhelm Leefmann wollte Fokko eine verpassen. Tjark hat das gerade noch verhindert.«

»Wie heldenhaft«, antwortete Ruven. Der Ton, in dem er es sagte, ließ Femke für einen Moment aufmerken.

Sie fragte: »Wo ist Fokko überhaupt?«

»Mit dem Roller zum Baumarkt, Verdünnung besorgen, um die Farbe abzuschrubben.«

»Und wieso ruft der mich nicht an und erstattet Anzeige?«

»Ich war kurz im Büro, um eine Mail zu verschicken, dann bin ich hier vorbeigefahren«, erklärte Ruven, »weil du mich darum gebeten hattest. Da sah ich das Malheur und traf Fokko. Ich hab ihm gesagt, er soll dringend mit dir darüber schnacken und das unbedingt anzeigen, aber er wollte nicht noch weiteren Ärger.«

Femke kickte einen weiteren Stein weg.

»Ich hab ihn dazu überredet, dass ich wenigstens dich mal anrufe, damit du dir das ansiehst.«

»Die Anzeige muss er gar nicht machen. Die schreibe ich selbst, und wenn ich die erwische, dann …« Femke ballte die Hände zu Fäusten. Ja, so schnell konnte es gehen, nicht? Sie dachte an Tjark und seine Verfahren wegen Körperverletzung im Einsatz. Sie hätte in der Tat große Lust gehabt, dem Schuldigen eine zu verpassen, und sich damit sicher nicht schlecht gefühlt. Natürlich ging das nicht, aber es war eine feine Linie zwischen Tun und Lassen, und man musste sich manchmal tatsächlich beherrschen, sie nicht zu überschreiten. Das war der Unterschied zwischen Tjark und ihr. Er hatte die Grenze aus dem Blick verloren, warum auch immer.

Femke griff in die Blousontasche und zog ihr Handy hervor.

Ruven fragte: »Brauchst du mich hier noch?«

Femke schüttelte den Kopf, schaltete in den Kameramodus und hielt das Handy hoch, um den Bildausschnitt richtig einzustellen. Es war noch nicht allzu dunkel. Sie ließ daher den Blitz aus.

»Schönes Gefühl, nicht mehr gebraucht zu werden.« Ruven klang vorwurfsvoll und öffnete die Autotür.

»Wie meinst du das?« Ein leises Klicken begleitete das Auslösen. Femke machte zur Sicherheit noch ein Bild, falls das erste verwackelt war.

»Man hört, du wolltest Werlesiel bald verlassen und zur Kripo gehen.«

»Man oder du?«

»Ich.«

»Von wem?« Blöde Frage. Das konnte ihm nur Tjark erzählt haben, als die zwei heute Nachmittag mit dem Boot rausgefahren waren. Ruven antwortete nicht.

»Ich weiß es noch nicht, Ruven.« Femke ging einige Schritte auf Fokkos Haus zu, um Detailaufnahmen von den Schriftzügen und den kaputten Fenstern zu machen.

»Na, da kann dein Freund, der Starautor, doch sicher etwas für dich tun?«

Daher wehte also der Wind. Eifersucht. Das konnte sie im Moment nun wirklich nicht brauchen. Femke stellte den Bildausschnitt ein. Das Wort »Mörder« füllte das Display aus. »Er«, antwortete Femke, »ist weder mein Freund, noch wird er irgendetwas für mich tun können. Dazu muss eine Sachbearbeiterstelle bei der Kripo ausgeschrieben sein.«

»Was ja nicht unmöglich ist.«

»Da hast du recht«, sagte Femke kalt und löste aus. »Was soll dieses Verhör, Ruven?«

Sie hörte seine Schlüssel klimpern. »Ich hatte mich nur gewundert, dass ich darüber gar nichts wusste.«

»Es gibt einiges, was du nicht weißt.« Femke drehte sich auf dem Absatz um. »Ich danke dir für alles, was du für mich tust – aber wir sind nicht mehr als gute Freunde, oder?«

Er zuckte mit den Achseln. »Ja, klar.«

Femke hatte zwar ihre Zweifel, dass ihm das wirklich so klar war, nickte aber und fügte an: »Und danke, dass du mit dem Kollegen mit dem Boot rausgefahren bist.«

»Ich habe ihm eben noch ein paar Listen gemailt.«

»Super. Auf dich ist wirklich immer Verlass.« Sie schenkte Ruven ein Lächeln, der nicht zurücklächelte, aber die Hand zum Gruß hob, nun endgültig einstieg und aus der Ausfahrt fuhr.

Femke machte noch einige letzte Aufnahmen. Dann ging sie zurück zum Wagen, öffnete die Tür und griff nach dem Funkgerät, um Torsten in der Dienststelle zu kontaktieren.

»Torsten, ich bin gerade bei Fokko.«

Er fiel ihr direkt ins Wort. »Brauchst du Verstärkung, oder was? Ich bin alleine, und wenn ihr den jetzt festnehmen wollt …«

»Keiner nimmt Fokko fest, Menschenskind.« Femke hätte es kaum noch gewundert, wenn Torsten diesen Leuten, die die Schmähungen an Broers Haus geschmiert hatten, die Sprühdose gesponsert hätte.

Kurz angebunden erklärte sie ihm, was passiert war und dass er eine Anzeige schreiben solle und eine Meldung an die Presse geben.

»Ja wie, ich jetzt?«

»Ja, du jetzt.«

Nach einigem Hin und Her entschied Femke schließlich, dass es doch besser wäre, alles selbst zu machen. Sie wünschte Torsten noch einen ruhigen Dienst und warf das Funkgerät zurück in den Wagen. »Meine Fresse«, fauchte sie und strich sich die Haare im Nacken zusammen, fummelte ein Gummiband aus der Hosentasche und band sich damit einen Zopf.

»Moin, mein Mädchen.«

Femkes Herz blieb fast stehen. Sie wirbelte herum. Vor ihr, wie aus dem Nichts aufgetaucht, stand ein Mann. Er war kleiner als sie und hatte eine schmuddelige Kapitänsmütze auf. Die Haare darunter waren so schlohweiß wie die Bartstoppeln im faltigen Gesicht. Er trug eine Fleecejacke, eine ausgebeulte Jeans und dazu Gummistiefel.

»Eike, hast du mich erschreckt.«

Eike Brarens lachte heiser. »Wolltest du mal nach Fokko kieken?«

»Ist wohl nicht to Hus, Eike.« Femke kannte Eike schon ihr Leben lang. Niemand wusste genau, wie alt er war, aber gewiss schon über achtzig. Der alte Mann war Wattführer, ein Werlesieler Original, und kannte die See und die Marschen wie seine Westentasche. Die viele frische Luft und die Bewegung mussten ihn fit halten, denn Eike führte trotz seines Alters immer noch Touristen durch das Watt. »Und wo kommst du auf einmal längs, Eike?«

»Ick kwäm van Auerk, un ick wull no Nördn. Söben dag up Water dreben, nix too freeten kregen, un doch am Lebn blebn.«

Femke lachte. *Ich kam von Aurich und wollte in die Stadt Norden. Sieben Tage auf dem Wasser getrieben, nichts zu fressen gekriegt, aber doch am Leben geblieben.* Das hieß so viel wie alles oder nichts und vor allem, dass es keine Rolle spielte und sie nicht so dumm fragen sollte.

»Du solltest lieber zu Hause sitzen, statt abends noch zu arbeiten, Femke.« Er deutete auf ihren Polizeiwagen. »Fokko kann schon auf sich selbst aufpassen.«

»Da bin ich mir nicht sicher.« Sie deutete auf das etwas zurückliegende Haus.

Eike sah hin, gab einen genervten Laut von sich, nahm die Mütze ab und kratzte sich am Kopf. »Schnacks vun Schiet, is nich wiet«, sagte er. *Sprichst du über Scheiße, ist sie nicht weit.* Eike setzte die Mütze wieder auf. »Kommt ihr denn voran mit dieser schrecklichen Sache?«

»Kommen wir, Eike. Stück für Stück.«

»Tja«, er sah zum Küstenstreifen, »Nebel, stiller Nebel über Meer und Land. Totenstill die Watten, totenstill der Strand«, sagte er leise. »Christian Morgenstern.«

»Das ist sehr schön.«

Eike deutete auf den dichten Bewuchs. »Im Nebel geschehen seltsame Dinge. Du weißt, was das für eine Stelle ist, wo die Toten gefunden worden sind?«

Femke verschränkte die Arme und runzelte die Stirn. »Es war eine Art Lichtung im Uferbewuchs, und …«

Eike winkte unwirsch ab. »Das meine ich doch nicht. Ich meine, was dort mal geschehen ist.«

»Geschehen?«

»Lange her«, sagte Eike. »Kennst du die Geschichte von Maleen und ihrer Düne?«

Femke kannte die Geschichte nicht und hatte auch keine Lust, sich jetzt noch eine von Eikes Schrullen anzuhören. Doch dann begriff sie, dass er ihr etwas mitteilen wollte. Der Kloß in ihrem Bauch begann zu glühen. Sie schwieg und lauschte, während sich die Dunkelheit langsam über Werlesiel senkte.

»Maleen«, erzählte Eike, »war eine junge Deern, und ihr

Verlobter ein Seemann. Wenn er draußen war, stand sie jeden Tag auf der Düne und wartete auf seine Rückkehr. Sie entzündete jeden Abend ein Licht, das ihm den Weg zu ihr weisen sollte. Eines Abends brannte das Licht nicht mehr.«

Femke fröstelte. Der Wind wurde kälter.

»Die Leute liefen zur Düne und fanden Maleen tot auf. Kurz darauf wurde ein toter Seemann angespült. Er trug den gleichen Ring wie die arme Maleen. Der Blanke Hans hatte sich ihren Geliebten geholt, als ihr Herz nicht mehr schlug.«

Femke blickte unruhig in Richtung Meer. Die Sanddornbüsche raschelten. »Das ist hier geschehen?«

»Nicht hier«, sagte Eike. »Aber ich musste daran denken. Daran – und an den Nebel. Und daran, dass hier einmal etwas anderes geschah.«

»Und was?«

»Es war vor fast vierzig Jahren im Sommer 1975 / 76 so ungefähr. Da waren Kinder im Watt spielen …«

»Eike, das ist doch die alte Gruselgeschichte mit dem Mädchen, das …«

Er hob die Hand und sah Femke ernst an. »Das ist keine Gruselgeschichte. Es waren ein Junge und ein Mädchen. Sie machten hier mit ihren Eltern Urlaub. Der Nebel überraschte die Kinder – und dann kam die Flut. Das Mädchen stürzte in einen Priel und ertrank, den Jungen konnte man retten.«

Wie so oft hatten Schauergeschichten also einen wahren Kern, dachte Femke. »War das hier vor der Küste in Werlesiel?«

»Nicht ganz«, erklärte Fokko. »Hier war was anderes. Man hatte lange gedacht, dass die Flut das Mädchen mit sich gerissen hatte. Aber du kennst das Sprichwort, dass die See irgendwann alles wiedergibt, was sie sich genommen hat.«

Femke nickte.

»Wochen später wurde eine Leiche angespült. Man erzählte sich, dass es die ertrunkene Schwester gewesen sein soll. Gleich dahinten hatte man sie gefunden. Da, wo ihr die Toten entdeckt habt. Daran musste ich denken. Ganz schön schaurig, was?«

Femke hatte bereits eine Gänsehaut.

»Es ist, als ob da jemand immer wieder das Mädchen hinlegen will. Na ja …« Er winkte ab und blickte in den Himmel. »Wird Zeit für mich, Femke.«

»Danke, Eike. Ich fahr dich nach Hause. Es ist gleich dunkel.«

Eike winkte unwirsch ab. »Die alten Beine tragen mich noch eine Weile.« Er schlurfte los und drückte Femke im Vorbeigehen am Oberarm. »Legg di, und deck di treck wat Oles över di.« *Leg dich hin und ziehe was Altes über dich* – das sagten die Senioren hier gelegentlich als süffisanten Nachtgruß.

»Mache ich«, versprach Femke. Aber sie fuhr zunächst zur Polizeistation, um in den Archiven nach einer alten Akte von 1975 zu suchen, und schlief erst, als der Morgen bereits graute.

48

Der Mann öffnete eine Tüte und warf ein belegtes Brötchen auf den Boden. Eine Plastikflasche Mineralwasser folgte. Sie rollte über den Beton und stieß schließlich gegen Vikkis Zehen, wo sie liegen blieb.

»Iss«, sagte er. »Trink.«

»Es wäre leichter, wenn meine Hände nicht gefesselt wären.«

Vikki hatte es eben gerade noch geschafft, sich zurück in ihre Ecke zu setzen, den WC-Kasten vom Wasserfass wegzuschieben und die Arme hinter den Körper zu manövrieren, bevor er hereingekommen war. Nicht auszudenken, wenn er sie bei der Inspektion ihres Gefängnisses erwischt hätte.

Er baute sich vor ihr auf und blickte durch die Strumpfmaske nach unten. »Du hast auch die anderen Sachen essen können, also stell dich nicht an. Sei dankbar, dass ich dir überhaupt etwas gebe.«

»Danke«, sagte Vikki leise.

Der Mann deutete auf das Brötchen. »Iss.«

Er wollte sehen, wie Vikki wie ein Hund die Nahrung vom Boden zu sich nahm, und sich daran ergötzen. Nun, dachte Vikki, es wäre nicht das erste Mal, dass sie sich erniedrigt. Männer, die auf solche Sachen abfuhren, waren nach ihrer Erfahrung schwach und unsicher – nicht alle, aber die meisten. Und es war ihr schon einmal gelungen, ihren Entführer zu verblüffen – und damit einen Teil der Kontrolle über sich selbst zurückgewinnen zu können, wenn auch nur einen winzigen. Also sagte sie: »Nein.«

»Iss«, wiederholte der Mann.

»Sonst passiert was?«

»Sonst werde ich mein Messer nehmen, dich in das Fass tauchen und dabei so lange mit der Klinge ficken, bis kein Blut mehr in dir ist oder du ertrunken bist«, antwortete er gelassen.

»Wenn du mich töten wolltest«, entgegnete Vikki, gab sich alle Mühe, unbeeindruckt zu klingen, und blies sich eine Haarsträhne aus dem Gesicht, »dann hättest du das längst getan. Und du würdest nie eine Antwort darauf erhalten, ob ich dich liebe.«

»Du bist hart.«

»Das Leben hat mir keine Wahl gelassen.«

»Ich könnte auf die Idee kommen, zu überprüfen, wie hart du wirklich bist.«

Vikki blinzelte in die Glühbirne und verdrängte den Gedanken daran, auf welche Art und Weise er diesen Test durchführen würde. »Du kannst mich jederzeit dazu zwingen, das Brötchen vom Boden aufzuessen. Das weiß ich.«

Er nickte.

»Aber das würde dir nur wenig Freude bereiten, weil es unter Zwang wäre. Du würdest meinen Willen nicht wirklich brechen. Es wäre anders, wenn ich es aus freien Stücken täte, um dir zu gefallen.«

War da der Anflug eines Lächelns in dem verzerrten Gesicht wahrzunehmen? Wenn ja, was hatte es zu bedeuten?

»Wenn ich dich lieben soll«, redete sie weiter, »dann braucht es zunächst einmal gegenseitigen Respekt. Wie kannst du mich respektieren, wenn ich vor deinen Augen vom Boden esse wie ein Schwein?«

Der Mann verschränkte die Arme. Er wirkte amüsiert. Oder war das Nachdenklichkeit?

»Du hast kürzlich meinen Namen erwähnt. Du weißt also, wer ich bin. Ich bin kein Tier, und ich bin auch keine Schlampe oder ein Gegenstand. Ich bin eine Person, Vikki Rickmers. Ich mag Blumen, ich mag Kinder, ich mag das Meer, ich kann gut singen …«

Der Mann blickte wieder auf.

Vikkis Stimme begann, sich zu überschlagen. Sie konnte es nicht verhindern. »Ich bin ein Mensch!«, rief sie. Ihr stiegen Tränen in die Augen. Voller Wut stieß sie die Wasserflasche von sich und schrie den Mann an. »Warum tust du mir das an? Was willst du von mir? Warum ich? Warum ich? Lass mich gehen! Lass mich leben! Bitte!«

Der Mann blickte der Flasche hinterher. Dann sah er zu Vikki. »Dass du noch lebst, verdankst du einem Zufall. Ich kann dich im Moment nicht töten – und ich muss sagen: Das gefällt mir sogar, denn so kann ich mich ein wenig ausgiebiger mit dir befassen. Du hast Potenzial, Vikki, du bist anders als die anderen. Aber darauf solltest du dir nichts einbilden. Dir bleibt zwar noch ein wenig Zeit, um mir eine ehrliche Antwort auf meine Frage zu geben. Aber am Ende wirst auch du versagen.« Er zuckte mit den Achseln. »Und dann kommst du dahin, wo die anderen sind.«

Vikki erstarrte. Sie keuchte. Die … anderen?

»Aber mit dem Respekt hast du vollkommen recht«, fuhr der Mann fort, »und es wird Zeit, dass du ihn mir entgegenbringst. Du hattest deine Chance zu tun, was dir gesagt wird.« Er griff in seine Jacke und zog das Messer hervor. »Hallo, Mr. Dildo«, sagte der Mann. Und dieses Mal lächelte er wirklich.

49

Hast du überhaupt eine Ahnung davon, was ich hier mache? Das ist reinste Spurenanalyse. Ich muss vollkommen verrückt sein, dass ich mich darauf einlasse.«

Tjark hörte Fee beim Schimpfen zu, während sie in ihrem weißen Laborkittel an irgendwelchen Gerätschaften hantierte. Eine davon war ein Massenspektrograf, die andere ein Elektronenrastermikroskop, so viel wusste er. Was man damit machte und wozu der Rest diente – keine Ahnung. Fees Chucks machten schmatzende Geräusche, während sie hin und her lief. Die Ziffern einer Digitaluhr zeigten 22.54 Uhr an.

»Ich könnte mit einem Eis vorm Fernseher sitzen und ›CSI‹ gucken. Oder in einem Biergarten mit einem atemberaubenden Latino. Oder, oder, oder … Und was mache ich blöde Kuh stattdessen?«

»Etwas wieder gut, weil du immer noch ein schlechtes Gewissen hast.«

»Pff.« Sie blieb stehen und hielt den Beweismittelbeutel hoch. »Das hier muss eigentlich zum LKA nach Hannover, das weißt du, das weiß ich – und das Schlimme ist: Das wissen alle anderen auch.«

Tjark winkte ab. In dem Beutel befanden sich der Briefbogen und der Umschlag, der an seiner Windschutzscheibe geklemmt hatte. Er hatte beides auf Fingerabdrücke und auf

Stellen untersucht, an denen sich etwas beim Schreiben durch-
gedrückt haben konnte. Er hatte nichts gefunden. Aber
irgendetwas musste da sein. Niemand schickte eine Botschaft
ohne Botschaft – und wenn lediglich der Brauerei-Briefkopf
die Nachricht sein sollte, dann hätte der Absender auch einen
Bierdeckel nehmen können.

»Es wissen ebenfalls alle«, sagte Tjark zu Fee, »dass solche
Beweismittel tagelang in den Labors herumliegen, ihr in der
Rechtsmedizin aber zertifiziert für DNA-Analytik oder Tox-
Gutachten und vor allem schneller seid.«

»Hetz mich bloß nicht. Ich kann nur unter Stress arbeiten,
den ich mir selbst mache.«

»Dann leg mal los.«

»Forensische Molekularbiologie setzt voraus, dass es überhaupt biologische Spuren gibt, und toxikologische, dass es …«
Fee unterbrach sich selbst, während sie einen neuen Test vorbereitete. »Ist dir doch eigentlich völlig egal, oder?«

»Exakt.«

»Warum wusste ich das bloß?«

»Ich will wissen, was mit dem Brief ist. Wenn du nichts
findest, kann ich ihn immer noch zum LKA schicken. Es ist
halt nur so, dass …«

»… die Zeit drängt, ich weiß. Und wir sind danach dann
aber so was von überquitt.« Fee warf Tjark einen grimmigen
Seitenblick zu.

Tjark lächelte schwach. »Die Erfolgsprovision wäre eine
Fußmassage.«

Fee atmete tief ein und aus. »Ich mache ja schon.« Sie widmete sich dem Beproben und blickte dazwischen immer wieder auf Digitalanzeigen und den Bildschirm eines Laptops.
Minuten später piepte ein Gerät. Fast gleichzeitig ging die Tür
auf, und eine junge Frau mit streng nach hinten gebundenen

Haaren kam herein. Es war die DNA-Analytikerin, der Fee bereits vorher den Briefbogen und den Umschlag zur Untersuchung gegeben hatte. Jetzt reichte sie Fee einige Computerausdrucke und verschwand so still, wie sie gekommen war. Fee überflog die Papiere und lud etwas auf den Computer. »Könntest du das mit der Massage noch etwas konkretisieren?«

»Hast du was gefunden?«

Fee streckte sich angestrengt, wobei sie sich mit beiden Händen ins Kreuz fasste. »Ja, und es ist keine Geheimtinte verwendet worden. Wenngleich es vielleicht irgendwie so gedacht gewesen ist.«

Tjark sah sie verständnislos an. Fee deutete auf den Bildschirm. Darauf waren Diagramme und kryptische Abkürzungen zu sehen. »Der Briefumschlag ist spurenfrei. Auf dem Blatt allerdings befindet sich Speichel. Es scheint, als habe jemand über das Papier geleckt.«

»Lässt sich sagen«, fragte Tjark und spürte ein heißes Brennen und Stechen in der Brust, »von wem der Speichel stammt?«

»Wir haben die DNA. Faktisch könnten wir das, wenn …«

»Hast du Zugriff auf die Daten von Vikki Rickmers?« Die Haarproben und weiteres Material waren hier analysiert worden.

»Habe ich.« Unaufgefordert loggte sie sich in der Datenbank ein, verglich einige Diagramme und sagte schließlich nach einer Weile: »Der Speichel stammt von Vikki Rickmers.«

Tjark zog die Stirn kraus und starrte wie durch Fee hindurch. Eine unverwechselbare Spur, bewusst plaziert. Vorhanden, aber doch nicht sichtbar – so wie Vikki selbst. Der Hinweis bedeutete, dass sie noch lebte. Der Briefkopf mochte darstellen, wo. Beides zusammen war eine offene Herausforderung, die sagte: Noch kannst du es schaffen, Superbulle. Und Tjark glaubte zu wissen, bei wem es sich um den anonymen Tippgeber handelte. Er hatte recht damit gehabt, dass der Täter ein Spiel mit der Polizei aufnehmen wollte, kaum dass er sich wieder etwas sicherer fühlte. Dazu kam, dass er wusste, wer Tjark war, wo er in Werlesiel wohnte und welches Auto er fuhr. Der Schweinehund, dachte Tjark, war in unmittelbarer Reichweite gewesen. Zum Greifen nah. Das Brennen und Stechen wurde stärker.

»Könnt ihr herausfinden«, fragte Tjark und räusperte sich, »wie alt die Probe ist?«

Fee musterte Tjark. »Ist alles in Ordnung mit dir?«

Er hob abwehrend die Hand. »Könnt ihr das herausfinden?«, wiederholte er.

»Ja. Wir müssen dazu andere Untersuchungen vornehmen, aber es lässt sich natürlich sagen, ob sich Bakterien in dem Speichel …«

»Mach das und ruf mich an«, sagte Tjark. Ihm war schwindelig. Dann verließ er die Rechtsmedizin und ignorierte die besorgten Blicke, die Fee ihm hinterherwarf.

50

Die Soko hatte unter Hauke Berndtsens Leitung ganze Arbeit geleistet. Das musste Tjark respektieren und anerkennen. Berndtsen stand gerade vor einer Leinwand. Auf gespenstische Art und Weise wurde sein Gesicht zur Hälfte von dem Beamer mit einem Bild angestrahlt, das den Schädel eines skelettierten Opfers zeigte. Tjark musste an Harvey Dent denken – besser bekannt als Harvey Two-Face, den verbrecherischen Bezirksstaatsanwalt aus »Batman«. Dents eine Gesichtshälfte war zerstört. Die andere Hälfte war bestechend attraktiv. In ihm kämpften Gut und Böse, und wenn Dent Entscheidungen treffen musste, warf er eine Münze.

Tjark fragte sich, wie der Killer seine Entscheidungen traf. Warum schlug er an manchen Tagen zu, warum an anderen nicht? Warum lagen manchmal mehrere Monate zwischen den Taten, warum manchmal nicht? Der Kerl wollte, dass Tjark wusste: Vikki lebt. Die Geste eines Superschurken, der annahm, in Tjark einen ebenbürtigen Gegner gefunden zu haben. Kompletter Irrsinn, aber so waren einige gestrickt – ob sie nun Doc Octopus, Viktor von Doom, Magneto, Peter Kürten oder Charles Manson hießen. Man wurde sie einfach nicht los. Manchmal glaubte Tjark, dass die Natur solche Scheißkerle wie Moskitos, Mittelohrentzündungen und Blinde Fliegen eben einfach so vorgesehen hatte. Die bösen Dinge musste es geben, damit die guten messbar waren.

Alle drei Opfer waren mittlerweile identifiziert – neben Anna Novák waren es tatsächlich Olga Chzmielek und Valerie Köster. Sie stammten aus der Gegend um Wilhelmshaven, waren dort ihren Geschäften nachgegangen und hatten über den örtlichen Internetdienst für sich geworben. Die Kollegen hatten sich bei Befragungen die Hacken wund gelaufen und am Ende einige denkbare Tatverdächtige eingekreist. Darunter waren zwei Fahrer mit Waffenbesitzerlaubnis, die bei Speditionsunternehmen für Kurierdienste arbeiteten, ein Büchsenmacher sowie drei weitere Personen, über die Berndtsen gerade sprach. Es war beim LKA eine VICLAS-Anfrage beauftragt worden, um festzustellen, ob es anderswo in Deutschland ähnlich gelagerte Fälle gab. Ergebnisse lagen noch nicht vor, aber es wurde mit aller Kraft daran gearbeitet, dass sich das schnell änderte und endlich Verhaftungen vorgenommen werden konnten.

Berndtsen fuhr in seinem Bericht fort: »Wir haben eine Einschätzung von der Operativen Fallanalyse vom LKA in Hannover erbeten. Es spricht vieles dafür, dass es sich um einen Täter mit sadistischen Phantasien handelt – eine narzisstische Persönlichkeit ohne jede Empathie, bei der gewalttätige Vordelikte mit sexueller Komponente wahrscheinlich sind. Was seine Komfortzone angeht, gehen wir davon, dass er wie viele Serienvergewaltiger in einem gewissen Radius um seinen Ankerpunkt herum aktiv ist. In unserem Fall sind die Ablagestelle und die Herkunft der identifizierten Opfer bekannt. Halbieren wir die Strecke, gelangen wir dahin, wo wir seinen Rückzugsort vermuten: Wittmund, Jever und Wangerland. Ich will wissen, ob unsere Tatverdächtigen dort jemals eine Rolle gespielt haben – Wohnungen, Garagen, Verwandte, Bekannte.«

Alles klang rund. Dennoch hatte Tjark hierzu eine andere

Meinung. Er glaubte nicht, dass der Täter die Opfer nur deswegen an ein und derselben Stelle ablegte, weil sie weit von seinem Wohnort entfernt war. Er glaubte vielmehr, dass dem Ort eine besondere Bedeutung zukam und der Täter die Opfer nah bei sich haben wollte. Während der Fahrt zur Besprechung hatte Femke ihn angerufen und ihm aufgeregt erzählt, dass sie über den Ablageort möglicherweise neue Erkenntnisse gewonnen habe, über die sie unbedingt mit ihm sprechen wolle. Sie hatten verabredet, sich gleich nach seiner Rückkehr nach Werlesiel zusammenzusetzen.

Tjark nahm sich vor, einen Blick auf die von den Kollegen erstellten Listen zu werfen. Sie gaben einen Überblick über die Kundschaft der Opfer, Telefonkontakte und ihre Bewegungsprofile vor dem Verschwinden. Tjark wollte wissen, ob Werlesiel beziehungsweise die Brauerei eine Rolle spielten und was sich ergeben würde, wenn er einige der Daten mit denen von Ruven verglich.

»Wie steht die Lage an der Küste?«, fragte Berndtsen in Tjarks Richtung.

Fred und Tjark warfen sich einen Blick zu. »Ernst, aber nicht hoffnungslos«, sagte Fred.

»Keine Spur von der Rickmers?«

Tjark verzog den Mund. »Hauke, ich würde gerne im Anschluss über einige Dinge reden, denn …«

»Sind die so geheim, dass die Kollegen das nicht hören dürfen?«

»Nö«, sagte Fred und lieferte einen knappen Bericht über das Taxiunternehmen Brunsen und sagte, dass er gerne eine Vernehmung des Fahrers sowie eine forensische Untersuchung des Fahrzeugs hätte.

Dann übernahm Tjark das Wort. Er erzählte von dem Zettel mit Vikkis DNA und fügte an, dass er einen Durchsuchungsbefehl für die Werlesieler Brauerei von Mommsen benötige sowie eine für den *Dünenhof* von Carsten Harm. Außerdem wolle er Anordnungen zur Offenlegung der Kontenbewegungen, Telefonate und weiterer Daten.

Als er fertig war, schwieg Berndtsen. Er massierte sich das Kinn, als wolle er den Preiselbeerfleck am Mundwinkel wegwischen. »Die Sache mit dem Zettel ist merkwürdig«, sagte er und fügte hinzu, dass man das in der Tat »unter sechs Augen« besprechen könne und damit den Rest der Soko nicht aufhalten müsse.

Stühle rückten, Gemurmel schwoll an, dann leerte sich der Lage- und Besprechungsraum. Zurück blieben – außer dem Geruch nach Mensch und abgestandenem Kaffee – Tjark, Fred und Berndtsen, der eine besorgte Miene aufsetzte und sagte: »Das wird so nicht klappen mit den Durchsuchungen.«

»Warum nicht?«

»Ich kann keinen Anfangsverdacht gegen diese …« Berndtsen machte eine Geste.

»Knut Mommsen und Carsten Harm.«

»… gegen Mommsen und Harm erkennen, der Durchsuchungen rechtfertigen würde. Bei Fokko Broer war das anders.«

»Vikki Rickmers war in der Brauerei, kurz bevor sie verschwunden ist.«

»Wofür ihr keine Bestätigung habt.« Berndtsen streckte sich und zog den Hosenbund hoch. »Es gibt ja nicht mal eine eindeutige Zeugenaussage. Ihr habt die Leute vorgeladen?«

»Haben wir. Aber du weißt, wie das mit polizeilichen Vorladungen ist – rechtlich muss sie niemand befolgen. Anders wäre das bei einer Ladung vom Staatsanwalt oder Richter.«

Berndtsen lachte trocken auf und winkte ab. »Mehr ist nicht drin, Tjark.«

Fred fragte: »Was ist mit dem Taxi?«

»Ein Taxi, in dem Vikki Rickmers nicht gefahren ist …«

»… oder eben doch.«

»Es wäre etwas anderes, wenn eines der bestätigten Opfer mit dem Taxi gefahren wäre. Aber derzeit gibt es keine konkreten Anknüpfungspunkte …«

»Ich halte den Ort Werlesiel für sehr konkret.«

Berndtsen rieb sich die Nasenwurzel. »Okay. Wir laden den Fahrer vor, und zwar hier in der Hauptstelle. Das mit dem Fahrzeug bekommen wir irgendwie hin. Aber mehr als das und die Vorladungen ist nicht drin.«

Tjark sagte: »Der Zettel mit DNA-Material …«

Berndtsen zuckte mit den Achseln. »Kurios, aber was soll der Zettel sagen? Sie lebt noch. Ist doch super. Vielleicht hat die Rickmers dir das sogar selbst dahintergeklemmt und steht drauf, in den Medien zu sein – oder wollte dir vermitteln, dass man sich nicht um sie sorgen muss.«

Tjark kaute auf den Backenzähnen. »Hauke. Worauf läuft das hinaus?«

»Was läuft worauf hinaus?«

»Du kannst uns nicht so vor die Wand fahren lassen.«

»Ich fahre euch nicht vor die Wand.«

Tjark legte den Kopf schief wie ein Boxer, der sein Gegenüber taxiert. »Wenn das an dieser persönlichen Sache zwischen uns liegen sollte …«

»Persönliche Sache?« Berndtsen spie die Worte aus. »Ich sage dir, was eine persönliche Sache ist, Tjark! Du kannst mir persönlich danken, dass du überhaupt aktiv sein darfst!«

Tjark verdrehte die Augen.

Berndtsen fummelte aus der Tasche seines Sakkos ein Handy. Es gelang ihm nicht beim ersten Versuch. Dann streckte er Tjark das Telefon hin. »Ruf doch diesen Staatsanwalt Dr. Verhoeven selbst an und erzähl ihm, dass du Durchsuchungsbeschlüsse haben willst sowie sein Autogramm unter einer Vorladung – und dann lass dich auch gleich zum Landgericht durchstellen!«

Tjark musterte verständnislos das Handy.

»Dr. Verhoeven und der zuständige Richter«, keifte Hauke weiter, »sind zusammen mit Mommsen in irgendeinem dieser Wirtschaftsclubs Mitglied, und die hacken sich gegenseitig kein Auge aus.«

Tjark erinnerte sich. Mommsen hatte so etwas erwähnt und von hohen Spendensummen gesprochen. Natürlich konnten weder ein Staatsanwalt noch ein Richter wegen solcher Verbindungen das Recht biegen oder beugen oder die Augen verschließen, und sicher würde das auch niemand tun – zuletzt Dr. Verhoeven, dessen Weg nach oben makellos sein musste. Aber offenbar konnte Verhoeven durchaus Hauke Berndtsen anrufen und darum bitten, seine Leute in Werlesiel mögen doch den Ball etwas flachhalten und den ehrbaren Bürger Knut Mommsen nur dann bedrängen, wenn sie etwas in der Hand hatten.

»Dieser Mommsen hat sich an so ziemlich allen relevanten Stellen über euch beschwert«, sagte Berndtsen, »und dann kommt ihr an und wollt dessen Brauerei auf den Kopf stellen, Mensch, vergiss es! Abgesehen davon, Tjark«, Berndtsen wedelte mit dem Handy, als sei es eine Kasperlepatsche, »brauchen wir Tatverdächtige, Verhaftungen, Indizien – die machen mir Druck!«

Tjark lächelte milde. »Was hast du erwartet, Hauke?«

Berndtsen antwortete mit einem bitterbösen Blick und steckte sein Telefon wieder weg. »Wenn ihr mehr habt«, sagte er dabei und presste die Lippen zusammen, »können wir mehr durchsetzen. Vorher nicht.«

»Okay«, sagte Fred und stieß die Luft aus.

Berndtsen nickte einmal kurz. Dann hastete er mit großen Schritten aus dem Raum.

Tjark sagte zu Fred: »Wir brauchen endlich etwas Greifbares. Ich will wissen, was Mommsen und die Politiker aushecken und weswegen sie mauern. Und ich will einen Beleg dafür, dass Vikki bei Mommsen war.«

»Was willst du machen?«

Nachdem Tjark es ihm erklärt hatte, wischte sich Fred über die Stirn, legte sie anschließend in Falten und sah zum Fenster hinaus. »Ich halte das für gefährlichen Aktionismus.«

»Seit wann kennst du solche Worte?«

»Seit ich dich kenne.«

»Hast du eine bessere Idee?«

Nach etwa einer Minute antwortete Fred: »Nein.«

Tjark sah auf die Uhr. Es gab noch etwas Dringendes zu erledigen, bevor er und Fred wieder nach Werlesiel fuhren. Außerdem brauchte er eine Zigarette. Dringend.

51

Der Laden nannte sich *Tigerkralle* und lag im Westen zwischen Fachmärkten und Industriebrachen in einer ehemaligen Fahrradfabrik. Über dem Eingang hing ein Schild mit dem Logo, auf dem sich links eine Pranke und rechts ein stilisierter Bruce Lee befand. Drinnen roch es nach einer Mischung aus Schweiß, Putzmittel und muffiger Sportkleidung, die von Ventilatoren unter der Decke verquirlt und gleichmäßig in jede Ecke verteilt wurde.

Das Studio befand sich im dritten Stock. Durch einige Fenster, die fast bis zum Boden reichten, hatte man eine fabelhafte Aussicht auf die Stadt. An den Wänden hingen große Spiegel, vor denen junge Männer mit beachtlich definierten Oberkörpern Sandsäcke mit Fäusten und Füßen traktierten. Das Klatschen der Hiebe auf die Kunststoffbezüge sowie Keuch- und Schnauflaute erfüllten den hallenartigen Raum, dessen Zentrum ein Boxring mit knallroten Absperrseilen bildete.

Tjark ging darauf zu, ohne sich um die Blicke zu kümmern, die ihn als Fremdkörper in Lederjacke markierten, und schlürfte lautstark am Vanilleshake vom Drive-in. Er stellte sich neben einen mongolisch aussehenden Hünen mit bandagierten Händen, der ihn ausdruckslos ansah und sich dann wieder dem Geschehen im Ring zuwandte. Dort traten und schlugen zwei Personen aufeinander ein. Bei dem Mann handelte es sich um einen blassen Kerl in kurzen schwarzen Hosen. Er hatte einen Irokesen-Haarschnitt. Die rabenschwarzen Haare der Frau waren zu einem Zopf zusammengebunden. Sie trug ein bauchfreies Tanktop und mit einem Drachenemblem verzierte Shorts. Sie war bedeutend kleiner als der Irokese, quirliger und schneller. Er kassierte eine Kaskade von Hieben gegen den Kopf und Kniekicks auf die kurze Rippe und suchte in den Seilen Schutz. Im nächsten Moment stand die Kleine mit gestrecktem Bein vor ihm und stemmte ihm die Hacke unters Kinn.

»Das war's dann, Gregor«, rief sie, balancierte auf dem Fußballen und wartete ab, bis der Mongole neben Tjark spielerisch ein Handtuch in den Ring warf und sagte: »Du solltest auf Muay Thai umsatteln, Ceylan.«

Sie nahm den Fuß runter und winkte ab, während der Irokese den Kopf schüttelte und sich mehrfach räusperte. Offenbar hatte sie ihm den Kehlkopf gequetscht.

»Mit der sollte man sich nicht anlegen«, sagte der Mongole zu Tjark.

Tjark sog mit einem Schnorcheln etwas Milchshake durch den Strohhalm. »Hatte ich nicht vor«, antwortete er und wischte sich über den Mund.

Ceylan kam an den Ringrand. Kleine Schweißperlen glänzten auf ihrem drahtigen Körper, dessen Brust sich schnell hob und senkte. »Was machst du denn hier?«

»Mich vor dir warnen lassen«, sagte Tjark und hielt den Pappbecher hoch. »Schluck Milchshake?«

Ceylan schüttelte den Kopf. Sie zwängte sich durch die Absperrung, sprang vom Podest und bedeutete Tjark mit einer Kopfbewegung, ihr zu folgen. Sie stoppte an einer mit diversen »Fight Night«-Plakaten beklebten Tür, die zu den Umkleidekabinen führte, und streckte Tjark die Hände ent gegen – eine stumme Aufforderung, ihr die Handschuhe zu öffnen. »Ich habe Urlaub. Also komm mir bloß nicht mit irgendwelchem Kram.«

»Ich habe gehört«, sagte Tjark und riss mit der freien Hand die Klettverschlüsse auf, »du bist mit deinen ›Bad Coyotes‹ ein gutes Stück vorangekommen.«

Ceylan nickte und zog mit einem Ruck die Hände aus den Handschuhen, um sich als Nächstes die Schienbeinschoner auszuziehen. »So ein Cowboy hat den Präsidenten des Clubs von seinem Bike geschossen. Das hat etwas Schwung in die Sache gebracht.«

Tjark schmunzelte. »Und der V-Mann?«

»Hatte uns verarscht.« Sie warf die Schoner achtlos in die Ecke. »Musst du eigentlich immer recht haben?«

Tjark sog den Rest Milchshake aus dem Becher und zuckte mit den Achseln. »Ist so ein verdammter Fluch.«

»Dein Spinnensinn?«

»Mein Spinnensinn.«

»Und wie läuft es an der Küste? Berndtsen hat dir die Zügel wieder aus der Hand genommen?«

»Hat er.« Tjark sah zur Seite. Der Irokese verließ den Ring, trank etwas aus einer Mineralwasserflasche, die ihm der Mongole reichte, und rieb sich immer noch den Hals. Ceylan musste ihn ordentlich erwischt haben.

»Gregor«, erklärte sie und deutete in die Richtung des Irokesen. »Er wollte aus Spaß mal eine Runde drehen.«

»Sieht aus, als wäre aus Spaß Ernst geworden.«

»Der kann das ab. Er hat ein ziemlich großes Mundwerk und mich ein paarmal angemacht: Hey, Bitch, und so weiter. Jetzt weiß er, wo er steht.«

»Vielleicht hatte er das nur als Kompliment gemeint und sich ungeschickt ausgedrückt.«

Ceylan lachte laut. »Das hat er in der Tat.«

»Seit wann stellst du dich wegen einer Anmache an?«

»Es kommt immer auf das Gegenüber an«, antwortete sie mit einem gespielten Augenaufschlag.

Tjark wurde gleichzeitig kalt und heiß, und seine Ohren glühten.

»Weswegen kreuzt du hier auf?«

»Also«, sagte Tjark und rieb das Ohrläppchen zwischen Daumen und Zeigefinger, »wegen dieser Sache an der Küste …«

»Die Antwort ist: Nein.«

»Darf ich erst mal erklären …«

Ceylan machte eine abwehrende Geste und sammelte ihre Sachen ein. »Vergiss es. Ich habe Urlaub. Hast du eine Ahnung, wie viele Überstunden ich schiebe?«

»Ich nahm an, ich hätte etwas gut bei dir. Aber ich habe mich wohl vertan.«

»Na super.« Ceylan trat mit der Hacke auf dem Hallenboden auf. »Jetzt kommst du auf die Tour. Das ist nicht fair, Tjark Wolf.«

»Ich habe nie behauptet, dass ich fair bin.«

Ceylan betrachtete ihn eine Weile. Dann presste sie die Lippen aufeinander, verschränkte die Arme vor der Brust und fragte: »Worum geht's?«

Tjark erklärte es ihr.

Ceylan schwieg. Dann sagte sie: »Das meinst du nicht im Ernst.«

Tjark sah sie an und legte den Kopf ein wenig schief.

»Du meinst es tatsächlich ernst.«

»Ja.«

»Berndtsen wird durchdrehen.«

»Wenn es klappt, wird er nur etwas ausrasten. Wenn es hingegen danebengeht …«

»Das kann richtig Ärger geben.«

»Schätze ich auch.«

»Ich meine nicht einfach irgendwelchen Ärger, Tjark, sondern richtig fetten, krassen Ärger, der sich gewaschen hat.«

»Geht auf meine Kappe.«

»Vielleicht möchte ich aber nicht, dass du noch was auf die Kappe bekommst.«

Tjark zögerte einen Moment und dachte darüber nach, wie sie das wohl meinte und was es zu bedeuten hätte. Dann sagte er: »Eher möge ich scheitern als es niemals gewagt zu haben.«

»Ist das Shakespeare?«

»Nein, Stan Lee«, bemerkte Tjark. »Silver Surfer.«

Ceylan prustete los, löste das Haargummi und schüttelte ihre Haare aus. »Du und deine Comics.«

Dann hielt sie Tjark die Faust entgegen. Er stieß mit seiner Faust gegen ihre.

»Nur weil du es bist, Cowboy«, sagte Ceylan.

»Das«, antwortete Tjark, »reicht mir völlig.«

52

Vikki hatte schließlich das Brötchen vom Boden aufgegessen und den Mann angefleht, das Messer wieder zur Seite zu legen. Er war dem nachgekommen. Dann hatte er sie wieder mit dem Kopf in das Wasserfass getaucht und dabei vergewaltigt. Dieses Mal hatte sie das Bewusstsein verloren und war erst zu sich gekommen, als der Mann längst fort war. Danach war sie eingeschlafen. Sie hatte keine Ahnung, wie viel Zeit seitdem vergangen war.

Nun saß sie auf dem Boden, die Beine von sich gestreckt, die Hände auf den Rücken gebunden, und starrte in die Leere. *Die anderen,* hatte er gesagt und von einem Ort gesprochen, an dem sie waren, und dass er Vikki im Moment nicht dorthin bringen könne. Dass es nur ein Zufall sei, dass sie noch lebte. Der Mann wollte sie töten, und sie wäre nicht die Erste. Aber es gab eine Galgenfrist. So viel stand fest. Also war es an der Zeit, endlich zu handeln.

Das Leben schoss in Vikki zurück. Mit einem Ruck setzte sie sich auf und zwängte ihren Hintern, die Beine und Füße durch das O, das ihre Arme bildeten. Sie stand auf und ging zu den Metallregalen. An einem befand sich eine scharfkantige Ecke. Vikki hob die Hände, brachte den Kabelbinder über das schartige Metall und zog die Gelenke so stark wie möglich auseinander, um Spannung auf den Kunststoff zu bringen. Sie biss die Zähne aufeinander, weil das schmale

Band tief in die wunde Haut schnitt. Dann begann sie, die Hände vor- und zurückzubewegen, um die Regalkante wie ein Messer zu benutzen. Es dauerte seine Zeit. Aber dann waren ihre Arme frei. Endlich.

Vikki ging in die Mitte des Raums zu der Campingtoilette. Oben auf dem Kubus befand sich ein Handgriff. Sie fasste danach, hob den Behälter an und ließ ihn schwingen. Sie würde einige Kraft aufwenden müssen, um dem Mann das Ding an den Schädel krachen zu lassen und ihn damit hoffentlich auszuknocken. Mit der Campingtoilette in der Hand ging Vikki zu der Holzkiste in der Ecke. Sie hatte inzwischen die Vermutung, dass die Betonwände Bomben standhalten sollten und die rostige Metalltür Splittern von Explosionen. Die Rohre unter der Decke dienten der Belüftung, und irgendwann waren wohl in diesem Bunker Waffen gelagert worden. Einige hatte man vielleicht vergessen, und »Pzf« mochte die Abkürzung für »Panzerfaust« sein.

Vikki hatte sich ausgemalt, wie der Mann die Tür öffnete und sie ihn mit einer Granate pulverisierte. Ob sie selbst eine solche Explosion in einem geschlossenen Raum unbeschadet überleben würde … Vielleicht würde sie sofort zerrissen, sobald sie den Abzug betätigte – die Waffen wären alt und funktionierten womöglich nicht mehr richtig. Aber die Vorstellung, den Scheißkerl zu zerfetzen, war zu schön. Letztlich würde sie eine Panzerfaust immer noch wie einen Baseballschläger schwingen können. Vielleicht war die Kiste aber auch leer, denn: Würde der Mann so leichtsinnig sein, Vikki mit Panzerfäusten allein zu lassen?

Die chemische Keule, dachte Vikki, kniete sich vor die Kiste und hob das Campingklo hoch über den Kopf, *ein Stromschlag oder eine Panzerfaustgranate.* Die Chancen waren nicht allzu schlecht. Sie wollte den Behälter gerade auf den rostigen Verschluss herabsausen lassen, als ihr eine schreckliche Vorstellung durch den Kopf schoss. Die Kunststoffbox fühlte sich zwar stabil an, aber sie könnte beim Auftreffen zerbrechen. Dann hätte sie eine Waffe weniger zur Verfügung. War es das Risiko wert? Andererseits könnte sie vielleicht die Splitter verwenden, falls der Behälter zerbarst. Plastik war sehr scharf. Schließlich beschloss Vikki, es darauf ankommen zu lassen, und verstand im nächsten Moment, dass sie zu lange gezögert hatte, als sie die dumpfen Geräusche hörte. So klang es, wenn er kam.

53

Vikki gab ein wimmerndes Geräusch von sich. Das Herz schlug ihr bis zum Hals. Panisch blickte sie sich um und fand die Reste der Plastikstreifen auf dem Boden. Sie bückte sich, bekam sie aber zunächst nur mit den Fingernägeln zu fassen. Erst beim nächsten Mal erwischte sie den Kunststoff.

Schritte waren zu hören.

Die Chemietoilette.

Vikki machte einen Ausfallschritt, schnappte sich den Behälter und hetzte auf Zehenspitzen durch den Raum. Sie plazierte das Campingklo wieder dort, wo es gestanden hatte. Dabei stellte sie es nur mit der Kante und zu heftig auf den Boden. Es gab ein lautes Geräusch, als der Behälter auf die Seite kippte. Vikki zuckte zusammen.

Die Schritte stoppten auf der Treppe. Einige Augenblicke lang war gar nichts zu hören. Der Mann schien nachzudenken, und Vikki trat den Angriff nach vorne an.

»Hilfe!«, schrie sie mit sich überschlagender Stimme. »Ich bin hier! Hilfe!«

Natürlich hatte das Schreien keinen Sinn. Niemand würde sie hören – bis auf den Mann, der sie vielleicht innerhalb der nächsten Minuten umbringen würde. Aber es überdeckte die anderen Geräusche. Vikki stellte das Campingklo wieder aufrecht hin und schob es über den Boden. Dann huschte sie in ihre Ecke, setzte sich hin und versteckte die Hände hinter dem Rücken.

»Hilfe!«, schrie sie erneut, hielt die zerschnittenen Plastikstreifen fest umschlossen und betete, dass er nichts merken würde.

Es knirschte im Türschloss. Die Tür ging auf. Der Mann kam herein. Wie immer trug er eine Strumpfmaske. In der rechten Hand hielt er eine Plastiktüte, in der sich etwas Schweres zu befinden schien. Er schloss die Tür und hielt auf Vikki zu, die ein weiteres Mal um Hilfe schrie. Der Mann holte im Gehen mit der Tüte aus und schwang sie mit Wucht in Vikkis Gesicht.

Der Schlag war hart. Ihr Kopf flog nach hinten und knallte gegen die Wand. Sie keuchte. Kurz wurde ihr schwarz vor Augen. Vikki spannte den Körper an, um nicht zur Seite zu fallen. Mit eisernem Griff hielt sie die Kabelbinder umfasst. In ihrem Mund breitete sich ein bitterer Geschmack aus.

»Dein Schreien«, sagte der Mann ruhig, »wird niemand hören.«

»Dann«, antwortete sie und spürte, dass ihr etwas Warmes über Lippen und Kinn lief, »kannst du mich ja so viel schreien lassen, wie ich will.«

»Ich kann dir auch die Zunge herausschneiden.«

»Dann wirst du nicht mehr viel Spaß haben, wenn du mich küssen willst.«

Der Mann lachte leise.

»Du willst, dass ich dich liebe«, erklärte sie schnell. »Wenn man sich liebt, hat man eine Beziehung. In einer Beziehung küsst man sich. Ich würde meine Zunge nicht in eine vernarbte, knorpelige Mundhöhle stecken wollen. Außerdem ist es sehr schwer, sich in jemanden zu verlieben, der einem die Zunge herausschneidet.«

»Es fällt aber auch schwer, sich in jemanden zu verlieben, der einen vergewaltigt. Und das habe ich schließlich mit dir getan.«

Scheiße, dachte Vikki, *Falle.* Hinter dem Rücken fühlten sich ihre Hände an, als seien sie in Schweiß getaucht worden. Sie spürte ein Brennen im Unterleib – als müsse sie sich jeden Moment unkontrolliert entleeren. Sie versuchte ein Lächeln, das mit ihrer aufgeplatzten Lippe recht bizarr wirken musste. Aber der Typ stand womöglich darauf.

»Vielleicht gefällt mir die harte Tour?«, log sie. »Ich glaube, unter anderen Umständen hätten wir zwei sicher Potenzial. Ich glaube nicht, dass du ein schlechter Mensch bist – wir alle sind nur Produkte unserer Vergangenheit. Bei mir ist auch viel schiefgelaufen, das haben wir gemeinsam. Es liegt alles bei dir, und …«

Der Mann nahm die Plastiktüte in beide Hände und leerte sie über Vikki aus. Eine volle Getränkeflasche, zwei Sandwiches und eine Packung Traubenzucker prasselten auf sie ein. Dann knüllte der Mann die Plastiktüte zusammen und steckte sie sich in die Hosentasche. »In einer Beziehung kümmert man sich um einander.«

»Danke«, sagte Vikki leise und senkte den Blick. Wo die Sprudelflasche ihren Oberschenkel getroffen hatte, würde es einen prächtigen blauen Fleck geben, den man noch tagelang sehen würde.

»Wenn ich das nächste Mal komme, werden wir herausfinden, ob du mich wirklich liebst.«

»Und wenn du nicht überzeugt bist …«

»… wirst du sterben.«

»Dann«, sagte Vikki, sah wieder auf und blickte den Mann fest an, »werde ich mir Mühe geben, dass du unser nächstes Treffen nicht vergisst.«

Der Mann wandte sich zum Gehen. Als er die Tür hinter sich verschloss, schossen Vikki die Tränen in die Augen. In Gedanken erflehte sie von allen Dämonen der Hölle, die Pläne für das nächste Rendezvous mit ihrem Mörder zu segnen.

54

Morten Soren war kein Winkeladvokat. Das erkannte Tjark sofort an dem feinen blauen Anzug aus bestem Tuch. Es war nicht die Art von Anzug, die sich jemand kaufte, um damit Eindruck zu schinden. Es war die Art von Anzug, die zum Standard in Geschäftsleitungen großer Konzerne gehörte, und dort kam man nicht hin, wenn man ein Idiot war.

Dass Soren in der Werlesieler Polizeiinspektion persönlich auflief, war überraschend und vorhersehbar zugleich. Vorhersehbar war, dass Mommsen und Harm durch einen Anwalt ihre Teilnahme an der Vernehmung absagen ließen. Überraschend war, dass Morten Soren nicht einfach einen Brief mit den Personalien seiner Mandanten und dem Vermerk geschickt hatte, dass es nichts weiter zu sagen gab. Vielleicht, dachte Tjark, wollte Soren die Lage checken oder mit dem Säbel rasseln. Tatsächlich ging es um etwas anderes.

»Ich wollte Ihnen nur mal persönlich die Hand schütteln«, sagte Soren. Dann legte der Anwalt ein Exemplar von »Im Abgrund« auf den Tisch. »Meine Frau hat das Buch verschlungen – würden Sie es signieren?«

»Natürlich«, sagte Tjark. Fred drehte sich mit einem Grinsen weg.

»Es ist bedauerlich«, sagte Tjark, während er seinen Namen eintrug, »dass Ihre Mandanten die Aussage verweigern möchten, und wirft kein gutes Licht auf sie. Ich muss Ihnen nicht sagen, dass das Herrn Mommsen und Herrn Harm als tatverdächtig dastehen lässt.«

»Tatverdächtig – wessen?«

Tjark schwieg. Soren lächelte schwach. »Wir sind gerne bereit, Ihnen weiterzuhelfen, Herr Wolf. Ich fürchte jedoch, dass das nur sehr begrenzt möglich sein wird.«

Tjark klickte mit dem Kugelschreiber und musterte Soren. Der Anwalt blickte ausdruckslos und mit der Gelassenheit des Kapitäns eines Ozeanriesen zurück, auf dessen Bug einige Wellen zuplätschern. Tjark schlug das Buch zu und gab es Soren, der sich artig bedankte.

Tjark fragte: »Worum ging es bei der Zusammenkunft an dem Abend, an dem Vikki Rickmers verschwand?«

Soren legte die Handkante auf die Mitte des kleinen Tisches und markierte damit eine Mauer. »Die Grenze wäre damit bereits überschritten.«

Tjark schob die Kulispitze zwischen die Deckel einer Kladde und öffnete sie. Darin befanden sich einige Ausdrucke von Passfotos, die er sich in der Hauptstelle besorgt hatte. »Gut, dann müssen wir einen Gang höher schalten.«

Sorens Mundwinkel zuckten. »Herr Wolf«, sagte er in einem mitleidigen Tonfall. »Wir sind doch beide keine Anfänger.«

Tjark tippte mit dem Kuli auf die Bilder. »Diese Frauen sind tot, und Vikki Rickmers ist nach wie vor verschwunden. Ich kann es noch nicht beweisen, aber Vikkis Verschwinden hat etwas mit den Festen in der Brauerei zu tun, und ich werde überprüfen, ob das auch bei den anderen Opfern der Fall ist.«

»Sie machen Ihre Arbeit«, sagte Soren, nahm das Buch und stand auf, »ich mache meine.«

»Ich könnte kotzen.«

»Bitte?«

»Ihre Überheblichkeit kotzt mich an.«

Aus den Augenwinkeln registrierte Tjark eine Bewegung von Fred, der eine beschwichtigende Geste machte.

Soren schien einen Moment lang nicht zu wissen, was er antworten sollte. Er ruckte an seiner Krawatte. »Das war sehr unprofessionell. Ich bin enttäuscht.«

Tjark wurde schwindelig. Seine Fäuste ballten sich. Er hatte Lust, sehr große Lust … Aber Soren stand bereits in der Tür und sagte: »Ich wünsche Ihnen einen schönen Tag. Und was ich gerade gehört habe, vergesse ich am besten.« Dann ging er.

»Das war großer Käse.« Fred schlug sich mit der Hand vor die Stirn, dass es laut patschte. »Wie kann man so dämlich sein und den Anwalt anmachen … Ständig diese Scheiße mit dir in letzter Zeit.«

»Ich kann diesen Mist nicht mehr hören.«

»Das ist dein Job, und das ist nicht neu.«

»Das macht es nicht besser.«

»Was ist eigentlich los mit dir? Wenn wir die Sache durchziehen wollen, die du vorgeschlagen hast, dann will ich das wissen, sonst bin ich draußen. Ich gehe wieder in den Innendienst, kümmere mich um meine Frau und mein Haus und habe meine Ruhe. Jedenfalls sehe ich mir nicht weiter mit an, wie du dich in den Abgrund stürzt und mich mitreißt.«

Tjark lachte bitter. Sicher hatte Fred das Wort »Abgrund« nur unbewusst benutzt – aber hatte Tjark das bei der Titelauswahl zu seinem Buch vielleicht ebenfalls getan? Er blickte aus dem Fenster. Die Sonne schien. Die Geranien leuchteten knallrot. Zwei Kinder fuhren auf Skateboards vorbei. Die Luft flirrte. Tjark dachte an seinen Vater, der wahrscheinlich sterben würde. Er dachte daran, dass er zunehmend die Nerven verlor. Vielleicht hatte er nichts mehr in einem Job verloren, in dem er andauernd mit ansehen musste, wie das Böse sich wie eine Schlange in seinem Griff wand und er ihm nur mit Spurensuchen sowie endlosen Befragungen in einem Dschungel voller Gesetze begegnen konnte, die sich wie Lianen um die Beine schlangen und ihn ausbremsten.

»Sprechen wir morgen darüber«, sagte Tjark. Die beiden Kinder stoppten mit ihren Skateboards an einem Café, um sich ein Eis zu kaufen. Die Sonne würde es schmelzen. Der klebrige Saft würde ihnen über die Hände laufen, und sie würden ihn mit einem Lachen begierig abschlecken.

»Wir reden jetzt«, sagte Fred.

Tjark machte einen Schritt nach vorne und öffnete die Fenster. Warme Sommerluft strömte herein. »Morgen«, wiederholte er. »Nicht an einem Tag wie heute.«

Fred blähte die Backen auf und starrte auf seine Schuhe. Er dachte einen Moment lang nach und schien sich zu sammeln. »Okay, dann lass uns was tun.«

Sie begannen damit, die Listen von den Soko-Kollegen durchzuarbeiten und abzugleichen. Eine mühselige, aber dringend nötige Aufgabe. Es waren Einträge aus den Vermisstenregistern, Personalien der bereits identifizierten Opfer, Zeugenbefragungen, Telefonauszüge, solche Dinge.

Nach einer Weile sagte Fred: »Ich werd nicht mehr.« Er markierte eine Zeile auf einem kopierten Rufnummernauszug von Anna Novák. »Das ist doch die Nummer von Werlesieler.«

Tjark warf einen Blick auf das Papier und nickte. Er griff sich die Telefonauszüge der anderen beiden Toten. Es waren jeweils mehrere Seiten, aber er wusste, wonach er suchen musste. Schließlich fand er zwei weitere Male die Nummer der Brauerei, blickte auf und sah in Freds besorgtes Gesicht.

»Treffer«, sagte er. »Warum haben das die Blindfische von der Supersoko nicht gesehen?«

»Weil die mit dem gleichen Tunnelblick wie du gerade gesucht haben«, erklärte Fred. »Die haben nach Nummernhäufungen und Stammfreiern geschaut und waren auf ihre Tatverdächtigen fixiert. Die haben es genauso wenig geschnallt wie die anderen Kollegen, dass sie eine Häufung von vermissten Personen in ihrem Bezirk hatten.«

Tjark suchte in den Papierstapeln nach den Einsatzlisten von EagleEye und schob Fred eine Kopie davon zu. »Die Frage ist, ob es wie im Fall von Vikki jeweils zeitliche Übereinstimmungen zwischen den Telefonaten, dem Verschwinden der Opfer, ihren wahrscheinlichen Todestagen und Firmenfeiern gibt.«

Fred nickte und las die Liste, die Tjark von Ruven bekommen hatte. Tjark hatte darauf bereits die Daten von Events mit einem Textmarker hervorgehoben – es waren zum Teil mehrere im Monat. Am Rand hatte er die von der Rechtsmedizin angegebenen wahrscheinlichen Todeszeitpunkte notiert.

»Es gibt nur relative Übereinstimmungen mit Abweichungen von einigen Tagen«, sagte Fred beim Lesen wie zu sich selbst.

»Weil die Rechtsmedizin die Todeszeitpunkte nicht auf den Tag genau ermitteln konnte. Aber das hier«, Tjark tippte auf die Telefonlisten, »ist exakt. Und das hier sagt uns: Es haben drei Frauen vierundzwanzig Stunden vor einem größeren Brauereifest mit der Brauerei Telefonate geführt – genau wie Vikki Rickmers.«

»Mit dem Unterschied«, sagte Fred, »dass die anderen drei in Werlesiel tot aufgefunden worden sind, Vikki aber nicht.« Er fächelte sich mit den Papieren etwas Luft zu.

»Ich reiße Mommsen den Arsch auf«, zischte Tjark. »Die

bestellen sich Nutten, füllen die ab, vögeln sie und legen sie danach um – genauso läuft das da ab …«

»Warum sollten sie das tun?«

»Da läuft irgendeine perverse Scheiße, Fred.«

»Die wir nicht beweisen können.«

»Das ist das Problem.« Tjark schlug mit der flachen Hand auf den Tisch. »Und alle werden sagen: Kümmert euch erst mal um die Festnahmen und Tatverdächtigen in Wilhelmshaven.«

»Sie werden auch sagen: Auf diesen Telefonlisten stehen Hunderte Anrufe und nur jeweils einer von der Brauerei. Dass er ab und zu Escorts zur Dekoration bestellt – ja und? Er wird die Mädels außerdem nicht aus Timbuktu einfliegen lassen, sondern aus der Nähe.«

»Sie könnten mit einem Taxi gefahren sein.«

»Ich gebe das an die Kollegen von der Soko, die sollen das bei Brunsen überprüfen. Andererseits können wir immer noch nicht nachweisen, dass die Mordopfer oder Vikki tatsächlich bei Mommsen waren. Wir haben nur die Anrufe, sonst nichts.«

Tjark sah Fred eine Weile wortlos an. Fred blickte ausdruckslos zurück, aber es schienen ein paar Zahnräder bei ihm einzurasten. »Ach, darauf läuft diese Sache am Ende hinaus. Wann ist dieses Fest?«

Tjark tippte mit dem Zeigefinger auf die erste Seite der EagleEye-Protokolle.

»Ups«, machte Fred, stand auf und streckte sich. »Dann gehe ich uns mal schnell einige Dinge besorgen.«

55

Vikki traf den Verschluss der Holzkiste erst beim dritten Versuch. In einer Rostwolke zersprang das Schloss. Sie hielt die Luft an, als sie sich vor die Kiste kniete, um sie zu öffnen. Sie stellte den Plastikbehälter zur Seite und klappte den Deckel der Kiste nach oben. Darin lagen keine Panzerfaustrohre und keine Sprenggranaten. In der Kiste befanden sich vergilbte modrige Papierstapel und alte Zeitungen.

»Mist«, zischte sie und verschloss die Kiste. Das Altpapier taugte kaum dazu, sich aus den Fängen eines Mörders zu befreien. Vikki stand auf und schob die Kiste zum Wasserfass in der Mitte des Raumes und wuchtete sie auf die Längsseite. Sie stellte sich darauf und hoffte, dass das Holz halten würde. Es hielt. Vikki blickte nach oben zu den Rohren unter der Decke. Sie stellte sich auf die Zehenspitzen, streckte die Arme aus und bekam eines davon zu fassen. Sie hielt sich mit beiden Händen daran fest und ließ sich vorsichtig sacken. Das Rohr fühlte sich stabil an und bewegte sich auch nicht, als Vikki mit ihrem ganzen Gewicht daran hing. Vorsichtig hob sie die Beine an und spürte, dass ihre Bauchmuskeln zu zittern begannen. Auch in ihren Armen brannte es. Viel Kraft steckte nach dem tagelangen Martyrium und der schlechten Ernährung nicht mehr in ihr. Aber für eine Verzweiflungstat würde es wohl noch reichen. Hoffentlich.

Vikki biss die Zähne zusammen und stemmte die Füße

gegen den oberen Rand des Wasserfasses. Dann streckte sie die Beine durch, aber das Fass bewegte sich kaum. Dafür bewegte sich Vikki von dem Fass weg. Sie musste es mit mehr Schwung und mehr Kraft versuchen. Mit zwei Handgriffen hangelte sie sich näher heran, presste die Oberschenkel so dicht es ging an den Körper und die Waden so eng wie möglich an die Oberschenkel. Dann zählte sie bis drei und holte tief Luft, um die angewinkelten Beine aus der Hocke wie eine Sprungfeder auseinanderschnellen zu lassen. Jetzt bewegte sich das Fass, und zwar viel zu stark. Es kippte nach vorne. Wasser schwappte auf den Betonboden. Vikkis Herz blieb fast stehen, als es umzustürzen drohte.

Mit den Zehen krallte sie sich verzweifelt am Rand fest. Ihr Körper wurde wie ein Gummiband gestreckt, als das Fass von rechts nach links taumelte und weiteres Wasser den Boden schwarz einfärbte. Mit einiger Anstrengung gelang es ihr endlich, das Fass in Position zu halten und wieder zurückzubewegen. Es gab einen Ruck. Dann setzte es vollständig auf dem Boden auf.

Vikki ließ das Rohr los und ließ sich entkräftet fallen. Schwer atmend streckte sie sich auf dem Boden aus. Beinahe wäre der Test ins Auge gegangen. Sie blinzelte ins Licht der Glühbirne. Ihr Brustkorb hob und senkte sich schnell. Einige Minuten blieb sie bewegungslos liegen. Dann stand sie auf und schob die Campingtoilette neben den Holzkasten, so dass sie sich in Griffweite befinden würde, falls Vikki sie wie einen Baseballschläger schwingen müsste. Leider war das Ding nicht gerade leicht und wog fast so viel wie ein Sprudelkasten. Vikki überlegte kurz, ob es sinnvoll wäre, den Frischwassertank zu öffnen und die chemische Sanitärflüssigkeit zu verwenden, um den Scheißkerl zu blenden. Garantiert war das Zeug ätzend: Was Fäkalien zersetzen konnte, ging mit

Augäpfeln, Haut und Schleimhäuten bestimmt nicht schonend um.

Vikki hielt sich die Option offen, ging um das Wasserfass herum und griff vorsichtig nach der Ummantelung der Kupferschlinge. Nach wie vor war sie mittels eines Kabels mit dem Schaltkasten verbunden. Vikki schätzte die Entfernung zwischen dem Wasserfass und der Tür ab und positionierte die Schlinge schließlich etwa anderthalb Meter vor der Schwelle auf dem Boden. Blieb die Frage, ob der Draht immer noch unter Spannung stand. Vikki erschauderte bei dem Gedanken daran, dass das nicht mehr der Fall sein könnte. Das hatte sie überhaupt nicht ins Kalkül gezogen. Der Mann wäre sicher nicht so dumm, ihr einen potenziellen Elektroschocker zu überlassen.

Vikki atmete tief ein und aus und versuchte, ihre sich überschlagenden Gedanken zu sortieren. Der Mann wusste ja nicht, dass sie inzwischen den Kabelbinder zerschnitten hatte. Er würde davon ausgehen, dass ihre Hände auf den Rücken gebunden waren. Damit wäre es ihr nur schlecht möglich gewesen, das Kabel wie einen Taser zu verwenden. Dennoch zweifelte Vikki. Stünde der Draht nicht mehr unter Strom, würde ihre Hangelei zur Farce verkommen und nichts weiter geschehen, als dass der Dreckskerl nasse Füße bekam und Vikki wichtige Zeit verlor.

Ihre Blicke folgten dem Verlauf des Kabels hin zu dem Kasten an der Wand. Sie machte einige Schritte darauf zu und betrachtete die Sicherungen und Schalter. Dicke graue Kabel verliefen nach oben und verschwanden in der Decke, von der kleine Tropfsteine herabhingen. Vikki sah verrostete Verteilerkappen und runde Anzeigen, die sie an alte Autotachos erinnerten. Auf einer stand Volt, auf der anderen Ampere. Die Zeiger hinter dem Schutzglas befanden sich am rechten Rand der Anzeige, was wohl bedeutete, dass die Anlage unter Spannung stand – kein Wunder: Es brannte ja auch das Deckenlicht. An anderen Anzeigen war das Schutzglas zerschlagen und keine Zeiger mehr zu erkennen. Dazwischen befanden sich Drehschalter und etwas, was an Sicherungen erinnerte. Im Gegensatz zum Rest des Schaltkastens wirkte diese Installation neu. Auch ein aufgeschraubtes Schaltrelais sah nicht alt aus. An diesem Relais waren die Kabel der Schlinge befestigt.

Doch wenn sie ehrlich war, hätte sie genauso gut vor dem Steuerpult des Raumschiffs Enterprise stehen können: Sie hatte nicht den blassesten Schimmer, was die Verkabelung, die Schalter und Sicherungen bedeuten mochten. Ihr war aber klar, dass es nur drei Möglichkeiten gab, um zu überprüfen, ob die Schlinge unter Spannung stand.

Möglichkeit eins war, es im Selbstversuch auszuprobieren. Vikki wusste aus leidvoller Erfahrung, wie schmerzhaft das war. Zudem konnte ein solcher Stromschlag sie für unbestimmte Zeit ausknocken, und wenn sie wieder aufwachte, stand vielleicht schon ihr Mörder vor ihr. Das Risiko konnte sie nicht eingehen.

An den Schaltern herumzudrehen und zu testen, ob das Licht ausging, war die zweite Alternative. Augenscheinlich hatte der Mann an der Elektrik herumgebastelt. Es war denkbar, dass die Schlinge und das Licht am selben Stromkreis hingen. Der Drehregler suggerierte, dass damit die Spannung wie ein Dimmer herabgeregelt werden konnte. Falls das so war, würde das Licht schwächer und schwächer werden, wenn Vikki den Regler betätigte. Bei geringerer Spannung gäbe es wohl nur einen leichten Schlag, den sie in einem Selbstversuch locker wegstecken konnte. Aber vielleicht täuschte sie sich. Es stellte sich zudem grundsätzlich die Frage, wie der Mann den Regler eingestellt hatte – die Stromschläge waren jeweils stark genug gewesen, um Vikki ins Reich der Träume zu befördern, aber nicht stark genug, um sie zu töten. Außerdem bestand die Gefahr, dass es einen Kurzschluss gab, wenn sie an der Elektrik herumspielte. Vikki müsste dann in absoluter Dunkelheit auf das Ende ihres Lebens warten und würde kaum eine Chance haben, den Mann zu überwältigen.

Variante drei war die einfachste: beten und hoffen, dass die Schlinge immer noch unter Spannung stand und dass diese für ihre Zwecke in Kombination mit dem Wasser ausreichend stark sein würde, um den Kerl zu erledigen. Das Beten, überlegte Vikki, hatte ihr im Leben bislang nicht viel geholfen. Aber die Hoffnung hatte sie noch nie aufgegeben. Sie starb zuletzt. Also ging Vikki zurück zu der alten Munitionskiste, setzte sich darauf und wartete auf ihren Mörder.

56

Femke saß in der Teeküche und ging die Meldungen durch. Torsten war in der Nacht unterwegs gewesen, weil einige Kühe von der Weide ausgebrochen waren. Am Morgen hatte es außerdem einen Verkehrsunfall gegeben – nicht mehr als ein Blechschaden – sowie einen Unfall mit Fahrerflucht: Auf dem Supermarktparkplatz war jemandem der Außenspiegel abgefahren worden. Sie selbst war seit halb neun damit beschäftigt gewesen, einen Unfall aufzunehmen, der sich an der Schule ereignet hatte: Ein Junge war mit seinem Fahrrad vor einen Lieferwagen geraten. Jetzt war es Mittag. Sie überflog noch einige Meldungen aus der Umgegend, konnte sich aber nicht recht darauf konzentrieren. In ihrem Kopf schien nichts anderes mehr Platz zu haben als das, was sie von Wattführer Eike Brarens erfahren und was sie noch in der Nacht der alten Akte über das Unglück von damals entnommen hatte. Die Informationen darin waren zwar übersichtlich, aber sie reichten, um die Kartoffel in ihrem Magen zum Glühen zu bringen. Schließlich blickte sie auf, als sie an der offen stehenden Tür Fred vorbeihasten sah. Dann hörte sie, wie draußen ein Motor ansprang und Reifen quietschten.

Femke krempelte die Ärmel ihres Uniformhemds auf. Im nächsten Moment kam Tjark herein. An seinem Gesichtsausdruck erkannte Femke, dass etwas schiefgelaufen sein musste. Er nickte ihr zu und ging wortlos zur Kaffeemaschine.

Femke klappte die Mappe mit den Berichten zu, strich mit der Hand darüber und sagte: »Es ist kein …«

»… Kaffee mehr da«, ergänzte Tjark, öffnete die Vorratsdose und warf einen Blick hinein.

»Das Pulver …«

»… ist ebenfalls alle.« Er schloss die Dose wieder und streckte sich, wobei er die Arme wie zu einem Kopfsprung hochhielt. Femke sah Schweißflecken, die sich unter den Achseln in den Stoff seines Hemdes gesogen hatten. »Tjark, ich …«, begann sie, aber er fiel ihr ins Wort.

»Ich brauche einen Kaffee. Gehen wir in die Eisdiele.« Ohne Femkes Reaktion abzuwarten, marschierte er los. Femke sprang auf, suchte auf dem Schreibtisch die vergilbte Kladde aus dem Jahr 1975 heraus und folgte Tjark mit großen Schritten. Als sie gegenüber am Eiscafé angelangt war, saß er bereits in einem blauweiß gestreiften Strandkorb in der Sonne, bestellte sich einen großen Kaffee, fingerte dabei eine Packung Zigaretten aus der Brusttasche und fragte Femke, ob sie auch etwas möge. Sie bestellte ein Mineralwasser mit einer Extraportion Eiswürfeln und setzte sich neben Tjark in den Strandkorb, wo ihr die Sonne auf der Haut brannte.

Femke blinzelte. »Alles in Ordnung?«

Tjark schüttelte leicht den Kopf, steckte sich eine Zigarette an und griff nach der Kaffeetasse, die gerade erst von der Bedienung vor ihm auf den Tisch gestellt worden war. Er nippte daran. Ein leichter Film der Crema verblieb an seiner Oberlippe. Er wischte ihn nicht fort.

Femke betrachtete das Wasserglas und verfolgte einige Tropfen, die daran herabliefen. Dann berichtete sie Tjark darüber, was ihr Eike Brarens erzählt hatte. Als sie fertig war, waren die Eiswürfel in ihrem Glas nahezu geschmolzen und der Wasserpegel darin erheblich angestiegen. Sie fasste danach, vorsichtig, um nichts zu verschütten, und trank das Glas in einem Zug bis zur Hälfte leer.

Tjark schwieg eine Zeitlang. Dann sagte er: »Der Ort spielt mit Sicherheit eine Rolle. Aber er muss nicht diese Rolle spielen.«

»Aber …«

»Nachdem ich mir meinen BMW gekauft hatte, sah ich plötzlich überall welche. Sie waren schon vorher da – ich habe sie nur nicht wahrgenommen, wenn du verstehst, was ich sagen will.«

»Nein, das verstehe ich nicht.«

»Meine Perspektive hatte sich geändert.«

Femke antwortete nicht.

»Wenn du ein Puzzle zusammensetzen willst, suchst du bewusst nach Teilen, die vielleicht passen. Es könnte Hunderte geben, aber nur eines tut es wirklich. Ich habe gerade eines in der Hand. Nun hast du mir ein neues Stück gezeigt, und ich muss es zunächst ein wenig betrachten. Ich frage mich, ob dein Ansatz in mein Schema passt. Das ist alles.« Tjark sah sie eine Weile an. Er schien über etwas nachzudenken. Dann sagte er: »Ich wirke manchmal wie ein Mistkerl, nicht?«

»Gelegentlich.«

»Ich verletze Menschen, die ich eigentlich mag.«

Ein abschätziges Lächeln erschien auf Femkes Lippen. »Sollte das ein Kompliment werden?«

»Möglicherweise.«

Sie ging darüber hinweg. »Ich bin weder in der Sonderkommission noch bei der Kripo. Aber ich möchte der Sache mit dem Unglück von 1975 nachgehen.«

»Gab es andere derartige Fälle in der Gegend?«

»An den Küsten der Ost- und Nordsee befreit die Seenotrettung über tausend Menschen jährlich aus Gefahrenlagen. Vor vierzehn Tagen hat der Rettungshubschrauber eine unachtsame Familie auf Langeoog von der Sandbank abgeholt – die Flut hatte sie eingeschlossen, und ihre zwei Hunde waren in dem reißenden Priel ertrunken. Etwas Ähnliches ist im Mai einer Familie bei einer Wattwanderung auf Norderney passiert. Aber nach meiner Meinung gab es keinen vergleichbaren Unfall an exakt diesem Ort in Werlesiel und keinen mit einer derartigen Dramatik.«

»Hast du das überprüft?«

Das hatte sie nicht. Dennoch sagte sie: »Ich bin mir sicher, dass 1975 etwas zu bedeuten hat.«

Tjark trank seinen Kaffee aus. Dann sagte er: »Ich habe etwas Zeit, weil einige Vernehmungen geplatzt sind. Sehen wir uns das mal an.«

Femke stutzte. So einfach war das?

Tjark schien ihre Regung zu bemerken. »Wir sind ein Team«, erklärte er. »Ich habe dich bereits vor einigen Tagen um Unterstützung gebeten, und du könntest auf dem richtigen Weg sein. Durchleuchte die Sache, arbeite die alten Akten durch, finde die Personalien der damals handelnden Personen heraus und überprüfe sie. Betrachte die Familie, deren Angehörige und weitere Personen, die eine Rolle gespielt haben. Gleiche sie mit den aktuellen Erkenntnissen ab. Sämtliche Unterlagen liegen auf meinem Schreibtisch – ich meine«, korrigierte er sich, »auf deinem Schreibtisch.« Tjark lächelte. »Wo willst du anfangen?«

Femke warf die vergilbte Akte auf den Tisch und schob sie Tjark zu. »Ich habe schon angefangen«, sagte sie und verfolgte, wie Tjark die Mappe aufschlug, sich einige Schwarzweißbilder ansah und den Bericht überflog. Er war noch mit der Maschine auf Papier getippt, das sich wie Pergament anfühlte. »Das Wesentliche steht drin«, erklärte sie. »Dennoch sind die Infos etwas dürftig.«

Tjark schlug die Mappe wieder zu. »Das ist fast vierzig Jahre her. Vielleicht ist damals in den lokalen Medien berichtet worden. Manchmal sprechen die Reporter mit Angehörigen und Zeugen und berichten über Details, die in Polizeiprotokollen nicht auftauchen, weil sie keine behördliche Relevanz haben.«

»Die Idee hatte ich auch. Ich wollte im Zeitungsarchiv nachschauen.«

»Gut. Gehen wir dorthin.« Tjark nahm einen Fünfeuroschein aus der Geldbörse und legte ihn auf den Tisch.

»Ach, Tjark?«, fragte Femke beim Aufstehen. »Ich habe eine Bitte: Die Redakteurin vom *Echo* hatte mich nach einem Interview mit dir gefragt.«

»Okay. Ich habe ebenfalls eine Bitte. Gibst du mir Ruvens private Handynummer?«

Femke sah Tjark groß an. Was wollte er denn schon wieder von Ruven? »Ich denke, man kann ihm vertrauen?«

»Sicher.«

Sie sagte Tjark die Nummer, der sie in sein Handy eintippte.

»Darf ich fragen, was …«

»Darfst du«, sagte Tjark und steckte das Telefon wieder weg. »Aber rechne nicht mit einer Antwort.«

57

Janine Ruwe lächelte freundlich und kam hinter dem Redaktionsschreibtisch hervor, um Femke mit Handschlag zu begrüßen. Ihre braunen Locken wippten. Sie erkundigte sich nach Justin und setzte eine mitfühlende Miene auf, als Femke von der Hufrollenentzündung sprach. Schließlich kam Tjark herein, die Hände in den Hosentaschen vergraben. Er hatte vor der Tür noch ein Telefonat mit Ruven geführt.

»Tjark Wolf?«, fragte Janine Ruwe überschwenglich.

Er nickte. »Ich höre, Sie möchten ein kleines Interview?«

»Aber ja, natürlich, wunderbar.« Janine strahlte. Sie griff instinktiv zu Kuli und Notizblock.

»Ich kann und werde mich allerdings zu laufenden Ermittlungen und meiner Rolle dabei nicht äußern.«

Janine verzog gespielt das Gesicht.

»Ich bitte um Ihr Verständnis«, sagte Tjark, »dass ich das dem Pressesprecher überlassen muss. Das hat ermittlungstaktische Gründe. Aber über mein Buch können wir uns gerne unterhalten.«

»Auch gut.«

Dann nannte Femke den eigentlich Anlass ihres Besuches. »Unser Archiv«, erklärte die Redakteurin des *Wittmunder Echos,* »reicht nur bis 1999 zurück.«

»Oh«, machte Femke und dachte: Mist, wieso das denn? In Filmen ist das immer anders.

»Einerseits«, sagte die Journalistin, »hat uns noch niemand ein vernünftiges Archivprogramm installiert. Andererseits haben wir 1999 auf digitale Produktion umgestellt und legen die Zeitungsseiten erst seitdem auch als PDFs ab.«

»Man kann also nicht per Schlagwort nach Ereignissen aus den siebziger Jahren forschen?«

Ruwe winkte ab. »Ich wünschte, wir könnten das.«

Tjark fragte: »Und die Berichte aus der Zeit vor 1999?«

»Sind in Bänden abgeheftet. Sie liegen ein Stockwerk tiefer in unserem Handarchiv. Falls Ihnen das weiterhilft …«

Femke antwortete, dass das gut sein könne, und Tjark meinte, dass er sich so lange von der Journalistin befragen lassen werde, wie Femke beschäftigt sei.

Janine Ruwe führte Femke eine Treppe hinab in einen Raum voller Regale, in denen die alten Zeitungen in große Folianten eingebunden und nach Erscheinungsjahrgängen sortiert waren. Es roch muffig nach Keller und altem Papier. Femke suchte das entsprechende Jahr heraus, wuchtete das Buch auf einen Schreibtisch, nahm dann die Akte zur Hand, die sie aus den Eingeweiden der Polizeiinspektion herausgesucht hatte, und schlug sie auf. Der Bericht von damals fasste in gutem alten Bürokratiedeutsch zusammen, was im Juni 1975 geschehen war. Man brauchte nicht viel Phantasie, um sich die Ereignisse bildhaft vorzustellen.

Die vierköpfige Familie Bartels aus Menden im Sauerland hatte ihren Sommerurlaub in Werlesiel verbracht und ein Ferienhaus gemietet – mit dabei: die Kinder Jasmin, acht Jahre alt, und der sechsjährige Michael. Man hatte bereits einige Wattwanderungen unternommen, fuhr regelmäßig an die Küste und fühlte sich daher sicher. Also ließ man die Kinder im Watt eigenständig herummatschen oder Drachen steigen. Die große Schwester schien alt und vernünftig genug, um auf den Bruder achtzugeben. An einem frühen Nachmittag waren die Kinder wieder spielen, und wegen des etwas diesigen Himmels machte sich niemand Sorgen. Die Eltern nutzten die freie Zeit zu einem Schäferstündchen, aus dem dann wenigstens zwei wurden, weil beide nach dem Sex eingeschlafen waren. Schließlich erwachten sie und stellten entsetzt fest, dass die Kinder noch nicht wieder aufgekreuzt waren und die Sichtweite draußen nur noch wenige Meter betrug, weil Seenebel aufgezogen war. Was dann geschehen war, hatte sie gestern Abend von Eike Brarens gehört. Die Berichte in den alten Akten spiegelten das Geschehen.

Femke blätterte in dem Folianten und fand schließlich einige Zeitungsberichte von damals. Sie las sie durch. Sie fand keine neuen Fakten. Aber es schnürte ihr das Herz zusammen, als sie sich das Leid der Eltern vorstellte, die sich selbst die Verantwortung für das Unglück geben mussten – und in der Tat hatten sie dazu allen Anlass. Man durfte Kinder in diesem Alter auf keinen Fall alleine am Meer spielen lassen, erst recht nicht an der Nordsee. Femke fand ein Foto, das die Zeitung einige Zeit nach dem Unglückstag aufgenommen hatte. Es zeigte die Eltern mit Blumen in der Hand und ihren Sohn Michael dort, wo Jasmins Leiche angespült worden war. Es handelte sich um dieselbe Stelle, wo die Polizei vor kurzem die Opfer eines Serienmörders gefunden hatte. Das Bild war aus einiger Entfernung gemacht worden und war – wie damals üblich im Zeitungsdruck – sehr grob gerastert. Man konnte die Bildpunkte bei genauem Hinsehen beinahe zählen.

Die Eltern standen in ihrer Trauer dicht beieinander und hielten sich umfangen. Der kleine Junge stand daneben und wirkte in Femkes Augen wie ein Fremdkörper – unbeteiligt und vor allem allein gelassen, nicht in die Trauer der Eltern eingebunden. Dabei hatte er ebenfalls ein traumatisches Erlebnis hinter sich. Er hatte seine Schwester verloren und ihr Ertrinken wahrscheinlich sogar mit ansehen müssen. Klar war das zwar nicht – laut Polizeiakte hatte der Junge bei der Zeugenvernehmung kaum ein Wort gesprochen. Klar war aber, dass er selbst hätte ums Leben kommen können, und klar war auch, dass er im Nebel Todesangst ausgestanden haben musste und völlig allein aufgefunden worden war.

Femke näherte sich mit dem Gesicht an das Foto an, bis ihre Nasenspitze das schon vergilbende Papier berührte. Der Junge trug einen Anzug, seine Haare wirkten blond und lockig. Die Augen sahen aus wie zwei schwarze Punkte. Femke merkte sich den Namen des Fotografen, Peter Reents, nahm ihr Handy aus der Tasche und machte eine Aufnahme von dem Zeitungsbild. Vielleicht gab es eine Möglichkeit, es qualitativ zu verbessern.

Dann schlug sie den Folianten zu, klemmte sich die Akten unter den Arm, bedankte sich bei Janine Ruwe, die gerade ihr Gespräch mit Tjark beendet hatte, und fragte sie, ob Fotonegative oder Abzüge auch archiviert würden. Die Redakteurin erklärte lächelnd, dass das damals andere Zeiten gewesen seien als die heutigen digitalen. Nach ihrem Wissen gebe es kein zentrales analoges Bildarchiv beim *Wittmunder Echo*. Abzüge habe man damals in der Druckvorstufe mit Reprokameras abgelichtet und für den Druck gerastert. Die Abzüge seien in Umschläge gekommen, und sie habe keinen blassen Schimmer, wo diese Umschläge nach dem Umzug des *Echos* 2003 abgeblieben seien. Abgesehen davon habe früher jeder Mitarbeiter oder Redakteur seine Negative meist selbst archiviert. Einen Peter Reents kenne sie nicht. Oder war das vielleicht der Reents, der nahe am Reiterhof einen Fahrradverleih führte? Das hatte Femke auch schon vermutet.

58

Peter Reents' Alter war schwer zu schätzen. Wahrscheinlich war er über siebzig, wirkte aber wie Anfang sechzig. Das mochte am konservierenden Effekt von regelmäßigem Alkoholkonsum liegen. Als er Femke begrüßte, schlug ihr der Duft nach Rasierwasser und Pfefferminzbonbons entgegen – eine Mischung, die Trinker bevorzugen, um den Geruch von Schnaps in ihrem Atem zu übertünchen. Bei Verkehrskontrollen war dieses »Eau d'Alk«, wie Torsten es nannte, ein untrügliches Zeichen dafür, dass man den Fahrer besser in ein Röhrchen pusten lassen sollte.

Tjark stand etwas abseits und telefonierte. Etwas, dachte Femke, war da im Gange.

Reents hatte an einigen Fahrrädern herumgeschraubt, die wie Soldaten in Reih und Glied vor *Kiek in bi Petter* standen und auf Mieter warteten. Er trug eine ölverschmierte blaue Hose. Seine Fingerspitzen sahen aus, als habe er gerade bei einer erkennungsdienstlichen Behandlung Fingerabdrücke abgeben müssen. Er musterte Femke aus wässrigen Augen und warf Tjark einen schwer zu deutenden Blick zu, als der sich näherte und neben Femke stellte.

»1975«, sagte Reents mit rasselnder Stimme und blinzelte in die Sonne, die sich hinter hohen Schleierwolken versteckte. »Ich kann mich vage daran erinnern, da war was, ja. Im Winter war das Jugendlandheim abgebrannt. Es herrschte bitterer

Frost, das Wattenmeer war zugefroren und die Inseln abgeschnitten. Die Feuerwehr hat die Gebäude mit ihrem Wasser in null Komma nichts in einen wahren Eispalast verwandelt.«

»Mich interessiert mehr das Mädchen, das damals im Juni ertrunken ist«, sagte Femke. Sie wandte sich instinktiv zur Seite, als der Wind Pferdeschnauben von der nahen Weide herüberwehte.

Tjark fragte: »Sie haben damals Fotos für die Zeitung gemacht?«

Reents schien durch Tjark hindurchzusehen und in den Winkeln seiner Erinnerung zu kramen. »Ja«, antwortete er träge, »da dämmert was.«

»Wir haben Ihre Aufnahme von der trauernden Familie am Fundort der Leiche in einer alten Ausgabe der Zeitung gesehen. Die Qualität ist nicht besonders gut.«

Reents lachte, was mehr wie ein nasses Gurgeln klang. »Das waren die groben Raster damals.«

Femke fragte: »Haben Sie das originale Negativ oder einen Abzug archiviert?«

»Gut möglich. Allerdings ruht das ganze Material von damals in Klarsichthüllen und Kartons auf meinem Dachboden.« Er deutete auf die rot bemalte Holzhütte hinter sich. »Und damit meine ich nicht diesen Dachboden, sondern den zu Hause.«

»Würden Sie dort einmal für mich nachsehen?«

»Kann etwas dauern, das rauszusuchen.«

»Wie lange?«, fragte Tjark.

Reents kratzte sich das schlecht rasierte Kinn. »Warum ist das Bild so wichtig?«

Femke schmunzelte leicht. Nach den vielen Jahren im Fahrradverleihgeschäft schien Reents' Reportergeist hinter der Dunstglocke aus Doppelkorn immer noch hellwach zu sein. »Darüber kann ich im Moment nicht sprechen.«

»Ich erst recht nicht«, ergänzte Tjark.

»Hm«, brummte Reents. Er schien mit den Antworten nicht zufrieden, wusste aber, dass er sich damit zufriedengeben musste. »Wenn ich hier heute Schluss mache, sehe ich mal nach den Negativen.«

»Danke. Kann ich Sie nachher abholen?«

»Ist das so dermaßen eilig?«

»Wer hat, der hat.«

»Ich kann sie auch vorbeibringen …«

»… und mich vorher anrufen.«

Wieder rasselte ein Lachen in Reents' Kehle. »Sie sind mir vielleicht eine.«

Tjark und Femke wandten sich zum Gehen. Femke kickte auf dem Weg zum Wagen ein paar Steinchen weg. »Irgendetwas sagt mir das Bild von diesem Jungen …«

»Er kommt dir bekannt vor?«

Sie zuckte mit den Schultern. »Vielleicht, vielleicht auch nicht.«

»Du glaubst, der Junge von damals könnte der Täter von heute sein?«

Femke antwortete nicht. Aber Tjark hatte recht – so etwas ging in ihrem Kopf vor.

»Und vielleicht war das damals gar kein Unfall.«

Femke blieb stehen. »Glaubst du?«

»Nein, aber du denkst darüber nach. Es ist wie mit diesem Puzzle, von dem ich vorhin gesprochen habe: Man glaubt, jedes Bauteil könne das gesuchte sein – zumal man weiß, dass jedes ja irgendwie zum großen Ganzen gehört und nur an die richtige Stelle muss. Dann findet man ein Teil, dreht und wendet es, weil man will, dass es in die Lücke passt, damit endlich das verdammte Puzzle fertig wird.«

»Was willst du mir damit sagen?«

»Ich will damit sagen, dass du dich nicht in die Sache rein-
steigern solltest.«

»Tue ich das deiner Meinung nach?«

»Du fängst gerade an. Du machst es zu einer persönlichen
Angelegenheit.«

»Steht mir das auf der Stirn geschrieben?«

»Gewissermaßen. Ich kenne die Symptome. Ich bin selbst
große Klasse darin.«

Femke musste lächeln.

»Ich muss ein paar Dinge regeln«, sagte Tjark dann.

»Mit Ruven?«

»Auch. Ich bin heute Abend ein wenig mit ihm unterwegs.«

Femke hatte eine Ahnung, dass Tjark irgendein krummes
Ding vorhatte und dass die Brauerei dabei eine Rolle spielen
mochte. Sie wollte gerade nachhaken, als Tjark sagte: »Je
weniger du weißt, desto besser, glaub mir.«

»Verstehe.«

»Check die Personalien von diesem Michael Bartels, wenn
du die Zeit findest, und halte mich auf dem Laufenden. Essen-
ziell bleibt aber die Frage: Wo ist Vikki? Wo ist der Rückzugsort, an dem der Täter die Opfer festhält?«

»Natürlich.«

»Und: Was ist die Konstante in den Fällen? Was bestimmt
den jeweiligen Tag, an dem der Mörder zuschlägt und an dem
er sich vielleicht auch Vikki geholt haben könnte?«

»Was glaubst du?«

»Gelegenheit.«

59

In einem Schockzustand sieht man manchmal alles wie durch die Augen eines anderen. Vikki erinnerte sich noch gut, wie sie einmal mit dem Auto nachts beinahe jemanden angefahren hatte – einen ortsbekannten Herumtreiber, der Müll aus Straßengräben sammelte und hortete. Der Alte war ohne Zweifel psychisch krank. Mit beiden Füßen war Vikki auf die Bremse gestiegen, hatte die Tür aufgerissen und war nach draußen gesprungen. Aber die Straße war wieder leer und der Alte fort. Nur sehr leise hatte Vikki in der Dunkelheit eine rasselnde Stimme gehört, die »La Paloma« sang: »Auf, Matrosen, ohe, einmal muss es vorbei sein, einmal holt uns die See.« Das Lied hatte sich in ihr festgesetzt. Wie ein Wurm kroch es manchmal durch ihre Gehirnwindungen, wenn sie still auf dem Bett unter irgendwelchen Freiern lag. Es war der Soundtrack dazu, wenn sich die eine Vikki zurückzog und Platz für die andere machte.

So wie jetzt. Vikki summte die Melodie und sang leise: »Nach vorn geht mein Blick, zurück darf kein Seemann schaun …« Sie saß auf der enttäuschenden Panzerfaustkiste, hielt die Knie mit den Armen umfangen und wiegte sich hin und her. Wenn sie hier rauskam, dachte Vikki, würde sie alles ändern. Restlos. Es wäre Schluss mit dem Anschaffen, Schluss mit allem. Sie würde sich einen echten Job besorgen, eine Ausbildung beginnen oder ihr Abi nachmachen, damit sie ein Studium beginnen könnte. Und sie würde mit ihrer Vergangenheit aufräumen: Allen voran wäre Onkel Heiner an der Reihe. Sie würde tun, was seit Jahren überfällig war: den Scheißkerl anzeigen und bluten lassen. Denn letztlich war es seine Schuld, dass sie auf die schiefe Bahn geraten war – und damit war es auch seine Schuld, dass sie in diesem Loch saß.

Heiß brandete die Wut in Vikki. Gut, dachte sie. Zorn und Liebe waren die elementaren Gefühle, dazwischen lag das Niemandsland der Gleichgültigkeit, in dem sie jahrelang gehaust hatte. Jetzt war die Zeit des Hasses gekommen, und je mehr Kohlen sie aufs Feuer warf, desto heftiger würde er in ihr lodern und ihr Kraft spenden für das, was vor ihr lag. Doch von einem Moment auf den nächsten schien die Flamme zu erlöschen.

Klopf, klopf, kilopf.

Schritte auf Holz. Das war das Zeichen. Der Mann kam.

Zeit zu überleben, dachte Vikki und wünschte sich für einen Moment, sie könnte sich in der Ecke des Raumes verstecken, die Augen mit den Händen zuhalten und sich so klein machen, dass der Mann sie nicht bemerken würde. Aber natürlich wäre das zwecklos. Sie löste sich aus der Starre, vergewisserte sich mit einem Seitenblick, dass das Chemieklo in Reichweite stand.

Ein Schlüssel wurde ins Schloss gesteckt.

Vikki stellte sich auf die Holzkiste und fasste nach den Rohren unter der Decke.

Der Schlüssel wurde im Schloss herumgedreht.

Vikki zog sich hoch, stemmte die Fußballen gegen den Rand des Wasserfasses und winkelte die Beine so eng wie möglich an.

Das Schloss sprang auf.

»Na komm schon«, zischte Vikki und fühlte sich wie eine Napalmbombe kurz vor der Explosion.

Dann öffnete sich die Tür.

Der Mann kam herein.

60

Verdammt, da war etwas dran, dachte Tjark. Er sog an der Zigarette, bis der Filter heiß war, und wischte mit einem antistatischen Tuch über die Frontlinse des Nachtsichtgeräts. Dann legte er das Gerät zurück in den Plastikkoffer und verschloss ihn. Unten war Fred damit beschäftigt, den BMW zu verkabeln. Der Geruch nach geräuchertem Fisch wehte herüber.

Femke war auf ein Szenario gestoßen, das ihm erst mit einiger Nachwirkung ein Kribbeln im Bauch verursacht hatte. Der Ort in den Dünen hatte eine Geschichte, die durchaus eine Relevanz für den Täter haben mochte. Vielleicht war er ein Beobachter gewesen, vielleicht direkt betroffen – vielleicht auch jemand, der ein Kind auf ähnliche Art und Weise verloren hatte.

Ein Kind.

Tjark drückte die Zigarette aus. Dieser Junge auf dem Foto, der Bruder des ertrunkenen Mädchens, würde diesen Ort sicher bis in alle Ewigkeit meiden wollen – und das Meer ebenfalls. Tjark wusste nur zu gut, wie sich ein Schock auswirken konnte. Allerdings war der Killer ein Psychopath, wenngleich ein Opfer der Umstände. Hatte nicht erst kürzlich noch sein Psychologe Dr. Schröder gesagt, dass …

Ein Kind.

Tjark stutzte. Vielleicht war nicht jeder ein Opfer der Umstände. Vielleicht hatte Schröder unrecht. Vielleicht war nicht alles, das wie ein Unfall aussah, tatsächlich einer gewesen. Er griff zum Handy, suchte Schröders Nummer aus dem Kontaktspeicher heraus und wählte. Dr. Kevin Schröder meldete sich mit einem »Ja?«.

»Tjark Wolf.«

»Ach, Herr Wolf …« Schröder klang gleichzeitig überrascht und interessiert. »Einen Augenblick, bitte.«

Tjark hörte, dass Schröder die Sprechmuschel abdeckte und zu irgendwem etwas sagte. Dann schien er eine Treppe hinaufzugehen und sich hinzusetzen – jedenfalls bildete sich das Tjark anhand der Hintergrundgeräusche und Schröders Atmung ein, der erklärte: »Entschuldigung, wir grillen heute mit der Familie – tja, und der Mann im Haus ist nun mal für das Feuer und die Fleischbeschaffung zuständig, das hat sich seit den Zeiten der Jäger und Sammler nur unwesentlich verändert.« Schröder lachte. Tjark versuchte, sich Schröder mit Frau und Kindern im Garten vorzustellen. Es gelang ihm nicht.

»Was kann ich für Sie tun?«, fragte Schröder.

»Erinnern Sie sich an unser Gespräch über das Böse?«

»Ja. Das Thema fasziniert Sie, nicht?«

»Es hilft, das zu kennen, was man bekämpft.«

»Es wird immer leichter, wenn das Unbekannte ein Gesicht bekommt. Es ist nicht mehr so beängstigend.«

»Was für das Böse selten zutrifft.«

Schröder kicherte. »Das ist gewiss richtig. Andererseits ist das Böse auch ein Indikator für das Ausmaß des Guten. Es wurde nach meiner Meinung nie treffender definiert als in dem Reim von Wilhelm Busch: Das Böse, dieser Satz steht fest, ist stets das Gute, was man lässt.«

»Sie haben gesagt, dass niemand böse geboren wird. Gibt es Ausnahmen?«

»Wie meinen Sie das?«

»Ein Kind, das Böses tut, weil es ihm Spaß macht.«

»Sie meinen, ob es einen Code des Bösen gibt?«

»Ja.«

Schröder schwieg eine Weile. Dann sagte er: »Einige Studien kommen durchaus zu dem Resultat, dass es biologische oder genetische Ursachen in der Entwicklung von Schwerststraftätern geben könnte. Allerdings treffen solche Ergebnisse nicht pauschal zu. Es gibt meteorologische Voraussetzungen für Tornados, aber nicht immer entstehen welche, und nicht jeder Tornado fordert Opfer. Es würde auch Verurteilungen sehr erschweren, wenn man Täter als Opfer ihrer Neuronen darstellen und sagen müsste: Er konnte halt nicht anders. Ein solcher Gencode würde zudem bedeuten, dass man manche Menschen als potenzielle Mörder stigmatisieren und vorsorglich beobachten könnte, obwohl sie gar nichts getan haben und auch nicht tun werden – im Grunde also eine Form der Euthanasie.«

»Wie wäre jemand, der böse geboren wird?«

»Er könnte mit einer Form der Psychopathie zur Welt kommen, die wir malignen Narzissmus nennen – negativen Narzissmus, was bedeutet, sich an der Erniedrigung und Entwürdigung anderer zu erhöhen. Es handelt sich um eine Kombination aus Persönlichkeitsstörung, sadistischer Aggression und Paranoia. Ein gefährlicher Cocktail – vor allem, wenn das aggressive Verhalten mit Lustgewinn gekoppelt ist. Zudem fehlt einem solchen Menschen jegliche Möglichkeit zur Empathie. Er sieht nur sich. Dazu kommt, dass solche Psychopathen lernen, sich gut zu verstecken, und gemeinhin als sehr charismatische Menschen gelten können.«

»Er würde also nicht unbedingt auffallen?«

»Nein, nicht unbedingt.«

Tjark bedankte sich und beendete das Gespräch. Er steckte sich an der verglimmenden Zigarette eine neue an.

Ein Kind.

An der Idee mochte etwas dran sein. Das Kind von damals wäre heute ein Erwachsener, dessen Spuren immer wieder nach Werlesiel führen könnten – dorthin, wo der Mörder vor fast vierzig Jahren vielleicht geboren worden war. Bei dem Gedanken daran wuchs in Tjark die Befürchtung, etwas ganz und gar Wesentliches zu übersehen, obwohl es greifbar nah schien. Wie dem auch sei – Mommsens Partys spielten ebenfalls eine Rolle. Tjark war davon überzeugt, dass der Mörder dort wie auch immer die Gelegenheiten beim Schopf ergriffen hatte, die sich ihm in unregelmäßigen Abständen boten. Aber dazu musste Tjark zunächst die Annahme verifizieren, dass die Opfer überhaupt dort gewesen waren. Und genau das würde er tun. Jetzt gleich.

61

Michael Bartels«, flüsterte Femke leise und blätterte die Fallakten vom Sommer 1975 ein weiteres Mal durch. Warmes Abendlicht schien durch ihr Bürofenster und warf lange Schatten. Draußen zappelte eine Fahne. Der Wind, der von der See her wehte, war aufgefrischt. Bald würde er mit der Flut noch stärker werden.

Warum ließ sie der Gedanke nicht los, dass sie den Jungen schon einmal gesehen hatte? Faktisch war es unmöglich: Als das Unglück geschehen war, war Femke noch gar nicht geboren. Sie hatte einmal gelesen, dass Kindheitserinnerungen bis zu einem Alter von etwa acht Jahren zurückreichen. Und wenn ihr Bartels, Jahre später, in Werlesiel über den Weg gelaufen wäre, dann wäre er ein Jugendlicher gewesen, der kaum noch etwas mit dem kleinen Jungen auf dem Zeitungsfoto gemein gehabt hätte. Femke fragte sich, ob sie Reents anrufen und Druck machen sollte – beschloss dann aber, es zu lassen: Reents schien der Typ Mann zu sein, dessen Tempo sich verlangsamen würde, je mehr man ihn anstachelte und nervte. Friesen brauchten ihre Zeit, und die musste man ihnen geben.

Bemerkenswert war, dass Bartels einem Schatten glich, der irgendwann zu einem Nichts verblasst war. Er hatte keine Vorstrafen, war in keiner Polizeidatenbank registriert, und es gab weder Einträge über Straftaten im Bundeszentralregister noch in der Flensburger Verkehrssünderdatenbank. Es war nicht einmal ein Auto auf seinen Namen zugelassen, und weiter fand Femke bei keinem Einwohnermeldeamt Daten über ihn – sowie in der Kürze der Zeit nur so viel über seine Verwandtschaft, dass die Mutter mit fünfundsechzig Jahren an Krebs gestorben war und sich der Vater vor mehr als zehn Jahren das Leben genommen hatte. Der Sohn hatte mit sechzehn Jahren seinen Realschulabschluss in Menden gemacht – und kurz darauf schien er von der Bildfläche verschwunden zu sein. Früher war das leichter als heute. Damals hinterließ man keine Spuren im Internet.

Dann las sie die Aussage des Jungen durch, die jedoch nichts Neues zutage brachte. Er war mit seiner Schwester zum Spielen im Watt gewesen. Nebel war aufgezogen. Die Schwester war in einen Priel gestürzt und verschwunden. Wie genau, das vermochte der Junge nicht zu beschreiben.

Bei dem Priel handelte es sich um den Norderpriel – einer der wenigen, der einigermaßen stabil war, zum Teil dauerhaft Wasser führte und seinen Verlauf nicht durch Sturmfluten oder die Tiden in den letzten Jahren wesentlich verändert hatte. Er befand sich unweit der Hafenrinne und war sorgfältig mit Warnhinweisen ausgeschildert. Soweit Femke wusste, war er sogar mit Bojen markiert. Vermutlich war das 1975 noch anders gewesen. Wahrscheinlich hatte auch niemand an die üblichen Verhaltensweisen gedacht: Niemals bei auflaufendem Wasser ins Watt aufbrechen, schon beim Losgehen überlegen, wann man wieder umkehren muss, und sofort dann umkehren, wenn bei Niedrigwasser noch ein Priel zwischen einem und dem Strand liegt, der einem den Weg abschneiden könnte – und genau das war wahrscheinlich am Norderpriel geschehen, mutmaßte Femke.

Sie legte die Akten zur Seite und sah aus dem Fenster. Dann stand sie auf, um es zu schließen. Trotz des schönen Wetters schien es empfindlich abgekühlt zu sein. Das Licht wirkte diffus. Zog Nebel auf? Femke neigte den Kopf.

Bei dem Unglück 1975 hatte Nebel geherrscht. Als Vikki verschwand, ebenfalls. War das Zufall? Sie schob die alte Akte zur Seite und schlug die auf, die Tjark auf ihrem Schreibtisch hinterlassen hatte. Sie blätterte die Papiere durch. Dann fand sie die Liste von Ruven. Zunächst fiel ihr auf, dass für heute bei Mommsen eine größere Zusammenkunft angesetzt war – und sie hatte die sehr starke Vermutung, dass Tjark sich ebenfalls dort befand, Ruven bestimmt auch.

Auf der Liste waren einige Daten markiert. Daneben befanden sich handschriftliche Notizen. Nachdem Femke sie entschlüsselt hatte, verstand sie, dass einige Feiern bei Mommsen mit den Zeitpunkten des Verschwindens der bekannten Opfer und den wahrscheinlichen Todesdaten der Frauen korrespondierten. Darauf war Tjark also aus. Aber er hatte auch von einer Konstante gesprochen und von Gelegenheiten. Vielleicht war der Nebel diese Konstante und die Feiern die Gelegenheit. Wenn an den fraglichen Zeitpunkten Nebel geherrscht hatte, dann könnte man daraus vielleicht ableiten, wann der Mörder mutmaßlich wieder zuschlagen würde, und ihm eine Falle stellen. Vielleicht war heute dieser Tag. Vielleicht würde Vikki, falls sie noch lebte, heute sterben – oder sich der Killer ein weiteres Opfer suchen …

In ihrem Magen begann eine Kartoffel heiß wie ein Brikett zu glühen.

62

Vikki wartete nicht lange ab. Als die Tür geöffnet und der Mann eingetreten war, spannte sie den Körper an und stieß das Fass um. Klatschend ergoss sich das Wasser auf den Boden. Noch bevor der Mann reagieren konnte, strömte es um seine Schuhe und schwappte über die Stromschlinge.

Vikki baumelte an den Rohren unter der Decke. Mit Erschrecken stellte sie fest, dass nichts weiter geschah. Kein Stromschlag, kein Kurzschluss. Gar nichts. Der Mann stand einfach da, breitbeinig und abwartend. Er betrachtete das Nass auf dem Boden. Also war wohl doch keine Spannung mehr auf der Schlinge – oder aber die Springerstiefel des Mistkerls isolierten den Strom, was sie nicht ins Kalkül gezogen hatte. Sie selbst war barfuß, und wenn nun fast der ganze Boden unter Spannung stünde, schränkte das sowohl ihre Bewegungsfreiheit als auch ihre Alternativpläne massiv ein. Das Dumme war: Es ließ sich einfach nicht feststellen, was mit dem verdammten Strom los war.

Dafür wurde ihr sehr schnell deutlich, was mit dem Mann los war. Er stieß einen wütenden Schrei aus und geriet schon im nächsten Moment in Bewegung. Seine weit ausladenden Schritte patschten im Wasser. Die Hände streckten sich nach Vikki aus, der das Herz bis zum Hals schlug. Sie ließ die Eisenrohre los und landete in der Hocke auf der Holzkiste.

Ihre Hand schnellte nach rechts, wo sie den Griff der Chemietoilette zu fassen bekam.

Der Mann sprang über das Fass. Dann war er bei ihr.

Mit einem lauten Keuchen schwang Vikki den Behälter in einem Bogen und legte den ganzen Körper in den Schlag. Leider traf sie nicht richtig und erwischte den Mann an der Schulter. Doch er taumelte, strauchelte und bekam Vikki nicht zu fassen.

Sie wirbelte herum, griff nun mit beiden Händen nach dem Plastikkasten und holte zu einem weiteren Schwung aus. Doch ein Tritt in die Magengrube stoppte sie. Es fühlte sich an, als sei sie von einem Rammbock getroffen worden, der ihre Lungen zur Größe einer Kinderfaust zusammenpresste.

Wie eine Puppe flog Vikki durch den Raum und begriff in dem Moment, dass sie verloren hatte. Mit dem Rücken landete sie auf dem nassen Beton. Sie öffnete die Augen und erkannte den Mann. Er stand am Schaltkasten und drehte an einem Regler. Als den Bruchteil einer Sekunde später ein heftiger Schlag ihren Körper unkontrolliert zucken ließ, verstand sie, dass er sie mit ihrem eigenen Plan geschlagen und dass die Schlinge zunächst doch nicht unter Strom gestanden hatte, jetzt aber schon. Dann verlor sie das Bewusstsein.

63

Gerret Clausen saß auf seiner Bank vor dem kleinen Pavillon, der sich Hafenmeisterei nannte. Er stopfte seine Pfeife, blinzelte ab und zu aus leuchtend grünen Augen, die tief im zerfurchten Gesicht vergraben waren, und hörte Femke mit stoischer Gelassenheit zu.

Clausen trug ein Polohemd mit einem Aufdruck des Werlesieler Yachtclubs und der Stadtverwaltung. Entweder schien ihm der eiskalte Wind nichts auszumachen, oder er ignorierte ihn schlichtweg. Femke tippte auf Letzteres: Als Hafenmeister war Clausen mit seinen fünfundsechzig Jahren nicht nur für die Segelboote, Yachten und Fischkutter zuständig, er war auch Vormann des Seenotrettungskreuzers, der im großen Fährhafen einige Ortschaften weiter vor Anker lag. Als solcher hatte er ohne Frage schon ganz anderes Wetter erlebt. Zu Clausens Füßen lag sein Hund Fiete – eine undefinierbare Promenadenmischung – und schaute gelangweilt drein. Den Touristen erzählte Clausen stets, Fiete sei ein friesischer Klabauterkläffer – gezüchtet von den Küstenbewohnern, um die Besatzung von gestrandeten Schiffen zu vertreiben, damit man sie ungestört plündern konnte. Seemannsgarn.

Nachdem Femke ihm erklärt hatte, was sie wissen wollte, zündete Gerret Clausen die Pfeife an, paffte einige Male daran und sagte: »Tja.«

»Tja?«

Clausen lachte heiser, was wie ein Kettenrasseln klang, und verschränkte die Arme vor der breiten Brust. »Na, dass die Polizei von mir wissen will, wann es in der letzten Zeit neblig war, ist ja mal ein Ding.«

»Es geht nicht um die letzte Zeit. Es geht nur um einige Daten.«

»Wozu brauchst du die denn?«

»Darüber kann ich nicht sprechen.« Fiete stand auf, streckte sich, gähnte und legte sich dann andersherum wieder hin. »Laufende Ermittlungen«, ergänzte Femke.

»Übers Wetter?«

»Über Nebel, wie ich dir eben erklärt habe.«

Clausen brummte und sog an der Pfeife.

Femke verlagerte das Gewicht von einem Bein aufs andere und zuckte mit den Achseln. »Willst du etwas über das Wetter wissen, fragst du halt Gerret, wie jeder weiß.«

Clausen stieß einen Schwall bläulichen Rauchs aus, der nach einer Mischung aus Brandy und Vanille roch. »Ich führe doch kein Buch über Seenebel. Da habe ich Wichtigeres zu tun, als meine Zeit mit so einem Quatsch zu vergeuden.«

Femke nickte enttäuscht. Sie hatte gehofft, dass Clausen ihr weiterhelfen könnte.

»Ruf mal bei Hans Korf in Aurich an«, sagte Clausen unvermittelt. »Korf betreibt eine private Wetterstation und pflastert das Internet mit allen möglichen Daten zu. Er stammt aus Potsdam, war dort Leiter einer Finanzbehörde. Jetzt ist er Rentner, ein Wetterhahn, Meteorologie ist sein Steckenpferd – vermutlich, weil ihm das Wetter als unerschöpflicher Quell von Zahlen dient. Wenn dir wer auf die Schnelle sagen kann, wann zu Weihnachten 1968 um sechzehn Uhr die Wellen vor Juist wie hoch gewesen sind, dann Hans Korf.«

Ein Lächeln huschte über Femkes Lippen. »Hast du zufällig seine …«

Bevor Femke ihre Frage ausformulieren konnte, hob Clausen bereits sein Gesäß an und zog ein Handy aus der hinteren Tasche seiner Jeans. »Seine Nummer steht im Speicher. Such sie dir selber raus, ich bringe das mit meinen Wurstfingern und den kleinen Tasten immer durcheinander.«

Femke griff das Telefon in Anbetracht der Tatsache, wo es sich einige Sekunden zuvor noch befunden hatte, nur mit spitzen Fingern, blätterte im Kontaktdatenspeicher, bis sie »Korf« gefunden hatte, und wählte die Nummer.

Clausen machte eine abwinkende Geste. Im Niedersinken landete seine Hand zwischen Fietes Ohren, um dort das drahtige Haar zu kraulen. »Na, mien Jung«, hörte sie Clausen sagen, bevor sie in der Hörmuschel eine berlinernde Stimme vernahm, die »Willkommen bei der Wetterstation Hans Korf, Sie sprechen mit Hans Korf« sagte.

Femke erklärte, wer sie war, warum sie von Gerret Clausens Handy aus anrief und was sie wollte. Korf klang interessiert und sagte, dass er einen Moment brauchte, bis er seine Datenbank durchforstet hätte, und schilderte währenddessen, dass See- oder Küstennebel sogenannte Advektionsnebel seien, bei denen warme Luftschichten abgekühlt würden, wenn sie auf Kaltes träfen, zum Beispiel Wasser, worauf es zur Kondensation und Tröpfchenbildung komme, was schließlich zum Nebel führe, und dieser könne, vom Seewind getrieben, kilometerweit ins Inland gelangen, was mit einem erheblichen Sicht- und Temperaturwechsel verbunden sei. Femke antwortete, dass sie nicht unhöflich sein wolle, aber das durchaus kenne – wenn auch nicht die meteorologischen Details.

Schließlich hatte Korf seine Software zum Laufen gebracht.

Femke nannte ihm die relevanten Daten und fügte hinzu, dass eine Toleranz von einigen Tagen durchaus in Ordnung ginge.

»In der Tat«, sagte Korf nach einer Weile.

»In der Tat … Was?«

»In der Tat könnten wir an den betreffenden Tagen jeweils Seenebel gehabt haben – also, verlässlich haben wir an folgenden Tagen Seenebel gehabt …«

Als er alle Daten durchgegeben hatte, wurde Femke schwindelig. Bis auf ein Datum trafen die jeweiligen Tage die geschätzten Todesdaten annähernd und sehr genau die dazugehörenden Events bei Mommsen. Damit lag auf der Hand, dass an diesen Tagen der Mörder zugeschlagen hatte, wenn ihre Idee zutraf. Er nutzte den Schutz des Nebels – oder aber der Nebel aktivierte ihn auf irgendeine Art. Klar war somit ebenfalls, dass der Mörder aus der Gegend stammen musste. Es war kaum vorstellbar, dass jemand von außerhalb am Radar auf den Nebel lauerte und eigens dazu anreiste. Femke war nun mehr denn je davon überzeugt, dass die Morde mit dem Unglück von 1975 zusammenhängen mussten: Damals war der Mörder im eisigen Nebel geboren worden.

Femke bedankte sich bei Korf und gab Clausen das Handy zurück. Ihre Hand zitterte.

»Alles in Ordnung?«, fragte Clausen. »Du siehst aus, als wäre dir gerade der Klabautermann persönlich begegnet.«

»Vielleicht ist er das«, antwortete Femke leise.

»Ich verstehe das zwar nicht, aber: Dann sieh dich mal besser vor.« Clausen sah besorgt aus.

»Werde ich.«

Sie bedankte sich und wandte sich zum Gehen. Sie musste unbedingt mit Tjark sprechen.

»Komisch übrigens«, rief Clausen ihr hinterher, »dass du mich gar nicht nach heute fragst, mein Mädchen.«

Femke drehte sich um. »Heute?«

»Es war den ganzen Tag heiß. Jetzt ist die Luft eiskalt. Woher kommt das wohl?«

Femke blickte Clausen an. Verdammt, sie hatte vorhin schon darüber nachgedacht. In ihrem Inneren loderte eine Flamme auf.

»Ich hatte heute Mittag schon so ein Gefühl im großen Zeh, dass da was aufzieht, und habe einige Segler gewarnt«, fuhr Clausen fort. »Auf dem Radar kann man die Front nun seit zwei Stunden erkennen. Der Wind treibt sie schnell vor sich her.« Er deutete hinter sich.

Femke hob den Blick und sah zur Hafenausfahrt. Ihr war nicht aufgefallen, wie viele Boote gerade dabei waren, einzulaufen – als wollten sie vor etwas fliehen.

Das verbleibende Tageslicht schien wie durch eine Milchglasscheibe auf die Fahrrinne. Der Schlick links und rechts wirkte in der Ferne, als würde er dampfen. Die Inseln waren bereits von dem leuchtenden Weiß verschluckt worden, das sich wie eine mehrere hundert Meter starke Decke aus Watte auf die Nordsee gelegt hatte – als sei eine komplette Wolkenfront abgestürzt, die jetzt über das Meer kroch und direkt auf Werlesiel zuhielt.

Femke wollte gerade ihr Telefon ziehen, als es klingelte. Reents. Er warte in der Wache auf sie, weil er die Negative und Abzüge gefunden hatte. Wo sie denn bliebe. Zwar war etwas anderes abgesprochen gewesen, aber Femke sagte, sie werde sofort kommen. Sie verabschiedete sich von Clausen und lief zum Wagen. Beim Einsteigen wählte sie Tjarks Nummer. Es war besetzt. Sie würde es gleich noch einmal versuchen. Dann fuhr sie los.

64

Der späte Nachmittag und der frühe Abend waren verstrichen. Es war noch nicht dunkel, aber auch nicht mehr hell. Tjark beugte sich leicht vor, drehte an einem Rädchen zur Feinjustierung und schaltete die Empfindlichkeitsstufe höher. Dann war das Bild wieder stabil.

Das Bushnell StealthView war ein digitales Nachtsichtgerät und ähnelte einem Fernglas. Tjark hatte es vor etwa zwei Jahren im Internet für einen vergleichbaren Einsatz gekauft, bei dem offizielle Ausrüstung nicht zum Tragen kommen durfte. Am Stativgewinde war das Bushnell mit einem Tripod-Stativ befestigt und stand auf dem Armaturenbrett des BMW. Er parkte in einem Feldweg etwa zweihundert Meter von der Einfahrt zum Firmengelände der Brauerei entfernt. Die Okulare waren darauf ausgerichtet und der Videoausgang des Nachtsichtgerätes an einen Laptop angeschlossen, der sich auf dem Schoß von Fred befand. Das Display beleuchtete sein Gesicht von unten, was ihn etwas unheimlich aussehen ließ. Gerade bog ein Wagen auf das Areal ab. Fred wartete, bis das Heck der dunklen Audi-Limousine ins Sichtfeld geriet, und machte dann einen hochauflösenden Screenshot.

»Der Wagen kommt aus Bremen«, sagte er. »Sieht aus wie ein Firmenfahrzeug mit Logo an der Kennzeichenhalterung. Weller-Bau.«

Tjark hatte ebenfalls einen Laptop auf den Knien – ein

leichtes Airbook, das kaum größer als ein Tablet-Computer war. Er tippte »Weller-Bau« in die Suchmaske von Google ein und wartete, bis die Internetfunkverbindung die komplette Firmenseite geladen hatte. Sein Smartphone lag neben ihm auf der Mittelkonsole und gab leise ein krächzendes Stimmengewirr von sich. Im Videofenster streamte das Gerät Bilder und Töne aus dem Inneren der Brauerei. Im Moment war aber nur Schwarz auf dem Display zu sehen, weil das Gegenstück in Ceylans Tasche steckte.

Ceylan war eben an der Seite von Ruven erschienen. Jeder würde annehmen, dass sie eine seiner Mitarbeiterinnen war. Das war jedenfalls der Plan. Ruven hatte gesagt, er werde die Polizei selbstverständlich unterstützen, als Tjark ihn darauf angesprochen und danach gefragt hatte, ob er sich vorstellen könne, zum Einsatz an der Brauerei eine Art »Praktikantin« mitzunehmen, die sich unter das Volk mischt. Ruven hatte geantwortet, dass er ohnehin persönlich vor Ort sein werde. Es sei sicherlich kein Problem, wenn eine »Praktikantin« unauffällig und diskret Präsenz zeige. Nach Gründen hatte Ruven nicht gefragt – ein Mann nach Tjarks Geschmack.

»Weller-Bau«, sagte Tjark und klickte im Portfolio des Unternehmens herum, »ist spezialisiert auf Glasfassaden. Sie haben sogar Bauteile für das Burj al Arab in Dubai geliefert.«

»In Dubai soll es nicht so toll sein, wie alle glauben«, sagte Fred beiläufig. Nach einer Pause ergänzte er: »Vielleicht bekomme ich von Weller ein paar Bauteile für meinen Wintergarten günstiger, wenn ich das Bild hier wieder lösche.«

»Schlag es doch vor.«

»Besser nicht, denn wenn diese Aktion auffliegt, habe ich nicht mal mehr das Geld, um mir eine Packung Nägel zu leisten.«

»Hast du etwa die Hosen voll?«

»Nein, aber inzwischen mehr zu verlieren als früher und ein paar hunderttausend Schulden bei der Bank.«

»Verstehe«, sagte Tjark.

Dabei war die Überwachung so gefahrlos wie simpel und ihr Anlass gerechtfertigt. Tjark musste herausfinden, was bei den Festen vor sich ging und ob es Spuren von den Ermordeten sowie von Vikki gab. Als offizielle Beweise konnten sie solche Spuren natürlich nicht verwenden. Inoffiziell aber schon. Sollten sich Verdachtsmomente erhärten und sich neue Ermittlungsansätze ergeben, würden sie auf einem Durchsuchungsbefehl insistieren und damit wiederkommen können. Niemand würde auf die Idee kommen, dass Ceylan eine Polizistin war. Sollte doch etwas auffliegen, konnte ihr keiner einen Strick daraus drehen, dass sie sich im Urlaub mal ein Security-Unternehmen genauer ansah – eine Branche, in der es nicht wenige ehemalige Polizisten gab. Würde sie in Bedrängnis geraten, wäre sie körperlich in der Lage, sich zu wehren. Abgesehen davon wusste sie als Polizistin, worauf sie zu achten hatte.

Tjark klickte die »Weller«-Seite wieder weg. Außer einem auf Glasfassaden spezialisierten Unternehmensvertreter befand sich eine Delegation von Bau-Plan aus Oldenburg bei Mommsen – eine bundesweit tätige Firma, die Kliniken und ähnliche Großprojekte abwickelte. Sie hatten auch dänische Kennzeichen gesehen und diese einem Konzern zugeordnet, der Ferienparks betrieb, sowie Fahrzeuge von einem Cateringservice und einer PR-Firma. Weiter waren Vertreter des Architekturbüros VisionAir aus Bremen, Mommsens Anwalt in Begleitung einer Blondine, die zu jung war, um seine Sekretärin zu sein, der halbe Vorstand der Sparkasse, der Bürgermeister und einige Lokalpolitiker, darunter Harm, vor Ort – alles in allem an die vierzig Personen, rechnete man die Beschäftigten des Cateringservices dazu.

Ein lautes Knattern ließ Tjark aufmerken. Es klang nach einem Motor, der im roten Drehzahlbereich arbeitete. Tjark schwenkte das Bushnell nach links und machte ein überraschtes Geräusch, als die Lärmquelle in den Sichtbereich geriet.

»Das gibt's doch nicht«, hörte er Fred sagen, der auf den Laptop starrte.

Ein Suzuki-Motorroller bog auf das Firmengelände ab. Auf dem Display war er hellgrau, aber Tjark wusste, dass diese Farbe auf die monochrome Restlichtverstärkung zurückzuführen war. Tatsächlich war der Roller knatschgelb. Darauf saß ohne Zweifel Fokko Broer und gab sich augenscheinlich alle Mühe, seinen Termin bei Mommsens Party nicht zu verpassen.

65

Ceylan lächelte einer Gruppe von Männern freundlich zu, die an ihr vorbeiging. Alle trugen Anzüge. Ein älterer Kerl, der wie ein Banker wirkte und eine Anstecknadel mit Sparkassen-Emblem trug, sah sie mit einem Blick an, in dem sie zu lesen meinte: Wenn es heute Abend informell wird, dann sollten wir uns mal näher kennenlernen. Ceylan ließ ihn in dem Glauben, lehnte sich mit der Hüfte an den Tisch, auf dem ein Buffet aufgebaut war, und versuchte weiter, trotz ihrer schwarzen Security-Kluft so wenig wie möglich aufzufallen. Sie verschränkte die Arme vor dem Oberkörper und schob dabei das Handy etwas höher, das in der Brusttasche ihrer Jacke steckte. Das Objektiv der dort eingebauten Kamera schaute jetzt über deren Rand hinaus. Tjark und Fred sollten nun ganz gute Sicht auf das haben, was sich hier gleich abspielen würde.

»Ah, die Sonne geht auf«, kommentierte Tjark. Ceylan hörte seine Stimme im Ohrstecker, der mit dem Handy verbunden war. Daran befand sich ein Kabel mit einem Mikrofon, das Ceylan auf maximale Empfindlichkeit eingestellt hatte. Sie antwortete nicht, sah sich aber den Raum und die sich darin befindenden Menschen genauer an. Die Versammlung fand in einem Anbau der Brauerei statt. Der kleine Saal war rustikal eingerichtet und sollte wohl norddeutsche Gemütlichkeit vermitteln. An den Wänden hingen Gemälde und Kupferstiche, die Szenen aus dem Brauereialltag und der Seefahrt zeigten. Moderne Klappstühle waren in Reihen aufgestellt. Einige waren bereits besetzt. Die Anwesenden übten sich im Smalltalk, tranken Bier, Schnaps und Prosecco, der vom Cateringpersonal gereicht wurde. Über allem thronten ein Podest und ein Rednerpult. Dahinter war ein riesiger Bildschirm aufgehängt, der mindestens eineinhalb Meter in der Diagonale messen musste. Im Augenblick zeigte er das Emblem der Werlesieler Brauerei. Vor dem Podest stand der Gastgeber und war in Gespräche vertieft – Knut Mommsen.

Er wirkte ruhig, gelassen, seine Bewegungen waren sparsam, aber gezielt. Neben ihm stand eine deutlich jüngere Frau. Blondierte Haare, aufgetakelt, slawischer Einschlag, vermutlich seine Freundin, Frau oder Gespielin für einen Abend. In der Luft hing der schale Geruch von altem Bier und kaltem Rauch, der sich mit dem Duft teurer Zigarren mischte. Eine davon klemmte zwischen den Lippen des Mannes, bei dem es sich um Carsten Harm handeln musste – ein weiterer, auf den sie ein Auge haben sollte. Er glotzte Ceylan unverhohlen an. Sie wandte sich ab und registrierte einen älteren Herrn. Er trug einen Motorradhelm unter dem Arm, legte ihn an einer Garderobe ab und hielt dann direkt auf Mommsen zu. Das musste Fokko Broer sein. Tjark hatte ihr beim Briefing von ihm erzählt und eben durchgegeben, dass Broer überraschenderweise soeben auf der Bildfläche erschienen war. Mommsen begrüßte ihn überschwenglich, legte ihm einen Arm um die Schulter und stellte ihn einigen der Umstehenden vor.

Ceylan sah sich weiter um. Es gab einige Sofas, die so aussahen, als stammten sie aus einem französischen Schloss. Sie waren zu einer Sitzgruppe aufgestellt worden. Eine Schmuseecke, dachte Ceylan, perfekt für intime und informelle Gespräche, wie geschaffen dafür, um hier mit Escort-Ladys oder wem auch immer herumzumachen. Ein gelackt wirkender Typ saß auf der Lehne eines der Sofas und flirtete mit einer attraktiven Blondine. Ceylan überlegte, wie sie unauffällig an die Sitzgruppe gelangen und Proben abnehmen konnte. Am besten, sie würde abwarten, bis die Veranstaltung begann. Vielleicht hatte sie Glück und würde etwas DNA-Material von den Bezügen oder aus den Sofaritzen ein paar Haare mit auf die Klebestreifen bekommen, die in ihrer Hosentasche steckten.

»Habe ich mich bei dir schon bedankt?«, vernahm sie Tjarks Stimme im Ohr.

»Nein«, flüsterte sie ins Mikro und versuchte, ihre Lippen dabei nicht zu bewegen.

»Danke«, sagte er.

»Bitte«, antwortete sie und verkniff sich ein Lächeln. Sie hätte ihm so oder so geholfen – Tjark war ein guter Typ, der wusste, wo es langging, und der nicht lange fackelte. Ceylan kannte kaum jemanden im Präsidium, dem es insgeheim nicht gefiel, dass Tjark einigen Idioten die Fresse poliert hatte. Natürlich würde niemand das offiziell zugeben – genau wie Ceylan es nie im Leben eingestehen würde, dass sie für Tjark auch einen Marathon laufen oder bei einem gemeinsamen Abendessen nichts drunterziehen würde, wenn er sie darum bäte. Tat er aber nicht, und deswegen brauchte er das auch nicht zu wissen.

Endlich geriet Bewegung in die Menschentrauben. Mommsen betrat das Rednerpult. »Heute ist ein besonderer Abend für mich – und für Werlesiel«, hub Mommsen an. Er lächelte in die Runde und machte eine Pause. Hinter ihm flammte der Bildschirm auf. Ceylan bewegte sich in Richtung der Sofas und kam dabei an einem Fenster vorbei. Bei den Autos erkannte sie Ruven mit einer Taschenlampe. Es sah diesig aus. Anscheinend zog Nebel auf.

66

Sie war von einem Wal verschluckt worden. Vielleicht auch von einem Hai zerfetzt und befand sich nun in dessen schleimigem Magen und würde Stück für Stück von der ätzenden Magensäure zersetzt werden, bis sie nur noch zähe Masse war. Es rauschte laut – das Blut des Tieres, das überall um sie herum durch seine Adern floss. Es stank abscheulich nach Moder, Fisch und Tang in dem Magen. Ihre Füße traten in glitschiges Gedärm. Um sie herum war alles leuchtend rot. Das Licht der Sonne schien durch das Fleisch des Tieres – so musste es für einen Embryo im Mutterleib sein. Babys liebten die Farbe Rot, wahrscheinlich, weil es sie an die Gebärmutter erinnerte, dachte Vikki. Aber da war sie nicht. Sie war gefressen worden, und jetzt spürte sie, dass die Magensäure heranschwappte, ihr über die Füße strömte, und Vikki wartete auf das Zischen, das ihr Fleisch zersetzen würde. Sie wollte schreien, aber das ging nicht. Wer sollte sie, die sie im Inneren eines Fisches steckte, auch hören? Außerdem bekam sie keine Luft. Hier drinnen gab es keine. Wenn sie Glück hatte, würde sie ersticken, bevor die Säure sie verbrannte. Sie versuchte, den Kopf zu bewegen. Ihre Lider waren schwer wie Blei und wie verschmiert – von Haimagenschleim oder Walbauchglibber.

Es musste ein riesiger Fisch sein, dachte Vikki. Denn da war auch etwas in seinem Bauch, das sich anfühlte wie eine mit Algen bewachsene Kette. Haie fraßen alles Mögliche, natürlich, das hatte Papa ihr einmal erzählt. Andererseits gab es keine solchen großen Haie in der Nordsee. Kleinere schon, aber keine, die einen Menschen verschlingen konnten. Wale fraßen ohnehin keine Menschen, und Wale, die groß genug dafür wären, einen versehentlich zu verschlucken, schwammen nicht ins Wattenmeer. Wo, zum Teufel, kam also die Kette her?

Vikki öffnete die Augen. Ihr Kopf tat fürchterlich weh. Und bevor sie verstand, was es mit der Kette auf sich hatte, und begriff, wo sie sich tatsächlich befand, rollte die Erinnerung wie eine Woge über sie.

Der Mann! Ihr Befreiungsversuch! Das Kabel! Sie musste einen Stromschlag bekommen haben! Es fühlte sich an, als habe sie einen gigantischen Muskelkater. Sie war tatsächlich so dumm gewesen, anzunehmen, der Kerl hätte sie mit einem unter Spannung stehenden Kabel allein in dem Raum gelassen. Sie hatte in der Pfütze gelegen, worauf der Mann den Strom mit dem Dimmer eingeschaltet hatte – ausreichend schwach, um sie nicht zu töten, aber stark genug, dass sie das Bewusstsein verloren hatte und er sie an diesen anderen Ort bringen konnte. Vikki registrierte nun, dass doch nicht alles um sie herum rot war. Es war zum Teil weiß und braun. Sie blickte an sich herab. Ihre Beine waren schlammverkrustet. Die Füße steckten im Matsch. Es schmatzte, als sie die Zehen bewegte. Das Braune war Schlick. Sie musste sich im Watt befinden – und das Weiß, das war Nebel.

Die Kette! Vikki folgte den massiven Gliedern mit den Blicken. Die Kette lag wie eine Seeschlange gewunden im Schlick. Das eine Ende verschwand im Boden. Das andere war an einer großen Öse befestigt. Diese Öse war weiß gestrichen, und sie war befestigt an etwas, das …

Und nun erfasste Vikki ihre Situation vollkommen. Ihr Mund war verklebt. Deswegen konnte sie so schlecht atmen. Wie eine Gekreuzigte war sie mit den Armen an einem riesigen Etwas befestigt, das im Schlick auf dem Boden lag. Bei dem Etwas handelte es sich um eine Boje. Solche großen Bojen befanden sich meist weit draußen. Wenn das Wasser steigen und die Boje anheben würde, würde Vikki langsam und qualvoll ertrinken, daran bestand kein Zweifel. Da war noch etwas, an dem es keinen Zweifel gab: Das laute Rauschen um sie herum war das Meer. Die Nordsee kam.

67

Die Präsentation startete mit angenehmer Lounge-Musik. Auf dem Bildschirm erkannte Ceylan nun statt des Logos der Brauerei ein grafisches Emblem, das eine stilisierte Robbe auf einer Welle darstellte. Beide verschmolzen miteinander. Darunter wurden Schlagworte eingeblendet – *Erlebnis. Wellness. Gesundheit. Fun. Familie* – und schließlich von einem Namen überlagert, der »Aquapalace Werlesiel« lautete. Dann war eine rotierende Weltkugel zu sehen. Wie ein aus dem Weltraum abstürzender Satellit jagte die Kamera auf die Erdoberfläche zu und stieß schließlich auf ein gigantisches Areal an der Küste, um es zu umkreisen. Stück für Stück schossen futuristisch anmutende Baukörper aus dem Boden. Linien überspannten den Untergrund in Bogenform. Dazwischen erschienen Glaselemente wie aus dem Nichts, und am Ende sah es aus, als sei ein Raumschiff gelandet, das im Wesentlichen aus riesigen Seifenblasen zu bestehen schien. Schließlich glitt die Kamera durch eine der Blasen, in deren Innerem sich eine Oasenlandschaft aus Palmen, Strand und Wellen entfaltete. Ceylan musste an einen Science-Fiction-Film denken, in dem eine karibische Traumlandschaft unter großen Kuppeln von der vergifteten Außenwelt abgeschirmt wurde.

Wow, dachte sie und vergewisserte sich, dass die Handykamera immer noch gut saß. Sie zog einige Klebestreifen aus der Tasche, entfernte hinter dem Rücken die Schutzfolie und presste den ersten Streifen in eine Falte zwischen Sitzfläche und Lehne des Sofas – dort, wo sich für gewöhnlich Krümel, Haare oder ähnliche Dinge ansammelten.

Schließlich endete die Präsentation. Das gedimmte Licht wurde heller, und Applaus brandete auf. Junge Frauen traten aus einer Seitentür. Alle waren hübsch und lächelten professionell wie Stewardessen. Sie trugen einheitliche blaue Kostüme mit dem Robben-Logo und hielten Hochglanzmappen mit dem Signet in den Händen, um sie an die Anwesenden zu verteilen.

Ceylan zog einen weiteren Klebestreifen hervor, versteckte ihn in der Handfläche und nahm Proben von den Sitzkissen, indem sie so tat, als wolle sie achtlos ein wenig Schmutz davon abstreifen. Mit den Blicken verfolgte sie, wie Mommsen im Applaus badete. Wie ein Staatsmann hob er die Hände an, und wie auf Knopfdruck wurde es wieder still im Raum. Dann begann er zu sprechen.

68

Tjark starrte versunken auf das Display des Smartphones, das die Bilder aus dem Inneren der Brauerei streamte. Der Ton lief über die Autoboxen. Gelegentlich raschelte es laut, wenn Ceylan sich bewegte und das Mikro über den Stoff ihrer Jacke rutschte.

»Ich möchte Sie kurz mit einigen Fakten langweilen«, hörte er Mommsens Stimme. Das dazu passende Bild zeigte den gut gefüllten Raum, an dessen Spitze Mommsen hinter einem Rednerpult stand. »Der Aquapalace wird auf einer Fläche von etwa dreißigtausend Quadratmetern zwischen Werlesiel und Bornum entstehen. Die letzten Grundstücksverhandlungen sind soeben abgeschlossen, nachdem sich mein guter Freund Fokko Broer entschlossen hat, sich von seinem Land zu trennen, und somit das letzte Puzzlestück eingefügt werden kann.« Mommsen legte eine Kunstpause ein und blickte in die Runde.

»Ach«, machte Fred.

Tjark blähte die Backen auf und legte die Stirn in Falten. So hing das also zusammen. »Mommsen brauchte Broers Grundstück«, sagte er zu Fred, »Broer wollte aber nicht verkaufen. Darüber hat er mit Politikern wie Carsten Harm gestritten. Sicher wollte man Broer zum Verkauf drängen, um das Projekt nicht zu gefährden.« Und vermutlich war das der Grund, aus dem Mommsen Broer persönlich aufgesucht hatte.

»Was hat Broer schließlich überzeugt? Geld?«

»Nicht Geld allein. Die ganze Atmosphäre im Ort hat sich gegen Broer entwickelt. Viele halten ihn für den Mörder. Sein Haus wurde beschmiert. Er will hier weg.«

Fred brummte. »Vielleicht war das mit dem Beschmieren inszeniert, um Broer anzuschieben.«

Tjark zuckte mit den Achseln, aber er glaubte das nicht.

Schließlich erfüllte Mommsens Stimme wieder das Innere des Wagens. Tjark fröstelte. War es kälter geworden?

»*Werlesieler*«, erklärte Mommsen, »plant mit seinen Partnern eine Investition von rund fünfundsiebzig Millionen Euro. Als künftige Betreibergesellschaft des Aquapalace haben wir die DanPark gewonnen, die Ferienparks und Ferienhaussiedlungen in Skandinavien betreibt.«

Deswegen, dachte Tjark, also die dänischen Kennzeichen an den Fahrzeugen – es waren Firmenwagen von DanPark.

»Der Aquapalace«, fuhr Mommsen fort, »wird sich in eine tropische und eine Nordseekulisse gliedern, in der das gesunde Klima und das Salzwasser unserer Nordsee an dreihundertfünfundsechzig Tagen im Jahr auch bei schlechtem Wetter und im Winter erlebbar werden, was den Tourismus in der Region massiv ankurbeln wird – kurz: Werlesiel hat künftig an jedem Tag Saison, nicht nur im Sommer. Wir werden zweihundertfünfzig neue Arbeitsplätze schaffen.«

Dafür bekam Mommsen Szenenapplaus.

»Das ist ein Riesenprojekt, das die da durchziehen wollen.« Fred klang unfreiwillig beeindruckt. »Das ist nicht leicht, so etwas auf die Beine zu stellen.«

»Deswegen hat Mommsen so gemauert, und deswegen haben sich Harm und Weitere so angestellt mit konkreten Äußerungen.«

»Sie hatten einen Maulkorb von Mommsen erhalten. Er wollte erst alles in trockenen Tüchern haben – und bis er Broers Grundstück nicht sicher hatte, stand alles auf der Kippe. Mit Sicherheit hat er inzwischen einen Kaufvertrag in der Tasche, ansonsten hätte diese Veranstaltung heute auch keinen Sinn. Wäre er in einen Skandal um das Verschwinden von Vikki geraten und in Verbindung mit den Morden gebracht worden, hätten die Banken und weitere Partner sofort kalte Füße bekommen.«

Tjark nickte, während Mommsen weiterredete: »Da unser Einzugsgebiet die gesamte Küste nebst Inseln umfasst, rechnen wir realistisch mit bis zu einer Million Besucher pro Jahr und einem Plus von dreihunderttausend Übernachtungen in Werlesiel sowie einer Vervierfachung der Umsätze aus der Gastro- und Tourismusbranche, was ein erhebliches Plus an Gewerbesteuereinnahmen mit sich bringen wird. Ganz Werlesiel wird vom Aquapalace profitieren, und ich denke, das wird der Gemeinderat ebenfalls so sehen, wenn ich ihm in Kürze den Bebauungsantrag einreiche.«

»Das hat der doch schon längst klargemacht«, kommentierte Fred. »Aber welche Rolle könnte Vikki spielen?«

»Sie hat vielleicht mitbekommen, wie Mommsen den Claim abgesteckt hat. Möglicherweise hat sie zu viel gehört ...«

»Und zwar?«

Tjark wischte sich übers Gesicht. »Vielleicht stammt die Finanzierung aus fragwürdiger Quelle. Vielleicht hat er die Politiker geschmiert. Vielleicht hat Vikki gesagt, sie will Geld dafür, dass sie es nicht rumerzählt.«

»Und die anderen Nutten vor ihr?«

Tjark zog die Augenbrauen hoch. Die anderen waren in der Tat das Problem. Es war unwahrscheinlich, dass sie aus demselben Grund aus dem Weg geräumt worden waren –

zudem auf so markante Art und Weise. Nein, bei den Morden ging es um etwas anderes. Ein Kind, dachte Tjark. Ein Kind.

Mommsen sprach weiter: »Bereits im Vorfeld haben wir uns um eine Verträglichkeit des Projekts mit der wunderbaren Natur und der empfindlichen Fauna befasst und legen größten Wert auf die Übererfüllung ökologischer Standards und größtmögliche Energieeffizienz: Plan ist es, den Aquapalace direkt mit Energie aus dem vor Borkum entstehenden Offshore-Windpark zu speisen. Gerade heute habe ich erfahren, dass wir mit einer Projektförderung von relf Millionen Euro rechnen können, mit denen das Land Niedersachsen strukturschwache Regionen stärken möchte.«

Erneuter Szenenapplaus. Dann machte Mommsen ein Victory-Zeichen mit den Fingern und trat hinter dem Rednerpult hervor, um sich beglückwünschen zu lassen.

»Puh.« Tjark schlug den Kragen seiner Jacke hoch und stellte die Standheizung ein.

»Also ist nicht nur mir so kalt«, sagte Fred.

»Nein«, meinte Tjark. Die Außentemperaturanzeige zeigte nur noch sechs Grad an. Vorhin waren es noch zwölf Grad mehr gewesen.

»Wie kommt denn das auf einmal?«

Tjark blickte nach draußen. Die Straßenbeleuchtung war eben noch zu sehen gewesen. Jetzt war sie nur zu erahnen. Der Laptop auf Freds Schoß zeigte eine graue Brühe an.

»Sieht aus, als würde Nebel aufziehen«, sagte Tjark und wunderte sich, wie plötzlich das gegangen war. Wie von Geisterhand.

69

Helle Schwaden huschten wie Gespenster über das schwarze Band der Küstenstraße. Sie waren die Vorboten der Nebelwand, die der Wind in der aufziehenden Dunkelheit auf den Uferstreifen zuschob – ein lautloser Tsunami aus Wassertropfen, der sehr bald alles verschlucken und jedes Geräusch ersticken würde. Darüber funkelten vereinzelt Sterne im ansonsten klaren Himmel. Einzig das Aufheulen eines hochtourig betriebenen Motors störte die Stille. Ein blau-silberner Funkstreifenwagen vom Typ VW Passat trieb wie eine rastlose Seele durch Werlesiel. Sein Blaulicht blinkte rhythmisch und stumm ohne Martinshorn. Femke hatte es, ohne nachzudenken, eingeschaltet, denn diese Fahrt war ein Notfall, ein Ernstfall, ein …

Mit den Handballen wischte sie sich die Nässe aus dem Gesicht und zog die Nase hoch. Ihre Augen brannten vom Weinen. Ihre Knie waren immer noch weich. Im Kopf fühlte es sich an, als habe jemand gegen ihr Gehirn geschlagen und es in Rotation versetzt. Sie nahm die Straße kaum wahr, die sich im milchigen Dunst vor ihr erstreckte. Automatisch bog sie in die Grundstückseinfahrt ein – wie so oft zuvor. Und doch war heute alles anders. Genauer gesagt, seit vorhin, als Reents ihr die Bilder gezeigt und sich für Femke schlagartig alle Puzzlestücke zu einem Bild zusammengefügt hatten. Alles, was ihr jetzt noch fehlte, war eine Bestätigung.

Sie trat auf die Bremse. Der Wagen kam vor dem Reetdachhaus abrupt zum Stehen. Die Reifen knirschten im Kies und schoben ihn zu kleinen Haufen auf. Es klang, als zerträte man Cornflakes mit den Schuhen. Das Blaulicht zuckte und wurde von der Fassade zurückgeworfen.

Eine Zeitlang blieb Femke starr hinter dem Steuer sitzen. Der immer dichter werdende Nebel zauberte feine Tröpfchen auf die Windschutzscheibe. Femke schluchzte ein letztes Mal, was ihren Körper erneut erbeben ließ. Dann stellte sie den Motor aus, schnallte sich ab, griff nach der Taschenlampe und löste im Aussteigen mit dem Daumen die Holstersicherung, um ihre Dienstwaffe schnell ziehen zu können. Mit der anderen Hand griff sie nach dem Handy und suchte im Gehen nach Tjarks Nummer. Sie hoffte, dass sie ihn endlich erreichte. Sie hörte den Wind und leise in der Ferne das Meer rauschen, was von der baldigen Flut kündete.

Der Lichtkegel der Taschenlampe suchte den Hauseingang ab und fand dort einen mit Geranien bepflanzten Kübel. Femke klemmte sich die Maglite unter die Achseln und hob das Terrakottagefäß an. Darunter lag der Hausschlüssel wie eh und je. Sie nahm ihn und öffnete damit die Tür. Zweimal rumschließen, dachte sie, es waren immer zwei Mal. Dann betrat sie das Haus und nahm die rot blinkende LED wahr. Sie war in ein Kunststoffgehäuse mit »EagleEye«-Aufdruck eingelassen und würde in diesem Moment einen Impuls senden. Dieser gäbe einerseits ein Signal auf das Handy des Hausbesitzers als auch ein Signal an die Polizeiinspektion, in der Torsten heute Spätschicht hatte. Torsten würde dann wissen, dass jemand das Haus betreten hatte.

Mehr als fünf Minuten würde sie hier nicht brauchen, weil sie wusste, wo sie zu suchen hatte. Es würde etwa zehn Minuten bis eine Viertelstunde dauern, bis der Hausbesitzer eintraf. Sollte sich ihre Vermutung als falsch erweisen, hätte sie also genug Zeit, um entweder zu verschwinden und alles abzublasen oder ihre Präsenz vor Ort damit zu erklären, dass ein Alarm ausgelöst worden sei und sie die Sache gerade überprüfe. Aber sie ahnte, dass sie nicht falschlag. Tjark und Fred könnten in weiteren fünf bis acht Minuten da sein und die Verhaftung vornehmen, wenn Femke recht hatte – und falls Tjark endlich ans Telefon gehen würde …

70

Ceylan verließ den Raum, der mit Gesprächen, Gelächter und dem Geräusch von klirrenden Gläsern angefüllt war: Man war zum inoffiziellen Teil übergegangen. An ihr drängte sich eine kleine Gruppe von Personen vorbei. Sie trugen Infomappen unter dem Arm, warfen Blicke auf ihre Handys und gingen zu den Autos. Nur einer wählte den Weg zu einem Motorroller. Es war Fokko Broer, der sich in der Menge sichtlich unwohl gefühlt hatte.

Es war kalt geworden. Ceylan fröstelte, als sie zu Ruven ging, der sich in einigen Metern Entfernung dezent im Hintergrund hielt. Ceylan erkannte nur seine Umrisse neben einem Stapel von Getränkekisten im diffusen Licht einer Halogenlampe. Nebel war aufgezogen, und er schien immer dichter zu werden. Damit konnte Tjark seine Beobachtungsmission nun wohl vergessen. Einen Moment lang stoppte Ceylan, um zwei abfahrende Autos sowie Broer auf seinem Roller passieren zu lassen. Sie nahm das Handy aus der Brusttasche und stellte die Video-App aus, was die Audio-Standleitung beendete. Sie wählte Tjarks Nummer, regelte die Empfindlichkeit des Mikros runter und sprach hinein.

»Hey, Tjark.«

»Hey, Ceylan«, antwortete er.

Seine Stimme klang leise. Der Knopf in Ceylans Ohr war etwas verrutscht. Sie richtete ihn mit dem Zeigefinger, bis

Tjark wieder deutlich zu hören war. »Es ist dunkel und neblig«, sagte sie.

»Das habe ich auch schon bemerkt.«

»Soll ich mir wirklich noch das Areal ansehen?«

»Ist dir im Inneren etwas aufgefallen?«

»Nichts, was dir nicht auch aufgefallen wäre.«

»Hast du …«

»Ich habe Faserproben genommen.«

»Gutes Mädchen.«

Ceylan ging ein paar Schritte weiter und blieb vor Ruven stehen. Er trug eine dunkle Jacke mit »EagleEye Security«-Aufdruck und eine dunkle Cargohose – genau wie sie. Ruven war groß. Er stand breitbeinig, stabil, hatte die Arme hinter dem Rücken verschränkt und warf Ceylan einen freundlichen Blick zu, den sie erwiderte.

»Was ist jetzt mit dem Gelände?«

»Ist die Sicht vor Ort wirklich so schlecht? Ich brauche noch eine Materialprobe von den Lkw-Planen.«

Etwas piepte. Ein Ruck ging durch Ruven. Er tastete seinen rechten Oberschenkel ab, bis er ein Handy aus der aufgenähten Tasche zog. Er warf einen Blick darauf und wirkte von einem Moment auf den nächsten verwirrt und besorgt.

»Die Sicht ist mies, Tjark, und auf dem Areal ist jetzt auch Publikumsverkehr. Wir sollten abbrechen.«

»Hm.«

Ruven steckte das Telefon zurück, wischte sich mit der Hand durchs Gesicht und starrte ins Nichts. Wieder gab es einen elektronischen Piepton – dieses Mal jedoch im Kopfhörer.

»Sekunde«, sagte Tjark. »Ich muss ein Gespräch annehmen.«

Ceylan wendete sich zu Ruven und fragte: »Alles klar?«

Er machte eine ratlose Geste. »Eine Alarmanlage an einem von uns überwachten Gebäude ist angesprungen. Ich muss das leider sofort checken.«

»Gibt das kein Signal bei der Wache?«

»Doch.«

»Schicken Sie jemanden los?«

»In diesem Fall muss ich persönlich nach dem Rechten sehen.«

Ceylan runzelte die Stirn. Damit war ihre Mission nun wohl wirklich beendet. Ruven zuckte entschuldigend mit den Achseln. Er drehte sich um und hielt auf einen Geländewagen zu. Dann meldete sich Tjark zurück. An seiner Stimme hörte Ceylan sofort, dass etwas nicht Ordnung war.

»Ceylan, hast du eine Dienstwaffe?« Seine Worte durchfuhren sie wie ein Stromschlag.

»Natürlich nicht …«, stammelte sie.

Die Lichter von Ruvens Geländewagen blendeten auf. Kurz darauf röhrte der Motor.

»Ist Ruven bei dir?«

»Er hat sich gerade in sein Auto gesetzt, weil eine Alarm…«

Tjark fiel Ceylan ins Wort. »Sieh zu, dass du da draußen wegkommst«, sagte er.

»Gibt es ein Problem?« Sie hörte Tjark atmen und danach ein Geräusch, als würde eine Autotür laut zugeworfen.

»Geh wieder rein. Misch dich unter die Leute.«

»Also haben wir ein Problem.« Ceylan betrachtete den SUV. Er fuhr an.

»Fred ist auf dem Weg zu dir«, sagte Tjark.

»Gut.« Sie blickte den Rücklichtern von Ruvens Wagen hinterher, der mit quietschenden Reifen vom Gelände fuhr.

71

Femke steckte das Handy wieder ein. Endlich hatte sie Tjark erreicht. Er hatte ihr erklärt, dass eine Standleitung die Verbindung bislang blockiert hätte. Daraufhin hatte sie ihm in knappen Worten geschildert, was es nach ihrer Meinung mit dem Nebel auf sich hatte, und erklärt, wo sie sich nun befand. Und wieso. Bevor er sie zurückpfeifen konnte, hatte sie das Gespräch beendet.

Femke ging durch das Wohnzimmer und folgte dem Lichtstrahl der Taschenlampe nach unten in den Keller, wo sich ein Arbeitsraum mit einer kleinen Hobbywerkstatt befand. Sechs hölzerne Treppenstufen führten dorthin. Der Lichtschalter saß rechts. Femke betätigte ihn und blinzelte. Dann legte sie die Taschenlampe zur Seite, ging auf das Regal zu und zog den alten Koffer aus der Ecke. Er hätte staubig und mit Spinnenweben überzogen sein müssen, sah aber aus wie frisch geputzt. Die Verschlüsse öffneten sich mit einem Klacken. Sie hob den Deckel an und nahm das große, in blaues Leder eingebundene Fotoalbum heraus. Sie schlug die erste Seite auf, blätterte weiter und fand schließlich, wonach sie gesucht hatte.

Das Bild zeigte einen kleinen Jungen, der in die Kamera lachte. Er trug einen roten Nicki und eine helle Leinenhose. Er streckte dem Fotografen eine Muschel entgegen. In der anderen Hand hielt er eine Schaufel. Die kleinen Füße waren im Sand vergraben. Darunter stand in einer weiblichen Handschrift »Werlesiel 1975«.

Femke ballte die Faust und biss sich in die Knöchel. Sie blätterte einige Seiten vor. Dort waren Babyfotos eingeklebt. Ein kleines Mädchen hielt sein Brüderchen auf dem Schoß, planschte mit ihm in der Badewanne. Andere zeigten den Jungen mit vielleicht einem Jahr, auf dem Bauch liegend und bei dem Versuch, Blütenblätter von einem Blumenstrauß abzupflücken. Die hinteren Seiten zeigten keine Kinderbilder mehr, nur noch einige Landschaftsaufnahmen. Aber Femke hatte genug gesehen. Sie fühlte sich kraftlos, ausgebrannt, als sei ihr der Boden unter den Füßen weggezogen worden.

Ruven.

Woher war er tatsächlich gekommen? Wann? Warum? Was wusste sie wirklich über ihn? Er stammte aus Oldenburg, das hatte er Femke erzählt. Auch von seiner Schwester hatte er gelegentlich gesprochen, selten von den Eltern, und Femke hatte nicht nachgebohrt. Die Schwester war im Alter von acht Jahren an Leukämie erkrankt und kurz darauf gestorben – und Femke hatte sich eingebildet, dass er so wenig von seiner Vergangenheit sprach, weil er das meiste davon verdrängt und den Nebel des Vergessens darübergebreitet hatte. Sie hatte sich eingeredet, das gut verstehen zu können – der Tod seiner Schwester hatte die Kindheit überschattet, seine Eltern in der Ohnmacht über den Verlust das noch lebende Kind und seine Bedürfnisse vernachlässigt. Vor vielleicht zehn Jahren war Ruven in Werlesiel aufgetaucht und hatte als Bereiter begonnen. So hatte sie ihn kennen- und später lieben gelernt. Er hatte ihr erklärt, dass er zuvor einige Zeit im Ausland gewesen sei, auf Gestüten in Belgien und Tschechien gearbeitet und daneben mit Objektschutz Geld verdient habe. Femke hatte stets angenommen, dass die gemeinsame Liebe zu Pferden sie verbinde – dass Ruven in den

Tieren und der Reitergemeinschaft seine Ersatzfamilie gefunden habe. Aber alles, was sie über ihn zu wissen geglaubt hatte, war nun null und nichtig. Eine Illusion.

Das Foto in dem Album war keine Illusion. Es zeigte ohne Zweifel den Jungen, den Femke auch auf den Aufnahmen von Reents gesehen hatte: Michael Bartels, den Bruder des Mädchens, das in Werlesiel ertrunken und in den Dünen angespült worden war. Für diese Übereinstimmung konnte es nur eine Erklärung geben. Ruven war der Junge. Ruven war Michael Bartels. Ruven, der mit seinem Auto nachts Patrouille in Werlesiel fuhr. Ruven, der in den nebligen Nächten an der Werlesieler Brauerei die Frauen aufgelesen und anschließend getötet haben musste. Er ließ sie ertrinken wie seine Schwester und verscharrte sie dort, wo seine Schwester aufgefunden worden war. Femke spürte, wie etwas aus ihrem Innersten nach außen drängte – etwas Dunkles, das sich wie Wasser seinen Weg durch feine Risse suchte und durch nichts mehr aufzuhalten war. Sie musste sich an einem Regal festhalten und widerstand nur mit Mühe dem Drang, sich zu übergeben. Nein, dachte sie und wollte es laut herausschreien, nein, das war nicht der Ruven, den sie kannte. Das konnte und durfte nicht sein. All die Jahre konnte sie sich doch nicht so in ihm getäuscht haben. Er war nicht böse. Er war kein Teufel, kein hochgefährlicher Psychopath. Er war liebevoll, umsichtig, er war … Femke vernahm ein Motorengeräusch und erstarrte. Es klang nicht wie ein Sportwagen. Es war das Röhren eines SUVs, der mit hoher Geschwindigkeit von der Straße abbog und sich durch den Kies in der Auffahrt fräste und scharf bremste. In diesem Moment begriff Femke, dass sie über allem die Zeit vergessen hatte und keine fünfzehn, zehn oder fünf Minuten mehr blieben, bis der Hausbesitzer erschien. Es waren allenfalls noch fünf Sekunden.

72

Das kleine Dreieck auf dem Display des Navigationsgeräts bewegte sich von Werlesiel in Richtung Westen entlang der Küstenstraße. Tjark schlug mit dem Handballen auf das Lenkrad. Der BMW schien in dem dichten Nebel über die Straße zu kriechen. Die Sichtweite lag bei gerade mal zehn Metern. Verdammt, das ging viel zu langsam. Tjark überlegte, dass Piloten weitaus größere Maschinen als einen perforierten Z4 nur auf der Grundlage von Instrumentenanzeigen navigierten. Er legte den dritten Gang ein und gab Gas.

Femke hatte angerufen und gesagt, dass der Nebel eine Konstante sein könne – und damit hatte sie vielleicht recht. Sie meinte, dass Ruven der Mann sein könne, den sie suchten. In der Tat passte er durchaus ins Profil. Ruven war oft nachts unterwegs. Wie heute bewachte er private Feste bei Werlesieler und schnappte sich dort womöglich seine Opfer, die draußen betrunken auf ein Taxi warteten. Er schlug im Nebel zu, weil dieser Nebel in seinem Wahn und in seiner Vita eine Rolle spielte. Ruven war durch seine Nähe zu Femke außerdem stets bestens informiert gewesen. Und wie sie hatte er, Tjark Wolf, Ruven rundherum vertraut – sogar so weit, dass er trotz seiner Furcht vor dem Wasser mit ihm segeln gewesen war und dabei über Plattbodenboote diskutiert hatte, ohne dabei ernsthaft darüber nachzudenken, dass er gerade auf einem solchen saß.

Dennoch gab es weder Indizien noch ein Motiv. Außerdem hatte Ruven der Polizei immer wieder geholfen. Tjark hatte nicht ein einziges Mal das Gefühl gehabt, dass Ruven dabei nervös gewesen wäre. Konnte ein Mensch andere derart täuschen? Tjark war sich nicht sicher. Es war, wie wenn man sich fragte, ob man zu Hause die Kaffeemaschine angelassen hatte. Verlässlich herausfinden konnte man das nur, wenn man es überprüfte – und das würde er in wenigen Minuten tun, wenn er sich endlich durch diese Nebelsuppe gekämpft und ohne einen Unfall zu bauen das Haus von Ruven erreicht hatte. Femke hatte ihm erklärt, wo er es finden würde. Sie hatte sich außerdem über seine Anweisung hinweggesetzt, ihren Hintern wieder in die Wache zu bewegen, statt es allein auf die direkte Konfrontation mit einem möglichen Tatverdächtigen anzulegen, der bewaffnet und höchst gefährlich sein könnte. Purer Leichtsinn und unprofessionell – Femke hätte es besser wissen müssen, verflucht. Andererseits befand sie sich in einer Ausnahmesituation. Femke hatte gerade erkannt, dass sie womöglich jahrelang mit einem Serienmörder zusammengelebt hatte, ohne den blassesten Schimmer davon zu haben. Vielleicht war sie deswegen kurz vorm Durchdrehen. Ruven war eben aufgebrochen, weil ihn ein Notruf ereilt hatte – womöglich, weil an seinem eigenen Haus die Alarmanlage ausgelöst worden war, und zwar von Femke. Vielleicht hatte sie das bewusst getan, um Ruven zu sich zu locken. Nicht gut. Denn wenn es sich bei Ruven wirklich um den Täter handeln sollte, wovon Tjark längst nicht überzeugt war, hatte sich Femke in allergrößte Gefahr gebracht. War sie hingegen zum Racheengel mutiert und Ruven unschuldig, gab es ein ganz anderes Problem: Femke könnte bereit dazu sein, etwas sehr Dummes zu tun.

Die Gedanken schwirrten Tjark durch den Kopf. Über die Angst um Femke geriet die Sorge um Vikki ins Hintertreffen, denn nach wie vor blieb die Frage offen: Wo war sie, und lebte sie noch? Wenn Femke zumindest damit recht hatte, dass der Mörder stets im Nebel zuschlug, wäre dann heute der Tag, an dem Vikki sterben musste? Falls die Theorie zutraf, dass alles auf dem schrecklichen Unglück von 1975 basierte, dann …

Tjark klappte der Kiefer herunter, als plötzlich einige Zahnräder einrasteten. Er schlug erneut mit dem Handballen auf das Lenkrad, worauf der BMW einen bedrohlichen Schlenker machte, und rief: »Verdammt! Idiot! Idiot!« und stöhnte über sich selbst.

Der Fundort der Frauenleichen in den Dünen war identisch mit dem Fundort des toten Mädchens. In den Polizeiakten von damals hatte er gelesen, dass man den Jungen nach dem Unglück verängstigt an einem bestimmten Ort aufgegriffen hatte: nahe einem alten Wehrmachtsbunker! Tjark schlug nochmals mit dem Handballen aufs Lenkrad. Er erinnerte sich an das Protokoll: Der Bunker war nicht weit von dem Priel entfernt. Eine verlassene Flak- und Radarstellung, die in einem ehemaligen, abgesperrten Übungsgelände der Bundesmarine unweit von Werlesiel lag. Tjark hatte das Gelände jenseits der Brauerei sogar selbst gesehen, als er mit Ruven auf dem Boot unterwegs gewesen war. Das war der perfekte Ort, und er stand im direkten Kontext zu den Leichenfundorten!

»Idiot, Idiot, Idiot«, zischte Tjark und griff nach seinem Telefon. Er wählte Freds Nummer.

Sekunden später versuchte er Fred in aller Kürze zu erklären, was los war, und forderte ihn auf, sich sofort mit Ceylan zu dem alten Bunker zu begeben.

»Wir stehen auf dem Parkplatz und haben keinen Wagen und keine Ahnung, wo dieser Bunker sein soll.«

»Ruf auf der Wache an. Die wissen, wo das ist, und sollen einen Wagen schicken, von mir aus auch fünfzig Wagen.«

»Ich bin mir nicht sicher, ob die Kollegen wie dieser Torsten-Heini in der Lage sind, den eigenen Hintern zu finden. Außerdem ist Nebel. Das macht es nicht leichter.«

»Egal«, sagte Tjark und legte auf. Er warf das Handy, dessen Akku von der langen Standleitung mit Ceylan fast leer war, auf den Beifahrersitz und fluchte weiter über sich selbst.

Verdammt, er hatte sich viel zu sehr auf Mommsen eingeschossen und war nicht mehr offen geblieben. Und warum? Weil Mommsen ein Dreckskerl war, weil Tjark ihn bluten sehen wollte, weil er all seine Wut auf das eine Ziel fokussiert hatte – all seine Wut über die Machtlosigkeit, die ihn so oft apathisch am Rande stehen ließ, verdammt dazu, dem Spiel der Bösen zuzusehen, ohne es aufhalten zu können. Das Gleiche galt für den Krebs, der seinen Vater Stück für Stück auffraß und Tjark zu einer Randfigur verdammte, die …

Für einen Moment gab Tjark nicht richtig acht und verpasste beinahe eine scharfe Kurve. Erst im allerletzten Moment tauchten in dem dichten, weißen Dunst die rot-weiß gestreiften Warnschilder vor ihm auf. Er riss das Steuer herum und trat auf die Bremse. Das Heck brach aus und touchierte mit einem Krachen die Beschilderung. Der BMW geriet ins Schlingern. Tjark wusste in dem dichten Nebel mit einem Mal nicht mehr, wo hinten und wo vorne, wo oben und wo unten war.

73

Femke hörte, dass oben die Tür geöffnet wurde. Zwei kurze Schritte, ein Moment lang kein Geräusch. Sicher wurde gerade die Alarmanlage ausgeschaltet, und sicher hatte Ruven ihren Dienstwagen vor dem Haus gesehen. Er wusste, dass Femke im Haus war.

»Femke?«

Sie hörte seine Stimme gedämpft durch die verschlossene Tür. Verdammt, dachte Femke. Sie hätte Ruven oben in Empfang nehmen müssen. Stattdessen steckte sie im Keller in einer denkbar ungünstigen Position. Wenn er die Tür öffnete, stünde er oben auf der Treppe und sie unten, was einen weiteren Nachteil darstellte.

Ein schmaler, heller Spalt erschien in der Zarge. Ruven hatte das Licht eingeschaltet. Schritte auf den Holzdielen über ihr. Er musste sich der Küche nähern und hatte damit die Kellertür im Rücken. Noch hatte sie die Möglichkeit, ihren Nachteil zum Vorteil zu wandeln, denn sicher hatte Ruven keinen Schimmer, was sie suchte und wo er sie verorten sollte. Außerdem musste Tjark jeden Moment auftauchen.

Und doch wollte sie dem Scheißkerl einen Moment lang alleine in die Augen sehen, bevor die Handschellen zuschnappten. Ihr Magen stand in hellen Flammen, in der Speiseröhre brannte es wie Feuer.

»Femke?«

Femke zog die Waffe und bewegte sich lautlos in Richtung Treppe. Sie nahm die erste Stufe, dann die zweite und dritte. Schließlich stand sie auf dem Sims und drückte vorsichtig den Türgriff nach unten.

Sie vernahm ein Seufzen und hörte das Geräusch eines Schlüssels, der auf die Arbeitsplatte der Küche geworfen wurde. Wie oft hatte Femke diese Geste bei Ruven gesehen? Hunderte Male. Als Nächstes folgte gewöhnlich sein Portemonnaie, dann das Handy, auf das er noch kurz einen Blick warf, um zu sehen, ob eine SMS eingegangen war … Etwa eine Sekunde später klingelte das Handy in Femkes Hosentasche in voller Lautstärke. Ihr Herz gefror zu Eis.

»Femke? Hallo?«, rief Ruven.

Mit einem Ruck öffnete sie die Tür, hob die Dienstwaffe und zielte auf ihren Ex-Freund. Er sah sie erstaunt an und hielt etwas Dunkles in der Hand. »Weg damit!«, schrie sie mit sich überschlagender Stimme.

Ruven starrte sie mit offenem Mund an und legte den Gegenstand zur Seite. Augenblicklich verstummte das Klingeln in Femkes Hosentasche.

Langsam hob er die Hände und stammelte: »Was … Was …« Sein Adamsapfel hüpfte beim Schlucken auf und ab.

Femke sah den Messerblock neben ihm auf der Arbeitsplatte. Darin steckten sechs Klingen unterschiedlicher Größe, und alle waren scharf wie Rasiermesser – Ruven nutzte sie gelegentlich, um damit Sushi zuzubereiten.

»Weg von der Arbeitsplatte«, sagte Femke. Ihre Stimme zitterte.

Ruven machte keine Anstalten, sich zu bewegen. Er war wie zu einer Salzsäule erstarrt. Scheiße, es wurde verdammt dringend Zeit, dass Tjark endlich auf der Bildfläche erschien.

74

Der BMW stand quer auf der Straße. Tjark starrte einige Sekunden lang auf das Armaturenbrett und atmete schwer. Es hatte nicht viel gefehlt, und er wäre im Straßengraben gelandet. Dann sah er wieder auf das Display des Navigationsgeräts und versuchte, sich zu orientieren. Er setzte zurück, brachte den Wagen in die Spur und gab erneut Gas.

Noch drei Kilometer.

Zwar mochte an Ruven und der Geschichte mit dem ertrunkenen Mädchen durchaus etwas dran sein, aber es gab noch eine andere Möglichkeit, die Tjark nicht gefiel. Wenngleich man immer wieder von Mördern hörte, die jahrelang ihre Familien täuschten und unerkannt blieben, war diese andere Möglichkeit, dass Femke wie einige andere Werlesieler anfing, Gespenster zu sehen. Immerhin hatte er selbst mehrfach mit Ruven zu tun gehabt und sich ein Bild von ihm machen können. Ja, Ruven hatte ihm sogar bereitwillig seine Einsatzlisten zur Verfügung gestellt und nicht gezögert, als Tjark ihn gebeten hatte, Ceylan bei Mommsen einzuschleusen. So kaltblütig war doch kein Mensch. Der Mann hatte außerdem nicht mit irgendjemand jahrelang zusammengelebt, sondern mit einer Polizistin, und Femke war eine Polizistin, die auf Zack war – keine, der man etwas vormachte. Oder doch, wenn sie vor Liebe blind war?

Sie hatte sich darauf eingeschossen, dass der Junge von damals der Täter von heute sein konnte – so wie Tjark selbst auf Mommsen fixiert gewesen war. Und sie hatte Tjark mit der Idee angesteckt. Dieser Tunnelblick war ein Fehler, vor dem er sie sogar gewarnt hatte. Er wusste, dass man sich schnell in etwas hineinsteigerte, wenn man den Überblick verlor oder sich zu tief in eine Theorie vergrub. Das geschah, wenn man mit zu viel Emotion bei der Sache war.

In jedem Fall war es schlecht, wenn jemand durchdrehte, der eine Waffe trug. Es war sogar verflucht gefährlich, und Tjark kannte Femke nicht gut genug, um einzuschätzen, ob sie in einer Krisensituation zu Überreaktionen neigte wie er selbst oder ob sie kalt wie Eis blieb.

Tjark mahlte mit den Backenzähnen und zwang sich, auf die Straße zu achten. Einen Beinaheunfall wie gerade konnte er sich nicht noch einmal leisten. Noch ein Kilometer. Irgendwo musste gleich die Einfahrt auftauchen. Er durfte sie nicht verpassen, denn er hatte das Gefühl, dass jede Sekunde zählte, um das Schlimmste zu verhindern.

75

Entspann dich, Femke«, sagte Ruven betont ruhig und trat einen Schritt zur Seite. Er hob die Arme in Schulterhöhe und wandte ihr die Handflächen zu. Er deutete mit einem Kopfnicken zur Arbeitsplatte. »Das ist mein Handy, damit kann ich dir nichts tun. Und ich habe auch nicht vor, ein Messer zu nehmen. Ich will dir überhaupt nichts tun.«

»Du hast schon genug getan«, sagte Femke leise. Ihr Hals brannte, und ihr Magen fühlte sich an, als sei er zu einem orange glühenden Stück Kohle geschrumpft.

»Nimm bitte die Waffe runter!«

Femke presste die Lippen zusammen und schüttelte den Kopf. Sie blickte kurz zum Fenster. Kein Scheinwerferlicht. Kein Blaulicht.

»Warum dringst du in meine Wohnung ein, löst den Alarm aus und zielst mit einer Waffe auf mich? Bekomme ich eine Erklärung?«, fragte Ruven.

Femke lachte bitter. So wie sie das sah, war vielmehr Ruven ihr einige Erklärungen schuldig – und zwar eine ganze Lkw-Ladung voll von Erklärungen.

»Wo ist Vikki?«

Ruven starrte Femke ungläubig an. »Du glaubst doch nicht etwa …« Dann schien ihm klarzuwerden, was Femke dachte. »Du meinst …«, sagte er und ließ die nächste Frage im Raum stehen, weil er sich scheinbar gerade selbst die Antwort im Stillen gab.

»Werlesiel, 1975«, presste Femke hervor. »Was sagt dir das?«

»Ich war mit meinen Eltern oft im Urlaub hier. Das weißt du doch ganz genau.«

»Ich glaube, dass ich überhaupt nichts weiß.«

»Worauf willst du hinaus?«

»1975 in Werlesiel. Du gehst mit deiner Schwester im Watt spielen. Deine Eltern geben nicht auf euch acht. Es zieht Nebel auf. Deine Schwester stürzt in einen Priel und ertrinkt – oder sie wird gar hineingestoßen, und zwar von dir …«

»Femke …« Ruven schüttelte kraftlos den Kopf.

»Sie ist nicht an Leukämie gestorben. Das war eine deiner Lügen. Eine von vielen. Ihre Leiche wurde an der Stelle angespült, wo du später die Leichen der Frauen begraben hast – osteuropäische Prostituierte von Mommsens Festen, die sicher keiner vermissen würde, hast du gedacht. Aber dann hast du dir die Falsche geschnappt, du hast dir Vikki geschnappt. Alles ging schief, und ich frage dich noch einmal: Wo ist Vikki?«

Ruven ballte die Hände zu Fäusten. »Was!«, schrie er und stieß jedes Wort einzeln aus, wobei kleine Speicheltröpfchen durch den Raum sprühten, »Erlaubst! Du! Dir!«

Femke zuckte zusammen und griff die Pistole fester. Ein Schweißfilm hatte sich zwischen ihrer Handfläche und der Kunststoffverschalung gebildet. Erschien dort am Fenster ein Licht? Femke sagte: »Ich habe das Foto gesehen.«

Ruven verkniff das Gesicht, als habe er in eine Zitrone gebissen. »Wovon redest du, in Gottes Namen?«

»Ich rede von dem Fotoalbum in deinem Keller, wo du die Sachen aufbewahrst, die dir angeblich von deiner Kindheit geblieben sind.« Vor Jahren hatte sie einmal dort geschnüffelt – schlicht und ergreifend, weil sie neugierig gewesen war. Sie hatte den Koffer gefunden und hineingesehen, aber nie darüber gesprochen. Sie hatte sich gewünscht, dass Ruven ihr eines Tages das Album zeigen würde, aber er hatte es nicht getan. Tja, nun war der Zeitpunkt gekommen, darüber zu reden. »Ich rede von dem Foto in deinem Album. Das Bild von dem Jungen am Strand. Darunter steht ›Werlesiel 1975‹. Der Junge bist du. Der gleiche Junge ist auf Zeitungsbildern vom Unglücksort mit seinen Eltern zu sehen. Das bist ebenfalls du.«

Ruven wischte sich mit den Händen durchs Gesicht. »Femke«, sagte er kraftlos, »du redest dir da etwas ein.«

»Blödsinn.«

»Das Bild zeigt nicht mich.«

»Lügner.«

»Das Bild zeigt irgendeinen Jungen, aber nicht mich.«

»Unsinn.«

»Femke, was willst du von mir?«

Scheinwerferlicht fiel durchs Fenster. Ein Motor röhrte. Reifen knirschten im Kies. Tjark.

»Ich will eine Antwort, Ruven. Du hast mich jahrelang belogen und betrogen. Ich will wissen, warum.«

Statt zu antworten, schüttelte Ruven erneut den Kopf. »Femke, Femke«, sagte er leise, »wohin hat uns das alles nur gebracht?«

76

Ceylan und Fred konnten die Ausmaße des Bunkers nicht genau abschätzen, aber eines war klar: Das Ding war riesig, und verlassen wirkte es nicht, zumindest nicht hier im Eingangsbereich. Ceylan und Fred waren zusammen mit Torsten von der Wache und mit starken Taschenlampen ausgerüstet an den grauen und mit Moos bewachsenen Wänden auf und ab marschiert, die sich wie der Körper eines toten Wales aus dem Dunst schälten. In der Ferne rauschten gut hörbar die Wellen. Dann hatten sie die Stufen entdeckt.

Die Stufen waren aus Beton. Darauf lagen Holzbohlen. Am Ende der Treppe führte ein Gang rechts um die Ecke. Geradeaus wirkte es, als blicke man in eine umgedrehte Pyramide. Dort hatte sich früher sicher ein MG zum Schutz gegen Eindringlinge befunden. Auffällig war, dass Stufen und Gang in der Mitte nicht sandbedeckt waren. Hier war jemand gegangen, und zwar nicht gerade selten. Weiter war die rostige Metalltür, die das Innere des Bunkers verschloss, mit einer Kette gesichert. Die Kette sah neu aus, ebenfalls das Schloss daran.

»Das ist ja mal ein Ding«, sagte Torsten, der hinter Ceylan und Fred stand.

»Sieht aus«, sagte Ceylan, »als ob Tjark recht hatte.« Sie blickte zu Fred. »Und jetzt?«

Fred antwortete: »Jetzt müssen wir improvisieren.«

»Die Tür ist von außen abgeschlossen worden. Also wird der Täter nicht drinnen sein. Aber vielleicht …«

»Vikki Rickmers.«

Ceylan nickte, trat einen Schritt vor und hämmerte an die Tür. Es klang hohl. »Hallo! Hier ist die Polizei! Ist da jemand?« Sie lauschte. Vergeblich. »Wir müssen das Schloss öffnen.«

»Kollegin«, hörte sie Torsten von hinten, »wir haben aber keinen Schlüssel und …«

»Dienstwaffe, bitte.« Fred streckte die Hand in Richtung Torsten aus.

»Ehm.« Ceylan vernahm, wie der Polizist die Nase hochzog.

Fred nickte ihm auffordernd zu. »Wird's bald?«

»Warum?«, fragte Torsten.

»Damit ich das Schloss aufschießen kann«, sagte Fred ruhig.

»Also …« Torsten stammelte. »Die Chefin reißt mir den Kopf ab. Sie reißt mir sowieso den Kopf ab, weil ich die Wache verlassen habe. Sie reißt mir auch den Kopf ab, weil ich nicht auf den Alarm reagieren konnte, weil ihr …«

»Die Chefin hat alles im Griff«, antwortete Fred immer noch gelassen. »Dienstwaffe, bitte.«

Torsten blähte die Backen auf und gab ein Pusten von sich. Ceylan hatte jetzt die Nase voll. »Gib Fred die Waffe!«, herrschte sie ihn an. »Hast du Stroh im Kopf?« Sie zeigte mit dem Finger auf ihn. »Du zwei grüne Sterne auf der Schulter – Fred und ich aber drei silberne, großer Ärger voraus! Schnallst du das jetzt?«

Torsten fuchtelte mit der Taschenlampe herum und machte eine abwehrende Geste. »Schon gut«, sagte er, löste die Sicherung am Holster und reichte Fred die Pistole.

»Danke«, sagte Fred und warf Ceylan einen Blick zu. Sie verdrehte die Augen.

»Mann, das wird mich einen riesigen Bericht kosten …«, jammerte Torsten.

Fred nahm das Magazin aus der Waffe und drückte mit dem Daumen zwei Patronen heraus. »Ihr solltet besser nach oben gehen und euch die Ohren zuhalten«, sagte er. Er schob die Spitze der Kugeln zwischen die gespitzten Lippen und befeuchtete sie. »Das wird laut.«

Ceylan sah noch, wie Fred sich die Patronen wie Ohropax in die Gehörgänge steckte. Dann fasste sie Torsten beim Arm und schob ihn vor sich her die Stufen hinauf. Sie stellten sich etwas abseits. Ceylan hörte Fred sagen: »Bei drei.«

Dann zählte er runter. Ceylan steckte sich die Finger fest in die Ohren und wurde vom Rauschen ihres Blutes umfangen. Es krachte drei Mal und blitzte grell auf. Sie nahm die Finger aus den Ohren und hörte ein metallisches Quietschen, als Fred unten die Tür öffnete.

Ein weiteres Mal schwappte das Wasser in Vikkis Gesicht
und spülte über sie hinweg. Die Boje taumelte und
schleifte sie einige Meter über den schlickigen Grund. Vikki
versuchte mit aller Kraft, sich dagegen anzustemmen. Aber
ihre Füße verschwanden im Matsch, was nur dazu führte,
dass sie die wenige Kontrolle über ihren Körper verlor und
erneut untertauchte. Dann straffte sich die Kette. Die Boje
verharrte in ihrer letzten Position. Vikki schnaubte und
schüttelte das nasse Haar aus dem Gesicht. Ihr war eiskalt,
und wenn sie nicht ertrinken würde, dann würde sie an
Unterkühlung sterben. Sie hörte das Rauschen des Meeres
und des Windes. Um sie herum war nichts als Schwärze:
die Dunkelheit der Nacht und des Wassers, dazu der dichte
Nebel.

Das Wasser stand jetzt über einen Meter hoch. Dabei
würde es nicht bleiben. Wenigstens hatte es das Klebeband
etwas gelöst. Es saß an Vikkis Wange nun lockerer. Vielleicht
würde sie es lösen können – was man von den Fesseln, die sie
stramm an der Boje fixierten, nicht behaupten konnte. Vikki
blähte die Backen. Sie öffnete den Mund und schloss ihn,
machte Kaubewegungen. Das Klebeband lockerte sich weiter.
Sie spitzte die Lippen, holte tief Luft und pustete sie in einem
Schwall aus, als wolle sie einen Pfeil durch ein Blasrohr schießen. Das Klebeband löste sich. Es hing nur noch wie ein Fet-

zen an ihrer Wange. Sie sog die Luft durch den Mund ein, pumpte den Sauerstoff in die Lungen, wobei sie etwas Wasser schluckte und einen Hustenanfall bekam. Als er vorbei war, versuchte sie, sich wieder zu beruhigen.

Dann hörte sie ein Krachen. Leise, aber deutlich zu vernehmen. Schließlich noch einen Knall und noch einen. Vikki hatte keine Ahnung, was das für Geräusche waren und woher sie kamen. Klar war aber, dass weder die Wellen noch der Wind sie verursachten.

»Hilfe«, flüsterte Vikki. »Hilfe.«

Dann nahm sie alle verbleibende Kraft zusammen und schrie um ihr Leben, so laut sie konnte.

78

Volltreffer«, rief Fred. »Wir müssen Tjark anrufen! Wir müssen auch die Hauptstelle anrufen – das hier ist ein Paradies für die Spurensicherung!«

»Schiet«, hörte Ceylan Torsten leise sagen. Sie rollte mit dem Kopf im Nacken und suchte nach ihrem Telefon. Da war immer noch ein leichtes Fiepen im Ohr. Sie rieb sich mit der freien Hand über die Ohrmuschel und fand mit der anderen das Telefon in der Brusttasche.

Das Fiepen war immer noch da. Aber es war kein dauerhaftes Fiepen. Und es kam auch nicht aus dem Ohr. Es kam aus dem Rauschen von der nahen Küste. Ceylan blickte auf und sah, dass Torsten sich bereits in die Richtung gewandt hatte, in der das Meer liegen musste.

»Was ist da?«, fragte Ceylan.

»Ich glaube, da ruft jemand.«

Jetzt vernahm es Ceylan deutlich. Das Geräusch war sehr leise. Der Wind trug es durch den Nebel. Aber es war unverkennbar eine Stimme. Diese Stimme musste zu einer Person gehören – zu einer Person, die vielleicht die Schüsse gehört hatte und nun wusste, dass sich Menschen in der Nähe befanden.

»Woher kommt das?«, fragte Ceylan atemlos.

»Hört sich an, als käme es von der See.«

Fred kam heraufgeeilt. »Das müsst ihr euch ansehen«, sagte

er, steckte sich Torstens Dienstwaffe in den Hosenbund und ließ die beiden Patronen in der Tasche verschwinden. Ceylan legte den Finger auf die Lippen. Fred verstummte. Einen Moment später schien er das leise Rufen auch zu hören.

»Wie weit ist das Ufer entfernt?«, fragte Ceylan.

»Zwanzig Meter vielleicht«, schätzte Torsten.

Fred sagte: »Die Stimme klingt weiter entfernt. Sehr viel weiter.«

Torsten deutete in Richtung Küste: »Da muss jemand mit seinem Boot im Nebel in Seenot geraten sein ...«

»Schlimmer noch«, sagte Fred und fingerte nun ebenfalls nach seinem Telefon. »Ich fürchte, da stirbt gerade Vikki Rickmers.«

79

Tjark betrat das Haus durch die offen stehende Tür. Als Erstes fiel ihm die LED-Leuchte einer Alarmanlage ins Auge. Dann erst sah er, dass Femke mitten im Wohnzimmer stand und mit ihrer Dienstwaffe auf Ruven zielte, der sich in der Küche aufhielt. Seine Arme waren leicht angehoben. Er blickte zu Tjark, tat einen Stoßseufzer und sagte: »Gott sei Dank.«

Mist, dachte Tjark, das war exakt die Problemlage, die er befürchtet hatte. Femke befand sich in einem Ausnahmezustand und zielte mit der Waffe auf einen Mann, der sie womöglich seit Jahren belogen und betrogen hatte und der ein Mörder sein konnte – was jedoch längst nicht sicher war. Es war eine Möglichkeit. Sicher war hingegen, dass die Situation schnell eskalieren könnte. Weiter befand sich vor ihm eine Beamtin im Dienst, die gerade jemanden stellte, der nach ihrer Auffassung ein Tatverdächtiger war. Vielleicht wusste sie inzwischen etwas, was Tjark nicht wusste. Er musste einen Überblick gewinnen und dafür sorgen, dass hier nichts aus dem Ruder lief. Tjark hob die Hände ein wenig, die Innenflächen zu Femke gewendet, und sagte: »Nur die Ruhe, Femke …«

»Ich bin ruhig!«, schrie Femke.

»Femke!« Ruvens Stimme klang flehentlich. »Ich kann es nur wiederholen: Das auf den Bildern bin nicht ich. Ich bin noch nie in meinem Leben in der Zeitung …«

»Das Bild zeigt Michael Bartels! Du bist Michael Bartels, gebürtig aus Menden im Sauerland!«

»Den Namen habe ich noch nie gehört. Auf dem Bild im Album ist irgendein Junge zu sehen, mit dem ich am Strand gespielt habe.«

Tjark machte einen weiteren Schritt nach vorne. Vorsichtig, lautlos, und er reimte sich die Dinge zusammen. Femke hatte also zwischenzeitlich die Aufnahmen von diesem Reents bekommen. Sie meinte, darauf Ruven erkannt zu haben, und war aufgebrochen, um das mittels eines Vergleichsbilds zu verifizieren, was ihr augenscheinlich gelungen war. Allerdings würde so ein Foto als Beweis nichts taugen, nicht einmal als Anlass für eine Verhaftung. Jeder Anwalt würde Femke außerdem in der Luft zerreißen, weil sie ohne Durchsuchungsbefehl regelrecht in eine Wohnung eingebrochen war, um an das Bild zu gelangen – und weiter, weil sie persönlich involviert und damit so befangen war, wie man es sich als Strafverteidiger nur wünschen konnte. Außerdem schien sich Ruven in keiner Weise ertappt zu fühlen und klang ziemlich überzeugend – was wiederum ebenfalls nichts heißen musste. Tjark hatte zwar noch keine Pferde kotzen sehen, aber viele Dinge erlebt, die dem sehr nahekamen.

Ruven erklärte: »Du weißt genau, dass mein Elternhaus abgebrannt ist – damals, nach dem Tod meiner Schwester. Es blieb uns fast nichts mehr, und die paar Erinnerungsbilder von Urlauben und aus meiner Kindheit kleben in diesem Album, meine Güte! Darunter auch das Bild von meinem damaligen Ferienfreund, an den ich mich nicht mehr erinnern kann – ich war sechs Jahre alt!«

Femke sagte nichts.

»Du glaubst ihm nicht?«, fragte Tjark. Er tat einen weite-

768

ren Schritt. Irgendwie musste er sie dazu bringen, die Waffe abzulegen oder ihm zu geben, bevor die Sache kippte.

Femke sagte nichts.

»Eltern machen Bilder von Kindern beim Spielen an Stränden«, sagte Tjark und ließ Femke nicht aus den Augen. »Ich habe ebenfalls Bilder von Kindern, an die ich mich nicht erinnern kann.« Noch ein Schritt, und jetzt war er sehr nah bei Femke. »Was war das damals für ein Brand, Ruven?«

»Meine Schwester ist an Leukämie gestorben. Meine Eltern haben ihr Zimmer unberührt gelassen. Mutter verfiel in tiefe Depressionen und bekam immer wieder Nervenzusammenbrüche. Drei Jahre nach dem Tod meiner Schwester ist sie durchgedreht und hat ihr Zimmer angesteckt. Mein Vater und ich schliefen gerade … Er hat das Feuer bemerkt und mich und Mutter gerettet. Mutter musste ins Krankenhaus und kam danach in die Psychiatrie. Meine ganze verdammte Kindheit war von alldem überschattet und …«

»Du hast mir so wenig über deine Kindheit erzählt«, keuchte Femke, »du hast mir nie irgendetwas gezeigt, das …«

»Weil ich damit abgeschlossen habe!«, blaffte Ruven. »Weil ich nichts mehr davon wissen will! Wende dein Gesicht der Sonne zu und lass die Schatten hinter dir – das ist mein Spruch, Femke, oder?«

Sie nickte leicht.

Tjark sagte: »Femke. Du solltest die Waffe runternehmen und wegstecken oder sie mir geben, was noch besser wäre.« Er streckte die rechte Hand aus, bewegte sich auf Femke zu und dachte dabei, dass er kein guter Krisenmanager war. Am liebsten löste er Krisen, indem er jemandem schneller eine verpasste, als dieser reagieren konnte. Das war am effektivsten, aber das konnte er hier vergessen. Außerdem entwaffnete man jemanden nur dann sicher, wenn man wusste, dass das

Gegenüber eigentlich gar nicht schießen wollte oder abgelenkt war. Auch das traf hier nicht zu. Noch nicht.

»Hier ist mein Telefon«, sagte Ruven. »Die Nummern meiner Eltern sind gespeichert. Sie leben jetzt bei Frankfurt. Ich habe seit Jahren nicht mehr mit ihnen gesprochen. Ruf sie an, wenn du mir nicht glaubst. Frag sie nach meiner Schwester. Frag sie nach mir. Und wenn du die Personalien von diesem Michael Bartels hast, dann ruf auch dessen Eltern an – oder am besten ihn selbst!«

Femke schien etwas zu zweifeln – an sich, an allem. Auf dieser Verunsicherung ließ sich aufbauen. Vorsichtig streckte Tjark die Hand aus und behielt Ruven ebenfalls im Blick. »Ich stelle dir jetzt einige einfache Fragen, Ruven, und du solltest sie sehr einfach beantworten.«

»Bist du der Junge auf den Bildern?«

»Nein.«

»Heißt du eigentlich Michael Bartels?«

»Nein, mein Gott!«

»Ist deine Schwester in Werlesiel in einem Priel ertrunken?«

»Sie ist an Leukämie gestorben.«

»Hast du mir aus freien Stücken heute bei einer verdeckten Überwachung geholfen und ohne Druck die Polizei unterstützt?«

»Natürlich.«

»Hast du mir aus freien Stücken die Liste mit deinen Überwachungseinsätzen bei Mommsen ausgehändigt?«

»Sicher.«

»Warum hast du das alles getan?«

»Damit der Mörder gefunden wird. Damit Vikki gefunden wird.«

»Das hast du getan, obwohl es dich hätte belasten können, wenn du der Mörder wärst?«

»Ich bin nicht der Mörder.«

»Beantworte meine Frage, Ruven. Immer meine Fragen beantworten.« Tjarks Hand hatte nun fast Femkes Dienstwaffe erreicht. Femke war verunsichert. Sie würde jetzt nicht mehr schießen wollen.

Ruven sagte: »Natürlich hätten mich die Listen belasten können.«

»Vielleicht werden sie das noch tun. Wir werden eine erkennungsdienstliche Behandlung durchführen müssen, dir Fingerabdrücke abnehmen, einen DNA-Test beauftragen und die Ergebnisse mit den Spuren vergleichen, die wir an den Gegenständen gefunden haben, die Vikki Rickmers gehören.« Das war ein Bluff, sie hatten keine Fingerabdrücke gefunden. »Wir werden diese Anrufe bei deinen Eltern tätigen, dich offiziell vernehmen müssen. Du hast das Recht, dazu einen Anwalt hinzuzuziehen.«

»Nicht nötig.«

»Hast du das gehört, Femke?«

Ihr Nicken war mehr wie ein Zittern.

»Wir haben alles unter Kontrolle und werden alles in Ruhe untersuchen, und wir werden Ruven zu allem anhören, der sich einer Vernehmung bereitwillig stellen wird.«

Sie nickte erneut und schluchzte.

»Vielleicht hast du mit dem Foto recht, Femke, vielleicht aber auch nicht. Und wenn du ehrlich zu dir bist: Das Bild sagt nur wenig aus. Vielleicht ist Ruven wirklich dieser Michael Bartels – was zwar bedeuten könnte, dass er dich belogen hat, was aber noch lange nicht belegt, dass Ruven ein Mörder ist. Außerdem: Würde eine Mutter sorgfältig ein Erinnerungsalbum anlegen mit Bildern von dem Ort, an dem ihre Tochter ums Leben gekommen ist?«

Aus dem Augenwinkel nahm Tjark eine Regung wahr –

Ruven, der offensichtlich gerade protestieren wollte. »Was hinter alldem steckt, werden wir feststellen, Femke, und zwar so, wie Profis das tun. Wir werden unsere Emotionen ausblenden, weil sie uns täuschen können. Solange deine Gefühle dich im Griff haben und nicht du deine Gefühle, solltest du mir jedenfalls besser die Dienstwaffe geben. Denn falls du sie benutzt und ich als Zeuge aussagen müsste, dass du sie auf der Grundlage einer Mutmaßung über ein altes Kinderbild eingesetzt hast, werden wir vor Gericht sehr schlecht aussehen.«

Tjark legte die Hand auf den Lauf der Pistole. Femke trat beiseite und sah Tjark stumm an. Tränen liefen ihr aus den Augenwinkeln.

»Es ist alles unter Kontrolle, Femke«, sagte er ruhig und drückte die Waffe nach unten. Femke ließ es geschehen. Tjark nahm ihr die Waffe aus der Hand und steckte sie am Kreuz in den Hosenbund. Er hörte Ruven lautstark ausatmen. »Alles okay?«

Sie wischte sich die Tränen von der Wange. »Ich bin gleich wieder okay.«

Tjark wandte sich zu Ruven. Er hielt sich mit einer Hand an der Arbeitsplatte fest und starrte auf sein vor ihm liegendes Handy.

»Bei dir ebenfalls alles okay, Ruven?«

Er machte eine abwehrende Geste. Seine Hand zitterte ein wenig. »Ich weiß nicht«, sagte er mit einem unsicheren Lächeln und steckte das Telefon ein. »Ich weiß ehrlich gesagt nicht, wie ich damit umgehen soll, dass …«

Alle zuckten zusammen, als Tjarks Telefon läutete. Fred. Er erklärte, was sie entdeckt hatten. Nachdem er das Gespräch beendet hatte, warf Tjark das Telefon einige Male ratlos von der rechten in die linke Hand. Für einen Moment herrschte in seinem Kopf eine riesige Leere, wie eine Ruhe vor dem Sturm. Der Moment war schnell wieder vorbei.

»Fred hat den Ort gefunden, an dem Vikki wahrscheinlich versteckt gewesen ist«, sagte Tjark.

»Ort?«, fragte Femke. »Welcher Ort?«

»Ein alter Bunker im Naturschutzgebiet auf dem früheren Übungsgelände der Marine. Der Ort, an dem man damals den Jungen aufgelesen hatte.«

»O Gott.« Femke schlug sich mit der Hand auf den Mund.

»Es scheint sich auch jemand in Seenot zu befinden. Fred sagt, es war eine leise Frauenstimme von der See her zu hören. Er glaubt, dass es Vikki ist. Er glaubt, sie ist an diesem …«

»… Norderpriel!«, rief Femke dazwischen. »Das ist der Priel, an dem das Mädchen damals gestorben ist – es passt alles ins Bild!«

»Es ist auflaufendes Wasser«, erklärte Ruven und warf einen Blick auf die Uhr. »Die Flut kommt.«

»Ich rufe Gerret an.« Femke fischte nach ihrem Handy.

Tjark fragte nicht nach, wer Gerret war. Er hörte Ruven sagen: »Der Priel ist nicht weit von der Werlesieler Hafenfahrrinne, aber er ist zu weit entfernt von Neuharlingersiel, wo der Rettungskreuzer liegt. Von dort aus kommt man zurzeit auch nicht zum Norderpriel, weil das Watt größtenteils noch trocken liegen dürfte. Es ist außerdem Nacht. Es herrscht dichter Nebel. Sie müssten mittels Radar oder Infrarot suchen.«

»Das soll Gerret entscheiden. Er wird sicher auch einen Rettungshubschrauber anfordern.« Femke wählte eine Nummer.

»Gut, ich werde Fred Bescheid sagen«, sagte Tjark und dachte, dass Ruven recht hatte. Wenn man von Booten aus nicht nach Sicht suchen konnte, hatten es die Piloten wahrscheinlich noch schwerer damit. Tjark wollte schlucken, aber es ging nicht. »Dein Boot hat einen Motor, Ruven«, sagte er schließlich. »Es liegt in Werlesiel und hat einen flachen Boden.«

Ruven sagte: »Es könnte klappen. Wir können in dem Nebel jedoch nicht navigieren. Ich habe kein Radar.«

»Aber wir haben Telefone mit GPS-Sendern und Google Maps. Kann das funktionieren?«

Femke schien inzwischen diesen Gerret erreicht zu haben, der irgendetwas mit der Seenotrettung zu tun haben musste. Sie nahm kurz das Telefon vom Ohr. »Gerret sagt, dass sie noch nicht auslaufen können und entweder eine halbe Stunde warten müssen oder Schlauchboote nehmen, mit denen sie aber länger brauchen.«

»Was auch immer«, sagte Tjark. Femke nahm das Telefon wieder ans Ohr.

»Mit den Sendern könnte es funktionieren«, sagte Ruven.

»Dann sollten wir keine Sekunde mehr verlieren.«

80

Ceylan, Fred und Torsten arbeiteten sich durch das hohe Gras vor. Dornen von Hagebuttenbüschen rissen Ceylans Hose auf. Sie fluchte. Die Taschenlampen halfen kaum, sich in diesem Wildwuchs zu orientieren. Sie erhellten den Nebel, viel mehr auch nicht. Aber immerhin beleuchteten sie eine Art Pattweg, der vom Bunker weg und offenbar zur Küste führte.

Die Schreie waren noch immer zu hören. Ceylan rief erneut zurück, dass Hilfe unterwegs sei. Sie hatte keine Ahnung, ob das bei der verzweifelten Person ankäme. Aber wenn sie es hörte, würde ihr das vielleicht Lebensmut geben. Lebensmut sorgte für Kraft. Und davon würde sie jede Menge brauchen können.

»Scheiße«, hörte Ceylan Fred schimpfen und vernahm ein reißendes Geräusch. Offenbar hatte ihn jetzt auch ein dorniger Ast erwischt. Dann blieb er plötzlich stehen. Ceylan lief fast in den vor ihr gehenden Torsten, als der es Fred nachtat. Sie blickte nach unten und erkannte, dass ihre Turnschuhe im Matsch verschwunden waren. Sie hatten die Küste erreicht. Das Meer rauschte und gurgelte.

»Es ist unerträglich«, sagte sie zu Fred. »Da draußen ertrinkt jemand, und wir können nichts tun! Kann man da nicht hinschwimmen? Wir müssen doch …«

»Wir können nicht ins Wasser«, fiel Torsten ihr ins Wort.

»Das wäre unserer sicherer Tod. Die Flut kommt. Wir sind nahe am Norderpriel, und die Sicht ist gleich null. Die Person lässt sich auch nicht einfach so lokalisieren.«

»Aber man muss doch nur auf das Rufen zuhalten!«

Torsten schüttelte den Kopf. »Der Wind trägt den Schall herüber. Man müsste nicht nur gegen die Strömung, sondern auch gegen den Wind anschwimmen. Absoluter Selbstmord.«

Ceylan raufte sich die Haare und drehte sich einmal um die eigene Achse. Sie hatte das Gefühl, gleich durchzudrehen, wenn ihr nicht endlich etwas einfiel. Sie spürte eine Hand auf der Schulter. Freds Hand.

»Wir müssen abwarten«, sagte er. »Ein Hubschrauber ist unterwegs. Tjark wird die Seenotrettung informiert haben. Die Hauptstelle weiß Bescheid. Mehr können wir nicht tun.«

Ceylan atmete einige Male tief durch. »Was hast du in dem Bunker gesehen?«

»Genug. Ohne jeden Zweifel hat sich bis vor kurzem dort ein Mensch aufgehalten. Ein Holzfass lag auf dem Boden. Der Boden war nass, und da waren noch einige andere Sachen, die darauf schließen lassen, dass …«

»Fred«, sagte Ceylan, »du glaubst, dass da Vikki Rickmers festgehalten wurde?«

»Ja.«

»Und du glaubst, dass Vikki jetzt da draußen ist?« Ceylan zeigte zum Meer.

Fred nickte.

»Aber wie ist sie dorthin gekommen? Wenn das Schwein sie zum Ertrinken nach da draußen gebracht hat – wie hat er das getan?«

Fred schwieg. Er schien zu verstehen, worauf Ceylan hinauswollte. »Dieser Weg«, sagte er schließlich, »führt zum Meer. Die Tür war von außen verschlossen, das muss der

Täter getan haben. Er hat sein Opfer an die Küste gebracht.« Fred leuchtete den Pattweg ab, bis seine eigenen Schuhe in den Lichtkegel gerieten. Sie waren halb im Schlick versunken. Fred fragte Torsten: »Kann man jemanden, der möglicherweise bewusstlos ist, auf den Schultern durchs Watt tragen?«

Torsten zuckte mit den Achseln und schien nachzudenken. »Kommt auf den Untergrund an. Ich würde eher meinen, dass man das nicht riskieren sollte. Man kann sehr schnell sehr tief einsacken.«

»Aber ein Boot«, sagte Fred und leuchtete abwechselnd nach links und rechts, als suchte er etwas, »kann man nicht benutzen, wenn Ebbe ist. Und da jetzt Flut zu sein scheint, muss Niedrigwasser gewesen sein, als die Person ins Watt gebracht wurde.«

»Wie gesagt, in der Nähe verläuft der Norderpriel«, antwortete Torsten. »Mit kleineren Sportbooten kann man den auch bei Niedrigwasser befahren.«

Fred schien etwas aufgefallen sein, er ging einige Meter nach links.

Wieder vernahm Ceylan ein Rufen aus der Ferne. Sie klemmte sich die Taschenlampe unter die Achsel, legte beide Handflächen an den Mund und formte daraus einen Trichter. »Halten Sie durch!«, rief sie so laut sie konnte.

»Hier ist ein Strick«, hörte sie dann Freds Stimme aus dem Nichts.

»Ein Strick?« Torsten strahlte mit der Maglite in die Richtung, aus der Freds Stimme gekommen war.

»Ja.« Fred klang angestrengt. Ein Schaben war zu hören. »Hier ist ein kleines Motorboot!« Dann lachte er einmal kurz auf. »Kennt irgendjemand«, rief er, »irgendeine *Désirée?*«

»Was?«, rief Ceylan zurück und stapfte einige Schritte in

Freds Richtung. Wie konnte der Kerl jetzt Späße machen? »Was soll das jetzt mit dem blöden Namen?«

Fred tauchte aus dem Nebel auf und wischte sich die Hände an der Jacke ab. »Das steht vorne am Bug. *Désirée* – sieht aus wie ein Beiboot von einem größeren Schiff.«

Er deutete mit dem Finger nach unten. Ceylan sah den Bug eines kleinen Holzboots. Fred hatte es an Land gezogen. Es war oben blau, unten weiß – wie ein kleines griechisches Fischerboot. Aber Fred hatte Tomaten auf den Augen oder im Nebel nicht richtig gucken können, denn auf dem Boot stand nicht *Désirée*, da war ein Buchstabe weniger und keine Akzente, und dann sprach man das anders aus. Aber das spielte jetzt nun wahrlich keine Rolle.

81

Die *Desire* tuckerte mit voller Kraft durch die Fahrrinne des Werlesieler Hafens. Vielleicht war sie auch schon weit darüber hinaus. Tjark vermochte das nicht einzuschätzen. Es war Nacht. Es herrschte Nebel. Sein ganzer Körper fühlte sich an wie ein einziger verkrampfter Muskel. Alles in ihm wollte schreien, dass er von hier fortmusste. Fort vom Meer, weit, weit fort. Aber natürlich war das unmöglich. Er musste die verfluchte Angst und die Panik unter Kontrolle bekommen und sich einzig auf das konzentrieren, worum es hier ging, und das war die Rettung von Vikki Rickmers. Also hielt er sich mit beiden Händen an seinem Handy fest und rutschte etwas näher zu Femke. Sie hockte wie eine Galionsfigur in dem Dreieck, das der Bug bildete, und leuchtete mit der Taschenlampe in das neblige Nichts. Die Gischt zischte.

»Wie bist du auf den Bunker gekommen?«, hörte er sie fragen, ohne dass sie sich zu ihm umdrehte.

Tjark erklärte es ihr. »Ah«, machte sie, als interessierte sie das nicht weiter, und starrte weiter nach vorne. »Ich hätte nicht geschossen«, sagte sie dann, und jetzt drehte sie sich um und sah Tjark an. Es war der Blick einer Frau, die ihren eigenen Abgründen begegnet war und den Schreck darüber noch nicht verwunden hatte.

»Vielleicht doch.«

Femke wandte sich wieder ab. »Ich hätte nicht geschossen.

Und ich bin auch nicht verrückt. Ich weiß nicht, was mit mir passiert ist.«

Vorsichtig löste Tjark die rechte Hand von seinem Telefon und legte sie Femke auf die Schulter. Sie ließ es geschehen. Dann nahm er die Hand wieder weg und starrte auf das Display. Es zeigte grüne und graue Flächen, unterbrochen von dunklem Blau, das die Ausfahrt des Hafens darstellte. Dahinter befand sich das Wattenmeer, ebenfalls in dunklem Blau. Kurz hinter der Hafenausfahrt markierte ein gelber Punkt ihre Position. Die Akkuanzeige hatte vorhin bereits geblinkt – viel Saft war nicht mehr drauf, aber Tjark hoffte, dass es ausreichen würde.

Tjark rutschte über den Boden, bis er bei Ruven angelangt war. Er hielt das Steuer am Heck des Bootes in der Hand und sah Tjark fragend an. Tjark hielt ihm das Telefon hin. »Der gelbe Punkt zeigt unsere Position.«

»Okay. Um zum Priel zu gelangen, muss ich gleich Richtung Nordost steuern.«

»Wie lange brauchen wir bis dorthin?«

»Vielleicht noch zehn Minuten. Wenn wir dort sind, werde ich den Motor ausstellen.«

»Warum?«

»Wir müssen vorsichtig sein, damit wir niemanden überfahren, der sich dort vielleicht irgendwo festhält. Und wenn sich jemand durch Rufen verständlich machen will, sollte der Motor das nicht übertönen.«

»Klar«, sagte Tjark.

»Danke für vorhin«, sagte Ruven.

»Ich habe zu danken. Für deine spontane Hilfe.«

Ruven lächelte ein wenig. »Manchmal muss man eben improvisieren.«

»Ja«, sagte Tjark, der das Lächeln nicht einzuordnen wusste. »Manchmal muss man das.«

Im nächsten Moment klingelte sein Telefon. Die Landkarte wurde von einem grünen Symbol zum Annehmen des Anrufes und einer Nummer überblendet, die Tjark nicht zuordnen konnte. Jedenfalls war es eine Oldenburger Vorwahl. Tjark nahm das Gespräch an.

»Klum Onburg, ent H-olf.« Der Empfang war schlecht. Die Stimme krächzte.

»Hallo?«, rief Tjark und wendete sich von Ruven ab.

Jetzt wurde der Empfang besser. »Klinikum Oldenburg, guten Abend, spreche ich mit Herrn Wolf?«

»Ja.«

»Mein Name ist Peter Wehrmann, ich bin leitender Oberarzt. Ihrem Vater geht es sehr schlecht.«

Tjarks Herz gefror. »Was?«

»Es sind Komplikationen aufgetreten. Es wäre gut, wenn Sie sofort kommen.«

»Ich …« Tjark musste husten. »Ich kann nicht kommen, Sie müssen mir … Sagen Sie mir …«

»Herr Wolf, wir sollten das persönlich besprechen, und wenn es Ihnen irgendwie möglich ist, sollten Sie so schnell wie möglich ins Klinikum kommen, denn viel Zeit …«

Mit einem elektronischen Gedudel verabschiedete sich der Akku. Das Display erlosch. Der Wind rauschte. Der Motor ratterte.

»Alles in Ordnung?«, rief Ruven Tjark zu.

Tjark starrte auf das nutzlose Telefon. »Ja«, sagte er. »Nein.« Er versuchte, sich zu sammeln. Er steckte das Telefon ein. Seine Hand zitterte. »Der Akku ist leer.« Ja, dachte Tjark. Der Akku ist leer. Nichts anderes konnte der Anruf bedeuten, als dass der Akku leer war und der alte Mann den Dienst einstellen würde.

»Nimm meins, Tjark«, hörte er Ruven sagen. »Es ist von demselben Hersteller, die GPS-App ist gleich unten rechts.«

Er reichte Tjark das Telefon. Der starrte es an wie einen Fremdkörper. »Am besten, du gehst vorne zu Femke. Sie kennt die Route. Ihr ruft mir dann zu, wenn ich den Motor stoppen muss.«

»Okay.« Tjark nickte geistesabwesend. Der alte Mann würde gehen. Und er konnte in den letzten Augenblicken nicht da sein, denn er musste ein Leben retten. Würde er das verstehen? *Vater*, dachte Tjark, *kannst du das verstehen? Kannst du das?*

»Tjark?« Ruvens Stimme riss ihn ins Hier und Jetzt. »Geh bitte zu Femke und helft mir beim Navigieren.«

Tjark rutschte an der Bugwand entlang, bis er bei Femke war. Er hielt Ruvens Telefon in beiden Händen und tippte mit dem Daumen auf das Display. Sofort wurde es hell. Ruven nutzte ein Bild von sich und Femke als Hintergrund. Die beiden standen lachend am Strand. Unten rechts war die App für Google Maps. Daneben die für den Kontaktdatenspeicher, die Anruffunktion und die SMS. Oben rechts befand sich eine App mit dem »EagleEye«-Logo. An dem Symbol befand sich eine kleine Sprechblase, in der stand »Alarm2«.

»War das die Hauptstelle?«, fragte Femke.

»Was?« Tjarks Finger wanderte auf die Google-Maps-App, zögerte und bewegte sich dann hoch zu der Sprechblase. Als Femke in Ruvens Wohnung eingedrungen war, hatte sie bewusst einen Alarm ausgelöst. Es war logisch, dass der Leiter eines Sicherheitsunternehmens davon benachrichtigt worden war – zum Beispiel mittels einer Nachricht auf seinem Handy. Das blinkende Symbol suggerierte jedoch, dass es zwei Alarme gab und die App noch etwas Dringendes zu sagen hatte. Etwas, das vielleicht erst nach Femkes Eindringen geschehen war. Merkwürdig, dass sich Ruven noch nicht darum gekümmert hatte.

»Der Anruf gerade. War das die Hauptstelle?«

»Nein«, sagte Tjark geistesabwesend.

»Sondern?«, fragte Femke.

Tjark machte eine abwehrende Geste, als wolle er eine Fliege verscheuchen. Dann dachte er, dass er immer noch behaupten könne, versehentlich auf die »EagleEye«-App gedrückt zu haben, und tippte auf die Sprechblase. Sie öffnete sich. In der Sprechblase stand »Alarm2, 21.52 Uhr, Standort: Bunkertür«.

Tjarks Herz gefror binnen Sekunden zum zweiten Mal. Er stieß Femke an und hielt ihr das Telefon hin. Sie blickte eine Weile auf das Handy. Dann sah sie Tjark an. Femke hatte begriffen. Die Benachrichtigung bedeutete, dass ein Alarm ausgelöst worden war, als Fred den Bunker betreten hatte. Die Mitteilung war auf Ruvens Handy eingegangen. Das wiederum bedeutete, dass Tjark einen schrecklichen Fehler gemacht hatte. Schlagartig verstand er, dass er einem Psychopathen auf den Leim gegangen war, der sich mit entwaffnender Offenheit und Charme wie ein Chamäleon tarnte. Es stimmte wohl: Man kann das Böse umso schlechter wahrnehmen, je näher man ihm ist.

Als Tjark sich umdrehte und nach Femkes Dienstwaffe fasste, die noch immer in seinem Hosenbund steckte, blickte ihn das Böse direkt an. »Ich denke«, sagte Ruven und legte mit der Schrotflinte auf Tjark und Femke an, »es ist jetzt an der Zeit, den Motor abzustellen.«

82

Der Außenborder des Bootes klang wie ein auf Hochtouren drehender Rasenmäher, fand Ceylan. Sie saß neben Fred und leuchtete das Areal vor dem Boot so gut aus wie möglich, aber im Grunde sahen sie nicht mehr als weißen Dampf und ein paar Wellen. Am Heck hockte Torsten in seiner Polizeiuniform. Er hatte zwar zunächst protestiert, dann aber erklärt, dass er wisse, wie man ein solches Boot steuert, und dass er dazu bereit sei – auch wenn er das alles für Schiet und Leichtsinn halte. In dem Boot lagen zusammengefaltete Lkw-Planen, Klebeband und eine Rolle Nylonseil. Laut Fred die Utensilien, die der Dünenmörder verwendete.

Fred hielt die Hand hoch. Der Motor stoppte und tuckerte im Leerlauf. Das Boot glitt dahin. Ceylan formte mit den Händen einen Trichter und rief so laut sie konnte, dass Hilfe unterwegs sei. Alle drei lauschten. Schließlich kam ein ersticktes Rufen von rechts. Es war deutlich besser zu hören als vorher, wurde aber abgewürgt. Dann klang es erneut auf. Fred gab wieder ein Zeichen. Torsten änderte die Fahrtrichtung und hielt auf das Rufen zu, das unmittelbar im Motorengedröhn unterging.

Ceylan nahm an, dass die Frau den Außenborder hören würde, und hoffte, dass ihr das Mut verleihen würde. Aber sie mussten verdammt aufpassen, dass sie die Frau nicht überfuhren, die in den Wellen um ihr Leben kämpfte. Jederzeit, dachte Ceylan, konnte ihre Kraft nachlassen. Es war kalt, das Meer erst recht. Irgendwann verkrampften sich die Muskeln. Dann konnte man nicht mehr mit Schwimmstößen gegen die Strömung ankämpfen. Dann war es vorbei.

Fred gab ein weiteres Mal das Zeichen zum Stoppen. Erneut drosselte Torsten den Motor. Wieder rief Ceylan in die Dunkelheit. Dieses Mal dauerte es eine ganze Weile, bis sie eine Antwort hörten. Sie kam von links. Wie war das möglich? War die Frau bereits fortgetrieben worden? Waren sie an ihr vorbeigefahren? Nun, dann konnten sie nicht mehr weit entfernt sein. Fred gab ein Signal. Torsten änderte die Fahrtrichtung.

Es war eine Odyssee im Nebel, dachte Ceylan. Stück für Stück und Schritt für Schritt mussten sie sich vorarbeiten. Das konnte am Ende klappen – oder auch sinnlos sein. Freds Handy klingelte. Er legte die Taschenlampe zur Seite, hielt sich das Telefon ans Ohr und steckte einen Finger in das andere. Jetzt gab Ceylan ein Zeichen zum Anhalten. Sie hörte Fred reden und rief ins Nichts hinein. Es gab eine Antwort – jetzt wieder von rechts, und zwar von rechts hinten! Es war zum Verrücktwerden …

Schließlich brummte es laut, aber das war nicht der Klang des Außenborders. Es hörte sich an, als würde sich ein anderes Boot nähern. Mit einem Schlag begann der Nebel zu glühen wie ein lebendiges Wesen. Sturm kam auf. Das Boot begann zu schaukeln.

»Luftunterstützung!«, rief Fred gegen den Lärm. »Der Hubschrauber ist da!« Er wedelte mit dem Handy. »Die nutzen mein GPS zur Ortung!«

»Fred! Bei dem Krach hören wir die Stimme nicht mehr!«

»Was?« Fred legte eine Hand ans Ohr.

»Wir hören die Frau nicht mehr in dem Lärm!«

Fred machte ein genervtes Gesicht und brüllte: »Mist!«

83

Die Waffe«, sagte Ruven und deutete mit dem Gewehr zur Seite, »wirfst du besser ins Meer, Tjark. Und das Handy schiebst du mir über den Boden zu.«

Tjark saß eng gedrängt neben Femke am Bug der *Desire*. Er hielt das Telefon in der Linken, die Waffe in der Rechten und wog die Chancen ab. Er war kein Linkshänder. Es würde viel zu lange dauern, mit dem Smartphone einen Notruf abzusetzen, wenn er überhaupt die richtigen Bedienfelder fand, und Ruven würde einen solchen Versuch in jedem Fall bemerken und handeln. Wenn er sehr schnell wäre, könnte er mit der Dienstwaffe einen Schuss auf Ruven abfeuern. Ruven würde jedoch damit rechnen. Es gab kein Überraschungsmoment. Ruven hatte außerdem den Finger am Abzug und wäre in jedem Fall schneller. Er hatte zwei Schüsse, bevor er nachladen musste. Schon eine einzelne Ladung könnte sowohl ihn selbst als auch Femke erwischen. Das Risiko war zu groß. Also legte er das Telefon auf den Boden, gab ihm einen Schubs und ließ es auf Ruven zuschlittern. Dann griff er die Walther mit spitzen Fingern und warf sie ins Meer. Femkes entgeisterter Blick entging ihm nicht.

»Guter Mann«, sagte Ruven. Er ging in die Hocke, ohne den Gewehrlauf und den Blick von Tjark abzuwenden, steckte das Telefon ein und stellte sich wieder aufrecht hin.

»Ruven«, sagte Femke mit bebender Stimme. »Du musst aufgeben. Du hast keine Chance.«

Als Antwort kam ein Lachen. »Doch. Ihr zwei werdet jetzt gleich der Waffe folgen. Ich hingegen werde davonsegeln und mich überraschen lassen, wohin der Wind mich treibt.«

»Es sind Hubschrauber unterwegs«, sagte Tjark. »Es sind Boote draußen. Du wirst nicht weit kommen.«

»Die suchen aber nicht mich. Ich habe also einen Vorsprung von einigen Stunden – zumindest so lange, bis eure Leichen angespült werden und man dann eins und eins zusammenzählt.«

Tjark versuchte zu schlucken. Der Gedanke an die Wellen und das eiskalte Meer ließen ihn zittern. Dann, mit einem Mal, war das Zittern verschwunden, und er spürte, dass sein Blutdruck fiel und der Schwindel verschwand. Es war, als wäre der Flächenbrand in ihm von einer Explosion gelöscht worden, als wäre die Furcht vor dem Tod der sicheren Gewissheit des Endes gewichen – und damit alle Angst verflogen. Ruhig sagte er: »Man wird dich finden. Also kannst du aufgeben.«

»Besser später als früher. Und jetzt aufstehen, alle beide.«

»Bleib sitzen«, flüsterte Tjark Femke zu. »Spiel auf Zeit.« Es war ihre einzige Möglichkeit. Was auch immer sich in dieser Zeit ereignen mochte.

»Warum tust du das, Ruven?«, fragte Femke.

»Warum?« Er lachte laut und nahm das Gewehr in Anschlag, um damit auf Femke zu zielen. »Deinetwegen.«

»Wenn du mich erschießt«, sagte sie mit brechender Stimme, »machst du alles nur noch schlimmer.«

»Es wird immer erst schlimmer, bevor es besser wird.« Er lachte verbittert.

»Warum hast du die Frauen getötet? Wie kann es sein, dass

ich nichts gemerkt habe? Wie konntest du mir so lange etwas vorspielen?«

»Einen Scheiß habe ich!« Jetzt schrie Ruven. »Du warst die Einzige, bei der ich je etwas empfunden habe, Femke! Ich habe dich geliebt und tue es immer noch! Und was hast du getan? Abserviert hast du mich!«

»Ruven, ich …« Femke hob beschwörend die Hände.

»Eiskalt abserviert!« Er griff das Gewehr fester. »Nachdem du Schluss gemacht hattest, griff ich bei Mommsen zufällig eine auf. Sie stand draußen im Nebel und wartete auf ein Taxi. Ich nahm sie mit, wollte ein wenig Sex mit ihr und ein paar schmutzige Dinge ausprobieren, die ich mit dir nie anstellen konnte – aber vor allem wollte ich Liebe, Femke! Liebe, die du mir entzogen hattest! Gut, da hatte ich mich in der Frau getäuscht, und alles lief ein wenig aus dem Ruder, als ich wütend wurde.«

»Du hast Menschen getötet, Ruven!«

»Alles nur deinetwegen! Das wäre alles nicht passiert, wenn …« Seine Stimme brach. Femke schluchzte.

»Was«, sagte Tjark verächtlich, »bist du für ein jämmerlicher Kerl.«

»Schnauze!«, herrschte Ruven ihn an und richtete die Waffe auf Tjark. Besser so, dachte Tjark. Besser ich als Femke. Besser, einer kommt aus dieser Sache heil raus, als dass zwei draufgehen.

»Übernimm gefälligst Verantwortung für deine Taten! Du hast die Menschen getötet und niemand anders! Du bist ein lumpiger Krimineller, ein Mörder und ein Irrer!«

Ruven machte einige Schritte auf Tjark zu. Jetzt hielt er ihm das Gewehr direkt vors Gesicht. Femke begann zu kreischen, fing sich aber schnell wieder.

»Nenn mich nicht Irrer!«

»Was bist du denn? Würde mir ein normaler Mensch einen Zettel mit DNA von Vikki Rickmers schicken, um mir damit zu demonstrieren, was er für ein Superman ist?«

»Schnauze!«

»Würde ein normaler Mensch sich an der Nähe der Polizei aufgeilen und ihr bei den Ermittlungen auch noch helfen? Nur ein Irrer tut so etwas.«

»Ich schieß dir das Gesicht weg, wenn du mich noch einmal so nennst!«

Tjark versuchte, nicht in den Gewehrlauf zu sehen, und blickte Ruven an, dessen Augen ihn an einen Hai erinnerten. Nein, dachte Tjark, den Mann würde er nicht mit Worten aufhalten können. Und doch musste es einen Grund geben, warum Ruven noch nicht geschossen hatte. Er wusste, dass Schüsse gehört werden konnten, weil Boote dort draußen unterwegs waren und bereits nahe sein mochten. Das war der Grund. Damit wäre seine Chance zur Flucht verspielt. Das Risiko durfte er nicht eingehen. Dass er die Waffe nicht benutzen wollte, erhöhte die Chance, sie ihm wegzunehmen. Also musste er Ruven weiter aus der Reserve locken, um ihn abzulenken.

»Okay«, antwortete Tjark, »dann nenne ich dich Heulsuse.«

Ruven stieß mit dem Gewehrlauf wie mit einem Speer nach vorne und rammte das Metall gegen Tjarks Stirn. Im ersten Augenblick sah Tjark Sterne. Im zweiten spürte er, dass ihm etwas Warmes übers Gesicht strömte.

»Du«, zischte Ruven, »wirst jetzt aufstehen und als Erster ins Wasser gehen. Aufstehen!«

»Willst du mir beim Ertrinken zusehen? So wie damals deiner Schwester?«

»Sprich nicht von meiner Schwester ...«

»Ist dir damals zum ersten Mal einer abgegangen? Ist das Wasser deswegen so wichtig für dich?«

»Als ich meine Schwester in den Priel gestoßen habe, hat es mich kurzfristig wirklich glücklich gemacht. Aber aus anderen Gründen, als du denkst.«

»Lass mich raten: Sie war für deine Eltern immer das Größte, und dich haben sie kaum wahrgenommen. Du dachtest, das würde sich bessern, wenn sie weg wäre. Aber das Gegenteil geschah. Oder vielleicht wolltest du einfach nur sehen, was passiert, wenn du sie in den Priel stößt, und es hat dir gefallen.«

»Ich habe sogar ihr Zimmer angezündet, um alle Erinnerungen zu tilgen.«

»Aber sie haben sich nur noch weniger um dich gekümmert.«

»Kluger Bulle. Irgendwann wollte ich alles hinter mir lassen, trat in die Fremdenlegion ein – und wurde ein neuer Mensch mit einer neuen Identität.«

»Aber so ganz kann man nicht abstreifen, was man ist.«

»Nein – auch nicht, dass ich gelernt habe, mit bloßen Händen zu töten, und das werde ich dir gleich demonstrieren, wenn du nicht sofort aufstehst.«

Gut, dachte Tjark. Ruven wollte also wirklich nicht schießen. »Dann solltest du das Gewehr aus meinem Gesicht nehmen.«

Mit einem Ruck löste sich der Druck von Tjarks Stirn. Er erhob sich umständlich, um noch etwas Zeit zu schinden, und hielt sich an der Reling fest. Wenn er stand, dachte Tjark, hätte er die Möglichkeit, den Gewehrlauf zu fassen und hochzureißen, um dann Ruven mit einem Schulterstoß von Bord zu stürzen. Er müsste schnell sein, sehr schnell und beherzt, und er durfte sich auf keine Rangelei einlassen. Ruven war in der Legion gewesen und im Nahkampf ausgebildet.

»Und du hast recht«, sagte Ruven mit einem schrägen Lächeln. »Ich will dich ersaufen sehen. In der Strömung hältst du es keine fünf Minuten aus.«

Jetzt stand Tjark. Er stellte die Füße auseinander, um einen stabileren Halt zu finden.

»Also dann«, sagte Ruven.

Plötzlich blickte er zur Seite. Der Nebel wurde mit einem Mal stark erhellt. Es rauschte laut. Hubschrauber, dachte Tjark. Er nutzte die Sekunde und griff mit beiden Händen nach dem Gewehrlauf und drückte ihn nach oben. Ein Schuss löste sich. Schlagartig wurde Tjarks linkes Ohr taub. Dann wurde das Licht unerträglich grell, und ein Sturm kam auf. Die *Desire* taumelte. Ruven packte Tjark an der Jacke, was es ihm unmöglich machte, zu einem Schwinger auszuholen. Ruven ruckte mit aller Gewalt an dem Gewehrlauf, den Tjark nach wie vor festhielt. Dabei verlor er den Halt, wodurch auch Tjark aus dem Gleichgewicht kam.

Im nächsten Moment stürzten die beiden Männer in die eiskalte Nordsee.

84

Ceylan musste die Augen zusammenkneifen und sich mit beiden Händen am Rand des Bootes festhalten. Die Suchscheinwerfer blendeten sie. Der Lärm des Rotors war ohrenbetäubend und verwandelte das Meer in kabbelige See, für die weder das kleine Boot noch ihr Magen ausgelegt waren.

Fred hielt gegen das helle Licht beide Hände wie einen Schirm über die Augen und sich selbst irgendwie in der Balance. Es roch nach Abgasen, als der Hubschrauber über ihnen schwebte und sich langsam vorarbeitete. Jemand schwenkte den Suchscheinwerfer hin und her. Der heftige Abwind der Rotorblätter sorgte dafür, dass der Nebel verwirbelt wurde. Er verschwand nicht ganz, gleichwohl waren nun, wenn man dem Lichtstrahl mit den Blicken zu dessen Quelle folgte, blinkende Positionslichter zu sehen sowie ein Rechteck. Es war orange, dabei musste es sich um die seitliche Schiebetür handeln. Darauf stand SAR – die Abkürzung für Search and Rescue.

Ceylan bemerkte einen Stupser an der Schulter und sah zu Fred. Violette Doppelbilder tanzten auf ihrer Netzhaut. Fred rief ihr etwas zu. Er deutete nach vorne, und als Ceylan in diese Richtung schaute, erkannte sie im sich offenbar langsam verflüchtigenden Nebel eine Art leuchtenden roten Kirchturm im Meer. Er schälte sich aus dem milchigen Dunst und wurde nun vom Suchscheinwerfer erfasst, was das Rot noch greller erstrahlen ließ. Es war eine Boje.

Im nächsten Moment wanderte der Lichtkegel weiter. Ceylan wollte schreien, konnte es aber nicht. Was sie im Licht gesehen hatte, hatten die Piloten von oben offensichtlich nicht wahrgenommen, weil der Winkel zu steil und die Sicht zu schlecht war.

Fred und Ceylan hingegen hatten es genau gesehen: Ein Mensch war an die Boje gebunden und hing wie Jesus mit ausgestreckten Armen am Schwimmkörper. Ceylan wedelte mit den Armen in Richtung Hubschrauber. Auch Fred winkte, mit dem Handy in der Hand, nach oben. Keine Chance, dachte Ceylan, irgendwen anzurufen, der eine Verbindung zu den Piloten herstellen würde, weil man kein Wort verstehen würde. Sie mussten darauf vertrauen, dass die Piloten es auf dem GPS sehen würden, wenn sie mit dem Boot an die Boje heranfuhren. Zwar waren sie kein professionelles Rettungsteam, aber gewiss schneller da – und allein darauf kam es jetzt an.

»Fahr los!«, brüllte Ceylan Torsten so laut sie konnte zu und deutete mit der Hand die Richtung an. Er nickte mit offenem Mund. Das Boot setzte sich in Bewegung.

85

Die Schwärze brach über Tjark zusammen und umfasste ihn mit dunklen Schwingen, wie um ihm alle Luft aus den Lungen zu pressen. So würde er also sterben. Er würde ertrinken wie seine Mutter. Ausgerechnet der Tod, den er sich so oft in allen Facetten ausgemalt hatte, würde ihn in wenigen Augenblicken ereilen. Doch er verspürte keinerlei Panik, als er merkte, wie die Nordsee an ihm zerrte. Da war eine gewisse Leichtigkeit, die er sich nicht erklären konnte, und wie ein Echo vernahm er in dem Gurgeln um sich herum die Stimme seines Vaters, der auf einem Krankenhausbett saß und ihn mit fiebrigen Augen ansah. *Vergiss nicht, wer du bist, Junge! Versprich mir, dass du das Arschloch erledigst.*

Tjark breitete die Arme aus. Er glitt dahin wie der Silver Surfer. Wie hieß es noch? »Die Dunkelheit wird die Erde verschlingen – also komm und folge dem Surfer.« Es hieß aber auch: »Sogar im Scheitern liegt Ehre, aber im Aufgeben nur Schande.«

Ja, überlegte Tjark, so war es und nicht anders. Hier würde es nicht enden. Das Böse durfte nicht gewinnen. Man durfte nicht zulassen, dass das Böse die Macht an sich riss. Auf keinen Fall. Er musste tun, was er immer getan hatte. Er musste kämpfen. Und er hatte ein Versprechen einzulösen, ein letztes Versprechen. »*... und dann komm zurück*«, hörte er die

Stimme mit Nachdruck, »*und sag mir, dass du ihn erwischt hast.*«

Ein Ruck ging durch Tjarks Körper, und er versuchte, sich zu orientieren, was ihm nicht recht gelang. Scheiß drauf, dachte er und begann mit den ersten kräftigen Schwimmstößen.

86

Wie von Geisterhand war der Nebel verschwunden. Die Lichter der Taschenlampen von Ceylan und Fred erhellten die Wogen vor dem Bug des kleinen Bootes. Als hätte jemand sie per Knopfdruck eingeschaltet, waren in der Ferne die Lichter der Inseln zu sehen, das Pulsieren eines Leuchtturmsignals sowie die Sterne – und zwischen den Sternen der Hubschrauber, der ganz in der Nähe kreiste. Nur nicht da, wo er kreisen sollte. Der Außenborder röhrte mit dem rhythmischen Schlappen der Rotoren um die Wette. Jetzt geriet die Boje in den Schein der Lampen. Sie war nicht mehr weit, vielleicht fünfzig Meter, dann nur noch zwanzig, zehn …

»O Mann«, zischte Ceylan mit kieksender Stimme und hielt sich die Hand vor den Mund, als sie die Frau erblickte. Es sah aus, als habe sich eine Wasserleiche an der Boje verfangen. Die schwarzen Haare fielen ihr wie Tang ins Gesicht. In der Dünung wippte der Kopf von rechts nach links und verschwand gelegentlich unter einer Welle. Die Arme waren ausgestreckt. An den Handgelenken war sie an den Schwimmkörper gebunden, der an einigen Stellen eingedellt war – als habe man ihn mit Schrotladungen beschossen. Endlich war das Boot an der Boje angekommen, und bevor Ceylan fragen konnte, ob sie so etwas wie ein Messer dabeihatten, um die Frau loszuschneiden, war Fred bereits ins Wasser gesprungen.

»Nicht!«, hörte sie Torsten noch hinter sich rufen, aber es war bereits zu spät.

»Fred, was machst du!«, rief Ceylan gegen den Lärm an.

Fred hielt sich mit der linken Hand am Bootsrand fest und versuchte mit der Rechten, nach dem Körper der Frau zu fassen und ihn über Wasser zu halten. Es gelang ihm mehr schlecht als recht, aber wenigstens tauchte ihr Gesicht nun nicht mehr unter.

»Die Taschenlampen!«, rief Fred und prustete. »Gebt dem Hubschrauber Signale – ich glaube, sie lebt noch!«

Ceylan gab Torsten ein Zeichen und deutete gen Himmel. Dann begann sie, mit der Maglite in Richtung der Positionslichter am Himmel zu leuchten, und schwenkte die Taschenlampe. Nein, dachte sie, das Schwenken würden die Piloten nur als minimale Bewegung wahrnehmen. Bei einem Blinken, einem Morsen, wäre das anders. Also drückte sie den Einschaltknopf der Lampe einige Male nacheinander. Torsten tat es ihr gleich.

»Hat irgendwer ein Messer?«, rief Ceylan.

»Nein«, sagte Torsten. Er klang verängstigt. »Kann man das Seil mit der Pistole durchschießen?«

»Ich trete euch in den Hintern«, rief Fred aus dem Wasser, »wenn ihr anfangt, hier rumzuballern!«

»Okay.« Ceylan sah, wie Fred die Hüften der Frau umfangen hielt und versuchte, sie über der Wasserkante zu halten. Lange würde er das nicht durchhalten. Die Piloten mussten doch begreifen, dass sich das GPS-Signal bewegt hatte, und wenn sie ihre Augen offen hielten … Der Hubschrauber schien zu wenden. Sein Suchscheinwerfer glitt über die Meeresoberfläche. Dann tauchten sie die Boje in weißes Licht.

»Die haben's kapiert!«, rief Ceylan. »Sie kommen!«

Fred sagte etwas, aber eine Welle rollte über ihn hinweg

und ließ ihn untertauchen. Als er wieder hochkam, setzte er den Satz fort, doch Ceylan konnte längst kein Wort mehr verstehen. Der Rettungshubschrauber schwebte über dem Boot und der Boje. Der Lärm war höllisch. Die Rotoren entfachten einen wahren Sturm und peitschten die See auf. Gischt sprühte Ceylan ins Gesicht.

Im nächsten Moment sah sie, wie sich ein Retter von einer Seilwinde aus abseilte. Er trug einen Taucheranzug, eine knallrote Schwimmweste und einen Helm und glitt wie Spiderman persönlich nach unten. Ceylan zog bei all dem Getöse den Kopf ein und verfolgte, wie der SAR-Mann ins Wasser neben der Boje tauchte und die Situation mit einem Blick erfasste. Er schien mit Fred einige Worte zu wechseln. Dann zog er ein Messer hervor und schnitt die Seile durch. Der Körper der Frau sackte in sich zusammen. Fred und der Taucher konnten ihn jedoch über Wasser halten. Schließlich gelang es, der Frau eine Art Geschirr umzulegen. Wenige Sekunden später gab der Taucher ein Signal. Mit der bis auf einen roten Stofffetzen fast nackten Frau vor der Brust wurde er nach oben gezogen und verschwand im Inneren des Hubschraubers, der sich unmittelbar darauf in Bewegung setzte und schnell verschwand. Ächzend zog sich Fred an Bord. Torsten und Ceylan halfen ihm dabei. Er zitterte am ganzen Leib.

Ceylan konnte nicht anders. Sie umarmte Fred stürmisch und sagte: »Mann, du bist ein Held!«

Fred antwortete: »Gönnt man Helden bei euch in Persien nicht eine Nacht im Harem?«

Ceylan lachte und boxte Fred. »Du Doofmann!«

Er bibberte. »Fahren wir lieber an Land. Sonst könnt ihr mich gleich auch in die Klinik bringen.« Er schüttelte sich. »Haben wir etwas von Tjark gehört?«

Ceylan schüttelte den Kopf.

87

Tjark schoss wie ein Korken an die Oberfläche. Prustend sog er die Luft ein, hustete, als er sich verschluckte. Er paddelte mit den Armen und versuchte, sich zu orientieren. Die Nebelbank war verschwunden. In etwa zehn Metern Entfernung sah er schemenhaft die *Desire,* auf der er im schwachen Bordlicht Femke zu erkennen glaubte. Sie rief nach ihm. Tjark schrie ebenfalls – und schluckte wieder einen Schwall Salzwasser. Die Strömung zerrte an ihm, und schon hatte sich die Distanz zum Boot wieder vergrößert.

Tjark begann zu schwimmen. Mit aller Kraft kraulte er gegen die Nordsee an und hielt auf das Boot zu. Und wie es schien, hielt das Boot nun auch auf ihn zu. Femke musste seine Stimme gehört und den Motor angeworfen haben.

Der Lichtschein einer Lampe traf ihn ins Gesicht. Seine Arme und Beine fühlten sich an, als füllten sie sich mit Beton. Seine Lungen brannten. Nein, dachte er, gegen diese Strömung hatte er keine Chance. Er brauchte eine Pause. Er musste seine spärlichen Ressourcen schonen.

Tjark stoppte mit den Schwimmbewegungen und versuchte, sich einigermaßen kraftschonend über Wasser zu halten. Als er aufsah, erkannte er den Bug der *Desire* und hörte im Rauschen der Wellen und des Windes, dass Femke den Motor wieder ausgestellt hatte und das Boot auf ihn zugleiten ließ.

Wie der Körper eines Wales näherte sich der Bug. Dann platschte etwas vor Tjark ins Wasser. Es war rot-weiß gestreift. Ohne nachzudenken, griff er danach und hielt sich mit beiden Händen am Rettungsring fest. Er spürte, dass sich sein Körper nun gegen den Strom bewegte. Femke zog und zerrte an dem Seil, das den Rettungsring hielt, und schließlich erreichte Tjark die Bordwand. Er sah nach oben und erkannte Femkes blonden Schopf.

»Halt dich fest«, befahl sie und streckte ihm die Hände entgegen. »Halt dich fest und hilf mit – alleine schaffe ich es nicht!«

Tjark versuchte ein Nicken. Er hatte Angst, den Rettungsring loszulassen. Der Ring versprach Sicherheit. Der Rumpf der *Desire* reichte zwar nur einen Meter hoch. Von hier unten sah es jedoch aus, als stünde Femke auf dem Gipfel des Kilimandscharo. Völlig unmöglich, da hochzugelangen.

Sie herrschte ihn erneut an und beugte sich so weit wie möglich über die Reling. »Tjark!«

Ihre Hände schwebten über ihm. Dreißig Zentimeter vielleicht. Oder dreihundert Meter. Eventuell geschah ein Wunder, und er könnte seine Arme wie Mr. Fantastic von den Fantastic Four dehnen. Es kam auf einen Versuch an. Tjark löste die rechte Hand vom Rettungsring und schwang sie nach oben, wobei er sich so weit wie möglich aus dem Wasser streckte. Im nächstens Moment schlossen sich Femkes Hände um seine, griffen um das Handgelenk und zogen ihn nach oben.

Femke keuchte wie ein Gewichtheber. »Du musst«, rief sie und schnappte nach Luft, »mithelfen!«

Tjark schwang die Linke nach oben. Seine Finger bekamen die Reling zu fassen. Jetzt spürte er Femkes Griff im Nacken am Kragen seiner patschnassen Jacke. Sie zerrte an ihm wie an einer Katze, die man im Genick packt. Schließlich nahm Tjark alle Kraft zusammen – und im nächsten Moment hing sein ganzer Oberkörper über der Bordwand wie ein nasser Lappen. Femke fiel nach hinten gegen die Wand der Kajüte. Sie atmete schwer. Tjark atmete schwer.

»O Gott.« Erschöpft presste Femke sich die Hände auf die Augen.

Mit einer Seitwärtsrolle ließ sich Tjark auf den Boden der *Desire* kippen und blieb entkräftet auf dem Rücken liegen. Er atmete einige Male tief durch. Dann öffnete er die Augen und sah, auf dem Kopf stehend, zum Heck der *Desire,* wo der Außenborder befestigt war.

Dort war ein Gesicht. Ruven. Er hielt das Gewehr noch in der Hand und fletschte die Zähne wie der Weiße Hai, der sich an Bord wuchten wollte, um alle zu fressen. Tjark wirbelte um die eigene Achse und kam auf dem Bauch zum Liegen. Er sprang wie ein Hundertmeterläufer in die Startposition und drückte sich vom Boden ab. Mit einem Hechtsprung gelangte er zum Heck, wo Ruven sich mit der freien Hand an der Abdeckung des Außenborders festhielt. Tjark erwischte ihn an der Schulter und griff nach dem Gewehrlauf. Ruven glitt ein Stück nach unten und brüllte vor Wut wie ein Stier. Der Gewehrlauf rutschte über die Reling. Tjark hielt ihn fest wie das Paddel eines Kanus – und blickte in die beiden dunklen Läufe, die nun genau auf sein Gesicht zielten.

»Sag auf Wieder…«, kreischte Ruven.

Aber weiter kam er nicht.

Im nächsten Moment sprang der Motor der *Desire* an. Es klang, als ob man ein Bündel trockener Äste in einen Häcksler warf, als die Schrauben Ruvens Körper unterhalb der Gürtellinie zerfetzten und sich in seinen Magen gruben. Sein Gesicht wurde schlagartig kalkweiß und nahm einen erstaunten

Ausdruck an. Dann ließ er das Gewehr los. Schließlich sackte er nach unten und verschwand in dem brodelnden Wasser, ohne einen Laut von sich zu geben. Dafür gab der Motor einen Laut von sich. Etwas knallte. Dann war er aus.

Ruven durch den Fleischwolf zu drehen hatte die *Desire* offensichtlich überfordert.

Mit weit aufgerissenen Augen blickte Tjark über die Schulter nach hinten. Er sah Femke, die an den Bordinstrumenten stand und immer wieder einen Knopf betätigte – sicherlich den, mit dem sie eben den Motor eingeschaltet hatte. Tjark stand auf. Femke begann nun, mit der Faust auf die Schalttafel zu schlagen. Tjark warf das Gewehr zur Seite und machte einige Schritte auf sie zu. Nun hämmerte sie mit beiden Händen auf das Schiff ein und begann zu wimmern und zu schluchzen. Tjark griff nach ihrer Schulter.

Femke wirbelte herum und schrie: »Fass mich nicht an!« Unter Tränen wiederholte sie: »Fass mich nicht an!«

Er tat es trotzdem, schlang die Arme um sie und zog sie mit einem Ruck an sich heran. Er fühlte, wie alle Kraft und jede Spannung aus Femke wich. Sie weinte hemmungslos. Schweigend hielt Tjark sie fest. »Ich habe ihm vertraut«, sagte sie mit belegter Stimme. »Es gab kein Anzeichen, dass ich damit falschgelegen haben könnte.«

Tjark strich Femke übers Haar. Manchmal waren die Anzeichen da, dass sich das Böse in das Leben geschlichen hatte. Man erkannte sie nur nicht, weil man nicht wusste, was sie zu bedeuten hatten und worauf man achten musste. Für sich selbst genommen hatten sie nichts zu sagen. Erst in der Summe ergaben sie ein Bild. Ein Bild, das Tjark ebenfalls nicht wahrgenommen hatte, weil andere Dinge in ihm zu stark gewesen waren. Würde er sich das jemals verzeihen können?

Leise sagte Femke: »Er hat sich in mein Leben geschlichen. Wenn das alles nur eine Lüge war – was war mein Leben dann? Und wenn es stimmt, dass …«

Tjark wusste, was Femke sagen wollte, und legte ihr den Zeigefinger auf die Lippen. »Du hast keine Schuld. Und vielleicht hat dir irgendwann eine innere Stimme gesagt, dass du dich besser von ihm lösen solltest, bevor dir noch etwas geschieht.«

»Und dann ist es anderen geschehen …«

»Weil er es so wollte. Nur deswegen.«

»Warum ist er nach Werlesiel zurückgekommen? Wäre er doch nur vorher irgendwo krepiert.«

»In Werlesiel hat er als Junge die Schwelle in ein Land überschritten, aus dem er nicht wieder zurückkonnte.« Ein Land, auf das Tjark durch den Türspalt bereits selbst einen Blick geworfen hatte. Es war ein Land der einfachen Lösungen, in dem man nur seinen eigenen Regeln zu folgen brauchte. »Ruven ist hier geboren worden, und ich wette, er hat jede Sekunde genossen, sich als Bestie unter den Menschen zu bewegen.«

»Ich habe nichts gemerkt!«

»Niemand hat etwas gemerkt, weil er gelernt hat, sich zu verstecken. Ruven war kein Dummkopf. Er hat begriffen, dass er das, was in ihm tobt und wütet, kontrollieren muss, um nicht aufzufallen. Er hat es gesteuert.

Vielleicht ist er zur Fremdenlegion gegangen, um das Töten zu lernen – vielleicht, weil Waffen Macht verleihen. Vielleicht hat er früher nur deswegen mit Pferden gearbeitet, um etwas Starkes und Mächtiges dominieren zu können – manche Menschen berauscht es, Pferde zu töten.

Vielleicht hat ihn allein die Möglichkeit berauscht, solche Dinge tun zu können. Irgendwann hat ihm das nicht mehr ausgereicht.«

»Weil ich in den entscheidenden Momenten nicht mehr da war, hat er die Kontrolle verloren«, sagte Femke matt und presste das Gesicht an Tjarks Schulter.

Tjark schwieg. Er fror. Auch in seinem Leben gab es jemanden, für den er im entscheidenden Moment nicht da gewesen war. Er blickte in den Himmel und dachte an seinen Vater. »Ruven«, sagte er dann, »hatte sich selbst längst verloren.«

Ein Nebelhorn zerriss die Stille. Ein weiß-orangefarbener Bug schälte sich aus der Dunkelheit. Suchscheinwerfer tasteten über die *Desire*.

»Seenotrettung«, hörte Tjark es laut aus einem Lautsprecher scheppern. »Ist bei Ihnen alles in Ordnung?«

»Ja«, sagte Tjark leise wie zu sich selbst. »Es ist alles in Ordnung.« Aber das war eine Lüge.

88

Der Wind spielte in Tjarks Haaren. Es rauschte in den Bäumen. Die Unterseiten der Blätter funkelten wie Silbermünzen in der Sonne. Dicke Wolken zogen über den tiefblauen Himmel, als gehörten sie zu einer Schafherde, die von einem Hund gejagt wurde. Nordseewetter. Aber die Nordsee war fern.

Tjark senkte den Blick und schaute in das offene Grab neben dem seiner Mutter. Er stand bereits eine ganze Weile hier. Wie lange, das hätte er nicht zu sagen vermocht, aber der Pfarrer und die wenigen Bekannten, die sein Vater noch gehabt hatte, waren längst fort – auch Sabine. Tjark hatte sich ein Herz genommen und sie angerufen. Er wollte seiner Ex-Frau den Abschied nicht nehmen. Die tröstenden Worte von ihr hatten sogar geholfen. Zumindest ein wenig.

Ein kleines Häuflein Mensch in einer Kiste aus Holz, dachte Tjark – das war es, was am Ende übrig blieb. Und die Erinnerungen. Manche davon würden verblassen. Das Schlechte würde verschwinden, das Gute bleiben. Am Ende siegte das Gute immer – auf die eine oder andere Art und Weise.

Er warf die weißen Rosen hinein. Sie fielen mit einem Rascheln auf den Sargdeckel. Tjark wusste nicht, ob seinem Vater die Blumen gefallen hätten. Auch so war es am Ende – viele Fragen blieben ungeklärt. Fragen, von denen man vorher nicht einmal gewusst hatte, dass es sie gab – Ungelöstes, nicht Ausgesprochenes … Und die große Frage nach dem Warum. Der Krebs hatte den alten Mann zerfressen, aber letztlich war er innerlich verblutet. Das Gewebe an der Aorta war zu schwach gewesen. Schließlich war es geplatzt. Keine Chance, hatten die Ärzte erklärt. Es war im Schlaf passiert, wegen der starken Schmerzmedikamente hatte er nichts gespürt. War das ein Trost? Ja. Ein geringer, aber immerhin.

Tjark fasste in die Tasche des schwarzen Sakkos, nahm eine Schachtel Zigaretten heraus und zündete sich eine an. Nachdem er aufgeraucht hatte, war es Zeit zu gehen. »Du warst ein guter Mann, Harald Wolf. Und ich habe das Arschloch erwischt«, sagte er zu dem Sarg und sah ein letztes Mal nach unten. Dann drehte er sich um und ging an der kleinen Kapelle vorbei über den menschenleeren Friedhof. Er schlenderte quer über den Rasen einen leichten Hang hinab, der zum Parkplatz führte. Am Ende des Hangs öffnete er die Gittertür und schloss sie wieder. Dann sah er das Empfangskomitee.

Ceylan trug ein kurzes dunkles Kleid, das ihr phantastisch stand, sowie eine Audrey-Hepburn-Sonnenbrille mit beinahe bierdeckelgroßen Gläsern. Femke hatte einen Hosenanzug an und Fred den einzigen schwarzen Anzug, den er besaß. Tjark wusste, dass Fred ihn vor einigen Jahren für seine Hochzeit gekauft hatte. Seine Schuhe waren an den Absätzen und Spitzen von Lehm verkrustet. Er kam wohl von der Baustelle und aß gerade einen Berliner, den er mit verlässlicher Sicherheit aus dem Karton genommen hatte, der auf der Kühlerhaube von Tjarks Wagen stand. »Hafenbäckerei« war auf dem Karton zu lesen.

Femke trat auf ihn zu. Sie fasste Tjark am Oberarm und drückte leicht zu. »Es tut mir aufrichtig leid. Ich kannte deinen Vater nicht, aber ich kann mir vorstellen, was das für ein Verlust ist.«

Konnte sie das? Nein, dachte Tjark, sagte aber nichts dergleichen, denn Femke meinte es freundlich und ehrlich. »Danke«, antwortete er.

Danach stand Ceylan vor ihm. Sie roch wie ein frischer Blumenstrauß und nahm Tjark wortlos in den Arm, wobei sie sich auf die Zehenspitzen stellen musste. »Mein Beileid«, sagte sie mit erstickter Stimme. »Tut mir leid«, fügte sie mit einem unsicheren Lachen an und wischte sich mit der Fingerspitze unter dem linken Brillenglas her. »Ich bin immer so emotional, weißt du.«

Fred nickte ihm lediglich kurz zu. Er musste nichts sagen. In seinem Blick las Tjark, dass er längst verstanden hatte, was Tjark in letzter Zeit bewegt und aus der Bahn geworfen hatte. Wenngleich, dachte Tjark, Fred die Konsequenzen daraus noch nicht kannte.

»Nimm einen Berliner«, sagte Fred. »Das sind die guten aus Werlesiel. Beerdigungs-Berliner.« Ceylan buffte Fred in die Seite.

Tjark hustete und steckte sich eine weitere Zigarette an. Er überlegte kurz, zu fragen, was die drei hier machten, wie sie Wind davon bekommen hatten und was ihr Erscheinen zu bedeuten hatte. Aber er verwarf die Frage, weil er die Antwort kannte. Sie alle hatten zusammen etwas durchgemacht und jetzt eine gemeinsame Geschichte. Sie waren nun ein Team, The Fantastic Four, ohne dass sie sich darüber groß verständigen mussten, und in einem Team stand man füreinander ein. Tjark hatte sich außerdem für die Beerdigung einige Tage freigenommen und davor ein längeres Gespräch mit Berndtsen geführt, was wenigstens Fred und Ceylan mitbekommen haben dürften.

Tjark zog an der Zigarette und wechselte das Thema. »Wie geht es Vikki?«

Fred schluckte seinen Bissen hinunter. »Die Ärzte haben sie in ein künstliches Koma versetzt. Du weißt ja, sie war halb tot, als sie in die Klinik kam. Unterkühlt, Wasser in der Lunge, dehydriert …«

»Kommt sie durch?«

»Es heißt, dass sie durchkommt. Aufgewacht ist sie noch nicht.«

»Und Werlesiel …«

»… wird von den Kollegen von links auf rechts gekrempelt, um einen sauberen Abschlussbericht zu bekommen.« Fred lächelte leicht. »Berndtsen halt – lässt keinen Stein auf dem anderen, wo er selbst schon nicht zur Stelle war, als es drauf ankam.«

Tjark wandte sich an Femke. »Was macht Justin, dein Pferd?«

Femke betrachtete Tjark mit einem verwunderten Gesichtsausdruck. Sie fragte sich wohl, warum Tjark an einem Tag wie diesem über so etwas für ihn völlig Belangloses reden wollte wie ihr Pferd. »Er ist alt, und ich muss mich wohl damit abfinden, ihm das Gnadenbrot zu geben.«

Ceylan schaltete sich ein: »Du willst dein Pferd einschläfern lassen?«

»Nein, das sagt man so. Er soll auf der Weide stehen, bis er irgendwann umfällt. Er hat eine chronische Entzündung am Huf. Es ist ein gewisser Abschied. Aber das ist nun einmal der Lauf der Dinge.«

Tjark stieß den Rauch durch die Nase aus. »Wohin werden die Dinge für dich laufen, Femke?«

Sie zuckte mit den Schultern und strich sich eine Strähne aus dem Gesicht. »Ich habe die Ausschreibung für eine befristete Stelle bei der Kripo in eurem Dezernat gesehen. Ich werde mich darauf bewerben.«

»Krass«, sagte Ceylan, »da werden wir ja Kollegen.«

Femke nickte schwach. »Vielleicht, mal sehen.«

»Wusste gar nicht«, sagte Fred und nahm einen weiteren Berliner, »dass wir Personal aufstocken.«

Tjark lächelte. Das war sein Stichwort. Er schnippte die Zigarette in hohem Bogen fort. »Ich schätze«, erklärte er, »das ist meine Stelle.«

Ceylan klappte der Mund auf. Fred biss in den Berliner. Femke versuchte weiterhin, ihre Strähne zu bändigen. »Ich«, fragte sie leise, »verstehe nicht ganz?«

»Du hast die Brocken hingeworfen?«, fragte Fred.

Tjark sah kurz zu ihm hin und zuckte entschuldigend mit den Achseln.

»Das hast du nicht wirklich?«, hakte Fred nach und aß scheinbar ungerührt den Berliner auf.

»Ich habe vorerst genug«, sagte Tjark. Er ließ die Hände in den Hosentaschen verschwinden und betrachtete die Spitzen seiner Schuhe.

»Wegen Berndtsen?«, fragte Fred.

»Auch.«

Ceylan ballte die Fäuste. »Dieser Heckenpenner! Was will der denn noch! Ein Serienmörder wurde gestoppt, Vikki ist gerettet – und das alles, während Berndtsen mit seiner Bagage auf einer ganz anderen Hochzeit am völlig falschen Ort getanzt hat!«

Tjark zuckte mit den Achseln. »Außerdem hat Mommsen Druck gemacht.«

Femke legte die Stirn in Falten. »Mommsen?«

Ceylan seufzte lautstark. »Er hat mitbekommen, dass auf seinem Gelände ein Polizeiwagen vorfuhr – Torstens, um Fred und mich abzuholen.«

Tjark wandte sich an Femke und ergänzte: »Mommsen hat

Fred erkannt und beim Verabschieden von ein paar Gästen gesehen, wie Fred und Ceylan in den Wagen einstiegen. Schließlich hat er eins und eins zusammengezählt und seinen Anwalt in Gang gesetzt. Dazu kommen die beiden anderen Verfahren wegen Polizeigewalt. Sieht nicht gut aus. Berndtsen hat mir außerdem eine Abmahnung angedroht, weil ihm nach wie vor kein Bericht über diese Schießerei mit den ›Coyotes‹ vorliegt.«

Ceylan bebte. »Cowboy, ich hab auch Ärger am Hals, und du wirst doch nicht wegen so einer Scheiße den Schwanz einziehen! Die sollen aufhören, mit ihrem bürokratischen Müll die Polizeiarbeit zu blockieren und die Leute rauszumobben!«

Tjark winkte ab und sah Ceylan an. Es stand ihr, wenn sie wütend war. »Die Sache ist die, Ceylan: Ich habe damals diesen Leuten welche verpasst, weil sie Dreckschweine sind, und ich habe keine Lust mehr, mich rauszureden. Ich habe Mommsen unrechtmäßig überwacht und seziert, weil er ein dummes Arschloch ist und ich ihn drankriegen wollte. Ich wollte den Fall auf meine Weise klären und die Gerechtigkeit in meine Hände nehmen.« Tjark machte eine Pause. »Für Cowboys sollte es bei der Polizei keinen Platz geben. Außerdem – und das ist vielleicht das Schlimmste – habe ich einem Mann vertraut, der ein Mörder war.«

Femke seufzte. »Das habe ich ebenfalls. Viel länger als du. Ich war sogar in ihn verliebt. Du kannst dir das nicht zum Vorwurf machen. Ruven hat alle getäuscht.«

»Das stimmt zwar, aber für mich gilt, dass mein Spinnensinn«, er tippte sich an die Stirn, »defekt ist oder umnebelt war.« Tjark blickte den Grabhügel hinauf. Es rauschte in den Bäumen.

»Du musst darüber noch mal nachdenken«, forderte Ceylan. »Ey, Tjark Wolf, du bist der Superbulle, schon vergessen? Und wir alle rasten mal aus.«

»Zu spät. Ich habe mich für zunächst zwei Jahre vom Dienst befreien lassen und Berndtsen meine Marke gegeben. Er hat nicht abgelehnt und die Stelle, wie es scheint, bereits ausgeschrieben.«

Tjark sah zu Femke. Femke schluckte. »Ich«, stammelte sie, »ich wusste das nicht … Unter diesen Umständen … Ich, ich werde die Bewerbung natürlich zurückziehen.«

Tjark schüttelte den Kopf. »Du wirst eine exzellente Ermittlerin sein. Ich gebe meinen Schreibtisch gerne an dich ab. Mein Platz ist irgendwo anders.«

»Und wo?«, fragte Ceylan wütend.

Tjark spielte mit dem Autoschlüssel in der Hosentasche. »Ich denke, ich werde es herausfinden.«

»Das kannst du nicht tun«, protestierte Femke.

»In mir ist zu viel Zorn und zu viel Enttäuschung. Wenn das anders wäre, hätten wir Vikki vielleicht eher gefunden. Und damit so etwas nicht wieder passiert, muss ich mich selbst finden.«

Tjark zog den Autoschlüssel aus der Hosentasche.

»Rede doch nicht so einen Müll«, sagte Fred und verschränkte die Arme vor der Brust. »Tjark Wolf auf dem Selbstfindungstrip, dass ich nicht lache.«

Tjark ging ein paar Schritte auf sein Auto zu.

Fred schüttelte den Kopf. »Ertrink bloß nicht im Selbstmitleid.«

»Ich habe gelernt«, Tjark entriegelte die Autotür mit der Fernbedienung, »mich über Wasser zu halten.« Er öffnete die Tür, drehte sich um und sagte leicht pathetisch: »Und nun werden mein Board und ich eins sein und auf den ewigen Winden reiten – und niemand wird mehr mein Herr sein.«

»Was war das denn?«, fragte Ceylan mit erstickter Stimme. Sie fing wieder an zu weinen.

»Silver Surfer«, erklärte Fred. »Er zitiert den andauernd.«

Tjark lächelte. »Aber diesmal passt das Zitat ganz gut, nicht?«

»Du und deine Comics.« Ceylans Zeigefinger verschwand unter dem Rand ihrer Sonnenbrille.

»Danke, dass ihr da wart«, sagte Tjark und hob die Hand. »Ich weiß das zu schätzen.« Er stieg ein.

»Tjark?«

Er hielt inne. Femke stand neben ihm.

»Ich schulde dir was. Ich werde dich zurück ins Boot holen.«

»Das hast du vor ein paar Tagen bereits getan.« Er lachte etwas.

Femke lachte nicht. »Wenn es an der Zeit ist, werde ich dich finden.«

Tjark wollte erst sagen, dass sie sich keine Mühe geben sollte. Aber er verstand, dass sie es ernst meinte und sich nicht daran hindern lassen würde. Dann stieg er ein, ließ den Wagen an und fuhr vom Parkplatz. Irgendwann, dachte er, würde er mal die Einschusslöcher flicken lassen müssen. Aber das hatte Zeit.

89

An anderer Stelle, etwa achtzig Kilometer Luftlinie entfernt nahe der Küste, erfüllte ein leises Rauschen das kleine Zimmer auf der Intensivstation im Klinikum in Aurich. Das Fenster stand offen. Die laue Brise sorgte dafür, dass die Kabel und Schläuche sich leicht bewegten, die überall an Vikkis Körper befestigt waren.

Der Drucker sprang mit einem Piepston an. Leise kratzte der Tintenstrahler zackige Linien und Wellen auf das Endlospapier. Herzschlagsignale, Hirnströme, Blutdruck … Sie waren stärker ausgeprägt als zuvor.

Mit einem tiefen Atemzug bäumte sich Vikki auf. War ihr Wecker angesprungen? Natürlich, ihr Wecker hatte gepiept. Aber warum? Wie konnte das sein? Ihr Körper war schließlich an die Boje gebunden, und … O Gott, sie musste sich weiter über Wasser halten und atmen. Sie musste … Was war das für ein grelles Licht? Suchten sie nach ihr? Waren das Scheinwerfer?

Vikki öffnete die Augen und schloss sie direkt wieder. Alles um sie herum war weiß. Dann wagte sie ein erneutes Blinzeln. Schließlich ging es besser. Eine Weile sah sie an die Decke. Dann blickte sie an sich herab. Es dauerte etwas, bis sie verstand, wo sie war und dass sie lebte. Vorsichtig drehte sie den Kopf zur Seite und sah zum Fenster. Sie spürte den leichten Wind auf der Haut. Sie fühlte die Wärme im Gesicht. Es war die Sonne, dachte Vikki. Es war endlich die Sonne.

Nachwort und Danksagung

Werlesiel gibt es nicht. Mancher, der die Küste gut kennt, findet aber vielleicht das eine oder andere Bekannte wieder. Vieles im Umfeld des Ortes habe ich mir ebenfalls ausgedacht – und natürlich ist »Dünengrab« eine fiktive Geschichte, die Personen und Geschehnisse ebenfalls.

Ich hatte eine Menge Hilfe in einigen Fachfragen, allen voran vom Rechtsmedizinischen Institut der Uni in Münster. Ich bin sehr oft und sehr gerne an der Nordsee, vor allem auf den Ostfriesischen Inseln. Die Deutsche Gesellschaft zur Rettung Schiffbrüchiger macht dort Saison für Saison einen Mordsjob – und an sich würde sie (oder die Feuerwehr) bestimmt in Werlesiel ein Rettungsboot vorhalten, wenn es Werlesiel denn gäbe. Wo ich also ein wenig frei agiert oder Dinge nicht ganz korrekt wiedergegeben haben sollte – das geht alles auf meine Kappe.

An dieser Stelle vielen Dank an das Droemer-Knaur-Team und besonders an meine Agentin Natalja Schmidt von Schmidt & Abrahams sowie an meine Lektorinnen Andrea Hartmann und Regine Weisbrod für die tolle Zusammenarbeit und dafür, dass sie sich für »Dünengrab« eingesetzt haben. Meine Bandkollegen Maic und Hagen von The Golden Boys tragen zumindest eine Mitverantwortung für den Buchtitel – unsere Brainstormings sind immer recht spaßig, wenngleich manche Titel dann nun echt nicht gehen.

Viele andere haben mich bei diesem Buch auf die ein oder andere Art und Weise unterstützt, ohne es bewusst mitbekommen zu haben. Am meisten Dank gebührt meiner Frau Claudia, die sich immer und auf allen Ebenen beim Schreiben meiner Bücher unterstützt.

Sven Koch